타이완 현대문학의 반추

타이완신문학사 上

이 도서는 중화민국문화부의 지원을 받아 출판되었습니다. 사진은 후진룬, 펑더핑, 우카미, 천이화 님이 제공해주셨습니다.

中華民國文化部贊助出版.

聯經出版公司胡金倫總編輯, 文訊雜誌封德屏社長, 舊香居吳卡密女士和陳逸華先生提供照片.

타이완 현대문학의 반추

타이완신문학사

台灣新文學史

천팡밍 지음

고운선, 김혜준
성옥례, 이현복 옮김

學古房

| 목차 |

《타이완신문학사》 한국어판 서문 _ 8

서문 새로운 타이완, 새로운 문학, 새로운 역사 _ 10

제1장 타이완 신문학사의 구축과 시기 구분 _ 21

　　　포스트식민 역사관의 성립 ································· 22

　　　타이완 신문학사의 시기 구분 ························· 29

　　　타이완 문학사의 재구축 ······························· 43

제2장 초기 타이완 신문학 관념의 형성 _ 47

　　　식민 체제의 건설 ···································· 48

　　　신흥 지식인의 역할 ································· 51

　　　타이완 문화협회台灣文化協會 : 대각성 시대의 도래 ········· 56

　　　문학 관념의 기초 ···································· 60

　　　어문 개혁의 시작 ···································· 65

제3장 계몽 실험기의 타이완 문학 _ 75

　　　정치 운동의 왕성한 발전 ····························· 76

　　　장워쥔張我軍 : 구문학 비판의 선봉 ···················· 80

　　　라이허 : 타이완 신문학의 아버지 ······················ 89

제4장 타이완문학의 좌경화와 향토문학의 확립 _ 103

　　　《타이완 민보台灣民報》의 문학적 성취 ················· 105

　　　향토문학논쟁과 그 영향 ····························· 112

　　　문학 운동 과정에서 연합전선의 구성 ··················· 118

제5장 1930년대 타이완 문학 단체와 작가의 풍격 _ 123
　　문학 동맹 풍조의 흥성 ·························· 124
　　타이완문예연맹의 성립과 그 의의 ················· 138

제6장 타이완 리얼리즘문학과 비판정신의 대두 _ 149
　　양쿠이와 1930년대의 좌익작가 ················· 151
　　왕스랑, 주뎬런과 도시 문학의 발전 ··············· 158
　　1930년대의 신시 전통 ························ 165

제7장 황민화운동 시기의 1940년대 타이완 문학 _ 183
　　전운이 감돌 때의 문학단체社團 :
　　《문예 타이완文藝台灣》과《타이완 문학台灣文學》·········· 185
　　뤼허뤄 : 가족사로 국족사에 대항하기 ·············· 194
　　룽잉쭝 : 허무한 자연주의자 ···················· 202

제8장 식민지의 상처와 종결 _ 211
　　타이완문학봉공회台灣文學奉公會와 타이완작가 ··········· 213
　　장원환 : 타이완작가의 고민의 상징 ··············· 221
　　니시카와 미츠루 : 황민문학의 지도자 ·············· 229
　　황민문학이라는 시련하에서의 신세대 작가 ············ 238

제9장 전후 초기 타이완 문학의 재건과 좌절 _ 251
　　재식민시기 : 패권 담론과 타이완 특수화 ············ 252
　　일제강점기 작가와 문학 활동의 전개 ·············· 258
　　타이완에 온 좌익 작가와 루쉰 문학의 전파 ·········· 268
　　2·28 사건이 타이완 문학에 준 충격 ············· 275

제10장 2·28 사건 후 타이완 문학 정체성과 논쟁 _ 283
　　우쭤류吳濁流의 고아孤兒 문학과 정체성 논의의 시작 ······ 285
　　전후 1세대 작가의 탄생 ······················ 296
　　정체성 고민 : 타이완 문학의 정의와 자리매김에 관한 논쟁 ···· 306

제11장 반공문학의 형성과 발전 _ 317

　　계엄 체제 하의 반공문예정책 ………………………………… 319

　　전투문예와 1950년대 타이완 문학의 환경 ………………… 326

　　반공문학의 발전과 전환 ……………………………………… 333

제12장 1950년대 타이완 문학의 한계와 돌파 _ 345

　　중리허鍾理和와《문우통신文友通訊》의 타이완 출신 작가 ……… 346

　　천지잉陳紀瀅과 반공문학의 발전 …………………………… 358

　　린하이인林海音과 1950년대 타이완 문단 ………………… 373

제13장 횡적 이식과 모더니즘의 시작 _ 385

　　녜화링聶華苓과《자유중국自由中國》문예란 …………………… 386

　　샤지안과《문학잡지》 ………………………………………… 411

제14장 모더니즘 문학의 확장과 심화 _ 419

　　모더니즘 노선의 확립 :《푸른별》과《창세기》시사 ………… 422

　　《현대문학現代文學》의 굴기 …………………………………… 435

　　《필회筆匯》에서《문학계간文學季刊》까지 :

　　　　모더니즘의 동력과 반성 ………………………………… 441

　　장아이링 소설의 모더니즘 …………………………………… 446

　　모더니즘 운동에서 신비평의 실천 ………………………… 453

제15장 1960년대 타이완 모더니즘 소설의 예술적 성과 _ 471

　　유랑流亡 소설의 두 전형 ……………………………………… 472

　　내면세계의 탐색 ……………………………………………… 481

　　모더니즘 소설의 변화 ………………………………………… 491

　　유학생 소설이 풍조를 이루다 ……………………………… 498

　　모더니즘 소설의 또 다른 특징 ……………………………… 504

찾아보기

　　인명 …………………………………………………………… 511

　　문헌명 및 기타 ……………………………………………… 523

6

일러두기

1. 인명, 지명 등 고유명사 표기는 현행 "국립국어원 중국어표기법"에 맞춰 중국어 발음으로 옮기고 한자를 병기하였으나, 신해혁명 이전의 고유명사는 한국 한자음으로 표기하였다. 인명과 지명은 각 장에서 처음 등장하는 경우 독음과 한자를 병기하였고, 두 번째부터는 중국어 발음 또는 한국 한자 독음으로만 표기하였다.
2. 작품명, 서명, 논문 제목, 기사 제목, 잡지명은 각 장에 처음 등장하는 경우 우리말로 번역한 것을 쓰고 중국어 원문을 병기했다. 두 번째부터는 우리말로 번역한 것만 표기하였다.
3. 《 》는 단행본, 작품집, 잡지명, 신문명을 가리킨다.
   〈 〉는 소설, 시, 산문, 논문, 평론, 사설, 신문기사 등을 가리킨다.
   " " 인용문을 가리킨다.
   ' '는 강조를 필요로 하는 낱말이나 구절을 가리킨다.
4. 각주는 모두 역자들의 주이며, 미주는 모두 저자의 주이다.

 《타이완신문학사》의 저술 작업은 2000년부터 2011년까지 11년이 걸렸
다. 이 작업은 나의 삶에서 가장 힘들었던 중대한 작업이자 나의 학술
연구에서 가장 거대한 도전이었다. 이 작업을 마무리했을 때 이미 나는
64세였으니 이 책은 내 만년의 작품에 넣어야 할 것이다. 일찍이 해외를
떠돌던 1980년대에 이미 타이완문학의 발전을 위해 비교적 제대로 된 그
역사적 변화를 써내리라는 뜻을 세웠었다. 이 같은 바람은 1995년 학계
로 돌아온 뒤에야 비로소 서서히 실현해 갈 수 있었다.

 타이완문학은 식민지 문학이다. 전쟁 전에는 일본 타이완총독부의 식
민통치를 받았고, 전쟁 후에는 계엄 하 국민당의 권위주의적 통치를 받
았다. 나는 이러한 처지를 본서에서 '재식민再殖民'이라 칭하였다. 국민당
은 한인 정권이었지만 일본인이 남겨놓은 제도를 그대로 이어받았기 때
문에, 타이완인은 그 어떤 해방감도 느낄 수 없었다. 타이완문학은 동아
시아문학의 중요한 일환이기도 하다. 타이완문학의 역사적 변화를 이해
한다면 타이완 작가의 저항과 비판이 한국작가의 그것과 전적으로 동일
하다는 점을 발견하게 될 것이다.

 종전 이후 타이완문학은 계엄이라는 권위주의 제도 속으로 다시 편입
되었다. 국민당의 통치 수단과 일본의 식민 지배는 성격상 완전히 같았다.
심지어 더욱 가혹했다. 한국 학계는 분명 타이완문학의 역사적 변천이 한
국과 유사하다는 사실에 주목하고 있을 것이다. 동아시아의 문화와 정치
영역에서 볼 때 한국과 타이완은 공통적으로 포스트식민적인 저항문학에
속하기 때문이다. 이러한 비판정신은 한국과 타이완이 대화를 나누는 데
있어 기초가 될 것이다. 게다가 냉전 시기를 거치면서 쌍방 모두 반공이

라는 교조를 짊어지고서 미국 모더니즘 문학의 영향을 받기도 했다.

《타이완신문학사》한국어판은 타이완과 한국이 서로 대화할 수 있는 토대를 제공해줄 것이라 믿는다. 두 사회의 문학을 구체적으로 살펴봄으로써 동아시아문학이 발전해온 역사적인 궤적을 발견할 수 있을 것이다. 또한 문학을 읽어나가는 과정에서 식민지 시기와 냉전 시기 작가의 심정을 읽어낼 수 있을 것이다. 서로 다른 언어를 사용하지만 비슷한 역사적 시련을 마주해야 했으므로, 두 지역의 작가들이 이에 대해 어떻게 반응했는지도 탐구해볼 수 있을 것이다. 문학사가 정치사는 아니다. 하지만 우리는 같은 정치적 환경에 대처하는 서로 다른 작가의 반응을 살펴볼 수 있을 것이다.

《타이완신문학사》의 중국어판은 대략 50만자에 이르는 방대한 작업이었다. 이러한 방대한 분량을 번역하는 작업은 틀림없이 훨씬 고된 일이었을 것이다. 그러므로 김혜준 교수와 이현복, 성옥례, 고운선 선생 모두에게 진심으로 감사를 드린다. 나는 이것이 문학과 문학 간의 대화이며 역사와 역사 간의 대화이기도 함을 확신한다. 이 문학사가 다른 언어로 출판됨으로써, 동아시아문학에 대한 서로의 이해가 더욱 깊어질 수 있을 것이다. 이러한 점에서 나는 옮긴이들에게 최고의 경의를 표하는 바이다.

2019.4.25. 정즈대학政治大學에서

천팡밍陳芳明

새로운 타이완, 새로운 문학, 새로운 역사*

만일 어떤 저술 작업이 10년 이상 고뇌하도록 만들 수 있다면, 저자가 한창 무렵부터 황혼 시절까지 이어나가도록 만들 수 있다면, 그리고 끝 끝내 포기하지 않도록 만들 수 있다면, 그것은 틀림없이 영원히 남을 생명의 글이리라. 기나긴 시간의 끝자락에 서서 처음 제1장을 시작하던 때를 되돌아보자니 이미 당시의 심정을 헤아릴 수가 없게 되어버렸다. 이리도 먼 길을 꿋꿋하게 걸어오기는 했지만 사실 마음 깊은 곳에는 수많은 역사의 흔적이 남아 있다. 중도에 겪었던 거칠고 사나운 파도는 애초의 신념을 뒤흔들어놓았다. 생의 과정에서 정치적 현실로부터 비롯된 타격이 두 번이나 문학에 대한 동경을 산산조각 내었던 것이다. 첫 번째는 1979년이었다. 메이리다오사건美麗島事件1)의 발생은 젊은 자유주의자로 하여금 이상의 붕괴 상태에 빠지도록 만들었다. 두 번째는 2006년이었다. 녹색당 집권자[민진당 대통령 천수이볜陳水扁]의 부정부패 사건의 발생은 장년의 민주주의자로 하여금 끝없는 상실감 속에 갇히도록 만들었다.

---

* 이 장은 김혜준이 번역하였다.

1) 메이리다오사건: 1979년 12월 10일 국제인권일에 타이완의 가오슝에서 메이리다오 잡지사가 주도하여 국민당 정부를 상대로 계엄 해제 등을 요구하는 강연과 시위를 벌였다. 신원불명의 사람들이 난입한 후 결국 시민과 경찰의 충돌로 번졌고, 그 결과 주최자 측이 대거 투옥되었지만 이후 타이완 민주화운동의 기폭제가 되었다.

겨우 한 가닥 숨이 남아있던 그 시기에 남모르는 적막한 한 구석에서 홀로 상처를 핥고 있을 뿐이었다. 극도로 고통스러운 그 시절에 역사의 서술은 오히려 일종의 심리 치료가 되었다. 회복의 전 과정은 참으로 느리고, 답답하고, 건조했다. 그렇지만 한 여린 영혼이 서서히 어둠의 심연에서 빠져나오도록 만들어주었다.

타이완 신문학의 구축은 확실히 크나큰 도전이다. 이른바 신문학의 '신'이 가리키는 것은 현대의 도래다. 타이완 주민이 현대 문화를 맞이하게 된 것은 결코 주관적인 바람에서 비롯된 것은 아니다. 일본 식민지가 됨으로써 강제로 받아들이게 된 것이다. 따라서 '현대'라는 단어가 가지고 있는 의미는 서양에서 현대가 등장했을 때보다 한결 복잡하다. 만일 사회 내부로부터의 완만한 개조로서 정치 경제와 어우러지는 상응한 변혁이었다면, 그리고 점진적인 속도의 느릿한 전진이었다면, 현대화가 수반한 문화적 충격은 그렇게나 격렬하지는 않았을 것이다. 타이완의 현대화는 식민 권력의 협박 아래 엄청나게 빠른 속도로 하룻밤 사이에 이 작은 섬을 휩쓸어버렸다. 신문학의 탄생은 곧 타이완의 1세대 지식인들이 추진했던 계몽운동의 일환이었다. 문학이라는 형식의 표현을 통해서 한편으로는 식민지 통치의 본질을 폭로하고 한편으로는 세계의 최신 문화 추세를 소개했다. 이에 따라 1920년대에 시작된 타이완 신문학운동은 태생부터 강력한 저항성과 비판성을 가지고 있었으며, 탄생부터 자주성과 개방성을 추구했다. 이 문학사 저술이 그렇게도 어려웠던 것은 그것이 정치적 사회적 발전의 한계를 벗어나서 오롯하게 미학적인 검토와 탐색에만 집중할 수가 없었기 때문이다. 초기의 문학 작품은 종종 문화적 의의가 예술적 정신을 넘어섰다. 구체적으로 말하자면 작가들은 글을 쓰는 과정에서 단순히 그들의 감정만 표현할 수는 없었다. 그와 동시에 사상적인 곤혹과 정치적인 좌절도 표출해야 했던 것이다.

12년 전 펜을 처음 들었을 때 이 문학사 저술은 예술의 변화와 정치의 변천을 동시에 고려해야 한다는 점을 이미 의식하고 있었다. 이런 동시

사고는 식민지 문학의 본질에 더욱 가까이 다가가기 위한 것이었다. 제국주의의 통제 아래에서 결국 문학은 순수한 문자 기교의 구사는 아닌 것이다. 그 속에는 정신적인 파괴와 학대가 들어 있는 것이다. 1920년대의 사상 계몽으로부터 1930년대의 사실주의의 대두를 거쳐 1940년대 전반의 전쟁 시기에 이르기까지, 타이완 작가들이 권력의 지배와 통제를 잠깐이나마 벗어나본 적이 없었다는 것이 대단히 선명하게 드러난다. 저술의 과정에서 타이완의 앞사람들이 요동치던 시기에 가지고 있던 불안감을 나는 온 마음으로 느낄 수 있었다. 제1장에서 제8장까지 대략 2년의 시간이 걸렸다. 그러나 원고를 끝냈을 때 깜짝 놀랐다. 다량의 새로운 사료가 연이어서 발견된 것이다. 21세기에 들어선 이후 문학 사료가 대량으로 정리되었고, 수많은 타이완 작가의 전집이 잇달아 새롭게 출간되었다. 라이허전집賴和全集, 양쿠이전집楊逵全集, 장원환전집張文環全集, 룽잉쭝전집龍瑛宗全集을 포함해서 모두 이 문학사의 원고 완료 후에 비로소 출판되었다. 집필은 너무 일렀고, 출판은 너무 늦었던 것이니, 이 문학사의 결함을 보여주었다. 그렇지만 한 가지 위안이 되는 것은 타이완 문학 연구가 이제 더 이상 주변화된 학문이 아니라는 점이다. 그 어떤 작가에 대한 검토도 평온한 학교 안에서만 진행될 수는 없다. 앞사람의 작품을 꼼꼼히 읽노라면 설사 한 편의 소설 한 수의 시라고 할지라도 작가의 내재적 영혼이 외재적 현실과 수시로 대화하고 있음을 발견할 수 있다. 분명히 단언하건대 타이완 문학은 타이완 사회와 가장 밀접한 지식 영역이다.

제 9장에서 제 18장까지는 다시 어렵사리 2년이 걸렸다. 생기 없는 전후 초기를 지나서 1960년대에 모더니즘 문학이 우뚝 솟아났다. 이는 전혀 다른 문학 풍경이었다. 식민시기에 타이완 작가가 글을 쓸 때면 일본어, 타이완어, 백화문을 섞어 쓰면서 참으로 고생해가며 규모에 한계가 있는 작품을 창작해냈다. 그리고 그 시절 예술적 성취가 가장 뛰어난 문학은 오히려 일본어로 써낸 것이었다. 전쟁이 끝난 후 국어 정책의 강력한 추진은 일제강점기의 작가들로 하여금 어쩔 수 없이 글쓰기를 쉬거나 접도

록 만들었다. 5·4 문학의 백화문 전통이 타이완에 전파되기 시작했다. 그렇지만 엄혹한 반공 시기에 타이완 문학은 결국 이중적인 단층이 생겨났다. 한 가지는 식민지 문학과의 연결이 끊어진 것이고, 한 가지는 1930년대 중국 좌익문학과 완전히 단절된 것이다. 이는 비판 정신과 저항 문화가 좌절을 면치 못하도록 만들었다. 권위주의 시대에는 정치적 요구에 부합하지 않는 문학은 모두 금지 리스트에 올랐다. 다만 전후에 타이완 작가는 그래도 우회적인 방식으로 사상적 검열을 에둘러서 빼어난 예술적 정신을 구축하기 시작했다. 그것은 곧 모더니즘 시기의 도래였다. 어느 순간엔가 한 차례 대단한 미학운동이 전개되었는데 그것은 거의 또한 차례 문학혁명이나 다름없었다. 작가의 창작 기교는 깊숙한 정신세계를 자유롭게 유랑했을 뿐만 아니라 전에 없던 감각과 상상을 캐내기도 했다. 문자의 정련과 농축은 한문 전통의 예술적 미를 드높은 경지로 올려놓았다. 시, 산문 또는 소설로 보자면 엄밀한 리듬, 세밀한 정서, 심오한 암시 등 모든 면에서 작가의 심미적 추구를 최고의 단계로 나아가게 만들었다. 이 시기에는 '내 손으로 내 말을 쓴다'라는 백화문의 성격을 바꾸어 놓았을 뿐만 아니라 생활 언어를 우아하고 아름다운 문자 표현으로 승화시켜 놓았다.

그러나 문학사 저술의 진전은 예상만큼 순조롭지는 않았다. 2006년 부정부패사건이 표면으로 떠올랐다. 정치운동에 관계한 적이 있는 이상주의자에게는 전에 없던 타격이었다고 할 수 있었다. 본토로의 귀환은 해외 체류자의 최종적인 바람이었고, 민주의 실현 역시 한 세대 지식인의 숭고한 꿈이었다. 그런데 적나라한 정치의 장에서 집권자가 본토의 깃발을 높이 내세우면서 민주라는 가면을 쓴 채 아무런 거리낌 없이 사사로운 욕망을 마구 쏟아낸 것을 목격하게 되었던 것이다. 갑자기 사건이 터져 나오면서 무려 20년에 걸친 인생의 추구를 그 즉시 원시 상태로 되돌려 놓았다. 전후 세대 전체가 매달렸던 꿈이 결국 한 바탕의 헛된 꿈이었음을 증명하고 말았다. 만일 그 모든 것을 처음부터 다시 시작해야 한다면 이렇게 질문하지 않을 수 없었다. 문학이란 무엇인가? 예술이란 무엇인가? 역사란 또 무엇인가? 한 시대의 훌륭한 정신은 대개 여러 세대의 헌신과 축적을 필요로 하는 법이다. 그런데 그렇게나 큰 대가를 치르고도 탐욕의 손 하나조차 막지 못했던 것이다. 미완성의 문학사 원고를 되돌아보면서 모든 희망이 허망함으로 바뀌어버렸다. 만일 현실 사회의 숭고한 가치를 정의할 수 없다면 또 어떻게 역사상의 예술적 성취를 확정할 수 있겠는가? 그것은 이미 '좌절'이라는 단어로 요약할 수 있는 수준이 아니었다. 역사적으로 유랑해왔던 타이완은 그런 어지러운 시기에는 어쨌든 결국 돌아갈 길을 찾을 수 없었다.

이른바 본토가 타이완 섬의 한 종족을 가리키는 것이어서는 안 된다. 이른바 민주 역시 특권의 대명사여서는 안 된다. 문학사의 관점에서 볼 때 본토화와 민주화는 서로 대체될 수 있는 동등한 가치임에 틀림없다. 모더니즘의 발흥 이래로 타이완 문학의 발전이 성황을 보일 수 있었던 것은 사실 서로 다른 종족, 서로 다른 성별, 서로 다른 가치가 합쳐진 글쓰기 방식 때문이었다. 타이완 문학이 성대하게 될 수 있었던 것은 곧 온갖 흙을 가리지 않고 온갖 물도 가리지 않으면서 차이를 인정하고 다원적인 것을 용인했기 때문이다. 따라서 본토문학이란 곧 민주 정신의 최고의 표현인 것이다. 권력은 대개 흥망과 교체에 불과하지만 예술은 바로 계승과 축적이다. 본토라는 단어의 탄생 이전에도 타이완 문학의 성취는 이미 존재했다. 본토를 신앙하는 이념 때문에 과거의 예술적 성취를 왜곡하고 변조해서는 안 된다. 또는 앞사람의 노력을 몽땅 일시적인 것에 불과한 권력에 속하게 해서도 안 된다. 문학은 정치를 포용할 수 있다. 하지만 지금은 정치가 문학을 협소하게 만들고 있음을 목격하게 되었다. 만일 이런 폭력적인 태도를 용납한다면 그야말로 역사상의 문학의 기억을 남김없이 지워버리는 것이나 마찬가지다.

문학이 성황을 이루는 곳은 곧 상처 받은 영혼이 치유되는 곳이다. 타이완 섬의 모든 문학적 성취가 한때에 불과한 정치적 신앙을 위한 봉사가 되어서는 안 된다. 용렬한 집권자의 도구가 되어서는 더더욱 안 된다. 폭 좁은 본토에 대응하는 최선의 방식은 다시금 역사의 펜을 들고서 아름다운 문학으로 부패한 정치에 반격하는 것이다. 이 문학사 저술을 다시 시작한 것은 2008년 이후였다. 다시금 문학의 힘으로 의지를 북돋우며 삶에서 가장 암담했던 시절을 참으로 어렵사리 벗어나왔다. 전후 타이완 문학의 가장 뛰어났던 단계는 현대와 향토 사이의 밀고 당김이었다. 그것은 도대체 문을 열어젖히고 외래의 영향을 받아들일 것인가, 아니면 문을 닫아걸고 자체 운용을 계속할 것인가라는 역사의 전환 및 사회의 전환을 의미하는 것이었다. 이 문제는 의심의 여지없이 전후 타이완 작가에 대한 가장 큰 테스트였다. 다시 한 번 이 역사적 시기를 마주하면서 확실히 마음속에서 마치 몸부림치는 것 같은 느낌이 솟구쳐 나왔다. 어쨌든 본토파 논자의 한 사람이다 보니 이데올로기라는 유령들이 수작을 부리고 있었던 것이다. 본토가 일종의 역사적 웅변이 되도록 만들지 않으면 안 되었다. 또한 타이완이 선명한 문학적 이미지가 되도록 만들지 않으면 안 되었다. 그런 집념은 손에 든 펜을 머뭇거리며 나아갈 수 없게 만들었다.

　모색을 반복하던 끝에 문득 깊이 깨닫게 되었다. 본토가 신성한 존재여서도 안 된다는 것이었다. 숭고한 신앙이어서도 안 된다는 것이었다. 사실 그것은 하나의 열린 관념이었다. 역사라는 강에 떠다니던 그 모든 종족, 현실이라는 거울에 떠올랐던 그 모든 이민자들이 일단 이 섬에서 머무르기로 결정했을 때 그들의 정서와 미학 또한 이미 모두 본토에 합류했던 것이다. 타이완은 원래부터 유동적인 공간이었다. 원주민을 제외한 모든 종족 집단은 이민자의 후예다. 타이완 문학은 한 장의 퍼즐이자 하나의 조각보이다. 각 시대, 각 작가는 마름질의 예술에 노력해왔으니, 이 섬이 흠 잡을 데 없는 완벽한 그림이 되도록 만들기 위해서, 그들이 가진 최고의 상상을 주입하고 그들이 가진 최고의 수법을 운용해왔던 것이다.

이 문학사 저작의 해석 시각은 포스트식민주의 역사관에서 출발한 것이다. 포스트식민주의 관념은 오랫동안 종종 오용되거나 남용되었다. 마치 비판과 반발의 입장에 서기만 하면 포스트식민주의적 해석이 완성되는 것처럼 말이다. 타이완 문학은 확실히 식민체제와 계엄체제를 벗어나는 과정에서 곳곳에 상처투성이였다. 타이완 문학의 선배 작가들은 상처받고 모욕당하며 온갖 쓴맛을 다 보았다. 그러나 피와 눈물이 곧 문학은 아니다. 또는 루쉰魯迅이 말한 것처럼 협박과 욕설이 곧 전투는 아니다. 그들은 문화의 폐허 속에서도 다시 일어섰다. 과거에 겪었던 고난과 고통에 연연하지 않았다. 문학예술이라는 세례를 통해서 핏자국과 눈물 흔적을 닦아내며 전혀 다른 차원의 고결한 인격과 고귀한 영혼으로 바꾸어놓았다. 만일 문학이 일종의 구원이라면 그 자체가 바로 최고의 무기이다. 인간의 추악함과 더러움에 대한 다함없는 정화인 것이다. 문학사는 불순한 것은 버리고 정화만 남기는 과정이다. 군더더기와 찌꺼기를 제거하는 것은 용감하게 권력에 대항하기 위한 것이지 권력에 빌붙기 위한 것이 아니다.

진정한 포스트식민 문학은 역사상의 모든 아름다움과 추함을 소화하여 상처 받은 경험을 혜택 받은 유산으로 바꾸어놓는 데 있다. 예술에의 헌신을 추구한다는 것은 권력의 족쇄에서 벗어나고 사상의 감옥에서 벗어나서 왕성한 창조력과 생명력으로 풍요로운 미학을 거두어들이는 데 있다. 걸출한 작품이 곧 최고의 전투이자 최고의 비판이다. 1960년대 모더니즘운동 이후 타이완 문학이 사람들의 심금을 울리는 작품을 내놓을 수 있었던 것은 다름 아니라 증오에서 벗어나고 욕설에서 초월했기 때문이다. 압축적이고 정련된 언어를 사용하여 시대 전반의 고민과 암울함을 그려냈던 것이다. 1970년대 향토문학운동 중의 최상의 작품은 종종 통속적인 이야기 속에서 인성의 너그러움과 공정 무사함을 드러내었다. 1980년대 이후 권력 체제가 느슨해지기 시작하자 페미니즘문학, 동성애문학, 원주민문학이 전혀 다른 세상을 펼칠 수 있었던 것은 문자 예술로 권력을 조롱하고, 역사를 조소하고, 주류를 비웃었던 데 있다. 포스트식민 작가는 깊이 이해하고 있다. 문학은 세대를 넘어서고 국경을 넘어서는 예술이며, 역사적 상황에 구속될 리도 없고 정치권력의 인질이 될 리도 없다는 것을. 수난을 겪은 후에 정제되어 나온 문학은 오히려 개방적이고 관용적인 태도를 가지고서 승화와 구원의 경지에 이르게 된다.

쓰다말다 하며 그렇게도 기나긴 시간이 지나고, 적막한 세월의 고통을 겪을 만큼 겪었다. 마침내 전체 저작의 마지막 마침표를 찍게 되자 그 모든 괴로움이 일시에 흔적도 없이 사라졌다. 정신적인 족쇄에서 풀려나니 세상을 보는 방식도 완전히 달라졌다. 이 섬이 만들어낸 문학에 대해서 더욱더 믿음을 가지게 되었다. 머지않아 더욱 훌륭한 문학이 계속해서 탄생할 것이라는 것을 기대할 수 있다. 순수한 예술이란 여러 세대를 거쳐야 비로소 담금질되어 나오는 것이다. 타이완의 민주화가 아직 조정 단계인데도 지금의 이런 문학적 성취를 내놓을 수 있다는 것은 쉽지 않은 수확이다. 장래의 태평성세에 진정으로 빛나는 작품이 활짝 펼쳐질 것임에 틀림없다. 많은 동료들이 인터넷문학에 대해 상당히 우려하면서 젊은 작가들이 걸출한 작품을 창조해내지 못할 것이라고 생각한다. 이 책은 비록 인터넷문학에 대해 언급하지 못했지만 이런 비관적인 관점에는 동의하지 않는다. 문학의 기교와 형식은 언제나 시대의 변화에 따라 부단히 변화한다. 백화문운동은 전통적이고 보수적인 사람들이 극도로 미워하는 바였다. 그러나 10여 년의 문학혁명을 거친 후 성숙한 작품이 끊임없이 나타났다. 모더니즘운동이 타이완에서 일어났을 때 문학혁명의 주창자였던 후스胡適가 우려의 목소리를 냈었다. 그는 그것이 또 한 차례의 문학혁명이며, 전혀 다른 새로운 예술의 시대가 시작되었음을 깨닫지 못했다. 만일 예언이 틀리지 않는다면 인터넷문학은 틀림없이 세 번째 문학혁명일 것이다. 신세대 작가들은 인터넷 시대에서 멀어질 수가 없다. 그들은 앞으로 가상의 공간에서 실체적인 새로운 감각과 새로운 언어를 써낼 것이다.

이 문학사 저작은 두 말할 나위 없이 타이완의 민주화 과정의 산물이다. 전체 저술 과정은 반복적으로 현실의 정치적 파동과 맞물려서 이루어졌다. 그 동안에 작열했던 뜨거운 불꽃은 오로지 집필에 전념하는 가운데 비로소 깊이 체감할 수 있는 것이었다. 일찍이 겪었던 방랑의 경험과 민주주의에 대한 재앙은 복잡다단하고 파란만장한 글자들의 사이에 녹아들었다. 이 빼어난 타이완 문학과 타이완 역사를 위한 기록을 남길 수 있는 것은 삶이 받아들일 수 있는 최고의 축복이다. 나의 나라, 나의 시대는 바야흐로 태평성대에 들어서게 될 것이다. 이를 앞둔 지금 이 문학사 저작을 완성함으로써 기쁜 마음으로 선배 작가들에게 경의를 표함과 동시에 미래의 신세대에게 인사를 전하는 바다. 이처럼 풍요로운 문학적 유산을 가지고 있으니만치 당연히 다음 세대는 더욱 찬란한 예술적 정점에 도달할 것이라고 예상해마지 않는다.

10여 년 동안 많은 유형무형의 마음들이 이 방대한 저술 작업에 참여했다. 징이대학靜宜大學·지난국제대학暨南國際大學·중싱대학中興大學·정즈대학政治大學의 학생들은 이 책이 어떻게 초기 단계에서 완성 단계로 나아갔는지 직접 체험했다. 강의를 하던 그 긴 세월동안 그들의 관용과 양해는 각 장절의 수정·증보·보충·윤문에 모두 스며들었다. 그들의 출석이 없었다면 아마도 이 책은 영원히 결석 상태일 터이다. 학생들 한 사람 한 사람의 이름을 기록할 수는 없지만 그들과의 잊을 수 없는 상호작용의 경험은 이 책에서 문장의 전환·연결·나누기·서술 사이에 미묘하게 내재되어 있다. 내가 타이밍을 놓쳐버린 학생들에 대해서는 참으로 미안한 마음과 감사한 마음을 표해야 하겠다. 그들은 마침내 이 저작의 출판을 보게 되었으니 어쨌든 그들에게 한 약속을 지키게 된 셈이다. 나의 조교는 사실 나의 진정한 조력자였다. 나는 오랜 기간 손 글씨로 원고를 썼는데, 그들의 협력이 있었기 때문에 순조롭게 컴퓨터 파일이 될 수 있었다. 진심으로 감사를 표하기 위해서 그들의 이름을 거명하는 것을 양해해주기 바란다. 징이대학 시절의 추야팡邱雅芳은 이 책의 초고에 제일 공이 컸는데 현재 그녀는 이미 조교수가 되었다. 후진룬胡金倫은 현재 롄징출판사聯經出版公司의 부주간으로 참으로 많은 도움을 주었는데 여러 차례 나와 함께 새벽까지 작업을 하곤 했다. 정즈대학의 쑤이팡蘇益芳·천옌칭陳晏晴·린완윈林婉筠·류칸링劉侃靈·리완이李婉伊·천이야오陳怡瑤·쉬자쉬안許佳璇 등 미더운 여러 조교들은 이 책의 하반부에 큰 힘이 되었다. 궈이원郭羿妏은 조교가 아니면서도 스스로 입력을 맡아주었다. 특별히 언급하는바 리이칭李伊晴은 올해 초봄에서 여름 사이의 수많은 주말에 자발적으로 기꺼이 참여해서 늦어진 작업을 적절히 따라잡게 해주어 잊을 수가 없다. 정즈대학의 타이완 문학 대학원의 동료인 판밍루范銘如·쑨다촨孫大川·쩡스룽曾土榮·우페이전吳佩珍·최말순崔末順·지다웨이紀大偉 교수 및 조교인 장유췬張幼群·우후이링吳蕙玲은 모두 직간접적으로 내게 정신적 성원을 보내주었다. 나는 그들과 함께 제대로 된 대학원을 꾸리게 되었다. 이는 나의 학술 생애에서 보기 드문 혁명의 감정을 부여해 주었다. 정즈대학 중문과의 교수들은 여러 차례 어려운 시기에 도움을 준 나의 중요한 지지기반이었다. 특히 웨이톈충尉天聰 교수가 보여준 학문 정신과 인품 도량은 최상의 감화였다. 이 책의 헌사에서 특별히 밝힌 바 내 삶에서의 스승이신 예스타오葉石濤 선생, 위광중余光中 교수, 치방위안齊邦媛 교수는 내가 문학에 뜻을 두게 되는 데 있어 결정적인 분들이셨다. 정즈대학은 최고의 연구 환경을 제공해줌과 동시에 우수한 학생을 가르칠 수 있게 해주었다. 개방적인 학교가 없었다면 다원적이고 복합적인 사고 역시 용납되지 않았을 것이다. 이 책이 순조롭게 완성될 수 있었던 것은 국내 유일의 인문사회 영역 전문인 바로 이 학교로부터 힘입은 바다. 마지막이면서 최고의 감사는 나와 함께 고생해준 나의 처 가오루이쑤이高瑞穗에게 돌려야 할 것이다. 방랑의 세월에서부터 안정의 시절까지 그녀는 모든 과정을 나와 함께 걸어왔다. 나의 두 자녀, 현재 캘리포니아 애플사의 엔지니어로 있는 천이쳰陳宜謙 Kenbo과 네덜란드에서 지역사회에 봉사하고 있는 천이췬陳宜群 Judy은 내가 오랜 기간

집을 떠나 있을 때도 이를 이해하고 지지해주었다. 지식인은 그 나름의 한계가 있지만 감정에는 한계가 없는 법이러니 이는 이 책의 가장 넉넉한 자원이었다.

제1장
타이완 신문학사의 구축과 시기 구분*

　타이완 신문학운동은 1895년 타이완이 일본 식민지로 전락한 후에 비로소 전개되었다. 청나라는 청일전쟁에서 패배한 후 타이완을 일본에게 내주었다. 이는 전적으로 이 섬의 역사를 다시 쓰는 것이나 다름없었다. 이 섬의 원주민 사회 및 한족 이민 사회는 하룻밤 사이에 전혀 다른 식민 사회를 맞이하게 되었다. 일본 식민 체제의 지배는 타이완과 중국 사이의 정치·경제·문화적 연계가 심각하게 단절되도록 만들었을 뿐만 아니라, 거주민들의 고유한 생활 방식 역시 철저하게 개조되도록 만들었다. 식민정책의 영향 하에 본디 농업 경제를 토대로 한 전통적인 봉건사회가 공업 경제를 토대로 하는 현대 자본주의 사회로 급격하게 바뀌었다. 타이완 사회의 전통 한문 방식의 사고 또한 전반적인 환경의 변화에 따라 차츰 쇠퇴하다가 결국엔 몰락하게 되었다. 이를 대신한 것은 현대적인 지식의 등장 및 자본주의의 확장과 재확장 이었다. 바로 이런 새로운 시대의 도래에 발맞추어 타이완 신문학이 배태되기 시작했다.

　타이완 신문학은 20세기의 산물이자 오랜 기간에 걸친 식민 통치의 자극이 산출한 것이다. 20세기의 끝자락에 서서 문학사 변천의 전체 궤적을 되돌아보자니 이 가슴 아픈 땅이 겪은 고통의 역사를 보는 듯하고, 또 이 섬 거주민이 행한 분투의 역사를 보는 듯하다. 애초 아무 것도 없

---

* 이 장은 김혜준이 번역하였다.

던 황무지에서 오늘날의 풍성한 발전에 이르기까지 타이완 문학은 전쟁전 일문 글쓰기와 전쟁 후 중문 글쓰기라는 두 단계의 역사를 거쳤다. 이 두 단계 동안 정치권력의 간섭 및 언어 정책의 방해로 인해 타이완 신문학의 성장은 다른 지역의 문학에 비해 훨씬 어려웠다. 각 시기의 타이완 작가를 살펴볼 때마다 그들의 작품에 새겨진 고통스러운 상처를 발견할 수 있으며, 또한 작품 속에 감추어진 저항의 정신을 발견할 수 있다. 이런 면에서 볼 때 타이완 신문학사의 구축은 단순히 문학 작품의 미학적 분석에만 머물러서는 안 된다. 반드시 각 시기별로 작가, 작품과 그것이 처한 시대 및 사회 사이의 상호 관계에 주의해야 한다.

문학사를 서술하다보면 대개 역사관의 문제에 관련되기 마련이다. 이른바 역사관이란 역사 서술자의 식견과 해석을 가리킨다. 어떠한 역사 해석도 역사가의 정치적 색깔을 띠지 않을 수 없다. 역사가가 어떻게 한 사회를 대하고, 나아가서 어떻게 그 사회에서 탄생한 문학을 평가하는가 하는 것은 그 이데올로기와 밀접한 관계를 가지고 있다. 따라서 이 문학사를 서술하기 위해서는 타이완 사회가 대체 어떤 성격에 속하는가 하는 점이 서술과정의 한 중요한 의제가 된다. 타이완이 일단 식민 사회라고 본다면 자연히 이 사회에서 탄생한 문학 역시 식민지 문학이 된다. 식민지 문학으로써 전체 타이완 신문학운동을 자리매김한다면 역사 과정에서의 식민지배자와 피식민자 사이에 일어났던 권력의 상호 각축 관계를 분명히 판별할 수 있다. 또한 타이완 문학이 어떻게 가치의 농단 단계로부터 다원적인 현상을 보여주는 지금의 단계로 탈바꿈할 수 있었는지를 깨달을 수 있으며, 더 나아가서 타이완 작가들이 어떻게 권력의 지배 아래에서도 설득력 있는 작품으로 저항과 비판을 행해 왔는지를 인식할 수 있다.

포스트식민 역사관의 성립

타이완 신문학운동은 씨앗을 심고, 싹을 틔우고, 꽃을 피우고, 열매를 맺고 하기까지 식민시기, 재식민시기 및 포스트식민시기의 세 단계를 거쳤다고 할 수 있다. 타이완 사회의 식민지 성격을 도외시하는 것은 타이완 신문학운동이 역사의 진전 중에 이루어낸 품격과 정신을 무시하는 것이나 거의 다름없다. 이 문학사의 역사관은 타이완 사회가 식민지 사회에 속했다는 점을 바탕으로 한다.

타이완 신문학사에서의 첫 번째 식민시기는 1895년에서 1945년까지 일본 제국주의 통치시기를 일컫는다. 이 시기에는 일본 자본주의가 타이완에서 토대를 다지고 확장해나간 것을 보여주며, 이와 동시에 일본의 패권적 문화가 이 섬에서 공고해지고 침식해 들어간 것을 보여준다. 이 역사적 전환기에 신흥의 지식인은 날로 사회의 중요한 계층이 되었다. 여타 식민지 사회의 상황과 마찬가지로 타이완 지식인은 계몽운동의 역할을 담당했다. 그들이 참여한 계몽 작업은 정치운동·사회운동·문화운동이 모두 포함된다. 일제강점기의 지식인은 한편으로는 비판적으로 일본 통치자가 가져온 자본주의와 현대화를 수용하면서, 한편으로는 상당히 의식적으로 자본주의와 현대화의 이면에 내재된 식민체제에 대해 장기적이고 심층적인 저항의 행동을 전개했다. 그들은 근대식 민족주의운동을 이끌면서 농민운동과 노동운동에 개입했으며, 여성의식을 각성시키는 운동에도 관여했다. 정치운동 및 사회운동의 전개와 더불어 당시의 지식인은 또 신문학운동의 기치를 내세우면서 식민지배자에 대한 사상적 정신적 대항을 시작했다. 타이완 작가가 문학이라는 형식으로 일본 통치자에 대해 전개한 항거 행동은 식민 체제의 흥망과 더불어 했다고 말할 수 있다.

문학사에서의 재식민시기는 1945년 국민정부가 타이완을 접수한 때부터 시작하여 1987년 계엄 체제를 종결한 때까지를 일컫는다. 제2차 세계대전이 끝나기 이전까지 전 세계의 3분의 2 이상의 사람과 땅이 피식민을 경험했다. 아프리카, 중남미 및 아시아(일본과 중국 제외)는 거의 모두 제국주의자의 식민지가 되었다. 종전과 함께 인류 역사에서의 식민시기가 끝이 났다. 식민을 경험한 나라는 대부분 각기 그 나라 지식인들이 지난 역사의 고통스런 체험에 대해 반성하고 검토하기 시작했음을 볼 수 있다. 이런 고통스런 체험에 대한 정리와 평가는 그 뒤 지금의 포스트식민 담론의 주요근거로 발전했다.

타이완은 전후에 역사 반성의 공간과 기회를 갖지 못했다. 국민정부는 타이완을 접수하면서 강력한 중화문화를 가져왔다. 그들은 타이완의 식민경험을 경시했으며 그것을 '노예화 교육'이라고 형용했다. 특히 1950년 이후 국민정부는 국공내전의 실패라는 교훈을 토대로 하여 기존의 중원을 중심으로 하는 민족사상 교육을 더욱더 강화했고, 이와 동시에 무장한 경비총사령부警備總部를 사상 사찰의 뒷받침으로 삼았다. 반공이라는 정책에 발맞추어 국민정부는 상당히 치밀하게 계엄체제를 구축했다. 거의 군사 통제식의 이런 권력 지배 방식은 일본 식민체제에 비추어보아도 전혀 다를 바 없었다. 역사 발전의 관점에서 볼 때 이 단계를 재식민시기라고 일컫는 것은 그야말로 합당하다고 할 수 있다.

전후의 재식민시기에 들어선 후 타이완 작가의 창조력과 상상력은 고도의 압제를 받았다. 이러한 압제는 타이완 역사 기억에 대한 왜곡과 말살에서도 표현되었고 오늘날 작가의 본토의식에 대한 경시와 배척에도 표현되고 있다. 일제강점기에 관방이 주도한 야마토민족주의大和民族主義가 전체 사회에 대해 저질렀던 행패와 마찬가지로 전후 이 섬에 미만했던 중화민족주의 역시 엄밀한 교육체제와 방대한 선전기구를 통해 작가의 영혼을 구금하는 목표를 달성하고자 했다. 이런 식의 민족주의는 자주성과 자발성에 기초하여 이루어진 정체성이 아니었다. 관방의 강제와 협박에 의한 일방적인 주입이었다. 이에 따라 적어도 1980년대 계엄 해제 이전까지 타이완 작가의 민족주의에 대한 인정에는 분열적인 상태가 표출되었다. 중화민족주의를 인정한 작가들은 기본적으로 문예정책의 지도를 받아들였다. 그들은 문학이라는 형식으로 반공정책을 지지하면서 거침없이 민족주의를 선양했다. 이런 작가의 문학은 관방의 문학에 속한다고 할 수 있다. 다른 작가들은 중화민족주의에 대해 항거의 태도를 취했다. 그들이 창조한 문학은 타이완 사회의 생활 현실에 대한 반영을 주요 제재로 삼으면서 권위 체제에 대해 직접적인 또는 간접적인 비판과 풍자를 행했다. 이는 민간의 문학에 속한다고 하겠다.

관방문학과 민간문학은 전후 문학사에서 두 가지 주요 노선이었다. 이 두 가지 문학은 크고 작은 논쟁을 벌이던 끝에 마침내 1977년 향토문학 논쟁에서 서로 대결하기에 이르렀다. 향토문학 논쟁 이후 민간문학은 타이완 사회의 인정을 받게 되었다. 이런 민간문학은 과거에는 향토문학이라고 불렸건 아니면 본토문학이라고 불렸건 간에 논쟁 후에는 정식으로 '타이완 문학'이라는 이름으로 널리 받아들여지게 되었다. 전후의 문학 발전의 궤적은 타이완 문학이 올바른 이름을 갖추기 위한 투쟁의 역사라고 하더라도 과장된 말은 아닐 것이다. 이러한 투쟁이 일제강점기 타이완 작가의 저항과 비판의 정신의 연속이었음은 말할 나위도 없다.

다만 전후 작가가 분투한 저항 작업은 일제강점기 작가에 비하자면 몇 배나 어려웠다. 일제강점기 타이완 작가가 노력한 탈식민화de-colonization 운동은 순전히 일본 식민체제에 대한 것이었다. 그런데 전후 작가의 탈식민화 작업은 일본 통치자가 남겨놓은 식민문화의 잔재를 비판해야 했을 뿐만 아니라 이와 동시에 정치권력이 만연시키고 있던 계엄 체제에도 저항해야 했기 때문이다. 이 이중적인 탈식민화는 재식민시기 타이완 문학의 중요한 특색을 구성했다.

문학사에서의 포스트식민시기는 1987년 7월 계엄령 해제가 상징적인 시작이다. 이른바 상징적이라 함은 이런 식의 역사적 분수령이 그렇게 적확한 것은 아니기 때문이다. 1980년대에 들어선 이후 중국을 지향하던 계엄문화가 이미 느슨해지는 현상이 나타나기 시작했다. 정치적으로는 개혁을 요구하는 목소리가 이 섬의 구석구석에 그리고 모든 계층에 퍼져났다. 경제적으로는 자본주의의 고도 발전으로 인해 타이완 경제인들이 금기를 벗어나서 점차 중국과 통상 관계를 구축하기 시작했다. 사회적으로는 예컨대 원주민의 복권운동, 페미니즘운동, 동성애운동, 커자말 운동客語運動 등 그간 주변화 되었던 약세 목소리들이 차례로 터져 나왔다. 이리하여 정식으로 계엄 해제가 선포되기 이전인 이 무렵에 사상 검열과 언론 통제에 의지하던 권위 체제가 이미 각종 사회적 힘의 도전을 받게 되어 붕괴되는 형세를 보였다.

계엄 해제 이후 문학에 표현된 포스트식민 현상으로 가장 중요한 것은 갖가지 거대 서사가 도전받은 것과 갖가지 역사 기억이 하나씩 재구성된 것이다. 거대 서사grand narrative란 문학에서 습관화된 웅위한 심미적 관념과 느낌을 일컫는다. 중화민족주의가 주도하던 시기에는 문학의 심미성은 땅도 넓고 물산도 많다는 식의 중원 관념을 중심으로 삼았다. 이러한 심미성은 중화쇼비니즘, 한족쇼비니즘, 남성쇼비니즘, 이성애쇼비니즘을 기조로 하는 것이었다. 구체적으로 말하자면 거대 서사의 미학은 일종의 문화적 패권 담론임을 면치 못했다. 문화 패권이 온 세상에 횡행할 수 있었던 것은 권위 방식의 계엄 체제라는 존재에 힘입은 것이었다. 패권의 지배하에 전체 타이완 사회는 일원화되고 독점화된 미학 관념을 일률적으로 받아들여야 했다. 이런 일괄적인 요구는 개별적이고 각기 차이가 있는 약세적인 심미성이 강력하게 억압되도록 만들었다. 그러나 계엄 체제의 붕괴와 더불어 거대 서사의 미학 또한 이를 이어서 광범위하게 작가의 의문을 불러일으켰다.

포스트식민 문학의 한 가지 중요한 특색은 작가가 이미 권력 중심의 조종을 벗어날 것을 의식하게 되었다는 것이다. 이런 탈중심화decentering 의 경향은 포스트모더니즘의 탈중심화와 방식은 다르지만 효과는 같은 면이 있다. 이에 따라 어떤 사람은 종종 계엄 해제 후 타이완 문학의 다원화 현상을 포스트모더니즘 환경postmodernism condition으로 간주한다. 하지만 포스트식민과 포스트모던 사이에는 한 가지 다른 커다란 영역이 있다는 점을 분명히 해야 한다. 전자는 주체성의 재구축reconstruction of subjectivity을 강조하는 데 비해서 후자는 주체성의 해체deconstruction of subjectivity를 강조하는 경향이 있다는 것이다. 포스트모더니스트는 역사 기억의 재구축에 개의치 않는 반면에 포스트식민주의자는 역사 기억의 재구축을 대단히 중시하는 것이다. 이런 관점에서 계엄 해제 이후 문학의 활력 넘치는 성황을 검토해본다면, 그것이 포스트식민 문학의 특징에 속하며 포스트모더니즘 문학의 정신에 속하지 않는다는 점을 발견하게 될 것이다. 이 두 가지 문학의 발전 개황은 이 책의 마지막 장에서 상세하게 토론하겠다.

여기서 반드시 지적하고자 하는 점은 권력에 의해 주변화 되었던 약세 목소리가 계엄 해제 이후의 시기에 형성한 도전적인 패러다임이 상당히 다원적이라는 것이다. 중국이라는 거대 서사의 문학이 타이완 의식 문학에 의해 도전받기 시작했다. 그런데 타이완 의식 문학이 거대 서사의 색채를 완전히 탈피하지는 못하게 되자 다시 원주민 작가와 여성의식 작가의 도전을 받게 되었다. 마찬가지로 여성의식 작가에게 이성애 중심의 경향이 나타나자 그것 또한 동성애 작가의 질문을 받게 되었다. 이는 계엄 해제 이후 시기의 포스트식민 문학이 각별히 뛰어난 원인이기도 하다. 타이완 의식 문학, 여성문학, 원주민문학, 군인가족 동네 문학眷村文學,[1] 동성애문학이 동시에 병존하는 현상은 곧 식민시기와 재식민시기에 타이완사회의 창작 심리가 얼마나 심각하게 손상되었는지를 반증해주는 것이다. 사회 내부에 잠재되어 있던 문학의 사고 역량이 자유를 얻게 되자 더 이상 과거의 심미적 기준을 유일한 잣대로 삼을 수는 없게 되었다. 모든 문학 작품이 각기 종족·계급·젠더의 맥락 속에서 검증받게 되었다.

각각의 종족·계급·젠더적 취향은 각기 자신만의 사유 방식과 역사

---

1) 군인가족 동네 문학: 군인가족 동네란 20세기 중반 중국 대륙 각지에서 타이완으로 철수한 군인과 그 가족이 모여 살던 동네로, 일반인의 주거지와는 다른 특수한 생활 문화적 상황을 보였는데, 이와 관련된 문학이 곧 군인가족 동네 문학이다.

기억을 가지고 있다. 서로 간의 사유와 기억은 상호 대체할 수는 없는 것이다. 상이한 종족 기억, 계급 기억, 또는 젠더 기억은 각기 하나의 주체이다. 일제 식민시기와 전후 재식민시기에는 주체가 마치 하나뿐인 것 같았다. 그것은 통치자의 의지를 유일한 심미 기준으로 삼는 것이었다. 단일한 기준의 검증 하에 사회 내부의 서로 다른 가치·욕망·사고는 전적으로 무시되었다. 그러나 포스트식민시기에는 이미 권위 체제가 더 이상 과거처럼 공고하지 않다. 획일적이고 일괄적인 미학 역시 점차로 다양하고 국부적이고 잡다한 미학에 자리를 내주고 있다. 이에 따라 포스트식민시기에는 타이완 문학과 관련한 정의 또한 그에 상응하는 조정과 확장이 있게 되었다.

일제강점기에 타이완 문학은 상대적으로 일본식민체제에 대응하여 존재했다. 그 시기의 타이완 문학은 타이완 작가를 주체로 하면서 문학 작품의 내용은 항의 내지 더 나아가 항쟁의 목소리로 충만한 것이었다. 전후가 되면 타이완 문학은 상대적으로 계엄체제에 대응하여 존재했다. 이 시기의 타이완 문학은 권력의 간섭 내지 박해를 받은 작가를 위주로 하면서, 문학 작품은 계엄 체제와 일정한 거리를 유지하는 관계이거나 그게 아니라면 곧 정면으로 또는 우회적으로 항거하는 태도를 취했다. 계엄 해제 시기에 들어선 후 비로소 타이완 문학의 주체성 논의가 정식으로 검토되었다. 이 시기 문학의 주체는 더 이상 항쟁하고 배척하는 차원에 머무르지 않게 되었다. 그 어느 종족·계급·젠더도 권력의 중심을 차지할 수는 없게 되었다. 타이완 사회에서 그 어떤 문학적 사고와 생활 경험 및 역사 기억도 모두 주체에 속한다. 이 모든 개별적인 주체가 결합하게 될 때 타이완 문학의 주체성이 비로소 드러날 수 있다. 따라서 포스트식민시기의 타이완 문학은 다원적이고 포용적인 열린 정의에 속해야 한다. 종족적 귀속이 어떠하든, 계급적 정체성이 어떠하든, 그리고 젠더적 취향이 어떠하든 간에 타이완 사회에서 탄생한 문학이라면 곧 타이완 문학 주체의 불가분한 일부분이다.

바로 이러한 포스트식민 역사관의 입장에서 타이완 문학사의 구축은 그 집중점과 입각점을 가지게 된다. 더욱 적절하게 말하자면 이 책이 근거로 삼는 포스트식민 역사관은 좌익적·여성적·주변적·동태적인 역사 해석을 통해서 전체 신문학운동의 발전을 포괄하는 것이다.

타이완 신문학사의 시기 구분

타이완 문학의 내용은 역사적 단계의 변천에 따라 끊임없이 성장하고 확장되었다. 식민지 문학의 색채로 짙게 물들어 있었기 때문에 그것의 언어 전통과 역사 전승에는 단절이 일어날 수밖에 없었다. 따라서 문학의 전체적 변천을 살펴보려면 각기 다른 역사 단계를 고려하여 판단해야 한다. 이른바 각기 다른 역사 단계란 곧 문학사의 시기 구분을 가리킨다. 타이완 문학사의 시기 구분은 확실히 위험하면서도 매혹적인 일이다. 그것이 위험하다는 것은 타이완 작가의 문학 생애가 대개 서로 다른 역사 단계에 걸쳐있기 때문이다. 시기 구분의 작업은 관찰과 검토의 편의를 위한 것이다. 그런데 편의를 추구하느라고 작가를 특정한 역사 시기에 귀속시키다 보면 대개 그 문학 정신과 스타일에 대해 오해를 낳기 쉽다. 하지만 그것이 또 매혹적이라는 것은 서로 다른 시기의 서로 다른 작가와 작품 속에서 공통의 정신적 모습을 찾아내고 이로써 한 시대의 문화적 의의를 발견할 수 있기 때문이다.

서로 다른 시기 구분으로 역사를 관찰한다면 타이완 문학에 넘쳐나는 약동적인 생명력을 발견할 수 있을 것이다. 이 문학사를 구축하는 과정에서는 앞서 말한 역사관에 근거해서 크게 세 가지 역사 단계로 구분한다. 곧 일제의 식민시기, 전후의 재식민시기, 계엄 해제 이후 지금까지의 포스트식민시기이다. 이 세 가지 역사단계 아래에 작가 작품의 스타일에 따라 다시 세부적으로 시기 구분을 한다. 여기서 우선 다음과 같이 표를 통해 시기 구분의 개요를 제시한다.

일제강점: 식민시기
1. 계몽실험시기(1921-1931)
2. 연합전선시기(1931-1937)
3. 황민운동시기(1937-1945)
전후: 재식민시기
4. 역사과도시기(1945-1949)
5. 반공문학시기(1949-1960)
6. 모더니즘시기(1960-1970)
7. 향토문학시기(1970-1979)
8. 사상해방시기(1979-1987)
계엄 해제: 포스트식민시기
9. 다원발전시기(1987-　　)

계몽실험시기에서 오늘날의 다원발전시기에 이르기까지는 대략 70여 년에 이른다. 다른 사회로 말하자면 이러한 역사는 사실 상당히 짧은 기간일 것이다. 하지만 각기 다른 패권적 담론이 지배했던 타이완 사회로 보자면 엄청나게 긴 시간이었다. 타이완 문학사의 서술에 비교적 뚜렷한 구조를 보여주기 위해 여기서는 먼저 각각의 시기에 대해 간단히 설명하고자 한다.

1. 계몽실험시기啟蒙實驗時期(1921-1931)

이 시기는 타이완 작가가 언어 사용과 문학 형식을 모색한 맹아 단계이자 문학운동이 정치운동에 종속된 핵심 시기이다. 타이완의 1세대 현대적 지식인은 대략 1910년대에 그 탄생을 알렸다. 그들은 일본 식민자가 들여온 현대적 교육을 받았으며, 세계의 정치 형세에 대해 촉각을 내밀며 처음으로 이해하기 시작했다. 그들은 대내적으로는 1915년 타파니사건噍吧哖事件[2]이라는 마지막 무장 봉기를 목격했다. 대외적으로는 1917년 러시아혁명의 성공이라는 소식을 접했고, 또 1918년의 제 1차 세계대전 종전 후 민족 자결의 사상을 인식하게 되었으며, 더 나아가서 1919년 중국 베이징에서 일어났던 5·4운동에 대해서도 알게 되었다. 이러한 정치적 추세가 그들의 사상과 정서 방면에 가져온 충격은 참으로 심대했다. 타이완 근대의 항일 정치운동은 타이완 안팎의 정치적 형세의 요구 하에 그 역사적 문을 열어젖혔다.

정치운동의 진전에 발맞추어서, 특히 1921년 타이베이에 타이완문화협회台灣文化協會가 창립된 이후 지식인은 문학 형식을 사용하여 민중의 정치의식을 불러일으키고 민중이 식민체제의 본질을 인식시키도록 이끌어야 한다는 점을 깨닫게 되었다. 이러한 계몽운동은 문학을 자주적인 존재로 본 것이 아니라 정치운동의 보조 수단으로 본 것이었다. 당시는 초기 단계였기 때문에 비교적 문학에 전념하는 작가는 아직 나타나지 않았다. 그보다 더욱 주목할 만한 것은 타이완이 식민지로 전락한 후 작가의 언어 선택이 커다란 난점이 되었다는 점이다. 고전 한어를 사용할 것인지 중국 백화문을 사용할 것인지, 또는 타이완 본토의 모어를 사용할 것인지 일본 식민자의 언어를 사용할 것인지 하는 문제였다. 신문학이 싹을 틔운 후 각자 서로 다른 언어로 작가들이 문학 창작을 행한 것을 발견할 수 있다. 셰춘무謝春木는 일본어를 사용했고, 장워쥔張我軍은 중국 백화를 선택했으며, 라이허賴和는 타이완 모어에 의지하는 등 식민문화의 혼종 현상이 일어났다.

초기의 문학 창작은 기교와 구성 방면에서 모두 지극히 조잡했다. 대다수의 작품은 실험적 단계에 머물렀을 뿐이었다. 당시 작가들은 반항적 정서가 대단히 강해서 마치 비판적 의지를 나타내기만 하면 작품의 임무를 완성하는 것처럼 여겼다. 오늘날에 되돌아보자면 이 시기의 문학은 확실히 사료적 가치가 예술적 가치를 훨씬 뛰어넘는다. 라이허·양원핑楊

---

2) 타파니사건: 1915년에 타이난의 타파니 지역을 중심으로 일어난 민중의 대규모 항일 무장 봉기로, 1,957명이 체포되고 그 중 866명이 사형 판결을 받았다.

雲萍·천쉬구陳虛谷 등이 남긴 작품 외에 여타 작가가 만들어낸 문학은 미학적 검증을 통과하기가 어려웠다.

2. 연합전선시기聯合陣線時期(1931-1937)

계몽실험시기의 문학운동은 거의 항일 정치운동과 함께 했다. 1931년 일본 정부가 9·18사변을 일으키며 중국에 대한 침략 행위를 개시했다. 군국주의를 순조롭게 확장시키기 위해 타이완 총독부는 타이완 내부의 정치 조직을 진압하기 시작했다. 타이완문화협회·타이완농민조합台灣農民組合·타이완민중당台灣民衆黨·타이완공산당台灣共産黨이 전부 해산되었다. 심지어 많은 좌익 정치 지도자들이 체포·재판·감금되기도 했다.

지식인들은 정치운동의 좌절에 따라 차츰 또 한 차례의 문학운동에 투신했다. 1930년대 타이완 문학의 중요한 특색은 작가들이 단결하여 단체적인 역량으로 문학 작품의 창작에 힘을 쏟았다는 데 있다. 이 시기에 향토문학 논쟁이 일어났고, 문학 단체가 생겨났으며, 문학잡지의 발행이 이루어지기도 했다. 이러한 문학 활동을 귀납해보면 몇 가지 중요한 사항을 관찰할 수 있다. 첫째, 타이완 작가들이 필히 연합전선의 방식을 택하여 문학 단체의 형식으로 식민 체제를 비판해야 함을 이미 깨달았다는 것이다. 연합전선이 의미하는 것은 작가가 잠시 이념 내지는 정치적 신념을 내려놓고 일본 식민자를 공동의 적으로 하여 사명으로서의 문학적 항쟁을 해나가야 한다는 것이다. 1931년의 도쿄 타이완예술연구회東京台灣藝術研究會, 1932년의 타이완문예협회台灣文藝協會·남음사南音社, 1934년의 타이완문예연맹台灣文藝聯盟 등이 곧 문학 역사상 연합전선의 구체적인 실천이었다. 둘째, 문학잡지의 독립적인 발행은 문학운동이 정치운동의 그림자에서 벗어났을 뿐만 아니라 정치 투쟁운동을 대체하는 추세를 보여주었다는 것이다. 이와 동시에 이는 점차 전업적이자 전념하는 작가가 나타나게 되었으며, 이로써 작가들이 마침내 문학 기교와 내용을 동시에 고려하게 되었음을 증명하는 것이기도 했다.

이 시기는 또 좌익문학이 일떠서는 추세를 보이기도 했다. 타이완에서 사회주의가 전파되기 시작한 것은 1920년대 초기였다. 1920년대 말기에는 대부분 정치운동의 실천으로 표출되었고, 1930년대에 들어 비로소 사회주의 사상과 문학의 결합이 크게 발전하기 시작했다. 라이허·왕바이위안王白淵·양쿠이楊逵·왕스랑王詩琅·양서우위楊守愚·우신룽吳新榮·류제劉捷·장원환張文環 등이 당시 좌익작가의 대표적 인물이었다. 특히 양쿠이는 1935년 타이완문예연맹에서 떨어져 나와 따로 타이완신문학사台灣新文學社를 조직하고《타이완 신문학台灣新文學》을 발행했는데, 이로써 좌익문학 단체가 이 시기에 정식 구성되었다.

3. 황민운동시기皇民運動時期(1937-1945)

일본군의 대륙 정책을 수행하기 위해 1937년에 일으킨 루거우차오사변盧溝橋事變은 이후 일본 정부의 대규모 군사적 침략 행동을 예고하는 것이었다. 군국주의의 상승은 결국 타이완 문학에도 치명적인 정신적 상해를 가져왔다. 중국 침략 직전에 타이완총독부는 중문 사용을 금지하는 명령을 선포하면서 모든 신문의 중문난과 잡지의 중문 작품을 폐지했다. 강력한 언어 정책은 타이완작가로 하여금 일문으로 창작하도록 강제했다. 이 시기에 언어 전통의 단절이 가장 심각했다. 문학 창작의 활동 역시

▶《台灣新文學》창간호(舊香居 제공)

검열제도의 과도한 시행으로 인해 4년여 동안 황폐한 상태에 이르렀다. 1941년 태평양전쟁의 발발 전까지 도쿄에 설립된 일본문학보국회日本文學報國會는 조선·타이완·만주 등지에 황민문학운동을 전개했다. 이처럼 권력이 지배하는 상황 속에서 타이완 작가는 침묵을 지킬 수 있는 자유조차 완전히 잃어버렸다.

황민문학운동은 타이완작가가 반드시 일제의 국가 정책을 지지하고 전쟁에 협력할 것을 요구하는 것이었다. 글쓰기 능력을 가진 거의 모든 작가들은 정신 고백을 피할 수 없었다. 이에 따라 군사 무력을 배경으로 한 황민문학봉공회皇民文學奉公會는 작가의 사상을 검열하는 권력을 가지고 있었을 뿐만 아니라 작가가 국가 정책을 선양하는 창작을 하도록 지시하고 일부 작가들이 대동아문학자회의大東亞文學者會議에 참가하도록 지명하기도 했다. 이처럼 전쟁에 협조하는 대규모적인 문학 활동은 문학의 자주성을 완전히 무시하는 것이자 작가의 독립적 인권을 전적으로 도외시하는 것이었다. 이렇게 관방이 주도하는 풍조 속에서 타이완작가는 우회적으로 저항하거나 겉으로만 추종하기도 하고 또는 완전히 그쪽으로 기울어지기도 했다. 좌익의 양쿠이에서부터 우익의 룽잉쭝龍瑛宗에 이르기까지, 그 가운데 뤼허뤄呂赫若·장원환·양윈핑이라든가 비교적 젊은 편이었던 천훠취안陳火泉·저우진보周金波·왕창슝王昶雄을 포함해서, 문학은 허울이고 정치가 실질이었던 이런 문학운동 중에 모두 상해와 모욕을 겪었다. 황민문학은 이미 문학사의 공식 안건이 되었다. 역사적 맥락 속에서 그것에 대한 재평가가 이루어져야 한다.

4. 역사과도시기歷史過渡時期(1945-1949)

일본 정부는 1945년 패전 후 즉각 항복을 선언했고, 국민정부가 곧 이어 타이완을 접수했다. 이 시기는 중대한 역사적 전환 단계였다. 정치·경제·사회·문화 방면 할 것 없이 거대한 개조가 일어났다. 전후 초기는 작가들로 보자면 강렬한 과도기적 색채를 띠었다. 먼저 그들에게 가장 큰 테스트는 야마토민족주의적 사고를 중화민족주의적 사고로 전환하는 것이었다. 그러나 이 두 가지 관방의 민족주의는 사실 상호 적대적인 것으로 작가들은 필히 둘 중 하나를 선택해야 했다. 그런데 더 큰 테스트는 완전히 새로운 언어정책에서 비롯되었다. 1946년 타이완을 접수한 타이완행정장관공서台灣行政長官公署는 일문의 사용을 폐지하는 일본어 금지령을 선포하였다. 이미 일문 글쓰기에 익숙해진 수많은 작가들은 어쩔 수 없이 펜을 내려놓아야 했다. 일제강점기의 신문학 전통은 이로 인해 다시 한 차례 단절이 일어났다. 타이완 출신 작가가 전후 20년 동안 목소리가 없는 세대가 되었던 것은 전적으로 언어 정책이란 하사품 때문이었다.

타이완 작가가 전후 초기에 잇달아 창작을 멈춘 것은 문화정책의 간섭 때문만은 아니었다. 더욱 중요한 원인으로 당시 정치적 부패 풍조, 경제적 난국이 작가들로 하여금 문학 활동에 전념할 수 없도록 만든 것도 있다. 더구나 1947년 2·28사건二二八事件3)이 일어난 후 무수한 작가들이 체포되고 살해되었다. 이리하여 도피할 사람은 도피하고, 붓을 꺾는 사람은 붓을 꺾고 함으로써 문학운동은 정체 상태에 빠져들 수밖에 없었다. 사건이 일어나기 전 타이완 사회는 그래도 일말의 자유로운 분위기가 있

---

3) 2·28사건: 2·28사건은 1947년 2월 28일을 기점으로 전개된 타이완의 민주화 운동이다. 당시 타이완 사람들은 일본 패망 후 타이완을 접수한 국민당 정부의 독재와 실정, 그리고 대륙 출신과 타이완 출신에 대한 차별 대우 등으로 인해 극도로 불만이 고조되고 있었다. 이런 가운데 불법 담배 판매를 단속하던 과정에서 항의자 중 한 명이 사살되고, 다시 이튿날인 2월 28일 항의 시위에 참여한 사람들이 다수 살상되는 일이 벌어졌다. 이후 지식인 주도로 타이완 민주 자치화 운동이 전개되었고, 이에 국민당 정부는 계엄을 실시하며 대륙에서 파견된 군대까지 동원하여 이 운동을 이끌던 지식인들을 살해·구금하였다. 후일 타이완 정부의 공식적인 보고에 의하면 약 18,000-28,000명의 사상자가 발생했다고 하며, 1987년 타이완 계엄 해제 이후에야 비로소 희생자들에 대한 명예 회복이 단계적으로 이루어졌다.

었다. 타이완 출신 작가와 중국 대륙에서 온 작가들이 소규모의 문화 교류 활동을 시작하기도 했다. 그뿐 아니다. 일부 외성인 출신의 좌익작가, 예컨대 리지예李霽野·리허린李何林 등은 루쉰 사상을 타이완에 소개하기도 했다. 이런 문화적 활성화는 사건 직후 즉각 사라져버렸다. 1949년이 되었을 때 타이완 문학은 나아질 것 같은 그 어떤 모습도 보이지 않게 되었다.

5. 반공문학시기反共文學時期(1949–1960)

국공내전에서 실패한 국민정부는 1949년 12월에 타이완으로 철수했다. 이 시기는 또 한 차례 정치가 문학을 테스트한 시기였고, 작가들은 다시 한 번 정치권력의 지휘를 받도록 요구되었다. 이 해에 시작된 계엄령은 38년이란 긴 세월 동안 지속된 후 1987년에 비로소 해제되었다. 이렇게 오랜 기간에 걸친 계엄문화는 사회 전체의 지적 생산력에 상해를 가했고, 그 정도는 황민운동시기보다 더 심각했다.

계엄령을 토대로 한 반공정책은 1950년 이후 고도의 숙청 작업을 펼치면서 전방위적으로 지식인에 대해 고문·감시·재판·사형을 진행했다. 소위 백색 공포의 시대는 지식인이 인격적인 존엄성을 완전히 상실하도록 만들었다. 거의 모든 작가들은 문예정책의 지도를 받아들여야 했고, 관방의 문예조직에 소속되어야 했으며, 심지어는 관방의 포상과 징벌마저 수용해야

▶《自由中國》 창간호 (舊香居 제공)

했다. 포상 제도가 있었기 때문에 정치적 간섭에 대해 항거할 수 있는 작가는 아주 드물었으며, 그 중에는 전력으로 협력하는 부역자도 없지 않았다. 징벌 방법이 있었기 때문에 문학 작품은 언제든지 검열·첨삭·금지되었으며, 조금이라도 심각하다 싶으면 반란죄로 기소되어 형을 받거나 처형되었다. 직접적으로 해를 입은 지식인만 해도 10만 명 이상에 달했다. 그런데 해를 입는 것은 생명과 인격뿐만 아니었다. 정신적 창조와 상상 역시 모두 말살되었다.

타이완 문학은 이 시기에 가시거리 제로 상태의 존재였다. 반공정책은 중원문화의 회복을 기조로 하였고, 타이완과 관련된 문학 사유와 역사 기억은 완전히 억압되었다. 예컨대 린하이인林海音·중리허鍾理和·홍옌추洪炎秋 등 중문을 구사할 수 있는 소수의 작가를 제외하고는 전체 문단의 주류는 모조리 외성 출신의 작가에 의해 농단되었다. 전후 첫 세대 타이완 출신 작가, 예컨대 예스타오·중자오정鍾肇政·천쳰우陳千武·리룽춘李榮春 등은 이 시기에 그래도 열심히 중문 글쓰기를 공부했다. 이처럼 출신에 따라 확연하게 구분된 두 가닥 문학 노선은 그야말로 일제 후기 관방문학과 민간문학의 판박이였다. 다만 권력의 지배가 그 얼마나 만연했던 간에 반공문학의 시대에도 어쨌든 주목할 만한 현상이 있었다. 그것은 이 시기에 여성 작가가 이미 표면에 떠오르기 시작했다는 점이다. 멍야오孟瑤·판런무潘人木·치쥔琦君·장슈야張秀亞 등과 같은 작가가 창작한 것이 설사 고향과 과거를 그리워하는 문학작품이었다고는 하더라도 그들의 여성 신분은 이미 미래의 역사를 향한 중요한 예고가 되었다.《연합보聯合報》부간副刊4)의 편집에 참여한 린하이인과《자유중국自由中國》문예란의 편집 책임자였던 녜화링聶華苓이 정치적으로 엄혹한 시대에 담당

---

4) 부간: 일반적으로 신문의 일부 지면을 활용하거나 부록 형태로 된 문예면을 일컫는다. 통상적으로는 특정 편집자의 주관 하에 독자적인 이름을 가지고 독립적이고 정기적으로 발행된다.

했던 문학 생산의 역할은 더더욱 소홀히 할 수 없는 것이었다.

6. 모더니즘시기現代主義時期(1960–1970)

1950년대에는 반공 때문에 세계 냉전 구조에 편입된 타이완이 정치적으로 미국의 지지를 받아 '중국을 대표한다'가 될 수 있었다. 이와 동시에 경제적으로도 미국의 물질적 지원을 받을 수 있었다. 국민정부는 한편으로는 미국의 도움을 받았지만 결국 다른 한편으로는 문화적인 영향도 받을 수밖에 없었다. 미국 공보국美國新聞處의 타이완 설립을 통해 타이완의 지식인은 대량으로 서방 문화에 관한 정보를 접하게 되었고, 이를 통해 부지불식간에 친미적인 정서를 갖게 되었다. 타이완 작가들이 문을 열고 가장 먼저 받아들인 문학사조가 곧 모더니즘이었다.

모더니즘이 타이완에 전파된 것은 물론 제국주의가 또 한 차례 강력하게 확장되었음을 증명하는 것이었다. 1953년 지셴紀弦의 현대시사現代詩社의 창립, 1956년 샤지안夏濟安의 《문학잡지文學雜誌》의 발간은 이미 모더니즘이 타이완을 선점했음을 일찌감치 암시해 준 것이었다. 그리고 1960년에 바이셴융白先勇이 창간한 《현대문학現代文學》은 문학 현대화의 시기가 도래했음을 선언한 것이었다. 물론 모더니즘이 타이완 작가에게 준 강렬한 영향은 식민문화 지배의 상징으로 볼 수 있다. 하지만 또한 공교롭게도

▶《現代文學》第1期

모더니즘의 세례를 통해 타이완 문학의 창작 기교와 상상이 비로소 전에 없던 도약의 공간을 가지게 되었다.

다른 각도에서 보자면 당시 반공 국책은 거의 최고조에 달할 무렵이었는데, 작가들은 모더니즘의 암시를 빌어 정치 현실과 거리를 둘 수 있게 되었다. 모더니즘은 자아 발굴의 심리적 공간을 열어 주었기 때문에 타이완 작가가 내심 세계의 운용에 나서 의식의 흐름이라는 상상에 매진하면서 민감한 정치적 의제를 회피할 수 있도록 해주었다. 그리고 더 나아가서 관방의 문예 정책에 화답할 필요가 없도록 만들어주었다. 이 시기에 등장한 작가들이 나중에 모더니즘파나 향토파 등 어떤 노선을 선택했건 간에, 그들 중에 모더니즘의 계몽과 영향을 받지 않은 사람은 거의 없었다는 점만큼은 분명히 인정해야 한다.

모더니즘문학은 그 극성의 시기가 있었다. 그러나 타이완에는 시공간이 뒤집혀서 이식되었고, 이에 따라 곡해·오해·공격이 그 흥망성쇠와 더불어 하였다. 바이셴융·치덩성七等生·왕원싱王文興 등이 받은 비판으로부터 타이완에서 모더니즘이 발전해나가는 과정에 겪은 어려움을 엿볼 수 있다. 여성작가 궈량후이郭良蕙·어우양쯔歐陽子가 받았던 집단 공격은 모더니즘의 운명이 얼마나 순탄치 못한지를 더욱 잘 증명해준다. 그 가운데는 물론 민족 정체성이라는 편견도 있었고, 더 나아가 젠더 차별이라는 악의도 있었다. 또한 바로 이 때문에 모더니즘시기의 타이완 문학은 특별히 더 뛰어났다. 부정적인 각도에서만 그것을 평가한다면 결코 모더니즘문학의 정신적 풍모를 인식할 수 없을 것이다.

7. 향토문학시기鄕土文學時期(1970-1979)

만일 모더니즘문학이 1960년대 작가의 정신적 망명을 대표하는 것이라면 1970년대에 일어난 향토문학운동은 작가의 정신적 회귀를 의미하는 것이었다. 이런 변화에는 상당히 깊은 역사적 의의가 있다. 1940년대에서 1960년대 사이에 문학창작이 정치적인 힘의 방해를 받았을 뿐만 아니라 문학내용 역시 타이완사회와 긴밀하게 결합하기가 어려웠기 때문이다. 더욱 적확하게 말하자면 작가의 의지가 작품 속 글쓰기에 완전하게 반영될 수 없었던 것이다. 따라서 정치적 훼방을 받은 지 30년 이후에야 비로소 작가가 다시금 리얼리즘의 길로 돌아왔음을 향토문학이 증명해주었던 것이다. 그런데 이 길은 1930년대의 작가가 이미 걸었던 길이었다. 물론 이른바 리얼리즘이라는 정의에서 보자면 서양에서 말하는 그것과 정확히 같은 것은 아니었다. 그보다는 작가가 문학 작품을 통해 그가 살아가는 사회를 묘사하고 작품 속에서 비판과 저항의 정신을 표현하는 것이었다.

타이완 문학의 발전은 이 시기에 크게 방향을 전환한다. 그것은 '중국을 대표한다'라는 가면을 내세운 계엄 체제가 국제적으로 일련의 도전을 받았기 때문이다. 전 세계 냉전 구조의 약화에 따라 '중국을 대표한다'라는 타이완의 체제가 즉각 의문시되었다. 1971년에 유엔UN에서 퇴출된 이후 1979년에 미국과 단교하게 되기까지 계속해서 타이완의 '중국을 대표한다'라는 권한이 아무런 근거가 없음이 증명되었다. 중국 체제의 동요는 지식인으로 하여금 전에 없는 정치적 위기를 느끼도록 만들었다. 타이완의 작가는 새로운 형세의 충격 속에서 잇달아 내심 세계의 사고 노선에서 이탈하여 사회 현실에 대한 관심으로 전환했다. 오랫동안 잊혔던 민중과 대지가 이 시기의 최종적인 관심 사항이 되었다.

향토문학이 대두하던 시기는 때마침 풀뿌리 민주운동이 선풍적으로 일어나던 때였다. 이런 발전 방향은 그야말로 집권자의 중국 취향과는 정반대의 것이었다. 1977년 마침내 향토문학논쟁이 일어났고, 전후 관방문학과 민간문학 두 가지 노선 간의 한 차례 힘겨루기를 대표하게 되었다. 관방은 향토문학 작가에 대해 집중 공격을 가했지만 전체 문학운동의 전진을 완전히 가로막을 수는 없었다. 논쟁을 거친 뒤 타이완 문학에 관한 정의와 역사 전승 등등의 의제가 비로소 본격적으로 작가에게 인정되었다. 1979년 집권자는 민주운동의 상승을 용인할 수 없었기 때문에 메이리다오사건을 일으켰다. 향토문학운동 역시 긴장된 정치적 분위기 속에서 중단되었다.

8. 사상해방시기思想解放時期(1979-1987)

1980년대로 넘어온 타이완 사회는 역사적으로 중요한 관건적인 시기를 맞이하게 되었다. 이 시기는 비록 계엄 체제가 여전히 존재하기는 했지만, 갈등 충돌에서부터 화해로 나아가는 시기이자 일원적인 가치 농단으로부터 복합적이고 다원적인 것으로 나아가는 시기였다. 경제가 지속적으로 왕성하게 발전해나가면서 고도 자본주의가 정점의 단계에 도달한 것 같았다. 민주운동의 발걸음은 물러서기는커녕 오히려 가속화하여 1986년 정당 창당이 성공적으로 완수되었다. 과거에 배척되었던 약세 단체들이 각종 형식으로 분분히 각자의 바람을 표현하였다. 농민운동, 노동자운동, 원주민운동, 여성운동이 모두 이 시기에 복권의 깃발을 높이 들었다.

개혁과 변화를 추구하는 목소리가 차례로 터져 나왔을 때 문학계 역시 '중국 의식'과 '타이완 의식' 사이에 한 차례 논쟁이 진행되었다. 이 논쟁은 세간에서 말하는 바 '통일 대 독립 논쟁統獨論戰'으로, 기본적으로는 향토문학논쟁의 연장이었다. 1970년대 본토로 돌아가자는 목소리가 특히 거세게 일어났지만 논쟁에 참여했던 사람들은 '본토'에 대해 명확하게 정의를 내리지는 못했다. 천잉전陳映眞·웨이텐충 등의 작가들로서는 본토란 당연히 중국을 가리키는 것이었다. 그러나 예스타오·리차오李喬 등의 사람들에게는 본토란 곧 이 땅 이 시점의 타이완을 가리키는 것이었다. '통일 대 독립 논쟁'의 가장 큰 의의는 타이완 문학이 올바른 이름을 가질 기회를 갖도록 해준 것이었다. 이 논쟁 후에 타이완 문학은 마침내 모두가 수용하는 명사가 되었다.

타이완 문학을 타이완 문학이라고 정식으로 부르기까지 이처럼 기나 긴 세월을 겪어야 했다. 일종의 역사의 조롱이 아닐 수 없다. 다만 이는 또한 문학의 성장에는 어쨌든 그 자주적인 궤적이 있게 마련이며 결코 정치권력이 좌우할 수 있는 것이 아니라는 점을 설명해주는 것이기도 하다. 타이완 문학이 금기를 돌파하여 이처럼 개방적인 수준에 도달할 수 있게 되었는데, 그간의 몸부림과 고투에는 강렬한 탈식민화라는 의미가 깃들어있다. 타이완 의식 문학, 여성 의식 문학, 원주민 의식 문학이 모두 이 시기에 성장, 확산되었다. 이는 사회 밑바닥에 묻혀있던 역사 기억이 점차 되살아나고 있음을 보여주는 것이었다. 생명력이 충만한 이러한 문학 상상은 계엄 체제가 이미 시절이 지나 낡고 부패했음을 보여주는 것이었다. 1987년 정부가 계엄령의 취소를 선포하기도 전에 타이완 문학은 그보다 앞질러 계엄 해제의 방향으로 나아가는 것 같았다.

9. 다원발전시기多元蓬勃時期(1987-)

1987년의 계엄 해제를 넘어서서 타이완사회는 유사 이래 가장 개방적인 삶을 경험하기 시작했다. 가장 개방적이라 함은 물론 상대적인 말이다. 그러나 정당 금지와 언론 금지의 해제로부터 국회의원 전면 재선출國會全面改選[5])과 반란 진압 동원 시기動員戡亂時期[6])의 종결 등에 이르기까지

---

5) 국회의원 전면 재선출: 중화민국 국민정부는 1947년 처음으로 국민대회대표國民大會代表, 입법위원立法委員, 감찰위원監察委員 등을 선출한다. 그러나 타이완으로 철수한 후 타이완 지역이 아닌 대륙 지역의 대표성을 담보할 수 없다며 40여 년간 선거를 실시하지 않는다. 그러다가 민주화가 진전된 1992년에 와서야 비로소 입법위원(국회의원)을 전면 재선출하게 된다.

6) 중화민국 국민정부는 1947년 7월 4일 제6차 국무회의에서 "전국 총동원을 실시하여 공비의 반란을 진압한다厲行全國總動員,以戡共匪叛亂"는 동원령을 내렸다. 그 후 1948년 5월 10일 중화민국 헌법에 '반란 진압을 위한 동원 시기의 임시 조항動員戡亂時期臨時條款'을 선포하였다. 이 임시 조항은 1991년 5월 1일에야 비로소 폐지되

의 정치적인 조치는 사람들에게 타이완이 국공내전의 그림자에서 벗어났을 뿐만 아니라 전 세계적인 냉전 구조로부터 풀려나왔음을 밝혀주는 것이나 다름없었다. 지금껏 이 시기처럼 타이완의 역사 기억을 재구축할 수 있는 넉넉한 공간이 있었던 적은 없었다. 타이완 문학 유산의 정리와 연구 역시 시대적 환경이 개선됨에 따라 전혀 새로운 시대의 서막을 열어젖히게 되었다.

그런데 비교적 주목할 만한 현상으로는 문학 생산력과 상상력의 대폭 상승이 으뜸이라 하겠다. 예컨대 크게는 정치사건(2·28사건과 백색 공포 등)에서부터 작게는 정욕 감관(성 해방이나 동성애 의제 등)에 이르기까지 계엄시기에 억압되었던 기억들이 1980년대 후기에 모두 차례로 펼쳐지기 시작했다. 의심의 여지가 없이 계엄 해제 10년간의 문학 생산력은 계엄 실시 30여 년간의 문학 성취와 거의 맞먹는 것이었다. 권위의 붕괴 시대인 이 당시 웅장이니 숭고니 등등의 거대 서사와 관련된 문구들이 그 얼마나 수치스러웠는지 모른다. 작가들은 현실에 관심을 쏟으면서 아무 것도 감추지 않고 사회 내부에 존재하고 있던 욕망·상상·동경·감각 등에 대해 과감하게 탐색했다. 20세기의 세기말이 임박했을 때 타이완 문학은 마치 어서 바삐 새로운 세기를 맞이하고자 하는 것 같았다. 여성 글쓰기에서부터 동성애 글쓰기까지, 그리고 포스트식민 사고에서부터 포스트모던 사고까지, 이미 확연하게 21세기 타이완 문학의 발전 동향을 예고하는 것이었다.

타이완 문학사의 재구축

이제 확실히 타이완의 풍성한 문학 유산을 재평가해야 하는 시대가 되었다. 1980년대 이래 타이완 문학은 '중요한 학문顯學'으로 공인되었다.

었다.

그러나 점차 이 분야가 열린 학문으로 변하면서 그것은 또 곧바로 갖가지 정치적 해석이 쟁탈전을 벌이는 장이 되어버렸다. 이런 각도에서 보자면 그것은 또 '위험한 학문險學'이기도 하다. 위험한 학문이 되어버린 주된 원인은 타이완 문학 주체의 재구축이 끊임없이 엄혹한 도전을 받고 있기 때문이다.

도전의 주요 근원 중 하나는 중화인민공화국 학자들이 최근 10여 년간 타이완 문학사와 관련된 여러 권의 서적을 출판한 것이다. 예를 들면, 바이사오판白少帆의 《현대타이완문학사現代台灣文學史》(1987), 구지탕古繼堂의 《타이완문학론台灣文學論》(1989), 황충톈黃重添의 《타이완신문학개관台灣新文學概觀》(1986), 류덩한劉登翰의 《타이완문학사台灣文學史》(1991) 등이 그렇다.[7] 이들 서적의 공통적인 특색은 타이완 문학을 계속해서 주변화·정태화·음성화한다는 것이다. 그들은 주변화의 전략을 사용하여 베이징 정부 주도하의 문학 해석을 주류로 확장시킨다. 타이완 문학을 중국 문학과 분리할 수 없는 일환으로 간주하고, 타이완 문학을 일종의 고정 불변한 존재로 간주하며, 심지어는 타이완 작가가 영원히 '조국'을 기대하고 동경한다고 주장한다. 이런 식의 해석은 타이완 문학의 내용이 상이한 역사 단계마다 끊임없이 성장하고 확장되었음을 완전히 무시하는 것이다. 경직되고 교조적인 역사 해석은 타이완 문학이 자주적으로 발전했다는 점을 아주 철저하게 왜곡, 오해하고 있다고 말할 수 있다. 우리는 중국학자의 담론으로부터 그들이 근본적으로 타이완의 실제적인 역사 경험을 가지고 있지 않으며 삶의 진정한 사회 경제적 토대도 가지고 있지 않다는 점을 발견할 수 있다. 타이완은 그들의 허구적인 상상 속에서 존재할 뿐이며, 베이징의 패권적 담론에서 잉여적인 화제일 뿐이다. 그들

---

7) 白少帆等,《現代台灣文學史》, (遼寧: 遼寧大學出版社, 1987) ; 古繼堂,《靜聽那心底的旋律: 台灣文學論》, (北京: 國際文化出版公司, 1989) ; 黃重添等,《台灣新文學概觀》上下, (廈門: 鷺江出版社, 1986) ; 劉登翰等,《台灣文學史》上下, (福州: 海峽文藝出版社, 1991)

의 상상은 과거 네덜란드 · 일본 식민지 담론 속의 타이완 이미지와 전혀 다를 바가 없다고 말할 수 있다. 따라서 중국학자의 타이완 문학사 저술은 사실상 일종의 변형된 신식민주의인 것이다.

현단계 타이완 문학사의 재구축에는 중국으로부터의 도전만 있는 것이 아니다. 타이완 학계에 존재하는 것들도 많은 장애가 된다. 그 중에서 극복해야 할 두 가지 큰 문제는 종족과 젠더라는 의제이다. 종족 의제 방면에서는 사실상 한족쇼비니즘이 상당한 정도로 지식인 사이에 만연해있다. 1980년대 이후 원주민문학의 글쓰기가 성행하는 추세를 보이고 있는데, 다수 문학선집과 학술대회에서 주목하는 정도는 그것의 생산력과는 정비례하지 않는 것 같다. 종족 의제 중의 또 한 가지 주목할 만한 문제는 외성인 작가 또는 군인가족 동네 작가의 작품이 대개 '본토'라는 잣대에서 검증받아야 한다는 점이다. 권위주의 시대에 본토는 아마도 비극과 고통의 역사 기억이나 마찬가지였다고 할 수 있다. 그러나 계엄 해제 이후 본토는 비극과 고통을 뛰어 넘는 것이라야 하며, 타이완에서 탄생한 그 어떤 문학도 본토의 일부로 포함시켜야 할 것이다.

더 나아가서 말해보자면 어쨌든 타이완 풍토가 만들어낸 문학이라면 모두가 본토에 속하는 것이다. 즉 황민운동시기 일본작가들 예컨대 니시카와 미츠루西川滿 · 쇼지 쇼이치庄司總一 · 하마다 하야오濱田隼雄 등과 같은 사람들의 작품 역시 타이완 문학의 범주 속에서 논할 수 있을 것이다. 마찬가지로 전후의 관방문학이라든가 또는 소수의 지탄받는 '어용작가'의 작품 또한 당연히 타이완 문학사의 맥락 속에 넣어서 평가할 수 있다. 역사란 원래 모든 물줄기를 가리지 않을 때 비로소 도도한 물결을 이룰 수 있는 것이다. 식민경험을 가진 타이완은 자연히 정상적인 다른 사회보다는 훨씬 복잡하며, 따라서 그것이 보여준 역사 기억과 문학 사고 역시 유다르게 복잡하다. 포스트식민주의 역사관의 입장에서 볼 때 상이한 계급, 상이한 종족의 문학은 식민지문학을 구축하는 중요한 일환인 것이다.

젠더 의제가 수반하는 사고 상의 장애는 아마도 종족 의제보다 더욱 심각할 것이다. 타이완학계는 동성애 또는 동성애문학에 대해 아직 개방적이고 존중하는 태도를 가지고 있지는 않은 것 같다. 이성애 중심 관념의 지배는 동성애문학이 오랜 기간 주변화되도록 만들었다. 사실 동성애의 존재는 타이완 역사 기억을 구성하는 중요한 부분의 하나이다. 동성애문학의 중요성을 제거하는 것은 타이완 역사의 패러다임을 왜소화하고 협소화하는 것이나 다름없다. 1990년대에 이르러 동성애문학은 전에 없는 상상력이 폭발했으며, 그 동안 밝혀지지 않았던 수많은 감각을 발굴해냈다. 그 섬세한 글쓰기는 이미 이성애 중심의 문학전통을 초월했다.

새로운 세기의 대문이 열리려고 하는 이 시점에 타이완 문학사를 다시금 되돌아보는 것은 완전히 새로운 역사 경험을 맞이하기 위한 것이다. 이 문학사는 앞사람들이 고생하며 만들어놓은 연구의 토대위에서 일련의 가능한 돌파를 시도할 것이다. 일제강점기의 좌익문학은 지금껏 그 마땅한 주목을 받지 못했다. 이 책은 그 가시거리의 확장을 희망한다. 황민문학의 논란은 이 시기에도 여전히 그치지 않고 있다. 이 책은 포스트식민의 관점에서 검토해보고자 한다. 반공문학의 평가는 오늘날에도 아직 유예되고 있다. 이 책은 완전히 번복하려는 것은 아니지만 어느 정도 재평가해야 한다고 본다. 타이완 의식의 문학은 오랜 기간 패권적 담론의 탄압을 받았다. 마찬가지로 이제 합당한 자리매김을 해야 할 것이다. 그런데 더욱 중요한 것은 여성 작가의 글쓰기가 과거에는 모두 의도적으로 무시되었다는 점이다. 이 책에서는 신중하게 평가할 것이다. 영원히 변화하지 않는 역사 경험이란 없으며, 당연히 영원히 변화하지 않는 역사 글쓰기도 없다. 이 문학사의 저술은 낡은 사유에 도전할 것이다. 그러므로 신세기가 도래하면 이 책도 마찬가지로 새로운 도전을 받아들여야 할 것이다. 이미 역사의 거대한 문이 열어젖혀졌다. 용감하게 앞을 향해 나아가지 않을 그 어떤 이유도 없다.

제2장
초기 타이완 신문학 관념의 형성*

    타이완에서 신문학운동은 상당히 늦게 시작됐다고 할 수 있다. 적어도 1920년이 되어서야, 즉 타이완의 신흥 지식인들이 항일 정치운동을 이끌기 시작하고 난 뒤에야, 신문학 관념이 제기됐다. 당시는 일본이 처음 타이완 통치를 했던 때로부터 25년이 지난 뒤였다.

    왜 한 세기의 사분의 일이라는 시간을 기다린 후에야 타이완의 신문학 운동은 느릿느릿 잉태되고 탄생한 걸까? 신문학이 늦게 도래한 이유는 상당히 많은 복잡한 역사적 요인과 연결되어있다. 한 나라의 사회가 문화적 변화에 도달하려면 일정 정도 역사의 성숙을 거쳐야 한다. 일본 제국주의의 힘이 아직 타이완 섬에 미치지 못했을 때, 타이완은 자체적으로 오랜 한시 전통을 지니고 있었다. 고유한 문화전통의 쇠퇴에서 신문화 운동의 발흥에 이르기까지 분명 역사 배경이 존재했다. 한시가 성행하던 시대에 타이완 사회는 기본적으로 정체된 농업경제에 속했다. 식민지로 전락한 이후 전사회의 성격은 생산을 따라 급격하게 변화했다. 구식의 문학 관념은 더 이상 새로운 역사 단계의 도래에 적응하지 못했으며, 그것은 대체되어야 했다. 그리하여 초기의 신문학 관념은 일본이 가져온 식민문화에 상응하면서 만들어진 것이라 할 수 있다.[1]

---

* 이 장은 성옥례가 번역했다.

식민 체제가 타이완 사회에 준 가장 큰 충격은 일본 통치자가 들여온 자본주의와 현대화였다. 자본주의는 기존의 농촌 경제를 와해시키고 타이완 인민의 생활 방식을 대대적으로 바꾸었다. 현대화는 지식과 문화의 계몽을 가져와 오래된 사유 모델에 거대한 변화를 야기했다. 자본주의와 현대화 운동은 20세기 인류 역사의 발전에 있어 막을 수 없는 추세였다. 자본주의가 출현함으로 인해 전지구의 각 지역은 점차적으로 공업화와 도시화라는 보편적 현상으로 나아갔다. 게다가 현대화 운동으로 인해 전 세계는 과학과 이성의 생활로 나아가기 시작했다. 그러나 자본주의와 현대화의 도입은 결코 타이완 인민의 바람으로부터 나온 것이 아니라, 식민 제도 하에서 강제로 받아들인 것이었다. 자본주의와 현대화의 발전은 식민 통치의 확장과 더불어 진행된 것이라고 말할 수도 있다. 식민 체제의 건설이 없었다면 현대화된 생활 개조도 없었을 것이다.[2]

그러므로 타이완 지식인에게 그것은 이러지도 저러지도 못하는 양난식의 선택이 되었다. 현대화의 수용은 식민화도 함께 수용한다는 것이었다. 식민화에 대한 저항은 또한 현대화에 대한 저항으로 여겨졌다. 이는 가치 선택에 있어서의 곤경이었으며 일제 강점기 모든 지식인들의 지속된 고뇌였다. 씨를 뿌리고 싹을 틔우고 성황을 이루었던 타이완 신문학의 전체 역사 과정에서, 작가들은 문학 형식을 통해 식민화와 현대화 간의 모순을 끊임없이 살폈다. 이 같은 모순의 근원은 식민 체제의 건설로 거슬러 올라갈 수밖에 없다.

식민 체제의 건설

갑오전쟁甲午戰爭에서 대청 제국을 격파한 뒤, 1895년 일본 정부는 시모노세키 조약 체결을 통해 즉각 타이완을 자신의 영토로 점유했다. 같은 해 6월 타이완 총독부를 조직했다고 선포하고 이후 50년의 통치를 시작한다. 타이완 총독의 권력에 관한 법적 근거는 도쿄 일본 제국 의회가

1896년 통과시킨 제63호의 법안에 기초한 것으로, 속칭 '63법'이라고도 한다.[3] 63법에 근거하여 타이완 총독은 행정·재정·군사의 권력을 한꺼 번에 가져갔다. 그러나 권력이 이처럼 범람하는 상황 속에서도 타이완 내부에는 타이완 총독부를 감독할 어떠한 의회 조직도 존재하지 않았다. 이 식민 정부의 권력 핵심은 훗날 타이완 농민 봉기 및 지식인이 이끄는 정치 운동의 저항과 비판의 대상이 된다.

총독부가 타이완에서 집행한 식민 정책 가운데 가장 중요한 정신은 소위 '내지연장주의'였다. 내지연장의 정신이란 바로 타이완이 일본 사회의 종속임을 강제하는 것이었다. 구체적으로 살펴보자면, 일본의 문물제도를 적극적으로 타이완으로 확장시켜 타이완 섬의 주민들로 하여금 일본인의 사상·언어·생활 등의 방식에 익숙해지도록 한다는 것이다. 내지연장주의는 사실상 타이완인의 정치적 지위를 제고시키지 못했으며, 오히려 그들을 순민順民과 종속이라는 위치로 떨어뜨렸다. 총독부는 타이완인이 '동화'를 받아들이도록 교육제도의 개조와 확립을 최우선적 시책으로 삼았다.

1895년부터 시작된 공립학교公學校의 보편적인 개설은 타이완의 아이들을 일본어國語 보급 운동으로 몰아넣었다. 국어 정책은 모든 타이완 신생대新生代가 반드시 일본어를 학습해야 한다고 규정했다. 이 같은 언어 교육에는 계몽 효과뿐만 아니라 우민화 효과도 숨겨져 있었다. 계몽의 의의에서 보자면, 그것은 타이완의 아이들로 하여금 경서 암송과 시사곡부詩詞曲賦에 탐닉하는 시대에 뒤떨어진 전통적 교학방법에서 벗어나 현대적 지식을 배우도록 했다. 수학·상식·박물 등 지식의 계몽에서부터 과학기술·의학 등의 실무적 이해에 이르기까지, 사유의 측면에서 학생들로 하여금 완전히 새로운 활동과 상상을 하게 했다. 전통적 사숙과 서원이 가르친 학생學子이 서생이나 유생이었다면, 현대적 교육 제도가 훈련해낸 학생은 이후 지식인으로 변모했다. 타이완 현대 지식인의 탄생은 주로 여기에서 기원한다. 그러나 우민화 정책의 관점에서 보자면, 일본 정부가 교육을 실시한 목적은 결코 독립적으로 사고할 수 있는 인격을 만들어내는 데 있지 않았다. 그들로 하여금 일본 문화를 맹신하게 하여 자본주의 수탈을 완성하는 부역자가 되게 했다. 타이완 지식인이 처음에는 계몽을 받아들였으나 이후 반反계몽에도 종사했던 기본적인 원인이 바로 여기에 있다.

타이완 총독부가 교육 제도를 선구로 삼은 것은 자본주의적 침탈을 진행할 길을 닦기 위해서였다. 타이완을 점령하여 식민지로 삼으려면 타이완 본토 인재의 도움이 반드시 필요했기 때문이다. 인구 조사·토지 조사[4]·산림 조사·수리水利 조사에서 관습舊慣 조사에 이르기까지 모두 일본인이 주도했다. 그러나 타이완 토지의 구석구석을 잘 알려면 타이완 본토의 주민과 협력해야 했다. 이런 관점에서 교육은 자본주의의 확장과 매우 긴밀하게 연관되어 있었다.

토지 조사는 사실 이후 일본인이 타이완인의 토지를 수탈하기 위한 복선이었다. 식민지배자가 타이완에서 자본주의를 발전시키는데 있어 토지 수탈은 가장 먼저 이루어진 자본의 본원적 축적이었다. 1898년의 토지 조사부터 1900년 일본인의 타이완 은행[5]과 타이완 주식회사의 정식 투자와 설립에 이르기까지, 자본주의는 이미 기본적으로 타이완에서의 기반을 다져나갔다. 타이완 은행은 현대 금융 제도의 기점이었으며 타이완 제당 회사臺糖會社는 현대 산업의 기점이었다. 이때부터 일본 재벌의 거대 산업이 지속적으로 타이완으로 진주進駐했다. 자본주의의 기초를 다지자 식민지배자는 잘 갖춰진 수탈 기제의 수립에 성공한 것 같았다. 토지 겸병의 문제는 줄곧 식민지배자와 피식민자 간의 긴장 관계의 근원이었다. 초기의 무장 봉기 및 이후의 농민 운동은 대부분 불평등한 토지 지배와 분배에 대한 항거의 표현이었다.

식민주의든 자본주의든 사실은 다들 타이완 사회의 주체성을 왜곡하고 말살했다. 타이완 근대 정치 운동은 일본 통치자가 행했던 권력 침탈에 대한 저항과 타이완 인민이 가져야만 하는 인격과 존엄에 대한 추구에서 시작됐다. 이러한 주체성의 추구는 부단한 저항 행동을 통해 실천

된다. 만약 이 같은 저항 문화가 없었다면 일제 강점기의 타이완 사회에는 주체성이라 할 만한 것도 없었을 것이다.

신흥 지식인의 역할

일본이 타이완을 점령한 첫 20년 동안 타이완 농민의 저항은 맹렬하게 이어졌다. 최초의 타이완 민주국[1])의 보위保衛 전쟁에서부터 천추쥐陳秋菊, 젠다스簡大獅, 커톄柯鐵, 린사오마오林少猫의 저항 운동에 이르기까지, 대부분은 농민과 지주를 골간으로 했다. 이렇게 전통적인 농민 봉기의 색채를 지닌 투쟁은 타이완 사회가 식민 통치를 받아들이지 않으려 했다는 의지를 보여준다. 그러나 공교롭게도 그것은 그들이 현대 제국주의의 침략 전쟁과 맞닥뜨렸을 때 드러난 무력감을 설명하기도 했다. 현대적 침략 전쟁과 전통적 저항 행동은 신구新舊의 강렬한 대비를 이루었다. 구식 농민 기의의 최고봉은 1915년의 타파니噍吧哖 사건[6]이 대표적이다. 타파니 사건은 시라이안西來庵 사건이라고도 불리는데 지도자는 위칭팡余淸芳이었다. 그가 이끈 저항의 규모는 일제 강점기 최대 규모였으나 그것은 최후의 무력 투쟁이기도 했다. 일본 경찰은 타이완인의 적의를 위협·저지하기 위해 이 사건의 참여자에게 즉각 가장 엄한 징벌을 내렸다. 9백여 명이 사형에 처해졌으며 468명이 유기 징역 판결을 받았다. 처형의 심각성은 당시 국제 사회를 경악케 했다. 이 사건 이후 총독부에 대한 타이완인의 저항은 또 다른 단계로 들어서게 된다.

새로운 단계의 도래는 주로 신흥 지식인의 출현과 연관 있다. 역사적으로 보자면 교묘하게도 최후의 무장 항쟁이 끝난 무렵이면서 일제 점령

---

1) 타이완 민주국은 1895년 5월 시모노세키 조약에 반발하여 타이완에 선포되었던 민주 독립 정부로, 청나라 관료가 주도하여 일본에 저항하였으나 같은 해 10월 일본에 의해 진압되었다.

하에서 첫 세대의 지식인이 성숙을 선언했던 시기이기도 했다. 현대 지식의 훈련을 받았기에 정치 형세에 대한 그들의 인식과 경제 구조에 대한 이해는 무력 행동이라는 농민기의를 선택했던 지도자들보다 깊이가 있었다. 그들은 무장 저항에 호소하는 방식으로는 더 이상 현대적 무기를 지닌 식민의 폭력에 대응할 수 없음을 깨달았다. 더욱 중요한 사실은 그들이 일보 더 나아가 식민 체제에 대한 항거는 잠깐 나타났다 바로 사라져버리는 행동에 머물러서는 안 되며, 반드시 지속적인 정치 운동에 기대야 한다는 사실을 깨달았다는 것이다. 이러한 정치 운동은 조직적이고 의식적이며 전략적인 사상적 저항을 요구했다.

근대 타이완의 비무장식 민권 정치 운동은 량치차오梁啓超의 영향을 받은 것으로 알려져 있다. 예룽중葉榮鐘[7]의 설명에 따르자면 중부의 대지주인 린셴탕林獻堂이 1909년 일본에서 량치차오와 처음 알게 되었다고 한다. 당시 량치차오는 린셴탕에게 다음과 같이 말했다. "30년 안에 중국이 당신들을 구원할 능력은 전혀 없다. 당신들은 아일랜드인의 영국에 대한 저항을 모방하는 것이 가장 좋을 것이다. 초기에 아일랜드인은 작게는 경찰로 크게는 군대로 폭동을 일으켰으나 결국 모두 진압되었다. 이후에 계획을 바꾸어 영국 정부의 야권과 손을 잡았고 점점 탄압이 약해지자 참정권을 획득하여 영국과 대등한 지위를 획득하게 되었다."[8] 만약 이 같은 설명이 믿을 만하다면 일제 강점기 정치 운동사와 관련된 해석은 수정되어야만 한다. 오랫동안 중국학자의 타이완 역사 연구는 타이완 항일운동이 중국 혁명운동의 영향과 지도를 받았다는 논점으로 항시

▶ 余淸芳

기울어져 있었다. 그러나 위와 같은 역사적 사실은 타이완의 항일과 중국 혁명이 서로 관련 없음을 증명해준다. 왜냐하면 량치차오는 당시 입헌파에 속해 있었지 혁명파가 아니었기 때문이다. 량치차오의 역사적인 지위는 이후 국민당과 공산당에 의해 폄하되는데, 그가 혁명을 주장하거나 찬성하지 않았다는 것이 주요 이유였다. 이것은 타이완의 정치 운동에 특유의 역사적 요구가 있었음을 말해준다. 즉, 타이완과 아일랜드는 모두 식민지 사회에 속했으며 저항운동의 전략에 있어서 기타 사회와 다를 수밖에 없었다는 것이다. '영향을 받았다', '지도를 받았다'와 같이 지나치게 단순화된 논조는 중국 혁명과의 관련성을 잇기 위한 것으로 타이완 항일운동의 정신을 왜곡하기에 충분했다.

타이완 의회 운동의 기조는 일본인에 대한 연합이자 투쟁에 있었다. 1914년 린셴탕이 1세대 지식인을 이끌고 일본인 이타가키 다이스케板垣退助 백작이 제창한 '동화회同化會'[9]에 참여한 것은 당연한 일이었다. 동화회의 주된 주장은 타이완인은 마땅히 일본의 동화를 받아들여야 하며 일본인은 마땅히 타이완인에게 평등한 정치적 권리를 주어야 한다는 것이었다. 그러나 온순하고 보수에 가까웠던 첫 정치 단체도 결국은 타이완 총독부에게 허용되지 못했다. 동화회는 성립된 지 2년 되던 해에 바로 해산된다. 하지만 이 같은 일본인의 강경한 수단으로도 타이완인의 의지를 말살시키지는 못했다. 오히려 객관적인 정세의 끊임없는 충격은 지식인의 저항의 불씨에 불을 지폈다.

1세대 지식인의 해외 유학이 날로 증가했다. 그들은 일본이나 중국으로 유학을 갔으며, 1920년경에는 이것이 하나의 풍조가 되었다. 유학생이 맡은 역할은 매우 중요했다. 그들은 최신의 사조를 접하면서 세계정세의 변화를 이해하는 한편, 해외에서 자료와 소식을 모아서 타이완으로 전달하기도 했다. 1920년의 해외 타이완 유학생은 이미 이천여 명에 이르렀으며 그들은 이때 이미 영향력을 발휘하고 있었다.

항일 정치 운동이 1920년대 초기에 발발한 원인을 이해하기란 어렵지 않다. 이 시기에 타이완 내외에서는 중대한 정치적 사건이 발생하였으며 해외 유학생들은 식민지의 이후 나아갈 길을 사고해야만했다. 국제 정치의 경우 1917년 러시아 혁명이 성공하여 유학생의 사상에 매우 큰 시사점을 던져주었다. 특히 러시아 혁명의 지도자인 레닌Nikolai Lenine이 제기한 '식민지 혁명'이라는 전략은 타이완 유학생들에게 무한한 암시를 제공했음이 분명했다. 좌익적 혁명 사상은 이후 타이완 사회주의 운동을 위한 복선을 깔아주었다. 1918년 제1차 세계 대전의 종결과 미국 윌슨Tomas Woodrow Wilson 대통령이 제기한 '민족자결'의 주장은 유학생들의 사고에 더욱 큰 계발을 주었다. 이러한 우익적 인권 사상은 이후 타이완의 개량주의의 기조가 되었다. 1919년 중국에서 전에 없던 민족주의 시위가 발발하였는데, 5·4 운동으로 알려진 이 시위 역시 중국에 유학중이던 타이완 학생들을 상당히 고무시켰다. 이처럼 연이은 사건들은 부단히 지식인의 사고를 자극하였고 마침내 그들은 민족 해방 운동의 파도 속으로 휩쓸려 들어갔다.

　타이완 지식인에게 있어 가장 큰 자극은 사실 타이완 본토에서 유래했다. 원래 일본인이 1895년 63법을 통과시킬 때, 도쿄의 제국 의회는 적당한 때에 이를 취소할 것을 의결했었다. 그러나 63법은 다시 그 효력을 연장하여 타이완인의 자치권을 거부하게 된다. 1921년 타이완 총독부는 결국 이 법을 무기한 연장 실시해야 한다고 건의한다. 다시 말해 이 법이 계속해서 효력을 발생하는 한, 타이완의 피식민이라는 정치적 지위는 영원히 바뀔 수 없게 됐다. 이 기간 도쿄의 타이완 유학생은 세계정세의 격변이라는 영향을 받았기 때문에 더 이상 정치적인 차별 대우를 견뎌낼 수 없었다. 그들은 즉시 '신민회新民會'를 결성하여 63법의 폐지를 목표로 삼았다. 비폭력적인 민권 운동이 이로부터 전개되어 나갔다.

　1920년 9월 도쿄의 신민회가 창간, 발행한 《타이완 청년台灣青年》은 의심할 여지없는 근대 민족 해방 운동의 선구였다. 이 간행물은 출판 2년 후에 《타이완台灣》으로 이름을 바꾸었으며, 다시 일 년이 지나 《타이완 민보台灣民報》가 탄생하게 된다. 해외 유학생은 이들 언론 기관을 거점으로 삼아 당시 세계의 가장 선진적인 정치와 문화 사조를 대량 소개했다. 언론 공간의 확대는 정치의식을 일깨웠을 뿐만 아니라 지식인으로 하여금 문화 운동의 중요성에 주목하게 했다.《타이완 청년》과《타이완》은 모두 시사의 소개와 사상의 계몽에 집중했다. 그러므로 이 같은 작업 역시 신문화 운동의 중요한 일환이었다고 할 수 있다. 앞서 설명한 바와 같이, 타이완 유학생들은 러시아 혁명 및 1차 세계대전의 종전 그리고 5·4운동 등 중대한 국제적 사건의 발생을 목도했다. 그들은 타이완 섬 안의 주민들도 이러한 소식을 이해하고 타이완의 처지를 깨닫게 되기를 매우 절실히 바랐다. 그러나 그들은 정치 사건이 발생한 배후에는 반드시 오랜 기간 배태된 인문적인 관심이 있어야한다는 사실을 알고 있었다. 정치적 문제는 정치적 방법만으로 완전히 해결할 수 없는, 보다 심화된 인문적 사고를 갖추어야만 하는 문제였다. 그리하여 그들은 정치 운동을 펼치는 동시에 문화 운동의 기치를 높이 들어야만 한다고 생각했다.

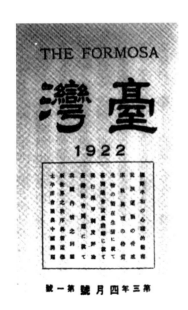

▶《台灣》

▶《台灣青年》創刊號

타이완 문화협회台灣文化協會: 대각성 시대의 도래

타이완 신문화 운동은 사실 신문화 운동의 한 갈래이자 정치 운동의 일환으로 발인된 것이었다. 소극적 의미에서 그것은 반식민주의·반제국주의 운동의 연장이었으며, 적극적 의미에서는 민족 해방 운동의 확장이었다. 당시 지식인에게 1920년대는 '대각성의 시대'였음이 분명했다.《타이완 청년》창간호의〈권두사〉[1이]는 다음과 같이 분명하게 밝히고 있다. "보라! 국제 연맹의 성립과 민족자결의 존중, 남녀평등同權의 실현, 노사협조 운동 등은 모두 대각성의 혜택이다." 대각성이라는 것은 지식의 계몽을 가리켰다. 현재의 시각으로 보자면 이러한 계몽은 매우 뜻깊었다 할 수 있는데, 민족자결은 민족이라는 어젠다와, 남녀평등은 성별이라는 어젠다와, 노사협조는 계급이라는 어젠다와 연결되기 때문이다.

1920년대의 타이완 계몽 운동가들은 이미 민족, 성별, 계급의 문제에 높은 관심을 나타냈다. 그것은

▶ 蔣渭水와 책표지

그들이 세계정세의 영향을 받았음을 확실히 보여준다. 식민지 사회에 처한 지식인은 이러한 어젠다를 자신의 정치적 운명과 결합시켜 사고했다. 이것은 역사와 시대에 대한 그들의 인식이 상당히 깊이 있었음을 증명한다. 타이완 신문학이 이후 발전의 전 과정 속에서 민족·성별·계급과 같은 어젠다의 흐름에서 벗어나지 않은 까닭은 그것이 20년대 지식인이 정해놓은 기저를 바탕으로 했기 때문임이

분명하다. 해외 유학생들이 타이완 문화의 문제에 관심을 보이고 있을 때, 타이완 섬의 지식인들 역시 이 문제에 대해 줄지 않는 관심을 보였다. 1921년 타이베이에서 성립된 타이완 문화협회는 계몽운동이 이미 서장을 열었다는 사실을 보여준다.

　타이완 문화협회는 장웨이수이蔣渭水가 발기하여 창립했다. 장웨이수이(1891-1931)는 이란宜蘭인으로 타이베이 의과대학을 졸업했다. 영민했던 그는 종종 현대 의학의 관점으로 식민지 사회의 폐단을 꿰뚫어 볼 수 있었다. 문화협회의 창립 대회에서 연설한 장웨이수이는 타이완 문화의 불량증에 대한 자신의 견해를 다음과 같이 표현한 바 있다. "……타이완인이 앓는 병은 지식의 영양실조로, 지식이라는 영양제를 복용하지 않으면 절대로 치료할 수 없다. 문화 운동은 이 병의 유일한 치료법이고 문화협회는 전문적으로 치료·연구를 시행하는 기관이다." 이 말은 장웨이수이

▶《台灣民報》創刊號

가 지식과 문화를 중시했음을 잘 보여줄 뿐 아니라 문화협회가 지니고 있던 시대의식도 보여준다. 식민 통치 앞에서 타이완인은 그들의 정치적 지위가 하락한 이유가 일본인의 강대한 군사·경제적인 힘에만 있지 않고, 우세한 문화적 지배에 근본적인 원인이 있음을 느끼고 있었다. 타이완인이 현대 지식을 흡수하지 못한다면 식민 패권 담론의 침투를 막을 방법은 그 어디에도 없었다.

그러므로 창립회의 '취지서'에서 밝힌 바와 같이, 문화협회는 '타이완 문화의 향상을 도모'하기 위해 창립 이후 지속적으로 문화 활동을 거행하면서 현대 세계에 대한 민중의 인식을 제고시키고자 했다. 이 조직은 《회보會報》를 발행하고 《타이완 민보》를 널리 보급하는 한편, 각종 강습회·여름학교·문화 강연·화극 운동 및 '미대단美臺團'[2]을 개최했다. 미대단은 온 섬을 순회하며 영화를 방영하여 민중이 영상 예술을 접할 수 있게 했다. 《회보》와 《타이완 민보》는 엘리트 문화의 간행물에 속했으며, 강연과 화극 등은 대중문화의 확대에 포함된다. 그러나 어쨌든 이러한 작업은 모두 직간접적으로 민족의식이 싹트도록 자극했다. 초기의 민족의식은 타이완 의식의 배태였다고 하는 편이 맞을 것이다. 이 의식은 정치적이면서 문화적이었으며, 이후 반식민 운동가에게 강렬한 정체성認同感을 갖게 했다. 타이완 문화에 대한 정체성을 통해 피식민자와 식민지배자 간의 차이와 경계는 매우 분명해졌다.

그러나 문화협회는 타이완 의식의 성장만을 자극하지는 않았다. 계급의식과 젠더의식의 개발에도 매우 큰 영향을 주었다. 자본주의가 날로 발달하여 공업화와 도시화가 보급되면서 타이완 노동자 계급의 인구가 대량으로 증가했기 때문이다. 노동시장에 뛰어든 인구는 날로 많아졌으

---

2) 영화가 대중 교육에 많은 영향을 준다는 사실을 인지한 蔡培火가 1925년에 만든 조직이다. 그는 도쿄에서 교육영화를 사들이고 미국에서 상영 기계를 사들인 뒤, 청년지사들로 하여금 상영방법과 영화내용을 익히게 하여 전국을 돌며 교육영화를 상영하게 했다.

며, 압박의 강도 역시 날로 심해졌으며, 노사勞資 불평등의 현상 역시 갈수록 심각해졌다. 1920년대가 되자, 타이완에서 자신들의 활동거점을 확보한 일본 자본가나 재벌들의 수탈은 극으로 치닫게 된다. 때문에 이때 타이완 노동자의 계급의식이 싹트기 시작한 것은 놀라운 일이 아니었다. 노사 간의 불평등 문제에 대해 지식인은 많은 주의를 기울였고 반식민지 운동 속에서 노동자가 맡은 역할에 대해서도 매우 깊은 관심을 보였다. 이후 타이완 사회에는 일군의 좌익 운동가들이 출현하여 적극적으로 노동 운동에 개입하게 되는데 그들은 주로 문화협회를 매개로 활동했다. 이 사실은 타이완 신문학에 대한 강한 암시였다. 즉 30년대에 사회주의 신념을 지닌 작가가 나타날 것이고 동시에 좌익문학이 배태될 것이라는 사실이 그것으로, 이는 모두 계급의식의 발흥에서 비롯됐다. 문화협회의 중요성은 여기에서 찾을 수 있을 것이다.

젠더의식의 계몽 역시 문화협회의 선전을 통해 제고되었다. 협회의 성립 이후 지속적으로 여성 구성원이 문협에 참가했다. 타이완 여성이 문화 활동에 개입한 것은 자본주의의 확장 속에서 노동 수요 역시 상대적으로 확대되었다는 중요한 사실을 보여준다. 노동시장의 수요를 충족시키기 위해 여성 역시 노동자가 되어야 한다는 요구가 나타났다. 타이완 총독부가 자본주의를 타이완에 들여온 초기에 이미 훈련된 대량의 노동자가 필요할 것이라 예상됐다. 타이완 여성은 식민지배자들에게 개발 가능한 사회적 생산력이었으며, 자본주의 추동 과정에서 없어서는 안 될 일환이었다. 그리하여 현대 교육제도 건설 초기에 학교는 여학생을 받도록 기획됐다. 식민 체제는 경제적 이익 때문에 여성에 대한 계몽 작업을 진행했다. 그러나 계몽은 종종 양날의 검과 같이 작용한다. 여성은 교육을 받음으로써 원래의 노동의 기회를 얻기 위한 준비를 하면서 동시에 지식권도 획득하게 되었다. 지식을 얻은 뒤 그녀들은 마침내 자본주의 제도 하에서 여성은 멸시 대상이라는 사실을 체득하게 되었다. 타이완 여성의식의 각성[11]은 이후 사회운동을 위한 자연스런 일익이 되었다. 문화협회는 여성

회원을 모으는 한편, 여권 관념도 적극적으로 발양시켰다. 일제 강점기 동안 여성운동과 정치운동이 하나로 결합되었던 것은 문협의 제창으로 인한 것이었다. 타이완작가가 문학창작에서 여성의 역할에 관심을 갖게 된 것은 문협이 문화운동을 이끌면서 만들어낸 결과였다.

정리하자면 문화협회와 타이완 신문학운동은 불가분의 관계였다고 할 수 있다. 민족의식·계급의식·젠더의식이 타이완작가의 문학창작에서 중요한 부분을 차지할 수 있었던 것은 문협이 고취한 문화운동의 결과였다. 이러한 의식의 배양은 당연히 식민지 사회의 객관적인 조건과 밀접하게 연관된다. 외래 자본주의의 간섭이 없었다면, 식민 체제가 타이완의 구석구석으로 침투하지 않았다면, 이들 의식은 아마도 이처럼 빠르게 성장하지 못했을 것이며, 문학 속에서 그토록 성숙하게 표현되지 못했을 것이다. 1920년대 이후로 넘어설 무렵 대각성의 시대는 분명 이미 도래해 있었다.

문학 관념의 기초

문화운동 속에서 문협의 기관 간행물인 《타이완 민보》는 《타이완 청년》과 《타이완》의 정신[12]을 계승하여 당시의 선진적인 사조를 타이완 대중에게 소개했다. 기본적으로 문화·지식·문학에 대한 그들의 태도는 실용적인 관점에서 출발한다. 장웨이수이의 주장처럼 타이완은 구미 문명에 비해 낙후됐었다. 선진 국가의 문명을 따라잡으려면 문화부터 개조해야만 하며, 지식 방면에서 보다 충실해야만 한다고 그들은 인식했다. 지식이란 문화와 마찬가지로 사회와 대중으로부터 벗어날 수 없는 것이었다. 이 같은 관념은 초기의 문학 실천가의 의견과 일치했다.

현존하는 문헌에서 보자면 최초로 문학 이론을 제기했던 이는 천신陳炘[13]이다. 그는 이후 타이완인 가운데 처음으로 콜롬비아 대학의 경제학 박사가 된다. 1920년 7월 《타이완 청년》 창간호에 그는 〈문학과 직무文學

與職務〉라는 글을 발표하여 위대한 민족은 반드시 위대한 문학을 지녀야 한다는 의견을 처음으로 내었다. 이 글의 중요한 관점은 문학·문화·민족이라는 세 관념을 동등하게 본다는 데 있다. "문학가는 문화의 선구이다. 문학의 도道가 사라지면 민족은 함께 쇠퇴한다. 문학의 도가 흥하면 민족도 함께 번영한다. 그러므로 문학가는 문화를 계발하고 민족을 진흥시키는 것을 자신의 직무로 삼아야만 한다." 여기에서 직무라는 것은 임무와 사명의 의미를 지니고 있다. 문화운동이 시작되길 기다릴 때 이미 천시는 민족 개조에 있어 문학이 심오한 의미를 지닌다는 사실에 주의하고 있었음이 분명했다. 놀라운 사실은 그가 문학적 창조력을 전 민족의 창조력과 동일시했다는 점이다. 그리하여 문학의 흥쇠興衰와 민족의 소장消長은 같은 폭의 등고선을 가진 채 변하는 것처럼 보였다. 이러한 견해는 이후 문학의 성장에 대한 무궁한 암시를 주었다고 할 수 있다. 정확히 말하자면 문학운동은 전체 민족운동의 운명과 분명 연관이 있었다. 문학 자체는 독립적으로 존재할 수 없으며 사회 현실이라는 환경에서 따로 뽑아낼 수 없었기 때문에 민족의 앞날과 결합되어야만 했다.

천신이 이와 같은 문학론을 발표한 것은 이후의 구문학에 대한 선전포고가 불가피한 추세라는 사실을 예고한 것이었다. 왜냐하면 글 속에 전통 문학에 대한 불만이 표현되어있기 때문이다. 그는 과거제도가 생긴 이래 지속적으로 문학 창작에 폐단이 생겨났다고 보았다. "문학을 말하는 이들이 지나치게 꾸미면서 학문적 이치는 탐구하지 않고, 낡은 것을 끌어안고서 놓지 않으며, 그 말단에만 힘쓴다. 비록 문학이 존재하기는 하지만 그 위대한 작용은 거의 볼 수 없게 됐다." 신세대 지식인으로서 천신은 생명력을 잃어버린 구문학을 더 이상 참을 수 없었음이 분명했다. 단지 형식만을 갖춘 작품은 그에게 있어 '위대'한 목표에서 크게 벗어난 것이었다. 심지어 그는 다음과 같이 공개적으로 비난하기도 했다. "겉으로는 농염하고 아름다우나 영혼과 뇌가 없으니 죽은 문학이다." 이것은 현대 작가가 많은 관심을 갖는 문제 중 하나로, 작품의 형식과 내용은 반드시 균형을 갖추어야 한다는 것을 의미했다. 전통적인 한시문학漢詩文學은 몰락의 길로 나아갔다. 화려한 자구와 허무한 정감을 전적으로 추구하고자 했기 때문이었다.

그렇다면 무엇이 신시대의 문학인가? 천신은 다음과 같이 밝히고 있다. "문명 사상을 전파하고, 우매하고 어두운 상태를 일깨우고, 인도주의적 감정을 고취하고, 사회 혁신을 촉진하는 것을 자신의 임무로 삼아야지 제대로 된 문학이라 일컬을 수 있다." '도'를 유가사상의 범주를 뛰어넘는 현대화와 개혁을 중요 의미로 삼는 것이라 강조할 뿐, 그가 제창한 것은 곧 '문이재도文以載道'의 관념이었다. 소위 문명사상이란 서구의 현대화된 생활과 지식을 가리켰다. 밖에서 들어온 사조로 타이완 민중을 계몽한다는 것은 1세대 지식인의 공통된 언어였다. 보다 구체적으로 말하자면 '서구문명', '문명사상' 그리고 현대라는 말은 다 같은 의미를 지닌 것이었다. 주의할 점은 그가 인도주의적 동정과 사회의 개조도 제기했다는 사실이다. 그것은 지식인이 사회주의를 거절하지 않았음을, 그리고 이후 좌익문학의 탄생이 초기 문학 이론 속에 그 맹아적 요소를 분명 지니고 있었음을 암시해준다.

천신의 문학에 대한 견해는 강한 대표성을 띠고 있다. 왜냐하면 얼마 지나지 않아 기타 문론 속에서 유사한 의견을 발견할 수 있기 때문이다. 1923년 《타이완 민보》 제14호에는 룬후이성潤徽生이라는 필명을 가진 이의 〈문학을 논하다論文學〉가 발표됐는데, 이 글 역시 전통문학에 대한 비판적 태도를 보였다. 특히 창조創造에 인색하고 새로운 것을 겁내는 보수적 심리를 지닌 구시인에 대해 큰 불만을 표하였다. 그는 구문학은 너무 난해한 문학이고 신문학이야말로 간략하고 쉬운 문학이라 여겼다. "문학은 인류의 진화와 밀접하게 관련된다. 문학의 난해함은 인류의 진화가 더디거나 혹은 퇴화했음을 의미한다. 만약 이처럼 난해한 문학을 창작하기 쉬운 문학으로 바꾼다면 진화의 속도는 자연스럽게 빨라질 것이다. 인류가 진화하면 행복도 증진될 수 있다." 진화 혹은 퇴보의 관점에서 사회를 평가하는 것은 분명 19세기 서구 과학의 발달로부터 영향을 받은 것이었다. 진화는 행복의 관건으로, 이 목표에 도달하려면 쉬운 문학으로 사상의 전파를 확대해야한다는 주장은 바로 계몽운동의 정신이기도 했다.

새로운 문학형식에 대한 추구는 바로 구전통의 속박으로부터 벗어나는 것을 의미했다. 당시에 그것은 진보와 변화의 추구 그리고 개혁의 의미를 내포하고 있었다. 1923년 《타이완 민보》제5호에 '젠루劍如'[14](황청충黃呈聰)라는 필명으로 쓴 〈문학운동 ― 신구사상의 충돌文學運動―新舊思想的衝突〉이라는 글이 발표되었는데 새로움과 변화를 추구하려는 결심이 잘 드러나 있었다. 이 글은 주로 문화운동과 타이완 문화협회의 상호 작용 관계를 분석하고 있다. 그러나 중요한 논점은 수구守舊사상에 대한 비판에 있었다. 젠루는 문화는 시대정신의 표현이며 민중 생활의 총화라고 주장했다. 그는 나아가 시대정신 역시 인간 사상의 전개라고 설명한다. 사상에 변동이 생기면 이를 따라 문화에도 변화가 나타나게 된다. 시대 조류는 사상조류와 마찬가지로 부단히 조정되고 변화한다. "인류의 생활에 맞지 않는 것은 제거되어야 한다. 그래야 옛것을 없애고 새것을 세울 수 있으며 사회 발달을 촉진시키고 인류 생활을 향상시킬 수 있다." 글에 사용된 혁신·발달·향상 등과 같은 말은 당시의 사상적 상황을 잘 보여준다.

혁신과 향상이라는 목표에 도달하려면 구사상에 도전하지 않으면 안 된다. 이 글은 다음과 같이 말하고 있다. "구문화 사회에서 신문화를 수립하려 할 때 신구문화의 투쟁과 신구사상의 충돌은 반드시 같이 출현한다." 이것은 1923년 6월 구셴룽辜顯榮과 린슝즈林雄徵 등처럼 일본인에 의지하던 중국 신사士紳들이 문화협회의 문화 활동에 대항하고자 소위 '타이완 공익회台灣公益會'를 조직했던 사실을 가리키고 있다. 공익회는 일본 식민 체제의 변호와 '헛되이 신기함을 쫓는' 신흥 지식인을 비판하기 위해 만든 것이었다. 전통문화를 수호한다는 명목으로 이들 수구 신사들은 사실 타이완 총독부를 위해 연설했다. 공익회는 창립 취지서의 결론에서 특히 민생의 안정을 다음과 같이 강조하고 있다. "일본 제국의 통치는 심히 다행스런 일이요, 타이완 통치도 심히 다행스런 일이다." 안정을 이유로 일본의 통치를 합리화하고 문화 향상을 명분으로 삼았지만, 사실 공익회는 수구 보수 단체였다. 이렇게 권력과 결합한 완고한 중국 신사를 젠루는 다음과 같이 표현했다. "…… 늙은이들은 젊은이들이 지닌 사상을 위험한 사상으로 보고, 그것을 없애고자 갖가지 반대 운동을 일으켜 자신의 지위를 보존하려 한다." 이로 인해 신구사상의 충돌은 불가피하게 발생하게 된다.

구세력에 대한 비판은 단지 그들이 지나치게 보수적이어서만은 아니었다. 그들이 통치자와 손도 잡으려 했기 때문이었다. 그리하여 신구의 충돌은 민족과 계급의 대립 역시 은연 중 내포하고 있었다. 젠루는 상당히 세밀하게 신구 쌍방의 다른 입장을 지적했다. "구시대의 정신이 생산하는 것은 귀족과 자본의 문화이다. 신시대의 정신이 만들어내는 것은 민중의 문화이다. 오늘날 우리가 보급해야 하는 것은 민중의 문화이지 특권 계급의 문화가 아니다. 종래의 특권 계급의 문화는 민중을 노예로 삼고서 자신의 편리함을 도모하려했을 뿐이다." 타이완 사회에 있어 자본주의는 신문화에 속했음이 분명했다. 그러나 자본주의가 타이완에 도래한 후, 새로운 문화의 역량은 결코 개척되지 않았다. 일본 통치자 및 자본가가 손잡기를 원한 대상은 오히려 구식의 중국 신사와 전통문인이었다. 그들은 참된 생명력을 지녔던 지식인을 계획적으로 억압했다. 타이완 신생대가 추구한 문화는 보급적이고 민중적이었으며 반노예·반식민적인 것이었다.

각 시대마다 새로운 관념이 생겨났다. 하나의 운동이 된 타이완 신문학은 시대의 전환기에 신문화 관념의 초석을 쌓았다고 할 수 있다. '신' 관념, '신'사상, '신'문화 등의 새로운 기초가 없었다면 신문화의 배태는 있을 수 없었다. 초기의 문학이론은 오래도록 존재했던 전통문화에 대해 사람들이 이미 견딜 수 없는 불만을 느끼기 시작했음을 보여준다. 비록 지식인이 '새로운' 형식과 내용에 대해 확실한 정의를 내리지는 못했지만, 그들이 말한 새로움이 적어도 보수적인 고유문화에 대한 비판과 외래 지식 문화에 대한 저항의 의미를 지니고 있었음을 상술한 글들을 통해 일 수 있다.

어문 개혁의 시작

신문화의 관념을 어떻게 실천할 것인가는 초기 문화의 중요한 과제였다. 청나라清代의 이주민 사회에서 타이완 한인이 사용한 한어는 강력하고 보편적인 언어에 속했다. 일본이 타이완을 점령한 뒤 언어문제는 곧바로 민감한 정치적 문제가 되었다. 한어는 더 이상 우세의 지위를 점할 수 없었으며 점차적으로 일본어로 대체되었다. 신문화가 발인할 무렵은 타이완에서 일본어 교육이 실시된 지 벌써 4반세기가 지난 때였다. 이처럼 긴 시간을 거치며 타이완 섬 주민은 일본어로 사고하고 표현하는 데 익숙해진 듯했다. 그것은 문학 종사자들에게 매우 큰 고민거리였다. 신문학운동의 목표는 식민화로부터 벗어나면서 낙후한 전통문화도 비판하는 것이었다. 그렇다면 타이완작가는 언어문제에 있어 어떻게 자기 주체성을 찾았을까? 만약 일본어를 사용한다면 식민 통치의 합법성을 묵인하는 것과 같았으며, 고전 한어를 사용한다면 새로운 시대의 도전을 받아들이지 않는 것과 같았다. 그리하여 이 같은 진퇴양난의 고민 속에서 지식인들은 서서히 어문 개혁을 과제로 여기게 됐다. 하지만 타이완은 일개 식민지 사회일 뿐이었다. 이전에 타이완은 원래 원주민 사회이자 이주민 사회였다. 원주민 사회는 본래 여러 종류의 원주민어를 사용했으며, 이주민 사회는 한인의 창저우漳州, 촨저우泉州 그리고 커자말客家語을 사용했다. 이처럼 복잡한 언어 환경은 작가들로 하여금 다양한 선택을 하게 만들었다. 어떤 이는 중국의 백화문 사용을 주장했고, 어떤 이는 반드시 로마 병음을 채용해야 한다고 주장했으며, 어떤 이는 타이완어만 사용해야 한다고 주장했으며, 또 어떤 이는 결국 일본어를 선택했다. 이 같은 복잡한 현상은 식민지 언어 문제의 어려움을 충분히 보여줬다.

중국의 백화문을 사용하자고 했던 가장 이른 주장으로는 1921년 12월 15일 《타이완 청년》에 발표한 천돤밍陳端明의 〈일용문 고취론日用文鼓吹論〉을 들 수 있다. 출간금지로 인해 이 글은 1922년 1월 20일 같은 간행물에 다시 발표된다. 아이러니한 사실은 이 글이 '일용문' 사용을 고취하면서도 자기 글은 문언문으로 썼다는 점이다. 이것은 사회 전환기의 과도적 현상으로, 신형식이 탄생하기 전에 겪는 필연적 현상이라고 할 수 있다. 그는 왜 일용문을 선택하자고 주장했을까? 천돤밍은 다음과 같이 말한다. "오늘날의 소위 문명국이라는 각국을 살펴보면 대부분 언문이 일치되어 있다. 유독 타이완만 이를 배척하는데 그것은 중화로부터 배운 이후 말과 글이 각기 달라졌기 때문이다. 그러나 오늘날 중국은 확실하게 각성하여 오래도록 백화문을 사용하면서 언문일치를 시도하고 있다. 그런데 왜 우리 타이완의 문인과 지식인들은 수수방관만 하며 수많은 대중들로 하여금 자신의 생각을 펼치기 어렵게 만들고 있는가?" 각 문명국이란 현대화된 국가를 가리킨다. 현대 국가에서 지식은 쉽게 보급되는데 그 주요 원인은 문자와 언어가 서로 통하기 때문이다. 타이완의 말과 문자가 다른 까닭은 중국 전통문화의 영향을 받아서이다. 천돤밍은 중국사회가 이미 각성하기 시작하여 백화문 사용이 점차적으로 보편화되었으니 타이완 역시 이 길을 따라야 한다고 주장했다. 그가 말하는 중국이 이미 확실하게 각성했다는 것은 사실 5·4운동을 가리켰다.

5·4운동이 타이완 신문학에 영향을 주었다는 주장에는 역대로 많은 이견이 존재해왔다. 중국학자들은 종종 5·4운동의 역사적 의의를 확대시키고자 타이완작가가 중국 신문화운동의 지도를 받았다고 이해했다. 타이완 학자는 이 문제에 대해 상당히 유보적이며 심지어는 5·4운동이 타이완작가에게 준 영향이 크지 않다고 인식하고 있다. 만약 여러 역사적 사실을 찾아본다면 5·4운동의 영향력을 완전히 부정하는 것은 설득

력이 없는 것 같다. 그러나 5·4운동의 지위를 지나치게 과장하는 것 역시 역사적 사실에 부합하지 않는다. 5·4운동과 타이완 신문학 간의 관계는 두 가지 측면으로 제한되어야 한다. 그중 하나는 백화문의 제창이며 다른 하나는 5·4 초기 문학작품을 옮겨 실었다는 사실이다. 전자는 타이완작가로 하여금 어문 개혁에 있어서 준수할 방향이 되었으며, 후자는 타이완 문학이 창작에 있어 모방의 대상을 갖게 했다. 그러나 백화문은 전체 타이완 어문 개혁에 관한 주장의 한 갈래에 불과하다. 중국 신문학 창작에 대한 모방 역시 타이완작가가 받아들인 외래적 영향의 근원 중 하나에 불과하다. 식민지 문학의 구성은 결코 단일 문화의 영향만을 받았다고 할 수 없다. 타이완의 주체가 억압을 받는 이상, 외래문화의 지배 역시 매우 복잡하게 드러날 수밖에 없었다.

천둰밍이 백화문 사용을 주장한 목적은 5·4정신의 연속에 있지 않았다. 그가 말했듯 문화의 신속한 보급을 위한 것이었으며, 이를 통해 국민의 단결이라는 관념을 배양하기 위한 것이었다. 그것은 일종의 지식 축적의 경쟁이었다고 말할 수도 있다. 지식이 낙후될수록 식민 지배는 날로 심화된다. 어문의 보급으로 공동의 지식을 응축하여 쌓으면 자연스럽게 식민에 저항하는 힘을 제고시킬 수 있다. 이러한 관점은 당시 계몽운동에 참여했던 지식인들 사이에서 매우 보편적이었다. 1923년 1월 1일의 《타이완》은 황청충의 긴 글 〈백화문 보급이라는 새로운 사명을 논함 論普及白話文的新使命〉을 게재했는데, 현대화와 어문 보급 사이의 밀접한 관계를 명확하게 해석한 글이었다.

백화문의 보급은 일종의 사상해방이자 현대화 추구의 상징이기도 했다. 황청충은 이 중요한 글에서 일본 메이지 유신과 중국의 문학혁명을 예로 들어 국가가 부강해지려면 먼저 문화의 현대화를 추구해야만 한다고 설명한다. 그는 이들 두 국가의 문화가 타이완에 준 영향이 대단히 크며 일본문日本文과 중국문中國文을 주의 깊게 연구해야 한다고 보았다. 그런데 왜 특별히 백화문이 필요했을까? 황청충은 타이완의 일본어 교육은 단지 소학小學에만 머물러 있어 졸업 후 일문을 사용할 수 있는 능력이 제한된다고 말한다. 이것은 일본의 통치 방침으로, 일본문화로 타이완인을 동화시키면서도 타이완인이 더 많은 지식을 획득하지 못하게 만든다고 그는 말한다. 민중 문화의 수준이 낮아지면 통제하기 쉬워진다. 이러한 전략은 당연히 타이완 사회가 발달하지 못하도록 만들었다. 일본인은 특권 계급의 권력으로 타이완인을 노예로 여기면서 마음대로 그들을 짓밟았다. 그러므로 그의 문화 보급에 대한 강조는 민중을 각성시켜 민권과 자유를 쟁취하고 저항할 수 있게 하는 것과 같았다.

황청충의 논점은 상당히 전위적인 것으로, 글은 노골적으로 문화운동과 반식민 운동을 연결시키고 있다. 게다가 그는 "오늘날 소위 구미 문화 국가는 인도적인 견지에서 문화 정책을 실시하며, 민권을 위협하거나 억압하지 않고 민의를 존중한다. 그리하여 국가와 인민이 모두 함께 발전하고 있다. 인민이 교육받지 않아 문화 수준이 낮을 때는 여론으로 정치 방침을 바꿀 수 없으니, 민중은 농락당하고 수많은 이상한 일들이 생겨나게 된다." 이러한 언급을 통해 황청충의 관념에서 백화문 운동이란 강한 탈식민적 의미를 이미 포함하고 있음을 알 수 있다. 백화문의 확대를 통해 타이완인은 정치 현상을 이해하게 되고 자연과학과 사회과학을 접촉하게 됐다. 이런 식으로 지식이 축적된다면 구미 선진문화를 따라잡게 될 것이었다.

같은 기수의 《타이완》에 황차오친黃朝琴 역시 〈한문 개혁론漢文改革論〉을 발표했는데 문화관에 있어 황청충의 생각과 서로 호응하는 부분이 꽤 많이 보인다. 그 가운데 황차오친의 중국문화에 대한 비판은 비교적 주의할 만하다. 오랜 기간에 걸친 중국의 우민정책은 문화 생산력을 떨어뜨려 민중을 더욱 쉽게 지배하려는 것이었다. 청 왕조 시기 타이완이 이러했으며, 일본 통치하의 타이완 역시 이러했다. 일본이 강대국으로 도약할 수 있었던 까닭은 메이지 유신 이후 교육 지식이 보편적으로 제고됐기 때문이다. 중국이 낙후하여 속는 까닭은 우민정책을 취했기 때문이다.

그런데 황차오친은 중국은 이미 자신의 폐단을 발견하고 사상과 어문의 개혁을 시작했다고 말한다. 그가 가리킨 것은 백화문 운동으로, 이를 통해 민중은 지식을 보다 용이하게 받아들이게 됐다는 것이다. 만약 중국이 이러한 방향으로 노력하고 있다면 타이완은 더욱 빨리 이를 따라야만 했다.

황차오친의 가장 중요한 논지는 문화의 주체성을 언급한다는 데 있다. 그는 타이완인이 일본의 백성이 되어 일본 학교에 입학하는 것은 피할 수 없는 일이라 보았다. 그러나 그것은 단지 강제적으로 일본 책만 읽히고 자기 고유의 습관과 고유의 문자를 버리게 하는 방식에 불과했다. "우리는 우리의 민족성을 지니고 있다. 만약 한문이 폐지된다면 우리의 개성·우리의 습관·우리의 언어도 소멸할 것이다!" 이 말은 글 속에서 가장 힘 있는 주장이었다. 그는 또 '타이완은 타이완인의 타이완'이라 주장하며 일본 정부의 학교 커리큘럼 속 한문과목을 백화문으로 바꿀 것과 소수의 일본 아동을 교육 표준으로 삼아서는 안 된다는 점을 제안했다.

백화문 운동이 추진한 내용은 대략 상술한 바와 같았다. 1921년 타이완 문화협회를 설립한 뒤 지식인은 '타이완문화의 향상을 도모'한다는 생각으로 어문 개혁을 사고하기 시작했다. 일단 개혁관이 세워지자 자연스럽게 신문학을 추동하는 데 많은 조력자가 나타났다. 하지만 어문개혁의 주장 속에서 중국 백화문은 결코 유일한 소개 대상이 아니었다. 왜냐하면 문화 주체성의 문제는 반드시 민중을 기반으로 삼아야하기 때문이다. 문화의 제고를 목표로 한 이상, 어떻게 대다수의 민중이 쉽게 지식을 습득할 것인가가 주요한 과제가 됐다. 이러한 사고를 기초로, 뒤이어 차이페이휘蔡培火가 로마자를 제창[15]하고 렌원칭連溫卿이 타이완 백화문台灣話文을 주장했다.

그러나 로마자의 확대는 그다지 큰 반향을 얻지 못한 듯하다. 그것은 단지 차이페이휘 한 사람만 주장했다. 렌원칭의 타이완 백화문 주장은 광범위한 논쟁을 야기했다. 이 토론은 1930년대 초까지 이어져 더욱 격렬한 논쟁을 불러일으켰다. 렌윈칭의 주장 역시 문화 주체 보호의 중요성에서 출발했다. 1924년 10월 1일, 그는《타이완 민보》에 〈언어의 사회적 성격言語之社會的性質〉[16]을 발표하여 민족nation-state 문제를 제기했다. 그는 "현대의 대표적 정치사상에서 국가 관념과 민족 관념은 같은 것으로 본다"고 말한다. 그렇다면 민족을 구성하는 요소는 무엇인가? 당연히 언어이다. 그는 만약 민족 문제가 발생한다면 언어 문제도 발생하기 마련이라고 지적했다. 이러한 논지를 통해 타이완어가 소멸된다면 타이완인이 뒤이어 소멸될 것이라는 사실을 그가 이미 깨닫고 있었음을 알 수 있다. 그러므로 타이완어문의 제창에는 타이완 민족주의의 제창이라는 의미가 숨어있음을 알 수 있다. 이것이 렌윈칭의 견해가 차이페이훠의 주장보다 더 큰 논쟁을 야기하게 된 원인을 설명해준다.

역사적 사실은 타이완 신문학운동 초기에 어문개혁론이 결코 성공하지 못했음을 보여준다. 중국 백화문을 주장했든, 로마자 혹은 타이완 백화문을 주장했든 결국 일본어문의 강력한 지위를 막지 못했다. 타이완작가가 초기에 사용한 어문은 다양했다. 일본어·백화문·타이완어의 문학 창작이 동시에 병행됐다. 이 같은 혼란스런 현상은 곧 식민지 지식인이 문화 주체를 찾고자 했을 때 처했던 곤경을 증명해 준다. 그러나 신문화운동 초기 10년 동안 타이완작가에게 주류 언어는 중국 백화문이었다. 이는《타이완 민보》에 발표된 글들이 증명해주고 있다.

'새로운' 문학관이 확립되자 문학의 신형식을 찾는 것이 타이완작가의 주요한 과제가 되었다. 타이완작가의 새로움에 대한 추구는 결코 유행이나 시류를 쫓기 위한 것이 아니었다. 그것은 합당한 길을 찾아서 문화를 제고하려는 신념, 나아가 식민 체제의 권력 지배를 비판하고 이에 저항하기 위한 것이었다. 그리하여 최초의 신문학 관념의 구축이라는 작업 자체에 이미 탈식민화의 정신이 내포되어 있었다. 신문학운동이 1920년대에 민족 민주 해방 운동과 결합하려한 것은 매우 합리적인 사실이었다.

[1] 일제 강점기 전통과 현대에 대한 타이완 한시의 접수와 마찰은 최근 부분적으로 연구 성과를 보여주고 있다. 黃美娥는 일제 강점기 전통 한시 단체漢詩社의 흥기가 청대 시사의 문우회 식의 단순한 형태와는 다르다고 지적하였다. 더 나아가 현대적 개념을 끌어들여 변화와 갱신을 시도하였고 한족 문화 기억의 재확인 및 재공고화의 의미를 지닌다고 보고 있다. 심지어 '현대', '문명'이라는 개념은 이후 모종의 소비적 의미를 지니는 쪽으로 발전하였다고 보고 있다. 黃美娥,〈實踐與轉化一日治時代台灣傳統詩社的現代性體驗〉,《重層現代性鏡像: 日治時代台灣傳統文人的文化視域與文學想像》(台北: 麥田, 2004), pp.143-176.

[2] 矢內原忠雄는《日本帝國主義下之台灣》에서 竹越與三郎의《台灣統治志》(1905 출간)의 다음 내용을 인용하고 있다. "미개발 국토를 개척하여 문명의 혜택을 미치게 하는 것은 오랫동안 백인이 자신의 책임이라 자부해온 것이다. 오늘날 일본 국민이 극동의 해외에서 백인의 대임무를 나누어 갖고자 한다. 우리 국민이 황인종의 책임을 완성할 능력이 있는지의 여부는 모르지 않는가? 타이완 통치의 성패는 이 문제를 해결하기 위한 시금석이라 하지 않을 수 없다." 竹越與三郎의 발언은 당시 일본 제국이 식민지 통치의 성과를 서구 현대 자본 제국의 행렬과 함께 하려는 욕망의 표현이었다. 矢內原忠雄 저, 周憲文 역,《日本帝國主義下之台灣》(台北: 台灣銀行印刷所, 1956), p.5.

[3] 일본은 타이완을 점령한 해(서기 1895년, 일본 메이지 29년) 3월 말에 '군정'을 폐지하고, 4월 1일부터 '민정'을 실시했으며, 동시에 소위 '위임(권한대행) 입법' 법안을 제국 의회에서 제기했다. 같은 해 6월 30일 법률 제63호를 '타이완에 실행하는 법률에 관한 것'으로 공포했는데, 이것이 바로 '63법안'이다. 정치적 의미는 타이완의 특수한 제도를 승인한다는 것으로, 곧 총독 통치의 기본이기도 했다. 법률적 의미는 일본 제국 의회가 타이완총독에게 법률과 동등한 효력을 지니는 '율령'을 선포할 권한을 수여한 것이다. 실시 기간은 1896년부터 1921년(일본 다이쇼 10년)으로, 타이완 총독 제도의 법률적 근거가 되었다. 吳三連, 蔡培火 등 저,《台灣民族運動史》(台北: 自立晚報叢書編輯委員會, 1971) 참조.

[4] 1898년부터 일본은 타이완에 '임시 토지 조사국'을 설립하여 지적地籍 조사, 삼각 측량, 지형 측량 등의 사업을 실행했다. 토지 조사의 결과, 한편으로는 지형을 알게 되고 치안 상의 편리함을 얻기도 했으나, 다른 한편으로는 숨은 땅을 정리하여 토지를 늘리면서 토지 권리 관계를 확립하여 토지 교역과 획득이 안전하게 이루어지게 했다. 관련 내용은 矢內原忠雄의《日本帝國主義下之台灣》, pp.6-12.

[5] 당시 설탕 시장은 브뤼셀 협약Treaty of Brussels의 영향을 받아, 제당 산업은 정지

상태에 당면하게 된다. 일본은 이 협약에 참가하지 않았기 때문에 영향을 받지 않았다. 또한 세계대전 기간 동안 유럽의 사탕무 원료 설탕 생산의 정지로 인해 타이완 제당 산업이 왕성하게 발전하게 된다. 일본 정부는 1900년부터 제당회사 및 제당소에 보조금을 지급하기 시작했으며 타이완 은행을 창립하여 근대 화폐제도를 수립했다. 이 또한 일본이 타이완에서 시행한 자본주의 생산제도의 초보적인 작업이었다. 矢內原忠雄의《日本帝國主義下之台灣》, pp.96-123 참조. 台灣銀行經濟硏究室 編, 《日據時大台灣經濟之特徵》(台北: 台灣銀行印刷所, 1958, pp.27-28)

[6] 1915년 台南 西來庵에서 余淸芳, 羅俊, 江定 등이 일으킨 무력 항쟁 행동을 말한다. 타파니 전투가 실패한 뒤, 일본군은 타파니의 모든 촌민들을 대거 섬멸하면서 그들의 심장과 쓸개를 없애버려 통치의 폭력적인 잔혹함을 보여준다. 이 사건에서 '匪徒刑罰令'으로 사형을 판결 받은 사람이 천여 명이었다. 관련 참고 자료는 柯惠珠,《日據初期台灣地區武裝抗日運動之硏究(1894-1915)》(高雄: 前程, 1987), pp.263-82.

[7] 葉榮鐘,《日據下台灣政治社會運動史》(上)(臺中: 晨星, 2000).

[8] 吳三連, 蔡培火 등 저,《台灣民族運動史》, p.4.

[9] 일본 통치 초기 타이완에 대한 불평등 대우로 인해 메이지 유신의 원로인 板垣退助 백작 등과 같은 일본인은 우월감을 느꼈다. 1914년 12월 23일 타이베이에서 동화회가 조직되는데 목적은 타이완인과 일본인의 동화를 추진하는 데 있었다. 당시 일본 학술 군정계의 중요 인사인 山川健次郎, 大迫尙敏, 後藤新平 등도 역시 이 조직에 가입했다. 타이완 쪽에서는 林獻堂, 黃純靑, 蔡培火, 甘得中 등이 이 일로 분주했다. 다음 해 2월 23일 일본 정부는 공안을 위협한다는 이유로 해산을 명령했다. 그 성원들은 후에 좌우 양파로 나뉘어, 우파는 제국주의에 복종하였고 좌파는 동화주의로 지배계급에 대해 항쟁하였다. 連溫卿은 이들을 급진 동화주의라 불렀다. 連溫卿,《台灣政治運動史》(台北: 稻鄕, 1988), pp.38-43.

[10] 《台灣靑年》 창간호(1920.7.16)에 일본어로 발표. 중역문은 《台灣民報》 67호 (1925.8.26).

[11] 문협이 추동한 강연회는 제29회(1924.6.14)로, 王敏川이 〈婦女解放運動之推移〉 라는 제목으로 발표했다. 문협은 또한 〈尊重女子人格〉를 여섯째 항의 중요한 사업의 하나로 끼워 넣었다.

[12] 《台灣靑年》은 1920년 7월 16일에 林呈祿, 彭華英, 林仲澍등 도쿄 타이완 유학생이 조직한 '新民會'가 도쿄에서 발간했다. 모두 18기를 발행했고 타이완에 수입되어 관련 일을 하는 이들로부터 광범위한 환영을 받았다. 1922년 이름을 《台灣》으로 바꾸었는데 바야흐로 타이완 의회 설치 운동이 불타오른 민감한 시기여서 여러

기가 간행 금지됐기 때문이다. 모두 2년 여간 발행했으며 중문과 일문이 각각 반반이었고 집필자의 범위 역시 계속해서 확대되어 일본과 타이완 양쪽의 작가가 모두 있었다. 1923년 4월 15일 다시 《台灣民報》로 개칭 발행했으며 같은 해 9월 1일 도쿄 대지진으로 인쇄공장인 슈에이사秀英社가 불타버려 10월 15일(1기 8권)까지 정간됐다 다시 복간됐다. 吳三連, 蔡培火 등 저, 〈台灣人的唯一喉舌-台灣民報〉, 《台灣民族運動史》, pp.543-71.

[13] 《台灣靑年》 창간호(1920.7.16).

[14] 《台灣民報》 5호(1923.8.1).

[15] 로마자 운동은 1914년 蔡培火가 타이완 동화회에 참가하면서 제기했다. 백화문 운동의 발인을 전후할 즈음에야 주의를 끌었다. 1921년 蔡培火는 타이완 문화협회가 창간될 때, 이 협회에 이를 건의했으나 당시 사상이 대체적으로 한문의 개혁과 보급에 치우쳐 있어 1923년에서야 협회에서 통과되어 새로운 사업의 하나가 되었다.

[16] 《台灣民報》 2권 19기(1924.10.1), p.13.

제3장
계몽 실험기의 타이완 문학*

계몽 실험기의 문학(1921-1931)은 항일 정치 운동과 함께 성장했다. 초기 타이완작가는 문학형식과 내용의 구축에 있어 대체로 모방·탐색·시험의 단계에 머물러 있었다. 당시 지식인은 지나치게 민중의 정치의식을 계몽하는 데 주의를 기울였는데, 그 까닭은 문학 창작을 중시하기보다 현실 사회에 더 많은 관심을 가졌기 때문이었다. 심지어 초기 작가의 문학 작품은 기본적으로 정치 운동의 보조수단에 불과했다고까지 말할 수도 있다. 작가는 문학 작품에서 그들의 정치적 신앙과 이념을 나타내기만 하면 문학적 임무는 달성된다고 인식하는 것 같았다. 더욱 중요한 사실은 이 시기의 중요 작가들이 정치 운동에도 적극적으로 개입했다는 점이다. 정치와 문학 사이에서 그들의 신분은 유동적이었다. 그들은 정치 운동가이자 문학 창작자였다.

이 사실은 1920년대 초기에 이르러서야 1세대의 신흥 지식인들이 탄생과 성숙을 선언했던 이유를 이해하게 한다. 적은 인원과 부족한 자원으로 인해 그들은 계몽 운동이라는 힘겨운 사업 속에서 한꺼번에 여러 역할을 맡아야만 했다. 타이완 문화협회에 참여한 수많은 구성원들은 간행물 편찬 외에도 강연회·독서회·신문 읽기 모임讀報會[1]·여름 강습회·미대단 등의 활동에 의무적으로 참여해야 했으며, 필요시에는 가두에서

* 이 장은 성옥례가 번역했다.

일본 경찰에 맞서 시위도 해야 했다. 문학 활동은 그들이 여력과 시간이 있을 때 하는 초과 근무에 불과했다. 이처럼 정치 운동의 틈새에서 창작된 문학 작품은 당연히 예술적으로 뛰어나지 못했다.

　더군다나 그들의 앞에는 지켜야 할 어떠한 규칙도 없었다. 소설·산문·신시 등을 포함한 신문학의 모든 문체文體는 초기 작가들의 모색을 거쳐 만들어진 것들이었다. 구식의 한시 전통과 고전적인 어문 표현은 새로운 형식의 시를 추구하는 그들에게 무거운 짐과 같았다. 그들은 신문학을 창작하는 동시에 구문학을 향해 선전포고도 해야 했다. 종합적으로 봤을 때, 이 시기 타이완작가들의 가장 큰 사명은 모든 금기를 깨뜨리는 것이었다. 의심의 여지없이 그들의 우선적인 목표는 일본 식민 체제가 타이완 사회에 채운 정치적 족쇄를 깨는 것이었다. 그들의 또 다른 목표는 타이완의 오래된 문화가 남긴 사상적 속박에 대해 저항하는 것이었다. 그들이 종사한 신문학운동은 양동 작전이라는 방식으로 완전히 새로운 길을 개척해나갔다.

정치 운동의 왕성한 발전

　계몽기 문학을 이해하려면 이 시기 정치 운동을 이해해야만 한다. 양자의 관계가 매우 밀접한데다 근대적인 민족 민주 해방 운동 역시 이 시기에 발전과 몰락을 함께 했기 때문이다. 이들이 문학에 준 영향은 매우 심대했다고 할 수 있다.

　타이완의 민족 민주 운동은 우익과 좌익의 두 노선으로 나뉘어 전개됐다. 때로는 연합하고 때로는 대립하던 두 노선은 결국은 일본 통치자에 의해 모두 진압·해산된다. 우익 노선은 기본적으로 체제 내의 개혁이라는 전략을 취했다. 자산 계급을 지도 중심으로 삼은 우파 운동은 대체적으로 식민지배자가 규정한 합법적인 범위 내에서 진행됐다. 우파의 지도자가 요구한 가장 큰 목표는 타이완 자치와 의회 정치였다.[2] 좌익 노선의 경우 체제 밖의 항쟁이라는 전략을 취했다. 즉, 무산 계급을 저항의 주력으로 삼은 좌파 운동은 타이완총독부의 법률 규정을 준수하지 않았으며, 비밀 정치 결사를 통해 공개적인 파업 시위를 일으켰다. 좌파의 최고 목표는 바로 계급 해방과 타이완 독립이었다.[3]

1921년 타이완 문화협회가 처음 만들어졌을 때 조직 구성원 대부분은 우익 자산계급이었다. 문협의 구성원이 발행한 《타이완 청년台灣靑年》, 《타이완台灣》 그리고 《타이완 민보台灣民報》는 우익 색채가 짙었다. 민족 자결·지방 자치·의회 제도를 강조했던 이들 간행물은 초기 정치의식의 개발에 크게 공헌했다. 그러나 이 사실은 결코 문협이 좌익 지식인을 배척했음을 의미하지 않는다. 《타이완 청년》 제4,5기에 이미 펑화잉彭華英이 쓴 〈사회주의 개론社會主義槪說〉이 보인다. 오늘날 보기에 이것은 타이완 좌파 사상과 관련된 가장 이른 문헌이라 할 수 있다. 1927년 문협이 분열하기 전까지 기관지는 종종 사회주의 사상과 관련된 글을 발표했다. 이러한 사실은 비록 우익인사가 문협을 주도하였으나 좌파 운동가들의 언론 역시 포용하고 있었음을 충분히 증명해준다. 문협은 최초의 연합 전선 단체였으며 갖가지 다른 이데올로기가 조직 내에 동시에 공존하고 있었다는 점에서 일정한 의미를 지녔다고 할 수 있다.

우익과 좌익 지식인이 같은 단체 안에 공존했지만 쌍방의 정치적 주장이 완전히 같았던 것은 아니다. 오히려 서로 상반됐다. 일본 자본주의가 타이완 사회에서 심화 확장되면서 농민과 노동자가 받는 압박은 날로 심해졌다. 지식인은 이 문제를 다르게 이해했다. 게다가 1920년대 이후 일본 자본가와 재벌은 타이완에서 완전히 자리 잡게 된다. 그들은 거액의 이윤을 챙겼지만 사회 대중들에게 돌려주진 않았다. 일본 학자인 이노우에 키요시井上淸가 《일본 제국주의의 형성日本帝國主義的形成》[4]에서 말한 것처럼, 일본 식민지 중 타이완의 자본주의 개발이 가장 성공적이었다. 타이완총독부는 가장 먼저 재정 독립을 이루었다. 근본적으로 모국 정부의 원조가 불필요했으며 오히려 대량의 자금을 본국에 제공하여 본국 자본주의가 더욱 발달하게 했다. 이 같은 광적인 수탈과 착취로, 타이완 농민과 노동자의 계급의식은 더욱 빨리 성숙하게 됐다. 농민과 노동자는 이 같은 일본 자본주의의 본질을 매우 분명하게 인식했다. 그리고 식민 정부의 편파적인 정책에 대해 강렬하게 저항했다. 각종 항쟁 사건이 수차례 들려왔으며 횟수는 더욱 빈번해졌다.

나날이 고양되는 계급의식과 나날이 불타오르던 농민운동은 지식인의 사고에 도전하기 시작했다. 1925년 10월에 폭발한 얼린二林 사건[5]은 사실 일련의 농민 항쟁이 연장된 결과이다. 장화彰化 얼린의 사탕수수농은 수매가 깎기, 비료배합 조정과 같은 오랫동안 행해진 제당회사의 기만정책에 반대하여 파업과 시위라는 항거 행동을 전개했다. 이 농민운동에 참가한 지도자가 바로 문협의 회원이자 의사였던 리잉장李應章이었다. 이 사건은 항일 정치운동의 중요한 전환점이 되었다. 지식인이 계급운동에 개입한 기점이자 문협 내부의 계급 정체성에 대한 이견을 보여주기 때문이다. 농민운동이 점진적으로 대두하자 문협의 좌익 세력 역시 상대적으로 팽창해나 갔는데 이 사실은 결국 이후 좌우 분열의 요소가 배태되었음을 의미한다.

얼린 사건을 뒤이어 곧 가오슝高雄 펑산鳳山에서도 사탕수수 제당회사가 무단으로 농민의 토지를 거둬들이는 사건이 발생했다. 현지 농민을 항쟁으로 이끈 이들도 젠지簡吉와 황스순黃石順이라는 두 명의 지식인이었다. 전자는 소학교 교원이었고 후자는 타이베이 공업 강습소를 졸업했다. 일련의 저항 행동 뒤 그들은 1925년 11월 정식으로 펑산 농민조합[6]을 건립했다. 그것은 타이완 농민운동 중 최초로 결사로 이루어진 단체이자, 계급의식을 지닌 최초의 정치조직이기도 했다. 이후 농민 항쟁이 타이완 각지에서 전개됐는데 매번 지식인이 개입했다. 1926년 6월 타이중 일중臺中一中을 졸업한 자오강趙港이 다자大甲의 농민을 이끌고 일본 퇴직 관원의 토지 합병에 반대하면서 마침내 다자 농민조합[7]을 조직하게 된다. 각지에서 산발적으로 일어난 항쟁으로 1926년 6월 28일에 전 타이완의 통일된 타이완 농민조합[8]이 결성되었다. 이때에 농민운동은 조직적이고 지도방향을 갖춘 단계로 접어들게 된다. 1930년대의 저명한 문학가인 양쿠이楊逵는 1927년에 일본 유학에서 돌아오자마자 항쟁에 참여했다. 그가 가장 먼저 가입한 단체가 바로 타이완 농민조합이었다.

농민운동이 나날이 증가하면서 기존의 문협의 권력구조로는 전체 반식민운동의 지도라는 임무를 담당하기 어려워졌다. 문협 내부의 좀 더 좌경적이고 급진적이었던 청년 회원들이 1927년에 마침내 주도권을 쟁취한다. 이들은 장웨이수이蔣渭水, 차이페이훠蔡培火 등과 같은 우익 인사를 퇴출하도록 압박하여 그들이 따로 타이완 민중당台灣民衆黨[9]을 만들게 했다. 정치운동의 좌우 분열은 항일 진영의 사상과 전략이 다원화되기 시작했음을 보여주었다. 이 같은 분화 현상은 이후 문학작품의 내용에 반영됐다. 1928년 타이완 공산당의 성립은 사회주의 사상이 타이완에서 이미 성숙 단계에 이르렀음을 증명한다. 1929년 타이완 민중당 역시 분열을 선언했다. 장웨이수이가 사회주의 경향으로 당 지도권을 얻자 당내 우익 인사들이 탈퇴를 선포하고 타이완 지방 자치연맹[10]을 따로 건립했던 것이다. 이것은 당시 좌파 운동이 성행했음을 다시 증명한다. 이같은 역사 배경을 이해해야지 1930년대 타이완 사회에 왜 좌익작가와 좌익문학이 탄생했는지를 분명하게 알 수 있다고 생각한다.

1920년에서 1930년에 이르는 시기는 타이완 정치사에 있어 완벽한 시기였다고 할 수 있다. 항일운동 진영 가운데 우익인 타이완 지방자치연맹, 중도노선인 타이완 민중당, 중도이나 좌적 경향을 지닌 타이완 문학협회, 좌익인 타이완 공산당에 이르기까지 모두가 이 시기 상당히 정비된 조직으로 존재했다. 서로 다른 이들 정치단체의 탄생은 식민지 사회에서 서로 다른 계급의 인원들이 서로 다른 통로로 자신의 바람을 나타냈음을 증명한다. 설령 정치적 주장 사이에 큰 차이가 있다 하더라도 탈식민이라는 목표는 일치했다. 반드시 인정해야 할 것은 정치적 태도의 차이가 신문학운동의 발전에도 영향을 주었다는 사실이다. 이후 1930년대 연맹을 조직하는 과정 속에 나타난 타이완작가의 분열이나 연합은 정치운동의 연쇄 반응에서 파급된 것이었다 할 수 있다.

그러나 정치운동이 고조에 달했을 때 일본군이 적극적으로 대륙을 침략하기 시작했다. 1931년은 일본이 중국 동북東北으로 진군·점령하여 9·18 사변을 일으킨 해로, 이 해는 타이완 정치운동에 있어 중요한 분수령이 되었다. 일본군의 대외 확장에 부합하고자 타이완충독부는 타이완 섬안의 모든 정치단체를 차례대로 해산시켰다.[11] 극우적인 타이완 지방자치연맹만 활동을 지속할 수 있다는 허가를 받았으며 문화협회·농민조합·민중당 그리고 타이완 공산당은 모두 활동이 금지됐다. 이처럼 항일 정치운동이 종말을 고하게 되자 지식인들은 문학운동에 전력을 기울이게된다. 1930년대에 타이완 문학이 완전히 새로운 국면으로 접어들어 성숙의 경지에 이르렀던 것은 이 같은 역사적 조건하에서 만들어진 것이었다.

장워쥔張我軍: 구문학 비판의 선봉

▶《台灣詩薈》第1號

신문학운동의 발인이 1920년대 정치운동과 함께 이루어진 것임은 분명했다. 양자는 모두 신사회와 신문학을 추구했다. 만약 신문학운동을 하나의 전체로 본다면 그 속의 정치운동은 식민체제의 개조를, 문학운동은 문화체질의 개조를 위한 것이었다. 초기 신문학 관념의 건립과 어문혁신의 요구는 2장에서 언급했듯 정치운동의 발생과 상응하여 진행됐음이 분명했다. 완전히 새로운 문학형식이 탄생하려면 진통을 겪어야만한다. 타이완 신문학 역시 예외는 아니었다. 구문학을 향한 지식인의 공개적인 선전포고는 바로 이 같은 사실을 설명해준다.

계몽실험기의 신문학에 있어 1924년에서 1925년까지는 중요한 시기였다. 짧디 짧은 이년 동안 두 종류의 중요한 문학 간행물이 출판됐다. 하나는 롄야탕連雅堂이 발행한 《타이완 시회台灣詩薈》였으며 다른 하나는 양원핑楊雲萍이 주편한 잡지 《사람들人人》이었다. 《타이완 시회》는 1924년 2월 15일에 창간되어 1925년 10월에 휴간됐는데 총 22기를 발행했다. 이 간행물은 부활을 위해 타이완 전통문인이 처음으로 뭉쳤음을 표시해줬다. 그러나 구시舊詩의 부흥에 대한 시도는 오히려 몰락을 알리는 상징이 되었다. 당시 이 간행물은 구시인의 작품과 함께 청대淸代 이후 타이완 구시인의 미발표 혹은 산실된 작품도 선별하여 실었다. 잡지 《사람들》은 1925년 3월에 창간됐지만 두 회만 발행하고 휴간한다. 하지만 그것은 최초의 순문학

▶ 1920년대 베이징에 거주했던 타이완 <4검객> 왼쪽부터 張我軍, 連震東, 洪炎秋, 蘇鄕雨로 이후 함께 《少年台灣》 창간

간행물의 탄생을 의미했으며, 이후의 문학 전개를 위한 중요한 예고이기도 했다. 《타이완 시회》와 《사람들》은 신구세대의 교체를 의미했다. 한시 전통이 약해지고 백화 문학이 발전하기 시작했다는 단서를 이 두 간행물에서 찾을 수 있다.

주의할 점은 신구新舊 간행물이 출판될 때 신문학가와 구시인 사이에 이전에 없던 논쟁이 전개됐다는 사실이다. 전통 한시를 반대한 이로 가장 먼저 장워쥔(1902-1955)을 들 수 있다. 과감하게 구시에 도전했던 장워쥔은 타이베이 반차오台北板橋 사람으로, 1924년 멀리 베이징으로 가서 베이징 말을 공부했다. 5·4 이후 백화문 운동의 영향을 받아 그는 타이완 문학계에도 개혁이 이루어져야 한다는 사실을 깨닫게 된다. 장워쥔은 같은 해 타이완에서 발생한 치경治警 사건1)을 통해 식민 통치가 점점 가혹해짐을 알게 된다. 그는 타이완의회 기성 동맹회台灣議會期成同盟會의 회원인 장웨이수이 등 15인이 일본 경찰에게 체포되었다는 소식을 듣고 문학개혁이 절박함을 더욱 통절하게 느끼게 된다. 이 해 11월 장워쥔은 《타이완 민보》에 첫 글인 〈엉망인 타이완 문학계糟糕的台灣文學界〉[12]를 발표하여 문화계를 흔들어 놓았다. 이 글은 '이치로一郞'라는 서명으로 발표됐는데 구시단을 흔들지는 못했지만 신문학운동을 크게 진작시켰던 글이었다.

장워쥔은 가장 먼저 그가 관찰한 것을 다음과 표현했다. "이 몇 년 동안 타이완의 문학계는 떠들썩하기 그지없습니다! 아마도 유사이래의 성황인 것 같습니다. 각지의 많은 시회와 도처에 있는 시옹詩翁과 시백詩伯, 그리고 일반인들이 문학에 많은 흥미를 보이고 있습니다. 이것은 정말

---

1) 1923년 일제강점기 때 발발한 정치운동 사건으로, 치안검찰법 위반 검거 사건으로 통칭된다. 제2차 타이완의회 설치 청원 운동 이후, 결사의 중요성을 깨달은 장웨이수이 등이 제3차 청원을 추진하면서 타이완의회 기성 동맹회를 조직하였다. 그러나 이 모임은 '치안경찰법'에 근거해 불법적인 것으로 받아들여져 많은 사람들이 검거되는데 이 사건을 일컫는다.

좋아할만한 그리고 기뻐할만한 현상입니다." 시단체가 즐비하고 시작품이 풍성하니 식민 통치하에서 그것이 갖는 문화적 의미는 분명 큰 것이었다. 하지만 장워쥔은 이러한 현상을 기뻐하지 않았으며 오히려 이러한 문화에 담긴 거짓을 폭로했다. "그러나 시모임이 창건됐을지라도, 시창작이 이루어졌을지라도, 일반인이 문학에 흥미를 가졌을지라도, 괜찮은 작품은 창작되지 못하고 지독한 악취만 풍기고 있습니다. 문사들의 체면은 바닥에 떨어지고 수많은 유망한 천재들은 매장 당하고 있으며 생기 넘치는 청년들 다수가 모함 받기까지 합니다." 수많은 구시인들이 일찍이 문학의 정도를 이탈한 사실은 장워쥔을 더욱 분노케 했다. "그들은 시 창작으로 쉽게 이름을 얻으려(사실 이게 무슨 이름이겠습니까) 하며 노력을 기울이지도 않습니다.(사실 시는 그들이 생각하는 것처럼 그렇게 쉬운 게 아닙니다) 총독 대인이 차를 하사하고 시 짓기를 청하기도 하며, 시사詩社가 술을 마시며 시 짓기를 청하기도 합니다. 신문에 이름을 올리고 가끔은 상품을 얻을 수도 있으며……."

종합적으로 보자면 이 글은 대략 다음 몇 가지의 중요한 내용을 이야기하고 있다. 첫째, 구시는 이미 문학의 정신을 잃었으며 생동적인 창조력도 잃어버렸다. 둘째, 젊은 세대에게 해를 끼쳤다. 구시는 문자 유희라는 빈 껍질만 남아 있어 그들을 매우 잘못된 길로 이끌 수 있기 때문이다. 셋째, 더 이상 진정한 문학을 추구하지 않

▶ 張我軍, <糟糕的台灣文學界>

는 구시인이 부지기수며, 그들은 오히려 시의 명의를 빌려 일본 권력자에게 시를 바쳐 비위를 맞추고 있었으니, 이는 이미 타락으로 기운 구시의 추세를 보여줬다. 장워쥔의 입장은 매우 분명했다. 그는 타이완 사회에 완전히 새로운 생명력이 나타나서 식민 체제에 항거할 수 있기를 바랐다. 당시의 구시인들은 새로운 기상을 가져오지 못했으며 오히려 일본 식민지배자의 권력에 기대려 했다. 글의 어조는 분노로 차 있었고 절박한 심경이 자간과 행간에 넘쳐났으니 이는 한 편의 반봉건, 반식민의 웅변적인 증언이라고 할 수 있었다.

▶ 連雅堂

장워쥔의 비판은 곧바로 구시단의 반발을 불러일으켰다. 렌야탕은 같은 해 11월에 발행한 《타이완 시회》 제10호에 린샤오메이林小眉의 〈타이완 역사를 읊다台灣詠史〉를 위한 발문을 썼다. 이 글에서 그는 특히 장워쥔의 글을 겨냥하여 다음과 같이 반격한다. "오늘날의 학자는 입으로는 육예지서六藝之書를 읽지 않고, 눈으로는 제자백가들의 주장百家之論을 접하지 않으며, 귀로는 이소離騷 악부樂府의 노래를 경청하지 않으면서, 한문을 폐해야 한다 한문을 폐해야 한다고 시끄럽게 떠들어 댄다. 심지어 신문학을 제창하고 신체시를 고취하면서 오래된 책을 쓸모없다 여기는 것을 유행이라 자처한다. 나는 그 새롭다고 하는 새로움이 어디에 있는지 모르겠다. 새롭다는 것은 특히 서양인들의 소설이나 희곡 나부랭이로, 그걸 애걸해서 찔끔 얻고서는 득의양양해 한다. 참으로 우물 안 개구리와 같을 뿐이니 망망대해라 보기에는 많이 부족하다." 렌야탕은 분명 중국문화와 서구문화를 대립적으로 보고 있다. 게다가 전통을 존중하고 서구를 멸시하였으며, 신문화란 서구문화의 찌꺼기를 모은 것에 불과하고 중국문학을 전혀 고려하지 않는다고 보았다. 이 반박은 렌야탕이 장워쥔의 관심이 어디에 있는지를 주의하지 않았음을 보여준다. 장원쥔은 문화 생명이 새롭게 바뀌어야 한다고 강조하기 위해 그리고 식민지배자의 권력지배에 저항하기 위해 신문학을 고취했다. 그러나 롄야탕은 이 같은 논점에 대해 전혀 언급하지 않았다. 심지어 어떻게 구문학 속에서 생명력을 찾아낼 것인지, 어떻게 구문학으로 식민체제를 비판할 것인지 조차 논의하지 않았다.

▶ 胡適

신구문학 논쟁의 주요 관점은 장원쥔과 롄야탕의 글 속에서 모두 표현되어있다. 장원쥔은 같은 해 12월 11일 《타이완 민보》에 다시 〈타이완 문학계를 위한 울음爲台灣文學界一哭〉이라는 글을 발표했는데, 롄야탕을 '묘지를 지키는 개'로 지칭하면서 집중적인 공격을 가했다. 그런데 그는 신문학의 정신을 계속해서 피력하진 않았다. 1925년 1월이 되자 그는 두 편의 글 〈힘을 합쳐서 시든 풀무더기 속의 파괴된 옛 전당을 치우자請合力拆下這座敗草欉中的破舊殿堂〉(《타이완 민보》 3권 1호)와 〈거의 없는 지보인2)의 의의絶無僅有的擊鉢吟的意義〉(《타이완 민보》 3권 2호)를 연속으로 발표한다. 전자는 중국 문학혁명 초기의 후스胡適가 제기한 팔불주의八不主義3)와 천

---

2) '지보인擊鉢吟'은 시인들이 모여서 고전 시가 창작을 시합의 형태로 진행했던 다양한 방식을 통틀어 일컫는 표현으로, 당시의 많은 고전 시사詩社 사이에서 이 현상이 유행했었다.

3) 이 글은 1917년 《신청년新靑年》에 발표되었는데 주요 주장인 팔불주의의 전 내용은 다음과 같다. 1.실질적인 내용이 없는 글을 짓지 않는다. 2.고인을 모방하지 않는다. 3.문법에 맞지 않는 글을 쓰지 않는다. 4.병이 없는데도 신음하는 글을 짓지 않는다. 5.진부한 상투어를 쓰지 않는다. 6.전고를 쓰지 않는다. 7.대구 등의 형식을 강구하지 않는다. 8.속어와 속자를 피하지 않는다.

두슈陳獨秀가 제기한 삼대주의三大主義4)를 소개했으며, 후자는 구시사가 내세운 '지보인'이 '시단의 요괴'라 공격했다.

장워쥔의 글 두 편을 함께 살펴보면 신문학운동에 세운 그의 가장 큰 공헌이 곧 구문학의 방해를 제거하고 신문학에 대한 믿음을 세운 데 있음을 알 수 있다. 신흥 지식인이 구시의 그림자를 벗어나려 용기를 내는 데에 있어 장워쥔의 역할이 컸다. 파괴 작업 이후 장워쥔은 5·4운동 시기 중국의 문학이론을 타이완에 소개하는 데도 주의를 기울였다. 특히 그는 후스의 〈문학 개량에 관한 보잘 것 없는 의견文學改良芻議〉의 팔불주의 즉 고인을 모방하지 말 것, 무병신음하지 말 것, 전고를 사용하지 말 것, 대우를 강구하지 말 것 등을 소개했다. "타이완의 문학은 중국문학의 지류 중 하나이다. 본류에 어떤 영향이나 변화가 발생하면 지류 역시 자연히 그것을 따라 영향 받고 변한다……."라는 것이 그의 주된 의견이었다. 그가 5·4 문학 이론을 들여오려 힘쓴 이유도 여기에 있었다. 그는 식민 지배하의 타이완은 중국사회와 격리되어 있기 때문에 문학혁명의 충격을 받기 쉽지 않다고 생각했다. 중국의 구시전통이 신문학에 의해 전복된 이상, 타이완의 구시단은 개조되지 않을 수 없었다. 이 두 편의 글에서 그는 다음과 같이 분명하게 말하고 있다. "우리는 구시를 짓는 것에 반대하며, 특히 지보인에 반대한다. 우리가 구시를 짓는 것에 반대하는 것은 구시가 많은 한계를 지니기 때문이다……."

구체적으로 말해 장워쥔은 이미 신문학의 정신을 매우 분명하게 해석하고 있었다고 할 수 있다. 그것은 곧 그 어떤 '한계'도 거부하는 것이었다. 시체詩體의 해방은 문학의 해방이자 사상의 해방이기도 했다. 장워쥔의 비

---

4) 이 주장은 천두슈가 그의 글 〈문학혁명론文學革命論〉에서 한 것으로 그 내용은 다음과 같다. 1.꾸미면서 아부하는 귀족문학을 타도하고, 쉽고도 서정적인 국민문학을 건설하자. 2.진부하고 과장적인 고전문학을 타도하고, 신선하고 진실한 사실문학을 건설하자. 3.애매하고 난해한 산림문학을 타도하고, 분명하고 통속적인 사회문학을 건설하자.

판과 공격은 차이샤오첸蔡孝乾의 지지를 받았다. 차이샤오첸은 1925년 2월 〈타이완의 문학계를 위한 계속된 울음爲台灣的文學界續哭〉(《타이완 민보》 2권 5호)에서 신문학의 성격을 특별히 강조했다. "문자는 문학의 기초이며 문학의 수단이다. 우리는 시대에는 신시대와 구시대가 있음을 인정하며 또한 문자에도 죽은 문자와 살아있는 문자가 있음을 인정한다. 백화문학은 살아 있는 문자로 지은 것으로 살아있는 문학이라 할 수 있다. 문언문은 반생반사半生半死의 문자로 지은 것으로 결국에는 살아있는 문학을 만들어낼 수 없다." 살아있는 문학으로 신문학을 정의했는데, 그것은 사실 해방의 문학과 동의어이기도 했다.

　신문학 진영의 입장은 이때 이미 상당히 구체화된다. 알 수 있는 사실은 구시단의 반발 역시 매우 거셌다는 점이다. 《타이완 일일신보台灣日日新報》,《타이완 신문台灣新聞》,《타이난 신보台南新報》,《려화보黎華報》 등의 친일 신문은 구시인이 반격할 주요 진영이었다. 후루성葫蘆生, 정쥔워鄭軍我, 자오루蕉麓, 츠칸왕성赤崁王生, 멍자황산커艋舺黃衫客와 같은 필명을 지닌 구시 작가들은 상술한 매체를 통해 신문학 진영에 대한 토벌을 전개했다. 쌍방의 입장은 분명하게 나뉘었다고 할 수 있다. 왜냐하면 신문학 진영은 항일 정치운동의 기관지 《타이완 민보》를 보루로 삼았고, 구시인들은 친일 신문에 의존했기 때문이다. 보다 확실하게 말하자면 새로움과 변화를 추구했던 것들은 민간의 간행물에 속해있었고, 보수적이고 변화를 원하지 않았던 것들은 관방에 의존했었다고 할 수 있다. 이같은 사실은 장워쥔이 구시인들을 고발했던 내용과 맞아떨어진다.

　역사 발전의 궤도에서 봤을 때 장워쥔의 공헌은 부인할 수 없다. 그러나 그 역시 자기 시대의 한계를 받았다. 그는 중국문학이 주류이고 타이완 문학은 지류라고 주장했다. 그리하여 주류에 변화가 발생할 때 지류 역시 이를 따라서 반드시 변화한다고 보았다. 장워쥔은 자기주장을 펼치면서 타이완이 식민지 사회에 속해있다는 사실을 완전히 지워버렸다. 식민지 타이완의 발언권은 일본인의 수중에 장악되어 있었으며 교육에서 신문에 이르기까지 외부에서 온 식민지배자가 농단했다. 이러한 문화적 환경은 당시 중국 사회와 함께 언급하는 것이 불가능했다. 왜냐하면, 그의 주관적인 바람은 타이완 문학이 중국문학을 좇아서 변화하길 원했기 때문으로, 이것은 분명 객관적 사실에 부합하지 않았다. 타이완 문학의 이후 발전은 장워쥔의 바람과는 배치되는 쪽으로 나아갔다.

1925년 8월 26일 《타이완 민보》 제67기는 창립 5주년 기념 특집호를 내놓았는데, 장워쥔은 여기에 〈신문학운동의 의의新文學運動的意義〉를 발표했다. 그는 후스의 글 〈신문학을 건설하자建設新文學〉의 논지인 '국어의 문학, 문학의 국어'라는 주장을 빌려 타이완 신문학에 대해 첫째, 백화문학을 건설하자, 둘째, 타이완 언어를 개조하자고 제안했다. 특히 언어 문제에 있어 그는 타이완 백화는 일종의 '방언土話'이자 '문자가 없는 하급의 말'로 문학적 가치가 없다고 보았다. 장워쥔은 타이완어를 폐지하고 중국의 백화문을 채용하자고 주장했는데, 이것은 베이징에서 공부했던 그의 배경과 밀접한 연관이 있다. 그의 어문 개혁의 출발점은 강대국인 일본 문화에 저항하기 위한 것이기도 했다. 그러나 타이완에서의 백화문 전파는 중국사회에서의 조건과 전혀 달랐다. 그의 이러한 주장은 타이완에 그대로 적용될 수 없었다. 이후 신문학가인 라이허賴和, 양서우위楊守愚, 왕스랑王詩琅 등은 다들 백화문을 위주로 창작했지만, 그들의 작품에는 일문과 푸라오 말福佬話5)의 사용이 다수 보이기도 했다. 신문학의 이 같은 발전은 식민지 사회라는 환경의 영향을 벗어날 수 없음을 보여준다.

신문학사에 있어 장워쥔의 지위는 파괴와 모방의 작업에 종사했다는 사실에만 있지는 않았다. 1925년 타이베이에서 시집 《어지러운 도시의 사랑亂都之戀》을 자비로 출판한 것은 시대에 획을 긋는 사건이었다. 이 책은 식민지 사회의 첫 백화문 시집으로 창작기교 상 성숙하지는 않았으나, 구체적인 작품으로 문학 이론을 실천하려 한 장워쥔의 결심을 잘 보

---

5) 커자인들이 민남어 사용자들을 푸라오인이라 부른 데서 유래한 명칭이다.

여준다. 이후, 그는 또 세 편의 소설 〈복권을 사다買彩票〉(《타이완 민보》, 1926.9), 〈바이 부인의 애사白太太的哀史〉(《타이완 민보》, 1927.5) 및 〈유혹誘惑〉 (《타이완 민보》, 1929.4)을 썼다. 이들 소설은 순수한 중국 백화문으로 쓰였는데 그가 이론과 실천 사이에서 노력하고 고생했음을 증명한다.

지속적인 창작이 이뤄졌다면 장워쥔은 걸출한 신문학 작가가 되었을 것이다. 그러나 1929년 이후 타이완 문단에서 그의 모습은 점차 사라져갔다. '새로운 풍조를 연 선구자'였던 작가는 문학운동에 개입하면서 정치 운동에도 참여했다. 1924년부터 25년 사이 그는 타이완으로 돌아와《타이완 민보》를 편집하면서 중국 5·4 문학 작품을 대량으로 게재했다. 루쉰魯迅, 궈모뤄郭沫若, 빙신冰心, 펑위안쥔馮沅君, 정전펑鄭振鐸(시디西諦), 자오쥐인焦菊隱, 류멍웨이劉夢葦 등의 소설·시·산문·비평이 타이완 독자들에게 소개됐다. 이 시기 그는 '타이베이 청년 체육회台北靑年體育會', '타이베이 청년 독서회台北靑年讀書會' 등의 좌익 색채를 띤 조직에도 참여했다. 당시의 타이완 지식인들처럼 장워쥔 역시 정치와 문학의 이중 임무를 함께 결합하여 계몽운동 속으로 뛰어드는 역할을 맡았다. 신문학사에 있어 그의 지위는 이 시기에만 언급된다. 이후 그는 번역과 도서의 편집에 종사했다. 타이완 문학사는 강력한 추진자를 잃어버렸다. 종전 이후에 그는 합작 금고에서 일했다. 1955년 간암을 앓다 우울하게 세상을 떠났다.

라이허: 타이완 신문학의 아버지

계몽실험기에 장워쥔이 구문학을 파괴하고 제거하는 역할을 맡았다면 라이허는 신문학을 건설하는 역할을 맡았다. 이 두 작가가 출현하지 않았다면 타이완 신문학운동의 흥성기는 지연되었을 것이다. 라이허(1894-1943)의 나이는 장워쥔보다 여덟 살 많았다. 하지

▶ 賴和(賴和文敎基金會제공)

만 문학운동에 개입한 시기는 좀 늦었다. 그는 장화彰化 사람으로 타이완 총독부 의학교의 교육을 받은 1세대 지식인이었다. 일찍이 혁명적 색채를 띤 '복원회復元會'[13]에 참가했으며, 동맹회의 웡쥔밍翁俊明, 왕자오페이王兆培와 깊이 교제했다. 라이허는 1921년 타이완 문학협회에 참여하면서 정치운동, 문학운동과 자연스럽게 관계 맺게 된다.

라이허의 중요성을 이해하려면 반드시 그 이전의 문학 발전 상황을 알아야 한다. 1922년에서 1924년 사이 타이완 사회에 처음으로 신문학의 맹아가 나타났다. 정치·경제·사회·교육 등 계몽 의제에 집중하던 《타이완 청년》과 《타이완》 월간이 반식민 운동 전체의 성장을 아우르고자 문학작품 발표의 장을 제공했다. 가장 먼저 출현한 소설은 셰춘무謝春木가 1922년 '추풍追風'이라는 필명으로 발표한 일문 작품인 〈그녀는 어디로 가는가?彼女は處へ?(她往何處去)〉[14]였다.

▶ 1922년 7월 謝春木가 '追風'이라는 필명으로 《台灣》에 발표한 일문 작품 〈彼女は處へ?〉

그런데 최근 이 주장에는 의문이 제기되고 있다. 첫 소설로는 타이완 문화협회가 1921년에 출판한 《타이완 문화 총서台灣文化叢書》 제1집에 게재된 '갈매기鷗'라는 필명의 작가가 쓴 중문 작품인 〈두려운 침묵可怕的沈黙〉으로 봐야한다는 것이다. 그러나 언어의 구조에서 보자면 〈두려운 침묵〉은 산문 문체에 속하고 〈그녀는 어디로 가는가?〉가 이야기 서사의 초보적 형태를 구비하고 있었다. 총괄하자면 신문학 초기에 이미 여러 문체가 상당히 정제된 모습을 보였다고 할 수 있

다. 최초의 산문은 〈두려운 침묵〉이고, 최초의 소설은 〈그녀는 어디로 가는가?〉이며, 최초의 시는 역시 셰춘무가 '추풍'이라는 이름으로 《타이완》제5년 1호(1924)에 발표한 일문시 〈시의 모방詩の眞似する(詩的模倣)〉이었다.

灌園先生 日記 (一) 一九二七年
The Diary of Lin Hsien-t'ang, Vol. 1, 1927

▶ 林獻堂과 책표지

초기 문학 작품은 창작 기교에 있어 여전히 조잡한 수준을 벗어나지 못했다. 이 시기 소설은 아직 상징이나 은유와 같은 수법을 사용하지 못했으며, 단지 가장 단순한 암시의 방식을 통해서만 독자들은 등장인물에 이입할 수 있었다. 셰춘무의 작품과 같은 시기에 발표된 소설로는 '무지無知'라는 필명으로 발표한 〈신비한 자제도神秘的自制島〉(《타이완》 4년 3호[1923])와 류창쥔柳裳君의 〈개와 양의 재난犬羊禍〉(《타이완》 4년 7호[1923]), 스원치施文杞의 〈타이완 아가씨 비사台娘悲史〉(《타이완 민보》[1924]), 그리고 루장鷺江 TS의 〈가정의 원망家庭怨〉(《타이완 민보》[1924])을 들 수 있다. 이들 소설의 구조는 매우 단순했으며 주제 역시 깊지 않았다. 일률적으로 암시와 우언의 기교를 쓰면서 타이완의 정치적 운명을 끌어들여 유세명언喩世明言[6]식의 분위기를 자아낸다. 〈신비한 자제도〉의 경우 〈그녀는 어디로 가는가?〉와 마찬가지로 여성의 운명을 통해 타이완의 어려운 현실을 암시하고자 했다. 〈개와 양의 재난〉은 장회소설章回小說의 형식을 빌려 어용 신사의 추악한 행동을 암시했는데, 타이중의 대지주인 린셴탕林獻堂이 구체적 대상이라고 전해진

---

6) 명대明代 문학가 풍몽룡馮夢龍의 화본소설 작품의 제목으로, 비유를 통해 세상을 밝힌다는 의미를 지니고 있다.

다. 이들 작품은 조롱과 풍자로 주제를 표현하고 있으며, 서사의 전개가 매우 소박하며 모두 단선적인 줄거리를 기조로 하고 있다. 오늘날의 안목으로 평가하자면 이들 소설은 예술성보다 사료로서 가치가 있다고 할 수 있다.

작품은 일문을 사용하거나, 문언문을 사용하거나, 백화문을 사용하기도 하여 언어 사용의 경우 상당히 혼란스러웠다. 이 사실은 언어 주체를 잃었다는 식민지 문학의 특성을 설명해준다. 작가의 생각을 표현할 수만 있다면 여러 언어는 모두 사용 가능했던 것이다. 그러므로 각 작품들에 종종 보이는 무슨 뜻인지 모르거나 불분명한 의미는 강한 실험적 성격을 띠고 있었다. 반드시 지적해야할 사실은 장워쥔이 백화문을 제창한 이후에야 비로소 작가들이 언어 사용의 문제를 중시하게 됐다는 점이다. 대표적으로 1925년에 문단에 등장한 라이허를 그 예로 들 수 있다.

라이허의 본명은 라이허賴河로 자字는 란윈懶雲이다. 의학교를 졸업한 뒤 진료소를 경영하면서 정치운동에 참여했다. 1923년 치경사건에 연루되어 감옥살이를 하면서 식민체제의 본질을 더욱 확실하게 알게 된다. 그는 의사 간판을 내걸고서 세상을 구제하면서 정치활동에 참가하는 동시에 중국 백화문도 적극적으로 학습했다. 1920년대 초기에 문학이론이 나온 이후 엄숙한 태도로 전심을 기울여 이를 실천한 이가 바로 라이허였다. 라이허의 언어 사용에 대한 중시는 백화문을 제창했던 장워쥔에 버금갔다.

이 시기 라이허[7]의 문학사적 지위는 이미 수립되기 시작했다. 소설·산문·시와 같은 장르를 성숙의 경지에 이르게 했던 최초의 인물이 그였기 때문이다. 1926년 그가 발표한 두 편의 소설 〈흥 겨루기鬪鬧熱〉(《타이완 민보》 86호)와 〈'저울' 한 대一桿'稱仔'〉(《타이완 민보》 92-93호)는 그의 비범한

---

7) 라이허의 대표작품의 한글 번역본으로는 《뱀 선생》(김혜준·이고은 역, 지식을만드는지식, 2012, 서울)이 있다.

문학적 조예를 보여준다. 이 작품들은 언어와 서사에 있어 모두 동시대 작가들을 능가하고 있다. 〈흥 겨루기〉의 경우, 다음과 같이 백화문을 원숙하게 사용하고 있다.

닦아낸 듯한 넓고도 맑은 하늘에는 흰 구름 두어 가닥이 흐르고 있어, 더욱 높게만 느껴졌다. 은빛 둥근 달은 짙은 남색의 산꼭대기에서 조용히 하늘로 굴러가 맑고 차가운 빛으로 마을을 감쌌다. 거리는 엷은 찬 기운으로 덮여있고 가게 처마에 매단 등은 전봇대의 가로등과 함께 달빛 속으로 녹아들어 겨울밤 별 마냥 깜빡거렸다. 쌀쌀한 길 저 끝에서, 은은한 퉁소 소리가 하늘하늘 저녁 바람을 타고서 넓은 광장으로 퍼져나갔다. 마치 오늘 밤은 달 밝은 좋은 밤임을 알리기 위한 것처럼.

소설은 순수한 배경 묘사로 시작하는데 이를 통해 언어의 운용 기교 역시 드러나고 있다. 라이허는 매 단어·매 구·매 형용사를 정성껏 손질한 후 사용했다. 이 소설은 산문이지만 운율도 가지고 있다. '둥근 달月球'로 일반적으로 사용하는 '빛나는 달月亮'을 대신하여 형용사인 '은빛으로 빛나는銀亮亮的'과의 중복을 피하고자 했다. 모양이 둥글다는 것을 통해 보름달임을 알 수 있으며 뒤에 나오는 '하늘로 굴러가滾到了半天'라는 생동적인 장면과도 호응하게 했다. 하지만 라이허는 결코 언어의 조련에 만족하지 않았다. 소설은 두 개의 이야기를 주축으로 진행된다. 하나는 어린 아이가 놀이 때문에 다투는 이야기이고, 다른 하나는 어른이 재물과 세력을 배경으로 약자를 속이고 짓밟는 이야기이다. 소설의 주제는 아이들의 놀이를 통해 어른들의 권력 다툼을 암시하는 데 있었다. 신문학운동의 실험기에 이처럼 수준 높은 창작이 탄생한 것은 라이허가 뛰어난 재능을 지녔음을 증명해 준다.

〈'저울' 한 대〉는 선량한 농민과 추악한 경찰을 선명하게 대비시킨 작품이다. 소설 전체는 농민 친더찬秦得參이 궤멸로 떠밀려가는 과정을 집중적으로 묘사하고 있다. 일본 경찰로부터 우롱당한 농민은 결국 선인과 악인이 함께 망하는 길을 선택해야만 했다. 경찰은 암살되고 농민 역시 자살로 삶을 마감하는 가운데, 친더찬은 마침내 이런 깨달음을 얻게 된다. "사람 같지 않은 세상. 누가 짐승이 되고 싶겠어. 이놈의 세상은 도대체 어떤 세상일까? 사는 것보다 죽는 게 나으니." 식민지 사회의 최하층민의 이 같은 호소는 권력이 판치던 현실을 신랄하게 비판한다. 소설에서 경찰은 앞잡이 한 명이 아니라 타이완총독부 전체를 상징했다.

이 두 편의 소설이 발표된 후, 신문학운동은 기본적으로 실험 단계를 완성했다. 이후 작가들이 사람들의 주목을 받을 만한 작품을 써내려면 라이허의 성과를 뛰어넘어야 했다. 그러나 라이허의 성과는 소설 창작에만 머무르지 않았다. 1928년 5월 7일 《타이완 대중 시보台灣大衆時報》 창간호에 발표한 산문 〈전진前進〉은 타이완 산문 발전사에 있어 이정표라 할 수 있다. 《타이완 대중 시보》는 1927년 문화협회가 분열하여 좌경화된 이후의 기관지이다. 라이허는 〈전진〉에서 은유의 기법으로 좌익운동에 대한 지지 및 전체 항일 운동에 대한 높은 기대를 암시했다. 산문에 사용된 백화문의 성숙도는 동시대 작가들이 따라잡을 수 없을 정도였다. 같은 시기 중국 신문학 작가들 속에 이 작품을 놓더라도 전혀 손색이 없었다. 다음과 같은 산문의 첫 구절만 읽어봐도 그 수준을 엿볼 수 있다.

> 어느 날 밤, 그것은 짙은 어둠의 밤이었다. 어둠은 촘촘하게 공간을 채우고서 별빛조차 지상으로 새어 나오지 못하게 했다. 그 어둠의 농도는 지하 수 백 층 아래에서도 경험할 수 없는 것으로, 여태껏 이토록 경악스런 어둠은 존재한 적이 없었다.

전후의 70여 자는 모두 단지 '어둠'을 표현하기 위해 사용된다. 별빛이 닿지 않는 지면은 칠흑의 덩어리다. 하지만 수 백 층의 지하에서도 경험할 수 없는 칠흑 같은 어둠이라면 사람들은 놀라게 된다. 왜 라이허는 이처럼 많은 문자로 어둠을 표현한 걸까? 그 까닭을 찾기는 어렵지 않다. 그가 말하려고 한 것은 자신이 처해있던 시대와 사회였다. 현대 지식의 세례를 받은 의사의 입장에서 보자면 다른 사람들보다는 밝은 사회였다고 할 수 있다. 그러나 라이허는 그렇게 여기지 않았으며 오히려 자신은 가치가 전도된 시대를 목도하고 있다고 여겼다. 〈전진〉의 산문 구조는 매우 치밀하며 이미지는 통일되어 있고 전후는 서로 호응하고 있다. 라이허 자신의 장점인 간결한 문장을 사용하여 언어의 리듬이 상당히 명쾌하다. 그의 기교가 최고의 경지에 도달했음은 속도의 조절에서 나타난다. 자유자재로 속도를 조절하면서 상승과 하강에 정취를 보여주었다. 특히 앞으로 매진하여 나아갈 때의 걸음걸이를 표현하는 다음과 같은 부분은 음악성이 두드러진다. "음악이 낮고 느리고 잔잔할 때는 마치 샘 소리와 솔바람 소리의 연주를 들으며 청아하고 수려한 산길을 걷는 것 같다. 음악이 격앙되고 긴장되면 돛이 풀려 미친 듯 출렁이는 파도로 요동치는 배에서 넋 나간 채 앉아있는 것만 같다."

　　라이허의 중요성은 소설과 산문에만 그치지 않았다. 그는 1931년 4월 25일과 5월 2일에 장편시 〈남국애가南國哀歌〉를 발표하여 타이완 신시가 새로운 단계로 진입했음을 알렸다. 이 시는 우서霧社 사건 때 항거하는 원주민을 일본 통치자가 대규모로 학살했던 내용을 쓴 것이었다. 우서 사건은 1930년 10월 27일에 발생했다. 오랜 기간 동안 수모를 당하던 타이야족泰雅族 원주민은 한 해 한 번 열리는 공학교 운동회를 기회로 삼아 일본 관리와 경찰들이 교정에 집합하자 폭정에 저항하여 행동으로 나아가게 된다. 당시 300여 명의 타이야족 용사는 136명의 일본인을 사살했다. 타이완총독부는 보복을 위해 우서 원주민을 멸종시키기 위한 폭격과 학살을 감행했다. 식민지배자의 잔인하고 폭압적인 행위는 전 국제 사회를 뒤흔들었다. 우서에 있던 타이야족 원주민은 원래 1,200여 명이었는데 사건 후에는 500여 명만이 남게 된다. 타이완 항일역사에 있어 우서 사건은 감동적이고도 눈물겨운 저항 행동으로, 전 세계 반식민 운동에 있어서도 함부로 삭제할 수 없는 한 페이지이다. 라이허의 〈남국애사〉는 바로 이 역사적 사건의 증거였다.

이 만가는 78행으로 이루어져 있는데 전후 두 장절로 나뉜다. 전체 시는 죽음으로 시작하여 항쟁으로 끝맺고 있다. 이러한 창작 방식은 대담한 도치법이라 할 수 있다. 왜냐하면 일반적인 창작에서 보자면 항쟁을 먼저 쓰고 죽음을 뒤에 써야하기 때문이다. 라이허는 반대로 결말을 첫 단락에 놓고 사건의 시작을 최후에 배치했다. 만약에 미리 이런 전략을 안배하지 않았다면 전체 시를 써나가는 것은 위험했을 것이다. 라이허는 지극히 위험한 상황을 각오하고서 고민하여 작품을 썼으니 이를 통해 그의 용감함을 엿볼 수 있다. 시의 첫 단락은 다음과 같다.

> 모든 전사는 죽임을 당했다.
> 남은 자는 여자와 아이들 뿐
> 이 경천동지할 변고!
> 누가 감히 이 일에 대해 말을 꺼낼 수 있을까.

시는 독자들로 하여금 처음 죽음의 장면을 대하게 하고 그 다음에야 조금씩 사건의 진상을 알려준다. 우서 원주민이 죽음으로 향한 이유는 그들의 '깨달음'에서 비롯한다. 그 깨달음은 바로 삶이 죽음만 못하다는 것으로 이는 〈'저울' 한 대〉의 주제와 서로 연결된다. 이들 작품은 식민 체제의 지배로 타이완 사회의 각 에스닉族群들이 다 같이 수모 받는 운명에 처했음을 보여준다. 원주민의 항쟁은 사실 죽음으로 나아가기 위한 것이 아니라 삶을 구하기 위한 것이었다. 전체 시의 다음 마지막 여섯 행의 표현처럼 라이허는 우서의 폭력적 항의를 긍정한다.

> 형제들이여 오라!
> 오라! 이곳의 일체의 모든 것을 던져버리고
> 이 같은 상황에서 우리는
> 단지 목숨만 부지할 수 있을 뿐
> 눈앞의 행복은 그 누구도 누리지 못할 것이니
> 자손을 위해서라도 싸워야만 한다.

이 시에서 라이허가 사용한 기법의 의도는 분명하다. 그는 타이야족 전사가 결코 죽지 않았으며 그들의 저항 정신이 계속 이어지리라는 것을 암시하는 한편, 여전히 억압받는 수많은 타이완인들이 자손을 위해 계속 투쟁해야 한다고 격려하고 있다. 〈남국애가〉가 《타이완 신민보》 제361호와 제362호에 발표됐을 때, 후반부는 일본 관방에 의해 삭제된다. 전쟁이 끝난 뒤에야 이 시의 전체 면모가 빛을 보게 된다. 이 만가가 애도에 그치지 않고 비판정신을 숨기고 있었기에 일본 경찰이 금기시했음을 알 수 있다.

소설·산문·시를 막론하고 각종 문학 창작에 있어 라이허의 위상은 정말 대단했다. 그가 '타이완 신문학의 아버지'라고 존경 받는 이유는 결코 우연이 아니었다. 가장 중요한 이유는 그의 작품이 시대의 움직임을 포착하고 사회 내부의 모순과 외부의 대립을 매우 분명하게 그려냈기 때문이다. 오늘날 비평계에서도 여전히 그의 작품을 계속해서 분석하고 있다. 각 작품은 당시의 중대한 모순을 담아내고 있다. 그리고 이들 모순은 소위 현대성modernity에서 비롯된다고 할 수 있다.

현대성은 18세기 서구 계몽운동의 산물로, 기본적으로는 소위 이성reason이라는 것의 연장이다. 현대사회가 발달하자 인류는 미신을 몰아냈으며 우매하고 무지한 학문이나 신앙에 대해 강한 회의를 표하게 된다. 비과학적이고 질서와 체계가 없는 것 대부분은 모두 비이성으로 분류됐다. 사회가 이성을 강구할수록 규율과 법칙에 대한 요구도 높아졌다. 특히 19세기 산업 혁명 이후 자본주의가 고도로 발달하면서 시간·관리·효율·질서에 대한 요구 역시 대대적으로 제고됐다. 선진적인 자본주의 사회에서, 자본가는 이성의 이름을 빌려 전 사회를 컨트롤하려는 목적을 이루었다. 현대성이 팽창할수록 사람들이 받는 억압과 통제 역시 강화됐다. 자본주의가 만약 식민지 사회에서 발생한다면 피식민자는 가중된 억압을 받아야 했다.

타이완 섬 주민들의 생활을 개선하기 위해서 일본 통치자가 타이완에 자본주의를 소개한 것은 결코 아니었다. 타이완총독부는 자본주의의 확장과 재확장에 발맞춰 타이완 사회가 이성 혹은 현대성을 더 많이 갖추어야만 한다고 요구했다. 인격과 신분의 제고를 위해서가 아니라, 질서 있고 규율 있는 시대의 도래를 맞이하고자 그들은 타이완 인민에게 현대적 지식을 주입했다. 시간 준수·법치 존중·관리 수용 등과 같은 현대적 생활로 타이완 인민을 보다 쉽게 통제하고 억압하려 했다. 라이허는 현대화된 의학 교육을 받으며 성장했지만 현대화의 거짓된 모습에 미혹되지 않았다. 현대화된 교육을 받았기에 라이허는 보다 분명하게 타이완 전통문화의 깊은 어둠을 볼 수 있었고 식민문화의 가려진 곳을 분별해낼 수도 있었다.

현대화라는 진보적 관념을 받아들였기 때문에 라이허는 객관적으로 타이완 구사회의 낡고 낙후한 상태를 볼 수 있었다. 〈흥 겨루기〉부터 라이허는 문학을 통해 봉건문화의 정체停滯와 기만을 폭로하기 시작했다. 1929년 그는 〈뱀 선생蛇先生〉(《타이완 민보》294-296호)을 발표하여 전통 한의사가 비법을 빙자하여 공공연하게 시골에서 사기 치는 것을 폭로했다. 1930년에는 〈바둑판 가장자리棋盤邊〉(《현대생활現代生活》 창간호)를 발표하여 일본의 아편 특허 정책을 비판하는 동시에 구 중국 신사의 타락을 비난했다. 1931년의 다른 작품 〈가련하게 그녀가 죽었다可憐她死了〉(《타이완 신민보》363-366호)는 봉건사회의 축첩제도라는 악습을 비판했는데, 이 작품을 쓴 라이허의 절박한 심정이 종이에 배어나는 것만 같았다. 그는 현대화가 막을 수 없는 추세임을 알고 있었다. 타이완 사회가 문화 개조를 진행하지 않는다면 변화는 영원히 불가능했다.

그러나 그는 현대화가 타이완 사회에 있어 양날의 칼과 같은 존재임을 분명하게 알고 있었다. 현대화를 추구하지 않는다면 타이완은 피지배라는 운명을 받아들여야만 했다. 그러나 현대화는 결코 타이완 사회 내부에서 자발적으로 생겨난 것이 아니라, 일본인에 의해 강제적으로 진행된 것이었다. 라이허와 같은 식민지 지식인은 문화에 있어 진퇴양난을 충분히 이해하고 있었다. 타이완인의 식민 통치에 대한 저항은 현대화에 대한 저항과 연결됐다. 현대화를 받아들인다는 것은 식민 통치 또한 받아들이는 것이었다. 이 같은 모순이 라이허와 동시대 작가들의 문학 속에서 매우 선명하게 표현되었다.

라이허 소설에 있어 가장 자주 접하게 되는 주제는 법률에 대한 애증의 교차이다. 법률은 현대 자본주의의 기초로, 그것에 의해 질서 있고, 효율적이고, 이성적인 사회가 유지될 수 있다. 그러나 타이완의 자본주의는 식민 체제의 유지를 우선시했다. 이성이라는 가면 아래에서 법률은 맨주먹뿐인 백성을 보살피기는커녕 권력을 남용하는 통치자를 보호했다. 〈'저울' 한 대〉에서 라이허는 법률이 균형을 잃었음을 비판하기 시작했다. 정의란 관방官方의 편을 드는 것일 뿐이었다.

1927년에 발표한 〈여의치 않는 신년不如意的過年〉(《타이완 민보》189호)에서 라이허는 법률이 지닌 식민의 본질을 매우 분명하게 지적했다. "게다가 법률 역시 사람의 손에 달려있기 때문에 운용하는 데 있어서 운용자의 편의에 부합한다. 실제로 그것의 효력은 사회의 잘못을 교정하고 타락을 방지한다는 자신의 사명을 충분히 완성하지 못한다. 오히려 사회의 진보와 향상을 지나치게 억누르고 방해하는 힘을 가지고 있다." 법률은 분명 사회 질서와 규범을 유지하고 보호하는 중요한 수단이다. 하지만 일본 총독은 법률을 근거로 타이완 백성이 자본주의의 문화 논리로 빠져들게 했다. 그들을 순하고 부지런하게 만들어 어떠한 원망의 말도 꺼내지 못하게 했던 것이다. 문명과 진보의 관념은 타이완 인민으로 하여금 일본인이 정해놓은 게임 규칙을 따르게 했다. 그렇지 않을 경우 비이성 혹은 낙후, 수구라는 죄명을 씌웠다. 법률은 문명의 규칙을 지키지 않는 백성을 징벌하고 훈계했다. 경찰은 체포와 감금 등의 수법을 통해 타이완인으로 하여금 현대 문명이라는 목표에 이르게 했다.

라이허의 입장에서 경찰은 무소불위의 징벌자였다. 1927년의 〈관리 나리補大人〉에서 1931년의 〈풍작豐作〉에 이르기까지 경찰의 이미지가 소설을 관통하고 있다. 그들은 시골 백성을 마음대로 유린할 수 있었다. '법률적 보장을 얻었기' 때문이었다. 그러나 백성들은 어떻게 출로를 찾아야할지 결코 알지 못했다. 오히려 자신이 잘못을 저질렀고 그것이 범죄라는 사실을 맹목적으로 믿을 뿐이었다. 유일하게 할 수 있는 것이라고는 계속해서 법을 지키고 계속해서 이성을 지닌 선량한 백성이 되는 것이었다. 이런 식으로 현대화를 향해가는 사회에 대해 라이허는 깊이 탄식했다. "이런 시대에서 살고 있기에 사람들은 모두 말할 수 없는 비애·짓눌리는 고통·명료하지 못한 불평등·대상 없는 원한·공허하고 적막한 증오 등을 느낀다고 나는 생각한다. 비애가 사라지고 고통이 제거되고 불평등이 균형을 찾고 원한이 갚아지고 증오가 사라지기를 나는 줄곧 희망한다." 이 글은 1931년 1월 1일의 소설 〈욕?!辱?!〉(《타이완 신민보》 345호)에 게재됐다. 자본주의적 삶이란 사실 현대성의 확장과 재연장으로, 제도의 핵심에 침투하고 인간 육신의 일부가 되어 그 누구도 거기에서 벗어날 수 없는 것이다. 식민 체제의 계획적이고 전략적인 지배 속에서 타이완 주민들은 다들 망연하게 무엇을 해야 할지를 알지 못했다. 라이허가 말한 것처럼, 말할 수 없는 비애가 한 사람 한 사람을 휘감고 있었다.

라이허는 타이완 문학사에서 가장 뛰어난 성취를 이룬 작가이자, 현대화 과정에 처한 타이완 사회의 고민을 가장 깊이 있게, 가장 세밀하게 탐색한 지식인이었다. 그는 리얼리즘 기법과 인도주의 정신으로 자신의 인민은 너그럽게 묘사했지만 일본 통치자는 원수처럼 표현했다. 20세기 말에 그의 작품을 다시 읽어도 여전히 깊이 있는 예술 정신과 농후한 인문 사상을 엿볼 수 있다. 특히 현대성에 대한 반복적인 탐구는 식민지 비판 문학의 교과서라 할 수 있다.

문학사에서 그가 받은 존경은 결코 전후에야 비로소 인정된 것은 아니었다. 1941년 태평양 전쟁이 발발한 후 라이허는 공교롭게도 체포 감금된다. 아마도 그가 저항 운동에 종사한 '전과'를 지닌 데다 저항 사상에 있어 지도적인 역할을 했기 때문일 것이다. 투옥되면서 그는 〈옥중일기獄中

日記〉[15]를 남기게 되는데 이는 만년의 심경을 잘 반영하고 있다. 출옥한 이후 그의 심경은 매우 침울했다. 1943년 1월 31일 향년 50세의 나이로 세상을 떠난다. 당시 새로운 세대의 작가들이 라이허의 도움과 영향을 받았다고 말하며 그를 추모했다. 양원핑·양쿠이·주스펑朱石鋒·양서우위 등은 글을 써서 그의 죽음을 애도하면서 그가 타이완 신문학운동에 크게 공헌했다고 입을 모아 말했다. 만약 일본 점령기 때 라이허가 없었다면 현대 소설, 현대 산문의 출현도 없었을 것이다. 이는 결코 지나친 과장이 아니다. 왜냐하면 그의 지도 덕분에 타이완 신문학의 발전이 중대한 돌파구를 마련할 수 있었기 때문이다.

저자 주석

[1] 관련 자료로 葉榮鐘, 〈第六章 台灣文化協會: 第三節 文化協會的活動〉, 《日據下 台灣政治社會運動史》(下), pp.340-41 참조.

[2] 주로 63법의 제한이라는 전제 하에 체제 내에서 일어난 개혁이다. 連溫卿은 이러한 개혁 노선이 여전히 토착 자산계급의 이익에 호소하고 있으며 대중 계급의 이익에 대해서는 여전히 관심두지 않았다고 지적한다. 連溫卿, 《台灣政治運動 史》, p.84 참조.

[3] 문협 성립 이전에 타이베이에는 이미 마르크스 연구회가 있었다. 이후 또 사회 문제 연구회, 신 타이완 연맹이 존재했으며 이어서 타이베이 청년회, 타이베이 청년 독서회, 타이완 무산 청년회가 있었다. 주요 구성원은 청년 학생이었다. 1928년 상하이에서 타이완 공산당이 만들어진 후 1931년 당 개혁 동맹회 대회가 거행되어 여러 운동의 방침을 결정했다. 그 기간 동안 타이완 문화협회의 활동과 지지는 노동자 계급을 계급해방과 민족독립으로 이끌었다. 連溫卿, 《台灣政治運 動史》, p.213.

[4] 井上淸 저, 宿久高 등 역, 《日本帝國主義的形成》(台北: 華世, 1986).

[5] 1925년 1월1일, 二林에서 사탕무 농민 대회 회의가 거행되어 사탕무 농민 조합을 조직하기로 결정했다. 같은 해 6월 28일 二林 사탕무 농민 조합이 결성됐는데 참가자는 4백여 명으로 타이완 농민이 의식적으로 결성한 투쟁 단체의 선구가 됐다. 관련 자료는 葉榮鐘, 《日據下台灣政治社會運動史》(下), pp.572-78.

[6] 1925년 高雄 지주 陳中和가 일방적으로 鳳山군 烏松庄灣子와 赤山 쪽의 땅을 거둬들여 '新興製糖'이 관리하는 사탕무를 심는 용도로 바꾼다. 烏石 장원의 黃石順이 소작농을 모아 그들과 교섭하여 같은 해 11월 15일 鳳山 농민조합을 결성하고 簡吉를 조합장으로 추대한다. 楊碧川,《日據時代台灣人反抗史》(台北: 稻鄉, 1988), pp.141-142 참조.

[7] 1926년 大甲 군의 퇴직 관원 6명이 大甲 농민의 토지를 회수하고 소작료를 낼 것을 요구했다. 농민대표인 趙港이 簡吉에게 도움을 요청하여 같은 해 6월 6일 大甲 농민 조합이 결성된다. 楊碧川,《日據時代台灣人反抗史》, pp.143-44 참조.

[8] 타이완 농민의 사탕무 회사에 대한 격렬한 반항은 1925년 이후 5개의 농민조합인 二林 농민조합, 大甲 농민조합, 鳳山 농민조합, 曾文 농민조합, 竹崎 농민조합의 격동으로 나아갔다. 1926년 6월 28일 簡吉, 趙港이 제의하여 鳳山에서 '台灣各地農民組合幹部合同協議會'가 열렸다. 黃石順의 제의로 타이완 섬 전체의 통일된 '台灣農民組合'의 결성이 통과된다. 楊碧川,《日據時代台灣人反抗史》, pp.148-49 참조.

[9] 蔣渭水 등의 민족주의 노선과 문협 내부의 좌경 경향이 나뉘면서 그를 수장으로 하는 우익인사들이 퇴출되었다. 1927년 7월 10일 台灣民衆黨이 따로 조직되었는데 타이완 역사상 첫 정당이다. 連溫卿,《台灣政治運動史》, pp.233-36 참조.

[10] 조직의 인사로는 林獻堂, 蔡培火, 林柏壽, 林履信, 蔡式穀가 포함되며 이들이 조직을 발기했다. 1927년 8월 17일 타이중시 醉月樓에서 창립대회를 열었다. 連溫卿,《台灣政治運動史》, p.237 참조.

[11] 문협이 계몽단체에서 타이완 공산당의 외곽으로 전락하면서 내부는 해산의 목소리로 시끄러웠다. 1931년 6월 이후 일본 당국은 타이완 공산당을 엄격하게 금지하기 시작했다. 문협인들은 '台灣赤色救援會'를 결성하였는데, 연말에 일본이 이 조직을 수사하면서 문협은 사실상 함께 와해된다. 타이완총독부는 또 타이완 민중당이 台灣民黨의 후신이라는 이유로 타이완 민중당을 해산시켰다. 농민조합 역시 타이완 공산당 조직과 함께 행동했다는 이유로 일본 당국에게 소탕된다. 楊碧川,〈反抗運動的沒落〉,《日據時代台灣人反抗史》, pp.255-30 참조.

[12] 一郎(張我軍),〈糟糕的台灣文學界〉,《台灣民報》2권 24호(1924.11.21).

[13] 타이완총독부 의학교의 의학생이 조직한 단체이다. 賴和가 의학원 기간 동안 杜聰明, 翁俊明 등과 결성하였으며 그 소개로 復元會에 가입하게 된다.

[14] 追風(謝春木)이《台灣》三年四至 7호(1922.7)에〈彼女は處へ?〉를 발표했다.

[15] 賴和,〈獄中日記(一)-(四)〉,《政經報》1권 2-5기(1945.11.10-12.25).

제⁴장

타이완문학의 좌경화와 향토문학의 확립*

신문학운동이 파괴와 건설의 과정을 거친 후 타이완 작가들이 마주한 중요한 과제는 어떻게 문학 작품의 내용을 충실하게 만들 것인가였다. 특히 1927년 정치운동 내 좌우 대립이 격화되면서 많은 작가들은 창작 과정에서 각자의 이데올로기와 정치적 신앙을 드러내고는 했다.

이것은 이해가 되는 상황이었다. 1920년대 중반을 지나면서 2세대 지식인들이 자라나고 있었다. 1세대 지식인들은 대개 1890년대에 태어났는데, 이 시기는 마침 만청滿清과 일본의 권력이 타이완에서 교체하던 시기였다. 2세대 지식인들은 1900년대에 태어났는데, 이때는 자본주의가 파종과 발아의 시기에서 성장의 시기로 넘어가던 때였다. 이 두 세대의 가장 큰 차이는 각자가 경험한 사회 성격뿐 아니라 각자가 받았던 교육과 사상에서도 볼 수 있다. 2세대 지식인은 1세대 지식인에 비해 훨씬 더 완성된 일본화 교육과 근대화 교육을 받았다. 주목할 것은 2세대 지식인들도 지식 영역이 확대되고 사유 방식이 발전됨에 따라 미학적 경험과 문학적 경험에서도 현저한 변화가 나타났다는 사실이다. 그 가운데 가장 큰 변화가 일어난 것은 사회주의 사조가 타이완 작가들에게 미친 영향이었다.

사회주의 사조가 타이완에 소개되는 경로는 두 가지가 있었다. 하나는 일본이고 다른 하나는 중국이었다. 이 두 나라에서 공부한 타이완 유학

---

* 이 장은 이현복이 번역했다.

생들이 사회주의를 전파하는 주요한 임무를 맡았다. 타이완 유학생들이 좌익 사상에 접촉할 수 있었던 것은 역사적인 우연이었다. 왜냐하면 1920년대 중반 일본은 마침 '다이쇼 민주주의大正民主'로 접어들고 있었고, 중국에서는 '국공합작'이 전개되고 있었기 때문이다. 두 사회에서 지식인들이 사상의 자유를 누릴 수 있는 분위기가 조성되었던 것이다. '다이쇼 민주주의'는 1923년부터 1926년, 즉 다이쇼 11년부터 15년 사이에 일본 군부가 아직 권력을 장악하기 전에 사회적으로 사상·언론의 자유의 공간이 활짝 열렸을 때를 말한다. 이 시기 일본에 유학했던 타이완 지식인들은 손쉽게 좌익 서적을 구입할 수 있었고, 동시에 독서회나 연구회를 조직하는 방식으로 사회주의를 토론할 수 있었다. 소위 국공합작은 1925년에서 1927년 사이에 북벌이 진행되던 시기 중국국민당과 중국공산당이 군벌의 지배를 전복시키기 위해 당파를 넘어 연합전선을 구축한 것을 말한다. 국공합작이라는 협력적 분위기 아래에서 좌익 사상이 꽃필 수 있는 기회가 열렸던 것이다. 상하이, 베이징, 광저우의 타이완 유학생들도 약속이나 한 듯이 정치 조직을 결성하고 사회주의를 토론하면서 타이완의 정국에도 관심을 기울였다.

이 단체의 성원들은 타이완에 돌아온 후 정치나 사회운동에 참여했고, 그렇지 않은 이들은 타이완문화협회台灣文化協會에 참가하거나 비밀 독서회를 만들었다. 이로 인해 사회주의는 빠른 속도로 전파되고 발전했다. 또 일부 좌익 지식인들은 이후에 걸출한 문학가로 자라났다. 도쿄 타이완 청년회 사회과학 연구회東京台灣青年會社會科學研究會의 양쿠이楊逵, 양원핑楊雲萍, 우신룽吳新榮, 천이쑹陳逸松, 도쿄 타이완인 문화 써클東京台灣人文化サークル의 왕바이위안王白淵, 장원환張文環, 우쿤황吳坤煌, 그리고 이들 조직에서 발전된 도쿄 타이완 예술연구회東京台灣藝術研究會의 스쉐시施學習, 양지전楊基振, 우융푸巫永福 등은 모두 유학 기간에 사회주의 사상을 접했다. 중국에서는 상하이 타이완 청년회上海台灣青年會의 스원치施文杞, 장워쥔張我軍, 천만잉陳滿盈, 장쥐겅張桔梗, 차이샤오첸蔡孝乾, 광둥 타이완 혁명 청년단廣東台灣革命青年團의 장선체張深切, 장웨청張月澄 등은 모두 국공합작 시기에 좌익 서적을 읽고 연구할 수 있는 기회를 얻을 수 있었다. 그들이 타이완으로 돌아와 신문학 운동에 뛰어들면서 이후 좌익적인 색채가 더욱 뚜렷해지게 되었다.

사회주의의 영향을 받으며 작가들은 문학의 속성과 언어의 사용을 둘러싼 주제에 더 많은 관심을 기울이게 되었다. 문학은 과연 누구를 위해 써야 하는가? 문학을 대중이 받아들일 수 있게 하려면 작가들은 어떠한 언어를 선택하는 것이 더 적절한 것일까? 이러한 문제들은 계몽적 실험이 이루어지던 때 작가들이 절실하게 답을 구하고자 했던 문제들이었다. 이와 같은 문제의 답을 찾으려는 노력이 전개되면서 문학의 좌경화와 향토문학논쟁이 일어나는 것은 불가피했다.

《타이완 민보台灣民報》의 문학적 성취

《타이완 청년台灣青年》, 《타이완台灣》 등 월간지 발행부터 《타이완민보》 반월간지 출간까지 나타난 중요한 문학적 현상은 1925년에서 1930년 사이에 상당히 많은 중국 신문학 작품이 옮겨 실렸다는 것이다. 그러나 1930년대로 접어든 후 번역되어 전재轉載된 작품의 수가 갈수록 줄어들었다. 이러한 현상은 타이완 현지 작가가 점차 창작력을 갖추기 시작했다는 것과 중국 신문학 작품을 더 이상 빌려올 필요가 없게 되었다는 것을 말해 준다.

《타이완 민보》, 《타이완 신문학台灣新文學》에 전재된 작품의 작가들에는 루쉰魯迅, 후스胡適, 궈모뤄郭沫若, 왕루옌王魯彦, 펑위안쥔馮沅君, 장쯔핑張資平, 후예핀胡也頻, 판한녠潘漢年', 쉬친원許欽文, 류다제劉大杰, 장이핑章衣萍, 링수화凌叔華, 빙신冰心, 장광츠蔣光慈 등이 포함되어 있었다. 이들 이름에서 계몽 실험 시기의 타이완 작가들에게 1920년대 중국 신문학 운동은 전혀 낯선 것이 아니었다는 것을 알 수 있다. 또한 타이완 작가의 일부 작품들이 중국 작가의 영향을 받았다는 것도 부정할 수 없는 사실이다. 양화楊華의 단시短詩는 빙신의 작품에서 영감을 얻었다. 타이완에 순수 문예 간행물이 나타나기 전,《타이완 민보》의 역할은 매우 중요했다.

그러나 1930년대 이전의《타이완 민보》에서는 이와는 다른 현상도 나타났다. 타이완 작가들은 자신들의 문학을 만들어 내기 위해 노력했었다. 특히 1927년 이후 라이허賴和는 신문 문예란의 편집을 맡은 후, 신세대 작가를 발굴하기 위해 온 힘을 쏟았다. 2세대 작가 중 가장 일찍 신문에 모습을 보인 이는 양서우위楊守愚였다. 그는 라이허의 보살핌을 가장 많이 받은 사람이었고, 그래서 그만큼 그 마음씀씀이를 잘 알고 있었다. 〈소설과 란윈 선생小說與懶雲〉에 실은 추도문에서 양서우위는 라이허를 생동감 있게 묘사했다. "통상적으로 편집인의 임무는 작품을 열독하고 선택하는 것이 다이다. 만약 '불합격' 작품을 보게 되면, 휴지통에 버리면 그만이다. 그러나 라이허 선생이 살던 당시에는 그렇게 할 수 있는 상황이 아니었다. 신문에 공란이 날 수도 있는 상황에서 원고를 선택하는 것은 사치였다. 그는 당시 남아 있는 생명을 쥐어짜듯 이 일에 매달렸고, 온 정력을 쏟아 투고된 원고를 다듬었다. 때로는 심지어 원고의 대부분을 고치기까지 해야 했다. 어떤 작품들의 경우 플롯만을 남기고 처음부터 끝까지 전체를 고쳐야 하는 일도 종종 있었다."[1] 이런 일화를 기록한 까닭은 라이허가 신문학운동을 키워가고 있던 시기, 다른 누구보다도 이에 심혈을 기울였다는 것을 알 수 있기 때문이며, 신문학 초기 타이완 작가들이 글을 쓸 때, 여전히 누군가의 노고가 담긴 수정이 필요했던 상황을 엿볼 수 있기 때문이다. 이런 수정 과정이 없었다면, 이후 타이완 문학은 만개할 수 없었을 것이다.

1920년대 라이허와 동시기 주요 작가를 알아 보려면,《타이완 민보》를 찾아봐야 한다. 이 시기 상대적으로 많은 작품들을 발표했던 이들은 천쉬구陳虛谷, 양윈핑, 양화 등이었는데, 모두 소설, 산문, 신시 등에서 독특한 풍격을 보여주었다. 그들의 작품이 양적으로 풍부했다면, 각자의 풍격도 전통이 되었을 것이다. 그러나 아쉽게도 양화 외에는 30년대에 눈에 띄는 작품을 써내지 못했다.

천쉬구(1896-1956)는 본명 천만잉陳滿盈, 호 이춘(一村)으로 장화彰化 허메이和美 사람이다. 그는 이 시기 〈부자가 되었다他發財了〉(1928)[2], 〈이 원한을 어찌할까無處伸寃〉(1928)[3], 〈금의환향榮歸〉(1930)[4], 〈폭죽놀이放炮〉(1930)[5] 등 네 편의 소설을 《타이완 민보》에 실었다. 천쉬구는 소설에서 통치자와 피통치자 사이의 경계를 매우 분명하게 구분 지었다. 이러한 정반 대비를 활용한 기법은 그의 초기 소설에서 흔하게 보인다. 그러나 우리는 그가 신구 신사 계급과 관련하여 식민지배자와 피식민자가 성격적으로 동일한 점이 있다는 것을 매우 분명하게 보여주었다는 것에 더 주목해야 한다. 〈금의환향〉은 구 신사 계급의 아들이 일본 고등문관 시험에 합격한 이야기를 다루고 있다. 명리를 위해 온 집안은 민족을 배신했다. 이러한 금의환향의 이야기는 그 이면에 있는 식민지의 정신적 변절을 폭로했다. 소설의 결말은 풍자적이다. "불덩이 같은 석양이 가라앉으며,

▶ 청년시기, 장년시기 그리고 만년시기의 陳虛谷

서쪽 하늘가는 붉은 비단이 되어 있었다. 그 모습이 마치 왕 씨 댁에 축하의 인사를 건네는 것 같았다." 석양은 분명 소설 속 왕 씨 집 입구에 걸린 일장기를 가리킨다. 이는 고도의 상징적 수법이라고 할 수 있다. 몰락한 왕조는 석양으로 떨어지면서도 도리어 민족을 잊은 왕 가를 염려하고 있다. 천쉬구의 창작 기법은 라이허를 직접 계승한 것이었다. 문학가로서의 커리어를 이어갔다면 그는 1920년대 시대를 풍미한 작가의 하나가 되었을 것이다. 그러나 그의 성취는 여기까지였다.

천쉬구는 또한 시 창작에도 종사했다. 그는 이 시기 《타이완 민보》에 〈석간수와 큰돌潤水和大石〉(1927), 〈가을 새벽秋曉〉(1927)[6], 〈낙엽落葉〉(1930)[7], 〈꽃을 팔다賣花〉(1930)[8], 〈병중 유감病中有感〉(1930)[9], 〈시詩〉(1930)[10], 〈적敵人〉(1931)[11] 등의 작품을 발표했으니, 실로 그의 전성기라고 할 만했다. 그의 신시는 구조가 완정했으며, 주제가 선명하고, 문자가 투명해서 장워쥔의 시에 비해 우수한 면이 있었다. 그의 시는 짙은 인도주의적 색채와 지식인의 사회와 약자에 대한 깊은 관심을 보여주고 있다. 천쉬구는 꼭 단편소설에서와 같이, 시에서도 명암이 대비되는 변증법적인 방법을 운용했다.

▶ 楊雲萍 (《文訊》 제공)

양윈핑(1906-2000)은 양유롄楊友濂이 본명이었고 타이베이의 사인士人이었다. 19세가 되던 1925년 친구 장멍화江夢華와 잡지 《사람들人人》[12]을 간행했다. 이것은 개인 작품 성격의 문예 간행물이었는데, 이후 순수문예 간행물의 탄생의 예고편이었다. 그의 단편소설은 〈광림光臨〉[13](1926)과 〈추쥐의 반생秋菊的半生〉[14] 외에는 대부분 매우 짧은 콩트掌篇小說였다. 〈광림〉의 주제는 일본인의 권세에 의지해 자아와 인격을 높이려던 타이완인 보갑保正의 민낯을 폭로하는 것이었다. 상사가 방문한다는 말에 그는 집에 산해진미를 차려놓고 기다리지만, 결국은 모든 것이 수포로 돌아가고 만다. 일본인의 관심과 사랑을 얻지 못한 자의 실망감은 곧 피식민인의 정신적 왜곡의 실상을 풍자하는 것이기도 하다. 〈추쥐의 반생〉은 의원집에 팔려간 여종의 운명을 담고 있다. 타이완인들은 피식민인이지만, 일단 일본인에 빌붙어 관직에 나아가기라도 하면 곧바로 동포를 기만하고 억압한다. 젠더적 억압의 관점에서 이 소설은 타이완 남성과 일본인 지배자들이 기실은 어김없이 한패라는 것을 암시했다.

소설의 정의를 엄격하게 따르지 않는다면, 양윈핑의 단편소설은 산문으로도 읽을 수 있다. 그의 작품은 편폭이 짧았으며, 언어는 깨끗하고 문장은 핵심을 포착하고 있었다. 또한 완정한 구조를 추구하지도 않았고, 그저 실생활의 조각이나 단면을 잡아내 부각시켰을 뿐이다. 그는 성공한 소설가라기보다는 천생 시인이었다. 그의 신시는 1940년대 시집 《산하山河》(1943)[15]가 출간된 후에야 활짝 꽃을 피웠다. 정화된 문장과 영혼의 정감이 일상생활의 소소한 일들을 통해 드러나고 있다. 이 시집은 그의 문학적 운용의 정점이었다.

양화(1906-1936)는 본명 양셴다楊顯達이며, 필명은 양화楊花, 치런器人이고 타이베이 출신이다. 그는 타이완 신문학사에서 최초로 시인으로 인정을 받은 이 중 하나였다. 1927년 《타이완 민보》(141호)는 신주 청년회新竹青年會의 도움

▶ 楊雲萍, 《山河》

을 받아 타이완 전역에서 백화시를 모집했는데, 필명 충우崇五의 〈오인誤認〉이 1등, 〈여수旅愁〉가 3등을 차지했다. 충우가 누구인가는 지금까지도 명확하게 고증되지 않고 있다. 이 작품들 이후에 논쟁을 불러일으킬 만한 작품도 없었다. 이때 양화가 〈소시小詩〉와 〈등불燈光〉로 각각 2등과 7등을 차지했다. 앞에서 언급한 대로 그는 중국 시인 빙신冰心과 스타일이 비슷하여, 2행의 단시 형식을 잘 썼다. 그해 그는 치안유지법 위반 혐의로 타이난에 수감됐다. 양화는 감옥에서 50여 수를 담은 《흑조집黑潮集》을 완성했다. 생전에는 발표되지 못하다가 1936년 사후 유고가 발견되어 이듬해 양쿠이 주편의 《타이완 신문학》에 수록되어 출간되었다.

▶ 楊華

시의 구조적인 측면에서 양화의 작품은 느슨하다. 그러나 그는 결코 거대한 구조를 탐했던 시인이 아니라 순수하게 이미지적인 구상과 연계해 찰나의 정감을 담아내는 데 몰두했던 이였다. 그에게 상을 가져다 준 〈소시〉의 첫 수를 보면 그가 어떻게 이미지의 주조에 힘을 쏟았는지를 알 수 있다.

　　사람은 보도 못한, 이파리 아래 숨었는 꽃을
　　한 쌍 나비가 앞서 보고야 말았다.

시에서 그는 '한 마리 나비'라 하지 않고 '한 쌍 나비'라 했다. 이렇게 섬세하고 교묘한 구상이 봄의 도래를 암시하고 있다. 그러나 짧디 짧은 이행시兩行詩로는 봄을 다 말할 수 없다. 이미지시의 운용은 1930년대 풍차 시사風車詩社의 작품에서 훨씬 섬세해진 모습을 찾을 수 있다. 양화의 탄생은 타이완 신문학 운동에 앞서서 새로운 상상의 공간을 열어주었던 것이다. 비교적 볼륨이 큰《흑조집》은 옥중에서 완성되었다. 만약 이 시집을 소시의 합집으로 보지 않고 대 상징의 세부 구조라고 본다면《흑조집》은 대 시대大時代의 압박 속에서 부침하는 개인의 굴곡진 운명을 각화한 것으로서 가히 성공작이라고 말할 수 있을 것이다. 그 중 제17수를 살펴보자.

> 따사로운 봄날,
> 꽃은 요염한 얼굴로 피어나고,
> 풀은 푸르른 몸으로 커가는데,
> 문득, 어디에선가 바람과 우박이 날려 와
> 그네들 신생의 생명을
> 산산이 부숴 놓고야 말았다.

평온함과 불안함의 대비는 초기 작가의 사유 방식을 보여주는데, 양화가 이러한 방향으로 사고했던 것은 전체 역사적 환경과 정치적 분위기에 영향을 받았기 때문이라 볼 수 있다. 강자의 문화 아래 놓여 있는 약자로서, 그의 시구는 무력할 수밖에 없었으며, 어쩔 수 없는 심경을 드러낼 수밖에 없었을 것이다. 1935년《타이완 문예台灣文藝》에 발표한 소설 두 편, 즉 〈박명薄命〉과 〈두 노동자의 죽음兩個勞動者之死〉은 모두 자전적 성격을 띠고 있어서 사회적 약자의 곤경을 잘 담고 있다. 〈박명〉은 당시 중국 작가 후펑胡風이《산신: 조선 타

▶ 楊華,《黑潮集》

이완 단편집山靈 : 朝鮮台灣短篇集》에 수록하기도 했는데, 이로써 그의 예술적 성취가 인정을 받았다는 것을 알 수 있다. 이 두 편은 만가처럼 그와 그의 시대를 묘사했다. 1936년 가난과 질병에 시달리던 그는 목을 매고 말았다.

《타이완 민보》에 발표된 소설과 시들은 기본적으로는 계급적 색채가 짙었다. 작자들은 사회주의를 믿든 믿지 않든 모두 불안한 심리 때문에 결국은 억압받는 농민, 노동자, 여성 등 발언권을 갖지 못한 민중들로 기울었다. 이 시기 여성 작가들이 등장했다는 증거는 없다. 때문에 젠더의 문제는 이 시기에 특별히 뚜렷하게 드러나지 않는다. 문학 작품에 나타나는 여성 형상은 전부 남성 작가들이 만들어 낸 것이었다.《타이완 민보》의 문학적 경향은 다소간의 차이는 있겠으나, 모두 좌익적 비판 정신을 갖고 있었다. 여성의 형상은 그저 남성에게 억압받는 이를 상징하든가, 좌익적 비판 정신에서 약자를 비유할 뿐이었다. 이 시기 젠더에 관한 논의는 보이지 않으며, 계급의 문제가 가장 두드러진 주제였다.

향토문학논쟁과 그 영향

타이완 문학은 계몽 실험기에서 연합전선기로 넘어가던 과정에서 상당한 의미가 있는 향토문학논쟁을 거쳤다. 타이완 작가들이 처음으로 문학을 상호 의견을 교환할 수 있는 엄숙한 의제로 간주하게 되었다는 데 이 논쟁의 의의가 있다. 1920년대에 문학은 정치운동의 부속물이었을 뿐이다. 그러나 1930대에 접어들면서 작가들은 이 논쟁을 통해 문학과 관련해 정치운동의 맥락뿐 아니라 순수하게 문학 운동의 목적과 어떠한 언어를 통해 창작해야 하는가라는 문제를 광범위하게 토론했다. 이 논쟁을 황더스黃得時는 〈타이완 신문학 운동 개관台灣新文學運動槪觀〉[16]에서 '타이완 언어 논쟁台灣語文論爭'으로 명명했고, 랴오위원廖毓文은 〈타이완 문학개혁운동사략台灣文學改革運動史略〉[17]에서 '향토문학논전鄕土文學論戰'으로 지칭했다.

이 두 가지 명명은 모두 수용가능하다. 왜냐하면 전체 논쟁 과정에서 두 가지 문제가 모두 언급되었기 때문이다. 그 하나는 문학은 누구를 위해 쓰여야 하는가라는 문제였고, 다른 하나는 문학은 어떤 언어를 가지고 써야 하는가라는 문제였다. 이

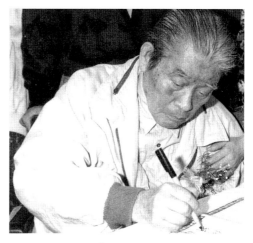

▶ 黃得時 (《文訊》 제공)

두 문제는 상호 의존적이라고 할 수 있다. 타이완 문학은 대중을 위해 써야 한다고 한다면, 문학 언어는 응당 대중이 받아들일 수 있는 언어로 써야 한다. 이 문제들은 모두 '향토문학'과 '타이완 백화문台灣話文'을 포괄하는 범주 내에서 이해될 수 있다.

1930년 8월, 좌익작가 황스후이黃石輝는 《오인보伍人報》에서 먼저 향토문학을 주장했다. 《오인보》, 《내일明日》, 《홍수보洪水報》, 《현대 생활現代生活》, 《타이완 전선台灣戰線》 등은 모두 좌익 정치운동 진영이 창간한 문예 간행물이다. 이 간행물들은 출판 후 곧바로 타이완 총독부의 판금 조치로 사라져 버렸고, 현재까지도 발견되었다는 소식은 들리지 않는다. 그러나 일본의 《타이완 경찰 연혁지台灣警察沿革誌》를 통해, 우리는 이들 잡지가 모두 좌익 정치 운동가들의 주요 골간이었으며, 문학의 형식을 빌려 사회주의나 공산주의 사상을 선양하는 목적을 달성했다는 것을 알 수 있다. 황스후이는 《오인보》에서 〈어떻게 향토문학을 제창하지 않을 수 있겠는가怎樣不提倡鄉土文學〉를 통해 타이완 민중을 주체로 하는 문학관을 표명하였다. 다음의 그의 언급은 이후 널리 인용되었다.

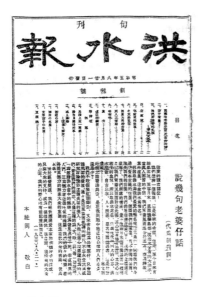

▶《洪水報》

당신은 타이완인이다. 당신의 머리는 타이완의 하늘을 이고 있으며, 다리는 타이완의 땅을 밟고 있다. 눈으로 보는 모든 것은 타이완의 실상이며 귀로 듣는 모든 것은 타이완의 소식이다. 시간 속에서 거쳐 간 것, 이 또한 타이완의 경험이며, 입으로 말한 것, 이 또한 타이완의 언어이다. 그래서 당신은 강골의 필체로, 생생한 필체로 마땅히 타이완의 문학을 써 보아야 하는 것이다.[18]

황스후이의 주장은 다소 거친 느낌이 있다. 그러나 이러한 말로써 그는 분명하게 타이완 문학을 일정한 시간 의식과 공간 의식에 위치시켰다. 소위 시간 의식은 그가 지칭한 타이완의 역사적 경험이며, 공간 의식 또한 그가 지칭한 타이완의 천지, 타이완의 사물, 타이완의 언어이다. 타이완 문학을 길러내는 현실적 조건을 확실히 규정한 후 그는 더 나아가 다음과 같은 주장을 폈다.

……당신은 수많은 대중을 감동시키고 진작시키는 문예를 쓰고자 하는가? 당신은 수많은 대중이 그대와 같은 마음을 품게 하고 싶은가? 필요 없다고? 그렇다면 내 할 말은 없다. 그러나 만약 필요하다면, 그렇다면, 그대가 지배계급의 대변자이든, 고통에 찌든 대중의 지도자이든, 그 무엇이든, 고통 받는 광대한 대중을 대상으로 문예를 써야 한다. 고통에 처한 수많은 대중을 대상으로 문예를 쓰려 한다면, 마땅히 향토문학을 제창해야 하며, 마땅히 향토문학을 건설해야 한다…….

'향토문학'이라는 중요한 개념이 바로 여기에서 정식으로 제기된 것이다. 달리 말해, 타이완 문학이 분명한 시간 의식과 공간 의식을 토대로 배양되는 것이라면, 이러한 문학은 특히 구체적인 대중을 대상으로 삼아야만 했던 것이다. 황스후이의 눈에 비친 대중은 고통 받는 대중이었다. 더 정확히 말한다면, 그것은 농민과 노동자를 위주로 하는 무산계급이었다. 문학이 고통 받는 대중을 대상으로 한다면 창작의 언어는 바로 그들의 언어여야 했다. 여기서 백화문話文은 황스후이가 말한 타이완 백화문이어야 했다. 식민지 사회에서 작가는 자신의 땅, 자신의 언어로 돌아가 문학 창작에 종사해야 하는데, 이는 문화적 주체를 재건한다는 의미였다. 그런데 이러한 그의 주장은 은연중에 사회주의 문학을 수립하겠다는 뜻을 드러내는 것이기도 했다.

프로문학 운동이 1930년대 보편적인 국제적 현상이라는 점을 고려하면 이는 충분히 이해된다. 작가들은 향토문학을 강조했든 대중문예를 강조했든 기본적으로는 독자의 계급의식을 계발하려 했고, 이 때문에 사회 최하층의 농민과 노동자들의 삶의 실상에 관심을 가졌다. 문학을 전파함으로써 지식인들은 식민 체제와 자본주의의 진정한 본질을 알 수 있었고, 다시 이로부터 저항 의식을 길러 낼 수 있었다. 1931년 7월 황스후이는 이어서 《타이완 신문台灣新聞》에 〈향토문학을 다시 말하다再談鄕土文學〉[19]를 발표하였는데, 여기서도 작가라면 타이완 백화문을 창출해야 한다는 생각을 견지했다. 그가 주장한 타이완 백화문은 기존의 한자를 바탕으로 타이완을 표현해야 한다는 것이었다. 그리고 만일 쓸 수 있는 문자가 없다면 '대체자를 채택하거나', '별도로 새로운 문자를 만들어야 하며', 그 목적은 타이완 독자들이 쉽게 문학의 내용을 이해하게 하는 것이라 생각했다. 그는 "우리가 쓴 것은 우리에게 가장 친근한 이들에게 보여주려는 것이지, 일부러 우리와 거리가 있는 이들에게 보여주려는 것이 아니기 때문에 우리에게 가장 친근한 언어와 사물을 써서……"라고 말했는데, 이는 곧 타이완말台灣話로 타이완의 사물을 그려야 한다는 뜻이었다. 이러한 문학적 주장을 널리 전파하기 위해 황스후이는 '향토문학연구회鄕土文學硏究會' 조직의 구상을 제시했다.

황스후이의 향토문학관에 가장 크게 호응한 이가 바로 궈추성郭秋生이었다. 그는 홀대 받았던 문학가였지만, 이 지점에서는 소개할 만한 가치가 있다. 궈추성(1904-1980)은 타이베이 신좡新莊 사람으로서 제저우芥周, TP성TP生, KS, 거리의 사진사街頭寫眞師 같은 필명을 썼다. 그는 사회주의적 경향을 노골적으로 드러냈으며, 소설과 산문 창작에 능했다. 향토문학 논쟁 기간에 황스후이의 주장에 적극적으로 지지를 보냈을 뿐 아니라, 오히려 더 급진적이기까지 했다. 1931년 8월29일과 9월7일자 《타이완 신민보台灣新民報》(397호, 380호)에 궈추성은 〈'타이완 백화문' 건설을 위한 제안建設'台灣話文'一提案〉을 발표하여 작가는 시정의 백성들에게서 언어적 자원을 취할 것을 제안했다.

> 그래서 우리와 같은 사람들이 해야 할 시급한 일은 가요와 민가를 우리가 정한 원칙에 따라 정리해 보는 것이다. 그 다음에 다시 '불우한 환경의' 대다수 형제들에게 돌아가야 한다. 그렇게 하면 길거리에서 연설하는 약장수 형제는 확실히 선생이 될 수 있으며, 소를 치는 형제들도 자연히 전도사가 되어 이를 전파할 수 있다. 그렇게 된다면 모든 문맹자 형제자매들은 일하는 틈틈이 위로를 받을 수도 있고, 글자를 익힐 수도 있으며, 가정교사도 될 수 있다.[20]

궈추성의 문학관은 다른 것이 아니라 아는 글자가 많지 않은 이, 심지어는 문맹인 사람들을 대상으로 한다. 그는 타이완 문학을 세우고자 한다면 당장 민요와 동요를 정리하고 이를 매개로 하층의 민중과 소통해야 한다고 생각했다. 그의 관점은 분명 문학을 사상 전파의 도구로 삼아 문맹을 없애는 목적을 달성하는 것이었다. 때문에 궈추성은 지식의 계몽에 집중하는 것을 중시했지 문학예술의 발전을 중시하지는 않았다.

황스후이와 궈추성 두 사람의 논점은 찬반 양측의 반향을 불러 일으켰다. 랴오위원은 전후 이 논쟁을 회고하면서 타이완 백화문을 대하는 태도가 당시 작가들을 찬반 양편으로 갈라놓았다고 말했다. 찬성론자들에는 황스후이, 정쿤우鄭坤五, 궈추성, 좡쑤이싱莊遂性, 황춘칭黃純青, 리셴장李獻章, 황춘청黃春成, 라이허 등이 있었다. 반대론자들은 중국 백화문을 지지했는데, 랴오위원, 린커푸林克夫, 주뎬런朱點人, 라이밍훙賴明弘, 웨펑越峰 등이었다. 랴오위원의 향토문학관은 상당히 주목할 만하다. 그는 19세기 말 독일의 예를 빌려 향토문학의 최대 목표는 향토의 특수한 자연 풍격을 묘사하고 향토의 감정과 사상을 표현하는 것으로, 사실상 그 시대의 전원문학田園文學이라고 보았다. 그는 향토문학이 내용적으로 불충분하고 불분명하여, 시대성도 잃고, 계급성도 잃었으며, 결국 오늘에 와서는 어느샌가 자취를 감추고 말았다 지적했다. 달리 말해, 랴오위원은 문학이 시대성과 계급성을 갖추고 있어야 하지만, 향토문학이라는 용어로 범주를 설정할 필요는 없다고 생각했던 것이다.

이 시기 전개된 문학 논쟁을 종합해 보면, 작가들이 타이완 백화문과 중국 백화문으로 그 주장은 갈리지만, 신문학의 출로에 대한 관심을 표출했다는 점은 같았다는 것을 알 수 있다. 논의 되었던 주장은 전체적으로 보면 크게 두 가지 주요 논점으로 귀납될 수 있다. 문학은 현실을 떠나서는 존재할 수 없으며 작가는 사회의 발전 상황을 탐색해야 하고 생활 속에서 문학의 제재를 뽑아내야 한다는 것이 그 첫 번째 주장이었다. 다른 하나는 언어의 사용에 있어서 응당 광대한 민중을 고려해야 한다는 것이었다. 향토문학, 민간문학, 대중문학 등의 명사들이 나타났는데, 이것들은 모두 언어 사용의 문제와 관련 있었다. 이러한 논쟁이 구체적인 결론으로 이어지지는 못했지만, 적어도 모든 작가들은 독자 대중이 신문학 발전의 주체의 하나라는 것에 주목했었다. 1930년대 타이완 작가의 사상적 실태는 대략 이 두 방향을 통해 추론해 볼 수 있다.

문학 운동 과정에서 연합전선의 구성

향토문학논쟁의 진행 과정에서 수많은 작가의 정치적 신념과 이데올로기가 드러났다. 언어 방면에서는 중국 백화문을 주장한 이도 있었고 타이완 백화문을 제창한 이도 있었다. 사상방면에서는 어떤 이는 좌익적 입장에 섰으며, 또 어떤 이는 중도좌파적인 태도를 취하기도 했다. 이러한 다원적인 현상은 신문학운동이 1930년대에 이미 상당한 생동감과 활기를 갖췄다는 것을 보여준다.

이 시기 작가들은 어떻게 결이 다른 다양한 문학적 표현을 통해 단결에 이를 것인가 하는 목적을 이미 의식하고 있었다. 그들이 취했던 전략은 연합전선이라고 정리할 수 있다. 소위 연합전선이라고 하는 것은 각 운동가들이 이념은 하나로 일치하지 않지만, 공통의 적에 직면해서 각자가 개인의 신념을 결코 버리지 않되, 각자의 이데올로기를 넘어서서 행동 상의 단결을 이룩하는 것을 의미했다. 그래서 향토문학논쟁에서 작가마다 관점과 입장은 서로 차이가 있었지만 동시에 동일한 문학조직에 가입할 수 있었던 것이다. 이러한 문학상의 연합전선은 저항 정신에서 서로가 서로에게 자극을 주기도 했지만 창작 기교에 있어서도 서로가 서로를 벼릴 수 있게 하였다. 이것은 결국 1960년대 타이완 문학의 만개로 이어졌다.

이러한 연합전선이 형성될 수 있었던 원인은 정치상의 압력이었다. 1931년 일본 군국주의가 대두되면서 9·18사변이 일어났다. 중국 동북지역에서 군사적 침략에 집중하기 위해 타이완 총독부는 식민지의 모든 정치적 활동을 금지했다. 이때 가장 주목해야할 만한 것이 《타이완 전선》이었다. 왜냐하면 이 잡지는 신문학 운동에서 가장 일찍 연합전선을 시험해 본 간행물이었기 때문이다. 이 문학잡지 이전에 왕완더王萬得, 저우허위안周合源, 황바이청즈黃白成枝 등이 1930년 6월 《오인보》를 창간했었다. 왕완더는 타이완 공산당 당원으로서 문학잡지를 유통하여 당의 영향력을 확대하고자 했다. 그러나 다른 참여 문인들은 타이완 공산당이 이 잡지를 장악하는 것에 반대해 속속 이탈을 선언했다. 황바이청즈는 별도로 《홍수보》를 창간했고, 린페이팡林斐芳은 《내일》을 조직했다. 왕완더 혼자만이 《오인보》를 15기까지 이끌고 갔다. 그러나 매 기마다 판금을 당하는 처지였다. 마지막 1기는 《공농선봉工農先鋒》으로 개명까지 했지만, 이 또한 판금당했다.

《오인보》가 발간되던 시기 왕완더는 타이완 각지에 칠십여 곳의 발행망을 확보했고 일본무산자예술연맹全日本無産者藝術聯盟, 전기사戰旗社, 법률전선사法律戰線社, 농민전선사農民戰線社, 프롤레타리아과학동맹普羅科學同盟과 연계를 유지하는 한편, 좌경화된 타이완문화협회台灣文化協會의 《신타이완 대중시보新台灣大衆時報》와 연맹했다. 왕완더는 더 이상 버텨나갈 수 없게 되자 타이완 공산당 직속의 《타이완 전선》에 합병하기로 결정했다.

타이완전선사는 타이완 공산당 중앙위원 셰쉐홍謝雪紅(아뉘阿女), 궈더진郭德金, 린완전林萬振이 기획한 단체로 동인에는 라이허, 왕민촨王敏川, 장신이張信義 등 좌익 지식인들이 있었다. 이 간행물의 발행 전략은 타이완 공산당원 양커페이楊克培가 말한 대로, '백색 테러가 횡행하는 상황에서 최소한의 합법성을 이용'하는 것이었다. 잡지 발간 선언에서 그들의 문학관이 전형적으로 당시 작가의 심리적 상태를 반영했다는 것을 알 수 있다.

> 우리는 종전의 문예가 소수 자본가, 귀족 계급이 독점적으로 감상하는 것으로서 이제는 그 존재 가치를 상실하고 이미 자신의 무덤마저 무력하게 파헤쳐지는 지경에 이르렀음을, 그리고 이제는 속수무책으로 그 자신의 죽음을 마주하게 됐음을 알고 있다. 이 시기, 우리는 주저해서는 안 된다. 우리는 결단을 내려야 하고, 이어 일치된 힘으로 노력하여 문예를 프롤레타리아의 손으로 가져와야 하며 이를 대중의 소유물로 만들고, 그럼으로써 문예 혁명을 촉진해야 한다. 이와 같은 과도기에는

정확한 이론이 없다면 정확한 행동이 있을 수 없다. 이는 우리가 모두 숙지하고 있는 사실이다. 때문에 고통 받는 노동대중으로 하여금 마음껏 마르크스주의와 프로 문예를 발표하게 하여야 한다. 이렇게 한다면 무산계급의 혁명 이론과 무산계급의 혁명 운동은 결합할 수 있으며, 그 발전이 속도를 더 높일 수 있고, 이로써 역사의 발전은 그 시간을 단축할 수 있다.

이 발간 선언은 사회주의적 입장을 분명하게 밝히고 있으며, 더 나아가 좌익 문학이 무산계급 혁명운동과 결합해야 함을 노골적으로 밝히고 있다. 선언의 행간 곳곳에는 과거 귀족 문학에 대한 좌익 작가들의 혐오가 넘쳐난다. 타이완 신문학의 아버지인 라이허도 이 간행물의 동인 명단에 이름이 올라 있는데, 이는 1930년대에 접어 든 이후 그의 사상이 좌경화되었음을 분명하게 보여주는 증거이다. 《타이완 전선》은 총 4기만이 발행되었고 이후 《오인보》와 합병되어 《신타이완 전선新台灣戰線》으로 발행되었다. 그러나 매번 발행되자마자 판금 당하였다. 뒤에 타이완 공산당이 내홍을 겪고 일본 경찰의 감시를 받으며 타이완전선사는 점차 몰락해 사라져 버리고 말았다.

이어서 1931년 3월 일본 출신 작가와 타이완 출신 작가들이 합작으로 타이완문예작가협회台灣文藝作家協會를 조직했다. 이 초국가적 문학 연맹에는 일본인 벳쇼 코지別所孝二, 나카무라 쿠마오中村熊雄, 아오키 카즈요시青木一良, 후지하라 센사부로藤原千三郎, 우에 세이야上清哉, 이데 카오루井手薰 등이 참여했고 타이완인으로는 장웨이셴張維賢, 왕스랑王詩琅, 저우허위안 등의 무정부주의 경향의 작가들이 참여했다. 이 협회도 일본의 문예연합전선을 모방하여 타이완에서 작가 동맹 조직을 완수하고자 했다. 협회의 기관지는 《타이완 문예》로 명명되었고, 4기까지 발간되었지만 모두 압수되었다. 지금까지 타이완문예작가협회에서 출판한 《타이완 문예》는 아직 발견되지 않고 있는데, 이는 실로 타이완 문학사상 대표적인 미해결 과제 중 하나라고 할 수 있다.

협회의 일본인 작가들이 타이완 문학을 토론할 때, 두 가지 사실에 주의할 필요가 있다고 생각했던 점이 시선을 끈다. 그 하나는 타이완 문화의 특수성이고 다른 하나는 다종족의 혼종성이었다. 문화 특수성의 관점으로 보았을 때, 지리, 정치, 경제, 사회, 역사, 풍속 습관 등에서 타이완의 독특한 환경이 존재하며, 이는 절대로 일본 문화와 동일하게 다뤄질 수는 없다는 것이 그 생각이었다. 타이완 주민에는 원주민인 고산족이 포함되어 있었고, 타이완에는 이러한 타이완인, 중국인, 일본인 등이 잡거하고 있었다. 이러한 상황에서, 복잡한 종족 문제는 과학 공식처럼 처리할 수 있는 것이 아니었다. 분명, 복잡한 문화적 배경과 종족 구조는 타이완 문학을 형성하는 주요한 요인이었다. 타이완문예작가협회는 진지하게 민족 어젠다를 신문학 운동의 문제로 끌어들인 것인데, 이는 당시에 상당한 의미가 있었다. 왜냐하면, 이로 인해 1930년대 작가들은 계급 문제 외에도 민족 문제의 존재에 주의를 기울이게 되었기 때문이다.

상술한 두 가지 연합전선의 시도는 탄압을 받았다. 그 원인은 그들이 문학의 합법성에만 의존해 정치사상을 선전했기 때문이다. 그러나 연합전선을 결성하려고 했던 그들의 구상은 이후 작가들의 결사에 커다란 영향을 미쳤다. 특히 모든 정치 단체들이 일본 경찰에 의해 해산된 후 나타난 저항운동의 진공상태를 채워 넣은 것이 문학 운동이었다.

저자 주석

[1] 賴和紀念館編, 《賴和研究資料彙編》, (彰化: 彰化縣立文化中心, 1994), p.40.

[2] 《台灣民報》202-204號, (1928.4.1., 1928.4.8., 1928.4.15.)

[3] 《台灣民報》213-216號, (1928.6.17., 1928.6.24., 1928.7.1., 1928.7.8.)

[4] 《台灣民報》322-323號, (1930.7.16., 1930.7.26.)

[5] 《台灣民報》336-338號, (1928.10.25., 1930.11.1., 1930.11.8.)

[6] 《台灣民報》142號, (1927.1.30.)

[7] 《台灣民報》294號, (1930.1.1.)

[8] 앞의 주.

[9] 《台灣民報》322號, (1930.7.16.)

[10] 《台灣民報》342號, (1930.12.6.)

[11] 《台灣民報》364號, (1931.5.16.)

[12] 1931년 창간된 台灣 최초의 백화 문학 간행물이다. 楊雲萍은 창간호에 타고르의 〈여인아 女人呀〉를 게재했다.

[13] 《台灣民報》86號, (1926.1.1.)

[14] 《台灣民報》217號, (1928.7.15.)

[15] 台北: 淸水書店. 일본어 시집.

[16] 《台北文物》3권2기, 3기, 4권2기(1954.8.20., 12.10, 1955.8.20.)

[17] 《台北文物》3권3기, 4권1기(1954.12.10., 1955.5.5.)

[18] 黃石輝, 〈怎樣不提倡鄕土文學〉, 《伍人報》 9-11호, (1930.8.16.-9.1.)

[19] 黃石輝, 〈再談鄕土文學〉, 《台灣新聞》, (1931.7.24.), 8회 연재.

[20] 郭秋生, 〈建設'台灣話文'一提案〉, 《台灣新民報》 397호, (1931.8.29.)

제5장

1930년대 타이완 문학 단체와 작가의 풍격*

1930년대에 이르면서 타이완 신문학 운동은 점차 본격적인 문학 조직과 작가 진용을 갖추게 되었다. 1931년을 기점으로 1937년 마무리되기까지, 이 시기는 타이완 문학의 성숙기로 받아들여지고 있다. 이 시기는 마침 일본이 일으킨 9·18 사변과 7·7사변과 일치하기에 역사적 의미가 있다. 9·18사변은 일본 제국군이 만저우滿洲 지역으로 군사적 확장을 꾀한 사건이고 7·7사변은 중국 영토 전체로 군사적 재확장을 도모한 사건이었다. 이 두 군사적 침략은 일본의 자본주의 체제에 이미 심각한 위기가 나타났음을 보여주는 것이었다. 일본이 직면한 경제적 난국을 지연시키기 위해 식민 모국의 자본가들은 더 저렴한 노동자와 원료, 더 광대한 시장을 찾을 필요가 있었다. 중국 정책과 남진 정책은 일본 제국군에게 남아 있던 유일한 길이었다. 30년대의 타이완 신문학은 바로 일본 자본주의의 위기가 타이완에 그림자를 드리운 상황에서 지속적으로 성장했다.

연합전선의 구상 위에서 타이완 작가들은 합법적인 문학 단체를 결성하고자 노력했다. 일본 유학을 경험한 지식인이든 타이완 내의 작가든 모두 타이완 사회가 이미 '벽에 부딪쳤다碰壁'는 데 인식을 같이하고 있었다. 벽에 부딪쳤다는 말은 당시 지식인들 사이에서 유행하던 말로 정치, 경제, 사회, 문화의 발전이 이미 장애를 만났다는 것을 말한다. 그들은 실업의 파도

*이 장은 이현복이 번역했다.

가 밀려오고 있다는 것을 느꼈다. 당시 좌익 작가의 언어로 말하자면 '실업의 홍수失工的洪水'였다. 이 같은 위기의 시대에 작가들은 문학운동에 1920년대를 능가하는 정성을 들였다.

1932년은 문학사에서 가장 중요한 한 해였다. 연합전선 식의 두 문학 조직이 타이완과 일본에서 나란히 창립을 알렸다. 타이베이台北에서는 좌우 작가들이 모두 결합한 남음사南音社가 결성되었다. 그들은 이어서 기관지로 백화문 문학지《남음南音》을 발표했다. 도쿄에서 성립된 타이완 예술연구회台灣藝術研究會는 기관지로《포르모사福爾摩沙》를 발간했는데, 그 역시 백화문 문학잡지였다. 이 두 기관지는 새로운 문학 단계가 이미 도래했음을 말해주는 것이었다. 작가들이 부단히 결합함으로써 1934년 거대한 규모의 타이완 문예 연맹의 결성이 촉진되었다. 북부, 중부, 남부에서 온 작가들은 단결된 진용을 갖추고 일본 식민 문화에 강력히 저항했다. 이러한 상황은 1921년 타이완문화협회台灣文化協會의 탄생을 이끈 정신적 동맹에 비견할 만했다.

우리의 주의를 끄는 것은 문학 단체의 등장과 문단에서 2세대 작가들의 등장이다. 타이완 문예 연맹 성립 대회에 참가한 작가들을 살펴보았을 때, 현재 이름을 확인할 수 있는 이가 모두 89명에 이른다. 이러한 대규모의 문학 생산력은 가뭄에 콩 나듯 나타났던 1세대 작가들을 이미 넘어서 있었다. 대중 작가의 참여 속에서 문학에 대한 예술적 요구는 상대적으로 고취되었고 대부분의 작가들은 창작 기교에 주의를 쏟기 시작했다. 즉, 소설 플롯의 안배와 시, 산문의 구조에 대한 탐색 등이 이 시기 중시됐던 것이다.

문학 동맹 풍조의 흥성

1931년 일본 식민 정부의 정치운동 탄압은 타이완 지식인들의 저항 정신을 불러일으켰고, 그들은 이를 문학 동맹 결성으로 표출했다. 문학 단체의 조직이 없었다면 문예 잡지의 발행도 불가능했고, 문학 간행물이 출간되지 않았다면, 창작은 질과 양에서 발전할 수 없었을 것이다. 원래 《타이완 민보台灣民報》와 《타이완 신민보台灣新民報》를 주요 발표 기지로 삼았던 작가들도 문학잡지를 경영하는 데 힘을 모으기 시작했다. 2세대 작가들은 비등하던 문학적 환경 속에서 탄생했다. 그들은 자신의 작품에 대해 자신감이 상당했으며, 서로 협력하면서 중앙 문단이라 불리던 도쿄로 진군했다. 양쿠이楊逵, 뤼허뤄呂赫若, 라이허賴和, 룽잉쭝龍瑛宗, 장원환張文環 등의 소설은 일본 작가들과 어깨를 나란히 할 수 있었는데, 이것은 일본 문단이 타이완 문학의 성취를 인정했다는 것을 반증하는 것이기도 했다. 때문에 1930년대 타이완 문학의 성황을 파악하려 한다면 문학 결사의 존재에 주의를 기울여야만 한다.

1. 남음사와 《남음》

남음사의 성립은 1931년 타이완 백화문 운동과 향토문학 논쟁이 가열되던 분위기에서 온양되고 있었다. 같은 해 가을, 예룽중葉榮鐘과 쫭추이성莊垂勝은 황춘성黃春成, 궈추성郭秋生, 라이허, 장환구이張煥珪, 장핀싼張聘三, 쉬원쿠이許文逵, 저우딩산周定山, 홍유洪槱, 천펑위안陳逢源, 우춘린吳春霖 등에게 공통 조직을 만들 것을 요청했다. 이것은 제2의 연합전선을 구축하려는 시도로서, 좌파인 라이허와 궈추성은 우파인 예룽중, 천펑위안과 함께 문학 발전을 추동한다는 공통된 인식 하에 결합했다. 발행인은 황춘성이, 편집은 궈추성이 맡았다. 1931년 1월1일 《남음》 1기가 정식 발간됐다. 예룽중은 '치츼'라는 필명으로 〈발간사〉에서 "타이완의 혼돈은 하루 이틀의 일은 아니지만 유사 이래 현대에 와서 처음 시작되었다고 보아야 한다. 지금 타이완은 사방이 막혀 있어, 정치든, 경제든 나아가 사회 각 방면이든 황혼기에 접어들어 퇴락했거나 충돌이 일어나지 않는 것이 없다. 이러한 혼란하고 참담한 분위기에서 살아가고 있는 우리가

▶《南音》創刊號

어찌 고통을 느끼지 않을 수 있겠는가?"[1]

'사방이 막혀 있다'는 말은 당시 사회 환경을 보여주는 것으로 인간 내면의 고민을 강조하는 말이었다. 《남음》의 창간은 "젖 먹던 힘까지 문예상의 계몽운동에 쏟아 부려는" 노력이었다. 이것은 타이완 작가들이 처음으로 문학 운동을 계몽운동의 일환으로 추진했던 예였다. 이러한 생각을 바탕으로 《남음》은 계몽운동의 두 가지 사명에 이바지하고자 했다. 첫째는 어떻게 '사상 문예의 보편화를 실행할 것인가'이고 둘째는 작가들이 창작의 다양한 방법을 연구하도록 고취하는 것이었다. 예룽중이 말한 사상 문예의 보편화는 곧 어떠한 언어와 형식으로 문예를 대중에게 다가서도록 만들 것인가를 말하는 것이었다. 때문에 예룽중은 《남음》의 발간을 통해 작가들에게 발표할 수 있는 마당을 제공하여 더 많은 작품의 창작을 자극하고 "이로써 타이완의 사상과 문예의 발전에 공헌하고자 했다."

《남음》은 총 11기를 발간하고 1932년 9월27일 정간된다. 잡지의 내용에서 보면, 이 잡지는 확실히 발간사에서 기대했던 두 사명을 이루기 위해 노력했다. 대중 문예의 추구라는 관점에서 《남음》은 지속적으로 신구 문학 논쟁을 어젠다로 토론을 전개했으며, 이와 동시에 민간 문학을 부단히 정리하고 창작할 것을 독려했다. 타이완 백화문 사용과 관련해 《남음》은 매 기마다 특집란을 두어 작가들의 참여와 토론의 마당을 마련했다. 라이허, 쫭쑤이싱莊遂性(필명 추이성垂勝), 궈추성(필명 제저우芥舟), 황스후이黃石輝는 이 특집란의 주요 기고자였다. 그러나 이 잡지의 가장 중요한 사명은

2세대 작가를 탄생시키는 것이었다. 잡지는 매 기마다 권두언, 논설, 산문 수필 및 소설과 시 창작란을 두었다.《남음》은 신세대 작가를 길러 내는 작업에 전력투구했다. 소위 '루청鹿城 삼인방' 저우딩산, 쫭추이성, 예룽중은《남음》을 매개로 신문학 운동과 가깝게 연결될 수 있었다.

저우딩산(1889-1975)은 본명 저우훠수周火樹, 호 이허우—吼이다. 그는 《남음》에서 평론을 발표하기도 했고 소설을 펴내기도 했다. 수필《가마니ABC草包ABC》[2]에서 그는 문장을 "생명의 원천인 피와 땀으로 만들어 낸 결정"이라고 정의하고 문학 감상은 "시대성과 밀접하게 연결되어야" 한다고 말했다. 이러한 문학관은 이미 창조의 힘을 잃어버린 구 문학을 추억하는 한편 독자들에게 당시의 현실 환경을 깊이 있게 인식할 것을 환기시키는 것이었다. 이러한 태도를 바탕으로 그는《남음》에 단편소설 〈고성당老城黨〉[3]을 발표하여 당시 구 문인들의 허위를 강력하게 비판했다. 이야기 전체를 통해 옛 선비들이 신문화의 도래에는 저항하면서 반대로 구도덕의 가면을 쓰고는 화류계와 다를 바 없는 그들의 길을 꾸미거나 합리화 하는 것을 풍자하고 있다. 이 소설과《남음》이 신구문학논쟁에서 취한 태도는 동일하다. 낙후한 봉건사상을 공격하고, 자본주의적 착취를 반대하는 것이 저우딩산의 기본적인 문학적 신념이었다.

쫭추이성(1897-1962)의 자는 쑤이싱遂性, 호는 푸런負人이다. 그는《남음》의 발기인이자 타이중 중앙 서국台中中央書局의 기획자 중 하나였다. 그가《남음》에 게재한 중요 문장은 '푸런'을 필명으로 쓴 〈타이완 백화문 논박台灣話文雜駁〉[4]시리즈였다. 그는 글은 대중을 감동시켜야 한다고 생각했다. "만약 대중이 글자를 알지 못한다면, 진정한 문학을 이해할 수 없다." 그가 타이완 백화문의 보급을 주장한 이유는 그것이 대중에게 익숙한 언어였기 때문이다. 그는 "타이완 백화문을 주로, 대륙 백화문을 종으로 하자"라는 주장에 찬성했다. 쫭추이성의 관점에 따라 남음사는 대중문학 노선을 견지했다.

예룽중(1900-1978)은 자는 샤오치少奇, 호는 판푸凡夫이다. 그는《남음》

이 창간되기 전부터 활동했던 작가이자, 일제 강점기 보기 드물게 이미 백화문을 능숙하게 활용하는 작가 중 한 명이었다. 구문학 비판이라는 입장에서 그는 남음사의 동인들과 상응했으나, 귀족 문학이나 프로문학과는 거리를 두었다. 이러한 그의 견해는 좌익 사상이 전성기를 맞았던 1930년대에는 다른 이들과는 확연히 구분된다. 때문에 우리는 남음사에서 예룽중이 맡은 역할에 주목할 필요가 있다.

예룽중 자신이 발간사에서 강조했듯이, 그는 신문학 작가들이 대중문예를 지향할 필요가 있다고 생각했다. 대중의 생활에 담긴 맛을 예술화하려 한다면 문예의 대중화는 피할 수 없는 일이었다. 권두어 〈'대중문예'를 기다리며'大衆文藝'待望〉에서 그는 작가들에게 '우리 타이완의 풍토, 인정, 역사, 시대를 배경으로 삼아' 재미도 있으면서 유익한 대중 문예를 만들어 낼 것을 요구했다. 이러한 생각에서, 그는 우파의 귀족 문학이나 좌파의 프로문학이 모두 지나치게 계급적 입장에 편향됐다고 여겼다. 예룽중은 '제3문학'의 관념을 제기하고 작가들이 자본주의적 공황과 같은 말들이나 베끼면서 좌익 작가로 자칭하지 않기를 바랐다. 그는 제3문학은 전 인민적인 것으로 '현재 타이완인 모두의 생활, 감정, 요구와 해방을 묘사하는 것'이라고 주장했다. 전 인민적 특징은 소위 계급성을 넘어서는 것이다. 예룽중은 〈'제3문학'의 제창卷頭語—'第三文學'提倡〉[5]과 〈'제3문학'을 재론하다卷頭語—再論'第三文學'〉[6] 두 편의 문장에서 이러한 주장을 반복했다. 민간으로 들어가 지식을 사회 심층에까지 퍼뜨려야 한다는 것이 그의 문학 주장의 요점이었다.

상술한 세 작가 이외에 라이허, 양화楊華, 천쉬구陳虛谷, 궈추성 등도 《남음》에 작품을 발표했다. 특히 라이허의 〈말썽惹事〉[1][7]은 연재 형식으로 완간되었다. 이 잡지는 1930년대 문학 운동의 서막을 열었고, 민간 문

---

1) 이 작품의 한글판은 김혜준·이고은 옮김, 《뱀 선생》(지만지출판사, 2012)을 참고하시오.

학, 대중 문예, 타이완 백화문 등의 어젠다를 통해 당시 지식인들이 정치적 답보 상태에서 형성한 사상을 충분히 반영했다. 이 잡지는 연합전선의 성격을 띠고 있었지만 전체적인 표현에 있어서는 비교적 우경적이었다.

2. 도쿄 타이완 예술연구회와 《포르모사》

《남음》이 1932년 발간되었을 때, 일군의 도쿄 타이완 유학생들도 타이완 예술연구회의 창립을 준비하고 있었다. 타이완 총독부가 편찬한 《타이완 경찰 연혁台灣警察沿革誌》에 따르면 도쿄에 거주하던 좌익 성향의 타이완 청년들인 린두이林兌, 왕바이위안王白淵, 우쿤황吳坤煌, 예추무葉秋木, 장원환 등은 타이완인 문화사(台灣人文化社,　台灣人文化サーク, 1931-1932)가 해산된 1932년 곧 바로 또 다른 문예 사단을 준비했다. 타이완인 문화사는 원래 일본 좌익문

▶《福爾摩沙》創刊號

화연맹에 소속된 분파였지만, 일경의 눈에는 불법 조직일 뿐이었다. 때문에 성원들은 합법적인 문화단체를 조직해야겠다는 생각을 하게 되었다. 동년 11월 말, 그들은 우융푸巫永福의 도쿄 거처에서 타이완 예술연구회의 창립을 협의했다. 조직 아래에는 연극부, 음악부, 문예부, 문화부의 4부를 두기로 했다. 1932년 3월20일 창립 대회를 거행하고 쑤웨이슝蘇維熊을 책임자로 추천했다. 대회는 '본회는 타이완 문학과 예술을 향상시키는 것을 목적으로 한다'라 천명하고 문예 간행물《포르모사》를 발행했다. 이 조직이 창립됨으로써 일본어로 글을 쓰던 좌익 작가들이 거점을 확보하

게 되었다. 그러나 타이완 예술연구회 역시 연합전선의 성격을 띠고 있었다. 성원 중 우융푸는 사회주의를 지지하지 않았다.

이 이전의 타이완인 문화사는 왕바이위안이 주도하고 우쿤황, 장원환이 결합하여 무산계급 예술 운동을 펼쳤다. 이 조직은 사회주의적 색깔은 무척 강했는데, 간행물《통신通訊》을 통해 그 일단을 엿볼 수 있다. "타이완의 독특한 문화 발전을 일본 제국주의자들은 제멋대로 유린했다. 우리가 향유하고 있는 문화는 결코 진정 우리가 생활 속에서 요구한 문화가 아니라 제국주의 하의 피압박 문화이며 노예의 문화일 뿐이다."

상술한 선명한 좌익적 입장과 비교해《포르모사》의 〈창간사創刊之辭〉는 완강한 표현속에서도 그 안에 많은 것들을 함축하고 있다. 이 잡지는 소극적으로는 민간 가요와 전설 등 향토예술을 정리하고, 적극적으로는 타이완 문예를 세워 타이완인의 사상과 감정을 표현하고자 했다. 창간사는 다음과 같이 그들의 주장을 펼쳤다.

> 우리는 '타이완인의 문예'를 새로이 창조하고자 하는 이들로 결코 편협한 정치·경제 사상에 종속되지 않는다. 미래를 내다보는 식견으로 광범위한 문제를 관찰하여 창작에 임하고 이로써 타이완인의 문화생활을 제창할 수 있기를 기대한다. 지리적으로 일본과 중국 사이에 끼어 있는 타이완인은 양국의 문화를 매개함으로써 동양문화의 진일보한 발전에 이바지해야 한다………

확실히, 그들은 애써 '제국주의', '자본주의'와 같은 단어들을 피했고 자신의 정치적 신념을 감췄다. 동시에 다양한 이념을 가진 작가들을 동인으로 받아들였다. 《포르모사》는 겨우 3기를 출간하는 데 그쳤지만, 이 잡지가 있었기에 타이완 일본어 창작 작가 2세대가 정식으로 등단할 수 있었다. 1933년 7월15일 제1기에서 1934년 6월15일 제3기까지《포르모사》는 견고한 진용의 신세대 작가들이 문학사에 등장했다는 증거였다. 소설 창작에 종사한 우융푸, 장원환, 우시성吳希聖, 평론을 썼던 류제劉捷, 우쿤황, 스쉐시施學習, 쑤웨이슝, 시 창작에 주력했던 왕바이위안, 왕덩산王登山, 웡나오翁鬧 등 주요 작가들은 이미 잡지에서 그들의 미래의 성취를 예고했었다. 뤼허뤄도 기고를 한 적이 있었지만, 공교롭게도 잡지가 때마침 정간되고 말았다. 그렇지 않았다면 그는 더 이른 시간에 문단에 이름을 올렸을 것이다.

《포르모사》는 타이완 민간 가요와 전설을 정리하려고 했지만 성과를 내기에는 발행 기간이 너무 짧았다. 쑤웨이슝의 〈타이완 가요에 관한 시론台灣歌謠に對する一試論〉만이 그 성과라 할 수 있는데, 그는 여기에서 라이허가 그들에게 보낸 격려를 특별히 인용했다. "민간 고사와 민요를 정리하는 일은 상당한 의미가 있는 작업이다. 일찍 착수하지 않는다면, 아마도 몇 년이 더 지난 후에는 나이가 든 이들은 사라지고 말 것이다. 조사해 보지는 않았지만 오늘날 평범한 아이들이 부르는 노래 대부분이 일본 동요가 아니던가? 어떻든지 진즉에 방법을 찾아보았어야 할 일이었다."[8] 이는 타이완 내의 지식인이든 바깥으로 나간 유학생이든 똑같은 고민을 하고 있었음을 설명해준다. 그들은 젊은 세대들이 일본 문화의 영향을 강하게 받고 있는 것을 목도하고 있었다. 그들은 타이완 문화와 문학의 창조에 대해 극도로 절박감을 가지고 있었던 것이다.

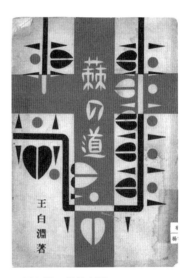

▶ 王白淵, 《荊棘之道》

때문에, 그들은 향토문학의 재건을 특히 중시했다. 모두 일어로 쓰였지만, 그들의 작품 스타일은 리얼리즘 미학寫實主義美學을 지향하고 있었다. 이러한 리얼리즘적 경향은 선명한 좌익적 색채를 띠고 있었다. 왕바이위안의 시, 류제와 우쿤황의 평론은 기본적으로 좌파의 입장에서 출발했다. 그러나 주의할 것은 《포르모사》 또한 당시 도쿄의 '문예부흥'운동의 영향을 받아, 창작 상의 예술적 요구가 과거에 비해 강해졌다는 것이다. 류제는 특히 《포르모사》 제2호에 〈1933년의 타이완 문예一九三三年の台灣文藝〉[9]를 발표해 1930년대 타이완 문예의 왕성한 발전이 바로 일본 문예의 다양한 주장 가운데 순문학에 대한 주장과 매우 밀접한 관계가 있다는 점을 지적했다. 이러한 순문학에 대한 요구가 좌익 작가 그룹의 《포르모사》에 수용되었다는 사실 자체가 이 사단이 연합전선의 성격을 띠고 있었다는 것을 말해 준다. 왕바이위안과 우융푸의 작품은 이러한 관점을 증명한다.

▶ 巫永福(《文訊》 제공)

왕바이위안(1902-1965)은 장화彰化 얼수이二水 사람이다. 청년 때부터 사회운동에 참여해, 수차례 일본 경찰에 체포되어 투옥된 기록이 보인다. 1931년 일본에 있을 때, 시집 《가시길棘の道》[10]을 출판하여 일본 좌익문단의 호평을 받았다. 이 시집은 1930년대 타이완의 신시 전통의 비조였다. 그는 시인은 대중의 현실과 유리되어 존재할 수 없지만, 시의 운용에서는 예술적 요구로부터 벗어날 수도 없다는 것을 알고 있었다. 그의 전형적인 시관詩觀은 〈시인詩人〉 한 수에서 읽어 낼 수 있다. 마지막 4행에서 그는 다음과 같이 그려내고 있다.

　　　달은 비추이는 밤의 어둠을
　　　호올로 걸어간다.

시인은 수많은 이의 심사를
고독히 읊조린다.

이 작품은 대구식의 비유를
활용해 행이 서로를 비추는 효
과를 주고 있다. 빛을 발하는 시
는 고독한 달빛이 어둔 밤을 비
추는 것 같다. 빛을 발하는 시인
은 세상 사람들이 묻어 둔 마음
의 방을 밝힌다. 이것은 자못 리
얼리즘 정신을 갖추었으면서도
예술의 규율에도 들어맞는다.
《포르모사》에 발표한 〈행로난行
路難〉[11], 〈상하이上海를 읊다上
海を咏める〉[12], 〈사랑스런 K에게
愛しきKへ〉[13] 세 수는 스타일에
서《가시길》의 연장이었다. 이것

▶《先發部隊》

은 당시 도쿄의 문단 분위기, 즉 좌익 작가 역시도 순문학을 요구했던
경향과 일치하였는데, '문예부흥' 노선에서 일종의 공통된 현상이라고 할
수 있었다. 왕바이위안은 나중에 시 창작을 포기하고 일제 강점기부터
전후 초기까지 중요 미술 평론가로 활약했다.

우융푸(1913-2008)는 타이중台中 출신으로 17세에 이미 일본에 유학을
갔다. 그는《포르모사》에서 가장 어렸으며, 좌익적 색채가 가장 옅은 참
여자였다. 이 시기에 그는 〈머리와 몸首と體〉[14]과 〈흑룡黑龍〉[15] 등 소설
두 편, 시 세 수, 극본 한 편을 지었다. 가장 많은 논쟁을 불러일으킨 작품
은 〈머리와 몸〉이었다. 작중 인물은 현대적인 도시 생활에 매혹되어 일
본으로 유학을 꿈꾸지만, 가족들은 집으로 돌아와 봉건적인 결혼을 할

것을 종용한다. 이로 인해 그는 신체적으로 머리와 몸의 분열을 겪게 된다. 이 작품은 식민지 지식인이 겪는 가치 충돌을 반영하고 있다. 곧 현대와 전통 사이에 끼이고 식민지 문화와 피식민 사이에 얽혀 결국 분열되고 마는 상황을 잘 반영했던 것이다. 그의 소설은 일본 식민 체제를 직접적으로 비판하면서 지식인도 풍자해, 상당한 생동감을 보여주었다.

이 그룹에 소설 작가로 참여했던 장원환과 우시성은 이후의 문학적 상상의 큰 장을 개척했다. 그들의 중요성은 이후 다시 논할 것이다.

3. 타이완문예협회台灣文藝協會와 《선발 부대先發部隊》, 《제일선第一線》

《남음》은 중국어 간행물이고, 《포르모사》는 일본어 잡지였지만, 1934년 7월 타이완 문예협회가 출간한 《선발 부대》는 중국어와 일본어를 혼용한 문학 간행물이었다. 언어 혼란 현상이라는 측면에서 이는 식민지 작가들이 창작 시 마주했던 난점을 보여 준다. 타이완 문예협회는 궈추성, 황더스黃得時, 주뎬런朱點人, 왕스랑王詩琅, 황치루이黃啓瑞, 차이더인蔡德音, 쉬충얼徐瓊二, 랴오위원廖毓文 등의 작가들이 함께 만들었다. 이는 좌우익 작가들이 만든 또 다른 문학 연합전선이었다. 좌익 작가 궈추성, 왕스랑과 우익 작가 황더스, 차이더인은 사상적 스펙트럼에서 양 극에 위치한 이들이었지만 이것이 이 두 진영의 결합을 방해하지는 않았다. 그렇다면 무엇이 이들이 손을 잡도록 만든 것일까? 주요 원인은 그들이 타이완 사회의 출로가 이미 '벽에 부딪쳤다'고 인식하고 있었다는 데 있었다.

《선발 부대》는 1934년 7월15일에 발간되었지만 명칭이 민감하다 하여 곧바로 《제일선》으로 개명돼 1935년 1월6일 출간되었다. 이 잡지는 2기만 출판되었지만 주요 작가들은 이를 통해 세상에 모습을 드러낼 수 있었다. 그 중 가장 눈을 끄는 이는 중도좌파인 주뎬런과 무정부주의를 신봉한 왕스랑이었다. 타이완 문예협회는 뒤를 이은 타이완 문예연맹의 탄생을 촉발함으로써 타이완 문학사에서 이정표가 되었다. 문예협회의 창립 취지는 "타이완 문예에 대한 관심과 더불어 타이완 문예를 발전시키는 데 노력한다는 의지를 가지고 조직하였으며, 자유주의를 협회의 존재 정신으로 한다"였고, 추구 목표는 "타이완 문예의 건전한 발전을 도모한다"였다.

《선발 부대》의 권두언은 제저우(궈추성)의 〈타이완 신문학의 출로台灣新文學的出路〉였다. 그는 첫 단락에서부터 "타이완 신문학의 발전은 벽에 부딪쳤다. 어쩌면 벽에 부딪쳤을 뿐 아니라, 명백히 완성을 지나 퇴락의 지대로 접어들었고, 심지어 차차 삶에서 벗어나 자신의 무덤을 파는 지경에까지 이르렀을 수 있다"라고 현실을 인정하고 있다. 이와 같은 침통한 어조로 신문학 발전이 답보 상태에 놓였음을 말한 것은 곧 타이완 작가들이 서로 단결할 필요가 있음을 깨달았다는 것을 말해 주는 것이기도 하다. 마지막 단락에서 그는 타이완 작가들이 하루빨리 '앞길을 알 수 없는 발생기低迷的发生期'의 여파에서 벗어나 제2기로 도약해야 한다고 환기시키고 있다. 궈추성의 이 글은 언어 사용이 그렇게 정확하지는 않았지만, 고심의 흔적이 묻어 있었으니, 이러한 그의 기대는 신문학이 이미 맹아기를 벗어나 성숙기로 나아가는 전환점에 서 있음을 말해 주고 있다.

문학의 출로라는 주제가 균형을 이루도록 《선발 부대》에는 〈타이완 신문학 출로의 탐색台灣新文學出路的探究〉을 제목으로 특집란이 마련되어 황스후이, 저우딩산, 라이칭賴慶, 양서우위楊守愚, 주뎬런, 천쥔위陳君玉, 랴오위원, 궈추성 등의 기고문이 실렸는데, 이 진용만 하더라도 상당히 균형이 잡힌 것이었다. 기고자들이 모두 창작 기교를 중시해야 할 필요성을 의식하고 있다는 데서 이 특집란의 주요한 의의를 찾을 수 있다. 저우딩산은 〈여전한 엉망진창에서, 문단은 이후를 준비해야 한다還是烏煙瘴氣蒙蔽, 文壇當待此後〉에서 당시 문단에는 계급 문학, 연애 문학, 정치 문학 세 종의 문학이 이상한 붐을 이루고 있지만 "사람에게 감동을 주는 깊이 있는 작품은 드물다"고 말했다. 마찬가지로 주뎬런도 〈외면 묘사에 치우친 상황에서 주의해야 할 요점偏於外面的描寫, 應注意的要點〉에서 기교의 중요성을 강조했다. 그는 특히 "작품의 성공 여부는 주제, 제재, 묘사 3요소 가운데서 묘사의 수단이 어떠한가를 보아야 한다"고 말했다. 제목에서 말한 '외면 묘사'는 배경 묘사와 인물의 표면적 형상화를 가리키는 것으로 당시 타이완 작가들이 종종 심리 묘사를 생략하는 경향을 말한 것이었다. 왜 타이완 소설은 모두 딱딱하고 재미가 없는 것인가? 주뎬런은 대부분 작가들이 모두 외면적 묘사에만 치우쳐 있을 뿐 심리 상황, 즉 내면 묘사를 소홀히 한다고 말했다. 주뎬런의 관점에는 이미 분명하게 모더니즘의 정신이 담겨 있던 것이다.

  기교 이외에, 황스후이, 라이칭, 궈추성과 같은 이들은 거듭해서 작가들에게 문예대중화 노선으로 나아갈 것을 요구했다. 라이칭은 〈문예의 대중화는 어떻게 문예가의 삶을 보장할 수 있는가文藝的大衆化, 怎樣保障文藝家的生活〉를 써서 건실한 문예 기구가 없다면 대중 문예의 탄생은 이루어질 수 없다는 매우 실질적인 주장을 펼쳤다. 작가들이 자신을 돌볼 여유가 없으면서 어떻게 문학 대중을 계몽할 수 있는 능력을 갖출 수 있겠는가? 때문에 그는 "문예가를 규합해 가장 힘이 있는 단체를 조직하고 건실한 잡지를 창간하기만 한다면 대중에게 문예를 선전할 수 있다"고 말했다. 그의 제안은 이후 타이완 문예연맹을 준비하는 출발점이 되었다.

  주뎬런은 《선발 부대》와 《제일선》에 각각 소설 〈기념수紀念樹〉[16]와 〈매미蟬〉[17]를 발표해 당시 문단의 긍정적인 반응을 얻었다. 장선체張深切는 '추뉘楚女'라는 필명으로, 뒤에 발간된 《타이완 문예台灣文藝》에서 《선발 부대》의 모든 작품을 비평했다. 그는 모든 작가들을 혹독하게 비평하면서도 유독 주뎬런만은 긍정적으로 평가하면서 타이완 문단의 '기린아'라고 칭했다.[18] 주뎬런은 자신의 소설에 요구했던 것과 마찬가지로 문학작품의 창작 기교를 매우 중시했다. 그의 문체에는 이미 모더니즘적인 경향이 녹아 있어서, 외재적 각화와 내면의 탐색 양자에 모두 주의를 기울였다. 주뎬런의 등장은 타이완 소설의 발전이 이미 새로운 단계에 진입했음을 말해 주며, 이는 또한《선발 부대》의 성과를 증명해주는 것이기도 했다.

이러한 단계에 이르렀기 때문에, 작가의 문학적 예술성에 대한 요구가 큰 발전을 이룰 수 있었다. 황더스는《제일선》에〈소설의 인물묘사小說的人物描寫〉를 발표하여 내면세계를 각화하는 서사 기교에 대해 논했다. 그의 관점과 주덴런의 관점은 일치한다. 그는 작가는 객관 사물을 묘사하면서도 심리적 측면의 중요성을 간과해서는 안 된다고 보았다. 그는 내면 묘사 문제를 세 가지로 나누어 논했다. 곧 소설 인물의 정서, 사상, 성격을 반드시 함께 살펴야 한다는 것이 그의 주장이었다. 이러한 관점은 분명 심리학의 영향을 받은 것으로서, 타이완 문학이 모더니즘을 향해서 발전하는 단계로 들어섰다는 징후였다. 구체적으로 말해 1930년대 문학 창작은 비록 좌익적인 색채를 띠고 있었지만, 모더니즘 사조 또한 동시에 흡수하고 있었던 것이다. 이로 인해 문학작품은 리얼리즘적 비판과 함께 모던한 예술성도 갖추게 되었다.

《선발 부대》와《제일선》은 두 기만 발간되었지만, 당시 작가들에게 신문학의 출로를 찾으려는 의지가 강하게 퍼져 있었다는 것을 보여주었다. 그들은 대중문학과 민간 문학을 제창했고, 시대 전체에 정신 해방을 추구하는 분위기를 조성하려 했다. 왕진장(王錦江, 왕스랑)은《제일선》의〈체호프와 그의 작품柴霍甫與其作品〉에서 비평을 소개하고 이와 함께 이론적 기초를 제시했다. 이 글은 상당한 완성도를 갖춘 평론문이었다. 체호프의 소설 정신은 강렬한 리얼리즘적 경향을 띠고 있었는데, 왕진장은 그의 작품을 통해 자신의 문학관을 드러냈던 것이다. "문학은 일면 시대를 비추는 거울이다. 작가의 문학을 연구하려면, 그 작가를 길러 낸 시대, 즉 그 사회의 정치, 경제, 사조, 문화 등의 제 현상을 먼저 탐색하여야 한다. 그렇게 해야지만 이를 분명하게 이해할 수 있다." 작품과 사회를 함께 관찰하는 태도가 곧 리얼리즘의 바탕이다. 이러한 심미관은 타이완 문예협회의 문학 정신이면서, 1930년대 전체 타이완 문학의 주류 정신이었다.

타이완문예연맹의 성립과 그 의의

《남음》의 발간에서 《제일선》의 정간에 이르기까지 일련의 과정은 타이완 작가들이 연합전선을 구축하려는 시도였다. 이렇게 작은 규모의 연합이 없었다면, 더 큰 조직의 출현은 불가능했다. 타이중의 남음사, 도쿄의 타이완 예술연구회, 타이베이台北의 타이완문예협회는 사실상 모두 이후 타이완 문예가들 전체가 이룬 대규모 동맹의 토대였다. 라이밍훙賴明弘의 〈타이완문예연맹의 창립에 얽힌 기억의 편린台灣文藝聯盟創立的短片回憶〉[19]에 따르면, 당시 그와 장선체, 린웨펑林越峰, 양서우위 등은 늘 타이완 문학을 어떻게 건설할 것인가하는 문제를 토론했고 결국은 강력한 문학단체의 건설을 준비하여 문학운동에까지 나아가자는 주장을 했다. 이러한 구상이 어느 정도 무르익었을 때, 라이밍훙은 타이완 전국을 돌아다니며 각지의 문인들과 연락했다. 대략 3개월의 시간이 흐른 후, 그와 장선체는 타이중에서 초대장을 발송했다.

1934년 5월6일 80여 명의 작가들이 타이완 각지에서 타이중으로 모여들었다. 이는 타이완 문학사의 일대 사건이었다. 이처럼 다수의 작가들이 동시에 한 곳에 모일 수 있을 것이라고는 아무도 생각하지 못했다. 참여자 명단에서 최초 참가자 중 비교적 지명도가 있는 작가들은 다음과 같다.

북부	중부	남부
황춘칭黃純青	라이허	차이추둥蔡秋洞
황더스	황빙푸黃病夫	궈수이탄郭水潭
구추성	천쉬구	우신룽吳新榮
린커푸林克夫	좡밍당莊明鐺	황스후이
랴오위원	양쑹마오楊松茂	셰싱러우謝星樓

북부	중부	남부
주뎬런	린판룽林攀龍	쉬위수徐玉書
우이성吳逸生	저우딩산	셰완안謝萬安
셰롄칭謝廉清	우칭탕吳慶堂	장룽쭝張榮宗
류제劉捷	린유춘林幼春	양쿠이
왕스랑	쫭추이성	
쉬충얼	린원텅林文騰	
천징보陳鏡波	라이칭賴慶	
우시성	라이밍훙	
장웨이셴張維賢	린웨핑	
린후이쿤林(輝)焜	장선체	
리춘린李春霖	허지비何集璧(壁)	
천췬위	린쑹수이林松水	
황치루이		
훙야오쉰洪耀勳		
천쓰원陳泗文		
장츠진江賜金		
추겅광邱耿光		
양윈핑楊雲萍		
리셴장李獻章		

제1회 타이완 전국문예대회第一回台灣全島文藝大會의 대회장은 타이중 시후 커피점西湖咖啡館 2층이었다. 회장에는 "만장 광망은 문인의 향기를 전하고, 당을 채운 자제들에게서 군자를 보았도다萬丈光芒喜為斯文吐氣, 一堂裾屐看大雅扶倫", "유행의 전위가 될지언정 시대의 낙오자는 되지 말자甯作潮流衝鋒隊, 莫為時代落伍軍", "언론자유를 수호하자擁護言論自由", "문예대회를 지켜내자擁護文藝大會", "부패문학을 타도하자推翻腐敗文學", "문예대중화를 실현하자實現文藝大衆化"와 같은 표어들이 가득 걸렸는데, 이것들은 참여 작가들이 어떠한 정신을 가지고 참여했는지를 보여주었다. 대회에서는 기관지로 《타이완 문예》를 발간하기로 했으며, 연맹의 종지는 "타이완의 문예 동지들을 연대케 하여 상호친목을 도모함으로써 타이완

문예를 진흥한다"로 삼았다.

대회 주석 라이칭이 〈개회사〉에 밝혔듯, 연맹 결성의 날은 "타이완 전 민중이 고대하던 날이며, 타이완 문화사에서 가장 중요한 하루"였다. 이 와 같은 조직화의 결과, 타이완 문학의 생산력, 상상력, 창조력은 큰 발전 을 맞이하게 되었다. 대회는 '연극 제창안', '작품 장려안', '문예대중화안' 등과 같은 몇 가지 중요한 안건을 통과시켰다. 반면 '한시인 연계안漢詩人 聯絡案'과 '한자 발음 개정안漢文字音改讀案' 등은 부결시켰다. 부결된 두 안도 상당히 의미 있는 안건이었다. 대회는 옛 시파는 타도되어야 하기 에, 한시인漢詩人들과 연계할 필요는 없다고 판단한 것이었다. 한자 발음 개정안에 대해서 대회는 실현 불가능하다고 판단했다. 제1회 대회를 마 무리하며 허지비가 〈대회 선언大會宣言〉을 낭독했다. 이 중요한 문건의 첫 단락에는 연맹 성립의 근거가 상당히 잘 설명되어 있다.

> 1930년 이래, 전 세계를 강타한 공황은 나날이 심화되어 왔고, 그리하여 작금의 시대는 세계적으로 '비상한 시대'가 되고야 말았다. 보라! 전대 미문의 실업의 홍수가 밀려오고 있고, 대중의 생활은 곤궁의 심연 그 아래로 곤두박질치고 있다. 바로 세계 자본주의의 일각인 우리 타이완 또한 이미 그 막대한 파도를 온몸으로 맞고 있다. 모두 우리 타이완의 과거의 문화적 상황을 돌아본다면, 우리가 얼마나 멀리 낙오하고 있는 지를 명확히 알 수 있을 것이다.

이러한 말들은 자본주의의 위기가 타이완 사회에 조성한 충격을 보여 주는 것이었다. 작가들이 단결해야 한다고 각성한 까닭은 문화적으로 낙 후한 타이완을 구하겠다는 생각이었지, 다른 것은 아니었다. 이 목적을 이루기 위해 선언은 연맹 조직의 목적을 아래와 같이 전하고 있다

> 과거 대중의 깃발 아래 서고자 노력했던 우리는 이 대회를 좋은 계기로 삼아, 한 걸음 더 나아가, 작품을 민간에 소개할 것이다. 이를 위해 우리

는 전력을 다해 문예 잡지와 단행본을 출간하기로 결정한다. 이와 아울러 문예 강연회나 문예 좌담회를 개최하고[2], 극본을 무대에 올리기 위해 신극 운동에도 힘을 쏟기로 한다.

타이완 문예연맹은 정식으로 성립을 선포하고 위원 명단을 통과시켰다. 북부에는 황춘칭, 황더스, 린커푸, 랴오위원, 우이성, 자오리마趙櫪馬, 우시성, 쉬충얼 등이, 남부에는 궈수이탄, 차이추퉁 등이, 그리고 중부에는 라이칭, 라이밍훙, 라이허, 허지비, 장선체 등이 있었다. 라이허는 원래 위원장으로 추대되었으나 거듭 고사하여 결국 장선체가 선임되었다. 연맹은 성립 후 매우 빠른 속도로 각지에 지부를 확대하여 자이嘉義 지부, 자리 지부, 푸리埔里 지부, 도쿄 지부를 두었다. 1934년 11월 《타이완 문예》창간호가 정식으로 발간되면서 신문학의 기원이 열리게 되었다.

창간호의 내용을 보면, 타이완 문학이 이미 성숙했음을 알 수 있었다. 잡지는 중문과 일문 둘로 나누어 시, 수필, 평론, 소설 등을 포괄했고, 작가로는 장선체, 저우딩산, 황더스, 양화, 주뎬런, 린웨펑, 우융푸, 류제, 우톈상吳天賞이 참여하여 상당이 정제된 진용을 갖추었다. 이에 앞서 각 단체 참여자 중 최상의 인사들을 선별하여,

▶《赤道報》(舊香居 제공)

---

2) 《台灣新文學史》에는 丟開(손을 떼다)로 되어 있지만, 去開(개최해 보다)의 오기라 수정했다.

그들의 작품을《타이완 문예》에 동시에 게재했다. 예를 들어 양쿠이는 일본어 평론〈타이완 문단 1934년의 회고台灣文壇一九三四年の回顧〉[20]에서 "뒤돌아보면, 평론계, 창작계 및 관련 문학 활동 조직화의 문제에서 이해 유례없는 활동이 이루어졌다.《오인보伍人報》,《홍수보洪水報》,《적도보赤道報》,《남음》,《타이완 문학台灣文學》(작자에 따르면《포르모사》를 가리킨다)을 우리 활동의 탐색전偵察戰이라고 한다면, 올해 우리 활동은 전초전이라고 할 수 있으니, 가히 본격화(성숙화)라 칭할 수 있겠다"라고 말했다. 탐색전과 전초전으로 1930년대 문학 활동의 전후반을 구분한 것은 진정 신의 한 수라고 할 수 있다.

타이완 문예연맹이 흡수한 작가군이 방대했기 때문에 이들 각자의 정치적 신념은 당연히 복잡했다. 때문에 성립 후 점차 두 노선으로 갈라지기 시작했는데, 하나는 양쿠이가 주도하는 사회주의 노선이고 다른 하나는 장선체가 중심이 된 타이완 풍토 노선이다. 그들이 단결한 최초 동기는 원래 자본주의의 위기가 초래한 문화적 위협에 대한 저항이었다. 그러나 이렇게 결성된 문학 단체가 연합전선의 성격을 띠고 있는 이상 각작가들의 발언은 다원적일 수밖에 없었다. 양쿠이와 장선체의 의견 차이는 아마도 문학관의 상호 차이에서 비롯된 것으로 보아야 할 것이다.

《타이완 문예》2권2호(1935.2)에서, 양쿠이는〈예술은 대중의 것이다藝術は大衆のものである〉를 발표하여 객관적 묘사에만 빠져 있는 자연주의에 극도의 경멸감을 드러냈다. 그는 타이완 문학이 가야 하는 길이 리얼리즘이라고 생각했다. 그는 특히 진보적인 문학은 곧 능동적이며 적극적인 작품으로서 이것이 바로 리얼리즘이라고 했다. 그는 "프로문학은 역사적 사명에서 본다면 노동자, 농민, 소시민을 독자로 한다. 물론 글을 씀에 있어 무게를 노동자와 농민의 생활에 두어야 하겠지만, 결코 특정한 요구에 얽매여서는 안 된다. 노동자의 입장에서 그리고 노동자의 세계관에서 지식인 자산계급과 부르주아 등, 적들과 그들의 동반자들의 생활로 서사를 확대해야 한다"라고 주장했다. 양쿠이의 미학이 확연히 계급적이라는

것은 의심의 여지가 없다. 그는 또 이렇게도 말했다. "현재 우리 타이완 문단은 중국 문단보다 일본 문단과의 관계가 더 밀접하다. 우리 타이완 문단을 이해하고자 한다면 먼저 일본 문단을 이해하지 않으면 안 된다. 우리의 여정을 확정하기 위해서는 일본 문단의 동향을 주시하지 않으면 안 된다. 물론 일본 문단에 주의하는 것이 일본 문단에 아부해야 한다는 뜻은 아니다. 일본 문단에서 창작은 점차 직업화 되어, 수많은 비문학적 요소가 거칠게 드러나기도 한다. 우리의 창작은 아직 상업화되지는 않았다. 우리가 우리의 마음을 관철하기만 한다면, 우리의 창작 활동의 기초가 현재라는 것은 더욱 굳건해질 것이다."

양쿠이는 일본 문단을 관찰한 결과를 가지고 타이완 작가들에게 문학적 입장을 확실히 할 것을 요구했던 것이다. 그가 말한 입장은 당연히 농민과 노동자의 생활에서 출발하는 것을 말한다. 이처럼 노골적인 사회주의적 색채를 연맹 기관지에 드러낸 것은 그렇게 뜬금없는 일이 아니었다. 그러나 양쿠이의 글이 발표된 해당호의 《타이완 문예》에서 장선체는 〈타이완 신문학 노선에의 일 제안對台灣新文學路線的一提案〉[21]을 게재했는데, 그의 관점과 입장은 양쿠이의 글과는 확연한 대비를 이루고 있다.

장선체의 이 논문은 우시성의 〈돼지豚〉(《포르모사》3호), 양쿠이의 〈신문배달부新聞配達夫〉3)(현재는 〈送報伕〉), 뤼허뤄의 〈소달구지牛車〉 등 소설 세 편을 다루고 있다. 이 작품들은 모두 도쿄에서 주목을 받았고 수상까지 한 작품들이다. 그는 이러한 작품들이 타이완 문학의 새로운 현상이며, 나아가 영향력 있는 세력이 되었다고 생각했다. 그러나 이것이 타이완 작가들이 걸어가야 할 새로운 노선인 것인가? 이 세 편의 소설은 모두 양쿠이의 미학적 요구에 부합하여 노동자와 농민의 생활을 묘사했기에, 계급적 입장이 매우 선명한 작품이었다. '문학에 소위 도덕이 있다고

---

3) 이 작품의 한글판은 송승석 옮김, 《식민주의, 저항에서 협력으로: 일제말 타이완 일본어 소설선》(도서출판 역락, 2006)을 참고하시오.

한다면, 작가는 인도적 입장에 서야 하는가, 계급적 입장에 서야 하는가?' 장선체는 이러한 문제를 지적했다. 그는 "인도주의는 일단 차치하자. 우리가 만약 의식적으로 무산계급의 문학만 편을 든다면, 계급문학은 결국 무산계급의 문학이 될 수 없을 것이다. 심지어는 아마도 반동적인 문학이 되고 말 것이다. 왜냐하면 계급문학이 오로지 순 계급적 도구가 된다면 천편일률이라는 결함에 쉽게 빠져들게 될 것이고, 오로지 개인의 도구가 된다면 허구적이고 황당무계한 이야기로 쉽게 빠져들 것이기 때문이다"라고 말했다. 그래서 장선체는 이와 같은 결론을 내리고 있다.

> 다시 말해, 타이완에는 타이완 고유의 특수한 기후, 풍토, 생산, 경제, 정치, 민정, 풍속, 역사 등이 있다. 우리가 이러한 것들을 깊이 있게, 과학적인 방법으로 연구하고 분석 - 그 생하는 바를 살피고, 그 이룬 바를 검토하며, 그 만들어지는 바를 이해하고, 그 능한 바를 안다 - 하고자 한다면, 사상을 정확하게 파악하고, 글로써 생생하게 적어야 하며, 선입견이 있는 사상에 속박되어서는 안 되고, 어떤 불순한 목적으로 한쪽으로 치우쳐서는 안 되며, 그저 '진과 실'을 관철하여 온 정신을 쏟아 붓고, '선과 악'을 심판하여 일에 매진해야 한다. 이렇게 했을 때 타이완 문학에는 자연히 노선의 차이가 사라지고 정확한 노선이 구축될 수 있을 것이다.

장선체의 태도는 곧 어떠한 계급적 입장도 강조할 필요가 없으며, 타이완의 풍토와 역사적 특성을 표현하기만 하면, 신문학의 노선은 저절로 드러날 수 있다는 것이다. 그 핵심은 양쿠이의 문학관은 계급적 입장에 치우쳐 있고, 장선체는 민족적 입장을 강조하는 것이라고 할 수 있다. 문학사에서 계급의식과 민족의식은 어떤 단계에서는 조화가 되지만 다른 단계에 이르러서는 충돌하기도 한다. 사실, 식민 체제 하에서 이러한 두 입장의 대립은 불필요하다. 양쿠이는 자본주의의 위기가 타이완 사회에 불황을 야기한 것을 목도하면서 자연히 농민, 노동자와 같이 가장 압박받는 이들을 연상한 것이다. 만약 자본가들이 모두 일본인이라면, 농민과 노동자의 입장에서 자본주의를 비판하는 것은 민족적 입장에도 부합하게 된다. 마찬가지로 장선체는 타이완의 정치경제적 조건을 문학적으로 반영하는 데도 탁월했다. 비록 민족적 입장에서 비롯된 요구이기는 했지만, 타이완 정치경제적 조건은 일본 자본주의 체제의 간섭을 받았기 때문에, 창작을 할 때는 자연히 계급적 입장도 드러났다.

양쿠이와 장선체는 입장은 다르지만 연합할 수 있었다. 그러나 양쿠이는 이후 〈행동주의 검토行動主義檢討〉(2권3호), 〈문예비평의 기준文學批評의 基準〉(2권4호)과 같은 문장에서 계급적 입장을 더욱 분명하게 드러냈다. 장선체는 〈타이완 신문학 노선에 대한 일 제안(속편)對台灣新文學路線的一提案(續篇)〉(2권4호)과 《《타이완 문예》의 사명《台灣文藝》的使命〉(2권5호)에서 작가는 타이완의 특성을 드러내야 한다는 주장을 거듭해서 펼쳤다. 양측의 주장이 직접적으로 부딪히지는 않았지만, 두 사람은 이데올로기적 측면에서는 일촉즉발의 상황이었다. 결국 둘은 원고 채택 문제를 두고 충돌하여 양쿠이가 연맹에서 탈퇴하고 별도로 타이완 신문학사台灣新文學社를 설립했으니, 이는 1935년 11월의 일이었다.

타이완 문예연맹의 성립은 많은 작가들을 길러냈다. 양쿠이, 왕스랑, 주뎬런, 장원환, 웡나오, 뤼허뤄, 우톈상의 걸출한 작품들은 모두 《타이완 문예》에 발표되었다. '염전지대'라는 말도 《타이완 문예》에서 처음 등장했다. 3권3호(1936.2.29)에서는 염전지대의 시 특집을 편성해 우신룽, 궈수이탄, 쩡샤오칭曾曉青, 칭양저青陽哲, 예샹룽葉向榮, 우더슈吳德修, 린징류林精鏐, 우쿤황 등의 작품을 동시에 발표했다. 이 시인 그룹은 연맹 자리지부에 소속되어 있었는데, 그들의 참여로 타이완 문학은 내용적으로 더 풍부해졌다.

1935년 말 양쿠이가 주편한 《타이완 신문학台灣新文學》[22]이 발간되었을 때는 염전지대 시인들이 이미 동인 명단에 이름을 올린 뒤였다. 이 문학잡지는 좌익적 색채가 매우 선명했지만, 여전히 연합전선의 성격을 유지하고 있었다. 잡지의 동인에는 라이허, 양서우위, 황빙푸黃病夫, 우신룽, 궈수이탄, 왕덩산, 라이밍홍, 라이칭, 리전샹李禎祥, 후지와라 센사부로藤原泉三郎, 후지노 유지藤野雄士, 다카하시 마사오高橋正雄, 예룽중, 다나카 야스오田中保男, 양쿠이, 천루이룽陳瑞榮이 있었는데, 그 가운데 예룽중과 천루이룽은 모두 우익작가였다. 《타이완 신문학》과 일본 좌익 잡지 《문학평론文學評論》[23]은 매우 밀접한 관계를 유지했다. 양쿠이는 이 노선을 《타이완 문예》의 글에서 일찍부터 예고했었다.

라이밍홍의 기억에 따르면 "문예연맹 성립 후 오래지 않아, 양쿠이 선생 등 소수의 사람들이 조직의 확대를 제안한다는 구실로 다른 목소리를 높여서 거의 분열까지 갔다. 그러나 전 타이완의 문학 동지들은 단결과 조직 공고화의 필요에 깊이 공감하고 있었기 때문에 모두 편견을 버리고 이 문제에 주의를 기울이지 않았다. 그래서 연맹은 분열되지 않고 계속해서 유지될 수 있었다."[24] 라이밍홍은 양쿠이의 진영에 참여했으면서도 계속해서 연맹에 남아 있었다. 라이허도 마찬가지로 《타이완 문예》에 원고를 보냈다. 이 두 사단은 모두 1937년까지 유지되었다. 루거차오사건盧溝橋事變이 발발했을 때, 《타이완 문예》와 《타이완 신문학》은 동시에 폐간되었다.

저자 주석

[1] 《南音》創刊號, (1932.1.1.).

[2] 《南音》創刊號, 1권2호, 3호, (1932.1.1., 1.15., 2.1.).

[3] 앞의 주.

[4] 負人, 〈台灣話文雜駁〉, 《南音》創刊號, 1권2-4호, (1932.1.1., 1.15., 2.1., 2.20.)

[5] 奇(葉榮鐘), 〈卷頭語—'第三文學'提倡〉, 《南音》 1권8호, (1932.5.25.)

[6] 奇(葉榮鐘), 〈卷頭語—再論'第三文學'〉, 《南音》 1권9호, 10호 합본, (1932. 7.25.)

[7] 賴和, 〈惹事〉, 《南音》 1권2호, 6호, 9호, 10호 합본, (1932.1.15., 4.2., 7.25.)

[8] 蘇維熊, 〈台灣歌謠に對する 一試論〉, 《福爾摩沙》 創刊號, (1933.7.15.).

[9] 劉捷, 〈一九三三年の台灣文藝〉, 《福爾摩沙》 2호, (1933.12.30.).

[10] 王白淵,《棘の道》, (盛岡市: 久保庄書店, 1931)

[11] 王白淵,〈行路難〉,《福爾摩沙》創刊號, (1933.7.15.).

[12] 王白淵,〈上海を咏める〉,《福爾摩沙》2호, (1933.12.30.).

[13] 王白淵,〈愛しきKへ〉,《福爾摩沙》3호, (1934.6.15.).

[14] 巫永福,〈首と體〉,《福爾摩沙》創刊號, (1933.7.15.).

[15] 巫永福,〈黑龍〉,《福爾摩沙》3호, (1934.6.15.).

[16] 朱點人,〈紀念樹〉,《先發部隊》創刊號, (1934.7.15.)

[17] 朱點人,〈蟬〉,《第一線》創刊號, (1935.1.6.)

[18] 楚女,〈評先發部隊〉,《台灣文藝》創刊號, (1934.11.5.)

[19] 賴明弘,〈台灣文藝聯盟創立的短片回憶〉,《台北文物》3권3기, (1954.12.10.)

[20] 《台灣文藝》2권1호, (1934.12.18.)

[21] 張深切,〈對台灣新文學路線的一提案〉,《台灣文藝》2권2호, (1935.2.29.)

[22] 1935년 楊逵와 葉陶는 台中에서 '台灣新文學社'를 설립하고 잡지《台灣新文學》
을 창간했다. 그들은 "타이완의 작가와 독자를 위해 우리는 타이완의 현실을
충분히 반영하는 문학 기관의 필요를 절감했다"라고 강조하면서 그 내용으로는
사회주의 선언과 실천을 중시하고 일본, 조선의 좌익작가 및 중국의 魯迅, 러시아의
고골Maxim Gorky 등의 작품과 사상을 소개하여 좌익적 시야의 국제화를 이루려고
했다.

[23] 당시 일본 도쿄의 주요 문학잡지로서 呂赫若의 〈牛車〉와 楊逵의 〈送報伕〉가
모두 여기에 게재되었다.

[24] 賴明弘,〈台灣文藝聯盟創立的斷片回憶〉

제6장

타이완 리얼리즘문학과 비판정신의 대두*

1930년대 타이완 작가들은 서로 격려하는 분위기였다. 그래서 당시 문단은 문예부흥이라 불릴 정도로 성황을 이루었다. 작가들은 참여한 문학단체에서 저마다의 걸작을 발표했고, 일본 작가들과 겨뤄보겠다는 뜻을 품고 도쿄의 공모전에 적극적으로 뛰어들었다. 작가의 수가 대폭 증가했으며 이에 따라 작품의 질도 향상되었다. 갖가지 문학 스타일이 동시에 발전하면서, 도시문학, 농민문학, 좌익문학, 신감각파문학 등이 모두 이 시기 앞다퉈 세상에 모습을 드러냈다. 문학 내용적으로 묘사한 대상이 무엇이든 간에 리얼리즘은 거의 1930년대 문단의 주류라고 일컬을 만했다. 리얼리즘문학의 대두는 자연히 타이완 작가들의 비판 정신을 자극했다.

농민문학은 작가들이 향촌으로 내려가 농민을 관찰하고 벼려 낸 것이었다. 그들은 자본주의가 지속적으로 농촌으로 발을 뻗어, 근대화 개조라는 가면을 쓰고 일본 자본가의 비인간적인 농민 수탈을 은폐하고 있음을 증언했다. 근대화는 결코 타이완 농민의 삶을 개선하지 못하고 도리어 그들을 빈사에까지 이르게 했다. 양쿠이楊逵, 양화楊華, 양서우위楊守愚, 장칭탕張慶堂, 뤼허뤄呂赫若 등의 소설은 타이완 농민의 운명의 실상을 가장 잘 담아냈다. 그들은 이념에 있어서는 기본적으로 좌익이었으며, 동시에 약자의 입장에 서서 식민 체제에 강력한 비판을 가했다.

---

* 이 장은 이현복이 번역했다.

도시문학의 탄생은 의심할 여지없이 자본주의 고도 발전의 산물이었다. 식민지 사회에서 도시에는 진보된 문명의 의미가 함축되어 있는 듯 보인다. 왜냐하면 도시는 가장 명확하게 근대화가 이루어진 곳으로서, 사람들의 생활도 규율화 되고 시스템화 된 제도 속에서 조직되기 때문이며, 도시 자체가 과학기술 문화의 확대의 산물이기 때문이다. 그러나 도시는 식민지배자들이 권력을 장악한 곳이자 자본가들이 모여 있는 중심이기도 했다. 타이완 지식인들이 가장 활약한 곳도 이곳이었다. 그들은 대부분 도시를 사상 전파의 공간으로 선택했다. 왕스랑王詩琅과 주뎬런朱點人의 소설은 도시문학의 전형을 보여주었다. 그들의 작품에서는 식민지 도시에서 타이완 인의 생활이 어떻게 배제되고 주변화 되는지를 엿볼 수 있다.

▶ 楊逵(楊建 제공)

도시에서는 어렴풋하게나마 모더니즘 사조도 약동했다. 모더니즘은 도쿄東京와 상하이上海에서는 두루뭉술하게 '신감각파'라고 불렸지만, 사실 서구 자본주의 체제에서 배태된 예술 미학이었다. 이 미학은 무미건조한 도시 생활에 대한 일종의 중산계급의 심리적 반응이었다. 타이완 작가들은 도쿄에서 유학 생활을 한 후 적게든 많게든 모더니즘에 젖어들었고, 문학 작품에서 내면의 오묘한 감각과 모순적이고 충돌하는 정서를 나타냈다. 우융푸巫永福와 웡나오翁鬧의 소설은 신감각파로 분류할 수 있다. 시 창작에서는 타이난台南의 풍차시사風車詩社가 중심이 되어 타이완 모더니즘 시의 첫 번째 깃발을 들어올렸다.

타이완의 신시 전통은 주로 리얼리즘적 비판 노선에 따라 발전해 왔다. 라이허賴和, 왕바이위안王白淵 이래 염전지대 문학그룹의 형성까지 모두 좌익적 비판 정신을 담고 있었다. 때문에 풍차시사의 출현은 타이완 시인의 상상 공간이 다원화되었음을 증명하는 것이기도 했으며, 자본주의 확대를 구체적으로 반영하는 것이기도 했다. 만약 리얼리즘을 일종의 적극적인 비판으로 읽는다면 모더니즘은 소극적인 저항으로 읽을 수 있다. 이 두 미학은 서구의 산업 사회에서는 하나가 일어나면 하나가 사라지는, 상호표리를 이루는 예술 노선이었다. 그러나 식민지 타이완에서 모더니즘은 저류에 숨어 있었다. 진정한 문학 주류는 여전히 좌익작가가 견지한 리얼리즘 노선이었다.

양쿠이와 1930년대의 좌익작가

양쿠이(1905-1985)는 본명 양구이楊貴로, 타이난 신화台南新化 사람이었다. 유년기에는 타파니噍吧哖를 진압한 일본군이 집 앞을 지나가는 것을 바로 눈앞에서 보았다. 성장 후에는 일본 정부에서 편찬한 《타이완 비적지台灣匪誌》를 읽고 나서 항일 영웅들이 어떻게 통치자에 의해 반도로 묘사되는지를 깨달았다. 이러한 지식 상의 깨우침啓蒙은 이후 저항의식으로 승화되었다. 1924년부터 도쿄 니혼대학日本大學 전문부專門部에서 문학예술을 전공하면서 사회주의 사상을 접하고 세계문학의 명저들을 폭넓게 읽어 나갔다.

▶ 楊逵, 《送報伕》(舊香居 제공)

걸출한 문학가로서의 기초는 아마도 이 시기에 다져진 듯하다. 1927년 타이완 귀국 즉시 농민운동에 뛰어들어 농민의 조직과 교육에 힘썼다. 1929년에 운동 진영 내부에 분열이 일어나 조직을 나왔다. 이 시기 라이허와 교유하게 되면서 이후의 문학가로서의 길이 열렸다.

일본어 소설 〈신문배달부新聞配達夫〉[1](〈送報伕〉)는 양쿠이의 출세작이다. 《타이완 신민보台灣新民報》(1932.5)에 처음 게재되었는데, 전반부만 실렸고, 후반부는 출판이 금지되었다. 그러나 그는 〈신문배달부〉를 발표하기 전인 1927년에 이미 일본의 '호외' 간행물에 〈자유노동자의 생활 단면自由勞働者の生活斷面—どうすれあ餓死しねんだ?〉을 실어 무산계급의 사회적 위치를 철저하게 파헤쳤다. 〈신문배달부〉는 이러한 사고의 연장선으로서, 일본 자본가의 노동자 착취는 국적을 불문한다는 사실을 폭로하고 있다. 일본 노동자라 하더라도 차별대우를 받는다는 점에서는 다를 바 없었던 것이다.

양쿠이 문학의 시야와 구조가 특히 주목받는 이유는 그가 타이완 사회의 피지배 관계를 전체 국제 자본주의의 확장과 연결시킬 수 있었기 때문이다. 일제 강점기 타이완 작가 가운데서 그는 사회주의 사상이 가장 성숙한 작가였다. 그는 과감하게 계급 문제를 폭로했고, 농민과 노동자의 투쟁 전략을 제창했다. 또한 과감하게 마르크스·레닌의 사상을 인용했고, 타이완과 일본의 무산계급 사이의 단결을 주장했다. 그러나 그는 교조주의자는 아니었다. 소설 창작에 있어서 그는 예술적 운용을 중시했다. 〈신문배달부〉가 1934년 일본 《문학평론文學評論》 공모전에서 2등을 수상한 것도(1등은 미선정되었다), 이 소설이 예술적 요구와 사상적 입장을 모두 만족시켰기 때문이었다. 양쿠이는 최초로 일본 중앙 문단으로 진군해 간 타이완 작가였다. 그의 문학적 성취는 식민지 작가가 이미 일본 작가와 겨룰 수 있을 정도에 도달했다는 것을 증명하는 것이자, 이 시기 타이완 작가들에게 일본어로 사고하는 것은 습관이 되었으며 그 사고는 상당히 성숙했다는 것을 보여주는 것이었다. 양쿠이는 결국 타이완 문단과 일본 좌익 문학 진영이 상호 교류할 수 있는 통로가 되었다.

양쿠이의 소설에서 일본 식민지배자 / 자본가와 타이완 식민지의 피지배자 / 노농계급 사이의 이원 대립은 매우 선명하게 드러난다. 그는 리얼리즘 정신에서 영향 받아 반동 인물을 각화하는 데 상당한 공을 들였다. 그의 소설에서 식민지배자, 자본가, 지주, 제국주의자들은 부정적인 모습으로 등장하는데, 이는 그의 내면의 적대감과 경멸감을 보여준다. 이와 같은 정사正邪와 선악의 분명한 구별은 좌익 문학의 변증법적 사고에 하나의 모범을 제시해 주었다. 그가 이후 창작한 〈난산難産〉[2], 〈물소水牛〉[3], 〈전원 풍경田園小景〉[4], 〈의사 없는 마을無醫村〉[5], 〈거위 엄마 시집가다鵝媽媽出嫁〉[6], 〈싹트다萌芽〉[7] 등은 거의 모두가 식민지 사회를 살아가는 서민의 삶의 소묘였다. 그 가운데 1943년 태평양전쟁 기간 중 완성된 〈싹트다〉는 양쿠이의 비판정신을 전형적으로 보여주고 있다. 〈싹트다〉는 문학과 정치 두 방면에서 공히 상당한 역사적 의의를 갖고 있다. 문학적 측면에서, 이 작품은 서간체 작품이고, 여성이 주인공이다. 이러한 독백체는 라이허의 〈어느 동지의 편지一個同志的批信〉에서 처음 볼 수 있었지만, 일제 강점기에 여성의 목소리로 이야기를 서술하는 작품을 보기란 여간 어려운 것이 아니었다. 정치적으로 보았을 때, 〈싹트다〉는 황민화 운동이 극에 달했던 때에 발표되었기 때문에 저항 의식이 선명하게 드러났다. 작품에서 여성은 옥중 남편에게 편지를 보낸다. "타이완 문학계는 요즘 타락하고 말았지 뭐예요. 많은 사람들이 정말로 일본 침략주의 깃발을 앞에다 내건답니다." 그의 소설은 일본 군국주의를 성토하면서 동시에 타이완 지식인들도 비판한 것이다. 그는 굳센 어조로 동시대에 대한 경멸을 담아냈다. 1944년 동명 소설집 〈싹트다萌芽ゆる〉가 인쇄되는 도중 인쇄 금지를 당했는데, 당시로서는 놀랄 만한 일은 아니었다. 1930년대 좌익문학 전통에서 양쿠이는 시종 낙관적이고, 적극적이고, 명랑한 스타일을 유지했다. 그는 비판정신도 강했지만, 동시에 인도주의적 정신으로도 가득 차 있었다. 만년에 자신을 "인도주의적 사회주의자"로 비유했었는데, 이는 그의 이러한 스타일을 보여주는 일례라고 할 수 있다.

양쿠이는 1934년 타이완 문예연맹에 참여했다가 문학 이념의 문제로 지도부였던 장선체와 갈등을 빚은 끝에 1935년에 탈퇴했다. 그와 다른 좌익작가들은 타이완 신문학사台灣新文學社를 창립하고 《타이완 신문학台灣新文學》을 기관지로 발간했는데, 이는 사회주의 진영의 보루 같은 역할을 했다. 양쿠이는 이와 같이 저항의 의지를 꿋꿋이 지켜나갔기에, 1940년대 황민화 운동 시기에도 사람들이 따를 만한 족적을 남길 수 있었다. 그는 종전 후 1946년 일제 강점기 자신의 문학적 성취를 종합하는, 일본어 단편 소설집 《거위 엄마 시집가다鵞鳥の嫁入》를 발간했다. 그의 대표작들이 모두 여기에 수록되었다. 그의 스타일은 소박하고 친근하여 자신의 좌익 사상과 상응했다.

양쿠이와 같은 시기 작가 중 단편 소설을 가장 많이 쓴 사람은 아마도 양서우위일 것이다. 양서우위(1905-1959)는 본명 양쑹마오楊松茂로 장화彰化 사람이다. 춘라오村老, 서우허瘦鶴, 양洋, 샹翔, 야성丫生, 징샹쉬안 주인靜香軒主人과 같이 그는 무척 많은 필명을 갖고 있었다. 또한 그는 소학교 밖에 나오지 못했지만, 고전 한시의 수양이 무척 깊었다. 그는 라이허에게 발탁되어 《타이완 신민보》에 소설을 발표하기 시작했고, 뒤에는 라이허를 도와 같은 매체의 학예란을 편집했다. 그는 창작욕이 왕성했던 데다가 중국 백화로 소설을 쓸 수 있어서 30년대 중요 작가 중 하나가 될 수 있었다. 그는 1926년 무정부주의자들의 "타이완 아나키스트 청년 동맹台灣黑色青年同盟"에 가입하여 고발당하기도 했다. 그의 문학관에 보이는 공허하고 허무한 느낌은 아마도 이와 관련 있는 듯하다.

양서우위는 만년의 추억록에서 1930년의 소설을 "자연주의"로 개괄했다. 그의 다른 작품과 비교해 보면, 이러한 주장이 거짓이 아니라는 것을 알 수 있을 것이다. 소위 자연주의라 함은 사회생활의 진실한 모습을 직접적으로 드러내는 것을 말한다. 사진기와 마찬가지로 작가가 관찰한 현실을 객관적인 문자로 묘사해 내는 것이다. 이 사조는 리얼리즘처럼 전투성으로 가득 차 있지는 않고, 반대로 무력한 비애와 끝없는 암담함을 보여 준다. 그러나 자연주의는 소극적인 의미도 갖고 있지만, 그 작품을 식민 사회에 놓고 보면, 고도의 비판 의식 역시 여전히 갖고 있다.

형상 묘사에 능했던 양서우위는 펜 끝에서 농민, 노동자, 프티부르주아 지식인과 여성을 그려냈다. 그는 기본적으로 계급적 관점에서 이러한 인물들을 형상화했다. 작품에서 그들은 어두운 사회에서 출로를 찾지 못했다. 특히 1930년대 자본주의의 위기가 나날이 심화되는 상황에서 계급 문제는 합리적인 해결책을 찾기가 무척 어려웠다. 실업의 파도가 사회 구석구석에서 넘실거리고 있었다. 1931년 작 〈일군의 실업자一群失業的人〉[8]에서 1935년 작 〈적토와 선혈赤土與鮮血〉[9]까지 우리는 그의 작품을 통해 자본가에게 희생되는 노동자의 운명을 목도할 수 있고, 불황 하에서 땅도 잃고, 가족들도 잃게 된 농민들도 볼 수 있다. 단편소설 〈취하다醉〉[10], 〈지조 인상加租〉[11], 〈정월 대보름元宵〉[12], 〈단수 이후斷水之後〉[13], 〈물길을 바꾸다移溪〉[14] 등은 모두 농민의 추락과 붕괴를 집중적으로 다루었다. 그는 이러한 풍경들을 병치함으로써 우리에게 자본주의 사회의 거대한 유랑도流浪圖를 보여준 것이었다. 타이완 인민이 자신들의 땅에서 보내야 했던 유랑의 세월은 일본의 고압적인 정책의 잔혹함을 마침맞게 보여 주었다. 양서우위는 이러한 떠돌이 의식을 여성에게까지 확장시켰다. 1930년대 타이완 작가는 성차별이 아닌 계급차별의 관점에서 여성에 관심을 보였다. 여성 인물은 〈생명의 가치生命的價值〉[15], 〈여자 거지女丐〉[16], 〈탈출 전야出走的前一夜〉, 〈누가 그녀를 해했는가誰害了她〉[17], 〈미친 여자瘋女〉[18], 〈원앙鴛鴦〉[19], 〈어느 저녁一個晚上〉[20]과 같은 다수의 작품에 출현한다. 여성은 부권父權의 억압을 받았는데, 이러한 부권의 억압은 봉건 문화의 유산, 즉 지주로부터 받은 것이면서, 또 한편으로는 근대 자본주의 사회의 착취, 예를 들어 자본가로부터 받은 것이었다. 농촌에서든 공장에서든 여성은 가정으로부터 전혀 보호받지 못했다. 양서우위의 소설로부터 우리는 당시 여성의 유랑은 그 정도를 논한다면 남성에 비할 수 없을 정도로 심각한 상태였다는 것을 알 수 있다. 비교적 밝은 분위기의 작품으로는 〈탈출 전야〉가 대표적이다. 작품 속 여성은 거래되듯이 이루어지는 결혼에 맞서 도주하려 한다. 가족과의 연까지 끊기로 결심한 이 여성이 떠나는 장면에서 소설은 끝을 맺는다. "빛나는 아침 햇살, 화창한 하늘, 발랄한 구름, 쾌활한 새들, 푸르른 나무들 …… 이 대자연의 장엄함과 화려함, 그리고 생동만이 끊임없이 그녀에게 삶의 희망의 빛을 던져 주고 있다. 그녀의 우수와 번민은 조금씩 씻겨 나가고, 대신 조금씩 편안함과 자유의 즐거움이 그녀의 마음으로 들어오고 있다."[21]

양서우위는 새로운 유형의 지식인에 대해서는 대체적으로 풍자적인 입장에서 조소를 보냈다. 작가였기 때문에 그 역시 지식인이 동요한다는 것을 알고 있었다. 그의 소설에서 표출되는 무력감을 독자들은 결코 놓칠 수 없었다. 그는 1931년 '벽에 부딪치다碰壁 시리즈' 네 편을 완성했다. 〈개학 첫날開學的頭一天〉[22], 〈이제 문학가의 삶을 맛봅시다!就試試文學家生活的味道吧〉[23], 〈꿈夢〉[24], 〈아, 원고료啊! 稿費〉[25]가 그 작품들인데, 현실감이 없는 개인 교사 겸 작가인 왕 선생王先生이 불황기에 마주친 예사롭지 않은 몽환을 집중적으로 그려냈다. 작품에서는 플롯 상 허구와 사실이 교차하고 시공이 도착되어 있어 동시기 다른 작가들의 상상과는 확연한 차이를 보이고 있다. 그는 '벽에 부딪친' 시대의 풍경을 그림으로써 1930년대의 감정을 상당히 능숙하게 담아냈고 지식인의 곤궁한 상황을 잘 보여주었다. 그러나 양서우위의 문장은 거칠고 투박했고, 작품 구조도 단순하고 천박했으며, 상상력이 부족했다. 때문에 소설이 줄 수 있는 감동의 힘은 크게 약화됐다.

리얼리즘 작가 중 주목해야 할 작가로는 차이추퉁蔡秋桐(1900-1948)도 언급할 만하다. 그는 윈린雲林현 위안창元長 사람으로, 처우둥愁洞, 추둥秋洞, 추쿼秋闊, 차이뤄예蔡落葉 등의 필명을 갖고 있었다. 그는 다른 작가들과 신분 상 차이가 있었다. 그는 보정保正1)이었다. 이 직위는 향장 정도이지만, 일본인의 권력 구조에서는 지배계급에 속한 인물이었다. 사회적 지위가 다르기 때문에 서민 생활을 바라보는 입장은 자연히 동시대 다른 작가들과 달랐다. 권력에 가까웠던 까닭에 그는 통치권의 아부 문화를 잘 알고있었다. 그는 1930년대 초에 완성한 〈보정 나리保正伯〉[26], 〈우승을 빼앗다奪錦標〉[27], 〈새로운 비애新興的悲哀〉[28]와 같은 작품에서 권세를 부리거나 권세에 아첨하는 지방 토호열신들을 매우 사실적으로 묘사했다. 그의 소설에서는 확실히 직접적인 비판과 적극적인 저항은 보이지 않는다. 그러나 그가 형상화한 상층 인물들은 사실 모두 반면교사로서 고도의 풍자와 조소의 대상이었다.

그의 35년 작 〈싱슝興兄〉[29]은 논쟁거리였다. 작품 내 싱슝은 선량한 농민이다. 그는 아들을 일본 유학을 보내는 데 전 재산을 쓰는 것도, 은행에 돈을 빌리는 것도 전혀 아까워하지 않았다. 그러나 아들은 학교를 마치고는 생각지도 않았던 일본 국적의 신부를 데리고 왔고, 한 술 더 떠 도시에 살집을 마련했다. 신구 두 세대는 결국 생활 방식과 문화적 동질감에서 서로 차이를 드러낸다. 싱슝은 이에 내심 큰 실망감을 느끼고 만다. 이와 같은 민족 정체성의 분열이라는 주제는 아마도 차이추퉁이 처음으로 소설에서 다루었다고 봐야 할 것이다. 이후 주뎬런과 룽잉쭝龍瑛宗은 각각 〈뛰어난 재능脫穎〉과 〈파파야 나무가 있는 마을パパイヤのある街〉에서 이 주제를 다시 다루었다.

리얼리즘문학은 1930년대 주류로서 농민과 노동자의 생활을 주로 다룬 작품이었고, 그 수는 헤아릴 수 없이 많았다. 그들의 운명이 관심을 받은 이유는 노농계급이 사회의 최하층에 처해 있었고, 경제적 불황과 위기가 가장 직접적으로, 가장 빠르게 그들의 생활에 영향을 미쳤기 때문이었다. 이러한 계급의 묘사를 통해 불합리한 전체 사회 제도의 현실을 분명하게 직시할 수 있었다. 작가들이 하층 계급의 생활을 묘사하는

---

1) 청조와 중화민국 초기 지방 관청에서 부역 부과 및 세금 징발을 맡았던 관원을 일컫는다. 保長이라고도 한다.

데 쉽게 기울어진 까닭은 이를 통해 일본 자본가의 학대와 타이완 무산
계급의 곤경을 동시에 폭로할 수 있었기 때문이었다. 양화의 〈한 노동자
의 죽음一個勞動者的死〉과 〈박명薄命〉은 일종의 자전적 서사이자 비극의
예언이었다. 그의 요절은 바로 그 자신의 운명과 전체 시대의 고민을 증
명한 것이었다. 이외 우시성吳希聖(1909-?)의 〈돼지豚〉, 라이셴잉賴賢穎의
〈도열병稻熱病〉, 린커푸林克夫의 〈아즈 이야기阿枝的故事〉 등도 농민과 노
동자 제재 작품으로서 주목할 만하다. 중국어로 창작했든 일본어로 창작
했든 그들의 작품에 공히 나타나는 현상은 타이완 어台語가 다수 스며들
어 있다는 것이다. 분명 이러한 문자적 표현 방식은 당시에 전개된 대중
문학 운동과 밀접한 관계가 있다. 다양한 언어의 병존은 식민지 문학의
혼용적인 성격을 다시 한 번 증명해 주었다. 그리고 이러한 성격은 타이
완 문학의 특수한 맛을 딱 맞게 전해주었다.

왕스랑, 주뎬런과 도시 문학의 발전

농민문학이 본격적인 발전의 길을 걷고 있던 1930년대 또 다른 발전이

▶ 王詩琅(《文訊》 제공)

이루어지고 있었으니, 그것
은 곧 도시 문학이었다. 소위
도시 문학이라고 하는 것이
꼭 모더니즘과 관계가 있을
필요는 없었다. 그러나 자본
주의가 타이완에서 지속적으
로 확장되면서 도시화는 막
을 수 없는 대세였다. 타이완
의 도시 문학은 대략 두 가지
로 나눌 수 있었다. 하나는
타이베이台北 시의 작가들이

묘사한 현대의 모습이고, 다른 하나는 일본 유학생이 담아 낸 도쿄東京의 도회 생활이었다. 전자는 왕스랑과 주뎬런이, 후자는 우융푸, 웡나오가 대표했다. 이러한 도시 문학은 또한 신시의 발전을 거꾸로 비추는 것이기도 했으니, 우리는 이를 통해 왕바이위안의 등장에서 풍차시사의 탄생까지 대략적으로 모더니즘의 분투의 흔적을 찾아 볼 수 있다.

왕스랑(1908-1984)은 타이베이 완화萬華 출신으로, 필명으로 왕진장王錦江, 왕이강王一剛 등을 썼다. 초기에는 무정부주의 운동에 심취해서 양서우위와 함께 타이완 아나키스트 청년 연맹의 성원으로 활동하기도 했다. 초기 작품은 《내일明日》, 《홍수보洪水報》, 《오인보伍人報》 등의 잡지에 실었는데, 이 잡지의 창간인들은 모두 무정부주의 성향을 갖고 있었다. 그러나 왕스랑의 성숙된 면모를 볼 수 있는 작품은 대체로 1935년과 1936년 사이 작이었다. 작품은 모두 다섯 편이었다. 〈밤비夜雨〉(《제1선第一線》제1기, 1935), 〈청춘青春〉(《타이완 문예台灣文藝》2권4호, 1935), 〈몰락沒落〉(《타이완 문예》2권8호, 1935), 〈늙은 창부老娼頭〉(《타이완 신문학》1권6호, 1936), 〈사거리十字路〉(《타이완 신문학》1권10호, 1936)가 그것이었다. 이 다섯 편만으로 그는 문학사에서 끊임없이 논쟁거리가 되었다. 〈밤비〉, 〈청춘〉, 〈늙은 창부〉는 상당히 음울한 필치로 여성의 운명을 서술했고, 〈몰락〉과 〈사거리〉는 좌익 지식인의 전향과 갈등을 그렸다.

그의 소설의 배경은 모두 도시였고, 인물 형상에도 도시 지식인의 방황 심리가 반영되었다. 〈몰락〉과 〈사거리〉를 함께 보다 보면 타이완 좌익 운동이 어떻게 해서 암담한 상황으로 갈 수밖에 없었는지를 알게 된다. 소설에서 무심한 듯 이야기되는 도시의 풍경으로 독자는 타이베이에 자본주의의 파도가 밀려오는 가운데 형성되었던 근대화의 모습을 엿볼 수 있다. 타이완 지식 청년들에게 근대화는 진보적 문명이자, 개방적 풍기였으며, 유혹적인 물욕이었다. 때문에 〈몰락〉에서 청년 야오위안耀源은 초기에 가졌던 사회주의 사상에 등을 돌리고, 점차 좌익 정치운동의 진영에서 벗어나, 결국 현대 도시의 퇴폐적인 삶으로 타락했다. 이것은 자기 반성적 성격이 강한 비판 소설로서, 신랄한 풍자가 지면 곳곳에서 발견된다.

본래 자본주의를 비판했던 야오웨이안은 사회를 개조하겠다는 이상을 일찍부터 품고 있었다. 그러나 자본주의의 힘은 어떠한 사상적 저항도 압도했다. 비록 지식인은 최후까지 이에 맞섰지만 소용이 없었다. 자본주의의 세례를 받아 전향하게 된 까닭은 단순히 물욕에 굴복했기 때문이 아니었다. 궁극적인 패배는 문화적으로 식민지배자에게 자신이 그들의 신하임을 자칭하게 된 것이었다. 도시의 번화한 풍경은 지식 청년이 품었던 이상을 삼켜 버렸다. 작품에 등장한 자동차, 시영 버스, 카페, 극장, 백화점, 수입품은 모두 현대 문화의 유혹을 상징한다. 더 심각한 것은 어린 소학생들이 길거리에서 일본 해군 군가를 부르는 장면이다. 이것은 자본주의가 승리를 얻었음을 암시하지만, 실은 일본 식민 문화가 승리했음도 말해준다. 시대 전체의 진화는 좌익 정치 운동을 풍자적으로 바라보게 만들었다. 그는 현실의 분위기 속에서 한탄만 할 수밖에 없었고, 가정의 몰락에 비탄하지 않을 수 없었다.

> …… 두 번째 출옥과 내 자신의 피를 토하는 노력은 반비례한다. 낭떠러지로 내몰린 집안의 처지는 해가 기우는 모습과 똑같아 그 하나하나가 너무도 선명하게 보였다. 내 힘으로는 이미 어찌할 도리가 없었다. 나는 이 무서운 현실이 두려워, 손을 놓고 뒤로 도망가 버렸다. 허나, 내 이 방탕한 삶은 전적으로 이런 까닭의 소치만은 아니었다. 극도의 불안과 동요 때문이기도 했고, 무거운 공기로 가득한 이 시대 때문이기도 했으며, 사방으로 얽혀 있는 음침함과 암담함이 몰아 댄 까닭이기도 했다. 내 자신으로서는 그저 무의식적으로 이 어둠, 이 고민으로부터 도망치려고만 했을 뿐이며, 남몰래 소극적인 해탈을 찾고자 했을 뿐이고, 신경을 마비시킬 퇴폐를 좇으려 했을 뿐이었다.

자본주의의 논리는 결국 지배자를 통해 가정을 붕괴시켰다. 왕스랑은 "불안과 동요"를 키워드로 자본주의 사회의 충격을 개괄했다. 지식 청년의 말로는 소극적인 해탈과 신경을 마비시키는 퇴폐를 추수하는 것이었다. 〈사거리〉는 설이 다가오면서 흥청거리는 도시를 다루었는데, 이는 곧 자본주의가 승리했다는 반증이었다. 타이완 섬의 수도의 심장에서는 "점포 안이나 건물 밖 필로티²)에 막을 드리우고 울긋불긋 화려하게 장식했다. 잡화점의 모자, 넥타이, 화장품, 시계점의 크고 작은 시계와 시계 장식품들, 완구점의 설맞이 장난감들, 갖가지 설맞이 상품들이 가득 진열되어 있었다." 넘쳐나는 상품은 자본주의의 참모습을 가리는 가면이었다. 화려한 겉모습 그 이면에서 〈사거리〉의 청년들은 초년에 가졌던 정치적 이상을 배반하고, "새로이 일어나 근대화의 도상에서 무심히 전진하고 있는, 타이완 인들의 상점가"에서 방황했다.

왕스랑은 이미 당시 사회의 근대화의 움직임을 감지하고 있었고, 타이완 지식 청년들이 정신적으로 투항하는 까닭을 알고 있었다. 그러나 그의 펜은 식민지배자를 향하지 않았다. 그는 오히려 타이완 지식인들을 냉정하게 해부했다. 특히 그는 타이완 좌익 운동의 비판적 태도가 겉으로만 지나치게 준엄한 척 하는 것이라 생각했다. 그는 자본주의가 사방에서 침식해 오는 사실을 폭로하는 데 방점을 두었다. 그의 작품들은 1930년대 도시 지식인의 몰락을 가장 적절하게 증언했다. 그의 소설의 중요한 의의는 저항 운동이 이미 역사적 명사가 되었음을 선포하고, 또한 지배적 자본주의 문화가 전 타이완 섬을 석권했음을 선포한 데 있었다. 이처럼 그의 신랄한 비판 자체가 이면을 보여주는 것이었으며, 또한 이면의 관찰에서 기인한 것이었다. 그래서 그것은 후대의 사람들에게 매우 심원한 울림을 전해 줄 수 있었던 것이다.

근대화의 관점에서 보았을 때, 주뎬런의 소설은 자본주의의 기망을 폭로하는 데 있어 상당한 발전을 보였다. 주뎬런(1903-1949)은 본명이 주스

---

2) 亭仔腳, 타이완이나 중국 남방 일부 지역에서는 2층 이상을 인도 위까지 연장하고 이를 필로티로 받치는 구조의 건물들이 많다. 여기서 필로티가 곧 亭仔腳이다.

터우朱石頭였으나 후에 주스펑朱石峰으로 개명했다. 필명으로는 뎬런點人, 원먀오文苗, 먀오원描文이 있었다. 그 역시 타이베이 완화 사람이었다. 왕 스랑이 소설에서 타이완 인들이 사상적으로 자본주의에 저항했지만 끝내 좌절하고 마는 과정을 그렸다면, 주뎬런은 타이완 인들이 감정과 인륜의 측면에서 자본주의적 상품이 되고 마는 현실을 그려냈다.

주뎬런은 문학단체에 참가하여 활발한 활동을 펼쳤고,《제1선》,《선발대先發部隊》,《남음南音》,《타이완 문예》,《타이완 신문학》 등에 자신의 작품을 발표했다. 그를 동시대 작가와 구분시켜 주는 것은 대부분 친정, 우정, 애정의 변질과 같은 주제를 다루었다는 점이다. 그는 식민지배자와 피식민자 간의 모순을 다루는 한편, 타이완 인의 윤리 관계가 자본주의의 침투로 인해 왜곡되고 있음을 보여주었다. 뿐만 아니라 그는 타이완 인의 국가적 정체성의 동요도 담아냈다. 〈기념수紀念樹〉[30], 〈무화과無花果〉[31], 〈매미蟬〉[32]에서 그는 애정 문제에 대한 섬세한 관찰을 담아냈다. 특히 〈기념수〉는 여성화된 어조로 남성 권력적 자본주의에서 나타나는 인성 멸시를 그렸는데, 양쿠이의 〈싹트다〉보다 더 큰 감동을 전한다. 〈안식일安息之日〉[33], 〈장수회長壽會〉[34], 〈타이완島都〉3)[35] 등은 모두 자본주의 하에서 타이완 인들의 인간관계가 기형적으로 변질되어 가고 있음을 보여주었다.

그는 단편소설에서 비교적 깊이 있는 시선으로 시대를 관찰했는데, 〈가을 편지秋信〉[36]와 〈뛰어난 재능〉[37]이 대표작이다. 〈가을 편지〉는 옛 문인의 몰락을 다뤘다. 전통적 서생인 노인은 근대화의 세례를 받은 타이베이에서 옛 시대의 역사적 기억이라고는 하나도 남지 않고 사라져 버렸다는 것을 깨닫게 된다. 대신 일본이 자신들이 이룩한 근대화의 성과

---

3) 島都에서 島는 타이완, 都는 도시(수도)인데, 여기서는 타이완의 수도인 타이베이를 가리킨다. 일제 강점기에 쓰인 말로서 제국의 수도, 도쿄를 가리키는 帝都에 상대적인 개념이다.

를 자랑하기 위해 마련한 타이완 박람회와 박람회장에 도배된 '타이완 산업 대약진台灣産業大躍進'이라는 구호만을 보게 된다. 타이완의 주체적 문화는 나날이 사라져 가고 일본의 지배 문화는 나날이 부상하는 모습은 식민지 정권의 통치 기반이 지속적으로 공고해지고 있다는 것과 자본주의의 우세 역시 조금의 흔들림도 없이 더욱 공고해지고 있다는 것을 증명해 주었다. 그는 이 작품에서 강한 실망감을 표현했는데, 이와 같은 실망감을 표현하는 데 있어 그는 독보적이었다. 〈뛰어난 재능〉은 인격을 바꾸어 일본인으로서 대우받기를 바라는 타이완 노동자를 형상화했다. 생각지도 않았던 일본인 처를 맞이하면서 그의 꿈은 결국 이루어진다. 이렇게 인격이 상승한 타이완 인은 이제 반대로 자신의 가족들을 깔본다. 선진적인 일본과 낙후한 타이완이라는 편견은 근대화의 결과일 뿐이었다. 자본주의가 침투하면 할수록 타이완인의 문화적 지위는 낮아져만 갔다. 주뎬런은 풍자적 필치로 일본인을 비꼬았을 뿐 아니라, 타이완인도 비판했다. 그의 소설은 구조적으로 상당한 완성도를 보였는데, 특히 내밀한 심리의 탐색은 그 자신의 창작적 요구와 잘 맞아떨어졌다.

주뎬런이 중국어 소설로 새로운 상상의 세계를 열었다면, 또 다른 도시 문학의 대표 작가인 웡나오는 일본어 작품을 통해 타이완 모더니즘의 서막을 열었다. 웡나오(1908-1940)는 장화彰化 서터우社頭 출신으로 도쿄 타이완 예술 연구회東京台灣藝術研究會 성원이었다. 그의 작품에서는 저항 정신이라고는 조금도 찾을 수 없다. 반대로 그는 기교의 운용에 전력을 기울였다. 그의 등장으로 타이완 문학에는 신감각이 나타났다고 할 수 있다. 그는 외재적 풍경을 묘사하는 것에 관심을 두지 않았고, 대신 심리 세계를 탐색하고 내재적 의식을 엿봄으로써 타이완 문학의 판도를 넓혀 놓았다.

웡나오는 근대적 변화를 지배한 작가였다. 그의 소설은 두 가지 변화를 이야기했다. 하나는 자본주의 사회에서 심화되는 인간의 내면의 황량함과 적막함이고, 또 하나는 타이완 자본주의 발전이 극에 달하면서, 노인과 아이들이 맞이하게 된 비참한 운명이다. 황량한 현대 사회의 풍경은 〈음악종音樂鐘〉[38], 〈잔설殘雪〉[39], 〈동트기 전 러브스토리天亮前的戀愛故事〉[40] 등의 작품에 잘 나타나고 있다. 그는 최초로 정욕을 소설의 소재로 끌어들인 작가였다. 애정과 육체의 결합이냐 분리냐와 같은 주제가 플롯 속에서 충돌하고 있다. 그의 애정은 늘 패배적이고 결핍된 것이었기에, 육욕을 해결하지 못한다. 〈음악종〉은 실현되지 못한 남성의 욕망을 깊이 있게 다루었다. 〈잔설〉에서는 타이완 남성 한 명이 두 명의 여자 사이에 끼어 있다. 하나는 근대적 개명 사상을 갖고 있는 일본 여성이고, 다른 이는 봉건 예교에 구속된 타이완 여성이다. 두 여성 사이에서 선택을 해야 하기 때문에 소설에서는 그 둘 사이에 보이지 않는 긴장의 끈이 얽혀 있다. 작품 속 남성은 섬에 남은 타이완 여성과 홋카이도北海道로 돌아간 일본 여성 사이에서 고민한다. "홋카이도와 타이완 중 도대체 어느 곳이 먼 걸까?" 이는 근대 문명과 전통 사회 사이에 처해 있던 타이완 지식인의 고민을 상징하는 것이었다. 〈동트기 전 러브스토리〉는 지루하고 자질구레한 독백으로 짜인 모더니즘 소설의 걸작이다. 그는 한 남자의 시시콜콜한 고백을 통해 다양한 연애를 경험한 이의 내면을 끄집어냈다. 독백의 언어에는 상징과 은유가 가득하며, 너무도 복잡한 의식의 흐름이 담겨 있다. 닭과 나비의 교미 장면을 통해 작자가 여성의 육체를 동경하고 있음을 암시함으로써 완성도를 갖출 수 있었다. 그는 그 진의를 이렇게 밝히고 있다. "여자는 팔로 으스러지듯 끌어안고, 달콤하고 요염한 입술을 밀착해 왔다. 그리고 자신의 육체로 얽어 그의 육체와 하나가 되었다. 바로 그 순간, '나'라는 이 놈은 완전한 상태가 될 수 있었다." 결핍되고 육욕을 갈구하는 남자가 독자들 앞에 생생하게 살아난다. 정욕은 남자를 완성시키는 동력이다. 그러나 전통의 속박은 그를 광기와 망상에 사로 잡히게 하고 결국은 일패도지一敗塗地의 나락으로 빠뜨리고 만다. 이 독백체의 소설은 시종 모순으로 가득하고, 복잡하게 얽힌 내면 깊숙한 곳까지 비춘다. 저항 의식이 너무도 강했던 시대, 리얼리즘 문학이 주류로 자리 잡았던 시대에 웡나오는 잠재의식을 탐색함으로써 이단의 시야를 열어 주었던 것이다.

그러나 웡나오는 도회의 퇴폐와 사악함에 탐닉한 것은 아니었고, 개인 내면의 고독과 적막에 숨어든 것도 아니었다. 1935년의 타이완을 결코 잊은 것이 아니었다. 그는 타이완 작가들의 기교는 일본 문학 심지어는 세계 문학과 같은 걸음으로 나갈 수 있어야 한다고 말했다. 그러나 문학의 내용은 향토의 본래 색깔을 유지하고 있어야 한다는 것도 그의 생각이었다. 〈바보 아저씨戇伯子〉[41], 〈가련한 아루이 할멈可憐的阿蕊婆〉[42], 〈나한각羅漢腳〉[43] 세 작품은 모든 것이 상품화된 타이완과 그 가운데서 노인과 아이들이 어떻게 희생되는지를 보여주고 있다. 경제적 공황은 아무런 발언권도 갖지 못한 약자들을 벼랑 끝으로 몰고 간다. 웡나오는 비참한 이야기를 묘사할 때면, 결코 비극적 사실을 그저 폭로하는 것에서 끝내지는 않았다. 그는 수사, 플롯, 구조 모두를 고려해 작품을 만들었기 때문에 사람들의 큰 감응을 불러 올 수 있었던 것이다. 요절로 인해 많은 작품을 남기지는 못했지만, 그가 모더니즘의 선구자였다는 것은 틀림이 없다.

1930년대의 신시 전통

리얼리즘과 모더니즘을 소설 창작 시 함께 운용하는 것은 배리되는 일은 아니다. 1930년대 신시 전통에서도 이와 비슷한 주목할 만한 발전이 이루어졌다. 예술성 면에서, 이 시기 중국어시는 일본어시에 미치지 못하는 수준이었다. 당시 상황을 고려한다면 이는 이해 못할 일은 아니다. 시는 민감하고 정련된 언어이다. 반드시 이미지의 형상화와 상상의 비약에 의지해야 한다. 30년대 중문 소설가들은 언어 운용 시 이미 견강부회와 고삽한 표현 등으로 몰락의 기미를 보이고 있었다. 이것은 타이완 사회가 중국어에서 멀어진 지 오래되어 많은 이들이 유창하게 중국어를 다루지 못하게 되었기 때문이었다. 소설이 이러할 진대, 시의 정련이 어떠할지는 상상하고도 남음이 있다. 30년대 초기 라이허와 양화는 아직은 그럭저럭 읽을 만 했지만, 그 외 중문시의 성과는 한계가 있을 수밖에 없었다. 타이완 작가들은 장기간 일본어 교육의 영향권 아래 있었고, 문화적으로도 일본의 지배를 받았기 때문에 일본어적인 사고방식에 거의 적응했다고 봐도 무방했다. 언어적 민감성과 제련에 있어서 일본어를 운용하는 것이 중국어와 비교해 훨씬 자유로웠다. 왕바이위안의 《가시밭 길荊棘之道》과 천치윈陳奇雲의 《열류熱流》는 일본어 시집으로 똑같이 1930년에 출판되었다. 특히 왕바이위안은 일본 좌익 시단의 인정을 얻었기 때문에, 많은 작가들이 시작詩作에서 그가 어떻게 일본어를 운용하는지를 주목했다.

1930년대 남부에서 신시의 요충지들이 나타났다. 사회적 리얼리즘 색채를 띤 염전지대鹽分地帶 시인 집단은 타이난台南 현의 빈하이濱海에서 결성되었고, 초현실주의 시풍을 기치로 내건 모더니즘 계열인 풍차시사風車詩社는 조금씩 근대화되고 있던 타이난 시에서 결성되었다. 이 두 시인 집단은 대체로 1933년을 전후로 하여 성립되어 타이완 문학사 상 특별한 풍경을 이루었다. 이 두 시파의 작품 풍격을 살펴보면, 이 시기 신시 발전 상황을 대략적으로 파악할 수 있다.

염전지대라는 이름은 궈수이탄郭水潭의 기억에서 그 유래를 찾을 수 있다. "1934년 결성된 타이완 문예연맹은 자리佳里 지부를 두고, 문예 잡지나 신문 부간을 통해 문예작품을 발표했다. 궈수이탄, 우신룽吳新榮, 왕덩산王登山, 왕비자오王碧蕉, 린징류林精鏐, 좡페이추莊培初 등등 우리는 프로문학에 기울었기 때문에 사람들은 우리를 '염전지대파'라고 불렀다." 염전지대는 치구七股, 장쥔將軍, 베이먼北門 등 소금 산지를 일컫는 말이었다. 이들 지역이 염분이 많고 토양이 척박했던 게 오히려 많은 시인들을 불러 모았고, 이곳에서 그들은 자신들만의 예술적 상상을 펼쳐 나갔다. 프로proletariat라는 말은 곧 무산계급을 가리켰다. 당연히 염전지대 문학은 사회주의적이었다. 이 집단을 우신룽이 이끌었다.

우신룽(1907-1967)은 타이난 자리 사람으로 일본에서 도쿄의전東京醫專을 졸업했다. 스민史民, 자오싱兆行을 필명으로 삼았고, 자택을 '쇄랑산방琅琅山房'이라 이름 붙였다. 1928년 도쿄의 타이완 공산당 외곽 조직에 가입했고, 사상 투쟁에 말려 들었다가 일경에 체포당했다. 유학 기간에 《향토 회지里門會誌》를 창간하여 타이완의 향토에 관심을 가졌다. 그는 사회주의 경험을 바탕으로 이후 견실한 좌익 시인으로 거듭날 수 있었다. 이와 같은 사상적 배경이 있었기에 그는 이후 염전지대 집단의 영수가 될 수 있었던 것이다.

좌익적 시풍 때문에 그는 피지배 계급에 관심을 기울이고, 본토 문화의 문제를 고민했다. 그의 기본적 시관은 이러했다. 첫째, 문학은 대중과 유리될 수 없으며, 시는 사회를 반영해야 한다. 둘째, 문학은 땅을 떠날 수 없으며, 지방성을 피할 수 없다. 셋째, 문학은 반항적이어야 하며, 어떠한 억압도 비판해야 한다. 이러한 관점을 바탕으로 그는 시의 예술성을 구축했다. 그의 시풍을 가장 대표하는 작품은 1935년 작 〈고향과 봄축제故鄕與春祭〉였다. 이 시는 소시 세 수를 묶은 작품으로서, 부제는 "염전지대 동지에게 바친다獻給鹽分地帶的同志"였다. 세

▶ 吳新榮

수 중 두 번째 작품인 〈마을村莊〉에서 그는 자신의 고향을 그리고 있다. 그는 "이 마을은 내 심장이다這村莊是我心臟"라는 시행에서 고향의 이미지를 돌출시키고, 곧이어 심장을 조상과 연결시켰다.

　　　허나 내 심장에서는 옛 전투의 피가

끓어오르고 있소.
토지와 종족을 지키던 철포창鐵砲倉 총을 놓던 시렁에
오늘은 요람을 걸었소.
내 이제 당신의 치마에 잠들려 하노니,
어머니의 자장가에
명리와 부귀가 범접할 수는 없소이다.
오직 정의의 노래, 진리의 곡조만이
나의 꿈에 실려 올 것일지니.

▶《吳新榮選集1》

고향, 토지, 조상, 어머니의 이미지가 하나로 되어 시인과 역사 사이의 전승 관계를 드러내고 있다. 고향은 심장이고 생명의 동력이다. 고향은 성곽이자 육체의 보호소이다.

우신룽의 작품으로부터 타이완 신시는 비로소 토지를 긍정적으로, 그리고 적극적으로 노래하기 시작했다. 그 이전에는 신시 창작자 대다수가 감정의 비탄과 운명의 상처를 노래할 뿐이었다. 우신룽의 시관은 사회주의에 대한 신앙과 표리를 이루었다. 행간에서 그는 늘 저항, 투쟁, 행동, 실천을 강조했다. 이러한 주제의 운용은 사회주의자이기에 가능한 것으로 결코 이상한 일이 아니었다. 1935년과 1936년 일본 식민지배자들은 그들의 자본주의적 성취를 과시했는데, 그 때 그는 〈연돌煙突〉(《타이완 문예》2권8호, 9호 합간호), 〈질주하는 별장疾走する別墅〉(《타이완 신문학》창간호), 〈농민의 노래農民の歌〉(《타이완 신문학》1권2호) 등의 시를 발표하여 이를 강한 어조로 비판했다. 이 작품들은 모두 계급 대립의 변증법적 관점에서 자본가와 농민, 노동자, 무산계급 대중을

구체적으로 형상화하고 타이완 사회 내부의 충돌과 모순을 집중적으로 묘사했다.

우신룽의 시의 이미지와 언어는 비교적 딱딱하고 거칠었으며, 상상력이 부족했다. 그 원인은 그가 지나치게 사상의 전달과 입장의 선언에 집착했기 때문이었다. 그는 《개조改造》, 《대중大衆》, 《신흥 과학新興科學》, 《카와카미 하지메 사회문제 연구河上肇社會問題硏究》, 《인터내셔널インタナショナル》, 《프롤레타리아 문화プロレタリア文化》, 《문예 전선文藝戰線》, 《프롤레타리아 문학プロレタリア文學》과 같은 좌익 간행물만 탐독했다. 이러한 잡지를 통해 그가 얼마나 깊이 좌익 사상에 빠져 들었는지를 알 수 있다. 이 때문에 그의 작품은 때로 교조화되었다. 1932년 완성한 〈증서贈書〉, 1933년 작 〈5월의 추억五月的回憶〉 등은 모두 정치성은 선명했지만, 예술성은 상당히 부족했다. 현재 전해지는 80여 편의 시에는 물론 가작이 적지 않지만, 모두 잠시 반짝하고만 작품들이었다. 〈사상思想〉은 그의 작품 중 우수작이라고 할 수 있다.

> 사상에서 도피한 시인들이여,
> 시의 본질을 가지고 공담일랑 하덜 마시오.
> 만약 모른다면, 행인들에게 물어 보면 될 것을.
> 그러나 그대들은 답을 얻지는 못할 게외다.
> 뭐, 그렇다면 내 이 마음에 물어 보시오.
> 열혈이 거침없는 이내 육체는
> 지상에 떨어진 순간 이미 시가 되었단 말이우다.

이 시는 그의 시관을 보여줄 뿐 아니라 그의 사상과 신앙도, 또 그의 문학의 품격도 보여준다. 어떤 사상적 기초도 갖지 못한 시인들은 시의 본질을 알 수 없다는 것이 그의 기본적인 시 창작관이다. 그는 "행인"으로 일반 대중들을 비유했는데, 이들은 생명력이 충만한 대중으로서 곧 시의 근원이기도 하다. 우신룽은 사상과 현실에서 멀어진다면, 시가 더 이상 시가 아니게 된다고 생각했다. 그는 시에 직접 등장하여 자신의 시를 모범으로 제시했다. 활력을 갖춘 시란 피와 살을 갖춘 사고로부터 나올 수 있다는 것이다. 그는 이러한 시 쓰기를 제시함으로써 문학과 사회가 반드시 하나가 되어야 함을 강조했던 것이다. 그의 문학적 신념은 염전지대 문학 집단의 발전에 지대한 영향을 미쳤다. 우신룽는 이 집단의 영수로서, 비록 시의 예술적 성취에서 한계가 있었지만, 분명 타이완 시사에 있어 시선을 잡아끄는 한 페이지를 열었던 것이다.

염전지대 시인 집단의 작품은 심상하고 투명한 평민의 감정을 풀어냈다. 이러한 감정은 부모, 형제자매, 자녀를 읊을 때 나타난다. 가족 간의 정親情을 그리워하고 추억하며, 또 안타까워하는 것이 그들 작품의 공통된 특징이다. 다른 작가들에게서는 이러한 모습을 발견하기 쉽지 않다. 염전지대 시인 가운데서 대표자를 꼽으라면 궈수이탄을 들 수 있다. 궈수이탄(1908-1995)은 호가 첸츠千尺로 자리공학교佳里公學校 고등과를 졸업했다. 1929년 '남명 예원南溟藝園'에 가입하여 동인이 되었고, 1933년 우신룽, 쉬칭지徐淸吉, 왕덩산, 좡페이추 등과 '자리 청풍회佳里靑風會'를 세웠으니, 이들이 염전지대 문학의 최초 성원이었다. 궈수이탄의 중요성은 그의 친정시4)와 그가 타이완 문학의 자주성을 견지했다는 사실에서 찾을 수 있다.

1935년 12월 염전지대 집단은 양쿠이의 타이완 신문학사에 가입한다. 타이완 문예연맹에서 분리되어 나온 이 새로운 사단은 도쿄 중앙 문단의 일본 좌익 작가들로부터 기대와 격려를 받았다.《타이완 신문학》의 창간호와 제2기는 일본 작가의 축사와 문학적 추구 방향을 게재했다. 궈수이탄은 이 사단의《신문학월보新文學月報》2호(1936.3)에 〈문학 잡감文學雜感〉을 게재하고 타이완 문학을 수립하는 문제를 논했다. 그는 일본 중앙 문단에서 비롯된 문학적 견해는 참고할 만 하기는 하지만 교조적으로 받들

----

4) 親情詩. 혈육 간의 정을 읊은 시를 가리킨다.

필요는 없다고 생각했다. 이 글에서 그는 특히 "……타이완의 역사에서 기원하여 타이완의 역사 발전을 따라 탄생한 식민지 타이완의 문학은 중앙의 여러 작가들에게 연구할 만 한 주제를 제공하지만, 타이완에서 태어난 우리는 역사 그 자체에 처하고 역사와 함께 나아가기에, 타이완에서 비롯된 생각과 비판이 더 중요하다고 하겠다"(원문은 쑤샹원蕭翔文이 중국어로 번역)라고 주장했다. 궈수이탄의 견해는 중앙 문단의 일본 작가에 맞서려는 것은 아니었다. 그러나 글에서 드러나는 타이완 역사의식과 특수한 역사적 조건이 만들어 낸 타이완 문학의 성격을 중시하는 점은 1930년대 시인들이 문학의 주체성을 자각하고 있었다는 것을 보여주고 있다.

시인은 정치 경험과 현실 생활에서 역사의식을 길러냈다. 척박한 해안가 땅에서, 그는 자신의 인민이 어떠한 곤경에 처했는지, 어떻게 살아가려 발버둥 치는지를 지켜보았다. 가장 황량했던 시대에 뼈를 깎아 단맛이 배어든 작품을 빚어냈던 것이다. 궈수이탄은 1934년 5월《타이완 신민보》에 장편시 〈고향에서 보낸 편지 - 옥중의 S군에게故鄉的書簡—致獄中的S君〉를 발표했다. 연구자에 따르면, 시의 S군은 타이완 공산당 당원인 쑤신蘇新이라고 한다. 자리는 일제 강점기 좌익 사조의 온상지 중 하나였다. 쑤신(1907-1981)도 지방 소읍 출신이었다. 그는 타이완 공산당원의 대규모 검거로 인해 1931년 투옥되었다. 1933년 사건의 시말이 세상에 알려지자 궈수이탄은 신문 지상에서 쑤신의 재판 소식을 접하고는 이 시를 썼다. 그가 시에서 드러낸 우정과 동향 의식은 염전지대의 소박한 평민적 풍격을 전형적으로 보여준다. 옥중에서 고난을 겪고 있는 친구에게 그는 시를 빌려 지난 기억과 미래의 동경을 전해 주었다. 그의 언어는 평담했지만, 정감만은 거침없이 흘러 넘쳤다. 시의 마지막 3행은 은근한 함축으로, 마치 철창 너머의 친구를 북돋는 것 같다.

역사의 수레바퀴에 마음 다치지는 마시오

고향의 하늘은 여전히 세기의
황혼녘에서 불타고 있으니(웨중취안月中泉이 중국어 역)

궈수이탄의 시는 열정적이기는 하지만, 감정이 과잉되지는 않다. 1937년 시 두 수를 써서 출가하는 여동생에 주었다. 〈광활한 바다 - 출가하는 동생에게廣闊的海—給出嫁的妹妹〉(《남도 문예南島文藝》, 1937)와 〈롄우5)꽃蓮霧之花〉(《타이완 신문학》 2권5호, 1937.6.15)은 몇 번이고 곱씹어 볼 만한 다시없는 가작이다. 동양인들은 형제자매 간의 정을 잘 다루지 않는다. 그래서 이 시 두 수는 시사詩史에서는 귀한 작품이다. 그는 또 1939년 《타이완 신민보》에 어린 나이에 죽은 아들에게 바치는 〈목관을 보고 통곡한다 - 젠난의 묘에 부쳐向木棺慟哭—給建南的墓〉를 발표했는데, 상당히 절제된 어조로 절대 지워지지 않을 부자의 정을 새겨 넣었다. 고난의 시대였지만 궈수이탄은 결코 전통적인 윤리의 정을 포기할 수 없었던 것이다.

▶ 郭水潭(《文訊》 제공)

보통 사람들의 감정은 염전지대 작가들 사이에서는 흔한 시적 소재였다. 쉬칭지(1907-1982)는 1935년 〈향수鄕愁〉를 발표해 버릴 수 없는 고향에 대한 정을 그렸다. 왕덩산(1913-1982)은 궈수이탄의 매제였는데, 1936년 《타이완 신문台灣新聞》에 〈정오의 도시락中午的飯盒〉을 발표한다. 그는 이 작품에서 어머니의 은혜에 대한 고마움과 그리움을 조금의 꾸밈없이 담아내어 사람들을 감동시켰다. 린팡녠林芳年(1914-1989)은 본명이 린징류林精鏐이다. 1936년 《타

---

5) 타이완 등지에서 나는 과일이다.

이완 신문》 문예란에 발표한 〈노인이 된 아버지爸爸垂老〉를 통해 보기에는 무심하지만 알고 보면 속 깊은 부자지간의 천륜을 생동감 있게 그려 냈다. 같은 해 그는 또 〈성묘掃墓〉를 발표 해 세상을 떠난 어머니를 그리워했다. 1941년 〈젖먹이乳兒〉에서는 아기를 맞이할 때 느꼈던 안타까운 마음과 희열을 그렸다.

한편 염전지대의 또 다른 작가인 칭양저青陽哲(1916-)는 본명 쭝페이추로서 모더니즘의 세례를 받아 남다른 시풍을 보여주었다. 칭양저의 등장은 염전지대의 리얼리즘적 풍격이 다원화되기 시작한 출발점이었다. 그는 더 이상 구체적인 이미지의 묘사에 호소하지 않았다. 대신 추상적인 사유로 방향을 돌렸다. 또한 외재 사물을 관조하는 것에 주의하지 않고, 내면의 정서를 정리하고 운용하는 데 집중했다. 1935년 그는 《타이완 신문》에 〈어느 아침의 감정有一天早晨的感情〉을 실었는데, 이 작품은 확실히 염전지대의 틀에서는 파격이었다. 그는 현대인의 육욕의 탐닉을 시에 담아냈다.

> 유백색 아침은 스리슬쩍 유리창으로 다가오는데,
> 지난밤의 온기는 여전히 자리에 남았다.
> 여인의 머리 터럭 한 가닥에도 나른함은 짙게 배었고,
> 남자는 그에 후각마저 마비되고야 말았다.
> 딱 그 육욕의 쾌락이 그러했다.(천첸우陳千武가 중국어 역)

이러한 나태한 분위기는 나른함倦怠, 마비痲痺, 녹초疲憊와 같은 정서가 모여서 이루어진 것이다. 우신룽이나 궈수이탄과 같은 사람들의 전통적 감정의 운용과 불공정한 체제에 대한 비판과는 대조적으로 칭양저의 작품은 오롯이 개인의 감각의 해방에 치우쳐 있다. 1936년 《타이완 신문》과 《타이완 문예》에 연작으로 올렸던 〈한 여성의 화상一個女性的畫像〉, 〈맑은 겨울날冬晴〉, 〈주전자壺〉 등은 모두 감정 세계를 상상하고 있었다. 이들 작품들은 1930년대 자본주의가 가져온 물질생활로 인해 시인의 내면 풍

경 또한 소외되고 있음을 잘 반영해준다.

그러나 진정한 모더니즘 시풍은 타이난 시의 풍차시사 성원들의 집단적이고 적극적인 운용에서 그 진면목을 볼 수 있다. 풍차시사는 초현실주의의 기치를 내걸고 1930년대 시사詩史에 새로운 시야를 열었다. 염전지대 집단의 '자리 청풍회'가 1933년 성립되자 풍차시사도 이와 동시에 탄생했다. 시사詩社의 창건자인 양츠창楊熾昌(1908-1994)은 타이난 출신으로 필명은 수이인핑水蔭萍이다. 타이난 제2중학교台南第二中를 졸업하고 일본으로 유학을 가 일본문학을 전공했고, 일본 신감각파의 영향을 많이 받았다.

▶ 揚熾昌(《文訊》 제공)

리장루이李張瑞(1909-1952)는 리예창利野倉이 필명이고 타이난 신화新化 사람이다. 일본농업대학日本農業大學을 졸업하고 자난 수리조합嘉南水利組合에서 근무했으며, 1952년 백색 테러 정책으로 인해 총살을 당하고 말았다. 린융슈林永修(1911-1944)는 타이난 마더우麻豆 사람이다. 일본 게이오대학慶應大學 문과를 졸업했으며 1944년 요절했다. 1980년이 되어서야 그의 가족들이 유고 시집 《푸른 별蒼的星》을 발표했다. 장량뎬張良典은 타이난 인이고 필명은 추잉얼丘英二이며 타이베이의전台北醫專을 졸업했다. 이외에 일본 출신으로는 토다 후사코戶田房子, 키시 레이코岸麗子, 카지 텟뻬이尚梶鐵平 등이 있었다. 풍차라는 이름은 수입품이라는 느낌이 강해서 서양으로부터 영향을 받았음을 노골적으로 드러냈다. 시사의 성원들은 모두 교육 수준이 높았고 외국 문학을 접할 수 있는 기회가 많았다. 그러나 더 중요한 것은 그들이 도회 문화에 익숙하고 자본주의적인 현대식 생활에 익숙하다는 사실이었다. 그들의 사유 방식은 자연히 염전지대 시인들과는 큰 차이가 있었다. 궈수이탄은 풍차시사의 성원들에 '장미 시인'이라는 레테르를 붙였다. 1934년 궈수이탄은 〈담벼락에 쓰다寫在牆上〉(《타이완 신문》 문예란, 1934.4.21)에서 초현실주의적 작풍을 비판하면서 다음과 같이 강조했다. "고상한 감상문에 빠져서 그에 매달리기 만하는 작가들, 당신들이 꿀벌이 좇듯 추숭하는, 그런 시의 경계에서는 시대의 소리와 영혼의 고동을 들어볼 수 없다. 당신들은 그저 사람들에게 장황하고 쓸데없는 사조나 환상 미학의 장식이나 줄 수 있을 뿐이다."(웨중취안이 중국어 역) 염전지대 시인과 풍차시사 성원들은 미학 상의 차이에 따라 창작 상의 경계가 명확했다.

양츠창은 미학적으로 결코 모든 것을 반드시 현실 생활 속 불공정한 체제에 근거를 두어야 한다고는 생각하지 않았다. 저항 의식과 비판 정신 말고도 예술의 공간이 존재한다는 것이다. 시사에서 발행한 시 전문지 《풍차風車》는 1933년에서 1934년까지 총 3집이 발간되었는데, 초현실주의의 근거지였다. 그들의 작품은 순수하게 이미지를 꿰어 만든 하나의 상징 세계로서, 암시, 은유, 전유, 비유 등의 수법을 통해 찰나의 희열이나 애수를 전해

▶《水蔭萍作品集》

주었다. 이와 같은 성숙한 기교를 갖추었기에 타이완 시인들은 상상의 극치에까지 이를 수 있었던 것이다. 새로운 감각, 새로운 정서, 새로운 미

학은 시인을 긴장된 사유로부터 완전히 벗어나게 만들었고 시에 진정한 현대적 의의를 심을 수 있게 만들었다.

양츠창은 1934년 12월 《타이난 신보台南新報》문예란에 〈재스민茉莉花〉을 발표하여 남편을 잃은 여성을 그렸다. 시는 애상적인데, 시인은 애수를 보여주는 어떠한 말도 사용하지 않고 그저 이미지만을 빌려서 시 전체를 우울한 정서로 물들였다. 예를 들어 마지막 4행은 풍경 묘사의 방식만으로 내면의 우울한 정서를 펼쳐 보였다.

> 부인이 고개를 들었다.
> 긴 눈썹으로 냉랭함이 흘러내렸다.
> 연지를 바르지 않은 입술은 창백했다. 귀밑머리에 꽂은 재스민은
> 한밤을 하얗고 청아한 향기로 물들였다.(웨중취안이 중국어 역)

1930년대 신시에는 이처럼 특이한 상상을 담을 수 있었다. 우리는 이로써 식민 사회에 숨어 있는 문학 생산력이 얼마나 왕성했는가를 헤아려볼 수 있다. 양츠창이 신시에서 이룬 성취는 전후 1979년 자비로 시집 《불타는 볼燃燒的臉頰》를 발간하고 나서야 시사詩史에서 인정을 받을 수 있었다.

풍차시사의 작품들은 일제 강점기를 생각하면 다소 특이했다. 그들은 결코 주류 리얼리즘 문학을 따를 필요도 없었지만, 또 그렇다고 그들과 서로 대립할 필요도 없었다. 시사의 다른 성원은 1936년 3월5일 《타이완 신문학》1권2호에 〈만가輓歌〉와 〈이 집這個家〉두 수를 발표했다. 이 작품들은 양쿠이가 주도한 좌익 소설의 풍격과는 완전히 달랐다. 리얼리즘과 모더니즘 두 미학의 병존은 당시 연합전선의 연장선이었다. 이들이 상호 존중하고 상호 포용하는 태도를 보임으로써, 타이완 문학은 백화제방의 단계로 이르렀다. 리얼리즘이든 모더니즘이든 모두 자본주의의 고도 발전과 확장의 산물이었다. 리얼리즘 정신은 무산계급의 생활을 주요한 반

영의 대상으로 삼아 식민 체제에 대한 저항과 비판에 전력을 다했다. 모더니즘은 중산계급 지식인의 사고를 반성의 중심으로 삼아 내면의 의식과 감정의 흐름을 드러내고 현대 도시 생활에 대한 소극적인 저항의 마음을 표현했다.

염전지대와 풍차시사가 왕성하게 발전하던 때에, 천치원(1905- 1939)은 그다지 주목받지 못하던 작가였다. 그는 초기에 '남명예원'에 참여했으며 1930년 시집《열류》를 발간했다. 가부장적 문화와 식민지 문화가 어지럽게 뒤섞이는 가운데 그는 주관주의적 시관을 갖고 있는 시인으로서 개인의 감정을 드러내려 노력했다. 그는 시 한 수가 만들어지는 과정을 시로 담아내어 그것이 심혈을 기울인 고심의 과정임을 보였다.

> 시, 이 마음을 바닥까지 소비케 하는 피의 정수를 빚어내노라면
> 그 피의 정수가 악악 비명을 지르며 추락하는 그 때에
> 평안과 초췌는 갑자기 미약한 숨을 끌어와
> 아편 중독자의 나른한 몸뚱이 마냥, 탄력을 잃고 만다

천치원의 시는 식민지의 황량한 시단에 청신한 기운을 가져 왔다. 그는 시구에서 은유나 전유와 같은 기교를 잘 운용했으며 때로는 상징의 효과를 전달하기도 했다. 그는 염전지대 시인들과 교유가 잦았는데, 그의 예술적 성취는 그들에 비해 조금도 뒤지지 않았다. 그는 향수를 그릴 때면 어머니의 젖 냄새로 이를 형용했다. 그는 자기 자신에 대한 요구가 매우 높았고, 시와 산문의 경계를 명확히 할 수 있기를 바랐다. 그는 "모든 형식의 운율은 자신이 흘린 것이다. 이러한 심장의 고동, 혈액의 온도, 분노의 물결은 내 시에서 비로소 가장 충실히 표현될 수 있었다"라고 자신의 시를 형용했다. 이러한 미학은 1930년대 타이완이라는 시공간을 생각한다면, 상당히 비범했다. 그의 시에는 철리가 풍부했고 감정이 세밀하게 표현되었다. 그는 온 세계를 따뜻한 세상으로 바라보았다. 그러나 그

는 요절한 시인이었다. 역사는 그에게 더 많은 시작의 기회를 주지 않았다.[44]

신시의 예술적 성취에서 본다면 일본어로 시를 쓰는 시인들은 중국어로 사유하는 시인들보다 수준이 더 높았고, 모더니즘 시인의 예술적 운용도 리얼리즘 시인보다 우수했다. 특히 풍차시사가 문단에 등장했을 때, 시의 형식적 요구는 이미 완성되어 있었다. 초현실주의적 시풍은 일순 나타났다 사라졌지만 시인이 운용한 시의 구조, 음색, 리듬, 상상 등은 타이완 문학에 완전히 새로운 가능성을 가져다주었다.

모더니즘 운동의 중요 작가들 중에는 미처 발견되지 못한 작가들도 있었다. 류나어우劉吶鷗(1905-1940)는 철저히 잊힌 타이완 작가였다. 그는 7세에 옌수이 항 공학교鹽水港公學校에, 13세에 타이난 창룽중학교台南長榮中學에 진학했지만 1920년에 그만둔다. 집이 권문세가였던 덕분에, 자퇴 후 곧바로 도일하여 도쿄 아오야마학원東京青山學院에 편입해 1923년 중학부를 마치고 1926년 고등문학부를 졸업한다. 영문을 전공했기 때문에 서구 현대문학 원전을 읽을 수 있던 그는 어느 틈엔가 모더니스트가 되어 있었다. 1926년 4월 상하이 전단대학震旦大學 불문과에 진학했고, 중국 작가인 다이왕수戴望舒, 다이두헝戴杜衡, 스저춘施蟄存과 알게 되었다. 당시 중국은 아직 북벌이 끝나지 않아, 전체 사회가 여전히 혼란에 처해 있었다. 그는 모험가의 낙원이라 불리던 상하이로 가, 번화하고 떠들썩한 도시 생활을 목격하면서 어느 틈엔가 현대화의 리듬에 휩쓸려 들어갔다. 1927년 북벌이 성공한 후, 국민당이 길거리에서 좌익 청년을 총살하는 것을 목도하기도 하고, 주지육림의 퇴폐 생활에 탐닉하기도 했다. 바로 이러한 역사적 배경에서 그는 스저춘, 무스잉穆時英 등과 함께 1928년《무궤열차無軌列車》를 창간하였으니, 그 제목은 자못 현대의 전위와 같은 이름이었다. 앞으로 질주하는 열차는 궤도의 규범에 구속되지 않으니, 이는 용감히 전진하면서 어떠한 정신적 속박에도 구속되지 않는 현대적 감각을 강력하게 암시하는 것이었다.

류나어우의 소설 《도시 풍경선都市風景線》(1930)이 표현한 현대의 감각은 21세기의 타이완에 가져다 놓아도 여전히 상당히 전위적이다. 소설집에는 여덟 편의 단편 소설 〈유희遊戲〉, 〈풍경風景〉, 〈흐르다流〉, 〈열정적인 뼈熱情之骨〉, 〈두 명의 시간 불감증 환자兩個時間的不感症者〉, 〈예의와 위생禮儀和衛生〉, 〈잔류殘留〉, 〈방정식方程式〉이 수록되었다. 소설의 제목으로 보나 스토리로 보나 그가 그의 시대를 초월했다는 것을 알 수 있다. 식민지 타이완에서 류나어우의 이름은 거의 주목 받지 못했다. 가장 핵심적인 이유는 그가 1920년대 쓴 소설이 고도의 모더니즘적 표현이었던 데 반해, 당시 타이완 문학은 그 때에서야 맹아기로 들어서고 있었기 때문이다. 그의 스토리에 등장하는 대담하게 개방적인 여성, 화려한 생활에 빠져 버린 남성들은 라이허 세대의 작가들은 절대로 상상할 수 없는 것이었다. 그처럼 조계지에서 직접적으로 제국의 도시와 상호 연결되어야만 도시 남녀의 실상과 허상을 그려낼 수 있었다. 그의 스토리에는 속도감이 가득했다. 자동차와 기차의 묘사라든가 댄스홀의 음악과 댄스의 리듬감, 갑자기 뜨거워졌다 갑자기 식어버리는 인스턴트 사랑 등이 그러했다. 타이완의 향촌 사회에 비해 상하이 조계지의 생활은 라이허 세대의 작가들로서는 정말로 상상할 수 없는 것들이었다. 류나어우는 내면의 배금사상을 대담하게 묘사하고 국제적인 도시의 퇴폐, 공허, 타락, 부패를 생생하게 새겨 넣었다. 〈유희〉의 첫 단락의 묘사를 살펴보자

이 '탱고 궁전'에 있는 모든 것들은 일종의 선율의 움직임 속에 있다. 남녀의 몸, 오색찬란한 등불, 빛을 발하는 술잔, 울긋불긋한 액체와 가느다란 손가락, 석류빛 입술, 불타오르는 눈빛. 중앙의 반들반들한 플로어는 사방의 의자와 탁자, 어수선히 섞여 있는 사람들을 되비추고 있다. 사람들은 마궁에 들어선 듯 느끼게 되고, 마음을 마력에 빼앗기고 말았다고 느끼게 된다.6)

_____

6) 《台灣新文學史》에는 본문으로 잘못 편집되어 있다. 본 번역본에서는 인용문으로

몸이 그러한 상황에 놓여야만 이와 같이 놀라운 밤의 생활을 묘사할
수 있다. 몸, 등불, 술잔, 액체, 입술, 눈빛, 이 모두는 화염 속에서 불타고
있다. 이러한 묘사 수법은 상하이의 독자라도 이해 못하겠다고 불평할
수 있다. 분명 류나어우는 현대의 빠른 삶을 떠돌아다녔지만, 금전적으로
는 여전히 고향 타이완에 의지하고 있었다. 반짝반짝 빛을 발하던 그는
아무리 현대적이라도 결국은 타이완 향촌의 습속을 따라야 했고, 때로는
귀성하거나 가족의 상을 치러야 했다. 그가 고향을 떠나 겪었던 유랑 생
활은 식민지 문화의 변용이었다. 그는 가장 선진적인 촬영 기교에 탐닉
했을 뿐 아니라 영화사에 투자하기도 했다. 스저춘의 자료에 따르면 그
는 1940년 국민당 특무에 의해 상하이 거리에서 칼에 찔려 죽임을 당했
다. 아마도 도박장 운영권과 관련된 경제적 문제 때문이지 왕징웨이汪精
衛 시기의 정치 문제 때문은 아닌 것으로 보인다.[45] 류나어우가 남긴 전
설은 문학사에서 다시 다시 구축해 볼 가치가 있다. 그의 예술적 가치
또한 식민지 문학의 맥락에 놓고 재평가해야 한다. 2001년 타이난 현 문
화국에서는 캉라이신康來新, 쉬친친許秦蓁이 합동으로 《류나어우 전집劉
吶鷗全集》 전 6책을 출간했고, 2010년에는 《류나어우 전집·증보집劉吶鷗
全集·增補集》을 내놓았다. 잊혔던 방랑자의 영혼이 드디어 고향 타이완으
로 돌아온 것이다. 그에 관한 기억이 다시 부활한 것이다.

처리했다.

[1] 원작은 일본어로 쓰였으며, 東京의《文學評論》(1934.10)에 실렸다. 중문 번역본은 胡風이 편역한《山靈 : 朝鮮台灣短篇集》(上海: 文化生活出版社, 1931)에 수록되었다.

[2] 《台灣文藝》 2권1호-4호, (1934.12-1935.4), 미완.

[3] 《台灣新文學》 創刊號, (1935.12).

[4] 《台灣新文學》 1권5호, (1936.6)

[5] 《台灣文學》, (1942.2). 중국어 번역본은《台灣新生報·〈橋〉副刊》, (1948. 10.20.)에 실렸다.

[6] 《台灣時報》274호, (1942.10). 중국어 번역본은《中外文學》2권8기, (1974. 1)에 실렸다.

[7] 《台灣藝術》 3권11호, (1942.11). 중국어 번역본은 《台灣新生報·〈橋〉副刊》, (1949.1.13)에 실렸다.

[8] 《台灣新民報》 360-362호, (1931.4.18., 4.25., 5.2.)

[9] 《台灣新文學》 1권1호, (1935.12.28.)

[10] 《台灣民報》 294호, (1930.1.1.)

[11] 《台灣新民報》 371-373호, (1931.7.4., 7.11., 7.18.)

[12] 《台灣新民報》 357-358호, (1931.3.28., 4.4.)

[13] 《台灣新民報》 407-408호, (1932.3.19., 3.26)

[14] 《台灣新文學》 1권5호, (1936.6.5.)

[15] 《台灣民報》 254-256호, (1929.3.31., 4.7., 4.14.)

[16] 《台灣新民報》 346-347호, (1931.1.10., 1.17)

[17] 《台灣民報》 304-305호, (1930.3.15., 3.22.)

[18] 《台灣民報》 291호, (1929.12.25.)

[19] 《台灣新文學》 1권10호, (1936.12.5.)

[20] 《台灣新民報》 354-355호, (1931.3.7., 3.14)

[21] 본래《台灣新民報》 343-344호, (1930.12.13., 12.30)에 게재되었다.

[22] 《台灣新民報》 375-376호, (1931.8.1., 8.8)

[23] 《台灣新民報》 382-383호, (1931.9.19., 9.26)

[24] 《台灣新民報》 386-388호, (1931.10.17., 10.24., 10.31.)

[25] 《台灣新民報》 389-391호, (1931.11.7., 11.14., 11.21.)

[26] 《台灣新民報》 353호, (1931.2.28.)

[27] 《台灣新民報》374-376호, (1931.7.25., 8.1., 8.8.)

[28] 《台灣新民報》387-389호, (1931.10.24., 10.31., 11.7.)

[29] 《台灣文藝》2권4호, (1935.4.)

[30] 《先發部隊》創刊號, (1934.7.15.)

[31] 《台灣文藝》創刊號, (1934.11.15.)

[32] 《第一線》, (1935.1.6.)

[33] 《台灣文藝》2권7호, (1935.7.1.)

[34] 《台灣新文學》1권6호, (1936.7.7.)

[35] 《台灣新民報》400-403호, (1932.1.30., 2.6., 2.13., 2.20.)

[36] 《台灣新文學》1권2호, (1936.3.3.)

[37] 《台灣新文學》1권10호, (1936.12.5.)

[38] 《台灣文藝》2권6호, (1935.6.1.)

[39] 《台灣文藝》2권8, 9合刊號, (1935.8.1.)

[40] 《台灣新文學》2권2호, (1937.1.31.)

[41] 《台灣文藝》2권7호, (1935.7.1.)

[42] 《台灣文藝》3권6호, (1936.5.1.)

[43] 《台灣新文學》1권1호, (1935.12.28.)

[44] 陳奇雲, 《熱流》, (台南: 台南市立圖書館, 2008), 본서는 陳瑜霞 교수가 전체를 번역했으니, 타이완 문학사를 다시 정리 하는 데 있어 그 공이 적지 않다.

[45] 嚴家炎, 〈新感覺派主要作家〉, 李歐梵編選, 《上海狐步舞: 新感覺派小說選》, (台北: 允晨文化, 2001), 332쪽.

제7장

황민화운동 시기의 1940년대 타이완 문학*

타이완 문학은 1930년대 중기에 이르자 풍부하고 세련되게 발전하였
다. 역사적 조건이 받쳐줬다면, 타이완 작가들은 상상력을 발전시킬 충분
한 시간과 공간을 확보하여 질적·양적으로 더욱 풍성한 문학적 수확을
거두었을 것이다. 그러나 현실은 이와 달랐다. 《타이완 문예台灣文藝》와
《타이완 신문학台灣新文學》 두 개의 간행물에 실린 창작물이 최고 수준에
이르렀을 무렵, 1937년 4월 1일 타이완총독부는 중국어 사용을 금지하는
명령을 반포했고, 곧이어 모든 문학잡지를 폐간하라는 칙령을 내렸다. 이
것은 전쟁이라는 폭풍이 코앞까지 닥쳐왔음을 예고하는 것이었다. 타이
완 작가들은 어쩔 수 없이 절필해야만 했다. 1937년 루거차오사변이 발발
하자, 문학계는 즉시 황량한 분위기에 휩싸였다. 작가들이 운명적으로 마
주해야 했던 시련은 어떤 다른 시기보다 훨씬 엄혹했다.

1937년부터 1945년 사이의 전쟁 기간 동안, 타이완 문학은 두 단계를
거쳤다. 1937년부터 1941년까지 작가들이 목소리를 낼 수 없었던 시기를
거쳐, 1941년부터 1945년까지 작가들이 침묵해서는 안 되는 시기에 이르
렀다. 이 두 단계는 1941년 태평양전쟁을 기준으로 나뉜다. 일본군은 중

---

* 이 장은 고운선이 번역했다.

국과 남양에서 각각 전쟁을 일으킨 뒤, 미국이 참전을 선포할까 우려했다. 바로 그해 12월 7일, 일본은 돌연 진주만을 습격하여 태평양 지역에서의 미국의 군사력에 심각한 타격을 가하고자 했다. 이러한 행동은 일본군의 기지 역할을 하고 있던 타이완을 하룻밤 사이에 전쟁터로 만들어버렸다. 진주만사변 전야에 타이완 총독부는 일련의 황민화 정책을 추진하기 시작했다. 문학 활동은 공식적으로 정치 선전의 영역으로 편입되었고, 작가들의 사상 역시 엄밀한 감시를 받게 되었다.

전쟁이 전개되는 상황에 따라, 식민정부도 황민화운동을 적극적으로 실시했다. 이른바 황민화운동이란, 정치·경제·군사적 총동원에 그치는 것이 아니라 문화적인 측면에도 상당한 영향력을 발휘하는 것이었다. 타이완뿐만 아니라 일본의 전면적인 통치 하에 있었던 모든 지역 즉, 한반도·만주·사할린·베이징·난징·상하이 등이 황민화운동의 그늘 하에 놓이게 됐다. 이 시기에는 타이완 작가들의 모든 문학 활동이 일본의 전쟁 정책에 부합해야 했다. 이러한 일본의 정책에 맞춰 생산된 문학작품이 문학사에서 언급되는 황민화문학이다.

전쟁 기간의 문학사에 대해 살펴보기 전에, '황민문학'과 '황민화문학'이라는 두 개의 용어를 분명하게 구분해야 할 필요가 있을 것이다. 만약 '황민문학'이라고 개괄해버린다면, 타이완 작가들이 자발적으로 일본의 정책에 맞춰 문학창작에 종사한 것으로 비춰질 것이다. 그러나 이것을 '황민화문학'이라고 정의한다면, 타이완이 피동적인 위치에서 주류 헤게모니에 의해 어쩔 수 없이 그러한 문학을 창작했음을 표현할 수 있다. 이 두 개의 용어와 당시의 역사적 환경을 동시에 고려해보면, '황민화문학'이라는 용어가 그나마 그 시기를 정확하게 표현할 수 있다는 결론을 얻을 수 있을 것이다. 당시의 타이완 작가들은 곤란한 시대에 감당하기 힘든 시련을 겪을 수밖에 없는 처지였기 때문이다.

전운이 감돌 때의 문학단체社團:
《문예 타이완文藝台灣》과 《타이완 문학台灣文學》

식민지 타이완은 전쟁이 발발하기 전부터 식민 모국 일본의 자본주의가 연장되는 지역이었다. 이러한 연장지로서의 역할은 '공업 일본, 농업 타이완'이라는 구체적인 정책으로 표출되었다. 하지만 중일전쟁이 발발한 뒤 타이완의 지위는 눈에 띄게 변화하기 시작했다. 비상시국에 대처하기 위해 식민정부의 고바야시 세이조小林躋造총독은 1939년 1월 타이완을 통치할 3대 정책으로 황민화·공업화·남진화南進化를 선포했다. 이것은 식민지 타이완이라는 지위에 변화가 있을 것임을 암시했다. 황민화 이전에 타이완인은 줄곧 2등국민으로 취급되어 일본인과 평등하지 않았으며 군복무를 이행하는 일본 천황의 군인皇軍이 될 자격이 없었다. 황민화를 실시한 중요한 목적은 타이완인의 자격을 수정하여 그들을 일본인으로 승격시킨다는 데 있었는데, 이렇게 되면 타이완인들도 종군할 자격을 가지게 된다. 이른바 공업화라는 것은, 농업 경제를 중심으로 하는 타이완이 중공업 사회로 전환됨을 의미하는 것이었다. 즉 수많은 주요 군수품 생산을 모두 타이완에서 공급받겠다는 뜻이었다. 다음으로 남진화라는 것은, 전략적인 측면에서 그동안 타이완은 후방 병참 보급기지의 역할만을 해왔지만, 이제부터는 공격이든 방어든 전략 지휘의 최전선임을 의미한다. 식민지 타이완이 일본의 전쟁 전략에서 차지하는 비중이 눈에 띄게 변했음을 보여주는 것이었다.

위와 같은 사실은 타이완이 전쟁 기간 동안 식민 모국 일본에게 중요했음을 설명해준다. 그러나 황민화·공업화·남진화를 실시한 결과, 타이완인과 일본인 사이의 경계선이 모호하게 되었다. 정치·경제·문화·군사 등의 관점에 따라, 당시 타이완섬에 거주하고 있던 사람들이 점차 스스로를 일본인과 동등한 대우를 받고 있다는 잘못된 생각을 가지게 된 것이다. 이 시기부터 눈에 띄게 타이완의 문화 주체성이 왜곡되고 정신적 저항이 부진하게 되었다.

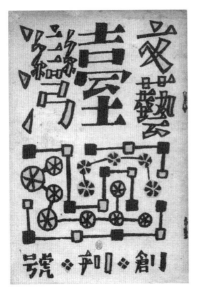

▶《文藝台灣》창간호(舊香居 제공)　　　▶《台灣文學》창간호(舊香居 제공)

황민화운동이 확장됨에 따라 타이완 사회에서 일련의 정치조직이 형
성되기 시작했다. 대정익찬회大政翼贊會(1940)[1]·황민봉공회皇民奉公會(1941)
[2]·육군지원병 제도(1942)[3]·일본문학보국회 타이완지부日本文學報國會台
灣支部(1943) 등은 일본 식민정부의 권력 지배가 타이완 섬의 각계각층과
외진 곳까지 깊이 뻗어나갈 수 있게 만들었다.

　1937년부터 1940년 사이, 타이완의 중요한 문학 간행물이었던《타이완
문예》와《타이완 신문학》은 잇달아 정간되었고, 문단의 전반적인 분위기
도 확연하게 경직됐다. 일본군의 고압적인 기세 하에 타이완 작가들은
창작의 공간을 잃게 되었다. 대중 간행물《풍월보風月報》가 남아 있었던
것을 제외하고, 타이완인이 주도하는 잡지에 속했던 것은 사실상 모두
사라지게 됐다.《풍월보》는 1935년에 창간되어 1944년에 정간되었는데,

타이완인이 간행한 잡지 중 가장 장수한 잡지이다.[4] 그러나 이 간행물의 존재는 문학 활동에 어떠한 직접적인 영향도 끼치지 않았다. 이 간행물은 후반기로 갈수록 오히려 황민화운동의 사기를 돋우어 주었다. 이 때문에 태평양전쟁이 발발하기 전까지 문학창작은 거의 이뤄질 수 없었다고 할 수 있다.

1940년 대정익찬회가 발족된 뒤, 일본 정부는 이 조직을 통해 식민지와 점령지에서 지방문화운동을 진흥하기 시작했는데, 이것이 타이완 작가들에게는 창작의 공간을 제공해 주었다. 하지만 '지방문화진흥'의 정신과 내용은 타이완섬에 거주하고 있는 일본 출신과 타이완 출신에 따라 그 정의가 달랐다. 일본 출신 작가의 관점에서 볼 때 지방문화는 전체 일본 제국의 판도에서 정의되는 것이었다. 다시 말해 타이완 지방문화는 일본 제국의 문화를 다채롭

▶《風月報》

게 해주는 것이었다. 일본 출신 작가들은 타이완문화의 미를 발굴하는 데 몰두했으며 이 작업에는 이국적인 정조가 만연했다. 뿐만 아니라 지방문화의 정신을 파악하여 피식민자의 영혼의 열쇠를 찾고자 했다. 반면에 타이완 작가의 입장에서 전쟁 기간 동안 지방문화를 진흥시키는 일에 종사하는 것은 사상 활동의 공간을 확보하는 일이었다. 전쟁이 드리운 암흑과 고압적인 정책 속에서 타이완 신문학운동의 전통은 심각하게 분열되었다. '지방문화진흥'이라는 구호로부터 타이완 신문학의 명맥을 이어갈 수 있을 것이라 생각했던 것이다.

그러므로 '지방문화'라는 동일한 기치 하에서 일본 출신 작가와 타이완 작가는 서로 다른 노선을 따라 활동했다고 볼 수 있다. 일본 출신 작가들은 타이완 문학을 제국의 일환으로 보고자 했고, 타이완 작가들은 '이 섬의 문학론文學—島論'이라는 입장을 고수하고 있었던 것이다. 제국 문학론은 결국 일본인 작가를 중심으로 타이완문예가협회를 조직하도록 독려했다. 한편 '이 섬의 문학론'을 중심으로 타이완 작가들은 하나로 단결하여 계문사啓文社를 창립했다. 타이완문예가협회는 1940년《문예 타이완》을 발행했고, 계문사는 1941년《타이완 문학》을 출간했다. 이로써 두 개의 노선이 전쟁기간 동안 서로 다른 형태를 갖추게 되었다.

타이완문예가협회의 수장 니시카와 미츠루西川滿(1908-1999)는 2살 때 만주에서 부친을 따라 타이완으로 왔다. 그는 어린 시절과 청년기를 모두 타이완에서 보냈다. 18세가 되던 해에 도쿄로 가서 와세다早稻田 대학 일문과에서 수학했다. 그의 졸업논문은 프랑스의 유미적 낭만주의 시인 랭보Jean Arthur Rimbaud에 관한 것이었다. 랭보에 대한 연구는 한평생 그의 문학에 영향을 끼쳤다. 졸업할 당시 니시카와의 스승이었던 요시에 타카마츠吉江喬松는 니시카와에게 타이완으로 돌아갈 것을 권했고, 제자가 평생 지방주의 문학을 위해 공헌하기를 바라며, 시 한 편을 써 주었다.

남방은
빛의 근원
우리에게
질서와
기쁨과
눈부심을 준다.

이 시는 니시카와 미츠루에게 무한한 계시를 주었다. 그 후 니시카와 미츠루는 타이완을 '눈부신 섬華麗島'이라고 불렀는데, 상술했듯 스승이

써준 시에 근거한 것이다. 제국적 상상이 충만한 이 짧은 시에서 타이완의 위상은 명확하다. 아열대 섬이 식민 모국에게 '기쁨과 눈부심을 줄 수 있는' 존재인 것이다. 타이완으로 돌아온 니시카와 미츠루는 《애서愛書》와 《마조媽祖》라는 간행물의 편집을 담당했다. 1939년 8월 그는 《타이완일일신보台灣日日新報》의 학예부 신분으로 타이완시인협회를 조직하고 시 전문 간행물 《눈부신 섬》을 발행했다. 1기를 출판한 뒤 타이완시인협회는 타이완문예가협회로 바뀌었다. 이 협회의 종지는 '타이완문예의 향상된 발전을, 회원 상호간의 친목을 목적'으로 한다.

타이완시인협회는 처음에는 니시카와 미츠루 · 키타하라 마사요시北原政吉 · 나카야마 스스무中山侑 등 일본인 삭가가 시범적으로 꾸렸고, 참여했던 타이완인 작가로는 양윈핑楊雲萍 · 황더스黃得時 · 룽잉쭝龍瑛宗이 포함되어 있었다. 구성원을 중심으로 볼 때 일본과 타이완 작가의 공동 합작처럼 보인다. 왜냐하면 니시카와 미츠루는 《타이완 일일신보》 학예부의 주편이었고, 황더스는 당시 《타이완 신민보》 학예부의 주편이었기 때문이다. 협회는 '타이완 관민의 뜻은 하나在臺官民有志一同'라는 형식으로 설립됐다. 《눈부신 섬》은 겨우 1기만 출판되었지만 63명의 작품이 발표되어 전대미문의 단결된 모습을 보여주었다.

▶《華麗島》시 잡지 창간호

그러나 시 간행물을 출간한 뒤 협회가 곧바로 개편되어 1939년 12월 타이완문예가협회로 바뀌었다. 이것은 황민화운동의 뜻에 상당히 부합하는 것이었다. 마찬가지로 니시카와 미츠루와 황더스가 준비위원이 되어 협회 전체의 주도권이 완전히 일본인의 수중으로 넘어가게 됐다. 참여했던 일본인으로는 아카마쓰 다카히코赤松孝彦・이케다 토시오池田敏雄・이시다 미치오石田道雄・가비라 쵸오세이川平朝申・키타하라 마사요시・시마다 킨지島田謹二・나카무라 테츠中村哲・다카하시 히로미高橋比呂美・나가사키 히로시長崎浩・나카야마 스스무・하마다 하야오濱田準雄 등이 있다. 타이완 출신 작가로는 염전지대의 시인[2]인 우신룽・궈수이탄郭水潭・좡페이추莊培初・린팡녠林芳年과 풍차시사風車詩社의 수이인핑水蔭萍・리장루이李張瑞・린슈얼林修二, 그리고 장원환張文環・추춘황邱淳恍・왕위린王育霖・왕비쟈오王碧蕉・추융한邱永漢・저우진보周金波・양원핑 등이 있다. 창작을 자극했다는 측면에서, 지방문화진흥운동은 고민의 시기에 처했던 타이완 작가들에게 활동 공간을 제공했다고 평가할 수 있다. 하지만 황민화운동의 효용을 심층적으로 살펴보면, 타이완 작가들은 '단결'했을 뿐이었지만 대동아공영을 통해 민족의 경계를 아우르는 것으로 포장되었음을 발견할 수 있다.

《문예 타이완》의 편집 사무는 완전히 니시카와 미츠루의 수중에 놓여 있었다. 그가 인정했던 것처럼 이 간행물은 자신의 '개성을 충분히 발휘할 수 있는 잡지'가 되었다. 《문예 타이완》은 1941년 2월, 전시라는 새로운 체제에 부합하도록 개조되었고, 회장은 타이베이제국대학 교수인 야노 호진矢野峰人이 맡았으며 사무장은 니시카와 미츠루였다. 그들은 잡지 전반의 발전방향을 결정했으며 유미적 낭만주의 풍격을 추구했다. 이러한 탐미적 경향은 제국주의 전쟁과 전혀 상관이 없는 것처럼 보였지만, 문화지배라는 전략에서 볼 때 더욱 의미가 있었다. 그래서 타이완의 풍토와 인정을 미화하는 것은 제국의 식민통치를 미화하는 것과 같았다.

---

2) 일제강점기 타이난의 북문北門 일대가 소금 생산지로 유명했다. 그래서 타 지역의 작가들이 타이난 작가들을 '염전지대鹽分地帶의 시인들'이라고 불렀다.

그러한 작품들 속에서 식민 통치로 인해 고통을 받는 현실은 찾아볼 수 없으며 이로 인해 식민지배자의 죄악을 완벽하게 지울 수 있었다. 동시에 이러한 탐미적 글쓰기는 제국의 미를 건설하여 식민지 사회에 행복한 풍경을 보여주는 것이기도 했다. 이러한 관점에서 볼 때, 니시카와 미츠루가 타이완의 리얼리즘 미학에 대해 보인 부정적인 반응은 이해하기 어렵지 않을 것이다. 한편 타이완 민속풍을 제재로 삼은 타이완 출신 작가들은 점차 니시카와 미츠루의 탐미적 풍격 및 개인주의적 색채와 거리를 두게 되었다.

니시카와 미츠루의 작풍에 불만을 품은 장원환·황더스·왕징취안王井泉·천이쑹陳逸松·린보추林博秋·젠궈셴簡國賢·뤼취안성呂泉生과 일본인 나카무라 테츠·나카야마 스스무·사카구치 레이코坂口襌子는 타이완문예가협회를 탈퇴했다. 1941년 5월에 따로 계문사를 조직하고 《타이완 문학》이라는 잡지를 발행했다. 주목할 만한 사항은 황더스가 당시에 이미 《타이완 문학》의 동인 대부분을 타이완인으로 구성하고 타이완의 전반적인 문화적 진보와 새로운 인간을 배양하기 위해 진정한 문학장을 타이완 사회에 만들자고 주장한 바 있다는 점이다. 나아가 그는 《문예 타이완》과 《타이완 문학》의 공통점과 차이점에 대해, "전자는 편집에 있어서 지나치게 완벽함을 추구하기 때문에 취미적인 성향으로 변했다. 작품을 읽어보면 매우 아름답게 느껴질지라도 현실생활과 동떨어져 있기 때문에 일부 사람에게만 중시되고 있다. 이와 반대로 《타이완 문학》은 처음부터 끝까지 리얼리즘 풍격을 견지하고 있었기 때문에 설사 매우 조야해 보이더라도 패기와 강건함으로 충만하다"라고 비교한 바 있다.[5]

이 두 간행물의 대립은 마치 낭만주의와 리얼리즘의 입장에서 경계선이 그어진 것처럼 보일 것이다. 하지만 좀 더 정확하게 보자면 민족國族 아이덴티티와 문학사관의 어젠다라는 측면에서 갈래가 나뉠 것이다. 가장 두드러지게 대비되는 입장은, 타이완문예가협회의 평론가 시마다 킨지가 《문예 타이완》 2권2호(1941.5)에 발표한 〈타이완 문학의 과거·현재

·미래台灣の文學的過現末〉와 계문사의 구성원인 황더스가 《타이완 문학》
2권4호(1941.10)에 발표한 〈최근의 타이완 문학운동사輓近の台灣文學運動
史〉를 예로 들 수 있다.

시마다 킨지가 제기한 '외지外地문학'이라는 용어는 타이완인과 일본
인 작가의 작품 성격을 개괄한 것이다. 비록 그가 외지문학이 일종의 식
민지 문학임을 이해하고 있었다 하더라도 근본적으로 식민지 문학에 피
식민 작가를 포함시키지 않았다. 상대적으로 도쿄 중앙문단을 주류로 하
는 것이 내지內地문학인데, 소위 외지문학이란 제국의 남방문화건설의
중요한 일환으로 정의된다. 이러한 문학은 비록 제국 권력의 주변에 위
치하지만 제국문화를 구성하는 중요한 구성성분이다. 식민지의 일본 출
신 작가는 모국 작가가 표현할 수 없는 생활경험을 써낼 수 있다. 이러한
이국적 분위기를 전하는 글쓰기 방식은 주변적 위치에 처해있는 일본 출
신 작가에게 중앙문단으로 진입할 수 있는 기회를 제공했다. 시마다 킨
지는 타이완 외지문학의 발전을 세 시기로 나누었다. 첫 번째는 메이지28
년(1895년)에서 메이지38년(1905)까지 일본이 타이완을 정복한 초기 10년
으로, 대표작가는 모리 오가이森鷗外·모리 카이난森槐南·모미야마 잇슈
籾山衣洲·쿠라 타츠야마倉達山·나카무라 오케이中村櫻溪 등이 있다. 그들
의 작품에는 청일전쟁과 러일전쟁 시기 일본의 군사 정복을 찬양하는 내
용이 표현되어 있다. 두 번째 시기는 메이지38년부터 쇼와 초기(1931)까
지 제국의 권력이 공고하게 되는 시기이다. 대표적인 작가로는 마사오카
시키正岡子規·야마다 기사부로山田義三郎·이와야바쿠 아이岩谷莫哀·이라
코 세이하쿠伊良子淸白·사토 하루오佐藤春夫가 있고 하이쿠는 물론 탄가
短歌·장시長詩·소설 등을 통해 타이완 풍토의 아름다움을 표현했다. 세
번째 시기는 만주사변(1931)부터 태평양전쟁(1941)까지의 10년간으로, 일
본인 이민자들이 타이완에 정착하여 뿌리를 내린 뒤 집중적으로 타이완
의 자연과 생활을 작품에 반영한 시기이다. 대표적인 작가로는《문예 타
이완》의 니시카와 미츠루와 하마다 하야오를 꼽을 수 있다.

이러한 문학사관은 타이완 문학을 전체 일본문학사의 맥락 속으로 편입시킬 의도를 가지고 있는 것이다. 구체적으로 말하자면, 일본 출신 작가가 창조한 타이완 문학은 일본문학 전통의 작은 부분일 뿐이다. 시마다 킨지는 타이완에 있는 일본인 작가들이 반드시 인종학·심리학·역사학·사회학·종교학 등의 각도에서 타이완의 민정民情을 이해하고, 이에 따라 견실한 이국정조의 문학을 창작하도록 당부했다.

황더스의 문학사관은 시마다 킨지의 관점과 완전히 상반된다. 그는 일본 점령기에 발전한 타이완 문학을 반드시 고전문학 중심의 정성공 시기, 강희·옹정제 시기, 건륭·강희제 시기, 도광·함풍 시기, 동치·광서제 시기와 함께 연결시켜 이해해야 한다고 생각했다. 이러한 관점에서 보자면 일제강점기 문학은 타이완 문학 전통에서 작은 부분만 차지할 뿐임을 알 수 있다. 타이완 문학을 정의할 때 황더스는 가장 광의의 관점을 견지했다. 그는 작가가 타이완에서 태어나 활동하였는가의 여부에 관계없이 작품과 타이완과의 관계만 성립되면 모두 타이완문학사의 범주에 넣을 수 있다고 생각했다. 황더스의 역사 해석 전략은 매우 분명하다. 일본인이 쓴 타이완 문학 작품을 포함시키고자 한 것이다. 뿐만 아니라 당시의 문학에 전쟁 발발 전의 문학적 저항이라는 전통을 연결시키고자 한 것이다. 더 중요한 것은 그가 또 다른 글 〈타이완 문단 건설론台灣文壇建設論〉(《타이완 문학》 1권2호, 1941.9)에서 특별히 다음과 같은 사실을 지적했다는 점이다. 당시 문학계에는 중앙문단으로 진출하고자 하는 열망이 큰 작가들과 반대로 중앙문단을 무시하고자 하는 작가들이 동시에 존재하고 있었다. 전자는 타이완 문학을 발판으로 삼았고 후자는 오로지 타이완 문학을 건설하는 데 집중했다. 이러한 각종 논의를 바탕으로 볼 때 황더스의 문학입장은 타이완 문학의 자주성을 세우고자 함에 있었다고 이해할 수 있다. 이러한 태도는 시마다 킨지가 타이완 문학을 외지문학으로 바라보는 시각, 심지어 타이완 작가가 존재하고 있음을 완전히 무시했던 오만한 태도와 강하게 대비된다. 그러므로《문예 타이완》과《타이완 문학》사이의 긴장된 관계는 전쟁 시기 타이완 작가들의 우회적인 저항과 소극적인 비판을 보여준다고 할 수 있다.

　두 개의 문학 간행물이 상호 대치하고 상호 경쟁하는 상황에서 사실상 많은 걸출한 작품이 양산되었다. 이 시기에 타이완 작가들은 이후 계속해서 토론될 만한 훌륭한 소설들을 다수 발표했다. 양쿠이楊逵·뤼허뤄呂赫若·룽잉쭝·장원환·우융푸巫永福·우신룽吳新榮·왕창슝王昶雄·저우진보·천휘취안陳火泉·양첸허楊千鶴·구옌비샤辜顏碧霞가 그들이었다. 한편 신시新詩 방면에서는 양원핑과 추빙난邱炳南 외에, 풍차시사風車詩社의 성원들이 계속해서 가작을 발표하고 있었다. 특히 뤼허뤄와 룽잉쭝의 문학적 성취는 소홀히 취급해서는 안 된다. 이들은 미학 영역을 개척함에 있어 1930년대 작가들보다 더 비약적인 발전을 했다. 이들은 두 갈래로 나뉘는《타이완 문학》과《문예 타이완》의 미학 경험을 대표하여 문학사에서 중요한 편장을 차지한다.

뤼허뤄: 가족사로 국족사에 대항하기

▶ 呂赫若(呂芳雄 제공)

　뤼허뤄(1914-1951)의 본명은 뤼스두이呂石堆이며, 타이중臺中현 탄쯔潭子사람으로 타이중현 사범학교를 졸업했다. 1935년 소설 〈소달구지牛車〉를 일본 좌익 간행물《문학평론文學評論》에 발표하여 정식으로 등단했다. 같은 해에 〈폭풍우 이야기暴風雨的故事〉와 〈결혼 이야기婚約奇譚〉를 타이완문예연맹이 발행하는《타이완 문예台灣文藝》에 발표했다. 이로 인해 뤼허뤄의 이름은 동시기 작가들의 주의를 끌기 시작했다. 뤼허뤄의 초기소설에는 두 가지 특징이 있다. 하나는 일본 자본주의의 유입으로 인한 약탈과 타이완 봉건 전통문화로 인한 낙후에 대해 똑같이 비판적인 태도를 취하고 있다는 점이다. 다른 하나는 작중인물 중 여성을 중심으로 여성의 신분을 통해 타이완의 피억압적 지위를 암시했다는 점이다. 1930대 리얼리즘 풍토 속에서 뤼허뤄의 소설은 좌익적 색채와 여성에 대한 사고를 보여준다는 점에서 단연 눈에 띈다.

뤼허뤄가 같은 세대의 작가들과 다른 점은, 타이완사회를 단지 식민지배자와 피지배자의 사이에 끼워 두고 보는 것을 소설의 주제로 내세우지 않았다는 데 있다. 그는 식민화 과정에 녹아있는 근대화가 초래하는 충격에 주의를 기울이는 동시에 여성이 자본주의적 남성권력으로부터 억압받을 뿐 아니라 고유의 봉건문화에 내재되어 있는 부권체제로부터도 억압받는다는 점에 주목했다. 1930년대 작가들 중에서도 소설 속 여성 형상을 그려내는 데

▶ 呂赫若, (呂赫若小說全集)

심혈을 기울인 몇 안 되는 작가이다. 하지만 이것은 뤼허뤄가 여성의식을 가진 문학 창작자임을 의미하지는 않는다. 그는 단지 핍박을 가하는 자에게 일정 정도 저항하고 비판하기 위해 여성의 신체를 차용했을 뿐이다. 그가 1936년에 발표한 〈전도 수기: 아주 사소한 기록前途手記: 某一個小小的記錄〉(《타이완 신문학》 1권4호)과 〈여인의 운명女人的運命〉(《타이완 문예》 3권 7·8권 합본호)은 서로에게 거울 같은 작품이었다. 작품에 등장하는 남성들은 지식을 갖추고 있으면서도 다른 소설 속의 봉건지주나 자본가의 역할과 구별되는 점이 있다. 하지만 여성을 멸시하고 차별하는 지식인의

부권적 태도는 다른 소설 속의 지주와 자본가를 훨씬 능가한다. 소설을 통해 뤼허뤄는 의식적으로 다음과 같은 사실을 전달한다. 어떠한 조건 하에 있더라도 남성에게는 자신의 욕망을 만족시키려는 목표를 달성할 방법이 있고, 여성은 아무리 노력하고 유리한 조건을 만들어간다 하더라도 그 목표가 최종적으로 물거품이 되고 만다는 사실 말이다. 그는 초기작품에서 부권지배라는 것이 시대와 지역 그리고 사회의 성질에 관계없이 항상 존재한다는 사실을 분명하게 일깨우고자 했다.

▶呂赫若, 《淸秋》(呂赫若小說全集)

뤼허뤄가 등장한 뒤 타이완 문학의 표현 형식은 더욱 성숙해졌다. 그는 소설 구조와 스토리의 안배를 이전 세대보다 훨씬 더 중요하게 생각했다. 그는 상징·은유·전유 등의 문학기교를 상당한 수준으로 운용했다. 더 중요한 사실은 그의 리얼리즘 미학이 객관 사물을 평범하게 반영하는 차원에 머무르지 않았다는 점이다. 비판정신을 발휘했을 뿐 아니라 등장인물의 말과 행동 그리고 정서와 성격까지 장악했다. 뤼허뤄는 스토리가 발전해가는 속도를 조절하기 위해 지연되고 반복되는 언어적 리듬을 사용하는 데 뛰어났다. 자본주의 체제에 대한 날카로운 관찰은 〈소달구지〉, 〈결혼 이야기〉에서 기대이상으로 드러나 있다. 따라서 뤼허뤄를 리얼리즘 소설을 대표하는 걸출한 작가라고 하더라도 결코 과장된 평가가 아닐 것이다.

뤼허뤄는 1939년에 일본으로 건너가 성악을 공부했다. 도쿄에서 그는 더 많은 문학작품과 기타 예술 장르를 접할 수 있었다. 이 시기의 유학 경험은 이후 그의 문학창작에 큰 영향을 끼쳤다. 1942년에 돌아오자마자 황민화운동의 분위기 속에서 바로《타이완 문학》진영에 가입했다. 뤼허뤄의 소설은 두 갈래로 발전하였는데, 타이완 고유의 풍토를 새롭게 발굴하는 한편 타이완인과 일본인 사이의 관계를 처리하는 문제에 집중했다. 하나는 타이완의 전통적인 가족이 변화하는 데 초점을 두고 구윤리에 새로운 정의와 해석을 가하는 것이었다. 대표작으로는 〈재물, 자식, 장수財子壽〉, 〈풍수風水〉, 〈사원廟庭〉, 〈달밤月夜〉[6], 〈평안한 가족合家平安〉[7], 〈석류石榴〉[8], 〈가을淸秋〉[9] 등이 있다. 다른 하나는 민족 간의 화해와 충돌을 처리하는 문제로 이 주제는 전통과 근대화 사이의 긴장된 관계를 암시하고 있다. 대표작으로는 〈이웃隣居〉[10], 〈옥란화玉蘭花〉[11], 〈가을〉, 〈산천초목山川草木〉[12], 〈험악한 생존환경風頭水尾〉[13] 등이 있다.

뤼허뤄가 보여주는 풍격은《타이완 문학》의 리얼리즘 전략을 대표한다고 할 수 있다. 다른 작가에 비해 지방색채를 탁월하게 보여준다. 타이완의 가족 문제를 다루고 있는 거의 모든 소설에서 농촌생활의 풍경을 대단히 섬세하고 깊이 있게 묘사하고 있다. 향촌의 도로·수목·강물·돌다리·기와집의 대청·의자·창틀의 조각·편액과 같이 가볍게 지나칠 수 없는 디테일이 담긴, 민속풍이 강한 작품이 전쟁의 기운이 치솟는 시대에 발표되었다는 점은, 분명 미묘한 문화적 의미가 있다. 〈재물, 자식, 장수〉(《타이완 문학》 2권2호, 1942.4)를 예로 들어보면, 뤼허뤄는 몰락한 부잣집 가족을 묘사할 때 서두에서부터 무려 2천 여 자를 사용하여 전체적인 풍경을 그려냈다. 그리고 각종 경물의 위치를 크고 작게 끊임없이 세심하게 교차시켰다. 마치 카메라 무빙camera moving을 하듯이, 돌을 깐 길·묘지·나무다리·강물·대나무 숲의 그늘에서부터 붉은 벽돌로 된 문루門樓·논밭·아카시아 나무·수세미 차양·정원의 과수 등을 통해 독자를 기억으로 충만한 세계로 이끌어간다.

문루는 이미 낡은 건축물이다. 담벼락에 칠해진 색채와 각종 사람 모양의 조각들이 군데군데 깎여나갔고 겨우 흔적만 남아있다. 대문 위에는 푸른색으로 쓴 '복수당福壽堂'이라는 편액이 걸려 있다. 이 편액도 곧 떨어질 것이다. 거미줄로 가득하니까. 안으로 들어가면 곁에 있는 전등의 기둥에 타이완 강아지 한 마리가 묶여 있다. 사람을 보자 쉬지 않고 미친 듯이 짖어댄다. 목을 맨 줄이 곧 끊어질 것 같은데, 새하얀 이빨을 드러내고 호시탐탐 기회를 노리고 있다. 부락의 주민들은 이 개를 두려워하고 있기 때문에 무슨 중요한 일이 생기지 않는 한 거의 이 곳에 다가오지 않는다. 이 모든 것은 사실 주인이 딱 바라는 바이다. (린즈제林至潔 번역)[14]

이 가정의 퇴락과 고립을 두드러지게 표현하기 위해 뤼허뤄는 몰락한 느낌을 줄 수 있는 각종 디테일에 공을 들여 독자에게 깊은 인상을 준다. 가장 생생한 부분은 정적인 분위기에 사나운 개 한 마리를 등장시킨 대목으로, 죽은 듯 고요한 가문이 이 생명체 때문에 비로소 동적인 느낌을 가지게 된다. 이처럼 뤼허뤄는 경물을 묘사한 다음에 인물을 등장시킨다. 스토리 전개 상 최초의 말은 다음과 같이 시작된다. "위메이玉梅는 불쌍한 여자 아이이다. 소녀의 돌아가신 부친이 그녀가 시집가서 남의 집의 첩이 되었다는 사실을 알게 된다면 얼마나 탄식할지 모를 일이다."[15] 짧은 말이지만 이 여성의 신세와 처지를 바로 알아챌 수 있다. 그런데 이러한 비참한 독백에 뒤이어 뤼허뤄는 다음과 같이 묘사하고 있다. "연로한 소녀의 모친은 눈물을 흘리며 다른 사람에게 하소연하지만, 속으로는 딸아이가 돈 있는 사람의 아내가 되었다고 매우 기뻐했다."[16] 이렇게 엮어낸 갑작스러운 전환과 아연실색하게 하는 구조는 분명 이전 세대의 작품에서는 발견할 수 없는 것이다.

다시 생각해볼만한 점은 뤼허뤄가 어째서 이러한 디테일의 묘사에 탐닉했는가 하는 것이다. 그는 가족 이야기를 전개해나가는 데 주력하며 전통가정 내부의 충돌·몸부림·붕괴의 과정을 묘사함으로써 소설 밖 현실에서 펼쳐지고 있는 전쟁의 충돌과 몸부림을 피한 듯하다. 중요한 역사적 사건이 발생하자 식민정부는 '핫코 이치우八紘一宇'3), '동아공영東亞共榮'이라는 구호를 높이 외치며 야마토민족주의 정신을 적극 선전했지만, 뤼허뤄의 소설은 전혀 호응하지 않았다. 오히려 그는 시선을 돌려 타이완 고유의 농촌식 가족문화를 관찰하고 타이완 민족의 성격·역사적 기억·집단적 정서를 발굴해냈다. 이러한 주제를 탐구했다는 것은 식민정부를 풍자하는 의미가 있다. 당시 전반적으로 거대 서사적 예술을 추구하는 경향이 만연했는데, 뤼허뤄는 사소하고 지엽적인 소인물 형상에 호소했기 때문이다. 그는 분명 국가주도적 문화지배를 피하는 데 전력을 기울였다. 그의 작품을 전쟁이 진행 중인 국면에 놓고 보면 비판할 여지를 찾을 수 없다. 이러한 우회적인 표현방식은 식민지 문학의 최선책으로 평가받아야 한다.

그 역시 전쟁이라는 국책의 영향에서 완전히 벗어날 순 없었다. 그의 소설 속에 등장하는 일본인 형상에 대해서도 생각해볼 만하다. 이를 테면 〈옥란화〉라는 작품은 대단히 정교한 메타픽션metafiction이라고 할 수 있다. 이 작품은 누렇게 빛바랜 어린 시절의 사진 한 장에서부터 출발하는데, 이 낡은 사진을 통해 뤼허뤄는 놀랄만한 상상력을 발휘하여 사실인 듯 허구인 듯한 유년의 기억을 그려냈다. 소설의 초점은 어린아이인 '나'와 사진기를 들고 다니는 일본인이 상호작용을 하는 데 집중되어 있다. 이를 통해 우정 어린 감정과 호기심어린 관찰이 서로 다른 세대, 서로 다른 민족 사이에서 미묘하게 대응관계를 이루고 있음을 보여준다. 소설이 담고 있는 메시지는 순박한 전통문화를 대표하는 할머니와 현대문화를 상징하는 사진기를 통해 은유된다. 뤼허뤄는 이완 기법을 사용하

---

3) 태평양전쟁을 일으킨 일본 제국이 침략 전쟁을 합리화하기 위해 내세운 구호로, '핫코八紘'는 전 세계를, '이치우一宇'는 하나의 집, 즉 '전 세계가 하나의 집'이라는 뜻을 가지고 있지만 사실상 일본 천황을 위한 세계정복을 의미한다.

여 어린 아이와 일본인 사이의 감정을 천천히 구축해간다. 스토리의 중요한 전환점은 근대화를 상징하는 일본인이 병이 들어 죽음에 임박할 즈음에 등장한다. 예상외로 일본인을 구해 주는 것은 옛 것을 지켜온 선량한 할머니였던 것이다. 할머니는 향과 금박지를 사용하는 미신적 방식으로 일본인을 위해 초혼을 하고 마침내 성공적으로 그의 생명을 구하게 된다. 이 소설은 근대화가 결코 무슨 신묘한 것이 아니며, 전통문화 역시 그렇게 낙후된 것이 아니라는 점을 폭로한다. 양자지간에 누가 더 낫고 누가 열등한가 하는 문제를 독자들이 정당한 입장에서 판단하도록 여지를 둔 작품이라고 할 수 있다.

전쟁 장면이나 민족 간 경계선을 묘사함에 있어서 뤼허뤄는 언제나 타이완 향토의 가장 아름다운 일면을 정성껏 형상화하고자 노력했다. 황민화소설로 회자되는 소설 〈가을〉은 내심의 진동을 일으키는 작품이다. 뤼허뤄는 이완 기법을 재차 사용하여 주인공 야오쉰耀勳이 고향으로 돌아와 진료소를 개원하는 모순적인 감정을 상세하게 탐색했다. 전쟁이라는 것이 먼 곳에서 그를 소환하지만 한편으로는 전통적인 효가 그를 고향에 머물게 붙잡는다. 전쟁 시기의 지식인 청년이 전쟁에 투입되는 것을 합리적으로 거절한다는 것은 거의 불가능하다. 하지만 이 소설은 복잡하고 우회적인 줄거리를 통해 야오쉰이 의사가 되어 고향에 남게 되는 과정을 보여준다. 〈가을〉은 뛰어난 소설에 속하기도 하고 걸출한 산문에 속하기도 한다. 이 소설의 도입이 어떠한지 한번 살펴보자.

> 어렴풋하게 일렁이는 아지랑이 속으로 국화가 날리고 있고, 거미가 짠 가느다란 거미줄에 수많은 새하얀 이슬방울이 맺혀 있다. 물을 뿌리자 이슬방울이 또르륵 떨어지고 다른 물방울이 또 그 자리를 대신했다. 이윽고 저항하는 듯했던 구불구불한 실선이 끊어지자 물방울이 똑똑 소리도 없이 잎에서 떨어졌다. 날이 갈수록 선명한 녹색을 띠는 국화잎은 찬란한 계절의 향기에 휩싸여 따사로운 여명 아래 낀 짙은 안개를 점점 파고들더니 희미한 빛 사이로 흔들거린다. 몇 년 전부터 볼 수 없었던

새로 난 국화잎이로구나. 신선한 식물의 향기가 감지되자 야오쉰은 물뿌리개를 들고서 새로 난 잎의 향기를 한참 동안 몽롱하게 맡았는데, 자기도 모르게 입술을 신선한 잎에 갖다 대었고 끝내 손을 뻗어 잎을 만지지 않을 수 없었다. 부드러운 잎의 촉감을 느끼자 마음을 후련하게 해주는 차가움이 손끝을 타고 뼛속까지 파고들었다. 그는 소변을 보고 난 것처럼 가볍게 몸을 떨었다.(린즈제 번역)[17]

비록 중국어로 다시 옮긴 문장이긴 하지만 뤼허뤄의 영혼 깊은 곳에 여전히 남아있는 고향의 토지에 대한 미련을 엿볼 수 있다. 방랑자가 고향의 품으로 돌아온 심정이 생생하게 지면상에 드러나 있다. 안개 낀 새벽에 본 국화잎을 손가락 끝으로 만지기까지 그는 거의 200자에 가까운 글을 사용했다. 이렇게 동작 하나를 아주 천천히 포착하는 것은 거의 사진 리얼리즘photographic realism의 기교에 가깝다. 이것은 뤼허뤄가 이완 기법을 사용했다는 구체적인 증거이자 당시의 시국변화와 전쟁이 확대되는 속도 및 리듬과 대비되는 것으로, 설사 뤼허뤄가 반전을 암시하지는 않았다 하더라도 최소한의 저항적인 의미를 드러냈다고 할 수 있다. 〈사원〉, 〈이웃〉, 〈달밤〉, 〈평안한 가족〉, 〈풍수〉, 〈석류〉와 같은 작품속의 세부적이고 완만한 구조와 리듬은 뤼허뤄 소설의 전형적인 특징이다.

뤼허뤄는 1944년 소설집 《가을》을 출판하여 7편의 소설을 수록했다. 7편의 기조가 모두 동일한데 공통적으로 봉건문화와 근대화에 대해 비판적인 태도를 견지하고 있다. 그러면서도 자신의 타이완 토지에 대한 열정과 그리움을 전혀 숨기지 않고 있다. 이처럼 선명한 아이덴티티는 설명할 필요조차 없다. 황민화운동이 고조되면서 타이완 작가들은 속마음을 공개하지 않으면 안 되었기 때문에, 뤼허뤄의 소설집 《가을》에도 국책을 옹호하는 그림자가 드리워져 있다. 하지만 그는 이완 기법을 반복적으로 사용하여 불확실한 필법으로 국책에 대해 주저하고 방황하는 태도를 취했다. 국책을 옹호하는 장면에서는 소설 속 인물이 '갑자기 깨닫는' 방식으로 결심을 하게 되는데, 거기에 논리라고는 없다. 일례로 〈가을〉에 등장하는 남동생 야오둥耀東은 느닷없이 "남방은 이후 내가 활약하는 무대가 될 거야"라고 한다. 이 대목은 소설이 전개됨에 있어 전후 양쪽에서 연결 지점을 찾을 수 없다. 마찬가지로 1944년에 발표된 〈산천초목〉의 여주인공 바오롄寶連은 도쿄에서의 생활을 포기하고 고향으로 돌아가 부친을 이어 토지를 일구는 노동에 종사하기로 결심하게 되는데, 이 역시 갑작스러운 깨달음을 통해 실행하게 된다. 이 여성이 고향으로 돌아갈 이유를 말하는 도중에 갑자기 "현재 생산증가가 독려되고 있으니, 나는 잠시 음악을 포기하고 열심히 생산에 종사하겠다"와 같은 말이 삽입되어 있어 전혀 논리적인 맥락을 발견할 수 없다. 이처럼 뤼허뤄의 작품에서 국책을 옹호하는 억지스러움과 부연 구절은 쉽게 눈에 띈다.

룽잉쭝: 허무한 자연주의자

룽잉쭝(1911-1999)의 본명은 류룽쭝劉榮宗이고 신주新竹 베이푸北埔 사람이다. 타이완 상공商工학교를 졸업하고 타이완은행에 입사해 근무했다. 1937년 소설 〈파파야 나무가 있는 마을パパイヤのある街〉[18]로 일본《개조

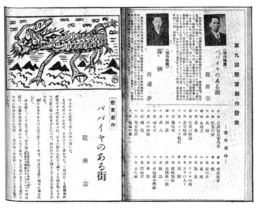

▶ 龍瑛宗, 〈파파야 나무가 있는 마을〉

▶《改造》

改造》잡지의 제9기 원고모집대회에서 가작에 당선되어 타이완 문단에 등장했다. 이 작품의 풍격은 1930년대 주류 리얼리즘과 판이하게 다르다. 자본주의의 약탈적 성격을 드러내지 않으며 정면에서 적극적으로 비판하지도 않는다. 하지만 이 작품은 처절한 고민과 선명한 절망으로 충만하다. 소설의 주제는 타이완 지식인을 에워싸고 있던 아이덴티티 문제다. 루거차오사변이 발발하기 전에 룽잉쫑이 무의식중에 드러낸 시대적 패배감은 연구해볼 가치가 있다.

룽잉쫑 이전에 민족 아이덴티티의 동요와 관계가 있는 제재를 이미 여러 차례 살펴본 바 있다. 앞 장에서 살펴봤던 차이추퉁蔡秋桐과 주뎬런朱點人의 소설 모두 이러한 문제를 매우 깊이 있게 다룬 것이다. 그러나 〈파파야 나무가 있는 마을〉은 불안정하고 우유부단한 내면을 탐색함에 있어 훨씬 날카롭다. 소설의 주인공 천유싼陳有三은 마을에 막 부임한 뒤 타이완인과 일본인의 민족 간극을 인식하기 시작한다. 공간적 배치에서부터 두 민족 간의 권력 영역이 분리된다. 일본인의 거처는 "마을 어귀에

▶ 龍瑛宗(劉知甫 제공)

들어서면, 오른쪽에 개나리로 둘러싸인 담장 안에 일본인 주택이 산뜻하고 가지런하게 배열되어 있는데, 주위에는 파파야나무가 무성하게 자라고 있었다. 진초록의 커다란 잎 사이로 타원형의 열매가 주렁주렁 달려 있었는데 연한 꼭두서니 빛깔의 석양빛을 받으며 특별한 광채를 더하고 있었다." 타이완인의 거주공간은 또 다른 인물인 쑤더팡蘇德芳의 묘사를

통해 알 수 있다. "여섯 자짜리 다다미방에 두 자 정도 되는 현관 하나가 달려있는 집이 방세는 매달 6위안이야. 하지만 보는 바와 같이 사방이 꽉 막혀 있어서 공기도 잘 통하지 않고, 음기가 강해서 어린 애는 1년 내내 병을 달고 살 수밖에 없어." 그런데 이러한 공간의 권력적 배치는 결코 식민지 사회 구조의 문제를 완전히 보여주는 것은 아니다. 더 주목할 만한 것은 장기간 지배를 받은 결과 타이완인이 열등감을 내면화하고 있다는 점이다. 그들은 자신의 인격을 개조하기 위해 노력하고 날마다 일본인과 동등해질 수 있기를 바랐다.

사회에 첫 발을 내딛으며 작은 마을로 온 천유싼은 문관고시를 통과하여 향후 일본인의 상류사회로 들어설 수 있기를 고대한다. 이 소설에는 지참금을 보내는 결혼제도에 대한 지식인의 냉소적 시선이 적나라하게 담겨 있어서, 타이완인으로 태어난 운명에서 영원히 벗어날 수 없음을 잘 보여주고 있다. "전 이 마을 분위기가 정말 두려워요. 썩어 문드러진 과일 같아요. 청년들은 절망의 늪에서 방황하고 있는 것 같고요." 이것은 소설 속의 또 다른 인물인 린싱난林杏南의 큰 아들의 고백으로, 그의 진실한 감정을 잘 보여준다. 그는 심지어 "우리의 눈앞에는 암흑으로 꽉 막힌 절망의 시대가 놓여있어요. 이러한 상태가 영원히 지속될까요? 아니면 유토피아 같은 행복한 사회가 반드시 도래할까요?" 라고 고통스러워하며 자신의 초조한 마음을 보여준다. 이렇게 역사의 출로를 찾지 못했던 린싱난의 큰 아들은 결국 천유싼에게 무기력한 심정을 담은 유서 1통을 통해 전쟁 발발 전 타이완 사회가 자아를 구할 방법이 없는 상황에 처해 있었음을 보여준다.

청춘이란 무엇이며 연애란 무엇인가? 이런 이상한 느낌은 도대체 얼마의 값어치가 있는가?
나는 조용히 차갑고 거무스름한 땅 아래 가로누워 있지 않을 수 없다. 구더기가 나의 배와 가슴에 구멍을 내기를 기다리고 있다. 머지않아 무덤가에는 잡초가 무성할 테고 온갖 나무들이 단단하게 뿌리내리고는 나의 얼굴, 가슴, 손발을 단단히 에워싸고 양분을 빨아들이면서 꽃을 피우겠지. 쾌청한 봄날의 하늘 아래에서 아름다운 꽃송이가 한들한들 흔들리며 행인의 눈을 즐겁게 해주겠지.(장량쩌張良澤 번역)[19]

죽음의 분위기가 강렬하게 소설 전반을 관통하고 있다. 룽잉쭝의 글자와 단어 사용에는 장인 정신이 깃들어 있다. 가장 화려한 자구로 죽음을 해석하여 표면적으로는 탐미적이지만 속은 썩어문드러짐을 비할 바 없이 잘 표현하고 있다. 죽음이라는 주제가 룽잉쭝 사상의 상태를 잘 보여준다고 할 수 있다. 그는 현실사회와 동떨어져 있으며 심지어 시대 전반과도 동떨어져 있다. 이러한 서사 전략은 의심할 바 없이 자아추방이라는 양상을 변이시킨 것이다.

뤼허뤄의 리얼리즘 기교와 비교해 볼 때, 룽잉쭝이 걸어간 노선은 차라리 자연주의에 가깝다고 할 수 있다. 작품을 써내려가면서 룽잉쭝은 결코 자신의 의지대로 등장인물의 기복을 이끌어가려 하지 않는다. 그보다는 오히려 관찰하는 사람과 사건 현상 자체가 등장인물들을 그대로 드러나게 하여, 작가는 비판에 참여하지도 않고 논단에 개입하지도 않는다. 그러므로 그의 소설은 유미적으로 보이겠지만 강한 비애와

▶ 龍瑛宗(《文訊》 제공)

허무한 색채도 느낄 수 있다. 그는 같은 세대 작가들 중에서 가장 다작한 작가이기도 한데 소설 외에 산문과 짧은 논평도 함께 썼다. 1941년 타이완문예가협회에 가입하기 전에 30여 편의 장·단편의 작품을 창작했다.

니시카와 미츠루가 주편을 맡은《문예 타이완》에 가입한 후 룽잉쭝의 문학 생산력은 더욱 만개했다. 황민화운동 시기에도 룽잉쭝은 여전히 부지런하게 탐미적인 문학을 추구했다. 이러한 경향은 당시 지방문화를 진흥시키고자 했던 분위기와 서로 호응했다고 평가할 수 있다. 하지만 룽잉쭝과 니시카와 미츠루는 문학 주체성에 대한 인식이 서로 달랐다. 상술했듯이 니시카와 미츠루가 건설하고자 한 남방문학은 거대하고 풍성한 제국문학을 구축하기 위한 것이었다. 룽잉쭝은 결코 이와 같지 않았다. 시마다 킨지가 제기한 외지문학이라는 관점에 대해 룽잉쭝은 '외지문학의 성격은 향수와 퇴폐가 아니라 이 땅에서 나고 자라고, 이 땅에 묻히고, 이 땅을 열렬히 사랑하고, 이곳의 문학수준을 향상시키기 위해 창작되는 문학'(〈새로운 체제의 문화新體制の文化〉(《문예 타이완》 2권1기, 1941.3.1))이라고 지적한 바 있다.

룽잉쭝은 전쟁 후에 쓴 글(〈《문예 타이완》과 《타이완 문예》〉, 린즈제 번역, 《타이완근현대사연구台灣近現代史硏究》 3기, 1981.1)에서도 전쟁시기의 유미적 경향을 유지했는데 그 원인은 다음과 같다. "나는 식민지 생활의 고통이 최소한 문학 영역에서는 자유롭게 환상의 날개를 펼쳐 날아올라 위로를 할 수 있다고 생각했다. 현실이 비참하면 할수록 환상도 화려해질 것이다. 마찬가지로 식민지에 발을 들인 일본인 제군들도 살풍경의 타이완을 목격하고 나면 일본문학과는 다른 변종된 꽃을 피울 것이라 생각했다." 미에 대한 추구는 룽잉쭝에게 고민의 연장이었음을 확인할 수 있다. 일본작가가 심은 변종화와 결과적으로 다른 것이었다고 할 수 있다. 룽잉쭝은 이때 그의 문학 생애에서 가장 풍부한 수확을 거뒀다. 대표작으로는 〈귀신白鬼〉(1939)[20], 〈황 씨네 가족黃家〉(1940)[21], 〈시골 아가씨의 죽음村姑娘逝矣〉(1940)[22], 〈황혼 무렵黃昏月〉(1940)[23], 〈새하얀 산맥白色的山脈〉(1941)[24], 〈몽식맥貘〉4)(1941)[25], 〈어떤 여인의 일대기一個女人的記錄〉(1942)[26],

---

4) 사자, 코끼리, 호랑이, 곰의 특징을 조금씩 다 가지고 있는데 인간의 악몽을 먹는다

〈행복이란 알 수 없는 것不知道的幸福〉(1942년)[27]이 있다.

이러한 대표작들은 일본인이 전혀 등장하지 않으며 다양한 여성 형상이 부각되어 있다는 두 가지 특징을 가지고 있다. 이 작품들에는 지식인으로서의 사고가 짙게 배어있기 때문에 사물에 대한 관찰과 분석이 냉정하고 객관적으로 담겨 있다. 자아세계에 갇혀 있는 지식인 형상들은 도망갈 곳이 없기 때문에 좌절한다는 점에서 〈파파야 나무가 있는 마을〉의 등장인물들과 닮아있다. 그러나 이러한 소설들은 전쟁 시기의 황민화운동의 조류 속에서 창작되었기 때문에 정치적 전략이 농후하게 배어있다. 〈황 씨네 가족〉의 주인공은 음악가가 되고 싶은 꿈을 가지고 있지만, 생계를 꾸려야 한다는 부담감에 얽매이고 아이가 중병에 걸리는 바람에 결국 술독에 빠져 세월을 보내게 된다. 〈황혼 무렵〉의 주인공 역시 의지가 무너진 인물로, 난관을 적극적으로 헤쳐 나가고자 하는 정신이 결여되어 있으며 스스로를 부패한 세계 속에 감금해 둔다. 이러한 인물 형상들로부터는 시대적 광명과 역사의 위대함을 근본적으로 찾아볼 수 없다. 오히려 이런 인물형상과 전운이 절정에 오른 국면을 대조시켜보면 극도로 풍자적임을 알 수 있다. 일본인의 그림자도 없고 황민화운동에 호응할 필요도 없지만 열등감에 찌들어 환멸에 빠진 남자라는 이러한 음성화된 글쓰기는 룽잉쫑의 심리 상태가 극도로 억눌려 있음을 충분히 설명해준다.

그의 음성화된 글쓰기는 〈시골 아가씨의 죽음〉, 〈어떤 여인의 일대기〉 그리고 〈행복이란 알 수 없는 것〉에 등장하는 여성 형상에도 드러나 있다. 애수에 찬 우울한 여성들은 불우한 운명의 소용돌이에서 열세에 처해 있지만 여전히 강인하게 살아가며 강건한 사랑을 가지고 있다. 룽잉쫑의 섬세한 감정과 낭만적 상상은 죽음을 그렇게 두렵지 않은 것으로 변모시킨다. 그의 소설은, 죽음은 동경할 수 있는 것이고 추구할 수도 있

는 중국의 전설속의 동물이다. 작품 속에서는 온몸에 반점이 있고 두꺼운 꼬리를 가지고 있으며 코가 유난히 길고 크게 묘사되어 있다.

는 것이라고 암시하고 있는 듯하다. 당시의 일본인 평론가 시부야 세이이치澁谷精一는 룽잉쭝의 소설을 '병태적 낭만'이라고 평가한 바 있다. 식민정부가 요구하는 양강陽剛과 투지의 미학과 대조적으로 룽잉쭝의 문학은 선명하게 시대의 궤도에서 벗어나 있다. 룽잉쭝은 1941년 자신의 작품을 변호하기 위해〈열대의 의자熱帶的椅子〉를 쓴 적 있다. "여기에 있는 어떤 타이완인의 작품을 읽고 유치하다고 비웃을 수는 있겠지만, 작품 배후에 드리워진 망망하고 어두운 문화를 고려하지 못한다면 이 작품을 완전히 이해했다고 할 수 없을 것이다!"(《문예수도文藝首都》 9권3호, 1941.4)

배후에 드리워 있는 망망하고 어두운 문화는 침울한 내심의 폐부에 있던 말이라고 할 수 있다. 일본인 작가가 주도하는《문예 타이완》집단 속에서 룽잉쭝은 타이완문화를 진흥시킨다는 시류를 따라 민속 색채가 강한 낭만적 소설을 창작했다. 식민정부의 눈동자가 그의 작품을 세밀하게 검토했다면, 그도 우울한 눈동자로 반대편에서 서서 그 거대한 시대를 응시했다고 할 수 있다. 그는 황민화운동에 협력하지 않았으며 전쟁이라는 국책에 호응하지도 않았지만, 식민체제를 비판하지도 않았으며 반전反戰을 주장하지도 않았다. 자연주의적으로 표현된 룽잉쭝의 비관적인 정서가 더 설명할 필요도 없이 이러한 모든 정황을 다 표현했다고 할 수 있을 것이다.

저자 주석

[1] 1940년 7월, 일본에서 제2차 고노에近衛내각이 들어서자 소위 '近衛新體制'가 시행됐다. 고노에는 천황을 직접 보조하는 정치 조직을 만들고자 '대정익찬회'를 만들었다. 10월 12일에 대정익찬회를 창립했음을 선포하고 고노에가 총재직을 직접 겸임했다. 나머지 요직에는 궁정귀족, 군정관료 및 파시스트 인사를 고루 안배하고 전국의 각 都道府縣에 지부를 설립했으며, 해당 지역의 知事로 하여금 지부장을 맡게 했다. 거주민은 모두 '도나리 구미隣組; 5-10가구로 조직된 마을조직'

로 편입됐다.

[2] 1940년에 타이완총독 고바야시 세이조는 〈國防國家體制則應重要方案答申書〉를 제안하고 이에 근거하여 〈台灣新體制基本綱領〉을 작성하여 다음해(1941년) 1월에 '황민봉공회'라는 명칭을 정했다. 그 후 軍·民·官에서 골고루 황민봉공회의 준비위원을 차출했고 4월 16일에 정식으로 황민봉공회 준비위원회를 소집했다. 이 위원회에서 황민봉공회의 운동 요강과 실천 방향을 결정했고 다음날 정식으로 황민봉공회를 창립했다.

[3] 타이완총독부는 1942년 4월 1일에 '육군특별지원병제도'를 실시했는데, 그 지원 자격은 다음과 같았다. 지원자가 있는 지역을 관할하는 주지사나 청장의 추천을 받은 뒤 아래 기준에 따라 선발한다. 1. 17세 이상(쇼와 17년 12월 1일 기준), 2. 신장 152cm이상으로 육군 신체검사 규정에 따라 신체검사에서 갑에 준하거나 제1을에 상당하는 자, 3. 국민학교 초등과 졸업자이거나 동등한 학력 이상을 가진 자. 다음과 같을 경우 자격이 취소됐다. 1. 파산 후 복권할 수 있는 자, 2. 금고 이상의 처벌을 받은 자, 3. 벌금형을 받았거나 지원병에 부적합한 범죄를 저지른 자. 이것은 周婉窈, 〈日本在台軍事動員與台灣人的海外參戰經驗〉, 《台灣史研究》 2권1기(1995.6), p.94를 참고했다.

[4] 《風月報》의 전신은 《風月》잡지이다. 1937년 4월 1일 총독부는 타이완에서 한문 사용을 금지하는 정책을 실시했는데 거꾸로 《風月報》는 1937년 7월 20일에 복간됐다. 예스타오는 《台灣文學史綱》에서 《風月報》에 관해, 타이완 신문학운동이 전쟁 시기에 마치 '그물망을 빠져 나간 물고기처럼 거친 숨을 내쉬며 기적적으로 생존했다'고 묘사한 바 있다. 1941년 7월 1일 《風月報》는 다시 《南方》으로 개명했다. 이후 또 월간 《南方詩集》으로 바뀌었는데, 이 네 종류의 잡지의 발행 기간과 권호를 이어보면 장장 8년에 이른다. 그러므로 전쟁 시기의 대표적인 문예잡지였다고 할 수 있다.

[5] 林瑞明, 〈日本統治下的台灣新文學運動: 文學結社及其精神〉, 《文訊月刊》 29기 (1987.4), 48쪽.

[6] 《台灣文學》 3권1호(1943.1월 31).

[7] 《台灣文學》 3권2호(1943.4월 28).

[8] 《台灣文學》 3권3호(1943.7.31).

[9] 《淸秋》(台北: 淸水書店, 1944).

[10] 《台灣公論》 (1942.10).

[11] 《台灣文學》 4권1호(1943.12.25).

[12] 《台灣文藝》 창간호(1944.5.1).

[13] 《台灣時報》 27권8호(1945.8), 이후 《決戰台灣小說選》 坤卷에 수록, 타이완총독부

정보과.

[14] 呂赫若 著, 林至潔 譯,〈財子壽〉,《呂赫若小說全集》(台北: 聯合文學, 1995), p.227.

[15] 앞의 책, p.229.

[16] 앞의 책, p.230.

[17] 앞의 책, p.414.

[18] 일본의《改造》잡지(19권4호), 1937년 4월호 제9회 원고모집 가작 당선.

[19] 龍瑛宗 著, 張良澤 譯,〈植有木瓜樹的小鎭〉에서 인용. 龍瑛宗 등 저, 葉石濤
· 鍾肇政 주편,《植有木瓜樹的小鎭》(台北: 遠景, 1979), pp.60-61.

[20]《台灣日日新報》(1939.7.13, 22).

[21]《文藝》8권11기(1940.11).

[22]《文藝台灣》창간호(1940.1.1).

[23]《文藝首都》(1940).

[24]《文藝台灣》(1941.10월호).

[25]《日本風俗》(1941).

[26]《台灣鐵道》364호(1942.10.30).

[27]《文藝台灣》4권6호(1942.9.20).

제8장
식민지의 상처와 종결*

    태평양전쟁에서 전황이 불리해지면서 일본제국은 곤경에 빠졌다. 하지만 이 때문에 타이완총독부의 지식인에 대한 감시와 통제가 약화되거나 완화되는 일은 없었다. 원래 후방 기지의 역할을 했던 타이완은 1942년 이후에 전쟁터로 변했다. 미국 비행기의 수시 폭격에 섬 거주민들은 당황할 수밖에 없었다. 황민화운동은 전쟁의 리듬이 빨라지면서 부단하게 가속화됐다. 타이완작가의 사고와 활동 역시 전반적으로 전쟁 체제 속으로 편입되지 않을 수 없었다.

    이 시기에 가장 주목할 만한 것은 1942년 6월 일본작가들이 도쿄에서 '일본문학보국회日本文學報國會'를 정식으로 발족한 사실이다. 이 조직을 중심으로 모든 문학활동은 반드시 전쟁 정책에 호응해야 했다. 일본 본국의 작가들과 식민지 작가들 모두 편달식의 지휘를 받아들여야 했는데, 당시 일본의 저명한 작가들, 구메 마사오久米正雄·야나기다 구니오柳田國男·요시카와 에이지吉川英治·기쿠치 간菊池寬·야마모토 유조山本有三·사토 하루오佐藤春夫·오리구치 시노부折口信夫·도쿠다 슈세이德田秋聲·무샤노코지 사네야스武者小路實篤·가와바타 야스나리川端康成 등을 포함한 작가들이 제국 정부의 호소에 부응하여 보국행렬에 단체로 가입했다. 일

---

* 이 장은 고운선이 번역했다.

본문학보국회의 설립 목적은 "전 일본 문학가의 총력을 모아 황국의 전통과 이상을 실현하고 일본문학을 확립함으로써 황국문화를 선양한다"에 있었다. 이 조직의 설립 취지를 보면 문학활동이 전쟁 시국을 벗어날 수 없었고 작가들의 임무가 문학을 위한 문학에 있지 않았음을 알 수 있다. 제국정부에게 문학은 이미 전쟁이라고 하는 국책과 따로 떼서 생각할 수 없는 한몸이었고, 작가들은 반드시 일본문화를 선양해야할 책임의식을 가지고 있어야 했다. 이른바 황국의 전통과 이상을 실현한다는 것은 일본의 대외침략이라는 전쟁행위가 작가들의 사상과 창작을 통해 합리성을 띠지 않으면 안 된다는 의미였다.

식민모국인 일본작가들조차도 제국정부의 통제와 지휘를 받아들여야 했으니, 식민지 타이완의 작가들은 더더욱 총독부의 권력지배에서 벗어날 수 없었다. 타이완 신문학운동은 전쟁이 가열될 즈음 결국 엄혹한 정치적 시련에 직면하게 되었다. 구체적으로 말하자면, 타이완총독부가 고취하는 황민문학은 타이완에서 결코 단독으로 진행된 것이 아니었다. 제국의 지배하에 있던 전 범위 내에서 모든 작가들은 선택지 없이 사상전의 소용돌이 속으로 말려들어가게 된 것이다.

그러나 분명하게 알아둬야 할 것은 일본작가와 타이완작가가 똑같이 황민화운동에 참여하도록 압박을 받기는 했지만, 양측의 사상과 심리 상태는 결코 같지 않았다는 점이다. 전쟁은 일본이 일으켰다. 이 말은 즉 야마토민족의 흥망성쇠가 걸린 문제로서, 일본작가들에게 전쟁은 결코 단순한 영토 확장의 행동에 불과한 것이 아니라 제국문화를 고취하고 보급하는 것까지 고려해야 하는 문제였다. 이러한 차원에서 일본작가들은 민족國族 정체성과 문화 정체성이라는 문제를 둘러싸고 고민할 필요가 전혀 없었다. 반면 타이완작가에게 전쟁은 피식민지인이 어떻게 좌우할 수 있는 문제가 아니었다. 타이완작가들은 전쟁이라는 국책을 지지하기에 앞서 민족적·문화적 아이덴티티라는 장벽을 우선적으로 극복해야 했다. 황민문학운동이라는 그늘하에서 중요한 두 가지 문제가 타이완작가들을 시험하고 있었다.

첫째, 타이완인은 일본인인가 아닌가?

둘째, 전쟁이라는 국책에 호응해야 하는가?

이 두 가지 문제는 전쟁 시기의 문학작품들을 관통하고 있다. 이 문제에 대한 작가들의 반응을 통해 그들의 내면세계를 짐작해볼 수 있을 것이다. 민족 차원에서 자신의 태도를 표명한 대표적인 작가로는 저우진보周金波와 천훠취안陳火泉이 있고 겉으로 입장을 분명히 하지 않은 작가로는 왕창슝王昶雄이 있다. 전쟁이라는 차원에서 태도를 표명한 대표적인 작가로는 장원환張文環이 있고 겉으로 입장을 분명하게 드러내지 않은 작가로는 뤼허뤄呂赫若와 룽잉쭝龍瑛宗이 있다. 그들의 작품은 황민화운동에 호응하는 정도를 보여주고 있다. 이것은 대단히 복잡한 문제로 황민문학의 진상을 이해하려면 반드시 각 작가들의 위치에 대해 분명하게 밝혀내지 않으면 안 된다.

타이완문학봉공회台灣文學奉公會와 타이완작가

'황민문학'이라는 용어는 1943년 이후에야 등장하여 보편적으로 사용된 특수한 용어이다. 하지만 이것이 황민문학운동이 그 이전에는 진행되지 않았음을 설명하는 것은 아니다. 실제로는 1941년 12월 진주만 습격사건이 발발한 뒤 태평양전쟁이 확대되자 일본정부는 언론과 창작을 통제하기 시작했다. 이에 따라 문학가들의 애국회 활동이 차례로 전개되었다. 1942년 일본문학보국회가 발족되기까지 일본 통치자는 작가들의 다양한 노력을 재편성하는 선에서 멈추지 않았다. 만주·중국 화북지역·화중지역·화남지역·한반도·타이완 등 제국 치하의 작가들을 '대동아공영권大東亞共榮圈'이라는 기치 하에 애국과 보국 활동에 참여시켰다.

대동아공영권은 1940년 일본 외상 마쓰오카 요스케松岡洋右의 논조를 바탕으로 하지만 이 표어는 식민지 사회에서 중요한 정치구호로 사용되었다. 이 구호는 대단히 기괴한 사고를 내포하고 있다. 즉 일본문화를 중심으로 구미 제국의 세력을 물리치면 아시아를 서구 열강의 통치하에서 해방시킬 수 있다는 것이다. 다시 말해 식민지배자인 일본이 제국주의라는 이름을 영미 열강 서방국가에 갖다 붙이고 일본의 제국으로서의 본질을 은폐하는 것이었다. 대동아공영권이라는 표어는 식민지의 수많은 인민들을 크게 기만하는 작용을 했다. 그들은 영미 문화에 저항하는 한편 무의식중에 일본의 이른바 '황민문화'를 받아들이게 되었다.

대동아공영권이 발전함에 따라 타이완에서 1941년 4월 황민봉공회皇民奉公會가 발족되었다. 이 조직은 타이안총독부에 직속된 중앙본부 산하에 설립되었다. 그 아래 행정구역 즉, 주州·청廳·시·군·구·가街·장庄 등 하부 행정단위에 분회가 설립되었고, 보갑保甲조직2)에 이르기까지 봉공반奉公班이 설립되었다. 황민봉공회는 전반적으로 중앙집권적 전쟁체제 구조를 띠고 있다. 바로 이와 같은 조직을 통해 사상·문화 방면에서 서적·신문·잡지·그림자극·영화 등의 선전매체를 전파하여 식민지 백성을 세뇌하기에 이르렀다. 사상 통제라는 목표를 달성하기 위해 황민봉공회의 임무는 특별히 그해 8월에 문화부를 설립하는 것이었고, 이를 통해 황국정신이 타이완섬의 구석진 곳까지 침투할 수 있기를 기대했다. 지리적으로는 물론 심리적으로도 이 거대한 조직망에서 벗어날 수가 없었다.

타이완작가들은 바로 이러한 상황하에서 황민봉공회 문화부의 관리하에 놓이게 되었다. 주목할 만한 사항은 문화부가 일본문학보국회의 호소에 호응하여 대표를 파견하고 제1차 대동아문학자대회第1屆大東亞文學者大會에 참여했다는 것이다. 타이완을 대표하는 작가로는《타이완 문학》

---

2) 청대 타이완의 지방자위조직을 일본이 10호=1갑, 10갑=1보로 편성하여 '보갑제도'를 완성했다. 일본 경찰을 보좌하여 지방 치안을 안정시키는 역할을 했다. 이 보갑조직을 바탕으로 한 '봉공반'이 황민봉공회의 가장 작은 조직이고, 가와 장에는 '분회分會'를, 군과 시에는 '지회支會'를, 주와 청에는 '지부支部'를 설치했다.

의 장원환을 제외하고 《문예 타이완》에 소속된 니시카와 미츠루西川滿·하마다 하야오濱田隼雄·룽잉쭝이었다.

제1차 대동아문학자대회는 1942년 11월 1일 도쿄에서 개최되었다. 참가한 작가로는 일본·타이완에서 온 사람을 제외하고 만주에서 온 줴칭爵靑·구딩古丁·우잉吳瑛을 포함해서 중화민국의 화북지역을 대표하는 저우쭤런周作人(불출석)·첸다오쑨錢稻孫·선치우沈啓無·유빙치尤

▶《藝文》「大東亞文學者會議號」

炳圻·쉬쭈정徐祖正·위핑보兪平伯(불출석), 화중지역을 대표하는 저우화런周化人·쉬시칭許錫慶·딩위린丁雨林·판쉬쭈潘序祖·류위성柳雨生·관러우關露·쿠사노 신페이草野心平 등이 있다. 대회의 규모를 감안하면 제국의 웅대한 기획이 반영되었다고 할 수 있다. 타이완 대표였던 룽잉쭝은 대회에서 다음과 같이 발언했다. "소위 대동아 정신이란 일본을 중심으로 대동아 동포가 함께 기뻐하고 즐거워하는 정신으로, 민족과 민족 간의 이해, 영혼과 영혼의 교류를 근본으로 하는 것입니다." 이러한 발언은 대회의 기조에 바탕을 두고 있었다. 대회에 참가한 모든 작가들이 대부분 민족문화의 교류와 공영을 발언의 중심 주제로 삼았다.

대동아문학자대회 이후 타이완문단은 크게 두 갈래로 발전했다. 하나는 회의에 참석한 4명의 작가들이 황민봉공회의 요청을 받아들여 타이베이 공회당에서 거행된 '대동아문예회의大東亞文藝會議'에 출석하였다는 사실이다. 1942년 11월 3일부터 10일까지 개최되었다. 다른 하나는 황민봉공회 문화부가 일본문학보국회의 지도를 직접적으로 받아들여 '타이완문학봉공회'가 설립되었다는 것이다. 1943년 4월 29일의 일이었다. 이 두 가지 사실로부터 타이완총독부의 간섭이 더욱 가속화되었음을 알 수 있다. 전자는 도쿄의 대동아문학자회의의 성과를 선양하여 타이완작가들에게도 제국문화의 역량을 느끼게 할 수 있었고, 후자는 타이완의 문학 활동을 도쿄를 중심으로 하는 문화시스템 속에 직접적으로 편입시킬 수 있었다.

▶ 하마다 하야오·룽잉쭝·니시카와 미츠루·장원환이 제1차 '대동아문학자대회'에 참가했을 때(劉知甫 제공)

1943년 4월 10일 총독부는 먼저 일본문학보국회의 타이완지부를 결성시켰다. 조직구조를 보면, 지부장은 야노 호진矢野峰人, 이사장은 니시카와 미츠루, 이사에는 시마다 킨지島田謹二·타키타 테지瀧田貞治·사이토 이사무齊藤勇·마츠이 도루松居桃樓·장원환·야마모토 요코山本孕江·하마다 하야오(간사장 겸직), 간사에는 룽잉쭝이 임명되었다. 바로 이어서 타이완문학봉공회가 설립되었는데 조직의 간부로는, 회장 야마모토 신페이山本眞平(황민봉공회 사무총장), 이사장 린전류林貞六(황민봉공회 문화부장), 상무이사 야노호진, 이사로는 타키타 테지·니시카와 미츠루·마츠이 도루·사이토 이사무·야마모토 요코·장원환·츠카코시 마사미츠塚越正光·하마다 하야오(간사장 겸직), 간사장으로는 나가사키 히로시長崎浩·룽잉종이 있었다.

이 두 조직을 나란히 비교해 보면 식민 권력조직의 복제품임을 알 수 있다. 첫째, 정치가 문학을 지도한다는 것이 주요한 특징이다. 따라서 문학에 대해서 전혀 알지 못하는 황민봉공회의 사무총장인 야마모토 신페이가 타이완문학봉공회를 이끌었다. 둘째, 도쿄가 타이베이를 지도한다는 점이 또 다른 특징이었다. 그래서 타이완작가들은 반드시 도쿄작가들의 지휘를 따라야 했다. 셋째, 일본인이 타이완을 지도해야 했다. 그러므로 타이완작가들은 권력 구조에 있어 모두 결정권 외부에 배치되었다. 반드시 이러한 권력배치의 각도에서 살펴봐야지만 황민화문학의 진상을 알 수 있을 것이다. 또한 기세등등했던 황민화운동이 타이완작가들을 수동적인 구성원으로서 지도를 받는 위치에 처하게 만들었다고 할 수 있다. 이와 동시에 타이완작가들은 제국문화운동의 맥락 속에 놓이게 되어 소위 대동아문화공영권의 그늘하에서 문학적 사고와 창작상의 자주성을 완전히 잃게 되었다. 따라서 이러한 정치 광풍의 시대를 살았던 작가들의 정신적 저항을 다른 시기와 대조해 보면, 상당히 약화되었다고 할 수 있다.

타이완문학봉공회의 주요임무는 '문학으로 황민정신을 선양'하고 '문학을 통해 국책을 선양'하는 것이었는데, 이것이 바로 황민문학운동의 기조였다. 문학봉공회가 발족된 지 얼마 되지 않아 전황은 나날이 악화되었고 타이완총독부는 작가들의 활동을 한층 엄하게 단속하여 문학이 더 심하게 변질됐다. 문학을 결전의 무기로 취급하는 분위기가 이즈음에 이르러 매우 뚜렷해졌다. 1943년 8월 25일부터 사흘 연속 제2차 대동아문학자대회第2屆大東亞文學者大會가 도쿄에서 다시 개최되었다. 타이완을 대표하는 작가는 사이토 이사무·나가사키 히로시·양원핑楊雲萍과 저우진보였다. 멀리 베이징에 있었던 타이완작가 장워쥔張我軍은 중국 화북지역 대표로 출석했다.

제2차 대동아문학자대회에서는 '결전정신을 앙양', '영미문화 격멸', '공영권문화의 확립' 등이 의제로 제시됐다. 회의 내용을 통해 전쟁 국면이 위태로워질수록 작가들이 짊어져야 할 정치 임무도 무거워졌음을 알 수 있다. 회의 중에 타이완을 대표했던 사이토 이사무는 〈영미문화를 격멸하는 본부를 설립하는 안건擊滅英美文化本部設立案〉을 발표했고, 저우진보는 〈황민문학의 수립皇民文學的樹立〉을 발표했는데, 당시의 긴장된 분위기를 반영하고 있다고 볼 수 있다. 대동아문학회의가 끝난 뒤 타이완 총독부는 즉시 타이완문학봉공회의 이름으로 타이베이에서 '타이완 결전 문학회의'를 개최했다. 이 회의는 1943년 11월 13일에 거행되었다. 문학 결전회의에 참석했던 타이완 내 작가들은 총58명이었다. 대회 주최측은 주제를 전쟁협력으로 한정했으며 회의장의 분위기는 심각했다.

타이완 결전문학회의가 전시 문단에 던진 충격은 두 가지였는데, 하나는 타이완작가 모두가 반드시 전쟁에 어떤 태도를 가지고 있는지 표명할 것, 다른 하나는 문예 간행물이 계속해서 《타이완 문학》과 《문예 타이완》 두 개의 진영으로 나뉘어 존재할 수 없으므로 반드시 합병시켜야 한다는 것이었다. 태도를 표명하는 문제에 관해서는, 《문예 타이완》 종간호[1]의 〈타이완 결전문학회의 내용 기록台灣決戰文學會議議事記錄〉을 통해 진상을 엿볼 수 있다. 황민문학을 주도하는 신분에 있었던 니시카와 미츠루는 회의 중에 제기된 '타이완의 문학결전 태세를 확립하자'는 주장에 호응하기 위해, 모든 작가들이 능동적으로 '결사結社를 폐지'할 것을 요구하며, 그 자신이 주편을 맡고 있는 《문예 타이완》을 포함해서 스스로 기꺼이 '잡지를 헌상'함으로써 시국에 영합하고자 했다.

니시카와 미츠루의 공개적인 호소에 타이완 작가 황더스黃得時와 양쿠이楊逵는 강하게 반발했다. 일본작가와 타이완작가가 팽팽하게 대립하는 국면이 조성되었는데, 이때 장원환이 갑자기 나서서 다음과 같이 말했다.

"타이완에는 황민문학이 아닌 것이 없다. 만약 어떤 사람이 황민문학이 아닌 것을 써낸다면 일괄 총살할 것이다."[2] 이 발언은 전쟁 시기에 화제가 되었으며, 장원환의 정치 입장 역시 이것 때문에 의견이 분분했다. 하지만 장원환의 발언 내용으로 볼 때 소위 황민문학이란 전쟁이라는 국가 정책에 호응하는 것이지 민족 아이덴티티 문제까지 건드린 것은 아니라고 볼 수 있다. 어쨌든 이 사실은 타이완작가들이 사상 검열의 감독과 통제에서 한 명도 벗어날 수 없었음을 증명해 준다. 결전문학회의가 도달한 결론은 문학잡지가 언론통제 정책을 받아들여야 한다는 것이었다. 니시카와 미츠루의 말에 따르면, 모든 작가는 '전투배치'되어야 했다.

《타이완 문학》은 1943년 12월에 정간되었고, 《문예 타이완》은 1944년 1월을 끝으로 발행이 중단되었다. 적막한 4개월이 지난 뒤, 두 잡지는 타이완문학봉공회의 주도로 《타이완 문예台灣文藝》로 합병되어 1944년 5월 1일 창간되다. 이때부터 타이완총독부 정보과는 상당히 노골적으로 모든

▶ 타이완총독부 정보과 編, 《決戰台灣小說集》(乾卷)

▶ 《台灣文藝》창간호(舊香居 제공)

문학 활동에 개입했다. 《타이완 문예》가 마련한 몇 개의 전쟁 특집도 당시 문학이 정치를 위해 복무했던 사실을 보여준다. 예를 들면 1권2호의 〈타이완 문학가 총궐기台灣文學者總蹶起〉 특집, 1권5호의 〈전쟁성과에 응하는 길因應戰果之道〉 특집, 1권6호의 〈가미카제 특별공격대에게 바친다獻給神風特別攻擊隊〉특집, 2권1호의 〈신사의 경내를 침입한 놈을 반드시 처벌하라必誅·侵入神域的東西〉 특집 등은 당시 작가들이 직면한 곤경이 어떠했는지 잘 보여준다. 문학 창작은 이미 정치표어만 남기는 지경에 이르렀고, 작가의 정신 주체도 완전히 상실되었다.

이뿐만이 아니라 타이완 출신 일본 출신을 가리지 않고 모든 작가들이 총독부 정보과의 지령을 받아 임업지·농장·광산·어장·뱃도랑 등의 생산 전선을 견학했다. 그들은 자신의 관찰에 근거하여 각자의 전쟁경험을 소설이나 산문, 또는 시로 써서 《타이완 문예》에 발표했다. 1944년 말-1945년 초에 이르자 타이완총독부 정보과는 이 작품들을 모아서 《결전 타이완 소설집決戰台灣小說集》 2권을 묶어냈다. 건권乾卷에 실린 작품으로는 하마다 하야오의 〈향로爐香〉, 천휘취안高山凡石의 〈안전하게御安全に〉, 룽잉쭝의 〈젊은 바다若の海〉, 니시카와 미츠루의 〈석탄·뱃도랑·도장石炭·船渠·道場〉, 요시무라 빈吉村敏의 〈축성하기築城の抄〉, 장원환의 〈구름속에서雲の中〉, 코노 요시히코河野慶彦의 〈착정공鑿井工〉이 있다. 곤권坤卷에 실린 작품으로는 니시카와 미츠루의 〈어느 산하幾山河〉, 저우진보의 〈조교助教〉, 나가사키 히로시의 〈산림시집山林詩集〉, 양쿠이의 〈증산의 그늘에서增産の蔭に〉, 니가키 코이치新垣宏一의 〈뱃도랑船渠〉, 양윈핑의 〈철도시초鐵道詩抄〉, 뤼허뤄의 〈바람과 물風頭水尾〉이 있다. 타이완 출신 작가와 일본 출신 작가의 작품이 각각 7편을 차지하고 있는데, 이러한 교묘한 안배는 작가의 국적을 가리지 않고 모두 전쟁이라는 국가정책을 지지하고 있음을 적극적으로 암시하고 있는 듯하다.

바로 이러한 시기에 제3차 대동아문학자대회第3届大東亞文學者大會가 난징에서 1944년 11월 12일부터 14일까지 개최되었다. 하지만 이 대회에 타이완작가들은 전혀 초청받지 못했고 오히려 중국작가들이 46명이나 참석했다. 문학결전의 중심이 이미 중국이라는 전장으로 이동한 것이다. 날이 갈수록 악화되는 전황으로 볼 때 타이완작가들의 정치임무는 거의 끝났다고 할 수 있었다. 《타이완 문예》가 1945년 1월에 마지막 1기를 출판할 때 황민화운동 역시 일단락을 고했다.

장원환: 타이완작가의 고민의 상징

장원환(1909-1978)은 전쟁 기간 동안 타이완작가가 곤경에 타협하게 되는 상황을 전형적으로 보여준다. 그는 자이嘉義 메이산梅山 출신으로, 19세에 도일하여 오카야마岡山중학에서 수학했고, 1931년 토요대학東洋大學 문화부에 진학하여 공부했다. 타이완 유학생 중에서 꽤 이른 시기에 뚜렷한 좌익입장을 취한 편이다. 그가 참여했고 1932년 왕바위안王白淵·우쿤황吳坤煌 등이 결성한 '타이완문화사台灣文化社'는 좌경 단체이

▶ 張文環(張玉園 제공)

다. 1933년 장원환은 도쿄 타이완예술연구회台灣藝術研究會에 가입했고 그 기관 잡지 《포르모사福爾摩沙》에 소설 〈일찍 시든 꽃봉오리落蕾〉를 발표했다.

장원환의 초기 문학작품은 강렬한 리얼리즘 경향을 띤다. 그러나 기교적인 측면에서 모더니즘 미학도 상당히 깊이 있게 혼용했다. 당시의 일본 평론가 다케무라 다케시竹村猛와 나카무라 테츠中村哲는 일찍이 그의

소설 구조에 대해 느슨하고 산만하다고 비판한 바 있다. 소위 산만하다고 한 것은 그의 서사방식이 의식의 흐름처럼 갑자기 건너뛰며 발전하는 형태를 가리키는 것이다. 그는 작품에서 줄거리 상 몇 개의 장면을 함께 제공하여 독자로 하여금 스스로 작품의 숨겨진 의미를 찾아보게 한다. 주목할 만한 점은 그의 소설 인물들이 모두 향촌의 농민과 여성을 위주로 하는 1930년대 향토문학의 본보기라는 사실이다. 그가 1935년에 쓴 〈부친의 얼굴父親的容顔〉은 일본《중앙공론中央公論》의 원고모집에서 4등으로 입선하여 문단의 주의를 끌었다. 하지만 이 소설의 내용은 지금까지 알려진 바 없다.

1938년 일본에서 타이완으로 돌아온 뒤 장원환은 전쟁 시대를 맞이하게 되었다. 그는 더욱 향토문학의 길을 향해 매진했다. 타이완총독부는 작가들이 문학과 전쟁체제를 결합해서 지방문화를 진흥시키든 국책선양을 가송하든 전쟁을 지지하는 방향으로 쓰기를 요구했다. 장원환은 이러한 시기에 향토풍정을 묘사하는 데 집중했는데, 어느 정도는 '지방문화진흥'이라는 구호에 순응하는 것이기도 했다. 그러나 그가 고심하여 그려낸 소설 인물들의 표정과 심정은 전쟁이라는 현실과 전혀 관계없었다. 그가 그려낸 향토의 풍모는 결코 일본작가가 모방할 수 없는 것이었다. 하지만 장원환이 전쟁 기간에 드러낸 이중적인 면모는 격랑 시대 타이완 지식인의 모순적인 성격을 잘 보여준다고 할 수 있다.

1941년은 장원환의 문학생애에서 중대한 전환점이 되는 해이다. 1941년 6월에 장원환은 니시카와 미츠루의《문예 타이완》을 탈퇴하고 황더스 등과 함께 별도로 계문사啓文社를 조직하여《타이완 문학》을 창간해 일본인작가와 타이완작가가 대치하는 국면을 형성했다. 하지만 이와 동시에 황민봉공회에 가입하라는 요청도 받았다. 이 둘은 기본적으로 서로 충돌한다.《타이완 문학》을 간행한 이유는 타이완 신문학운동의 명맥을 이어갈 수 있도록 타이완本地 작가들에게 발표 공간을 제공하기 위해서였다. 장원환 본인도 이 간행물에 민속풍의 소설들을 발표했다. 황민봉공회에 참여함은 이와 반대의 길을 가는 것으로, 타이완총독부의 전쟁 국책에 부합하는 행위였다. 이 시기에 그가 타이완인의 정신을 보전하고자 했는지 아니면 타이완인의 영혼을 팔고자 했던 것인지 재고해볼 필요가 있다. 만약 그가 일본인 입장을 지지하고자 했다면 타이완인이 주도하는 문학단체를 따로 조직할 필요가 없었을 것이다. 반대로 그가 타이완인의 입장을 고수하고 보호하고자 했다면 어째서 전시체제를 지지하는 일련의 글들을 쓸 수 있었던 것일까?

먼저 문학창작 방면에서 이 시기 장원환의 성과는 상당히 주목할 만하다. 그는 《타이완 문학》에 〈노래하는 기녀의 집藝旦之家〉[3], 〈논어와 닭論語與鷄〉[4], 〈밤원숭이夜猿〉[5], 〈돈오頓悟〉[6], 〈거세된 닭閹鷄〉[7], 〈미아迷兒〉[8] 등의 단편소설을 발표했다. 작품의 주제가 어떠하든지 간에 모두 민속적 색채가 농후한 소설들이다. 장원환의 소설에는 타이완 백성들의 평범한 정감이 표현되어 있을 뿐 어떤 측면에서도 야마토민족주의를 다루고 있지 않다. 특히 가족 윤리를 통해 타이완인의 인격과 성격을 잘 보여주고 있는데, 장원환의 문학적 관심은 대체로 이 범주를 벗어나지 않는다. 그가 글을 전개하는 속도는 유독 느리고 완만한 편이라 할 수 있는데, 외부 경물과 내심 세계의 세부적인 묘사에 지나치게 집중하기 때문이다. 사실 장원환의 소설을 자세하게 읽어보면, 풍격상 리얼리즘적인 비판을 발견할 수 있을 뿐 아니라 자연주의적 경향도 발견할 수 있다.

리얼리즘적 비판이 가장 두드러진 대표작으로는 〈거세된 닭〉을 추천할 수 있다. 전쟁이 막 고조되던 1942년, 장원환은 〈거세된 닭〉에서 섬세하고 유려한 필치로 사회 밑바닥에 잠재되어 있는 여성의 성욕 문제를 다뤘다. 장원환은 경축일의 활기찬 분위기와 봉건적 혼인의 죽은 듯한 적막한 상태를 대비시킨다. 이를 통해 독자는 평온하고 고요한 농촌사회에서 정욕이 끓고 있는 여성의 육체가 억압되어 있음을 강렬하게 느낄 수 있다. 묘회廟會[3)]가 가까워질 무렵, 여주인공 위에리月里에게 차고진車鼓陣[4)] 공연에 참가할 기회가 생기게 되는데, 소설에서는 이를 통해 터져 나온 불길 같은 그녀의 욕망을 잘 보여준다. 차고진은 농촌의 민간문예 활동 중에서 욕정을 불러일으키는 춤으로, 여성 고수車鼓旦 역할은 일반적으로 남성이 담당한다. 그런데 위에리가 여성 고수 역할을 하겠다고 나선 것은 잘못된 혼인에 저항하는 것이자 전통적인 도덕규율에 도전하는 것이었다. 장원환이 그려낸 차고진 공연 전 리허설할 때의 위에리의 아름다운 자태는 대단히 생생하다.

> 저 여자가 위에리라고? …… 사람들은 숨을 죽이고 발끝을 세우고는 목을 길게 내빼고 앞 사람의 어깨 너머로 구경하고자 했다. 매 걸음마다 매력으로 충만한 듯한 그녀의 동작을 아주 또렷하게 보고자 말이다. 리허설은 군중 앞에서 전개되었다. 위에리의 그 선녀 같은 얼굴이 부채 뒤로 보였다 사라졌다 했는데, 춤을 출 때 비치는 여인의 수줍은 교태는 사람의 혼을 빼앗을 정도로 아름다웠다. 위에리는 대담하게 춤을 추기 시작했다. 남자가 그녀에게 달려들자 위에리는 얼른 피하면서도 추파를 던졌다. 빛의 속도로 살짝 던져진 교태에 관중들은 홀린 듯 취한 듯했다. 그녀의 아름다움에 남성 무용수까지 달아오르자 관중들은 심지어 알 수 없는 질투심에 사로잡혔다. 관중들은 여태껏 벌건 대낮에 남녀상열지사의 춤을 본 적이 없었기 때문에 모두가 귀신에 홀린 듯했다.(중자 오정鍾肇政 번역)[9]

부덕婦德을 지키지 않는 듯, 발정난 암캐처럼 부도덕한 이 여인은 종국에는 춤을 관람하는 남성들의 시기와 선망의 대상이 되었다. 남자들이 드러낸 내심의 욕망은 전통 도덕의 가면을 벗겨낸 것과 같았다. 마지막에 위에리는 과감하게 남편과 봉건문화에 등을 돌린다. 그리고 그녀는

---

3) 잿날 또는 경축할 일이 있는 날 절 안이나 절 부근에서 임시로 설치한 장터를 가리킨다. 신에게 복을 비는 의식을 거행하거나 민간 공연을 함께 진행하기도 한다.
4) 중국 민난지역에서 유래된 민간오락으로, 영신회迎神會나 농한기, 결혼식이 있는 날에 주로 공연된다. 7명-10명에 이르는 사람이 하나의 무리를 이뤄 악기를 연주하며 춤을 추는 형식인데 북을 치는 고수가 무리 중 핵심 멤버가 된다.

사랑을 좇아 시가가 몰락한 뒤 정신을 놓은 남편 아융阿勇을 떠나게 되는데, 그림을 잘 그리는 장애인 아린阿凜과 살다가 동반 자살을 함으로써 사랑에 대한 자신의 의지를 표출한다. 이러한 모습들에는 그녀의 자주적인 성격이 잘 드러나 있다고 할 수 있다. 이 소설에서 거세된 닭은 위에리 남편이 거세된 것을 암시할 뿐 아니라 대다수 타이완 남성이 거세되었음을 상징하는 것이기도 하다.

그렇다고 이 소설을 통해 장원환이 일찍이 여성의식을 가지고 있었다고 말하고자 하는 것은 아니다. 다만 장원환이 여성의 육체와 정욕을 통해 전통문화의 잔혹함과 무정함을 탐색하고자 했음은 분명하니, 동세대 작가들 중에서도 혁신적이었다고 할 수 있다. <거세된 닭>은 그가 황민봉공회에 참여했을 때 완성되었기 때문에 의심스러운 눈길을 피할 수 없다. 하지만 소설 속 타이완 풍토와 인정은 전쟁 체제와 잘 어울리지 않는다. 장원환은 용속하고 질박한 향토를 다룬 이야기를 정치한 문예작품으로 제련해내는 데에 정말 뛰어났다. 그리고 타이완총독부가 요구하는 전쟁미학과 대조해보면, 그의 창작 방향이 타이완총독부의 요구사항과 다름을 알 수 있다.

장원환은 그렇게 적극적으로 비판적인 작가는 아니었다. 그의 비판은 일본인을 향한 것이 아니라 옛 것을 고수하는 타이완 본토문화를 향하고 있었다. 일본의 국책에 호응하도록 압박당하자 장원환은 문학 작업을 통해 소극적인 저항만 취했다고 할 수 있다. 그의 또 다른 단편소설 〈돈오〉5)는 전쟁 시국을 상당히 직접적으로 다룬 작품이지만, 스토리 배치가 다소 억지스럽다. 사랑에 실패하고 또 도시생활에도 뜻을 이루지 못한 한 청년이 자신의 심리적 고민을 극복하기 위해 지원군에 참가하기로 결정한 뒤 마침내 정신적인 출로를 찾아낸다는 이야기이다. 전쟁에 호응하

---

5) 한글판은 송승석 옮김,《식민주의, 저항에서 협력으로: 일제말 타이완 일본어 소설선》(도서출판 역락, 2006) 참고.

는 이러한 내용은 억눌린 내심세계의 우울함과 객관 현실 사이의 모순된 충돌을 온전하게 드러내지 못하여 전쟁 자체가 가지고 있는 죄악의 의미 조차 찾아낼 수 없다.

자연주의 경향을 띠는 소설 〈논어와 닭〉, 〈밤원숭이〉는 시골 어린 아이의 기대와 실망을 깊이 있고 세밀하게 그려내고 있다. 장원환은 어린 아이의 눈과 언행을 통해 전쟁 시기 타이완인의 생활방식을 엿볼 수 있기를 바랐다. 그처럼 순박하면서도 부지런하고, 미신을 믿지만 진지한 농민사회는 일본인이 절대 개입할 수 없는 곳이었다. 그는 어째서 어린 아이의 눈으로 식민지 사회의 희노애락을 관찰하기로 했을까? 이것은 장원환이 의식적으로 모더니즘적 기교를 차용하여, 마치 역사적 현장에 카메라 한 대를 설치하고 어린아이가 순수한 시각에서 보고 들은 하나하나를 렌즈에 담아낸 것과 같다고 할 수 있다. 이러한 기교를 이용하면 당시의 풍경과 목소리를 비교적 진실하면서도 객관적으로 담아낼 수 있기 때문이다. 그가 그려낸 타이완인의 세계에서 일본인의 존재는 영원히 볼 수 없으며, 심지어 전쟁의 분위기조차도 감지할 수 없다. 분명 타이완인은 자신들의 하늘과 땅을 품고서 예전대로 자신들의 습속·전통·언어에 따라 열심히 살아간다. 주목할 만한 것은 장원환이 타이완 농촌생활에 대해 매우 잘 이해하고 있다는 점인데, 심지어 동물·식물·계절의 변화에 대해서도 제 손바닥 보듯 훤했다. 그러므로 그의 소설은 현대 도시생활에 대해서는 염증을, 질박한 향촌생활에 대해서는 깊은 애정을 품고 있음을 강렬하게 보여주고 있다. 이렇게 도시와 향촌을 대조적으로 바라보는 사고방식을 식민지 사회의 맥락에 놓고 고찰해 보면, 소극적 비판의 의미를 가지고 있다고 할 수 있다. 왜냐하면 도시는 일본인의 가치관념이 대표적으로 투사된 장소이고 향촌은 타이완인의 정신적 보루이기 때문이다.

장원환 소설의 서사초점은 기본적으로 제례 행사祭典·예절과 습속·묘회·조상 숭배 등과 같은 디테일한 스토리에 맞춰져 있다. 그의 기법은 반反거대서사적이고, 반反도시적 심지어 반근대화적인 의미도 가지고 있다. 장원환은 창작기법의 배후에 자신의 민족 정체성과 문화 정체성을 숨겨두었다고 할 수 있다. 현실정치의 압박 하에서 그는 어쩔 수 없이 전쟁 국책에 호응했다고 볼 수 있다. 그의 타이완인으로서의 입장은 정신적 차원에서 결코 흔들리지 않았던 것이다. 그의 소설 〈밤원숭이〉는 1943년 황민봉공회가 수여한 제1회 '타이완문학상台灣文學賞'을 받았다. 하지만 이 소설을 자세하게 읽어보면, 인물성격이나 스토리 안배 상 황민화운동과는 어떠한 연관도 없다. 그가 상을 받게 된 것은 '지방문화 진흥'이라는 기준에 근거하여 인정받았을 가능성이 높다. 장원환이 내적으로 아이덴티티화했던 지방문화는 일본인의 눈으로 본 지방문화와 비교해볼 때 선명하게 큰 차이가 있다.

장원환이 처한 곤경은 자신이 타이완문화를 아이덴티티화할 때 반드시 황민화운동의 추진에 부합해야 한다는 데 있었다. 1941년부터 장원환은 전시체제에 호응하는 글을 많이 발표했다. 다른 작가와 비교해 보더라도 그는 타이완총독부로부터 상당히 주시되었다. 그래서 전쟁 국책에 호응하는 태도를 표명함에 있어서도 다른 작가들보다 훨씬 적극적이었다. 장원환은 당국의 요청을 받아들였을 뿐 아니라 전쟁에 호응하는 각종 좌담회에 참가했으며, 1941년부터 1944년까지 시국정책에 부합하는 글을 40여 편 가까이 써냈다. 그 외에도 1941년 9월 황민봉공회에 참여했고, 1942년 11월 제1차 대동아문학자회의에 타이완 대표 중 하나로 참석했으며, 1943년 11월에는 타이베이에서 거행된 타이완 결전문학회의에 참석하여 "타이완에는 황민문학이 아닌 것이 없다"는 견해를 밝히기도 했다. 이러한 사실은 같은 시기《타이완 문학》을 주편했던 행동과 충돌하며 대단히 모순적이다.

이중생활, 이중적인 행동은 장원환이 전쟁 시기에 처했던 난감한 상황을 간접적으로 보여준다고 할 수 있다. 장원환은《타이완 문학》을 지속적으로 출간할 수 있도록 하기 위해 개인 자금까지 제공했지만, 이로 인해 당국의 감시도 받았다. 이 간행물은 타이완 문학의식과 명맥을 계승하는 중요한 잡지로 공인된 것으로, 이 문학잡지가 존재하지 않았다면 일본인 작가 니시카와 미츠루가 주관하는 《문예 타이완》에 의해 당시의 타이완문단이 좌우되었을 것이 분명했다. 《타이완 문학》은 1943년 4월 〈라이허 선생 추도 특집賴和先生追悼特輯〉을 출판하여 시의적절하게 타이완 신문학운동의 선구자의 성취와 공헌에 대해 높이 평가했다. 태평양전쟁이 최고조에 달했을 때에도 지속적으로 발행된 《타이완 문학》은 확실히 특별한 문화적 의의를 가지고 있다고 평가할 수 있다.

장원환은 대동아문학자회의에 참석한 이후 갑자기 전쟁에 관한 글들을 적극적으로 써내기 시작했다. 《문예 타이완》, 《타이완시보台灣時報》, 《신건설新建設》, 《타이완공론台灣公論》, 《흥남신문興南新聞》, 《타이완예술台灣藝術》, 《타이완신보台灣新報》 등에서 그가 시국에 호응했던 글들을 찾아볼 수 있다. 이를테면 〈종군작가에게 바치는 감사感謝從軍作家〉, 〈결전시기 타이완의 언론의 길決戰下台灣的言論之道〉, 〈해군과 타이완 청년의 전진海軍與本島青年的前進〉, 〈침몰하지 않는 항공모함 타이완 ― 해군특별지원병에 관해不沈的航空母艦台灣 ― 關於海軍特別志願兵〉, 〈전쟁戰爭〉, 〈임전결의臨戰決意〉, 〈증산 전선增産戰線〉과 같은 글의 제목으로부터 당시의 일면을 엿볼 수 있다. 이 글들은 전황이 나날이 긴박해질수록 그 리듬이 더욱 빨라졌다. 이러한 노골적인 정론에 비해 〈밤원숭이〉, 〈거세된 닭〉과 같이, 장원환이 이 시기에 발표한 소설들은 디테일하고 완만하게 전개되는 방식으로 변했다.

요컨대 어쩔 수 없이 쫓겨 선양하는 데 동원되었던 것인가 아니면 능동적으로 호응에 부응했던 것인가 하는 문제는 다시 생각해볼 만하다. 지원병 제도에 대해 장원환은 '기왕에 남자로 태어난 이상, 생에 단 한 번 정의를 위해 분투해야 한다'고 고취한 바 있다. 이러한 태도는 무의식 중에 수많은 타이완 청년들이 군대 징집을 받아들이도록 장려했을 가능성이 있다. 설사 그가 자신의 입장을 옹호한다 하더라도, 이로 인해 문학 창작의 공간을 확보해주었다고 하더라도, 전쟁의 공범자라는 사실은 부인할 수 없을 것이다. 정신적 저항이라는 차원에서 장원환은 이미 다양한 실천방식을 시도해 봤다. 하지만 전쟁을 옹호하는 입장에 타협했다는 것은 거꾸로 말하자면 타이완인의 영혼에 상처를 입힌 것이기도 하다. 동시기의 작가 양쿠이와 뤼허뤄는 전쟁 국책이라는 의제에 있어 매우 조심스럽고 은밀한 태도를 보여주었기 때문이다.

니시카와 미츠루: 황민문학의 지도자

니시카와 미츠루(1908-1999)는 1940년 1월《문예 타이완》이 창간되었을 때 의식적으로 자신이 신봉하는 탐미적 경향의 낭만주의로 타이완문단을 지배하기를 바랐다. 그의 의도는 어느 정도 성공했는데, 당시 타이완에 있던 일본 출신 작가들이 니시카와가 구상하고 있던 '일본남방문학日本南方文學'을 건설하는 데 종사할 수 있도록 집결했기 때문이었다. '일본남방문학'은 도쿄의 중앙문단에서는 볼 수 없다.《문예 타이완》은 창간된 뒤 얼마 되지 않아 타이완총독부 문교국文敎局의 특별 보조를 받게 되었다. 장원환은 바로 이것을 근거로 전후에 니시카와 미츠루를 '어용 문학가'라고 지칭했던 것이다. 1942년 이후부터 니시카와 미츠루와《문예 타이완》은 대담하고 노골적으로 전쟁에 적극 협력하여 진정한 국책 대변자가 되었다. 그가 전쟁 기간 동안 담당했던 작업은 타이완 문단에 대단한 영향을 끼쳤다.

▶ 西川滿,《赤嵌記》

남방작가로서 니시카와 미츠루의 타이완 민속풍정에 대한 흥미는 타이완 본토작가와 비교해 볼 때 결코 뒤지지 않았다. 타이완 역사 이야기에 대한 니시카와의 호기심은 타이완 작가보다 훨씬 강했는데, 이것은 그가 이국적 분위기를 띠는 남방을 동경하고 있었기 때문이었다. 그는 일본문학에 존재하지 않았던 문학을 창조할 수 있기를 바랐으며 이를 통해 일본문학의 제국적 판도를 확장시키고자 했다. 그가 비록 지방주의를 추구하고자 했다 하더라도 타이완작가들의 본토주의와는 상당히 다른 내용과 정의를 가지고 있었던 것이다.

니시카와 미츠루에 관한 종래의 평가들은 그의 소설 속에서 목격되는 강렬한 향토색채에 집중하여 그를 타이완 향토문학의 창시자 중 하나로 보기도 했다. 하지만 이러한 평가는 식민주의와 전쟁시기의 맥락을 완전히 제외해버리고, 그의 작품 속에 은폐되어 있는 제국의 눈과 서사전략을 주의 깊게 보지 못한 결과라고 할 수 있다.

태평양전쟁 기간 동안 니시카와 미츠루의 창작은 기본적으로 두 개의 방향성을 띠었다. 하나는 타이완 역사를 허구화하는 것이었고 다른 하나는 타이완 민속을 탐미화하는 것이었다.

그가 남긴 역사소설로는 〈유황 채취기採硫記〉, 〈용맥기龍脈記〉, 〈츠칸기赤嵌記〉[6][10], 〈운림기雲林記〉 등이 있는데, 모두 역사적 사실에 기초하여 자신의 제국주의적 상상을 주입한 작품들이다. 민속 산문으로서 《눈부신 섬의 민화집華麗島民話集》은 민간 속담을 새롭게 해석한 것이고, 《눈부신 섬의 풍속록華麗島顯風錄》은 항간에 떠도는 종교 이야기를 낭만적이고 유미적인 글로 고쳐 쓴 것인데, 이 두 개를 시리즈로 발표한 것이 남아 있다.

---

6) 츠칸은 타이난에 위치하고 있다. 17세기 초 타이완 펑후澎湖를 침략한 네덜란드인이 처음에 안핑安平에 정착해 있다가 3년 뒤 츠칸 지역으로 이주한 뒤부터 상업 중심지로 번성하기 시작했다. 영락15년에 정성공이 네덜란드인을 항복시키고 츠칸 지역을 수복한 뒤 군비 보관지역으로 활용했다.

〈유황 채취기〉는 18세기 말 청조 관리 욱영하郁永河가 쓴《비해기유裨海紀遊》를 개작한 것이다. 푸젠의 마웨이馬尾 조선소가 폭발하자 다시 화약을 제조해야 했던 욱영하는 1697년 유황을 채취하러 타이완으로 파견되었다.《비해기유》는 한문으로 작성된 가장 오래된 타이완 탐험기이다. 작자는 유황을 채취해야 하는 임무를 수행하면서 한편으로는 낯설고 황량한 타이완에 대한 자신의 관찰을 기록했다. 욱영하는 이 책에서 자신의 두렵고 놀라우면서도 초조한 심정을 담아냈고, 낯선 섬에서의 여행·작업·탐험을 기록했다. 그에게 타이완으로의 항해는 일종의 고통스럽고 거부할 수 없는 사명이었다. 그는 무의식중에 종주국 국민으로서의 거만한 마음을 드러냈다. 타이완이라는 땅과 거리감을 가지고 있는 이 책은 니시카와 미츠루의 손에서 반대로 낙관적이고 자극적인 모험소설로 재편성되었다. 욱영하 책에서 "나는 예전부터 바다 밖으로 유람하기를 선망했다. 신선이 살던 곳에 있는 물을 직접 만질 수 있고 신선이 살던 산에 갈 수 있을 테니까 말이다. 이제 아득한 망망대해와 아주 외지고 위험한 곳을 마주하게 됐다. 하지만 이른바 신선이라고 하는 사람들은 나체에 문신을 한 무리에 불과하도다"라고 했는데, 니시카와 미츠루의 〈유황 채취기〉에서는 다음과 같이 개작되었다. "이 땅은 원래 천자의 은택이 미치지 못하는 곳으로 혹은 전염병이 창궐하는 곳이라고 알려져 있었는데 대단히 잘못 알려졌다. …… 중국의 빈한한 땅과 비교하자면, 사실 남해의 낙토이자 이 세상에서 오염되지 않은 곳이다."[11] 니시카와의 개작은 욱영하의 황량한 심경과 정반대다. 니시카와의 서사전략은 일본 제국의 미학으로 한족漢人의 관점을 바꾸고자 했다고 볼 수 있다. 소설 속에서 욱영하의 입장은 니시카와 미츠루에 의해 완전히 전복되었고, 이것을 대신해서 자리를 잡은 것은 일본인이 타이완 토지에 대해 가지고 있는 심정이다. 소설에서 원주민 형상은 욱영하 시대의 야만적인 성격과 달랐고 이는 '한족과 원주민이 공존漢番共存'하는 것으로 연출되었다.

〈용맥기〉는 류밍촨劉銘傳시대의 북부 철로 부설에 관한 이야기이다.

소설 속에서 과학발전을 대표하는 것은 독일 국적의 총엔지니어 비트란 比特蘭이고 미신과 우매함을 대표하는 것은 타이완 노동자이다. 니시카와 미츠루의 붓 아래서 타이완인은 근대화를 거부하는 보수적인 농민무리 일 뿐이었다. 그들은 풍수·산세 같은 것만 믿고 철도 부설에 저항했다. 니시카와는 이 소설에서 타이완 사회의 순조로운 발전을 가로막고 있는 이들은 타이완인임을 말하고자 했다. 섬에 진보적인 문명을 가지고 온 이들은 외국인이었다. 〈용맥기〉는 타이완인의 낙후되고 폐쇄적인 성향을 풍자하고 있을 뿐 아니라 외부에서 온 자들이 타이완의 개발과 개조에 큰 공이 있음을 암시하고 있다. 이 소설이 보여주는 논리에 근거하면, 일 본인이 타이완에서 진행한 각종 건설을 자연스럽게 합리화할 수 있으며 따라서 일본문화의 우월성 역시 합리화할 수 있다.

타이완 역사를 허구화한 것 중 그 정도가 가장 심한 작품으로는 〈츠칸기〉만한 것이 없다. 오늘날의 시각에서 보면 니시카와 미츠루는 이미 메타픽션metafiction의 비결을 장악한 듯하다. 이미 전해오는 역사적 사실을 바탕으로 풍부한 상상을 덧칠하고 그 속에 일본경험을 피할 수 없도록 끼워 넣었기 때문이다. 강일승江日昇의 《타이완 외기台灣外記》를 빌어 니시카와 미츠루는 정성공鄭成功 왕조 3대의 궁정 암투 스토리를 엮어냈다. 정성공의 모친이 일본인이었다는 사실을 바탕으로 니시카와 미츠루는 더욱 능숙하게 날조했다. 그는 특히 정극상鄭克塽이 정사正史에 포함되어 있지 않다는 사실을 포착하고는 필리핀 섬呂宋島에 있던 정극장鄭克臧을 공격하는 것을 묘사하는 데 집중했다. 정씨 후손이 가지고 있던 남진하고자 하는 야심은 공교롭게도 일본 대동아전쟁의 남진정책과 겹친다. 니시카와 미츠루는 멀리 바다를 바라보는 정극장의 심경을 다음과 같이 정성들여 묘사했다.

어렸을 때 할머니로부터 할아버지 성공은 절개가 강하고 용감무쌍하셨다는 이야기를 들은 것이 계속 생각납니다. 할아버지의 어머니는 일본인이셨는데, 할아버지는 이 사실을 자랑스러워하셨습니다. 5척도 되지 않는 몸으로 과감히 모험에 나서는 일본인의 피가 흐르고 있음을 느끼며 남방으로 가고자 하셨습니다.[12]

이처럼 기묘한 구상은 정성공을 일본인으로 만들 뿐 아니라 대동아전쟁의 확대를 위해 웅변적인 역사적 근거를 마련해주었다. 명나라 왕조의 성씨를 하사받은 할아버지國姓爺7)의 이야기는 이러한 개작을 거쳐 일본인의 타이완 통치가 정씨 이래 정통성 있는 역사의 연속이라는 생각으로 연결되었다. 〈츠칸기〉는 매우 낭만적이고 유미적이지만 비장했다. 이것은 작품 전체에 황민화운동을 위한 옻칠을 입힌 것으로 한층 기이한 빛을 발한다. 황민문학이 이러한 지경에까지 이르게 되자 타이완 독자들은 더욱 기만당하게 되었다.

하지만 니시카와 미츠루가 보다 약삭빠르다고 생각되는 지점은 저속한 민간고사를 발굴한 뒤 이것을 세련되고 아름다운 산문으로 제련해 낸다는 데 있다. 개작을 거친 타이완의 민간고사에는 타이완 고유의 문화주체가 뽑혀버린 채 니시카와 미츠루의 일본식 생각과 정취로 채워져 있다. 《눈부신 섬의 풍속록》시리즈에는 식민지배자의 방대한 초상이 투사되어 있으며 오만한 남성이 정신적 상상을 통해 신체적 자극 없이 성적 오르가즘을 얻는 심리가 스며들어 있다. 수록된 작품들의 제목은 〈성황묘城隍廟〉, 〈삼신 할매의 생일七娘媽生〉, 〈중원절普度〉8), 〈마조여신 묘媽祖

---

7) 정성공의 본명은 정삼鄭森인데 융무제隆武帝로부터 왕조의 성씨 '주朱'와 '성공成功'이라는 이름을 하사받았기 때문에 사람들이 '왕조의 성씨를 하사받은 할아버지'라고 불렀다. 그런데 정성공의 출생 기원을 건드리면 정성공은 명나라 백성이 아니라 일본인이 되는 것이다.

8) 중원절은 음력 7월 15일로, 중국에서는 전통적으로 음력 7월을 귀신의 달로 생각해 왔다. 음력 7월이면 저승의 문이 열려 혼령들이 이승을 떠돌아다닌다고 믿었기 때문이다. 중원절에 조상에게 제사를 지내거나 종이로 가짜 돈을 태우기도 하고 배고픈 영혼을 위해 음식을 놓아두기도 한다. 주로 타이완, 말레이시아, 싱가포르에서 중원절 행사를 성대하게 거행한다.

廟〉,〈천상성모天上聖母〉등인데 타이완 민간생활과 매우 밀접한 관계가 있는 내용임을 짐작하게 한다. 하지만 산문의 내용을 자세하게 읽어야지만, 타이완 백성들이 경건하게 추앙하는 사당과 신의 형상들이 정욕으로 가득한 니시카와 미츠루 개인의 혓바닥에 농락당했음을 발견할 수 있다.

〈성황묘〉는 평화구風化區 장산루江山樓로 팔려간 16살의 기녀가 사당으로 가서 신에게 비는 내용의 글이다. 이 기녀가 어젯밤 손님이 준 돈으로 금박金紙을 사서 태우는데 불빛 속에서 생각지도 않게 자신의 환한 얼굴이 비치자 "나는 행복해, 나는 행복해!" 하고 소리치는 장면이 등장한다. 이 산문은 "어린 소녀小妹는 자신의 비참한 운명을 까맣게 잊어버리고 신령님의 자비는 끝이 없다는 희열에 취했다"[13] 하고 마무리된다. 사당에서 기녀는 단지 절을 올리는 의식만 했을 뿐인데 바로 구원받은 것이다. 그의 또 다른 산문〈장산루 근처江山樓付近〉에서는, 매춘골목에서 손님이 오기를 고대하고 있는 여인들의 장면에서 갑자기 다음과 같은 문구로 훌쩍 넘어간다. "번뇌와 빈곤은 일찌감치 아주 깨끗하게 잊었어. 그 순간의 깨달음에 취하자 육체는 불타올랐고 눈은 빛으로 뜰 수 없었지."[14] 두 편 모두 '깨달음'의 과정을 거치는 것이지만, 하나는 신상을 마주했을 때, 다른 하나는 친절한 손님을 마주했을 때 깨달은 것으로, 놀랍게도 똑같이 고통을 잊는 경지에 이르게 되었다. 이러한 묘사가 가능한 것은 니시카와 미츠루가 타이완인이 아니었기 때문에, 사회 저변에서 겪고 있는 억압과 박탈감에 대해 이해할 수 없었고 심지어 느낄 수조차 없었기 때문이다. 그의 붓 아래에서 몸을 파는 기녀는 모두 너무나 쉽게 승화를 체험한다. 이러한 논조는 사실 타이완의 풍속을 결코 존중하지 않기에 가능한 것으로 민간문화를 추하게 묘사한 것이었다.

그가 기록한 민속은 모두 천편일률적으로 여성의 신체를 통해 서술된다. 이국적exotic일뿐 아니라 에로틱erotic한 상상을 통해 서술한 것이야말로 그의 주요한 서사전략으로서, 타이완의 지방문화를 향상시키기 위한 것이 아니었다. 민간전설에서 가장 존경받는 마조 바다여신은 니시카와

미츠루의 문학에서 가장 빈번하게 등장한다. 그는 잡지《마조媽祖》(1934-
1938)를 발행한 적도 있고, 시집《마조제媽祖祭》를 출판한 뒤에 또 〈성황
묘〉라는 산문을 창작했다. 이러한 작품들을 통해 그가 민간신앙에 대해
남다른 흥미를 가지고 있었음을 짐작할 수 있다. 만약 이것을 근거로 그
가 타이완을 열렬히 사랑했던 작가라고 긍정해버린다면, 그가 파 놓은
유미적인 함정에 빠졌다고 하지 않을 수 없다.

또 다른 산문 〈천상성모〉에서는 묘령의 여자에 대해 품은 그의 성적
판타지를 통해 신체적 자극 없이 얻는 오르가즘과 천상성모에 대한 숭배
가 오버랩된다. 이것은 기녀와 성모 사이의 경계를 불분명하게 만들어버
린다. 소녀와 성모를 나란히 대비시켜 묘사하는 것을 통해 그의 계략을
알아볼 수 있다.

> 나는 장삼을 걸친 묘령의 여인 하나가 눈을 살짝 감고서 대청 앞에 무
> 릎을 꿇고 있는 것을 보았다. 말하자면 이상하지만, 나는 그녀의 그 긴
> 속눈썹을 한 올 한 올 세며 그녀의 길고 아름다운 얼굴을 자세히 살펴
> 보았다. 여자는 꼼짝도 하지 않았다. 채색유리로 만든 사각 등갓을 통해
> 새어나오는 불빛이 노란 장삼을 천천히 스쳐지나, 그녀의 새하얀 손가
> 락을 양각 조각처럼 보이게 뚜렷하게 비추었다. 창백한 손톱은 얼마나
> 정갈한지. (황쥐안윈黃絹雯 번역)[15]

니시카와 미츠루의 눈은 야수처럼 소녀의 신체 중 디테일한 부분에 집
중되어 있다. 설사 속눈썹과 손톱에 불과하다 하더라도 말이다. 그가 노
골적으로 주시한 것이 곧바로 내심 깊은 곳에 남게 된다. 소녀가 사라질
무렵 쫓아간 그는 결국 사당에서 다시 만나게 되었다.

> 양초를 사서 정전正殿으로 들어간 나는 방금 전의 그 여인을 다시 만나
> 게 되자 흥분됐다. 여인은 두 눈을 살짝 감고서 섬세한 손가락을 모으고
> 있었다. 그러나 이번에 그녀는 장삼을 걸치고 있지 않았다. 그녀의 몸은

장엄하고 신성한 기운에 둘러싸인 듯 슬픈 그림자를 찾아볼 수 없었다. 그리고 우둔하게도 이 순간에야 나는 깨달았다. 그녀는 천상성모가 세 간 여자의 형체를 빌려서 사람의 마음을 끈 것이라는 사실을 말이다.(황 쥐안원 번역)[16]

순수하게 문학기법적인 측면에서 평가하자면, 그의 연상 능력은 대단 하여 동시대 어떤 타이완작가보다 훨씬 비약적인 상상력을 가지고 있었 다고 할 수 있다. 소녀의 신체에 대한 환상을 통해 천상성모에 대한 숭배 로 이르는 과정은 모더니즘의 몽타주 느낌이 난다. 문자의 운용은 물론 기교적 측면에서도 흠 잡을 데 없다. 하지만 모든 민간고사가 모두 기계 적으로 소녀의 신체를 통해 서술된다면 독자들도 그의 욕망이 가지고 있 는 열기와 사악함을 느낄 수 있을 것이다. 아름다운 자태·요염함·청순 함·성스러움에 대한 상상은 젊은 소녀의 육신으로만 재현된다. 민간의 구석구석에는 환상을 불러일으키는 여성 화신이 있는 것이다. 이러한 남 성 지배적인 관점은 식민지배자의 입장에서 출발한 것임이 분명하다. 타 이완에 속한 사물이면 전부 허구화·탐미화·여성화될 수 있으며 타이완 문화주체는 이로 인해 제거되고 만다.

니시카와 미츠루의 서사전략이 더욱 미묘한 점은 그가 유미적 가면으 로 자신이 황민화운동의 지도자 역할을 했음을 은폐한다는 데 있다. 그 는 체계적으로 타이완을 미화하여 독자들이 타이완 사회의 비루하고 거 친 현실을 보지 못하게 했다. 도쿄의 독자들은 분명 일본의 식민통치가 타이완섬을 아름다운 낙토로 바꿔놓았다고 그렇게 잘못 생각할 것이다. 타이완 독자들 역시 미혹되어 일본인이 타이완문화를 아름다운 차원으 로 승화시켜주었다고 생각하고, 식민지배자가 타이완에서 약탈하고 억압 한 사실을 간과하게 만든다. 그의 글을 마주하고 있으면, 상술한 작품에 서처럼 소녀가 신상을 대면했을 때 신기하게도 인간의 고통을 잊어버리 게 되는 장면을 체험하고 있는 듯한 느낌이 들게 된다. 니시카와 미츠루는 아름다운 신화로 타이완을 재현하여 수많은 추악한 식민역사의 사실을 상당히 성공적으로 은폐했다고 할 수 있다. 타이완을 열렬히 사랑하는 방식으로 타이완에 상처를 입힌 것이야말로 니시카와 미츠루 황민문학의 정수라고 하겠다.

1943년 이후부터 니시카와 미츠루는 황민화운동의 효율성을 위해 강경한 태세로 전환했다. 그는 '개똥 리얼리즘糞寫實主義'라는 단어를 사용하여 타이완작가들의 문학이 현실과 맞지 않다고 폄하했다. 그가 생각하기에 타이완작가들이 쓴 것은 일종의 '천박한 인도주의'였다. 심지어 그는 저속하고 비판을 가하지 않은 묘사가 일본문학의 전통에 부합하지 않는다고 비난했다. 니시카와 미츠루가 말하는 비판을 하지 않는다는 것은, 뤼허뤄와 장원환 등이 쓴 '비판은 하지 않으면서 양자를 괴롭히거나 가족 간의 갈등을 묘사'[17]하는 종류의 소설을 가리킨다. 그의 관점에서 볼 때 리얼리즘은 현실 시국과 관계가 있는 제재를 다뤄야 했기 때문이다. 그가 쓴 〈유황 채취기〉, 〈츠칸기〉처럼 내용상으로는 역사를 상상한 것에 속하지만 전쟁 국책과 완벽하게 결합할 수 있는 작품들 말이다. 니시카와 미츠루는 대단히 노골적으로 "문학은 기모노國民服와 같아야 한다"라고 말했다. 이것은 다시 말해 작가는 미학을 추구하는 것 외에도 전시체제와 일치하는 입장을 선택해야 함을 의미한다. 그러므로 그가 주장하는 황민문학은 한마디로 정리하자면, 기모노문학을 제창하는 것이었다고 할 수 있다.

양쿠이는 《타이완 문학》에 〈개똥 리얼리즘을 옹호하다糞リアリズムの擁護〉[18]라는 글을 써서 니시카와 미츠루의 관점을 반박했다. 양쿠이는 《타이완 문학》을 거점으로 삼아 모든 문학은 거름이 되는 오물을 준 대지에서 생산된다고 강조했다. 양쿠이는 정의롭지 못하고 불성실한 작품은 황민문학이라 할 수 없다고 역설했다. 양쿠이는 니시카와와 똑같은 논리로 그의 허황된 입장을 신랄하게 공격했다. 양쿠이 자신이 전쟁기간에 쓴 〈의사 없는 마을無醫村〉, 〈진흙 인형泥娃娃〉, 〈거위 엄마 시집가다鵝媽媽出

嫁〉,〈맹아萌芽〉는 리얼리즘적 입장에서 쓴 작품들로, 식민지배자의 오만함과 타이완인의 두려움을 풍자하고 있다. 양쿠이는 그의 작품들에 기모노 입히기를 거부했으며 더욱이 그 잔혹했던 정신적 시련의 시기에는 상당히 웅변적으로 타이완 문학이 반드시 가지고 있어야 할 존엄을 유지하게 했다.

황민문학이라는 시련하에서의 신세대 작가

니시카와 미츠루가 수장으로 있었던 《문예 타이완》은 황민화운동의 중요한 보루였다. 1943년 9월에 이 잡지는 '문예 타이완상'을 정식으로 선전했는데, 목적은 '타이완本島에 황민문학을 건설'하는 것을 돕는 것이었다. 광고 내용을 통해 문학상을 제정한 속셈을 간파할 수 있다.

> 우리는 타이완에서 생활하고 타이완을 사랑하는 사람들로서 타이완 문화가 건전하게 발전하기를 바라며 문예 타이완상을 제정하니, 이를 통해 타이완 황민문학이 건설될 것이다. 신문화를 창조하고 발전시키기 위해 문화를 담당하는 자들은 열과 성의를 다하지 않으면 안 된다. 그러므로 우리의 사명 역시 대단히 크다고 할 수 있다. 본사는 쇼와 16년에 솔선수범하여 본상을 제정하고 타이완문학가들이 분발하기를 바라며 문학을 통해 신하의 도리를 실천하고 아울러 타이완에 황민문학이 수립되기를 바란다. (징서우융井手勇 번역)[19]

이른바 건전한 문학이란 전쟁 국책과 결합한 문학을 가리킨다. 양쿠이·뤼허뤄·룽잉쫑·장원환·우신룽吳新榮 등을 포함한 1930년대에 활약했던 작가들은, 전쟁에 관해서 소극적이거나 적극적인 타협을 했었지만, 그들은 타이완인이라는 아이덴티티를 버리지는 않았다. 하지만 타이완 신문화운동이 발족된 이래 구축된 저항정신의 역사기억은 황민화 풍조 속에서 성장한 신세대에 이르러 분명 약화되었다. 신세대는 정치운동과 문학

운동에 참여한 경험이 없었고, 한문 독서 능력과 글쓰기 능력도 없었다. 그들이 문학적 사고를 할 수 있게 되었을 무렵 타이완 사회는 이미 전쟁체제로 들어섰기 때문에, '문예 타이완상'은 양쿠이 세대의 작가들이 아니라 일본어로 글을 쓰는 젊은 세대를 대상으로 기획된 것이다.

전후에 평가가 가장 분분했던 황민문학은 기본적으로 왕창슝·천훠취안·저우진보 세 작가의 작품에 집중되어 있다. 이 세대가 위 세대 작가들과 가장 크게 다른 점은 민족 정체성과 문화 정체성을 마주함에 있어 이미 기울어진 경향을 보여준다는 데 있다. 그들은 전쟁체제라는 현실을 받아들였을 뿐 아니라 한 발 더 나아가 '어떻게 하면 일본인이 될 수 있는가' 하는 문제에 관해 사색하기도 했는데, 이러한 문제는 이전 세대 작가들에게서는 결코 발견할 수 없었다.

타이완인을 개조하여 일본인이 된다는 출발점은 낙후한 타이완과 발전한 일본이라는 구분에서 비롯되었다. 신세대 작가들의 타이완 문화에 대한 인식은 일본문화를 깊이 이해하는 정도와 비교해볼 때 훨씬 미치지 못했다. 그들이 공통적으로 가지고 있었던 견해는 일본문화는 분명 타이완문화보다 훨씬 우월하다는 것, 언어 방면이나 근대적 사고의 측면에서 양측이 보여주는 큰 차이는 바로 근대화의 세례를 받은 정도에 있다는 사실이었다. 그렇다면 인격의 개조와 승화는 어떻게 진행될 것인가? 답안은 이미 주어져 있었는데 근대화하여 변화하는 과정 속에 투신해야 한다는 것이었다. 그들의 사고 논리는 바로 이것을 바탕으로 형성되기 시작했고, 근대화라는 목표에 도달하려면 먼저 일본화되어야 한다고 생각했다. 때마침 황민화운동이 활발하게 전개되자 타이완인에게 개조하기 좋은 기회를 제공했다. 황민화=일본화=근대화라는 사고방식은 바로 이렇게 만들어진 것이다. 그러므로 이른바 황민문학이란, 작가들이 자신은 2등 일본인이며 문학작품을 통해 자신의 낙후된 문화를 반복적으로 검토하여 최종적으로 일본인이 되는 사상적 출로를 찾아야 하는 것이었다. 소설의 스토리가 어떠하든지 간에 인격개조의 길이 활짝 열렸다고 할 수 있다.

▶ 周金波(周振英 제공)

저우진보(1920-1997)는 지룽시基隆市 출신으로 일본대학에서 치의예과를 졸업했다. 그는 1940년 1월《문예 타이완》에 황민문학을 발표한 첫 번째 작가이다. 〈구강암水癌〉은 저우진보의 이름이 세상에 알려지게 된 작품으로서, 어리석고 도박을 좋아하는 엄마가 괴저성 구강암에 걸린 자신의 딸을 죽음에 이르게 한 내용을 담고 있다. 이 엄마가 병든 딸을 데리고 의사인 '그'에게 진료받으러 왔을 때, '그'는 그녀에게 보다 큰 병원으로 가서 진료 받아야 한다고 조언했다. 하지만 그 엄마는 도박에 심하게 빠져 있었기 때문에 시간을 질질 끌다가 결국 치료시기를 놓치게 되었다. 딸이 죽은 뒤 닷새째 되던 날, 그 엄마는 결국 경찰에 체포된 도박꾼 무리 속에서 목격된다. 소설의 마지막 부분에서 그 엄마는 어느 날 진료소로 찾아가 금니를 끼워 넣고자 했지만, 결국 '그'에게 쫓겨나게 된다. 이기적인 현실을 목격한 뒤 이 치과의사는 다음과 같은 깊은 깨달음을 얻었다.

'이것이 바로 현재의 타이완이다. 하지만 바로 이러하기 때문에 패배를 인정할 수 없다. 그 여인의 몸에 흐르고 있는 피가 내 몸에도 흐르고 있다. 좌시해서는 안 된다. 나의 피도 깨끗하게 씻어야 한다. 나는 정말이지 보통 의사가 아니라, 반드시 동포들의 마음의 병을 치료하는 의사가 되어야 하지 않겠는가? 어찌 패배를 인정할 수 있겠는가?' (쉬빙청許炳成 번역)[20]

소설 속에 등장하는 우매한 부인네는 사실 수많은 타이완 민중을 빗댄 것으로, 저우진보의 소설은 문화 문제를 순수하게 검토하고 있는 차원에 있지 않았다. 작품 속에서 그가 혈액 성분을 언급한 것도 타이완인이라는 인종에게는 희망이 없음을 강렬하게 암시한 것이다. 타이완인의 혈액을 깨끗하게 씻고자 한다면, 우선적으로 해야 할 일은 당연히 황민단련운동皇民鍊成運動에 투신하는 것이다. 〈구강암〉에서는 황민이 되기 위해 어떻게 해야 하는지 전혀 다루지 않았지만, 심리적 차원에서 변화하고 향상되어야 한다는 것이 소설에서 보여주고 있는 핵심 내용인 것이다. 이 말은 즉 사상의식을 전면적으로 조정하는 차원이어야 가능하지 그렇지 않으면 타이완인은 일본인으로 승격될 수 없다는 메시지를 전달한다. 저우진보의 소설은 위 세대 타이완작가들의 내적 분투·저항적인 묘사와 확연히 경계를 이룬다.

저우진보의 두 번째 소설 〈지원병志願兵〉은 1941년 9월 《문예 타이완》에 발표되었다.[9] 이 작품으로 그는 그 다음해 6월 제1기 '문예 타이완상'을 받았다. 이 소설은 황민화된 두 가지 유형의 전형적인 인물을 '나'의 관점에서 서술한 것이다. 하나는 일본에서 공부하고 돌아온 장밍구이張明貴로 이미 철저하게 일본화된 타이완 지식인이고, 다른 하나는 공학교公學校[10]를 졸업한 뒤 노력하여 상급학교로 진학한 가오진류高進六이다. 장밍구이는 처음부터 일본인 신분을 자처했고 타이완으로 돌아온 목적 역시 타이완 사회가 황민단련운동을 거친 뒤 어떻게 변했는지 관찰하기 위해서였다. 반면 가오진류는 공학교를 졸업한 뒤 일본인 가게에서 일을 하며 당시 국어인 일본어를 배워 유창하게 할 수 있었을 뿐 아니라 이미 '다카미네 신로쿠高峰進六'로 개명하여 말투와 태도가 일본인과 거의 구분할 수 없을 정도였다. 이 두 인물 중에 도대체 누가 진정한 일본인인가?

---

9) 한글판은 송승석, 《식민주의, 저항에서 협력으로: 일제말 타이완 일본어 소설선》 (도서출판 역락, 2006) 참고.

10) 일제강점기 시절 타이완인 자녀들이 다니던 학교로, 일본인 자녀들이 다니던 '소학교小學校'와 구분되었다. 공학교는 일본 정부가 책임지는 의무교육이 아니었기 때문에, 학교 소재지 거주민들의 세금으로 운영되었다.

장밍구이가 보기에 타이완에는 큰 변화가 전혀 없었고 이로 인해 그는 극심하게 실망했다. 그러나 가오진류는 결코 이렇게 생각하지 않았다. 왜냐하면 자신은 '보국청년대'에 참여한 뒤 '인신합일'의 존귀한 수행을 깊이 체득했기 때문이었다. 소위 인신합일人神合一이란, 박수를 치며 절을 하는 것을 통해 야마토 정신을 접촉하고 야마토 정신을 체험하면 완전하게 일본인이 될 수 있다는 신념이다. 장밍구이는 이에 대해 큰 반감을 가지고 있었다. 결국 일본에서 태어나 일본의 교육을 받고 일본어에 정통해야만 일본인이 될 수 있다고 생각했기 때문이다. 어째서 황민단련을 거치지 않고 합장하며 절하는 것만으로 일본인으로 변할 수 있단 말인가? '나'의 서술을 통해 두 타이완인이 어떻게 일본인으로 승격될 수 있는지를 생생하게 관찰할 수 있다. 그러나 장밍구이는 결국 가오진류에게 자신의 패배를 인정했는데, 패배를 인정한 주요 이유는 가오진류가 새끼손가락을 베어 혈서를 쓰고 지원병이 되기로 했기 때문이었다. 일본인이 되려면 정신사상적 차원에서 자아를 단련하는 것이 아니라 더 중요한 것은 구체적인 행동으로 실천하는 것이었다. 가오진류의 '몸에 붙어 다닌 신령'은 그의 경건한 마음으로 발현되고 그런 다음에야 가오진류가 진실한 깨달음을 얻어 지원병에 자원하게 된 것이다.

타이완총독부가 지원병 제도를 실시한 것은 1941년 6월이었는데, 저우진보는 3개월이라는 짧은 시간 안에 소설 〈지원병〉을 써서 호응했으니, 그가 다른 작가에 비해 시국의 변화에 더욱 민감했음을 증명해준다. 민족이라는 어젠다에 대해 일찍이 주뎬런朱點人·차이추퉁蔡秋桐·룽잉쭝이 소설에서 탐색한 적 있다. 하지만 그들 모두 외재하는 환경과 제도문제에 대해 고민을 표현한 적만 있을 뿐 저우진보처럼 그렇게 의식의 깊은 곳까지 내려가 탐색을 하지는 않았다. 이것은 황민화운동으로 인해 권력이 어느 정도로 일상을 간섭했는지 설명해주며, 또한 신세대 작가들이 자아 주체 문제에 관해서 어느 정도로 망연자실했는지 설명해준다.

1943년 7월 두 편의 황민문학 작품이 동시에 발표되었는데, 하나는 천휘취안의 〈길道〉(《문예 타이완》 6권3호)이고, 다른 하나는 왕창슝의 〈분류奔流〉(《타이완 문학》 3권3호)인데,[11] 두 소설은 황민문학의 창작기교가 이미 상당한 수준에 이르렀음을 보여준다. 작가의 내심 깊은 곳에서 분투하는 정서가 생생하게 지면상에 드러나 있다. 순수하게 미학적 관점에서 보면, 두 작가의 서사방식이 저우진보에 비해 훨씬 생동감이 있다. 이렇게 보는 가장 큰 이유는 그들이 의식의 흐름을 장악하고 모더니즘적 기교를 가지고 글을 썼기 때문이다. 그러나 만약 민족 아이덴티티 차원에서 본다면, 그들의 저항행동은 거의 제로에 가까웠다고 할 수 있다. 그들이 초조했던 원인은 전쟁이라는 현실에 대해 쉽게 판단할 수 없었기 때문이기도 하지만, 다른 한편으로는 타이완 문화주체에 대한 믿음을 잃었기 때문이었다.

천휘취안(1908-1996)은 장화彰化 사람으로, 타이베이공업학교를 졸업한 뒤 타이완제뇌주식회사台灣製腦株式會社에서 근무했다. 1934년 이후에는 타이완총독부 전매국으로 이직했다. 바로 이 전매국에서 근무하던 시절에 〈길〉을 완성한 것이다. 이 작품은 자전적인 소설로서 한 타이완 청년이 승진할 수 없는 현실에 대해 고민하는 심경을 다루고 있다. 타이완인은 아무리 최선을 다해 노력하더라도,

▶ 陳火泉(《文訊》 제공)

11) 두 작품 모두 한글판은 송승석, 《식민주의, 저항에서 협력으로: 일제말 타이완 일본어 소설선》(도서출판 역락, 2006) 참고.

자기 분야에서 아무리 큰 공헌을 한다 하더라도, 결국에는 일본인 동료와의 경쟁에는 맞설 수 없었다. 그래서 정신적 출로를 찾고자 소설 속 주인공은 일생에 있어 중요한 과제를 완수하고자 한다. 〈길〉에는 바로 이러한 두 가지 요소 즉, 하나는 타이완인이 구원되는 길과 다른 하나는 황민이 되는 길에 관한 암시를 내포하고 있다. 타이완인 앞에 펼쳐져 있는 것은 결국 계속해서 타이완인의 신분으로 살아갈 것인가 아니면 자신의 인격을 개조하여 일본인으로 승화할 것인가 하는 갈림길에서 하나를 선택해야 한다는 점이다.

장장 2만 여 자에 이르는 중편소설 〈길〉은, 타이완인이 면전에서 무시당하고 배척당한 나머지, 의식 깊은 곳에서 어떻게 자아를 검토하고 극복하고자 하는지를 대단히 디테일하게 파헤친 작품이다. 천훠취안은 '고산범석高山凡石'이라는 필명을 사용하여 소설이라는 형식을 통해 자신의 영혼에 채찍질과 심문을 가했다. 그해 타이완 주재 일본인작가 하마다 하야오는 이 소설에 대해 다음과 같이 평가했다. "진심으로 황민이 되고자 하는 열정에 대해, 이처럼 강렬하게 그려내고 이처럼 솔직하게 쓸 수 있는 사람이 누가 있겠는가? 황민이 되고자 하는 고뇌를 누가 이처럼 절박하게 써낼 수 있는가? 그리고 또 누가 이처럼 용감하게 이러한 고뇌를 마주한 인성 충만한 전투를 표출할 수 있겠는가?" 그래서 하마다 하야오는 〈길〉을 그해 '타이완의 독보적인 황민문학'이라고 평가했다.

이 작품이 어째서 이렇게 특별한 평가를 받을 수 있었는가? 가장 주된 원인은 저우진보의 〈지원병〉에서 가오진류가 '인신합일'의 방식으로 황민으로 가는 길을 찾았던 것처럼, 천훠취안의 소설이 정신적 측면의 재정비를 건드렸기 때문이었다. 〈길〉(《민중일보民衆日報》부간, 1979.7.7-8.16)에 등장하는 남자 주인공은 관리자로 승진하는 데 실패했을 때 이와 똑같이 정신개조의 방식을 통해 극복하고자 한다.

일본인과 혈통이 다르기 때문에 나는 줄곧 '정신적 계보'를 주장해왔다.

정신적 계보를 통해 영혼 그 자체인 정신 즉, '야마토 정신'과 교류하는 것에 의지해야 한다. 누가 이것이 불가능하다고 하겠는가? 정말이지 이렇게 말해서는 안 된다. 만일 누군가 이렇게 말한다면, 그 사람이 이렇게 말하도록 내버려둔 나 자신의 수양이 아직 충분하지 않음을 증명하는 꼴일 것이다. 하지만 두고 보라지, 혈통이 이기는지 정신이 승리하는지. 소위 '지성이면 감천'이라는 말도 있지 않은가 말이다.(투추이화徐翠花 번역)

천휘취안은 그의 머릿속에서 '혈통론'과 '정신론'이라는 두 개의 길이 대결하는 것을 최선을 다해 형상화했다. 그의 논리는, 혈통지상주의가 반드시 황민으로 가는 길이 되지는 않으며, 이와 반대로 야마토 정신에 대해 경건한 태도만 가지고 있으면 그 정성이 하늘에 닿아 뜻을 이룰 수 있다는 것이다. 이는 거의 아큐阿Q식의 정신승리법에 가까운 것으로 타이완 황민문학의 깊은 곳에 가라앉아 있는 비애를 보여준다. 왜냐하면 니시카와 미츠루나 하마다 하야오 같은 일본인작가는 황민소설을 창작할 때, 민족과 혈통 문제에 대해 태도를 분명히 할 필요가 근본적으로 존재하지 않았기 때문이다. 오직 타이완작가들만 이처럼 간절하게 스스로를 심문해야 했으며, 무정한 고문을 가해야 했다. 설사 똑같이 황민문학에 속하는 작품이라 하더라도, 타이완작가는 일본작가보다 못한 2등 작가라는 사실을 부인할 수 없었기 때문이다.

고산범석이라는 필명 외에 천휘취안은 칭난성靑楠生·고산칭난高山靑楠·칭난선인靑楠仙人·칭난거사靑楠居士 등을 사용했는데, 각각 다른 간행물과 각종 좌담회에서 황민화운동을 지지하는 입장을 표명할 때 찾아볼 수 있다. 〈길〉의 주인공은 결국 황민으로 개조하고자 하는 목표를 이루기 위해, 타이완어로 사고하는 방식을 버리고 일본어로 생각할 것을 선택했다. 철저하게 일본인이 되어야지만 비로소 타이완인의 피를 씻어낼 수 있을 테니 말이다. 정신론으로 혈통론을 대신한 것이야말로 황민화 과정에서 관건이 되는 문제라 하겠다.

▶ 王昶雄(《文訊》제공)

이러한 측면에서 왕창슝의 〈분류〉[21]는 저우진보, 천휘취안의 사고와 판이한 방식으로 황민화를 바라보는 또 다른 관점을 제시했다. 왕창슝(1916-2000)은 타이베이 단수이淡水 사람으로, 공학교를 졸업하자마자 일본으로 공부하러 갔다. 일본대학 치의예과를 졸업하고 1942년 타이완으로 돌아온 뒤, 장원환의 요청으로 《타이완 문예》에 〈분류〉를 발표했는데, 이 소설은 당시에는 전혀 주의를 끌지 못하다가 전후에 주목받게 되었다.

〈분류〉는 치과의사인 '나'의 관점으로 두 개의 일본문화 정체성에 대해 고찰한 작품이다. 하나는 작중 인물 이토 하루오伊東春生가 주장하는 '망각론'으로 일본인이 되려면 반드시 모토母土인 타이완과 철저하게 단절해야 한다는 관점이고, 다른 하나는 린바이녠林栢年이 주장한 '포용론'으로 일본문화를 아이덴티티화할 때 타이완 본토에 대한 아련한 감정을 반드시 배척할 필요는 없다는 관점이다. 일본 근대화의 세례를 받은 '나'는 도쿄에서의 생활을 잊지 못하는 인물이다. '나'는 '망각론'과 '포용론'이라는 두 가치관 사이에서 여전히 동요하며 고통을 겪고 있다. 만약 일본을 열렬히 사랑하려고 한다면 결국 이토처럼 그렇게 타이완 문화와 혈통이라는 짐을 완벽하게 버리고 흔쾌히 일본인의 역할을 해야 하는 것인지, 아니면 린바이녠처럼 타이완을 사랑하면서도 동시에 일본을 사랑할 수 있는 것인지가 바로 그 두 가치관의 문제였다. '나'는 은밀하게 린바이녠의 방식에 찬성한다. 왜냐하면 린바이녠이 도쿄에서 보내온 편지가 다음과 같이 해석되었기 때문이다

제가 정정당당한 일본인이 되기 위해서는 정정당당한 타이완인이 되지 않으면 안됩니다. 저는 제 자신이 남방에서 태어났다는 이유로 열등감을 느끼지 않습니다. 이곳 생활에 융화되는 것은 결코 제 고향을 저속하다고 폄하하기 때문이 아닙니다. 어머니가 아무리 무식한 시골 사람이라 하더라도 저에게는 여전히 매우 그리운 사람입니다. 설사 모친께서 보기 흉한 몰골로 이곳에 오신다 하더라도 저는 창피하다고 생각하지 않을 것입니다. 왜냐하면 어머니 품에 안겨 있으면 슬프면 슬픈 대로 기쁘면 기쁜 대로 그냥 어린아이처럼 마음이 가는 대로 살 수 있기 때문입니다.[22]

소설 속의 '나'는 처음부터 끝까지 자신의 신분을 드러내지 않는다. 일본 유학 시절에 사람들이 그의 고향이 어디냐고 물어볼 때마다 그는 자신이 타이완인이라는 사실을 직접적으로 인정하지 않고 '시코쿠四國'나 '큐슈九州'라고 대답하는 방식으로 얼버무렸다. 그래서 '나'의 관념 속에는 사실 표준적인 또는 진정한 일본인 형상에 대한 생각이 있었다. 시코쿠인이나 큐슈인도 도쿄인만큼 문명적이고 진보적이지는 않을 것이다. 마찬가지로 일본인과 타이완인 사이에도 분명 문화적인 등급 차이가 있다고 생각했던 것이다. 설사 린바이녠이 결코 타이완을 잊지 않는다 하더라도, 그의 말 속에서 타이완은 '거칠고 저속'하며 '세련되지 못한 시골'이라 생각하고 있음을 엿볼 수 있다. 〈분류〉는 저우진보와 천휘취안처럼 정신적 분투의 고뇌에 깊이 빠져 있는 작품은 아니다. 그러나 소설 속 인물인 '나'는 여전히 고민 중이며, 그 고민이란 바로, 어떻게 하면 낙후한 타이완문화를 극복하고 아무런 고통 없이 근대적이고 진보적인 일본문화를 품에 안을 것인가 하는 것이다. 〈분류〉 속의 '내'가 설사 린바이녠의 사고방식에 좀 더 기우는 경향을 보여준다 하더라도 낙후한 타이완과 진보적 일본이라는 이분법적인 생각은 결코 해결하지 못했으며, 왕창슝이 혈통론 문제를 건너뛰어 문화 포용론의 각도에서 파고 들었다 하더라도 결과적으로는 여전히 황민화운동의 그림자에서 벗어날 수 없었음을 보여준다.

황민화운동은 전쟁 기간 동안 타이완인의 영혼에 말로 다 표현할 수 없는 상처를 주었는데, 특히 민족과 문화 어젠다 방면에서 사분오열로 파편화된 아이덴티티 문제를 던져주었다. 타이완 신문학운동은 전쟁 말기까지 이어졌지만, 결과적으로는 애초의 문화주체건설이라는 궤도에서 이탈하게 되었다고 할 수 있다. 아이덴티티 문제는 전후 작가들에게 지대한 영향을 끼쳤는데, 그 역사적 근원은 일본문화가 타이완에 남긴 상처까지 거슬러 올라가 탐색해야 한다. 태평양전쟁 기간 동안 황민화운동은 문화적 상처의 골을 더욱 악화시켰다. 우줘류吳濁流가 전쟁 시기에 완성한 《아시아의 고아亞細亞孤兒》와 중리허鍾理和가 전후 초기에 출판한 《협죽도夾竹桃》는 모두 이러한 아이덴티티의 유령이 배회하고 있는 작품이라고 할 수 있다.12)

만약 전쟁이 종식되지 않았더라면, 일본 통치가 계속 지속되었다면, 타이완 지식인의 영혼이 어떠한 면모로 드러나게 되었을지 깊이 생각해보게 한다. 식민지 사회에서 문화주체의 건설은 원래 상당히 도전적인 과제로서, 황민문학에 대한 고찰과 재고찰은 대단히 어렵고 힘든 탈식민 작업 중 하나일 것이다. 하지만 황민화 문제라고 하는 역사 전반의 책임을 몇몇 소수의 작가들이 짊어지도록 미뤄버린다면, 문화가 왜곡되게 된 진상을 결코 파악할 수 없을 것이다. 저속한 중화민족주의로 황민문학을 심판하는 것 또한 역사적 면모를 제대로 살펴볼 수 없게 한다. 태평양전쟁이 종식되자 황민화라고 하는 거대한 역사의 장막은 빠르게 사라졌다. 그러나 문화 아이덴티티에 대한 탐색은 결코 이와 함께 종식되지 않았다.

---

12) 우줘류의 한글판은 송승석 옮김, 《아시아의 고아》(도서출판 아시아, 2012)를, 중리허의 한글판은 고운선 옮김, 《원향인》(지만지출판사, 2011) 참고.

[1] 《文藝台灣》종간호, 1944년 1월1일 발행.

[2] 〈台灣決戰文學會議〉,《台灣文學的歷史考察》(台北: 允晨文化, 1996), p.196.

[3] 《台灣文學》1권1호(1941.5.27).

[4] 《台灣文學》1권2호(1941.9.1).

[5] 《台灣文學》2권1호(1942.2.1). 1943년 황민봉공회 제1기 타이완문학상 수상.

[6] 《台灣文學》2권2호(1942.3.30).

[7] 《台灣文學》2권3호(1942.7.11).

[8] 《台灣文學》3권3호(1943.7.30).

[9] 張文環 著, 鍾肇政 譯,〈閹鷄〉, 張文環著, 張恒豪編,《張文環集》(台北: 前衛, 1991), pp.202-203 수록.

[10] 《文藝台灣》1권6호(1940.12.10).

[11] 西川滿著, 葉石濤譯,〈採硫記〉,《西川滿小說集》1(高雄: 春暉, 1997), p.82.

[12] 西川滿著, 陳千武譯,〈赤嵌記〉,《西川滿小說集》2(高雄: 春暉, 1997), p.33.

[13] 西川滿著, 陳藻香監製, 曾淑敏譯,〈城隍廟〉,《華麗島風俗錄》(台北: 致良, 1999).

[14] 西川滿著, 曾淑敏譯,〈江山樓附近〉,《華麗島風俗錄》.

[15] 西川滿著, 黃絹雯譯,〈天上聖母〉,《華麗島風俗錄》.

[16] 앞의 책.

[17] 西川滿,〈文藝時評〉,《文藝台灣》6권1호(1943.5.1), p.328.

[18] 〈糞リアリズムの擁護〉,《台灣文學》3권3호(1943.7).

[19] 文藝台灣獎,《文藝台灣》6권4호(1943.8).

[20] 周金波著, 許炳成譯,〈水癌〉, 中島利朗·周振英編, 宋子紜等譯,《周金波集》(台北: 前衛, 2002), p.12.

[21] 《台灣文學》3권2호(1934.7).

[22] 王昶雄著, 賴錦雀譯,〈奔流〉, 許俊雅 主編,《王昶雄全集1 小說卷》(台北縣板橋市: 台北縣政府文化局, 2002)수록.

제**9**장
전후 초기 타이완 문학의 재건과 좌절*

1945년 8월 15일 태평양 전쟁이 끝나고 일본 제국 정부가 무조건적 투항을 선포하면서 타이완은 50년이라는 기나긴 식민통치에서 공식적으로 벗어나게 된다. 1943년 '카이로 선언'의 약정대로 중화민국 정부가 타이완 접수의 책임을 맡았다. 1945년 10월 25일 타이완 행정장관공서台灣行政長官公署가 설립되면서 타이완 섬 주민들은 완전히 새로운 역사 단계로 들어서게 된다.

타이완 접수를 위해 충칭重慶 시기의 국민 정부는 1944년 4월 '타이완 조사 위원회台灣調查委員會'[1]를 만들어 어떻게 타이완을 접수 관리할 것인지에 관한 계획의 강령을 토론하기 시작했다. 조사 위원회의 주임위원을 맡았던 천이陳儀는 이후 첫 행정장관으로 정식 파견됐다. 그의 지도하에서 타이완의 접수와 관리 계획에 관한 안건은 1945년 3월에야 최종 결정됐다. 그러나 전체 계획의 구상이 아직 완성되기도 전에 갑작스레 종전을 맞이한다. 그리하여 타이완을 중국에 귀속시키려는 국민정부의 계획은 경황없이 진행됐다. 이 같은 갑작스런 접수는 당시 타이완 인민의 광복에 대한 기대와는 동떨어진 것이었다. 조국의 문화와 식민지 문화가 접촉하면서 나타난 혼란과 충돌 그리고 환멸을 피할 수 없었으며 그것은 이후 타이완사회의 정치적인 비극을 예고했다.

---

* 이 장은 성옥례가 번역했다.

타이완 지식인은 이 시기에 두 가지의 중요한 문화적 도전을 받기 시작했다. 하나는 식민 시기의 역사적 경험을 어떻게 성찰할 것인가였고, 다른 하나는 익숙하면서도 낯선 중국 문화를 어떻게 마주할 것인가였다. 타이완에 온 대륙 지식인도 사실 같은 문제인 중국의 역사적 경험과 타이완 식민지 문화 사이에서 어떻게 균형을 이룰 것인가라는 문제에 부딪히게 됐다. 타이완작가는 오랜 기간 일본어日文 교육을 받았고 태평양 전쟁 시기에는 황민화 운동의 조류에 휩쓸렸기 때문에, 대부분 일본어 사고에 익숙해져 있었다. 또한 야마토大和 민족주의의 감언이설이 일정정도 문화 정체성에 영향을 주었다. 이런 가운데 중화 민족주의와 중문中文적 사고가 국민 정부의 접수와 함께 타이완에 도래했을 때 타이완작가는 어떤 태도로 이에 반응해야 했을까? 일본 식민통치의 종결은 타이완작가에게 있어 일종의 영혼의 해방이었다. 그렇다면 국민 정부의 도래로 그들은 해방을 구체적으로 느끼게 되지 않았을까?

당시는 역사의 과도기이자 사회의 전변기였으며 나아가 문화의 충돌기였다. 문학 발전의 측면에서, 이 시기 타이완작가가 품었던 동경과 바람은 풍부한 작품으로 전화했다. 게다가 다수의 중국작가가 타이완으로 와 소개했던 5·4 문학의 비판 전통이 타이완 본토의 항일 전통과 어우러져 찬란한 문학의 꽃으로 피어났다. 하지만 식민통치를 벗어나지 못한, 식민통치의 변신과 연속이라는 정치체제로 인해, 또한 정체 상태에 빠진 경제로 인해, 게다가 문화상의 상호 오해와 모순으로 인해, 전후 초기의 정신적 해방은 결국 사상의 속박으로 변모하였고, 문학 발전 역시 이전에 없던 좌절과 곤궁을 마주하게 됐다.

재식민시기: 패권 담론과 타이완 특수화

타이완으로 건너와 타이완을 접수했던 행정장관공서는 권력 구조나 조직 규격에 있어서 모두 일본의 타이완총독부를 본떴다. 이 같은 체제의 설계는 처음에는 타이완이 겪었던 특수한 역사적 경험을 고려한 것이었으나, 반세기에 이르렀던 식민지 사회의 성격도 지니고 있었다. 그러므로 장관공서의 설립은 중국 각 성의 성 정부 구조와 전혀 달랐다. 공교롭게도 이 같은 설계는 타이완 정치의 특수한 성격을 두드러지게 했고, 새로운 정치권력으로 하여금 옛 식민통치와 밀접하게 결합하게 했다. 행정장관공서의 전체 규모는 전적으로 타이완총독부의 기관 단위를 근거로 만들어졌다. 행정장관인 천이는 행정·재정·사법권을 장악했을 뿐 아니라, 지방의 군사 대권도 손에 넣었다. 타이완 경비 총부의 총사령직도 겸임하면서 천이의 권력은 일본이 타이완에 파견했던 총독의 권한마저도 넘어섰다. 충칭 시기 타이완 조사 위원회가 기획했던 타이완의 접수 관리 계획을 장관공서가 모두 번복함으로써 일본 식민기의 권력 지배보다 더 가혹한 체제가 타이완에 등장하게 된 것이다.

장관공서가 정치적 특수화 외에 경제 통제 정책도 실시하면서 타이완의 경제활동 역시 특수화됐다. 타이완에 부임하기 전에 천이는 "대륙의 정치적 악습을 단절코자, 일본의 50년 통치를 바탕으로 반드시 현대화를 지속할 것이며, 타이완 인민을 위한 복지를 모색할 것이다."[2]는 견해를 밝혔다. 이것은 타이완사회가 비록 식민화를 겪었으나 현대화의 세례 역시 받았음을 그가 분명하게 알고 있었다는 사실을 설명해준다. 현대화를 계속 발전시키기 위해, 그는 중국의 정치적 악습이 타이완에 전파되는 것을 막았다. 그러나 경제 통제 정책을 실시한 까닭에 타이완의 특수성은 날이 갈수록 겉으로 드러나게 된다.

소위 타이완의 특수화란 사실 타이완과 중국 사이의 격리를 의미했다. 정치적인 단절 정책으로 인해 행정장관의 파견은 일본이 타이완 총독을 보낸 것과 마찬가지였다. 푸젠福建과 타이완의 감찰사였던 양량궁楊亮功은 이후 2·28 사건 조사 보고에서 다음과 같이 지적한다. "타이완 접수 후 특수한 상황으로 인해 성省급 행정장관공서를 설치했다. 타이완 사람은 장관공서를 신총독부라 부르며 국내의 다른 성과 다르다고 보았다.

이 때문에 타이완인들은 형식적 측면에서 차별당한다는 생각에 불쾌한 감정을 가지게 됐다. 실제로 장관공서의 권력과 법령은 일본인의 타이완 총독부와 같았으며, 이 역시 타이완인으로 하여금 불쾌한 감정을 갖게 했다." 고도로 권력이 집중된 지배 형식은 타이완사회를 재식민의 시기로 전락하게 했다. 그것은 곧 정치와 경제의 이중적 통제를 경과한 뒤에야 전후 초기의 문화 패권 담론이 구성될 수 있다는 사실을 의미했다.

전후 초기의 타이완 문학의 재건은 관방의 패권 담론의 승인을 받아야 했다. 1945년 12월 천이는 타이완 통치정책을 실시하면서 정치적 건설·경제적 건설 그리고 심리적 건설을 삼대 방침으로 삼아야 한다는 의견을 내놓았다. 문화 재편의 측면에서 착수한 심리적 건설이라는 것은 민족정신의 발양을 의미했다. 타이완 동포는 중화문화를 알아야 한다고 특별히 강조함으로써 문학 및 역사 교육과 언어정책이 심리적 건설의 주축이 되었다. 천이는 문화정책은 '중국화中國化'이며, 일본인의 '황민皇民'정책을 청산하는 것이라고 설명했다.

행정장관공서의 조직 가운데 문화정책을 관장했던 주요 기관단위로는 교육처, 선전위원회 그리고 타이완 성 편역관이 있었다. '중국화'라는 목적을 이루기 위해 교육처는 중국의 문학과 역사의 커리큘럼 설계를 맡았고, 선전위원회는 국어 추진과 도서와 간행물의 심사를 맡았으며, 편역관은 타이완과 중국의 문화적 교류를 위한 번역 작업을 맡았다. 이 세 단위는 타이완을 중국 문화권에 편입시키고자했던 장관공서의 노력을 대표한다. 그러나 심리적 건설이라는 사업은 통치자의 주관적 영향으로부터 전적으로 자유롭지 못했다. 그들은 '중국화'를 최고의 표준으로 보고, 이를 잣대로 타이완 주민의 언어·풍속 그리고 생활습관을 평가했다. 이 같은 통치자의 주류 문화는 타이완인의 역사적 경험을 완전히 무시한 것으로, 문화 교류와 융합에 있어 끊임없는 분쟁과 항의를 야기했다.

통치자와 피통치자의 관계 위에서 민족주의와 문화정책의 초석을 세웠기 때문에 장관공서의 실권자는 타이완사회의 식민 경험을 '노예奴役화'

와 '황민화'로 간주했다. 노예화 / 황민화라는 지적을 받은 타이완 지식인은 슬픔과 분노를 느꼈다. 문화 패권의 건설 과정에서 중국화와 노예화의 경우, 중국화는 통치자의 것이며 노예화는 피통치자의 것이다 라는 두 개의 대립된 가치관을 형성했다. 이 같은 이분법은 심각한 출신지역省籍 문제를 야기했으며 타이완을 식민의 그림자에서 벗어나지 못하게 했다.

출신지역 대치의 긴장성은 당시 민간에서 창간한 언론에 가장 뚜렷하게 나타나고 있다. 1946년 7월 8일《민보民報》의 사설인〈금융 인재의 등용金融人才的登用〉은 천이 정부가 은행근무 경험을 지닌 타이완인을 배척하지 말 것을 호소하고 있다. 사설은 지방은행은 타이완인이 심혈을 기울여 기초를 다진 것으로, 위정자는 관료자본으로 민간자본을 억압해서는 안 되며, 인재 등용 역시 중앙에서 온 사람들로 국한해서는 안 된다고 강조한다. 사설은 상당히 침통한 어조로 다음과 같이 서술한다. "우리가 호소하는 '인재 등용'의 본의는 외성인을 배척하자는 게 아니다. 간략하게 말하자면 외성인이 인척을 끌어들여 각 기관을 독점하는 나쁜 작풍에 반대한다는 것이다. 동시에 외성인의 배타적 사상을 바로잡으려는 것이다……". 이 사설은 당시 출신지 차별로 경제 농단이라는 목표에 이르고자 했던 정치 구조의 본질을 구체적으로 보여주었다.

1946년 7월 11일《민보》의 사설인〈왜 감원 하는가爲什麽裁員〉는 천이 정부가 계획적으로 본성인을 공공기관에서 배제하는 것을 지적했다. 사설은 타이완인에 대한 감원의 주된 원인이 집정자의 공공연한 타이완 멸시에 있다고 보았다. 이 글은 다음과 같이 말한다. "명령을 수행하는 사람들은 종종 과거 오랜 기간 시련을 겪은 본성인을 위로해야한다는 사명을 망각한다. 툭하면 우월감을 드러내며 의식적이든 무의식적이든 본성인을 경멸하는 태도를 보여준다. 심지어 감히 '망국노'라는 폭언으로 모욕을 주기도 한다……". 타이완인 배척이라는 목적을 이루기 위해, 천이 정부는 '중국어문國語國文'의 사용 정도를 고용의 표준으로 삼았다. 사설은 "이 같은 과도기에 인재 등용의 표준으로 국어국문을 지나치게 중시

二二八事件回憶集
張炎憲·李筱峯編

▶ '2·28사건'이 발생하기 전까지 타이완 작가는 왕성하게 사상해방을 추구했다.

하고 국어국문의 이해 정도로 능력의 유무를 판단함으로써 본성의 수많은 인재들은 구석으로 밀려났다는 생각에 슬픔을 느끼게 되었다……"고 지적했다. 사설은 매우 완곡하게 말하고 있으나 '국어'가 언어 표현의 수단에 그치지 않고 정치적 농단과 경제적 농단의 가장 좋은 무기이기도 했다는 사실을 분명히 밝히고 있다. 같은 해 8월 3일의 사설인 〈어떻게 감정의 틈이 생겨나는가 怎樣會感情隔閡〉는 이러한 문화적 패권 담론의 형성에 대한 대단히 날카로운 분석을 보여주고 있다. 이 글은 "본성인과 외성인 사이에 생긴 감정적 틈은 이미 상당히 심각한 지경에 이르렀다……"고 분명하게 밝히고 있다. 민간언론이 그려낸 이 같은 정치적 실상은 천이 정부가 타이완을 접수한 지 채 일 년이 안 돼 발생했다. 민간신문의 사설은 천이가 주장하는 정치적 건설·경제적 건설·심리적 건설이 갖는 신화를 벗겨냈다. 실제로 이 세 가지 정치적 방침은 타이완을 재식민의 단계로 몰아넣기 위한 것이었다. 문화적 멸시는 정치적인 지배 권력을 얻기 위한 것이었으며, 정치상의 철저한 농단은 경제적 독점이라는 목적에 도달하기 위한 것이었다.

장관공서의 교육청장인 판서우캉范壽康은 1946년 1월 전성全省 지방행정 간부 훈련단에서 타이완인이 '완전히 노예화'되었다는 내용의 연설을 했다. 이 주장은 성 참의회의 질문을 보편적으로 야기하게 된다. 일제강점기 좌익 작가였던 왕바이위안王白淵은 같은 해 1월 8일《타이완 신생보台灣新生報》에 〈소위 '노예화'라는 문제所謂'奴化'問題〉를 발표하며 이에 대해 즉각 반응했다. 그는 글에서 일제강점기의 타이완 동포는 '황민화'에 고뇌해야 했고, 광복 후에는 다시 '노예화'로 억압받고 있다고 썼다. 그는 당시의 집권자가 입만 열면 타이완 동포의 정치적 노예화·경제적 노예화·문화적 노예화·언어문자의 노예화·이름의 노예화를 말한다고 했다. 그 같은 주장을 내세워서는 위정자의 자격을 갖출 수 없다고 그는 보았다.

문화 패권의 우위를 점하기 위해 천이 정부는 노예화되었다거나 중독毒化되었다는 사고로 타이완인을 비난했다. 2·28 전야인 1947년 2월 9일《민보》에 실린 장이부張一步의 글 〈민주 정치의 인재를 말해보자談談民主政治人才〉는 일본 교육을 받았던 타이완을 노예로 표현하는 것에 대해 다음과 같이 반박하였다. "하지만 그들은(외성인을 가리킴) 타이완성이 50여 년간 근대 제국주의 국가라는 사회에서 생활했다는 사실을 망각한다. 이러한 환경에서 성 주민은 늘 종주국 국민과 식민지 인민 간의 차별을 느꼈으며, 강대민족과 약소민족 간의 차별을 목도했다. 그 같은 관찰로부터 성 주민은 국가와 사회에 대한 비판 능력을 갖게 됐다." 이는 정곡을 찌르는 주장으로 천이 정부의 식민 속성에 대해 강하게 비판하고 있다. 구체적으로 말하자면, 이 글에서 말하는 일본과 중국은 모두 타이완의 종주국이었다. 타이완은 약소민족이고 일본과 중국은 모두 강대민족이었다. 하지만 종주국은 자신의 우세함으로 타이완인의 비판 능력을 없애지는 못했다. 전후 초기 타이완사회의 문화 지배라는 틀에서 보자면, 식민 지배자 대 피식민자라는 구도는 중원 / 중심의 문화를 한쪽으로, 식민지 변경 / 주변 문화를 다른 한쪽으로 이미 형성되고 있었다. 한쪽은 우세를 점한 중국화였으며 다른 한쪽은 열세에 처한 노예화였다. 천이 정부는 국가 권력과 문화 권력의 중첩관계를 이용해, 일본제국이 했던 것처럼 타이완사회를 억압했다. 일본 식민체제가 분명 사라졌음에도 불구하고 제국 문화와 위성문화라는 관계는 국민정부의 접수 이후에도 전혀 변하지 않았다. 오히려 이러한 통제 구조는 강화되고 공고해졌다.

재식민 시기라는 관점으로 전후 초기의 타이완 문학[3]을 살펴야지만 당시 타이완작가의 심리에 존재한 심층적 구조를 이해할 수 있다. 또한 당시 문화적 정체성의 문제가 그들에게 있어 주요한 관건이었다는 사실을 이해할 수 있다. 게다가 문학에 대한 태도에 있어 타이완 본토 작가와 대륙 작가 간에 중대한 차이가 무엇이었는지도 이해할 수 있다.

일제강점기 작가와 문학 활동의 전개

전후 초기 문학 활동에 있어 언어사용의 문제와 문화정체성의 문제는 타이완작가를 검증하는 두 개의 중대한 의제였다.

식민 경험을 겪은 사회의 경우, 식민 체제가 와해되면 지식인들은 보통 자연스레 자신이 겪은 문화적 상처에 대해 검토·반성하게 된다. 그러나 전쟁이 끝난 뒤, 타이완 지식인들은 일제강점기의 역사적 경험과 문화 전통을 정리하고 평가할 겨를이 없었다. 천이 정부는 '중국화'로의 재편에 속도를 내기 위해 타이완에 왔기 때문에 타이완의 역사·문화·언어의 전승을 무참히 짓밟았다. 일제강점기의 역사적 경험에 마음대로 '노예화', '해악 사상 교육'이라는 꼬리표를 붙였기 때문에 타이완의 역사적 기억을 재건하는 일에 점점 공백이 생기는 것은 당연했다. 특히 식민 체제를 비판했던 항일 문학전통은 일문日文으로 썼다는 이유로 한꺼번에 '황민화'의 고발 대상이 됐으며, 이러한 상황에 이르자 문학 전승의 맥은 끊어져 버렸다. 더욱 심각한 사실은 언어가 정치적 입장을 검증하는 유일한 표준이자 타자異己를 배제하는 효과적인 수단이 됐다는 점이었다. 일본어 사용과 일본어식 사고는 중국화라는 절대적인 권위 하에 배덕과 불결과 비천의 대명사로 전락했다. 일어 경험을 지닌 타이완작가는 자신의 능력을 변호하도록 강요받았다.

가장 전형적인 예로, 타이완 신문학 운동의 선구자였던 양윈핑楊雲萍

을 들 수 있다. 그는 1946년 《타이완 문화台灣文化》가 추진한 〈루쉰 서거 10주년 특집魯迅逝去十周年特輯〉[4]에 〈루쉰을 기념하며記念魯迅〉를 발표했다. 이 글에서 그는 두 가지 중요한 견해를 제시한다. 첫째, 그는 "타이완의 광복을 지하의 루쉰 선생이 반드시 기뻐하고 안도할 것이라고 우리는 믿는다. 그러나 만약 그가 작금의 본 성의 상황을 알게 된다면 어떤 감정과 생각을 지닐지 알 수 없다. 아마도 그의 '기쁨과

▶《台灣文化》1卷1期(舊香居 제공)

안도'는 애통과 비분으로 변할 것이다."고 말했다. 둘째, 그는 타이완 지식인이 일제강점기에 루쉰 작품을 접했던 사실을 거론했다. "당시 본성 청년들은 대다수가 일문을 매개로 세계 최고의 문학과 사상을 접했으며, 상당한 정도의 비판력과 감상력을 얻게 됐다. 그러므로 루쉰 선생의 진정한 가치에 대해 그들은 당시 본국 국내의 대부분의 사람들과 비교해도 비교적 정확하고 적절하게 알고 있었다." 양원핑은 루쉰 기념을 핑계로 전후 타이완 인민의 슬픔과 비분을 표현했다. 그러나 타이완인의 일어 사용이 '노예화'라 폄하될 때, 이 같은 문화적 멸시를 반박하고 일어 교육을 통해 타이완 지식인이 세계 문학을 감상할 능력을 갖추게 됐다고 그가 강조했다는 점이 더 중요하다. 양원핑은 타이완작가의 문학적 시야가 타이완으로 건너온 대륙 작가보다 더 넓었다고 암시하려 했음이 분명했다.

마찬가지로 루쉰 기념이라는 주제에 관해 《타이완 문화》의 주편이었던 쑤신蘇新이 이 간행물에 〈다시 타이완의 예술계와 문학계를 말한다也

漫談台灣藝文壇〉[5]라는 글을 발표해 타이완이 '노예화'되었다는 관방의 관점을 반박했다. 그는 루쉰 서거 10주년을 기념하면서 외성인 작가는 단지 한 두 명만 잊지 않고 기념의 글을 썼지만,《타이완 문화》는 기념 특집을 내어 이 위대한 작가에 대한 존경을 표했다고 말했다. 쑤신은 타이완인이 '일본의 노예화 교육을 받은' 이들이라 고발당했지만 아이러니하게도 어떻게 루쉰을 기념할 것인가를 '노예화 됐던' 타이완인이 외성인보다도 더 잘 알고 있다고 말했다. 이 같은 언론은 이 시기 타이완작가가 벌써부터 중국화와 노예화 사이에서 자아 정체성을 찾아야 한다고 깨닫고 있었음을, 그리고 천이 정부의 문화적 멸시를 비판·반박·반격하고 있었음을 보여준다. 타이완작가의 비판적 언론은 사실 일본식의 식민과 중국식의 식민에 저항하는 탈식민 작업을 진행하고 있었던 것이다.

▶ 楊逵,《鵝媽媽出嫁》

1945년 8월 전쟁의 종결부터 1947년 2·28 사건의 발생까지의 시기는 타이완작가가 왕성하게 사상적 해방을 추구하던 시기였다. 이 시기에 출판된 민간 간행물로는 비교적 잘 알려진 양쿠이楊逵가 주편한 《일양주보一陽周報》(1945. 9-1945.11), 천이쑹陳逸宋이 주편한 《정경보政經報》, 황진쑤이黃金穗가 편찬한 《신신월간新新月刊》(1945.11-1947.1), 왕톈덩王添燈이 주관한 《인민도보人民導報》(1946.1-1947.2), 린마오성林茂生이 편찬한 《민보》(1945. 10-1947.2), 리춘칭李純靑이 편찬한 《타이완 평론台灣評論》(1946.7-1946.10) 및 쑤신이 편찬한 《타이완 문화》(1946.9-1947.2)가 있었다. 이 외에도 룽잉쭝龍瑛宗도 주편했던 《중화일보中

華日報》의 일문판 문예란이 있었다. 이들 신문 잡지의 내용은 다음 몇 가지의 중요한 현상을 보여줬다. 첫째, 태평양 전쟁 기간 침묵했던 일제강점기의 작가가 전후 초기에는 날이 갈수록 많이 활약했다. 둘째, 중국에서 타이완으로 온 작가들이 점점 많아져 타이완 토박이 작가와 교류하기 시작했다. 셋째, 일문과 중문 서사가 일정 시기 공존했지만 일문 멸시가 보편화됨으로써 일제강점기 타이완작가의 창작 활동이 줄어들게 되었다.

　1946년 10월 25일, 행정장관공서가 공식적으로 신문의 일문난 폐지를 선포한 뒤, 일제강점기의 문학전통은 단절될 수밖에 없었다. 타이완작가가 이 같은 언어 정책으로 인해 충격을 받았다는 사실은 룽잉쭝이 주관한 《중화일보》 일문판의 문예란과 중일문을 합간했던 《신신》 월간의 폐지 선언으로 확인된다. 《중화일보》에 자주 작품을 발표했던 작가로는 룽잉쭝, 우잉타오吳瀛濤, 왕비자오王碧蕉, 잔빙詹冰, 왕위더王育德, 황쿤빈黃昆彬, 추마인邱媽寅, 스진츠施金池, 예스타오葉石濤가 포함된다. 이들 작가 중 룽잉쭝은 세계 명저를 소개했고, 왕위더는 봉건문화와 황민화 문학을 비판했으며, 잔빙은 현대시 작품을 발표했고, 예스타오와 황쿤빈, 추마인은 단편 소설을 창작하면서 당시 지식인의 심경과 사고를 반영했다.

　《신신》 월간의 중요작가로는 장둥팡張東芳, 우줘류吳濁流, 룽잉쭝, 뤼허뤄呂赫若, 저우보양周伯陽, 우잉타오 등이 있다. 1946년 9월 12일, 이 잡지는 당시의 저명한 작가인 왕바이위안, 황더스黃得時, 장둥팡, 리스차오李石樵, 왕징취안王井泉, 린퇀추林摶秋 등을 초정하여 좌담회인 '타이완 문화의 앞날을 말하다'를 열었는데, 정체성 문제가 참가자의 공통된 고민거리였다. 타이완 대학에 재임 중이던 황더스는 다음과 같이 말한다. "광복 후의 타이완 문화 운동은 두 측면에서 고찰할 수 있다. 첫째, 과거 타이완 문화는 일본 문화의 영향을 많이 받았으며 또한 세계적 수준에도 도달했다. 둘째, 오늘날 타이완 문화는 중국 한민족漢民族 문화와 비교해 중국화가 많이 이뤄지지 못했다. 앞으로 어떻게 세계화와 중국화 이 두 가지를 함께 병행해나갈 것인가." 이 말은 관방 주류 문화의 지배에 대해 타이완 지식인들이 자신을 위한 확신을 세울 필요가 있음을 의미했다. 양원핑과 마찬가지로 황더스 역시 세계화라는 입장에서 타이완 문화를 부각시켜 황민화와 중국화의 분쟁에서 벗어나려했다. 좌담회에서 왕바이위안은 다음과 같이 비판적으로 말했다. "일본 제국주의의 문화와 오늘날 국민당 문화의 공통점은 배타성에 있다." 이 말은 타이완 지식인의 심정을 보여주는 전형적 사례로, 일본 문화와 국민당 문화 모두 식민 문화라는 핵심을 정확히 집어 표현하고 있다.

강제로 일문을 금지한 정책은 1937년 일본이 한문을 금지했던 정책과 단 9년의 거리를 둘 뿐이다. 이 짧은 기간 동안 타이완작가는 두 개의 고압적인 언어 정책을 겪어야 했다. 신문화 운동의 창작에 있어 그것은 심각한 상처였다. 장원환의 고통을 회상하며 장워쥔은 다음과 같이 쓴 바 있다. "타이완의 광복은 민족 감정을 불태우던 그가 생애 처음 겪은 최고의 행복한 사건이었다. 그러나 그의 작가 생활은 이때부터 좌초된다. 줄곧 일문으로 작품을 썼던 그는 갑자기 팔 잘린 장군이 더 이상 무기를 쓸 수 없게 된 것처럼 부득이하게 창작의 붓을 놓아야만 했던 것이다."[6] 이것이 1952년에 남긴 역사적 증거이다. 또 다른 일문 작가인 장둥팡은 1989년에 이 시기 국어 정책을 회상하면서 당시의 타이완작가들이 모두 '문맹'으로 변했다고 탄식했다. 그는 다음과 같이 말했다. "표현하고 싶으나 표현할 길이 없는 것은 그 얼마나 잔인한 거대한 변고였던가."[7] 발언권을 빼앗긴 타이완작가들은 이 때문에 역사의 기억상실증에 걸렸을 뿐만 아니라, 실어증 현상까지 보여주었다.

1946년 1월에 천이 정부는 '타이완성 매국노 총 고발 규칙台灣省漢奸總檢舉規則'을 실행하기 시작했다. 같은 해 4월 국어 보급 위원회國語普及委員會가 정식으로 성립하면서 10월까지 일어 사용 금지 정책을 실행했다. 이 같은 삼엄한 정치 환경 속에서도 타이완작가는 여전히 문학 활동을 멈추지 않았다. 이 시기 가장 주의할 만한 작가로는 양쿠이·룽잉쭝·뤼허뤄가 있다. 그들은 역사적 변혁기에 처한 전형적인 타이완 지식인을 대표했다.

양쿠이는 이 시기 가장 활발하게 활동했던 작가로, 그의 실천력은 1930년대 신문학 운동 참여와 견주어도 손색이 없었다. 그는 세 종류의 간행물인 《일양주보》, 《문화교류文化交流》(1947.1), 《타이완문학台灣文學》 (1948.8-1948.12)을 창간했다. 수명은 매우 짧았지만 이 잡지들은 그가 부지런히 노력했음을 보여줬다. 창작과 번역소개를 포함하여 이들 잡지는 타이완과 중국 문학의 교류에 힘을 기울였다. 그는 대부분 대륙에서 타이완으로 건너온 좌익 작가를 소개했다. 《문화교류》의 경우 장위張禹(왕쓰샹王思翔)와 함께 만들었다.

잡지 창간 외에 양쿠이는 종서 출판에도 힘썼다. 이 경우 주로 두 방향에서 활동했다. 하나는 일제강점기에 쓴 자신의 소설집을 정리하는 것이고, 다른 하나는 1930년대 중국작가의 작품을 번역하여 소개하는 것이었다. 개인 소설집은 두 권으로 묶었는데, 일문 소설집인 《거위 엄마 시집 가다鵞鳥の嫁入》(鵞媽媽出嫁)는 1946년 3월 삼성당에서 출판했으며, 중일문 대조로 된 《신문배달부新聞配達夫》(送報伕)는 1946년 7월 타이완 평론사에서 출판했다. 번역의 경우, 루쉰의 《아Q정전阿Q正傳》, 마오둔茅盾의 〈큰 코 이야기大鼻子的故事〉, 위다푸郁達夫의 〈잔설의 새벽殘雪的早晨〉 및 정전둬鄭振鐸의 〈황궁쥔의 최후黃公俊的最後〉(이 책은 보이지 않는다)가 그것으로, 모두 타이베이 둥화서국東華書局이 출판한 《중일문대조 중국문예총서中日文對照中國文藝叢書》에 실렸다. 양쿠이는 일제강점기의 문학 전통을 이으면서 30년대 중국 문학과 교류하려했다. 그의 목적은 분명 타이완 항일 전통과 중국 5·4 전통의 결합에 있었다. 이 두 전통은 모두 비판 정신을 주된 논조로 했으며, 그의 좌익 정신은 루쉰·마오둔·정전둬 등의 사상 경향과 일치했다.

이 밖에도 양쿠이는 여러 문학 좌담회에 적극 참여하며 타이완 문학이라는 기치를 높이 들고서 전후 1세대 작가들을 이끌었다. 이 사실은 시대의 변화에도 불구하고 양쿠이 문학의 비판 능력이 전혀 감소하지 않았음을 보여준다. 특히 1948년에서 1949년에 이르는 향토문학논쟁에 개입하면서, 우월의식을 지닌 일부 외성인 작가를 강하게 비판하며 타이완 문학 주체성을 추구했다. 그것은 일제강점기의 의연함과 결단력을 기반으로 한 것이었다. 이 역사적 의제에 관해서는 본 장의 뒷부분에서 좀 더 자세히 살필 것이다.

양쿠이의 실천력 및 과감함과 달리, 룽잉쫑은 다른 의미에서 주의할만한 전형적 인물이다. 시대의 변화 앞에서, 압도적인 주류 담론 앞에서, 그는 황민화 문학이라는 자신의 식민 경험에 대해 소극적이고 부정적인 태도를 보였다. 1945년 11월 《신신》 창간호는 다음과 같은 그의 문학 찰기를 싣고 있다. "타이완에는 문학이 없지 않은가? 그렇다. 문학과 닮은 문학은 있으나 그것이 문학이 아님을 알아야 한다. 거짓된 부분이 있으면 문학은 없다. 가면을 쓴 문학은 가짜 문학이다. 우리는 먼저 자신을 부정하지 않으면 안 된다. 우리는 다시 출발해야만 한다. 옳은 길을 걸어야만 한다." 상당히 암담한 심정을 보여주는 이 글에서 그는 자신이 겪은 문학 생활을 감히 부정하려 했다. 그의 글은 강렬한 절망과 허무라는 더욱 심각한 내용을 토로하고 있다. '거짓된 부분이 있으면 문학은 없다'는 분명 자신이 종사했던 황민화 문학을 에둘러 표현한 것이지만, 전후 관방의 정책을 표명하는 문학을 거부한 것이기도 했다. '가면을 쓴 문학은 가짜문학'이라는 주장은 당시 정치적 지배를 받은 문학의 기형화를 비꼰 것이었다.

룽잉쫑은 1947년 1월 《신신》 월간(신년호 2권 1기)에 〈타이베이의 표정台北的表情〉을 발표해 더욱 심각한 정신적 허무를 드러냈다. 이 산문은 한밤중 타이핑딩太平町의 대교를 거닐 때의 심리상태를 묘사하고 있다. 그는 다음과 같이 말한다. "이전에 나는 늘 희망을 품고서 여기로 나와 돌아다녔다. 그러나 지금은 희망보다 훨씬 많은 회상이 내 마음속에 생겨나고 있다. 그것은 나를 더욱 권태롭게 한다." 그런 뒤 그는 산문에서 스스로에게 묻는다. "오늘날 타이베이의 표정은 어떠한가? 우울한가 아니면 환희에 차있는가? 사실 타이베이는 우울하면서도 즐겁다. 다시 말해 타이베이에는 상반된 두 가지의 표정이 있다. 우울할 땐 지옥이고 즐거울 땐 천국이다. 그렇다면 타이베이는 어떤 사람에게는 지옥이며 어떤 사람에게는 천국임에 분명하다." 룽잉쭝이 이 글을 쓴 시기는 타이완이 광복한지 3개월 밖에 지나지 않은 때였다. 이처럼 쓸쓸하기 짝이 없는 깊은 탄식은 사람들로 하여금 그의 첫 번째 소설인 〈파파야 나무가 있는 마을植有木瓜樹的小鎭〉을 떠올리게 한다. 깨끗하게 정돈된 곳에 사는 이들은 통치자이며 좁고 더러운 곳에 갇힌 이들은 타이완 토박이다. 전후 초기에 천국과 지옥의 구분은 더 뚜렷하게 룽잉쭝의 사고 속에 표현됐다. 만회할 길 없는 그의 패배감은 식민통치하의 정신적 상태보다도 더 짙어 보였다.

광복 초인 1945년 11월 잡지《신풍新風》에 룽잉쭝은 두 편의 소설 〈청천백일기靑天白日旗〉와 〈산터우에서 온 남자從汕頭來的男子〉를 발표했는데 조국에 대한 부푼 기대를 이야기하고 있다. 그러나 1946년 4월《중화일보》에 발표한 〈타버린 여인燃燒的女人〉에서는 커다란 환멸로 바뀐다. 이처럼 급격한 기복은 과도기의 지식인에 대한 묘사에서 가장 잘 나타난다. 타이완의 광복이 그에게 해방감을 주지 않았음은 분명해 보였다. 그의 시대가 식민지 통치에서 정말 벗어났는지의 여부는 분명하게 구별되지 않았다. 이 시기 동안 그는 다만 1947년 일본어 잡문인《여성을 묘사하다女性を描く》(描寫女性) 한 권을 발표했을 뿐이다. 이후 30년 가까이 침묵한 뒤에야 중문 글쓰기를 시도하기 시작한다.

전후 일제강점기 작가 중 또 다른 전형으로 뤼허뤄를 들 수 있다. 이 뛰어난 일문 작가는 1935년 소설 〈소달구지牛車〉[1]로 타이완 문단에 모습을 드러냈다. 10년 뒤 그는 중문 창작의 방법으로 새로운 시대를 맞이한다. 1946년《인민보도人民報道》기자였던 기간 동안 그는 4편의 소설을 완

---

1) 이 작품의 한글 번역본으로는 〈소달구지〉(송승석 역,《식민주의, 저항에서 협력으로》, 도서출판 역락, 2006)가 있다.

성했다. 1946년 2,3월의 《정경보》에 발표한 〈전쟁 이야기 ─ 창씨개명爭的故事─改姓名〉과 〈전쟁 이야기 ─ 상장戰爭的故事──個獎〉에서 그는 일본인의 황민화 운동을 비판했다. 같은 해 10월 《신신》에 발표한 〈달은 빛나고 ─ 광복 이전月光光─光復以前〉과 다음 해 2월 1일 《타이완 문화》(2권2기)에 발표한 〈겨울밤冬夜〉은 천이 정부의 '중국화' 정책을 대담하게 비판했다.

뤼허뤄는 중문 글쓰기가 아직은 어색하고 서투르며 일문식 사고에 익숙했던 이 시기 타이완작가의 갈등을 대표적으로 보여준다. 그는 중문 사용을 선택했는데 이것은 당연히 탈식민을 의미했다. 특히 〈창씨개명〉과 〈상장〉은 황민화 운동의 거짓과 속임을 폭로했다. 두 편의 소설은 일본 식민 체제를 강하게 비판하는 한편, 일정정도 중화문화에 대한 정체성도 보여주고 있다. 소설 주제를 통해 뤼허뤄가 황민화 운동 기간 동안 쓴 작품의 주제가 마지못해 쓴 것이었음을 알 수 있다. 당시의 중국화에 대한 강압적인 요구 속에서 뤼허뤄는 어찌됐든 자신의 과거 문학 활동을 변호해야만 했다. 이 같은 심정은 곧 또 다른 난감함의 표현이었다.

〈달은 빛나고〉는 분명 황민화에 대한 반대를 표현한 소설이지만, 그 속의 대화는 천이 정부의 패권에 대한 비판을 의미한다. 이야기 주제가 일본 식민통치자의 국어정책을 겨누고 있기 때문이다. 일본인은 타이완인의 언어를 열등하고 불결한 것으로 보았다. 이러한 경멸은 천이 정부의 국어정책과 똑같았다. 그들은 일본과 마찬가지로 타이완 사람이 자신의 언어를 잊을 것을 요구했다. 일본의 강제적인 언어 정책이라는 핍박 속에서 소설의 인물들은 마침내 다음과 같이 항의한다. "우리는 이곳에서 영원히 살 것이다. 지금처럼 첫째도 타이완 말을 하면 안 된다, 둘째도 타이완 말을 하면 안 된다라고 하면, 타이완인인 우리가 타이완 말을 앞으로도 쭉 할 수 없다는 것이니 도대체 어떻게 살아가란 말인가?"[8] 이 목소리는 태평양 전쟁기간의 일본어 국어정책에 대한 저항이자 전후의 중국화라는 국어정책에 대한 비판이기도 했다. 뤼허뤄가 이 소설을 쓸 때 광복의 흥분은 이미 가라앉고 있었다. 소설은 주류문화에 저항하는 뤼허뤄의 꿋꿋한 자세를 여지없이 보여주었다.

이런 식으로 2·28 이전에 그가 발표한 〈겨울밤〉을 살핀다면, 뤼허뤄의 속내에 담긴 분노를 더 잘 느낄 수 있다. 식민 체제에 대한 반대와 황민화 운동에 대한 비판을 출발선으로 삼아, 뤼허뤄는 소설에서 국민당과 일본인을 병치하여 같이 살피려 고심했다. 소설 속 타이완 여성인 차이펑彩鳳은 남편인 무훠木火가 전쟁 때문에 남양으로 끌려가자 집안의 생계 유지를 책임져야만 했다. 전쟁이 끝난 뒤 무훠는 귀향하지 못하고 차이펑은 실직하게 된다. 물가가 급격히 오르고 생계가 어려워지자 그녀는 어쩔 수 없이 술집으로 일하러 간다. 이로 인해 충칭 정부를 따라서 타이완의 접수 책임을 지고 온 외성인 남자인 궈친밍郭欽明을 알게 된다. 이 접수 사업 관원은 차이펑의 육체를 탐하여 권총으로 위협하고서 강제로 결혼한다. 자신의 야만적인 행동을 합리화하기 위해 궈친밍은 그녀에게 다음과 같이 말한다.

"정말 불쌍하군! 남편은 일본 제국주의 손에 죽고, 당신도 일본 제국주의 때문에 망쳤으니. 하지만 안심하오. 나는 일본 제국주의와 전혀 다르니. 당신을 해치려는 게 아니라 당신을 사랑하기 때문이니. 일본 제국주의가 망친 사람들을 구하는 것이 내 임무라오. 나는 일본 제국주의가 짓밟았던 타이완 동포를 사랑한다오. 타이완 동포를 구하는 것이 내가 타이완에서 맡은 일이오."(린즈제林至潔 번역)[9]

소설의 언어는 당시 관원들의 입에 발린 말을 베낀 것이 분명했다. 그 말은 타이완 사람들에게 귀에 익은 말이었다. 뤼허뤄는 관료의 이 같은 말을 소설 안에 썼다. 당연히 그것은 억누를 수 없었던 분노를 표현하기 위해서, 그리고 동시대 사회의 불만을 반영하기 위해서였다. 뤼허뤄가 일제강점기 소설에서 묘사한 여성들은 모두 타이완의 운명이 투사된 존재로, 특히 이 소설의 차이펑은 광복 후 타이완에 닥친 상황을 정확하게 표현한다. 뤼허뤄의 소설은 차이펑의 고달픈 삶을 통해 시대의 출로가 막혔음을 예고했다. 소설의 끄트머리에는 '총을 쏘아 저항하다開槍抵抗'

라는 이야기가 끼워져 전체 소설의 구조와 긴밀하게 맞물리고 있다. 이 의외의 삽입곡은 의미심장한 메시지를 담고 있다. 이 같은 서사의 배치는 타이완이 나아갈 길을 찾기 위해 뤼허뤄가 개인적으로 무력 저항이라는 방법을 선택했음을 보여주는 듯하다. 2·28 사건 이후 뤼허뤄는 실제 지하 좌익조직에 참여했으며 '루쿠 무장 근거지 사건鹿窟武裝基地事件'2)이라고 불리는 사건에 연루되어 1951년 깊은 산 속에서 죽음을 맞았다. 뛰어난 소설가가 혁명가라는 신분으로 인간사와 이별했으니, 이는 분명 전후 역사에 있어 슬프고도 장렬한 한 페이지라 할 수 있다.

타이완에 온 좌익 작가와 루쉰 문학의 전파

전후 초기 문학 활동 가운데 주의할 만한 단체로는 타이완 문화협진회台灣文化協進會[10]가 있다. 이 단체의 이름은 1921년에 만들어진 타이완 문화협회와 비슷한데, 의식적으로 일제강점기 연합 전선의 전술을 계승하려 했음이 분명했다. 좌우 이데올로기를 가르지 않았으며, 전후 초기의 주요 지식인들은 모두 이 단체에 가입했다.

타이완 문화협진회는 1946년 6월에 결성된다. 같은 해 9월에 간행된 모임의 기관지인 《타이완문화》 창간호에 의하자면 문화협진회의 조직은 다음과 같았다.

---

2) 일반적으로 루쿠 사건鹿窟事件으로 불린다. 천번장陳本江이 1949년 타이베이 스딩石碇에 있는 루쿠에서 그 지역의 반국민당 지식인들을 모아 '타이완 인민 무장보위대'라는 조직을 만들어 반정부기지로 삼고자 했다. 1952년 4월 타이베이시위원회 전기노동자 지부에 소속된 보조 서기의 일기에서 그해 4월에 이 기지에서 훈련을 받았던 일이 발각되어 같은 해 12월에 타이베이보위사령부가 루쿠를 공격, 소탕한 사건을 가리킨다. 함께 피신했던 뤼허뤄는 이곳에서 독사에 물려 죽었다고 전해진다.

이사장	유미젠游彌堅
상무이사	우커강吳克剛, 천젠산陳兼善, 린청루林呈祿, 황치루이黃啓瑞
이사	린셴탕, 린마오성林茂生, 뤄완처羅萬俥, 판서우캉范壽康, 류커밍劉克明, 린쯔구이林紫貴, 사오충샤오邵沖霄, 양윈핑, 천이쑹陳逸松, 천사오신陳紹馨, 쉬춘샹徐春鄉, 린중林忠, 롄전둥連震東, 쉬나이창許乃昌, 왕바이위안王白淵, 쑤신蘇新
상무감사	리완쥐李萬居, 황춘칭黃純靑, 쑤웨이량蘇維梁
감사	류밍차오劉明朝, 저우옌서우周延壽, 우춘린吳春霖, 셰어謝娥

　이 명단을 통해 모임이 관방 반, 민간 반으로 이루어진 조직임을 알수 있다. 이사장인 유미젠은 천이 정부가 타이완을 접수하러 왔을 당시, 국민당 출신의 타이완 사람으로 소위 '반산半山'이었다. 조직 가운데 반산인 사람으로는 롄전둥과 린중이 있었는데, 다들 충칭 시기 타이완 조사위원회의 구성원이었다. 행정장관공서의 관원인 판서우캉, 린즈구이 등도 이사진에 이름이 보인다. 그밖에 타이완 출신 사람들은 다들 일제 강점기 때 항일 조직이었던 타이완 문화협회·타이완 민중당·타이완 공산당 그리고 타이완 지방자치연맹 같은 곳에 가입했던 이들이었다. 이러한 결합은 전후 시기에 지식인이 처음으로 당파를 뛰어넘어 결성한 대표적인 연맹이었음을 의미한다. 또한 관과 민이 처음으로 서로 간의 결합을 시도한 것이기도 했다. 이 조직에서 중요한 일을 담당했던 이들로는 쉬나이창(총간사), 천샹청(총무부 주임), 왕바이위안(교육부 주임 및 복무부 주임), 쑤신(선전부 주임), 천사오신(연구부 주임), 양윈핑(편집부 주임) 같은 이들이 있었다.

　타이완 문화협진회의 주요 사업은 중국화라는 관방의 문화정책을 민간 기구를 통해서 지식인들에게 펼치는 것이었다. 그리하여《타이완문화》의 발간 외에도 비정기적으로 문화 강좌·좌담회·음악회·전람회 그리고 국어 시행 등을 추진했다. 그러나 아이러니 하게도 타이완 출신 지식인들은《타이완문화》에 우회적인 풍자와 비판의 글을 발표하여 중국화 정책을 보이콧하고 고발했다. 이들 중 대표적 인물로 쑤신(1907-1981)

을 들 수 있다. 그는 타이난台南 자리佳里 사람이다. 본래 작가가 아니었던 그는 일제강점기 타이완 공산당 당원으로 일본 경찰에게 체포되어 12년 형을 선고받았던 적이 있었다. 항일 운동을 했던 이들 중 일본 감옥에 가장 오래 갇혔던 사람 중 하나이기도 했다. 그는 염전지대鹽分地帶 시인의 지도자였던 우신룽吳新榮과 친분이 깊었던, 정치 운동가 가운데 가장 인문적 소양이 풍부했던 사람이었다. 전쟁이 끝나자마자 쑤신은 국민당 외곽 조직이었던 '삼민주의 청년단'에 가입했다. 문학 활동의 경우, 그는 《정경보》·《인민보도》·《중외일보》 그리고 《타이완문화》의 편집을 맡았으며, 쑤선甦甡과 추핑톈邱平田이라는 필명으로 평론과 소설을 발표했다. 1947년 2월 1일, 《타이완문화》(2권2기)에 소설 〈농촌 자위대農村自衛隊〉를 발표하여 천이 정부에 무력으로 대항해야 한다고 주장했으니, 그의 비판정신은 같은 호에 발표된 뤼허뤄의 〈겨울밤〉과 서로 호응한다 할 수 있다.

〈농촌 자위대〉는 접수 이후 타이완사회의 진상을 상당히 사실적으로 반영하고 있다. 소설은 남부 농촌의 파산과 불황 그리고 역병 유행이라는 상황을 폭로하고 있다. 소설에는 다음과 같은 대화가 보인다. "……오늘날 타이완은 또한 너무 자유로워졌다. 천연두와 콜레라가 자유롭게 창궐하고, 부랑자와 악당이 자유롭게 약탈하고, 공장은 자유롭게 도산하고, 농촌은 자유롭게 황폐해지고, 악덕 상인과 지주는 자유롭게 사재기하고, 백성들은 자유롭게 굶주림에 시달리고. ─ 광복 후의 타이완은 이 얼마나 자유로운가!" 글은 매

▶ 洪炎秋(《文訊》 제공)

우 신랄하게 천이 정부를 공개적으로 비판했다. 소설은 농촌 자위대의 설립도 주장하면서 "문자의 시대는 이미 지나갔다. 오늘날은 무력의 시대이다."라고 분명하게 밝히고 있다. 이 같은 무장의 제창은 타이완사회가 붕괴 직전에 이르렀음을 보여준다. 2월 28일에 일어난 폭동 사건은 하룻밤 사이에 널리 번져나갔다. 많은 지식인들이 쑤신처럼 느끼고 있었으며, 한바탕 거대한 충돌은 더 이상 피할 수 없는 것임이 예견됐다.

《타이완문화》의 중요 작가로는 우신룽, 양서우위, 뤼쑤상呂訴上, 홍옌추洪炎秋, 류제, 뤼허뤄, 랴오한천廖漢臣, 황더스 등이 있다. 그러나 이 잡지는 외성인 작가와 합작하여 잡지의 창간 목적인 대륙과 타이완 사이의 언어와 문화의 장벽을 없애고 '민주적인 타이완 신문화와 과학적인 신타이완을 건설'한다는 또 다른 중요한 임무를 지니고 있었다. 대륙 출신 작가 중 이 잡지에 글을 발표했던 이들로 쉬서우창許壽裳, 타이징눙臺靜農, 위안커袁珂, 리허린李何林, 리지예李霽野, 황룽찬黃榮燦, 리례원黎烈文, 레이스위雷石楡 등이 있다. 이들 대륙 작가는 좌익 사상의 색채를 지녔다는 공통된 특징을 가졌다. 또 다른 중요한 특색으로는 그들이 루쉰 사상의 전파에 많은 힘을 들였다는 사실로, 타이완 항일전통이 중국 5·4 정신과 동맹을 맺는 중요한 계기가 된다. 그러나 역사 환경이 허락지 않아서 이 동맹은 5개월 밖에 존재하지 못했으며, 2·28 사건의 발생으로 해산을 선언한다.

외성인 작가 가운데 가장 중요한 이는 쉬서우창(1883-1948)이다. 그는 저장성浙江省 샤오싱 현紹興 사람으로, 천이·루쉰과 함께 일본 유학을 했으며 그들과 동향인이었다. 타이완으로 건너와 행정장관을 맡게 된 천이는 쉬서우창을 타이완 성 편역관의 관장으로 초빙한다. 당시 교육계의 주요 수장들은 모두가 다 저장 사람이었다. 교육처장 판서우캉, 타이완대학 교장 루즈훙陸志鴻, 교무장 다이윈구이戴運軌 그리고 사범학교(오늘날 사범대) 학교장 리지구李季谷가 그들이다. 이것 역시 전후 초기 정치 문화의 중요한 현상으로, 인맥과 혈연·지연을 중심으로 천이 정부의 관료체계가 이루어졌음을 보여준다. 쉬서우창은 교과서와 교재를 편역하고 명저를 소개하는 것을 주요 임무로 맡았다. 이에 기반하여 편역관은 학교 교재부學校敎材組·사회 도서부社會讀物組·명저 번역부名著編譯組 그리고 타이완 연구부 파트로 나뉘었다. 그 가운데 삼민주의와 민족정신의 전파를 담당한 학교 교재부의 가장 중요한 역할은 중학교의 국어와 역사 교재 편찬이었다. 타이완 연구부는 타이완 문화 전통을 보존하고 정리할 공간을 마련하고자 설립한 것으로, 전후 최초의 타이완연구 관련 관방기구였다.

쉬서우창은 문학 활동에 있어서는 루쉰 사상을 소개하여 당시 사람들의 주목을 받았다. 그는 루쉰과 깊은 친분을 가지고 있었고 그의 동향인이자 동학이었기 때문에, 타이완의 신문 잡지에 루쉰에 관해 많은 글을 썼다. 타이완에서 루쉰 사상의 전파는 전후 초기의 특수한 현상이었다. 루쉰의 비판 정신은 결코 국민당 정부가 용인할 수 없는 것이기 때문이다. 일제강점기 때 활동했던 타이완작가가 적극적으로 루쉰 문학을 수용한 까닭은, 이 위대한 작가의 비판정신으로 천이 정부의 탐욕과 부패 그리고 문화적 멸시를 비판하기 위해서였다. 타이완작가는 루쉰 문학을 소개하면서 공통의 기반을 찾았기 때문에 중국작가와 동맹을 맺을 수 있었다. 일제강점기 때 활동했던 작가인 양쿠이·룽잉쭝·양윈핑·황더스·왕스랑王詩琅과 조금 뒤의 중리허鍾理和와 란밍구藍明谷는 다들 루쉰 사상과 깊이 있는 만남을 가졌다. 《타이완문화》가 낸 '루쉰 서거 10주년 특집'은 쑤신이 주편한 것으로, 많은 대륙 작가에게 원고를 청탁했다. 이 특집 가운데 타이완작가로는 양윈핑이 쓴 〈루쉰을 기념하며〉만이 있었음은 앞서 언급한 바 있다. 나머지는 모두 외성인 작가가 아닌, 대륙에서 타이완으로 건너온 작가들이 쓴 것으로, 쉬서우창의 〈루쉰의 정신魯迅的精神〉, 가오거高歌가 번역한 〈스메들리가 루쉰을 기록하다斯萊特萊記魯迅〉, 천옌차오陳烟橋의 〈루쉰 선생과 중국 신흥 목각 예술魯迅先生與中國新興木刻藝術〉, 톈한田漢의 〈루쉰 선생을 마음껏 기억하다漫憶魯迅先生〉, 황룽찬의

〈그는 중국 제일의 신사상가他是中國的第一位新思想家〉, 레이스위의 〈타이완에서 처음으로 루쉰 선생을 기념하는 감격의 말在台灣首次紀念魯迅先生感言〉과 셰쓰옌謝似顏의 〈루쉰 옛시집魯迅舊詩錄〉이 있다.

쉬서우창의 〈루쉰의 정신〉은 글 앞머리에서 루쉰이 쓴 〈꽃 없는 장미無花的薔薇〉의 다음 구절을 인용하여 사람을 놀라게 했다. "피로 빚진 것은 반드시 똑같은 것으로 갚아야 한다. 빚 갚는 것을 미룰수록 갚아야 할 이자는 커진다." 이는 국공내전 당시 쉬서우창이 품었던 심정이자 국민당 통치하의 타이완 사람들에 대한 하나의 계시였다. 이 글이 담고 있는 힘은 매우 강했다. 특히 생활이 곤궁의 나락으로 곤두박질 친 타이완인에게 루쉰의 글은 심오한 암시였다. 쉬서우창은《타이완문화》에 〈루쉰의 인격과 사상魯迅的人格與思想〉(2권 1기)과 〈루쉰의 장난 글魯迅的遊戲文章〉(2권 8기)도 발표했다. 또한《타이완 월간台灣月刊》과《화평일보和平日報》와 같은 매체에도 루쉰 문학을 소개했다. 이 시기 쉬서우창은 타이완에서 두 권의 전문서인《루쉰의 사상과 생활魯迅的思想與生活》(타이베이: 타이완 문화협진회, 1949)과《망우 루쉰 인상기亡友魯迅印象記》(상하이上海: 어메이峨眉, 1947)를 완성했다.

여러 신문 잡지를 통해 타이완 지식인에게 루쉰을 소개하면서 쉬서우창은 국민당 보수 세력의 주의를 끌게 된다. 관방의 출판물인《중화일보》와《정기월간正氣月刊》은 그를 공격하기 시작했다. 중국화 정책이 추진되는 가운데 쉬서우창의 입장은 분명 특별한 것이었다. 1948년 2월 그는 집에서 살해당했다. 천이 정부가 행한 짓임이 오늘날 공공연하게 알려져 있다. 루쉰의 문화적 의미는 이처럼 관과 민의 대립 속에서 구체적으로 표현됐다.

타이완에 온 좌익 작가는 대부분 루쉰의 생전 벗들로, 타이징능·리지예·리례원·리허린 등이 그들이었다. 그 중 타이징능과 리지예는 1925년 베이징에서 루쉰과 함께 '미명사未名社'[11]를 결성한 작가들로, 루쉰 문하의 제자라고 볼 수 있다. 타이완에 오기 전 타이징능은《루쉰과 그의 저작에 관하여關於魯迅及其著作》라는 책 한 권을 편집했다. 리허린 역시 타이완에 오기 전《루쉰론魯迅論》[12] 한 권을 편찬했는데, 1930년대 이전에 나온 루쉰에 관한 평론 및 관련 글 20여 편을 모은 것이다. 그는《타이완 문화》에 〈《루쉰 서간》을 읽고讀《魯迅書簡》〉라는 글을 발표했으며 작은 책자인 《5·4운동五四運動》을 썼다. 이 책은 첸거촨錢歌川이 주편한 '중화민국 역사 소총서中華民國歷史小叢書'에 들어가 있다.

리례원은 루쉰과 가장 친분이 두터웠던 사람이다. 1933년 상하이에서 《신보申報》의 부간인 〈자유담自由談〉의 주편을 맡았을 때 루쉰에게 원고를 부탁했다. 루쉰이 생전에 남긴 두 권의 잡문집인 《거짓 자유서僞自由書》와 《준풍월담準風月談》은 〈자유담〉에 썼던 글을 모아 만든 것이다. 1934년 리례원은 배척받아 《신보》를 떠난 뒤, 루쉰의 부탁으로 《번역譯文》 월간의 창간에 참여한다. 《번역》이 정간되자 그는 다시 루쉰의 격려 하에 《중류中流》 반월간을 창간했다. 이를 통해 루쉰이 만년에 전투정신을 발휘할 때 리례원이 전투 동료의 역할을 맡았음을 알 수 있다.

황룽찬은 목각 화가로, 루쉰의 신흥 목각 운동의 영향을 많이 받았다. 그는 루쉰과 이전에 만난 적은 없지만 그의 비판 정신을 사숙했다. 타이완에 온 이후 타이완 지식인과 자주 왕래했다. 리춘칭李純靑이 창간한 《타이완 평론》(모두 4기를 발행함)은 매 기마다 표지에 황룽찬의 목각 작품을 실었다. 그의 화풍은 꾸밈없이 수수했고 리얼리즘 정신을 지니고 있었으며, 작품의 주제는 모두 비판성이 풍부했다. 그는 이 시기 걸출한 풍격을 지닌 예술가였다.

타이완작가 중 양쿠이가 루쉰 문학을 번역한 것 외에, 란밍구 역시 루쉰의 〈고향故鄉〉을 번역했다. 란밍구(1919-1951)는 가오슝高雄 강산岡山 사람으로 베이징에서 공부한 적 있으며, 중리허의 소개로 지룽基隆 중학에서 국어를 가르쳤다. 이 학교의 교장인 중허밍鍾和鳴(하오둥浩東)은 중리허의 이복동생이었다. 루쉰의 〈고향〉은 란밍구가 수업 때 사용한 국어 교재 중 하나였다.

타이완작가는 루쉰을 존경했으며 그를 세계적인 문호로 보았다. 황더스·양윈핑·룽잉쭝 등도 그러했다. 이들과 달리 루쉰을 약자의 대변인으로, 핍박에 반대하고 계급 억압에 반대하는 의식을 지닌 사람으로 본 이가 양쿠이와 란밍구이다. 타이완으로 건너온 대륙의 좌익작가는 루쉰의 사회주의 사상을 강조하며 그를 반봉건·반독재의 상징으로 여겼다. 1947년 2·28 사건이 발발하기 전 루쉰은 타이완 문단에서 익숙한 이름이 되었다. 이는 타이완 문학 발전사에 있어 중요한 현상으로, 두 가지 서로 다른 문학 전통이 루쉰 문학의 전파 가운데 어떻게 합쳐지고 동맹을 맺는지를 보여준다. 그러나 이 두 전통 즉 항일 정신과 5·4정신은 천이 정부에 의해 강력하게 저지되고 진압된다. 2·28 사건이 발생하자 쌍방의 동맹 선언은 중단되고, 루쉰 사상 역시 타이완 역사의 세찬 물결 속에서 침몰했다.

2·28 사건이 타이완 문학에 준 충격

2·28 사건 발발 전야에 타이완 문화계에는 이미 이전에 없던 고민이 깊어지고 있었다. 가장 전형적인 예로 젠궈셴簡國賢의 희곡 《벽壁》을 들 수 있는데, 이 작품은 쑹페이워宋非我의 성펑聖烽 극단에 의해 타이베이에서 상연된다.[13] 작품이 상연되자 전후에는 보기 드물 정도로 많은 관객이 몰려들었다. 우줘류는 극 비평인 〈어느 현실 도피—성펑의 연극 상연회某一種逃避現實—關於聖烽演劇的發表會〉를 써서 《중화일보》 일문판에 발표했다. "단지 벽 하나를 사이에 두고 천국과 지옥의 두 세계가 펼쳐진다. 그것은 누구보다 좋은 환경을 가진 사람과 무참히 짓밟히는 사람으로 나뉘어 있다.…… 벽 하나를 사이에 두고 악덕상인은 이자놀이로 호화로운 생활을 하면서 제멋대로 짐승 같이 성질을 부린다. 다른 쪽은 고통과 빈곤과 실업으로 핍박받아 결국 절망스런 결말로 내몰려 "벽! 벽!"이라 소리치며 벽에 스스로 몸을 던져 죽는다."[14] 타이완사회에 나타난

이 두 세계는 결코 허구적인 희극이 아니라 적나라한 현실이었다. 천당과 지옥이라는 이 같은 이분법은 룽잉쭝의 산문에서도 나타났다. 성평연극단의《벽》은 결국 천이 정부에 의해 금지되는데 그것은 결코 의외의 일이 아니었다.

문화상의 고민은 왕위더(왕모처우王莫愁)가 쓴 〈방황하는 타이완 문학彷徨的台灣文學〉(《중화일보》1946.8.22)에서도 표현된다. 왕은 먼저 일제강점기 작가인 왕바이위안·양윈핑·룽잉쭝·뤼허뤄·장원환·양쿠이 등이 전쟁 기간 동안에는 정치적 주제에 덜 저촉되는 문학만을 쓸 수 있었다고 말한다. 그리고 나아가 다음과 같이 지적한다. "그러나 타이완이 광복됐다. 그들은 흥분에 차 일제강점기에 다루지 못했던 제재를 대거 다루려 했다. 하지만 흥분과 격동은 일순간에 사라지고, 특히 고생하며 참담하게 배웠던 일문은 공개적으로 사용할 수 없게 됐다. 그들은 중국어 강습회의 1학년 학생이 되었다." 글에서 그는 다시 다음과 같이 말한다. "그렇다면 오늘날 타이완에는 어떤 문학이 존재하고 있는가? 억지로 찾고자 한다면 '아산문학阿山文學'을 들 수 있다. 그 본질은 타이완의 외성인을 대상으로 하며 그 내용은 본국인 대륙의 단편소설을 피상적으로 소개하고 있을 따름이다. 대부분의 타이완인이 국어국문을 충분히 이해할 수 없는 오늘날, 이러한 문학은 대중과 괴리되어있다. 게다가 아무런 가치도 없다." 왕위더의 글은 당시 문화 정책이 이미 타이완사회와 어긋나 있음을 폭로한다. 타이완 토박이 작가는 창작 공간을 잃었으며 관방이 소개하는 중국문학 역시 현실과 아무런 연관이 없었다. 언론의 자유와 출판의 자유가 사라져갈수록 지식인의 마음에 초조감과 위기가 더해졌음을 미뤄 짐작할 수 있다.

1946년 12월 타이완 행정장관공서의 선전위원회는《타이완 일 년 동안의 선전台灣一年來之宣傳》이라는 책을 출판하여 관방이 사상의 감시에서 이룬 성과를 분명하게 기록했다. 책에서는 다음과 같이 말한다. "본성이 광복된 이후 본 위원회는 일본인이 문화 사상에 남긴 여독을 씻어내고자 특별히 금서를 단속하는 8개조의 방법을 만들었다. 전 성의 서점·도서 판매대는 스스로 금서를 검사하고 이를 봉한 채 관청의 처리를 기다려야 하며, 각 현과 시 정부의 처리를 따라야 한다고 알렸다. 타이베이시의 경우 본 위원회가 경무처 및 헌병단과 같이 검사를 했으며 826종, 7300여 권의 금서가 발견되어, 본회가 참고로 남긴 일부를 제외하고 모두 불태웠다. 다른 각 현과 시 가운데 금서를 처리했다고 보고한 곳으로는 타이중台中·화롄·핑둥屛東·가오슝·타이난·장화·지룽 등 7개의 현과 시로, 불태워 없앤 서적이 대략 1만여 권에 이른다." 이는 당시의 사상 검열이 엄밀하고 철저했으며, 작가의 창작 공간에 크나큰 위협이 되었음을 충분히 보여준다. 일본 식민 정부의 사상통제와 비교해 천이 정부는 더하면 더했지 못하지 않았다. 그리하여 상술한 금서 조사사업은 광복 후 단 일 년이라는 짧은 시간 안에 완수되었다.

정치·경제·문화의 특수화는 타이완사회로 하여금 결코 식민통치에서 완전히 벗어나게 하지 못했다. 오히려 권력의 농단으로 인해 타이완 출신 지식인은 공공기관에서 배척받았으며, 탐욕과 부패가 보편적인 관의 문화가 되었다. 물자와 시장의 대량 약탈은 심각한 통화 팽창과 경제 소강을 야기했으며, 실업의 홍수가 도처에서 범람했고, 사법 제도는 전반적으로 파괴됐다. 게다가 천연두·콜레라·페스트의 창궐로 사회 전체는 혼란스럽고 무질서한 상태로 빠져들었다. 이러한 요소가 쌓이면서 마침내 2·28 사건이라는 충돌이 일어나게 된다.

이 비극적인 사건의 배경은 매우 다양했다. 그 중 가장 중요한 것은 역시 문화적 차이로 인한 충돌이었다. 현대화의 세례를 거친 타이완이 봉건 단계에 머물렀던 중국사회와 서로 접촉하는 가운데, 상호 간에 여러 저촉 현상이 발생했다. 타이완은 비록 식민통치를 겪었으나 섬 주민은 식민체제에 저항하면서 현대의 인권·법치·행정·위생 등의 진보적 관념도 받아들였다. 이러한 관념은 천이 정부의 관원에게는 매우 낯선 것이었다. 시대에 뒤떨어진 통치자가 문화적 우월감을 지닌 채 타이완으로 와서 모멸적인 문화 정책을 실시했다는 사실이 상황을 더욱 악화시켰다. 그리하여 타이완 지식인이 정치개혁을 요구하자, 천이 정부는 '반란 음모'를 구실로 체계적이고 전방위적인 대량학살을 전개하여, 타이완 역사에 이전에 없던 참극을 빚어냈다. 이 충돌 속에서 약 15,000에서 20,000명에 이르는 사람들이 죽었으며 역사는 이를 '2·28 사건'이라 불렀다. 피비린내가 가신 후 타이완 지식인은 모두 창작 중단 상태로 빠져들게 된다.

　좌익작가인 양쿠이는 사건이 발생하자 1947년 3월 9일 타이중의《자유일보自由日報》에 〈빨리 향토공작대를 편성하자從速編成下鄕工作隊〉라는 글을 발표하여 자위단을 결성하여 천이 정부에 대항할 것을 주장했다. 그는 다음과 같이 말한다. "지금 민주와 자유를 쟁취하고 자유가 제한받지 않는 보통선거로 자치정권이라는 단계를 쟁취하기 위해서는 탐관오리 및 악질 반대파를 제외한 통일 전선을 확대해야 한다. 지금 단계에서 우리는 각계(학·공·농·상·부녀·문화 각계)를 포용하고 무당파無黨派도 포용하여 민주 통일 전선을 확대해야 한다." 이 글은 사건에 대한 양쿠이의 저항 전술 및 지식인들이 결국은 뤼허뤄와 쑤신이 사건 이전에 주장했던 무장 저항에 나섰음을 보여준다. 객관적인 정치 조건은 문학가로 하여금 정치 운동가로 변신하도록 요구했다. 타이완 문학가에게 있어 이것은 지극히 고통스럽고 안타까운 역사의 한 페이지였다.

　사건 이후에 이 글을 썼다는 이유로 양쿠이는 사형될 뻔 했으나, 심문을 맡았던 군관이 이를 숨겨주어 죄를 면할 수 있었다. 그러나 모든 작가들이 이처럼 운이 좋지는 않았다. 장원환은 사건 후 여전히 공포에 떨며 다음과 같이 썼다. "타이완인은 어두운 그림자를 짊어지고 살아가야 했다. 게다가 조롱거리처럼 살다가 소리 없이 죽어갔다. 총에 맞아 죽기도 하고 살아서는 타향으로 망명하기도 하고……."[15] 경악·두려움·소극적·불안함이라는 정서가 타이완사회 전체에 넘쳐났다. 작가의 경우 이러한 감정은 더욱 심각했다.《정경보》,《타이완 평론》,《인민도보》,《민보》와 같은 모든 문학 간행물이 금지됐다. 일본어 사용이 전면적으로 금지되면서 일제강점기의 문학 전통은 이때 중단된다.

작가의 운명은 다른 사상검열의 상황보다 더욱 고통스러웠다. 타이완 문예연맹을 이끌던 장선체張深切와 장싱젠張星建은 사건 이후 오랫동안 망명했으며 개인 사진과 문고는 대량으로 불태워졌다. 타이완 대학 교수이자 시인이던 장둥팡張冬芳 역시 계속 도망 다니다 1950년 백색 테러 전날 밤에야 모습을 드러내 자수했다. 《타이완문화》를 편집했던 쑤신은 홍콩으로 몰래 도망가 그곳에서 《분노의 타이완憤怒的台灣》(香港: 智源書局, 1948)을 완성했다. 소설가 장원환은 산 속으로 도망가 몸을 숨겼다. 이때부터 장장 30년 간 스스로 붓을 꺾었다. 왕바이위안은 범죄 사실을 알면서도 신고하지 않았다고 고발당해 2년 동안 수감됐다. 염전지대의 시인인 우신룽은 지명수배를 받아 자수 후에 감금·재판 받았으며 3개월 후에야 석방됐다. 황민화 운동에 참가했던 저우진보周金波는 전후에 삼민주의 청년당에 가입했으나, 사건 후에 역시 체포되어 결국 보석금을 내고 풀려났다. 타이완 최초의 컬럼비아 대학 철학 박사였던 《민보》의 발행인 린마오성은 타이완 대학에서 학생들을 가르치다 사건이 일어나자 살해됐다. 《인민보도》의 발행인인 왕텐덩王添燈 역시 함께 살해됐다.

잔혹한 정치 현실 앞에서 일제강점기 작가들은 모두 문학 창작을 그만둬야 했다. 뤼허뤄는 지하 정치조직에 참가했고 이때부터 문학과는 이별한다. 주뎬런朱點人, 궈추성郭秋生, 양츠창楊熾昌, 궈수이탄郭水潭, 천추이잉陳垂映, 우융푸巫永福, 류제劉捷, 린팡녠林芳年, 왕창슝王昶雄, 좡페이추莊培初 등은 언어語文의 장애가 두려워서인지 다들 다시 글 쓰는 걸 거부했다. 일제강점기 작가가 입을 닫음으로써 가치 있는 문학 전승은 단절된다.

대륙에서 타이완으로 건너온 좌익작가인 리지예·리허린·장위(왕쓰샹)는 사건 후에 다들 급하게 중국으로 도망갔다. 타이징눙·리례원은 타이완 대학에 남아서 학생을 가르쳤으나, 죽을 때까지 루쉰을 다시 언급하지 않았다. 타이징눙은 서법 예술을 탐닉했고 리례원은 프랑스 문학 번역에 전념했다. 5·4의 전통 역시 이 때에 끊어졌다. 쉬서우창은 1948년

피살되고 황룽찬은 1951년 총살당한다. 루쉰 문학의 전파는 이때 이르러 완전히 멈춰버렸다.

타이완 문학사의 이중적 단절, 즉 항일문학과 5·4문학의 전승의 단절은 2·28 사건 후 발생한 것이다. 기대로 충만하던 연대가 번쩍이는 칼날과 핏빛 그림자 속에서 황급하게 막을 내렸다. 역사의 비가悲歌는 사라지지 않은 채 2·28 사건 후 다시 불리게 됐다.

저자 주석

[1] 민국 29년(1940) 10월 국민 정부는 中央設計局을 설립하여 國防委員會에 예속시 켰다. 국방위원회의 최고 위원장인 蔣中正 선생이 중앙설계국 총재를 겸임했다. 33년(1944) 5월 중앙설계국은 台灣調査 委員會의 설립을 허락받고 전후의 타이완 접수를 준비했다. 타이완조사위원회는 陳儀를 주임위원으로 하며 위원으로 錢宗起, 夏濤聲, 沈仲九, 周一鶚, 謝南光, 游彌堅, 黃朝琴, 丘念台, 李友邦, 王泉笙 등이 있었다. 주요 사업은 다음과 같다 1.접수 관리 계획의 초고를 잡고 구체적 강령을 확립한다. 2.타이완 법령을 번역하고 개혁의 근거를 마련한다. 3.구체적 문제를 연구하여 합리적 해결을 얻게 한다. 관련 자료는 다음과 같다. 周一鶚, 〈陳儀在台灣〉, 《陳儀生平及被害內幕》(北京: 中國文史, 1987), pp.104-105/台灣省行政長官公署民政處 편, 《台北民政》(台北: 台灣省行政長官公署民政處, 1948), 제1집, p.8/李汝和 주편, 〈卷十光復志〉, 《台灣省通志》(台北: 台灣省文獻委員會, 1970), p.11/行政院二二八事件小組 편, 《二二八事件研究報告》(台北: 時報, 1994), p.3.

[2] 〈台灣調査委員會黨政軍聯席會第1次會議記錄〉(1945.6.27), 秦孝儀 주편, 《光復台灣之籌劃與受降接收》(台北: 中國國民黨中央委員會黨史委員會, 1990), p.142 참조.

[3] 국민정부를 '재식민再殖民' 체제로 보는 시각은 陳芳明, 〈後現代或後殖民—戰後台灣文學史的一個解釋〉, 《後殖民台灣: 文學史論及其周邊》(台北: 麥田, 2002), pp.25-30 참조.

[4] 《台灣文化》 1권 2기(1946.11).

[5] 《台灣文化》 2권 1기(1947.1).

[6] 蔡其昌, 〈戰後(1945-1959)台灣文學發展與國家角色〉(台中: 東海大學歷史學系

碩士論文, 1996).

[7] 施懿琳,《台中縣文學發展史: 田野調查報告書》(台中: 台中縣文化中心, 1993),
      p.227.

 [8] 呂赫若 저, 林至潔 역, 〈月光光〉,《呂赫若小說全集》, p.530.

 [9] 呂赫若 저, 林至潔 역, 〈冬夜〉,《呂赫若小說全集》, p.541.

[10] 台灣文化協進會는 1946년 6월 16일에 설립됐으며 그 주요 주장은 다음과 같다.
      "문화교육에 뜻을 가진 동지와 단체를 연합하여, 정부의 三民主義 선양에 협력하
      고, 민주사상을 전파하고, 타이완 문화를 개조하며, 국어국문을 추진한다." 설립의
      주요 목적은 50년에 이르는 대륙과 타이완 간의 단절과 이로 인한 문화와 언어의
      간격을 잇는 데 있었다. 이 모임은 타이완 문화계 인사를 결집하여 일본문화의
      영향을 뿌리 뽑는 데 힘썼으며《台灣文化》를 발행했다.

[11] 1925년 베이징에서 창립했으며 모임 참가자로는 魯迅, 李霽野, 韋素園 등이 있다.
      《未名》,《莽原》등의 간행물을 발행했다. 1928년 차압되었으며 1929년 정식으로
      해산한다. 주로 러시아 문학과 10월 혁명 이후 소련 문학을 번역 소개하는 활동을
      했다.

[12] 李何林,《魯迅論》(西安: 陝西人民, 1984년 재출판)

[13] 簡國賢은〈被遺棄的人們─關於《壁》的解決〉을 발표했는데 일문 원문은 1946년
      6월 13일《新生報》에 실렸다. 藍博洲가 簡國賢의 아내를 방문하고서《壁》의
      원고를 얻어 자신이 편찬한《文學二二八》(台北: 台灣社會, 2004)에 수록했다.

[14] 吳濁流 저, 葉石濤 역, 〈某一種逃避現實─關於聖烽演劇的發表會〉,《中華日報》
      일문판〈文藝欄〉, 1946.6.22.

[15] 黃英哲 편, 涂翠花 역,《台灣文學在日本》(台北: 前衛, 1994), p.27.

제10장
2·28 사건 후 타이완 문학 정체성과 논쟁*

소요 진압과 마을 토벌을 위한 군사 작전이 사건 후 한 달 가까이 유지됐다. 1947년 4월초에 이르러서야 사건은 일단락 마감한다. 2·28 사건이 남겨 놓은 상처는 반세기가 지나서도 여전히 치유되지 못했다. 인종청소에 가까운 위협은 외성과 본성이라는 출신지역에 따른 균열을 만들었으며, 타이완 사회의 문화 전승에도 커다란 단층이 생기게 했다. 민간단체는 해산됐고 신문 잡지 역시 조사받고 폐간되었다. 보복 행위와 마구잡이식 살인 사건에 지식인은 침묵할 수밖에 없었고 억압으로 인해 문학 활동은 동면기로 들어갔다. 사건 후의 공포 상황은 국민당 성당부省黨部 주임이던 리이중李翼中의 1952년 9월의 회고록 〈모첨 기록帽簷述事〉에서 엿볼 수 있다.

"국군 21사단이 속속 지룽에 도착하여 각 현과 시로 나뉘어 진주했다. 천이陳儀는 2·28 사건 처리 위원회의 해산을 명령했고 계엄을 선포했다. 경찰 대대의 별동대는 사변에 참여했던 사람들을 곳곳에서 이 잡듯이 수색했다. 유명인과 명망가 및 청년 학생들도 투옥을 피하지 못했다. 도망치거나 숨은 사람들은 그 수를 셀 수가 없었다. 중학교 이상의 학생은 치안 유지에 참여한 적이 있기에 그 죄가 두려워 산골짜기로 도망쳐 숨었다. 가족들은 생사를 확인하고 시신을 찾으러 발바닥에 땀이 나게

---

* 이 장은 성옥례가 번역했다.

뛰어다녔다. 골목은 울음소리로 가득했다. 천이가 대대적으로 마을을 토벌했기 때문에 연좌와 무고, 혐의와 심문을 피하지 못한 이가 수만에 이르렀다. 타이완인은 모두들 소근 소근 소리를 죽이며 화가 닥칠 것을 두려워했다.……"[1]

　이러한 위협 통치는 정치 지배에 효과적이었을 뿐만 아니라 문화에 있어 패권 담론을 공고하게 확립시켰다. 리이중은 글에서 이 같은 상황을 다음과 같이 표현했다. "현명하든 현명하지 않든 모두들 두려움에 벌벌 떨며 자신을 지키려 했다. 어느 누구도 감히 강경하게 시비를 가리려 하지 못했다." 위압적인 권력의 규제로 인해 전후 1세대 지식인은 목소리를 낼 수 없었다. 일제강점기에 살아남은 작가 역시 비판 능력을 완전히 상실하게 됐다.

　역사적 사실은 이 사건이 관官이 고의로 확대한 정치적 사건임을 증명한다. 사건 후 타이완 경비 총부가 공포한 명단을 보면 지명수배를 당한 정치인은 단지 30여명에 지나지 않는다. 그들 중 왕톈덩王添燈, 리런구이 李仁貴, 랴오진핑廖進平, 천우陳屋, 린롄쭝林連宗, 쉬춘칭徐春卿 등은 사건 가운데 이미 살해됐음에도 불구하고 여전히 지명수배 명단에 올라있다. 이들 30여명을 체포하기 위해 수많은 사람들이 연루되는 재난이 발생했다. 이 같은 사실은 무력 진압의 목적이 위압적인 권력을 지닌 중국적 체제를 신속하게 건설하기 위해서였음을 설명해준다.

　정치적 규제와 문화적 지배라는 이중의 그림자 아래서 지식인들은 사회 현실에 대해 진실을 말하는 것을 두려워했다. 문학 창작에 있어 작품 생산량과 품질은 사건 전의 생기와 발랄함을 잃어버렸다. 대다수의 작가는 정신적으로 매우 소극적이고 비관적인 상태로 빠져들었다. 창백하고 죽은 듯이 조용한 이 같은 문학 상황은 사건 일 년 뒤에 쓴 양쿠이楊逵의 글에서 그 흔적을 찾을 수 있다. 1948년 3월 29일《타이완 신생보台灣新生報》부간에 발표한〈어떻게 타이완 신문학을 세울 것인가如何建立台灣新文學〉는 타이완작가의 우려와 방황을 매우 심각한 어조로 폭로한다. "눈앞의 우리는 기아 상태에 임박했다. 타이완 문예계가 울지도 부르짖지도 않고 쥐죽은 듯한 정적 속으로 함몰했기 때문이다. 만약 이 같은 상황이 계속된다면 우리에게 주어진 유일한 길은 사멸 밖에 없다. 왜 우리는 침묵한 채 죽음을 기다려야 하는가? 이보다 더 비참한 일이 도대체 어디 있단 말인가?" 글에서 말하는 기아 상태란 작가의 정신적 빈곤과 사상의 고갈을 가리킨다. '울지도 부르짖지도 않는'이란 양쿠이의 표현은 더 이상 아무 소리도 내지 못하는 이 시기 타이완작가의 처지에 대한 개괄이자, 1947년의 유혈 참극이 문학 영혼에 입힌 깊은 상처에 대한 표현이었다.

양쿠이는 전투 의지가 충만한 작가였다. 사건 후 백일 동안 감옥에 갇혔지만 소리를 내다 죽을지언정 침묵하면서 연명하지 말라고 타이완작가들을 격려하고 독려했다. 1949년 장기징역을 판결 받을 때까지 늘 문단에서의 활약을 보여준 그는, 일제강점기 작가 가운데 큰 성과를 거둔 거의 유일한 비판자라 할 수 있다. 양쿠이의 외로운 상황은 그의 세대가 빠르게 영락했음을 증명한다. 그러나 그와 신세대 작가의 접촉은 전후 1세대 문학가의 잉태를 예고하는 것이기도 했다.

이 시기는 문학사에 있어 위기와 회의의 시기였다. 작가에게 있어 최대 관건은 문화적 정체성으로 어떻게 자아를 정립할 것인가 였다. 신분의 정체성 문제는 늘 식민지 사회 지식인의 최대 고민거리였다. 사건 후 타이완작가는 정체성 문제에 관해 창작하면서 이 문제를 가지고 대륙에서 온 작가들과 논쟁했다. 그들은 민족國族 정체성을 추구했으나, 역사의 환경이 허락하지 않아 결국 적절한 답을 얻지 못했다. 이 문제는 전후 50년간의 문학 발전에서 끊임없는 논쟁을 야기했다.

우쥐류吳濁流의 고아孤兒 문학과 정체성 논의의 시작

우쥐류의 문학은 일본어문학이 사라져가고 바야흐로 중국어문학이 일어나던 과도기에 나타났다는 점에서 중요한 의미를 갖는다. 시대의 전환

과 정치적 잔혹함을 목격했기에 그의 문학작품 역시 타이완 사회의 불안
과 동요 및 허무와 환멸을 반영했다. 그의 소설과 산문은 일제강점기 타이
완 지식인의 역사적 경험의 총결이었다. 또한 전후의 새로운 정치체제 수
용 시기에 타이완 지식인이 겪은 당황·동요 그리고 갈등도 보여주었다.

▶ 吳濁流

신주新竹 신푸新埔에서 태어
난 우쳐류(1900-1976)의 본명은
우젠톈吳建田으로, 1920년 사범
학교를 졸업한 후 20년 동안
소학교의 교사를 역임했다. 이
후 일본인의 멸시로 교직을 사
임했다. 1941년부터 난징南京의
《대륙신보大陸新報》에서 일하면
서 왕징웨이汪精衛 정부 시기

의 중국 사회 현실을 목격했으며, 1년 후 타이완으로 돌아와 《타이완 일
일신보台灣日日新報》와 《타이완 신보台灣新報》에서 일했다. 전후에 국민당
정부가 《타이완 신보》를 접수하여 《타이완 신생보》로 개칭할 때까지 우
쳐류는 이 신문의 기자였다. 일본 투항 이후부터 2·28 사건 폭발까지 1
년 4개월 동안 그는 사회의 거대한 변화를 목격한다. 경찰과 사병이 백성
을 속이고 능멸하는 모습, 탐관오리의 부패와 타락의 진상, 패권 문화의
멸시와 배척 등은 그의 뼛속 깊은 곳에 새겨졌다. 이 시기 그는 사설을
쓰고 시사 문제를 비판하면서 문학 창작에도 종사했는데, 전체 시대의
침몰과 어둠을 살피는 귀한 증거가 된다. 그는 2·28 사건 이후에도 지속
적으로 글을 써서 비판을 감행했던 소수의 지식인 작가였다.

그 중 가장 주의할 만한 글로는 사건 후인 1947년 6월에 우쳐류가 일
본어로 출간했던 《여명전의 타이완 ― 식민지로부터의 고발夜明け前の台灣
―植民地からの告發》黎明前的台灣[2]로, 동요하는 시대에 처한 지식인의 내면
적 갈등을 잘 보여준다. 타이완인의 정서가 바닥으로 가라앉아 있던 때

에, 분명 침울한 탄식이었음에도 불구하고 그의 글은 격려와 고무의 메시지를 암암리에 보여준다. 전쟁 상황이 이미 끝나고 식민체제가 이미 종결됐음에도 불구하고 타이완은 여전히 어둠 속에 머문 땅이며 여명의 도래를 기다리는 섬이라는 사실을 책 제목에서 유추할 수 있다. 게다가 사건 후 타이완의 모든 인민들은 너무나도 나약해졌다. 그는 타이완인들이 용감하게 스스로를 단련하도록 일깨우고자 이 작은 책을 썼다. 스스로 충분한 자주自主의 능력을 갖춰야지만 어떻게 자신의 운명을 장악할 것인가를 얘기할 수 있었다.

우줘류는 탈식민화라는 관점에서 타이완 문화 주체의 재건 문제를 찾아나갔다. 그는 '타이완인'이란 역사적 산물로, 늘 심각한 왜곡을 당했다고 생각했다. 특히 그는 다음과 같이 지적한다. "과거 타이완인의 여러 면을 분석한 바 있는데, 이전에 일본인은 일본인의 관점에서 이기주의라고 비판했고 이번에 온 외성인은 노예화됐다고 말한다." 이 같은 역사에 대한 반성은 당시 대다수 타이완인의 심경을 대신한다고 할 수 있다. 두 강대強勢 문화 사이에 끼인 타이완

▶ 吳濁流, 《夜明け前の台灣─植民地からの告發》

인은 역사의 균열 속에 놓인 희생자였다. 그러나 그는 비관적 측면을 강조하지 않고 오히려 타이완인이 '자신을 철저하게 한 번 분석'해야 한다고 일깨우고 있다. 이 긴 글의 '노예화 교육과 타이완 교육에 대한 좁은 소견'이라는 절에서 그는 타이완인이 겪었던 식민 경험을 아래와 같이 변호했다.

▶ 吳濁流,《亞細亞的孤兒》

먼저, 그는 타이완을 접수했을 당시 국민 정부가 섬 주민들을 다음과 같이 정치적으로 매도했다고 지적했다. "본 타이완성의 사람들은 노예화 교육을 받았으며, 노예화 교육을 받았기 때문에 많든 적든 노예 정신을 가지게 됐다. 노예 정신을 가지고 있기에 정신적인 결함을 피할 수 없으며 조국의 인사들과 동등하게 대할 수 없다. 그러므로 그들은 일정 기간 피통치자의 위치를 참고 견뎌야 한다." 우줘류는 상당히 날카롭게 전후의 권력구조가 어떻게 만들어졌는지, '노예화 교육'이라는 죄상을 고발하면서 국민 정부가 주류 담론의 지위를 어떻게 공고화했는지, 그리하여 어떻게 타이완인을 계속해서 접수받고 통치 받는 신분으로 몰아갔는지를 분석했다. 문화 재식민이라는 전술은 체계적이고 계획적으로 타이완인으로 하여금 심리적으로 굴복하게끔 만들었다. 이처럼 난폭한 심리적 억압에 대해 우줘류는 일본의 교육을 받고 일본의 통치를 받았다고 해서 그것을 노예화 교육이라 여길 수 없다고 반박했다. 그는 일제강점기 사회에서 타이완인들은 일련의 저항 행동을 일으킨 적이 있으며, 결코 평온하게 식민 통치를 받아들이지 않았다는 사실을 지적했다. 그는 역사적 사실을 들어 중국은 300년간 청왕조의 노예화 교육을 받았으며 역시 무수한 저항을 하지 않았냐고 되물었다.

다음으로, 그는 타이완인의 저항 성격을 재차 강조했다. 그는 다음과 같이 말한다. "타이완인은 타이완의 역사와 환경에서 자라난 이들로, 어떤 특성을 지니고 있다. 그 특성은 300년 동안 끊임없이 식민 통치자에게 투쟁했다는 사실에서 나타난다. 험난한 환경 속에서 자연스럽게 강인한 성격을 키운 것이다." 나아가 그는 다음과 같이 덧붙인다. "타이완인은 인위적인 환경에 투쟁했을 뿐만 아니라 자연적 환경에도 마찬가지로 투쟁했다. 그들은 늘 태풍과 수해·지진 등과 같은 대자연의 압박과 그 밖의 번의 피해蕃害에 저항했다. 이러한 환경 속에서 그들은 자연스럽게 반항심을 키워갔다. 그들은 투쟁심과 경쟁심이 특히 강하며 대단한 박력을 지니고 있고 의지가 굳세며 진취성이 풍부하다." 그는 '번의 피해蕃害'[1]라는 단어를 사용함으로써 무의식중에 한인漢人문화 중심론을 드러내는 오류를 범하고 있지만, 기본적으로 타이완 섬 주민의 민족성을 꽤 정확하게 분석하고 있다.

이처럼 투지가 가득한 민족성을 중심으로, 우쳐류는 타이완 청년들이 족쇄를 벗고 비관에서 벗어나 적극적으로 타이완에 뿌리 내려야 한다고 고무했다. 그는 또 다음과 같이 말한다. "타이완은 300년 동안 식민지 환경에 놓여있었다. 그리하여 진정한 문화를 키우려면 한 걸음 더 비약해야만 한다. 과거의 문화는 뿌리가 없었으며 사람의 마음을 뒤흔들지 못했다. 예술이 이러했고 문화 역시 이러했다." 문화는 반드시 땅에 뿌리를 내려야지 가지와 꽃이 무성해질 수 있다. 이 주장은 새로운 것이 아니었다. 그러나 이

▶ 吳濁流, 《亞細亞的孤兒》

---

1) 청왕조는 타이완을 다스리는 데 있어 청에 굴복한 이들을 숙번熟蕃으로, 굴복하지 않은 원주민들을 생번生蕃으로 나누었다.

같은 내용의 글이 거대한 유혈 사건 이후에 발표되었으며 그 속에 미언대의微言大義가 들어있다는 사실은 분명 되새길 가치가 있다.

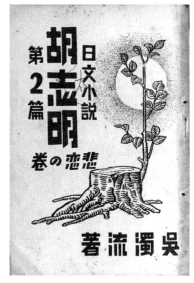

▶ 吳濁流 《亞細亞的孤兒》 일문판의 원래 제목 《胡志明》

동시대의 작가와 비교해 거침이 없었던 우쭤류의 발언은 타이완 문화의 주체성을 위한 것임이 분명했다. 그는 관방 담론의 교만을 지적하는 한편, 타이완인의 역사적 성격을 긍정했다. 그는 고심하여 단어를 고르고 어구를 사용했는데, 그 노력이 종이의 뒷면에까지 배어나오는 듯하다. 그러나 우쭤류의 중요성은 사건 후에 이 소책자를 완성했다는 데 그치지 않는다. 전후 초기 그가 발표한 소설 역시 주의할 만한 가치가 있다. 《여명 전의 타이완》은 이 시기 그의 심경을 살필 수 있는 소설이라 할 수 있으며, 그의 문학적 사고에 있어 역사 이론의 기초가 되기도 한다. 태평양 전쟁 발발 이후부터 전후에 이르기까지 나아가 만년에 이르기까지 그의 글쓰기에 있어 중심 주제는 문화 정체성이었다고 할 수 있다. 정체성 문제를 홀시하는 것은 우쭤류의 문학 정신을 홀시하는 것과 같은 것이다.

타이완 문학사에 있어 '고아孤兒 문학'이라는 말이 성립 가능하다면 이 문체의 창시자는 우쭤류임에 분명했다. 〈수월水月〉과 〈진흙 속의 황금 잉어泥沼中的金鯉魚〉(1936년 《타이완 신문학台灣新文學》 3월호와 6월호에 발표)로 문단에 등장한 우쭤류는 이 작품들에서 그의 단편 소설 창작 기법을 발휘한다. 이 두 편의 소설은 여성의 신분으로 식민지 사회 속 남성의 내면적 허무·허구 그리고 허위를 탐색한다. 그의 출생 년대로 보자면 좀 늦은 나이에 창작을 시작한 것 같다. 그러나 창작을 시작한 이후 그가 보인 경이로운 창작력은 동료들에 비할 바가 아니었다.

태평양 전쟁 기간 중 황민화 운동이 최고조에 이르렀을 때, 우쭤류는 장편 소설 《아시아의 고아亞細亞的孤兒》[2][3]를 몰래 완성한다. 1942년부터 1945년까지 쓴 이 작품은 이후 타이완작가의 장편 소설 창작의 마중물이 되었다. 그러나 몰래 이 소설을 쓸 때 그는 일본이 투항할 것이라 예견하지 못했고, 타이완이 이후 중국에 귀속될 것이라 확신하지 못했다. 알 수 없음과 알지 못함의 상태 속에서 그는 타이완인이 전쟁 속에 느낀 고독

---

2) 한글 번역본으로는 《아시아의 고아》(송승석 번역, 아시아, 2012)가 있다.

과 절망의 심정을 세밀하게 써내려갔다. 소설은 고도로 민감한 정치적 문제를 다루었기 때문에 일본경찰의 감시를 피해야 했는데, 이에 대해 그는 다음과 같이 얘기한 바 있다. "매번 2-3장의 원고를 집필하면 주방에 있는 장작더미 속에 숨겼다. 어느 정도 쌓이면 조금씩 지방의 고향집으로 보냈다." 지극히 위험한 환경 속에서 완성한 소설인 이 작품에 대해 이후 우줘류는 "일본 식민통치 사회의 이면의 역사 이야기와 다르지 않다."[4]고 말했다.

《아시아의 고아》는 최초의 책제목이 아니었다. 그는 《후즈밍胡志明》을 제목으로 삼았지만 하필이면 베트남 공산당의 지도자 이름과 같아서 《아시아의 고아》로 이름을 바꾸었고, 책의 주인공 이름 역시 후타이밍胡太明으로 고쳤다. 후타이밍이라는 지식인의 곡절 많은 운명은 사실 타이완 근대사의 축소판이자 우줘류 개인의 자전적 이야기이기도 했다. 후타이밍의 일생은 타이완·일본·중국 사이에서의 떠돎과 방랑으로 점철되어 있다. 우줘류는 식민지 지식인의 민족 정체성에 대한 각성과 환멸을 이 소설에 남김없이 모두 표현했다. 작품은 일제강점기 이후 최대의 장편소설로, 천쉬구陳虛谷·우융푸巫永福·주뎬런朱點人·차이추퉁蔡秋桐·룽잉쭝龍瑛宗 등의 작가들이 다루었던 문화 정체성의 문제를 총결한다. 심지어 황민화 운동 시기 왕창슝王昶雄·천훠취안陳火泉·저우진보周金波가 겪었던 민족적 곤란 역시 우줘류의 소설 속에 나타나있다. 후타이밍의 방랑은 육체적인 것이 아닌 정신적인 것이었다. 구체적으로 말해 그에게는 육체적인 고향이 없었던 것이 아니라 정신적인 고향原鄉이 없었던 것이다. 그러므로 그는 타이완 섬 밖에서 유랑할 뿐 아니라 타이완 섬 안에서도 유랑한다. 사상과 심리와 정감에 있어서 의지하고 믿을 만한 곳을 찾지 못한 것이 가장 큰 이유였다.

소설은 전쟁 기간 타이완 지식인의 방황을 반영할 뿐 아니라 이후 타이완 사회의 막막한 미래 역시 예고하고 있다. 타이완인은 일본인과 중국인의 사이에 끼어 누구의 신뢰도 얻지 못하였고 그리하여 이 에스닉族

群은 자아 정체성도 상실한다. 후타이밍의 내면적 방랑과 정착하지 못함 그리고 허무와 환멸은 그가 받은 다음과 같은 조롱에서 엿볼 수 있다.

> 역사의 동력은 일체의 모든 것을 그 소용돌이 속으로 빨아들이지. 그러므로 자네 한 명이 수수방관하는 건 아무 일도 아니겠지? 자네가 불쌍하군. 역사가 움직이는 방향 중 어느 쪽으로도 자네가 힘쓸 도리가 없으니. 설령 자네가 어떤 신념을 품고서 어떤 방면으로 힘을 쏟길 원하더라도 다른 사람이 자네를 믿는다고 확신할 수 없다네. 심지어 그들은 자네를 간첩이라고 의심할 것이네. 자네는 그야말로 고아나 다름없다네.

유랑의 전 과정에서 가장 큰 환멸을 느끼는 순간은 후타이밍이 일본과 중국에서의 유랑을 마치고 고향 타이완으로 돌아온 이후, 형이 일본인의 어용 신사로 변한 것을 발견했을 때이다. 그의 생명은 허무와 환멸의 그림자 속으로 가라앉고 이상과 열정이 가득했던 그는 결국 미쳐버린다. 미쳐버리는 것은 유랑 정신의 극단적 상징이었다. 후타이밍은 끊임없이 정체성을 찾았지만 결국 그 어떤 시간과 공간 그리고 인물도 믿을 수 없게 된다. 사실 후타이밍은 허구적 소설의 주인공이 아니라, 여러 문화 사이에서 배척되고 주변화됐던 타이완인에 대한 구체적인 묘사였다. 소설은 태평양 전쟁이 끝나갈 무렵 타이완 지식인이 겪은 실망과 절망을 세밀하게 그려냈다.

역사와 미래와 운명은 알 수 없을 것이라는 정서가 널리 퍼져 있었다. 그것은 일본이 투항했다고 해서 명확한 답을 얻어낼 수 있는 것

▶ 吳濁流, 《波茨坦科長》

도 결코 아니었다. 전후부터 2·28 사건 전까지 그는 두 편의 소설 〈천나리陳大人〉[5]와 〈의사 선생님 어머니先生媽〉3)[6]를 발표하여 식민지 사회의 통치와 피통치를 신랄하게 비판했다. 그러나 우리는 사건 후 《여명전의 타이완》의 완성과 동시에 중편 소설 《포츠담 과장波茨坦科長》[7]도 썼다는 사실에 더 주목할 필요가 있다. 이 소설은 1947년 10월에 원고를 완성하고 1948년 5월에 일문으로 출판됐다. 이 작품의 서사 전략은 《아시아의 고아》보다 더욱 발전해 있었다. 우줘류는 국민정부가 타이완을 접수할 당시의 갖가지 추문과 추태를 매우 신랄하게 폭로했다. 그래서 이 작품에는 사건 이후 타이완인의 심경의 기록이 되었다.

《포츠담 과장》은 충칭重慶의 접수 인원인 판한즈范漢智를 중심으로, 전쟁 후에 관방이 타이완에서 자행한 물자 약탈을 다뤘다. 판한즈는 항전 시기 매국 행위를 했지만 이를 숨기고 타이완으로 와서는 정의롭고 위엄 있는 구원자로 변신한다. 그는 타이완 여성인 위란玉蘭을 만나 완전히 새로운 인생을 시작한다. 이야기는 두 개의 주요한 흐름을 동시에 펼쳐 보이고 있다. 하나는 판한즈의 시선에 비친 온갖 물자 자원이 풍부한 섬의 풍광이며, 다른 하나는 위란이 목격한 곳곳이 파괴되어 폐허로 변한 스산한 사회의 풍경이다. 서로 다른 역사 경험을 지닌 이 남녀 한 쌍의 결합은 비극적인 결말을 맞을 수밖에 없었다. 판한즈는 밤낮으로 훔쳐 팔기·암거래·밀수와 같은 작당을 꾀하다 결국 체포된다. 일찍이 북벌과 항전에 참가했던 이 관원은 자신을 체포한 수색대장으로 하여금 믿지 못하게 만들고, '4억 5천만 속에 어쩜 이렇게 많은 매국노와 탐관오리가 있을 수 있는가'라 착각하게 만든다. 소설의 '포츠담'이라는 이름은 고도의 아이러니를 의미하고 있다. 소설의 주제는 제멋대로 악행을 일삼는 소수의 관원에만 초점을 맞추지 않으며, 소위 북벌·항전이라는 중국의 근대

---

3) 한글 번역본으로는 〈의사 선생님 어머니〉, 《시간에 무감각한 두 남자》(조성환 편역, 씨네스트, 2016)가 있다.

사를 비판하는 데 있었다. 국민 혁명사는 이미 국민 타락사로 침몰했다. 우쬐류는 이 작품을 빌려 전후에 일어난 비극적 사건의 역사적 근원을 꼬집는다.

《타이완 신생보》의 기자였던 우쬐류는 2·28 사건을 목격하면서 영원한 상처를 기억 속에 담게 된다. 1967년이 되어서야, 즉 사건 20주년이 되어서야 그는 《무화과無花果》[8]를 완성한다. 작품은 자전적인 서사 형식으로, 이전에 다룰 수 없었던 사건의 배경과 과정을 선명하게 설명하고 있다. 또한 그는 1971년부터 1974년까지 또 다른 장편의 역사 회고록 《타이완 개나리台灣連翹》를 완성하여 사건의 진상을 폭로했다. 이 작품을 완성했을 때 그는 자신의 사후 10년이 지나야 비로소 번역 발표될 수 있을 것이라고 생각했다. 그는 글에서 다음과 같이 말한다.

"나는 《무화과》에서야 겨우 2·28 사건에 대해 쓸 수 있었다. 이후의 일은 계속해서 상세하게 써내려갈 용기가 없다. 설령 쓸 용기가 있다 하더라도 발표할 용기가 없다. 2·28 사건 때 본성인을 배반한 반산半山4)의 행위를 성실하게 묘사한다면 필히 그들의 원한을 사거나 그들의 흉계에 걸려들 가능성이 컸기 때문이다."(중자오정鍾肇政 번역)[9]

《포츠담 과장》에서부터 《무화과》와 《타이완 개나리》에 이르기까지, 우쬐류는 일련의 서사시 형식의 문학 작품을 구성하고자 한 것 같다. 그러나 결국 성공하지 못했다. 이유는 분명했다. 역사적 환경이 그의 이 같은 서사 작업을 용인하지 않았기 때문이다. 그리하여 이 3부의 역사적 기억에 관한 서술은 모두 금지됐다. 우쬐류의 시대는 일제강점기의 식민 시대보다 더 비관용적이었다. 재기가 넘쳐나던 작가는 한어 창작에 많은 힘을 기울여 1960년대에는 《타이완 문예台灣文藝》를 창간하여 타이완 문화의 명맥이 계속 이어지기를 기원했다.

---

4) 부친이나 모친 중 한쪽만이 본성인인 사람들을 지칭.

전후 1세대 작가의 탄생

▶ 吳濁流, 《台灣連翹》

1940년대 문학에 종사했던 작가들은 문학사에 있어 엄중한 시험에 직면했던 세대였다. 그들이 받은 시련은 다중적이었다. 먼저 언어적으로, 그들은 1937년 한어 사용 금지와 1946년 일본어문 사용 금지라는 관방의 정책을 경험했다. 그리하여 언어 능력에 상상할 수 없는 손상을 입었으며, 그것은 그들의 사고와 글쓰기에 큰 영향을 주었다. 정신적으로는 먼저 야마토大和 민족주의의 압박을 받았고 이어서는 전후의 고양된 중화민족주의의 멸시와 박해를 받았다. 두 민족주의 모두 그들 내면의 정체성에서 나온 것이 아니라 권력이 강압적으로 주입하고 지휘한 것이었다. 정치적으로는 태평양 전쟁과 2·28 사건을 겪었으며, 이것은 영혼에 있어 환멸·타락 그리고 심각한 타격을 야기했다. 이들은 가장 많은 정치적 재난을 목도하고 가장 깊은 사회적 동요를 겪었다. 그러나 전후의 문학 창작은 오히려 이들에게서 비롯되었다. 이 세대의 노력과 몸부림이 없었다면 문학의 영혼은 절대 치료되고 승화될 수 없었을 것이다. 이들은 문학사에 있어서 '언어 횡단 세대'라 불리는데, 그것은 두 개의 잔혹한 시대에 끼어있던 곤경을 암시하는 동시에 이들이 현실의 고난을 극복하고자 했던 고심을 상징하기도 한다. 이 세대 중 가장 주의할 만한 문학가로는 신시 창작에 있어 '은방울회銀鈴會'라는 동인회에 참여하고 소설과 평론 작업에도 종사했던 예스타오葉石濤이다.

은방울회는 장옌쉰張彦勳(1925-1995)이 주도하여 만든 단체이다. 그는 타이중台中현 허우리后里 사람으로, 부친 장신이張信義는 1920년대 타이완 문화협회의 열성회원이었다. 중학교 시기에 장옌쉰은 신시에 큰 흥미를 가지게 된다. 1942년 타이중 일중台中一中에서 친구인 쉬칭스許淸世·주스朱實와 함께 은방울회를 만들고 시 잡지《후라쿠사ふらぐさ》(뜻에 근거하여 〈가장자리 풀邊緣草〉로 번역)를 발행했는데, 이것은 세 사람이 서로 돌려 읽던 작은 간행물이었다. 전쟁이 끝난 뒤 언어 문제의 조정으로 인해 이들의 문학 활동은 중단된다. 2·28 사건은 타이완 문단을 완전히 황폐화시켰으며 이들로 하여금 반드시 영혼의 재건에 몸을 던지겠다고 결심하게 만들었다.

은방울회의 새로운 출발에 있어 중요한 계기가 된 것은 앞 세대 작가인 양쿠이의 격려였다. 양쿠이는 사건 이후 타이완 청년이 '짊어진 책임감이 매우 크다'고 여겼다. 이 단체의 구성원은 모두 3,40명 이었다. 그중 비교적 알려진 작가로는 잔빙詹冰(뤼옌綠炎)·주스·장옌쉰(훙밍紅夢)·샤오샹원蕭翔文(단싱淡星)·린헝타이林亨泰(헝런亨人)·진롄金連(진롄錦連)·쉬위청許育誠·천쑤인陳素吟 등이 있다. 이들 작가는 모두 전면적으로 일문교육을 받았으며, 전쟁의 불길 속에서 성장하여, 시대 변화의 극렬함을 매우 깊이 체험했다. 1948년 5월부터 1949년 4월까지 그들은 등사 간행물인《조류潮流》를 모두 5기 발행했는데 중일문 창작을 같이 실었다.《조류》2책에 양쿠이가 일문 단평인 〈꿈과 현실夢と現實(夢與現實)〉[10]을 발표하여 이들 신세대 작가들에게 용감

▶ 林亨泰 및 책표지

하게 현실을 마주할 것을 호소했다. "꿈을 꾼다는 것은 유쾌한 일이다. 특히 도처가 벽인 사회를 새롭게 맞이하는 젊은이들의 경우, 꿈은 유일한 위로이자 피난처이다. 그러나 비현실적인 꿈은 결국 깨야하는 순간이 있다. 그 때 꿈과 현실 사이에 가공할 거리가 존재한다는 것을 보면서, 사람들은 종종 당황하거나 실의에 빠지거나 타락하여 죽음의 길로 나아간다. 순진한 청년에게 이는 비참한 운명이다. 그렇기 때문에 반드시 꿈에서 깨어나야만 한다. 조금이라도 빨리 깨어나 어두운 현실과 대결을 벌여 이 같은 현실을 극복해야만 한다. ― 이것이 뜻있는 젊은이의 사명이다."(린형타이 번역) 양쿠이는 '벽에 부딪히다'로 자신의 시대를 비유했는데, 이 표현은 1930년대 초기 작가들의 표현과 똑같았다. 그것은 출로 없는 당시 상황이 식민시대의 정치적 탄압과 다르지 않았음을 설명해준다. 이처럼 어려운 도전 속에서 보인 양쿠이의 전투 의지는 같은 세대 지식인들의 것과는 확실히 달랐다. 이 같은 험악한 환경의 맥락에서 은방울회의 재출발을 살펴야지만 그것의 특수한 문학적 의미를 밝힐 수 있다.

린형타이는 은방울회의 중요시인 중 한 명이다. 전후에 그는 이 단체를 통해 문단에 등단했는데, 은방울회에 대한 그의 평가는 주의할 필요가 있다. 그는 은방울회가 전쟁 전 반제반봉건의 문학 정신을 계승했으며, 또 세계문학에 대해 개방적인 수용의 자세를 지니고 있었다고 말한다. 나아가 정치적으로 가장 암울했던 시기에 은방울회의 창작 노력이 타이완 문학사의 중단을 막았다는 사실이 더욱 중요하다고 말했다. 선대를 계승하여 발전시켰다는 은방울회의 역할을 엿볼 수 있는 지점이라 할 수 있다.

은방울회의 중요한 특징은 신시 창작을 강조하였다는 점이다. 특히 그들의 시는 리얼리즘의 비판정신과 모더니즘의 낯설게 하기의 이중적 성격을 지니고 있다. 그것은 이후 신시 운동이 나아갈 방향을 예고하는 것 같았다. 리얼리즘의 비판정신이라는 측면에서 그들의 시는 암흑기 사회의 신음과 정치적 동요를 반영했다. 모더니즘의 낯설게 하기의 경우, 그들은 상징·은유·몽타주 언어 등의 창작 기법을 능숙하게 사용하여 내면과 현실 사이에 일정한 거리를 유지하였다. 현실에 개입하지만 냉정하게 현실을 바라보는 시풍은 저어하는 시대의 비관적이고 소극적인 정서를 적절하게 드러내는 것 같았다. 그들은 조롱과 풍자에 용감했으나 저속하고 상투적이지 않았으니 타이완 모더니즘에 특수한 미학을 만들어냈음이 분명했다.

《조류》의 주편인 장옌쉰은 당시 발표된 중요한 시작품 몇 편을 소개하여 그들의 예술적 성과를 잘 보여주었다. 린형타이의 시작품 〈헤겔 변증법黑格爾辨證法〉[11]의 경우, 짧은 4행으로 복잡하고 기복 심한 심정을 표현하고 있다.

> 헤겔은 말했다
> 정, 반, 합……
> 나는 혀를 깨물고서 웃는다
> 기쁨, 슬픔, 슬픔과 기쁨의 집합……

복잡한 정서가 헤겔Georg Wilhelm Friedrich Hegel의 사변 방식에 농축되어 있다. 철학은 냉정하며 현실은 잔혹하다. 겉은 웃는 얼굴이나 내심은 슬픔과 기쁨으로 얽혀있다. 그리하여 이 짧은 시는 오히려 거대한 모순을 담아내게 된다. 정반正反의 대비는 풍자의 의미를 강렬하게 부각시키고 있다. 홍명을 필명으로 하는 장옌쉰도 마찬가지로 산문시인 〈사구에 서서站在砂丘上〉[12] 한 수를 썼다. 시는 중화中華의 찬송으로 시작하여 중화에 대한 그리움으로 끝난다. 그런데 그 중간 과정은 오히려 중화에 대한 추도로 이루어져 있다. 그 중 전체 시의 핵심이라 할 수 있는 제 5연은 다음과 같다.

> 조국 중화여, 나는 당신을 사랑하기에 당신을 미워합니다. 당신의 이기를 미워하며, 당신의 비겁한 행동을 미워합니다. 가없는 광대한 땅 위에

가득한 탄압과 덫이야말로 당신의 추악한 얼굴이니, 당신은 그것을 버려야만 합니다.

이 같은 서술 방식은 사건 후의 지식인의 깊은 내면세계를 잘 비춰준다. 겉으로는 성숙하고 풍만하며 숭고한 역사를 지닌 중국이지만 사실은 이기와 비겁과 탄압과 덫으로 가득하다. 산문시는 점진적인 추리와 연역으로 독자를 화려한 찬송에서 비참과 고통을 경청하는 만가挽歌로 이끈다. 장옌쉰의 기교는 영화의 카메라 이동기법인양, 색의 스펙트럼인양, 조금씩 색조에 깊이를 더하고 있다. 그리고 명랑함에서 암담함으로, 즐거움에서 슬픔으로 나아간다. 그는 그 속에 민족 정체성이 견고함에서 동요와 환멸의 과정으로 나아간다는 주제를 숨겨두었다.

모더니즘 기법으로 태평양 전쟁 기간에 등장했던 잔빙 역시 감동적이고 예술적인 작품을 내놓았다. 그가 《조류》에 발표한 〈혼잣말自言自語〉은 독재자를 매우 신랄하게 비판하고 있다.

> 사람들이
> 따뜻한 마음을 꺼내놓길 원치 않아서
> 지구는 아마 나날이 차가워지리라
> 추위로 인해 한기 든 사람도 아마 하루하루 늘어나리라
> 심지어 얼어 죽는 사람도 아마 하루하루 많아지리라
> 결국 북극의 에스키모처럼
> 인류는 아마 하루하루 수가 줄어들어
> 그 언제가 아마 단 한 명만이 남으리라
> 최후의 최후에는 아마 그 한 명마저도 사라지리라

전체 시의 핵심어인 '아마'는 모든 것에 대한 의심, 불확정의 의미와 예측할 수 없다는 어조를 띠고 있다. 그것은 사건 후 타이완 사회의 막막한 심정을 표현한 것이었지만 인간성에 대한 잔빙의 날카로운 해부이기도 했다. 스산한 정치상황으로 인해 지구는 너무도 차게 변해버렸다. 시

는 사회가 인간성을 상실했다는 사실을 매우 강하게 암시한다. 남은 단한 사람마저도 인간성을 잃게 되면 결국은 죽음으로부터 도망칠 수 없게된다. 이는 독재 체제에 대한 신랄한 비판이자 큰 재난을 겪은 타이완사회에 대한 깊은 탄식이었다. 이 시는 바로 인간성에 대한 부르짖음, 인간의 따뜻함에 대한 동경을 전달하려했다.

은방울회의 시 창작은 당시 사회의 정치적 잠재의식을 암암리에 드러냈다. 그것은 묻어둔 분노이자 참기 힘든 슬픔이었다. 다른 구성원의 작품 즉 진롄의 〈북풍 아래서在北風下〉에는 다음과 같은 구절이 있다. "너는 차갑게 사계절의 슬픔을 바라본다 / 운명을 견디는 한 쌍의 적막한 눈빛". 단싱淡星(샤오샹원)의 《여명黎明》도 "북풍에게 능욕 당한 고목 / 의 외침은 얼마나 비참한지"라 표현한다. 이들 시구는 모두 내심의 소용돌이치는 정서를 억누르려 고심하고 있다. 이것은 정치적 국면에 대한 고민의 흔적이었다. 몸부림치는 이들 영혼으로부터 우리는 당시 사회의 스산함을 체험할 수 있다. 전위적인 예술 사상을 지닌 이들이 보수적이고회의적인 현실 환경 속에 처해있었으니, 얼마나 많은 청춘과 재능 있는자들이 학대 받았는지 알 수 있다.

이들 시인은 결코 《조류》와 《타이완 신생보》의 〈다리橋〉 부간에만 작품을 발표하지는 않았다. 양쿠이가 주편을 맡은 《타이완 문학 총간台灣文學叢刊》 역시 발표의 또 다른 공간이었다. 전쟁 후에 전후 1세대 작가의창작은 대부분 이 신문의 부간을 통해 발표 기회를 얻었다. 대륙에서 타이완으로 온 외성인 작가 역시 〈다리〉 부간을 통해 타이완 사회와 교류를 시작했다. 문학사로 보자면 〈다리〉의 역사적 의미는 매우 크다. 이 부간에 작품을 발표한 외성인 작가는 대부분 사건 후에 타이완으로 온 이들이었다. 전후 초기의 정치적 환경을 꼭 이해할 필요는 없었으나, 분명그들은 당시의 긴장된 분위기를 느낄 수 있었다. 본성인 작가 역시 이부간을 통해 정식으로 외성인 작가와 첫 대화를 시작할 수 있었다. 이러한 문화적 교류는 타이완 문학에 두 번째 재건의 기회를 가져올 수 있었다. 그러나 1949년 '4·6 사건'[13]의 발생으로 타이완 문학과 중국 문학이 소통할 수 있었던 다리는 다시 끊어지게 된다.

이 시기 작가들에게 발표의 기회를 제공했던 또 다른 신문 잡지로는 타이난의 《중화일보中華日報》와 가오슝의 《국성보國聲報》에 있던 문예 부간이었다. 그러나 《타이완 신생보》가 가장 우선적으로 주목할 만하다. 이 신문의 전신은 전쟁 말기 타이완 총독부가 명령하여 타이완 섬 안의 모든 신문을 합병한 뒤 만든 《타이완 신보》였다. 이 신문은 1945년 10월 25일 천이의 타이완 행정장관공서가 접수하여 개명한 것이다. 2·28 사건 후 장관공서는 성정부省政府로 개조되고 《타이완 신생보》는 인사 조정을 다시 하게 된다. 1947년 8월 1일부터 신문은 〈다리〉 부간을 정식으로 발행했다. 거레이歌雷(본명은 스시메이史習枚)가 총편집을 담당하게 된 것은 그의 사촌 형인 뉴셴밍鈕先銘이 타이완 성 경비총부 부사령 및 《타이완 신생보》 사장으로 임명되면서 그를 추천해서였다. 〈다리〉 부간의 〈발간 전 서언刊前序語〉에서 거레이는 말한다. "다리는 신구의 교체를 상징한다. 다리는 낯섦에서 우정으로 나아가는 것을 상징한다. 다리는 신천지를 상징한다. 다리는 앞으로 전개될 신세기를 상징한다." 이 말은 〈다리〉 부간이 본성인과 외성인 작가가 서로 교류할 수 있는 공간을 제공했음을 보여준다. 이 부간이 있었기에 많은 타이완출신 작가들은 글쓰기의 욕망을 다시 회복할 수 있었다.

주의할 만한 사실은 1년 8개월 정도의 〈다리〉의 발행 기간 동안, 레이스위雷石楡를 빼고는 부간에 출현한 외성인 작가들이 다들 이름이 없다는 사실이다. 그들은 갑자기 부각되었다 또 갑자기 사라졌다. 타이완으로 오기 전 뛰어난 창작 기록을 보이지 않았으며, 대륙으로 돌아간 뒤에도 계속해서 문학에 종사하지 않았다. 그러므로 그들의 예술 창작과 문학 이론은 볼만한 성과를 남기지 못했다. 이에 비해 본성인 작가가 견지한 문학 창작은 놀랄만한 것이었다. 정치적인 대 재난 이후 초조하게 문학의 재건에 참여했던 그들의 노력은 분명히 타이완의 운명에 대해 관심이 있었음을 의미했다. 강권의 압제에 맞서 그들은 타이완 문학의 주체를 탐색하는 한편 창작으로 문화적 신념을 표현했다. 외성인 작가와 비교하자면 이 시기 본성인 작가의 시도와 노력은 1960년대 이후에 차례대로 꽃 피우고 결실을 맺는다. 그들은 일제강점기 작가의 저항 정신을 계승했을 뿐 아니라, 전후 세대의 문학적 상상을 열어젖혔다. 이 같은 시각에서 보아야지 이 위기의 시대에 처한 타이완작가의 심리적 구조를 이해할 수 있다.

은방울회의 구성원인 쉬위청許育誠, 장옌쉰, 샤오진두이蕭金堆, 잔빙, 린헝타이, 주스는 다들 〈다리〉 부간에 대량으로 시작품을 발표했다. 남부에서 활동한 작가인 황쿤빈黃昆彬, 차이더번蔡德本, 린수광林曙光(라이난런瀨南人), 추마인邱媽寅, 펑밍민彭明敏 역시 이 시기 창작의 행렬에 함께 했다. 그러나 그중 가장 주목할 만한 성과를 거둔 이는 당연히 예스타오이다. 전후 타이완 문학 이론의 기초를 닦은 사람인 예스타오는 전후 초기에 탁월한 표현력을 보여줌으로써 이후 극 문학 운동에서 매우 중요한 역할을 맡을 것임을 예고했다. 예스타오의 문학 창작을 엿보려면 반드시 1940년대 그의 개척자적인 노력부터 살펴봐야 한다.

예스타오(1925-2008)는 타이난시 사람으로 지역 세도가 출신이다. 1943년 타이난 2중台南二中을 졸업했으며, 러시아와 프랑스 문학을 많이 읽고 좌익 서적을 섭렵했다. 졸업 후에 처녀작 소설 〈린 군에게서 온 편지林からの手紙〉(林君的來信)[14]를 니시카와 미츠루西川滿의 《문예 타이완文藝台灣》에 게재하면서 타이완 문단에 등단했다. 곧이어 다시 같은 잡지에 소설 〈봄의 원망春怨〉을 발표하여 니시카와 미츠루의 높은 평가를 받아 잡지의 편집보로 초빙된다. 예스타오의 일문 소설은 탐미적이고 낭만적이며 상상으로 가득하다. 그러나 더욱 중요한 사실은 타이완 풍토의 분위기를 잘 파악하여 무언가 아열대 향기를 풍긴다는 점이다. 18세의 젊은 이가 사람들의 주목을 끈 소설을 써냈다는 사실은 전란의 시대에 특별한 경우였음이 분명했다.

전후 초기부터 2·28 사건 이전까지 예스타오의 일문 창작량은 증가한
다. 그는 덩스룽鄧石榕이라는 필명과 자신의 본명으로 룽잉쭝이 주편한
《중화 일보》의 일문 난에 계속해서 작품을 게재했다. 소설 외에도 그의
문학의 촉수는 산문·평론·번역의 영역으로까지 뻗어나갔다. 이 시기 그
의 창작 특색은 타이완 역사 속에서 부단히 영감과 표현 양식을 찾았다
는 데 있다. 그는 일찍이 일문 장편소설 《자란디아 요새 함락기熱蘭遮城淪
陷記》로 《중화 일보》의 문예 대회에 참여했으나 낙선했고 그 원고도 유
실됐다. 1946년 일문 사용 금지 정책이 실시된 후 그의 일문 창작은 중단
된다.

2·28 사건 이후에야 그는 다시 모습을 드러낸다. 《타이완 신생보》의
〈다리〉 부간과 《중화 일보》의 〈해풍海風〉 부간에 각각 작품을 발표했다.
타이완 사회가 받은 참혹한 정치적 탄압을 목도한 예스타오는 마음 속
비분을 억제한 채 대량의 역사소설 창작에 힘을 기울였다. 이 시기 그의
창작풍격은 여전히 유미적인 경향을 띄고 있으나 그의 탐미적 서사는 오
히려 정치적인 내함을 품고 있었다. 이들 소설을 당시의 암울한 정치적
맥락 속에 놓고서 본다면, 그것이 모두 네덜란드와 스페인 사람을 제재로
하여 타이완 역사의 특수한 식민 경험을 드러내기 위한 것이었음을 알
수 있다. 〈다리〉 부간에 발표한 소설 〈강가의 비극河畔的悲劇〉[15], 〈타이완
에 온 탕·펀來到台灣的唐·芬〉[16], 〈펑후 섬의 사형彭湖島的死刑〉[17] 및 〈해
풍〉 부간에 발표한 〈복수復讎〉[18]와 〈창부娼婦〉[19]는 모두 1948년 예스타
오의 심정을 반영하고 있다. 소설이 다루고 있는 역사는 네덜란드의 타이
완 통치, 궈화이이郭懷一의 봉기5) 그리고 1885년의 청불 전쟁으로, 이 경

---

5) 동인도회사를 중심으로 타이완에서 대륙과의 무역을 시도했던 네덜란드가 무역의
감소와 중국인의 타이완으로의 대거 이주로 인해 타격을 입게 되자 중국인의 농지
소유를 불허하고 중과세를 실시하면서 중국인들의 항거를 야기하게 된다. 1652년
郭懷一을 중심으로 일어난 이 봉기는 결국 네덜란드의 통치기반을 약화시키게
되고 정성공鄭成功이 1661년 청에 반발하여 군사를 양성하고 타이완으로 오면서

힘은 당시 국민정부가 강조하던 중국 근대사와는 전혀 다른 것이었다. 예스타오는 타이완의 풍속 습관과 평민의 감정을 집중적으로 묘사했으며, 종종 낭만적 필체로 타이완 역사의 신비로움과 심오함을 표현함으로써 더욱 이국적인 색채를 띠게 했다. 이 같은 서사 방식이 어느 정도 니시카와 미츠루의 영향을 받은 것이라는 사실은 부인할 수 없다. 그러나 학살 사건 후의 타이완 사회에서 역사 속의 시정詩情을 찾으려 했으니 문화 주체를 재건하려 했던 예스타오의 고민을 생생하게 찾아볼 수 있다.

더 주의할 만한 가치가 있는 것은 1949년 2월과 3월에 예스타오가 〈다리〉 부간에 발표한 마조媽祖에 관한 두 편의 소설로, 하나는 〈3월의 마조三月的媽祖〉[20]이며 다른 하나는 〈천상성모의 제전天上聖母的祭典〉[21]이다. 여기서도 니시카와 미츠루의 그림자가 느껴지는데 니시카와 미츠루가 황민화 운동 기간 동안 적어도 5편의 마조와 천상성모를 주제로 한 작품을 썼기 때문이다. 니시카와 미츠루의 마조에는 모호한 성적 의미가 투사되어 있었지만, 예스타오의 마조는 고도의 구원과 속죄의 힘을 지니고 있었다. 〈3월의 마조〉에는 확실한 시간적 배경이 보이지 않지만 읽어 보면 사람들은 2·28 사건을 연상하게 된다. 이 소설은 뤼푸律夫라 불리는 타이완 청년이 어떤 정치적 사건에 개입했다가 수배를 피해 농촌에 은닉하게 되는 것을 내용으로 한다. 소설에 나오는 기녀·아내·촌부의 이미지에는 모성을 지닌 마조의 그림자가 짙게 드리워져있다. 뤼푸는 마조의 비호를 얻어 구원 받을 수 있게 된다. 〈천상성모의 제전〉은 사당의 축전 소리 속에서 수감범인 추구이비邱圭璧가 죄수 호송차의 여성 춘지春姬의 부추김과 협력으로 도망에 성공하는 것을 묘사한다. 위험한 상황을 벗어난 뒤 춘지는 홀연히 떠나버리고, 매년 마조 축전 때 구이비는 가슴 두근거리며 춘지를 잊지 않고 떠올린다. 소설은 춘지를 마조의 화신인양 암시하고 있다. 이러한 서사 전략은 예스타오의 의도 즉, 타이완의 민간 신

네덜란드의 식민 통치는 마감하게 된다.

앙과 풍속 문화야말로 타이완인이 생명을 기탁할 대상이라는 사실을 드러내기 위한 것이었다.

'언어의 1세대'를 뛰어넘은 예스타오의 창작성과는 매우 뛰어났다. 그의 일문 작품은 당시에는 타인의 번역을 거쳐야지만 발표될 수 있었다. 예스타오의 작품은 식민지 언어의 복잡한 뒤섞임을 전형적으로 보여주었다. 예스타오와 동시기에 활동했던 다른 작가들 역시 주목할 만한 소설을 발표했다. 예를 들어, 차이더번의 〈여주苦瓜〉, 황쿤빈의 〈메이쯔와 돼지美子與豬〉, 추마인의 〈역적叛徒〉, 예루이룽葉瑞榕의 〈가오밍지高銘戟〉, 왕시칭王溪淸의 〈여자 소매치기女扒手〉, 셰저즈謝哲智의 〈석탄 부스러기 줍는 아이拾煤屑的小孩〉가 있다. 이들 작품은 다들 전후 타이완 사회의 스산함과 무질서를 묘사하고 있다. 주제는 비록 달랐으나 다들 하나같이 문화적 정체성의 문제에 초점을 맞추고 있다. 그들은 중화 민족주의를 자기 정체성으로 쉽게 받아들일 수 없음을 잘 알고 있었다. 그들은 사회 저층의 서민 생활을 통해 정치 체제에 대한 거리감을 함께 표현했다. 억압·냉담·냉혹의 정서가 그들 소설의 자간과 행간에 흐르고 있었다.

정체성 고민: 타이완 문학의 정의와 자리매김에 관한 논쟁

타이완작가의 문학 창작이 정치적 정체성 위기를 드러냈을 때, 본성인 작가와 외성인 작가는 《타이완 신생보》의 〈다리〉 부간에서 격렬하게 대화중이었다. 쌍방 교전식의 이 대화는 '타이완 신문학운동 논쟁台灣新文學運動論戰'이라 불리기도 하고 '타이완 문학 논쟁台灣文學論戰'이라 불리기도 한다. 이는 재식민 시기 타이완작가가 자아의 자리매김을 위해 몸부림치고 저항했음을 상징한다. 장장 1년여 동안 진행된 문학 논쟁 (1948-1949)은 피비린내 나는 사건의 그림자 아래서 진행됐다. 토론에 참가한 외성인 작가와 본성인 작가는 완전히 다른 정치적 상황에 처해있었기에 그들의 발언 공간은 완전히 동등했다 할 수 없었다.

논쟁에 참가한 외성인 작가는 대부분 2·28 사건 이후 타이완에 온 이들이다. 그들은 학살의 잔혹함을 몸소 느끼지 못했기에 정치적 압박을 강하게 느끼지 않았다. 타이완의 식민 경험에 대해서도 잘 알지 못했기 때문에 타이완 문학이라는 어젠다를 다룰 때는 지나치게 성기거나 조잡하기까지 했다. 타이완작가들이 탄압을 받았기 때문에, 중국 담론이 '합법'의 지위를 얻게 됐으며, 외성인 작가는 중국 문학과 타이완 문학 간의 관계에 대해 마음 편하게 토론할 수 있었다. 이와 반대로 타이완작가의 발언 지위는 매우 열악했다. 학살 행위가 여전히 본성의 지식인을 위협하고 있어서 문학 토론에 있어 매우 어색했으며 발언도 제한적이었다. 황민화 운동 시기보다 본성인 작가의 언론과 사상의 공간은 훨씬 축소됐다. 그들은 타이완 문학에 관한 토론에 있어 참여와 양보를 강제 당했다. 비록 쌍방의 대화는 함께 갈마들지 못했지만 이후 타이완 문학의 발전에 깊은 암시를 주게 된다.

이 논쟁의 주제는 타이완 문학의 정의와 자리매김이었다. 1947년 5월 4일 새롭게 주편을 맡은 허신何欣이 《타이완 신생보》에 〈문예文藝〉 주간을 만들었다. 그는 5·4 운동을 기념하기 위해 〈문예절을 맞아迎文藝節〉라는 글을 발표했다. 글은 〈문예〉 주간의 목적이 '조국 신문학과 세계 문학을 소개'하는 데 있다고 설명했다. 글에서 허신은 매우 노골적으로 다음과 같이 말한다. "우리는 머지않은 타이완의 미래에 참신한 문화 활동이 나타날 것이라 생각한다. 그것은 바로 일본 사상이 남긴 독소를 없애고 조국의 신문화를 흡수하는 것으로, 이 신문화운동 속에서 타이완에도 새로운 문학운동이 발생할 것이다." 사건이 일어나기 전에, 허신은 일제 잔재청산운동 이후에도 관방의 패권을 지지하면서, 일본에 대한 타이완인의 사유와 서사를 획일적으로 '일본 사상의 남은 독소'라는 범주에 넣었다. 관방의 입장을 대표했던 허신은 이후 일련의 논쟁을 위한 서막을 열게 된다. 선밍沈明이라는 필명의 작가는 곧바로 〈문예〉 제4기에 〈타이완 문예운동을 전개하다展開台灣文學運動〉라는 글을 발표하여, 일본의 식민

통치를 받은 타이완인이 정치적 경제적 약탈을 당한 뒤 '파시스트의 해악이라는 싹을 품게' 됐으며, 문화교육 수준도 떨어져 세계적인 대세와 조국의 역사발전단계를 제대로 알지 못하고 있다고 강조했다. 그는 심지어 타이완의 문예는 여전히 '개척된 적 없는 처녀지'라고까지 표현했다. 그러므로 타이완에서 문예운동을 전개하여 조국의 어두운 면만 볼 것이 아니라 조국 동포와 함께 '반제 반봉건의 역사적 임무'를 짊어져야 한다고 호소했다.

허신과 선밍이 협조하여 기조를 마련하면서 타이완작가는 죄상을 고발당하고 변호 받아야만 하는 위치에 놓이게 됐다. 잔존하는 일본사상의 해악과 문화교육의 타락이라는 죄명으로 인해, 타이완 문학의 역사적 경험은 다시 비워져 개척된 적 없는 처녀지로 변해버렸다. 타이완작가 또한 반제 반봉건이라는 중국의 역사적 임무를 받아들여야 했다. 고자세로 이끈 이 같은 문예운동은 민간에서 출발한 것이 아니라, 고압적인 통치자의 입장에서 나온 것이었다. 또한 그것은 피비린내 나는 학살의 그림자에 기대어 위에서 아래로 전개된 사상 개조 운동이었다.

이러한 도전과 희화화를 마주하고서 일제강점기 작가인 왕진장王錦江(스랑)은 〈타이완 신문학 운동 사료台灣新文學運動史料〉를, 랴오위원廖毓文은 〈침묵을 깨고 '문학 운동'을 얘기하자打破緘默談'文運'〉를 써서 〈문예〉 제9기와 12기에서 발표했다. 그들은 타이완 문학이 '미개척의 처녀지'라는 주장은 식민지시기 타이완작가의 저항과 비판을 말살하는 것과 같다고 반박했다. 왕스랑은 특히 일제강점기 타이완 신문학사는 맹아기·본격화 시기·일문 전성기로 나눌 수 있다고 주장하며 타이완작가의 노력을 설명했다. 랴오위원은 이 시기 타이완 문학이 쇠락한 이유는 "사회와 정치에 대해 너무나 실망하여 소극적으로 변했기 때문"이라고 지적했다. 그의 이 말은 분명 2·28 사건이 문학 영혼에 조성했던 두려움을 의미했다. 외성인 작가가 반제 반봉건의 구호를 제창할 때, 본성인 작가는 억압하고 방해하는 권력의 간섭을 느끼고 있었다. 그러므로 문학 논쟁은 시작부터 평등한 상태에서 이루어지지 않았다. 편집을 담당했던 허신은 〈문예〉 총 13기를 주관한 뒤 1947년 7월 30일에 해임된다. 그를 이어 거레이가 주편의 임무를 이어받았으며, 1947년 8월 1일부터 〈문예〉 주간은 〈다리〉 부간으로 이름을 바꾸어 격월 2일 혹은 3일에 출판됐다. 그러나 허신이 연 타이완 신문예운동의 토론은 이 일로 중단되지 않았다.

〈다리〉 부간 제1편에 게재된 문학 토론에 관한 글은 외성인 작가인 어우양밍歐陽明이 쓴 〈타이완 신문

▶ 葉石濤,《三月的媽祖》

학의 건설台灣新文學的建設〉이었다. 글의 주제는 "역사는 명령한다. 타이완의 문화가 결코 조국의 문화와 분리될 수 없음을. 사실 50년 동안 타이완 문학은 조국의 신문학 운동가들과 직접적으로 교류하지 못했지만 지금은 원칙적으로 서로 교류하고 있다. 바꿔 말해 타이완 문학은 늘 중국 문학의 전투의 지류였다. 과거 50년의 사실이 이를 증명한다. 오늘날과 미래 역시 이러할 것……"을 강조했다. 1947년 11월 7일에 발표된 이 글은 일제강점기 타이완 문학의 저항 정신을 긍정하고 있지만 타이완작가라는 주체를 뽑아버리고 그 빈 곳을 교묘하게 중국 신문학의 내용으로 채우고 있다. 이 같은 유추의 방식에 다른 외성인 작가인 양펑揚風이 즉각 호응했다. 1948년 3월 29일 양펑은 어우양밍의 주장에 맞추어 〈신시대, 신과제―타이완 신문예가 나아가야 할 길新時代,新課題―台灣新文藝應走的路向〉을 발표했다. 이 글 역시 타이완 문학이 중국 문학의 한 갈래임을 강조하고 있다. 더 나아가 그는 다음과 같이 인식한다. "충실한 한 명의 문예가는 반드시 대중 사이에서 생활해야 한다. 그는 대중에 속하며, 그

의 목소리는 마땅히 대중의 목소리여야 한다." 작가가 만약 대중의 대변인이라면 사건 후 타이완 사회의 공황·냉담의 상황이 문학 작품 속에 반영되어야만 한다. 그런데 왜 당시 본성인 작가는 이를 써내지 않았던가? 대중 문학을 주장했던 외성인 작가 역시 왜 써내지 않았던가? 당시의 정치적 환경 속에서 대중 문학을 제창하는 것은 그야말로 거짓된 행위였다.

이 두 편의 글은 다음과 같은 두 가지의 중요한 문제를 제기했다. 타이완 문학의 정의는 무엇인가? 타이완 문학의 내용은 무엇인가? 이후 1년여의 토론 속에서 대부분의 본성인 작가가 이 두 문제에 대해 답하게 된다.

〈다리〉 부간에서 가장 먼저 답했던 본성인 작가는 양쿠이였다. 그는 1948년 3월 29일 〈어떻게 타이완 신문학을 세울 것인가如何建立台灣新文學〉를 발표했다. 이 글은 일문으로 썼기 때문에 외성인 작가인 쑨다런孫達人이 주요 내용을 번역했으며, 약간의 중문도 첨가했다. 그러므로 양쿠이의 논점은 대략적으로 유추 가능하다. 양쿠이는 다음과 같이 지적한다. "일본 제국주의 통치기간 동안에도 우리는 신문학운동의 역사를 가지고 있었다. 많은 선배들이 지옥과 감옥으로 향하면서 큰소리로 외쳤고, 또 많은 선배들이 이런 이유로 진짜 수감됐다. 어우양밍 선생의 〈타이완 신문학 운동을 논함論台灣新文學運動〉을 읽은 뒤, 우리는 실재로 다음과 같은 깨달음을 얻게 됐다. 일제강점기 당시, 문학은 분명 민족해방투쟁의 임무를 지니고 있었으며, 타이완 인민의 민족의식을 일깨우는 데 있어 확실히 문학이 성과가 있었다고." 이어서 글은 다른 것을 이야기한다. "그러나 오늘날 우리는, 이처럼 남아있는 불초한 후계자들은, 광복된 지 2년여 동안 돌처럼 입을 다물고 있으니, 이보다 더 비겁하고 수치스러운 일이 어디 있단 말인가."

왜 양쿠이는 어우양밍의 글을 읽고 깨닫게 된 걸까? 양쿠이는 어우양밍이 타이완의 역사적 사실을 결코 이해하지 못했음을 분명히 알고 있었다. 그러므로 양쿠이는 '우리는 신문학운동의 역사를 가지고 있었다'라고 특히 강조한다. 구체적으로 말해서, 타이완의 역사 경험은 결코 중국의 5·4 전통으로 단순하게 개괄할 수 있는 것이 아니었다. 만약 타이완 문학에 일찍이 5·4 정신이 존재했다면 왜 일본 사상의 독소와 노예화 교육의 영향을 받았다고 무고 당했겠는가? 그는 광복 후 2년여가 지났을 뿐인데 타이완 문학이 수치스런 침묵으로 빠져버렸다고 탄식한다. 그는 타이완작가를 꾸짖는 게 아니라 당시의 고압적인 통치를 풍자하고 있다. 그는 또한 본성인, 외성인 작가가 활발하게 교류해야 한다고 주장했으며, 타이완 문학이 '민주와 과학'에 일정 정도 공헌했다고 생각했다. 그렇다고 지나치게 감정적으로 '반제 반봉건'의 기치를 높이 들자고 하지는 않았다. 더욱이 타이완 문학이 중국 문학의 일부라고 인식하지도 않았다. 이 글을 시작으로 양쿠이의 타이완 정체성에 대한 주장은 매우 강경해진다. 글에는 중국 작가인 판취안范泉의 중문 인용문인 '중국 문학에 속하는 타이완 문학'을 세우자고 강조하는 내용이 삽입되어 있는데, 읽을 때좀 뜬금없다는 느낌을 준다. 번역자가 윤필하여 종합적으로 썼기 때문은 아닌지 고증이 필요하다.

정체성에 대한 고민은 당시 타이완 출신 작가에게 있어 매우 절박한 문제였다. 각각의 본성인 작가들은 '타이완 문학'을 위해 한마디씩 변호해야만 했던 것 같다. 주편을 맡은 거레이는 두 번째의 〈다리〉 부간 작가 초청 다과회에서 '변경 문학'으로 타이완 문학을 개괄한 적 있다. 그는 타이완 문학의 항일정신을 찬동하기도 했으나, 현실의 한계로 인해 타이완 문학은 작품과 사상에 있어 일본 작가로부터 영향 받고 감염됐다고 보았다. 이 같은 주장은 타이완 문학의 주체를 제거하고 거레이 개인의 주관적 바람을 투사한 것이기도 했음이 분명하다. 거레이의 주장이 성립한다면 어우양밍 등 기타 외성인 작가가 견지했던 '타이완 문학은 중국 문학의 지류'라는 주장과 모순 충돌되기도 한다.

외성인 작가의 '타이완 문학론'을 한마디로 정리하자면, 사실 그것은 중국 문학 우월론과 지도론에서 출발한 것이라 할 수 있다. 어우양밍이 하나의 전형이었고 거레이 역시 다른 하나의 전형이었다. 당시 타이완 대학 문학원 원장이었던 첸거촨錢歌川은 1948년 8월 15일 중앙사의 담화 발표를 통해, 타이완 문학을 건설하는 것은 사실 실현하기 힘든 목표라고 주장했다. 중국의 각 성省이 서로 언어와 문자가 통하게 되었는데 특정한 성의 문학을 수립하자는 것은 말이 안 된다는 것으로, 이 역시 또 다른 전형이라 할 수 있다. 이 같은 논조에 대해 양쿠이는 특별히 〈'타이완 문학' 문답台灣文學'問答〉[22]을 써서 자신의 타이완 정체성을 조금도 꺼리지 않고 드러내게 된다. 다음과 같은 그의 글은 낭랑하고 힘이 있었으며 강한 역사의식을 지니고 있다.

> 정성공鄭成功이 타이완을 점령하고 만주족 청이 세워진 이래로, 타이완과 본국의 국내는 얼마나 오랫동안 분리되었던가. 일본의 강제 하에서 타이완의 자연·경제·사회 교육 등의 생활환경은 얼마나 많이 변화했던가? 이들 생활환경은 타이완 인민의 사상과 감정을 얼마나 많이 변화시켰던가? 사상 감정이 단지 책의 활자나 상투적인 글만을 근거로 하지 않고 민간으로 확실하게 파고든다면, 통일이나 상호 소통이라는 관념은 대대적으로 수정되지 않으면 안 된다. 우리 타이완 본토인만 이렇게 생각하는 게 아니라 여기로 온 많은 벗들도 다들 이렇게 느끼고 있다. 그러므로 내외성의 차이니, 소위 노예화 교육이니, 문화수준의 우열에 관한 논쟁 같은 것은 모두 여기서부터 시작해야 한다.

양쿠이는 타이완에는 확실히 일부 노예화 교육을 받은 이들이 있으며 어떤 사람은 스스로 노예가 되기를 원했다고 보았다. 그러나 타이완 모두가 노예화 교육 하에 굴복하고 타협한 것은 아니었다. 그는 다음과 같이 말한다. "타이완에서 일어난 3년간의 작은 반항과 5년간의 큰 반항은 반일 반봉건 투쟁이 절대다수 인민의 지지를 받았다는 것을 증명한다." 양쿠이처럼 도드라지게 타이완 정체성을 나타낸 본성인 작가 역시 많다. 예를 들어 펑밍민의 〈타이완 신문학을 건설하고, 타이완 사회를 재인식하자建設台灣新文學,再認識台灣社會〉[23]와 라이난런(린수광)의 〈첸거촨과 천다위의 타이완 신문학 운동에 대한 의견을 평가하다評錢歌川,陳大禹對台灣新文學運動意見〉[24]는 모두 타이완 문학의 특수한 경험을 주장하고 있다. 글에는 타이완 문학과 중국 문학의 성격이 일치한다는 주장에 호응하는 부분이 약간 보이는데, 그것은 두려움 아래 쓸 수밖에 없

▶ 何欣(《文訊》 제공)

었던 일종의 보호색이었다. 이보다 조금 이르게 린수광이 쓴 〈타이완 문학의 과거, 현재 그리고 미래台灣文學的過去,現在與未來〉[25] 및 예스타오가 쓴 〈1941년 이후의 타이완 문학1941年以後的台灣文學〉[26]은 모두 약속이나 한 듯 역사 기억의 재건을 주제로 했다. 글에 보이는 관례와도 같은 소위 '5·4 정신'에 호응한다는 내용은 모함과 화를 피하기 위한 것이었다.

　이처럼 어려운 객관적 조건 하에서 소수의 타이완작가가 타이완 문학을 위해 변호하기 시작했다. 그것은 분명 많은 용기를 필요로 했다. 오랜 시간 동안 타이완 신문학 논쟁에서 발언자는 외성인 작가가 다수를 차지했다. 그들의 언론 공간은 특별히 넉넉했으며 중문에 통달한 서사는 발표에 유리했다. 더욱 중요한 사실은 그들은 핍박받고 억압받은 타이완작가의 역사적 경험을 이을 필요가 없었다는 점이었다. 그러므로 외성인 작가 간의 논쟁은 타이완 문학을 토론하는 데 있어 필요불가결한 것이 아니었다. 대부분의 외성인 작가는 외성 출신에 기대어 '대중 문학', '신현실주의 문학', '중국 사회 성격의 변화' 등에 관해 공허한 토론을 전개했다. 그들의 글에는 정체성에 관한 어떠한 고민도 존재하지 않았다. 문화 정체성을 언급할 때 그들은 중국 정체성을 일괄적으로 타이완작가에

게 강요했다.

그러므로 이 문학 논쟁에서 주의해야만 하는 것은 타이완작가가 어떻게 신문학을 건설하자는 의제에 호응했는지 이다. 양쿠이·린수광·예스타오·펑밍민은 발언을 감행했던 소수의 타이완작가였다. 양쿠이가 맡은 역할은 일제강점기의 비판 태도에 견주어 손색이 없다. 특히 그는 타이완의 역사 경험이 타이완인의 사상과 감정·자연 환경·경제 구조 및 문화 교육 등을 변화시켰다고 강조했다. 이 구체적이고 세밀한 역사 경험은 결코 외성인 작가가 이해할 수 없는 것이었다. 게다가 많은 외성인 작가는 논쟁 가운데 쓸데없는 공론을 펼쳤다. 정치 폭풍이 불어 닥치면 그들은 여전히 중국 대륙으로 도망갈 수 있었다. 타이완작가에게는 그 어떤 퇴로도 없었다. 또한 그들은 논쟁 이후에도 여전히 타이완 신문학의 재건을 위해 노력해야 했다. 타이완 신문학운동을 주장했던 작가들은 논쟁 이후, 어떠한 재건 작업도 맡을 필요가 없었다. 그들은 아무 말 없이 훌쩍 떠나 버렸다. 이는 왜 많은 외성인 작가의 이름이 오늘날까지 고증될 수 없는가를 설명한다. 그러나 발언을 했던 타이완작가들은 이후 신문학 발전 과정 속에서 계속해서 수난자의 역할을 맡았으며 동시에 지도자의 역할도 맡아야 했다. 〈다리〉 부간을 중심으로 전개된 문학 논쟁의 역사적 의의는 이후 이어지는 맥락 속에서 검증돼야한다. 그래야 당시의 발언자 가운데 누가 언론의 책임을 맡았는지, 누구의 이론이 실천력을 가지고 있었는지를 제대로 식별할 수 있다. 이러한 시각에서 평가해야지 이 논쟁의 의미를 제대로 밝힐 수 있다.

〈다리〉 부간은 1949년 4월에 정간된다. '4·6 사건'이 발발하면서 사범대 학생이 대규모로 체포됐기 때문이다. 〈다리〉 부간의 주편이었던 거레이와 작가 쑨다런, 레이스위 역시 체포됐다. 한차례의 문학 논쟁도 급하게 막을 내리고, 많은 외성인 작가들은 소리 없이 종적을 감추었다. 타이완작가의 문학 재건 작업은 전후 아주 짧은 4년 만에 두 번째 좌절을 겪어야 했다.

[1] 李翼中, 〈帽簷述事〉, 중앙연구원 근대사 연구소 편찬 인쇄, 《二二八事件資料選輯
(二)》(台北: 中央研究院 近代史研究所, 1992).

[2] 《夜明け前の台灣-植民地からの告發》(台北: 學友書局, 1947), 일문 출판. 1977년
張良澤가 편찬한 《吳濁流作品集》(台北:遠景)에 수록.

[3] 《亞世亞的孤兒》, 원명은 《胡志明》, 제1편(台北: 國華, 1946); 제2편:悲戀の卷(台北:
國華, 1946); 제3편: 悲戀の卷/대륙편(台北: 國華, 1946); 제4편: 桎梏の卷(台北:
民報總社, 1946). 1962년 함께 번역하여 모아 출판. 傅思榮 번역, 黃渭南 교열(台北:
南華).

[4] 吳濁流 저, 張良澤 역, 〈亞世亞的孤兒(日文版)自序〉, 張良澤가 편집한 《吳濁流作
品集六·台灣文藝與我》(台北:遠行, 1977), p.179에 수록.

[5] 〈陳大人〉, 《新新雜誌》(1945.3).

[6] 〈先生媽〉, 《新生報》, 〈橋〉 부간, 1945년.

[7] 《波茨坦科長》, 私立大同工職打仁情會 출판.

[8] 《無花果》는 원래 《台灣文藝》 19-21기(1968.4, 7, 10)에 게재. 3회를 연속 게재하고
끝난다. 오늘날 전하는 것은 前衛 출판사가 모아서 출판(台北: 前衛, 1993년 3월
초판)한 것이다.

[9] 《台灣連翹》 1회에서 8회까지는 1971년부터 1974년 사이 《台灣文藝》 39기에서
45기까지에 실렸다. 나머지 편은 미출간됐다. 吳濁流의 유언으로 서거 10년 후
재발표됐다. 1987년 鍾肇政이 번역 출판(台北: 南方)했다. p.258.

[10] 楊逵, 〈夢與現實〉, 《潮流》 여름호(1948.7).

[11] 林亨泰, 〈黑格爾辨證法〉, 《潮流》 봄호(1949.4).

[12] 張彦勳, 〈站在砂丘上〉, 〈銀鈴會《潮流》作品簡介〉, 《笠》 시간 113기(1983. 2).

[13] 4·6사건: 1949년 3월 30일 타이완 대학생 何景岳와 사범대 학생 李元勳이 '單車雙
載事件'(일인 자전거에 두 명이 탔다는 이유로 경찰이 고압적으로 대응한 사건)'으
로 인해 台北시 大安분국과 충돌하면서 학생이 경찰국을 둘러싸고 사과를 요구하
게 된다. 다음 날 타이완 대학과 사범대학의 학생 수백 명이 3·21 거리행진을
전개하며 '파시스트적 박해에 반대한다', '경찰은 사람을 때릴 권리가 없다'는
등의 표어를 외쳐 정치 당국의 주목을 받게 된다. 같은 해 3월 29일은 靑年節로
台灣대학 학생이 무대에 올라 연설했는데 회의 가운데 '내전을 종식하고 평화로
나라를 구하자', '기아에 반대하고, 박해에 반대한다'는 등의 공통된 의견으로
전국적인 학생 연맹을 조직할 것을 결정한다. 이 모임에 당국은 지나친 공포심을
품고 4월 6일 대대적인 체포 작업이 일어난다. 관련 자료는 1949년 4월 7일 《公論報》

의 〈兩學生被捕經過〉나 藍博洲의 《'麥浪歌詠隊': 追憶一九四九年四六事件(台大部分)》(台中: 晨星, 2001); -, 《天未亮: 追憶一九四九年四六事件(師院部分)》(台中: 晨星, 2000); 藍察院, 〈四六事件調查報告〉(1998.5.21), 台大 四六事件 資料蒐集小組 제공; 師大 '四六事件'硏究小組, 〈國立台灣師範大學'四六'硏究報告〉, 미출판(19976.18).

[14] 葉石濤, 〈林からの手紙〉, 《文藝台灣》 5권 6호(1943.4).

[15] 葉石濤, 〈河畔的悲劇〉, 《台灣新生報》 〈橋〉 부간, 1948.6.9.

[16] 葉石濤, 〈來到台灣的唐·芬〉, 《台灣新生報》 〈橋〉 부간, 1948.6.28.

[17] 葉石濤, 〈澎湖島的死刑〉, 《台灣新生報》 〈橋〉 부간, 1948.7.21.

[18] 葉石濤, 〈復讐〉, 《中華日報》 〈海風〉 부간, 1948.6.24.

[19] 葉石濤, 〈娼婦〉, 《中華日報》 〈海風〉 부간, 1948.7.2.

[20] 葉石濤, 〈三月的媽祖〉, 《台灣新生報》 〈橋〉 부간, 1949.2.21.

[21] 葉石濤, 〈天上聖母的祭典〉, 《台灣新生報》 〈橋〉 부간, 1949.3.28.

[22] 楊逵, 〈'台灣文學'問答〉, 《台灣新生報》 〈橋〉 부간, 1948.6.25.

[23] 彭明敏, 〈建設台灣新文學,再認識台灣社會〉, 《台灣新生報》 〈橋〉 부간, 1948.5.10.

[24] 賴南人, 〈評錢歌川,陳大禹對台灣新文學運動意見〉, 《台灣新生報》 〈橋〉 부간, 1948.6.23.

[25] 林曙光, 〈台灣文學的過去,現在與未來〉, 《台灣新生報》 〈橋〉 부간, 1948년 4.12.

[26] 葉石濤, 〈一九四一年以後的台灣文學〉, 《台灣新生報》 〈橋〉 부간, 1948년 4.16.

제11장
반공문학의 형성과 발전*

국공내전의 전황은 1948년 말에 이르자 점차 분명해졌다. 난징정부의 장제스蔣介石는 1949년 새해 첫날 하야를 선포하고 중화민국 총통직에서 사퇴했다. 국민당 군대가 차례로 퇴각한다는 소식이 타이완으로 전해졌다. 대륙 사람들의 피난이 증가하자, 타이완 섬의 정세도 긴장되기 시작했고 문학 종사자들도 알 수 없는 스산한 공기를 강하게 느꼈다. 당시에 막 타이완 성省의 주석으로 임명되었던 천청陳誠은 타이완에서 군사 통치를 실시하기로 결정했다. 분명한 사실은 1949년 4월 6일에 타이완 경비 총사령부가 이를 핑계로 타이완사범대와 타이완대학의 학생들을 체포하여 청년 지식인들이 공포 분위기에 휩싸이게 되었다는 점인데, 이것을 역사적으로는 '4·6사건'이라고 부른다.

소위 '4·6사건'이란 표면적으로는 사범대 학생이 자전거를 타고 가다 교통법규를 위반하여 발생한 것으로 보이지만, 실제로는 천청 정부가 사소한 사건을 통해 당시 나날이 고조되고 있던 학생운동에 개입하여 수많은 지식인에게 본보기를 보여주려 한 것이었다. 당시 위기에 빠져 있던 국민정부는 일찌감치 타이완으로 퇴각하기로 결정을 내린 상태였다. 그래서 천청 정부의 최우선 과제는 이 최후의 정치거점에서 안정적인 환경

---

* 이 장은 고운선이 번역했다.

을 어떻게 유지할 수 있을 것인가였다. 시정을 용감하게 비판한 지식인 들과 사상의 자유를 과감하게 주장하는 작가들을 향해 정부는 고압적인 방법을 선택했다. '4·6사건'이 발생하여 200여 명의 학생들이 압수 수색을 당하고 체포되었을 때 천청은 다음과 같은 담화를 발표했다. "청년들의 앞날과 본 성의 미래를 위해 부득이한 선택이었다."[1] 천청의 말뜻은 분명 국민당의 앞날을 가리키는 것이었다.

이와 같은 대규모 체포사건에서 '은방울회銀鈴會'의 주요 멤버였던 주스朱實와 푸진埔金 모두 화를 피하지 못했다. 이 학생 작가 두 명은 공산주의자로 낙인찍혔기 때문에 나머지 동인인 린헝타이林亨泰, 장옌쉰張彦勳, 샤오샹원蕭翔文 모두 압수 수색을 당하고 감금됐다. 은방울회의 모든 문학 활동은 결국 공산당의 외곽조직이라는 레테르가 붙은 뒤 중지됐다.

은방울회와 긴밀한 관계를 유지했던 선배 작가 양쿠이楊逵는 1949년 1월 21일 상하이의 《대공보大公報》에 〈평화선언和平宣言〉을 발표했는데, 타이완까지 국공내전에 휩쓸리지 않기를 호소하며 당국에 지방자치를 실시할 것을 요구하면서 타이완의 문학 종사자들은 출신지省籍에 관계없이 단결하여 타이완을 이념에 물들지 않은 땅淨土으로 유지하자고 주장했다. 타이완의 정보기관은 이 글을 근거로 삼아 4·6사건 발생 당일에 양쿠이를 체포했다. 이러한 조치에서 보면 독립적인 사고 능력을 가지고 있는 사람을 대상으로 계획적인 탄압을 실시했다고 볼 수 있다. 일제강점기의 문학 전통은 양쿠이가 체포되면서 공식적으로 중단되었다고 할 수 있다.

4·6사건 이후 대륙 출신 작가들도 잇달아 체포됐다. 《타이완신생보台灣新生報》 〈다리橋〉 부간의 주편이었던 스시메이史習枚(거레이歌雷라고도 함)와 작가 쑨다런孫達人, 레이스위雷石楡 또한 정보기관에 감금됐다. 〈다리〉 부간은 본성本省출신 작가와 외성外省출신 작가의 소통 창구였는데, 강제로 정간되면서 그 역사적 임무는 종말을 고했다. 타이완에 문화적으로 혹독한 계절이 도래했다. 지식인들이 대량으로 감시당했지만 쇠락하

는 국민당의 형세는 전혀 회복되지 않았다.

1949년 5월 19일 타이완 경비총사령부는 정식으로 계엄령을 선포했고, 타이완 사회는 이때부터 군사통치 시기에 접어들었다. 5월 24일에는 〈반란 진압 동원 시기의 반란 징계 조례動員戡亂時期懲治叛亂條例〉가 정식으로 입법원을 통과했고 모든 언론·출판·결사·이주·집회 등의 행위는 정부의 통제 하에 놓이게 됐다. 타이완 거주민들은 언론의 자유를 잃었고 청원·항의·시위의 자유도 잃게 됐다. 타이완의 정치 환경을 정돈하고 숙청한 뒤, 국민당은 '375감세三七五減租'[1]라는 토지개혁정책을 실시하기 시작했고, 같은 해 연말에는 타이베이로 천도하여 도로포장 사업을 진행했다. 타이완 사회는 국공내전뿐만 아니라 미·소 냉전이 대치하는 경직된 국면에 편입되어 터무니없는 역사적 단계로 진입하게 됐다. 내전과 냉전의 이중적 시련 하에서 타이완 문학의 경관 역시 시대적 환경에 따라 변하게 됐다.

계엄 체제 하의 반공문예정책

내전이라는 측면에서 볼 때 1949년 10월 1일 마오쩌둥毛澤東이 베이징에서 중화인민공화국을 선포한 것은, 타이완에서의 국민정부의 통치 합법성이라는 문제에 대해서 대단히 도전적인 성격을 띠는 것이었다. 특히 이때 미국 워싱턴 정부가 《중국백서China White Paper》를 발표하여 국민정부에 대한 지지와 승인을 포기하자 타이완에서의 국민정부의 정치 조건은 위기에 처했다. 장제스는 1950년 3월 1일 중화민국 총통 직권을 회복한다고 선포하고 즉시 당·정부·군대·특무特務 네 조직이 일체된 계엄 체제를 완성하고 타이완 사회를 극도로 탄압하는 정책을 실시했다.

---

1) 소작농이 토지 소유주에게 지불하는 토지세가 최고 총 수확량의 37.5% 이상 부과할 수 없다는 상한선을 제한하는 법규를 가리킨다.

살벌한 권력의 그림자 하에서 타이완 본토 지식인들 중 감히 국민정부의 합법성에 대해 의문을 제기하는 사람은 없었다.

냉전 시대라는 측면에서 보면 또 다른 문제가 있었다. 본래 미국 정부는 국민당을 승인하지 않을 예정이었지만 1950년 6월 한반도에서 한국전쟁이 발발하자 타이완이 전략적으로 중요한 지역이라는 사실에 주목하고, 결국 《중국백서》에서 보여준 정치적 태도를 바꿔 국민정부를 지지하게 된 것이었다. 이후 미국의 극동사령부Far East Command 제7함대가 타이완 해협에 정식으로 진주했으며, 경제원조의 방식으로 물자를 타이완으로 운송했다. 타이완 내부의 정치·경제적 안정은 의심할 바 없이 미국이 베푼 원조 정책에 힘입은 것이었다. 그러나 미국의 원조에 의존했기 때문에 타이완 사회도 세계 냉전체제의 소용돌이에 말려들어가게 되었다.

1949년 연말부터 1950년 상반기까지는 국민당이 문화 패권을 건설한 중요한 시기였다. 2·28사건 이후의 공포와 뒤이은 위협적인 '반란 징계 조례'를 중심으로, 국민정부는 검열제도의 정비를 신속하게 마무리했다. 당을 대표하는 국민당 문공회國民黨文工會, 정부를 대표하는 교육부와 뉴스국新聞局, 군대를 대표하는 국방부, 특무를 대표하는 경비총사령부와 보안사령부 모두 권력을 장악하고 사회의 각종 문화 활동에 간섭하는 정책을 펼쳤다. 국민당 중앙선전부 부장 런줘쉬안任卓宣은 1949년 11월 타이베이로 가서 이른바 반공·반소련 문화운동을 전개했다. 이 운동을 기점으로 정치권력은 합법적인 방식으로 문예활동에 개입하기 시작했다. 이러한 정치 환경에서 반공작가 쑨링孫陵은 모두가 다 알고 있는 '반공문예의 신호탄'으로 일컬어지는 가곡 〈대타이완을 보위하자保衛大台灣〉를 발표했다. 당시 쑨링은 타이베이 《민족만보民族晩報》의 주편을 맡고 있었는데, 가곡을 발표한 뒤 이 신문에서 '전투를 전개하여 적을 공격하자展開戰鬪, 打擊敵人'는 전투문예의 구호를 선전하기도 했다. 《중화일보中華日報》, 《전민일보全民日報》, 《소탕보掃蕩報》, 《타이완 신생보台灣新生報》와 같은 모든 신문은 그 즉시 전투문예운동에 응했다. 이와 같은 정치 동원식의 문예운동은 향후 20여 년 간 정부 정책에 따른다는 바탕을 마련했다. 이와 같은 패권담론의 확립은 무장 계엄령을 배후로 순조롭게 전개될 수 있었다.

문학 활동을 정치동원의 방편으로 삼았다는 또 다른 구체적인 증거로는, 민간과 군대에서 똑같이 문무겸비의 문예운동을 전개했다는 점을 들 수 있다. 민간 영역에서의 가장 중요한 주도자로는 장다오판張道藩과 천지잉陳紀瀅을 꼽을 수 있다. 1950년 4월, 장다오판을 주임위원으로 하는 '중화문예상금위원회中華文藝獎金委員會'가 설립되고, 반공문학 작품을 쓰는 작가들에게 상금을 수여했다. 정책이 확립된 후 같은 해 5월 4일을 '문예절文藝節'로 지정하고 당시 100여 명의 작가들을 모아 '중국문예협회中國文藝協會'를 결성했는데 천지잉이 대회 주석을 담당했다. 이 대회에 참가한 사람들로는, 국방부의 총정치부 주임이었던 장징궈蔣經國를 포함해서 국민당 중앙선전부부장 장치윈張其昀, 타이완성 당부黨部주임위원 덩원이鄧文儀, 그리고 교육부부장 청톈팡程天放이 있었는데, 이것은 문예 활동이 당정黨政과 분리될 수 없음을 설명해준다.

중국문예협회를 만든 종지는 협회의 회칙 제2조에 구체적으로 드러나 있다. "본회는 전국 문예계인사와 단결하여 문예이론을 연구하고 문예창작에 종사하며 문예운동을 전개하여 문예사업을 발전시키고 삼민주의 문화건설을 실천함으로써 반공·반소련과 대륙수복이라는 임무를 완성하고 세계평화를 촉진하는 것을 종지로 삼는다." 관방의 주도 하에서 문학과 정치는 밀접하게 결합하기 시작했다. 이 조직은 국민당 당원을 중심으로 외성 출신 작가들이 주요 구성원을 이루고 있다. 역대 상무이사 명단을 통해 권력구조의 일부를 엿볼 수 있는데, 장다오판·천지잉·왕핑링王平陵·자오유페이趙友培·왕란王藍·리천둥李辰冬·량유밍梁又銘은 바뀐 적이 없다. 1950년부터 1960년까지는 중국문예협회의 전성기였다고 할 수 있다. 국민당의 문예정책과 활동방침이 모두 이 조직을 통해 실현됐다고 해도 과언이 아니다. 중국문예협회는 10년 동안 타이완 문단을 지배했다.

내부적으로 보자면, 이 협회는 각종 문예 연구와 학습 및 보조 활동을 이끌었고 소설·영상·미술 방면의 인재를 육성했다. 그리고 정기적으로 각종 문예활동을 개최하여 작가와 독자에게 대화와 교류의 기회를 제공했다. 중요한 기념일에는 협회가 나서서 각종 문예운동을 실시하여 관방이 기획한 정책에 부응했다. 당시 모든 외성 출신 작가들이 문예협회의 회원이었다. 문학사상 어떠한 시기보다 방대한 조직이 운영되었다고 할 수 있다.

▶ 張道藩(《文訊》 제공)

중국문예협회의 가장 중요한 임무는 국민당의 문예정책을 실천하는 것이었다. 1953년 11월 장제스는 〈민생주의 교육과 오락활동에 관한 보론民生主義育樂兩篇補述〉[2]을 발표했는데, 당시 작가들이 연구하고 학습하는 대상이 됐다. 중국문예협회 회원들은 이 지침을 위해 24차례의 좌담회를 개최하였고 30만 자의 글을 발표하여 장제스의 문예주장에 호응했다. 특히 〈민생주의 교육과 오락활동에 관한 보론〉에서 '문예와 무예'에 관해, " … 중국 고대의 교육은 육예六藝를 바탕으로 한다. 육예란 예의禮·음악樂·활쏘기射·말타기御·서예書·수학數을 가리키는 것으로 문예와 무예를 모두 포함하고 있다"라고 했다. 이 대목은 국민당이 군대 내부의 문예 발전에 좀 더 관심을 두고 있음을 보여주는 것으로, 반공문학을 창작하는 사람들을 대대적으로 육성하여 문학이 정치를 위해 복무해야 한다는 논점을 충분히 밝힌 것이라고 할 수 있다.

〈민생주의 교육과 오락활동에 관한 보론〉에서 언급한 정신을 고양시키기 위해 장다오판은 특별히 장장 4만 자에 이르는 〈삼민주의문예론三

民主義文藝論〉[3]을 작성하여 장제스의 문예관에 이론적인 기초를 다져주었고 이를 통해 합리적이고 합법적인 지도적 지위를 가질 수 있도록 했다. 장다오판이 제시한 문예정책에 맞춰 중국문예협회는 1954년 5월 4일 대중의 시선을 끄는 '문화청결운동文化淸潔運動'을 전개하여 장제스의 문예정책이 사회 구석구석에서 실천될 수 있도록 했다.

중국문예협회는 천지잉·왕핑링·천쉐핑陳雪屛·런줘쉬안·쑤쉐린蘇雪林·왕지충王集叢 등을 필두로 '문화청결운동 전문연구모임'을 조직했다. 그리고 이 운동을 통해 당시 황색(음란물)·흑색(반정부 경향)·홍색(사회주의 경향)의 문학간행물을 겨냥해 대대적인 징벌을 가했다. 천지잉은 '어떤 문화인사'라는 이름으로 담화를 발표하고 장제스의 관점에 호응했다. "문화계가 (총통의) 정확한 지시를 흔쾌히 받아들인 뒤 현재 부단히 노력 중임에도 불구하고, 수년 간 사회로부터 예상치 못한 질책을 당

▶ 王集叢《文訊》 제공)

하기도 하고 일반인들과 정당한 미디어 종사자들로부터 '흑색 미디어'로 멸시받고 있다. 일부가 소위 내막內幕잡지라는 것을 통해, 언행을 전혀 조심하지 않을 뿐 아니라 반공·반소련이라는 신성한 보루 속에서 오히려 더 격앙된 소리로 방자하게 국민의 심리 건강을 해치는 독소를 산포하고 있다."[4] 이 담화에서 비판하고자 한 대상은 '적색의 독초'·'황색의 해악'·'흑색의 범죄'이다. 천지잉의 행동은 온전히 상급기관의 뜻을 받아들여 전개한 것이었다. 문학이 정치를 위해 복무하고 작가가 정치를 위해 목소리를 내는 것이 1950년대 문단의 주요한 특색이었다.

밀고와 검거라는 이중고 속에서 당시 《중국신문中國新聞》, 《뉴스紐司》 등 10여 개의 잡지는 정간되었고, 황색·적색 경향이 있다고 판단된 간행물은 몰수당했으며, 무협소설 10만 여 권이 금서로 지정됐다. 이와 같이 하찮은 일에도 놀라게 되는 긴장된 분위기 속에서 '문화청결운동 촉진회'는 "일반 사회 인사들의 반응은 정부의 이번 조치가 지나치게 관대하여 공분을 잠재우기에는 부족하다고 생각하고 있다"라는 입장을 밝히기도 했다. 서적 검열제도는 중국문예협회와 같은 소위 민간협회를 통해 기반을 마련하고 합리적·합법적인 기초를 다지게 됐다. 이때부터 국민당은 똑같은 방식으로, 먼저 당 내 핵심조직을 통해 채택한 정책을 하달한 다음, 민간단체의 지지를 통해 각 문화운동과 문예활동마다 예상한 정치적 효과를 거둘 수 있도록 했다.

▶ 王書川(《文訊》 제공)

중국문예협회의 또 다른 임무는 당시 국방부 총정치부 주임이었던 장징궈가 1951년에 제기한 '문예를 군대로文藝到軍中去'운동에 호응하는 것이었다. 이 운동에 참여한 주요 작가로는 허즈하오何志浩·왕수촨王書川·왕원이王文漪·왕란·쑹잉宋膺·펑팡민馮放民 등이 있으며 '군대 내의 혁명문예軍中革命文藝'를 확대할 것을 주장했다.

중국문예협회가 1960년에 출판한《문협10년文協十年》에 근거하면 이 협회가 외성인 작가들을 중심으로 구성되어 있음을 알 수 있다. 중국문예협회의 지도부는 모두 일률적으로 국민당 당원 또는 정부 관계자로서, 대륙에 있을 때 이미 창작의 경험이 있는 사람들이었다. 물론 언어사용과 이데올로기 측면에서 그들과 국민당의 입장은 대단히 가까웠다고 말할 수 있다. 그러므로 국민당이 타이완에서 통치의 합법성을 얻고자 노력하던 시기에 제1대 외성인 작가들은 성실하게 이에 기름을 붓는 역할을 했다고 하겠다. 1950년대 타이완 문단의 모든 신문·잡지가 외성인 작가들에게 독점된 것은 바로 이러한 정치 환경에서 비롯된 것이다. 또한 이러한 이유로 인해 타이완 본토 출신 작가들은 자연스럽게 정치문학의 주류에서 제외됐다.

중국문예협회의 권력 구조와 문학 활동은 타이완 본토 출신 작가들의 주변적 위치를 가장 잘 보여준다. 1960년의 통계에 따르면, 중국문예협회의 회원은 모두 1290명이었는데 그중 타이완 본토 출신 작가는 겨우 58명에 불과했다. 이 사실은 반공문학이라는 글쓰기 방식이 타이완 본토 출신 작가들이 쉽게 끼어들 수 없는 영역으로 정착했음을 보여준다. 이것은 타이완 본토 출신 작가들의 역사적·정치적 경험이 대륙 출신 작가들과 달랐기 때문만은 아니다. 타이완 본토 출신 작가들의 언어능력이 대륙 출신 작가들에게 전혀 필적할 수 없었기 때문이기도 하다. 더 중요한 것은 타이완인들의 정치적 지위 자체가 권력 핵심과 정책 결정의 외부에 있어서 근본적으로 일말의 발언권이 없었다.

중국문예협회의 임무와 편성을 살펴보면, 이 협회는 소설 창작과 연구를 포함해서 시가 창작과 연구·산문 창작과 연구·음악·미술·연극·영화·희곡戲曲·무용·촬영·문예논평·문예교육·민속문예·미디어문예·방송문예·국외 문예사업·대륙 문예사업 등 17개의 위원회를 만들었다. 1955년에 설립된 '민속문예위원회'가 추진한 사업 중에, '타이완 본토 출신 작가들에 관한 연구와 집행사업 표창', '본성의 민속문예 작가 및 종사자들과의 연계'라는 두 가지 항목이 포함되어 있다는 점이 가장 주목할 만하다. 타이완 본토 출신 작가들이 표창받고 그들과 연결되어야 했던 이유는, 타이완 출신 작가들이 중국어로 사고하고 창작해내는 역량이 극도로 부족했기 때문이었다. 설사 작품으로 나온 것이 있다 하더라도 '민속문예'의 범주에 포함될 수 있을 뿐이었다. 이러한 위치에서 판단해

보면, 관방의 패권적 담론이 견고하게 형성되면서부터 타이완 본토 출신 작가들을 밀어내는 작용을 했다고 추론할 수 있다.

전투문예와 1950년대 타이완 문학의 환경

▶ 王夢鷗(陳文發 촬영, 《文訊》 제공)

1950년대의 관방 담론은 정치적 동원을 통해 타이완 문단 전반을 지배하는 방식으로 공고해졌다. 그중에서도 중요한 핵심 역량은 군중문예軍中文藝로부터 등장했다. 이른바 '군중문예'란, 앞에서도 언급했듯이 장징궈가 제기한 것이다. 장징궈의 정치적 호소에 따라 중국문예협회는 작가들을 모아 군대를 방문하기도 했다. 이러한 문학 활동을 추진할 때 종종 당·정부·군대를 대표하는 중국문예협회·교육부·타이완성 교육청·국방부 총정치부 4개 기관이 상호 연합했다. 권력 구조적 측면에서 반공문학·군중문예·전투문예는 분리 불가능할 정도로 얽혀 있었다. 1952년 이후 국민당은 반공·반소련 총동원운동을 실시하여 경제·사회·문화·정치 방면에서 전면적인 개조를 진행했는데, 이런 점에서 군중문예의 역할이 더 중요해졌다.

1955년 장제스가 '전투문예'를 개시할 것을 호소하자 군대 출신 작가들이 유례없이 중시되었다. 군대에서 발행한 《군중문예》는 장 총통의 지시에 따르기 위해 《혁명문예革命文藝》로 이름을 바꿨다.[5] 중국문예협회의 회원이었던 왕란·왕핑링·왕멍어우王夢鷗·왕지충·리천둥·린스춘林適存·궁쑨옌公孫嬿·량룽뤄梁容若·쉬중페이徐鍾珮·천지잉·궈쓰펀郭嗣汾·

귀이둥郭衣洞·중레이鍾雷·위쥔즈虞君質·셰빙잉謝冰瑩·쑤쉐린 등이 이 간행물의 편집위원을 맡았다. 정치공작 간부학교의 문예연구사가 같은 해에 《군중문예 창작집軍中文藝創作集》을 편집·출판한 것도 마찬가지로 당시의 문화청결운동에 호응하여 소위 적색·황색·흑색의 3종 서적을 처벌하기 위한 것이었다.[6]

군 출신 작가들이 조직되기 시작한 것 외에 또 다른 문학단체도 주목할 만하다. 하나는 중국청년글쓰기협회中國青年寫作協會이고 다른 하나는 타이완성 여성글쓰기협회台灣省婦女寫作協會이다.[7] 전자는 중국청년반공구국단中國青年反共救國團에 직속되어 있었고, 후자는 타이완성 당부黨部에 소속되어 있었다. 이러한 조직들은 정치가 문학을 주도했던 사실을 증명해준다. 중국청년글쓰기

▶ 徐鍾珮(《文訊》 제공)

협회는 1953년 8월 타이베이에서 설립됐다. 이 협회의 설립 선언문에서는 전국 그리고 해외의 문예청년들에게 "우리들과 같은 편에 서서 한마음 한뜻으로 반공·반소련을 위해 글을 쓰고, 대륙 수복을 위해 수련하자"라고 호소하고 있다. 이 단체는 설립 후 정식으로 문학 간행물을 발행했다. 이로써 1950년대의 3대 주요 문학잡지, 중국문예협회의 《문예창작文藝創作》[8], 국방부 총정치부의 《군중문예》, 중국청년글쓰기협회의 《아기사자문예幼獅文藝》[9]가 모두 등장했다. 이와 같이 정치권력이 문학을 좌우한 정황은 태평양전쟁 기간의 황민화운동과 비교해 보더라도 훨씬 더 주도면밀하고 노골적이었다. 하지만 황민문학운동은 일본 출신 작가와 타이완 출신 작가를 동시에 창작에 종사하게 한 반면, 반공문학운동은 외성인 작가가 중심이 되었기 때문에 타이완 본토 출신 작가들은

훨씬 더 참여하기 어려웠다. 구체적인 동원 과정에서 최고 정치지도자의 직접적인 지시와 하달로 인해 전투문예운동에 참여하게 된 작가들은 반드시 지도자의 구호를 준수해야 했다. 적나라한 정치 우위 풍조가 문화계에 끼친 영향은 대단히 심각했고 오랜 기간 지속되었다.

▶ 謝冰瑩(《文訊》 제공)

반공의 그림자 아래에서 모든 작가들은 정치지도자의 발언과 구호가 진실하다고 맹목적으로 믿고 그 지시를 받아들여 창작했는데, 문학 창작과 정치 간섭이라는 경계선을 스스로 분명하게 분간할 수 없었다. 권력에 굴복한 것이 작가들의 비판 능력을 완전히 상실하게 만들었던 것이다. 그들이 신봉했던 진리라는 것이 모두 정치 지도자에게서 나온 것이었기 때문에 작가들은 스스로 사고하는 능력을 상실했다. 한편 타이완 본토 출신 작가들 입장에서는 이로 인해 받은 영혼의 상처가 상당히 심각했다. 타이완 문학이 발전함에 있어 특수한 역사적 경험이라는 것이 있는데, 국민당의 문예정책은 이러한 역사적 경험 자체를 무시했을 뿐 아니라 관방의 허구적인 역사의식을 주입하고자 했기 때문이다. 타이완 출신 작가들이 구체적인 역사적 맥락과 거리를 두면서 마주해야 했던 것은 전대미문의 관방 담론이었다. 타이완의 본토문화는 폄하되고 금지되었을 뿐 아니라 심지어 텅 비게 됐다. 1950년대 타이완 출신 작가들이 결국 침묵하게 된 것은 바로 이러한 주류문화가 조성한 독점적인 추세 때문이다.

국민당의 문예정책은 중화민족 정신을 강조하고 삼민주의 문학이론을 드높이고 전투문예 구호를 각인시켰는데, 이 모든 것을 타이완 본토 출신 작가들은 이해할 수 없었다. 2·28사건이라는 대재앙 이래 계속해서 백색 테러의 위협에 시달렸던 타이완 본토 출신 작가들은 주류문화가 사회를 잠식하고 왜곡하는 것을 앉아서 지켜볼 수밖에 없었다. 대륙 출신 작가와 타이완 본토 출신 작가 사이의 이러한 커다란 간극은 결국 뛰어넘기 힘들었다. 장제스가 〈민생주의 교육과 오락활동에 관한 보론〉을 발표한 후 명령에 따라 많은 작가들이 이를 고양시키고 합리화했는데, 장다오판의 《삼민주의 문예론三民主義文藝論》(1954), 왕지충의 《전투문예론戰鬪文藝論》(1955)[10]은 이론적으로 타이완 사회의 현실에 대해 전혀 다루지 않았다. 타이완에서 쭉 생존해온 본토 출신 작가들은 이러한 정치 언어를 대면했을 때 대단히 낯설게 느낄 수밖에 없었다. 일단 반공문학이 주류가 되자 타이완 출신 작가들은 자연스럽게 추방되었던 것이다.

왕지충은 《전투문예론》에서, 중국공산당이 문예를 전투무기로 취급하는 것을 거울삼아 타이완도 전투문예를 제창해야 한다고 주장했다. 그는 "그들의 피비린내 나는 통치하에서 그 무엇도 자유로운 것이 없으며, 문예 작가들도 창작의 자유가 없다. … 오늘날 우리는 이러한 적과 싸워야 하는데 만약 문예가 전투의 임무를 지지하지 않고 그럴싸하게 '문예를 위한 문예'라는 진부한 말을 내세운다거나 소극적이고 비관적인 사상과 감정을 전달하거나 '자유로운 창작'이라는 말로 문예를 원활하게 활용하는 것을 부정한다면, 어떻게 적에게 대적할 생각인지 묻고 싶다. 어떻게 자유를 쟁취하겠는가?"[11] 라고 했는데, 이러한 정치이론으로 볼 때, 반공문학과 전투문예는 결코 타이완 사회가 주체가 되는 것이 아니다. 국민당의 문예정책이 주체인 것은 더더욱 아니며, 중공의 문예투쟁이 역으로 작용한 것이라고 정리할 수 있다. 그러므로 반공작가들은 타이완 현실과 괴리되어 있을 뿐 아니라 스스로가 문화 주체임을 제대로 인지하지 못한 상태로, 정부의 지도하에서 자연스레 어떠한 주체성도 없는 작품들을 생산해냈다. 식민 경험이 있는 타이완 작가들을 이러한 문학적 사고와 연결시키려고 한다면 진실로 곤란하기가 이루 말할 수 없을 것이다.

주변화된 타이완 본토 작가들이 반공문학이라는 주류에 낄 방법이 없었다고 한다면 당시 여성 작가들의 위치는 어떠했을까? 1955년 5월 5일에 설립된 타이완성 여성글쓰기협회는 반공문학 조류 속에서 목격되는 또 다른 특이한 현상이다. 여성글쓰기협회의 설립 선언에는 다음과 같은 말이 있다. "우리는 문화를 발양하고 자유를 보호하기 위해서 다 같이 모였으니 노력해서 이를 달성할 것이다. 자유의 등대 아래에 있는 여성들이 자유와 문화를 광범위하게 향유할 수 있도록 보급할 뿐 아니라 자유와 문화가 없는 철의 장막을 돌파하겠다는 책임을 짊어지고 암흑 속에서 발버둥치고 있는 자매들을 구할 것이다."

이것은 타이완 문학이 발전하는 과정에서 많은 여성 작가들이 처음으로 등장했음을 증명해준다. 여성글쓰기협회에 참여했던 창립 멤버는 대략 100여 명으로 모두 외성 출신 작가들이다. 비교적 유명한 작가들로는 쑤쉐린, 셰빙잉, 리만구이李曼瑰, 쉬중페이, 장쉐인張雪茵, 류팡劉枋, 왕옌루王琰如, 왕원이, 허우룽성侯榕生, 판런무潘人木, 루웨화盧月化, 쑨둬츠孫多慈, 중메이인鍾梅音, 장슈야張秀亞, 옌유메이嚴友梅, 아이원艾雯, 귀진슈郭晉秀, 장수한張淑菡 등이 있다. 여성글쓰기협회의 주요 임무는 중국문예협회가 담당했던 상술한 작업과 크게 다르지 않았다. 최전방에 있는 군대를 방문하고 병사들의 사기를 진작시키며 반공문예를 선전하는 것이었다.

여성 작가들의 문학적 성취는 다음 장에서 상세하게 논의하도록 하겠다. 하지만 반공문학이라는 거대한 깃발 아래에서 여성작가들도 관방의 문예정책에 적극적으로 호응해야 했다. 민족주의와 반공·반소련이라는 부름 앞에서 여성작가들의 작품은 남성 작가들의 풍격과 거의 큰 차이가 없었다. 구체적으로 말하자면, 국가 권력이 여성작가들의 젠더 경계선을 그렇게 선명하게 만들지 않았다. 여성작가들이 반공을 노래하고 애국을 외칠수록 여성이라는 주체를 상실했던 것이다.

타이완성 여성글쓰기협회를 창립한 이유는 반공문학을 확장시키는 데 협조하고, 전방에 있는 군대를 위문하며, 병원을 방문하거나 군복을 증정하기 위해서였지만, 여성작가들이 대거 등장함에 따라 문학의 풍경이 조금씩 변하기 시작했다. 여성작가들의 섬세한 글쓰기가 사회 현실과 만나자 1950년대 문학의 정치 색채가 희석된 것이었다. 좀 더 정확하게 말하자면, 정치적 측면에서는 이 시기의 여성작가들이 반공문학을 실천함에 있어 종속된 역할만을 수행하고, 주류 문학의 기치를 흔들고 외치는 작업을 담당했을 뿐이다. 그러나 문학 풍격의 측면에서 말하자면, 여성작가들의 사고방식은 반공 체제 내부에서 이미 질적으로 변화하는 발효작용을 하고 있었다고 할 수 있다.

1950년대의 중요한 문학비평가인 류신황劉心皇은 전투문학운동의 기수인데, 그는 동시기 여성 작가들에 대해서 "그녀들이 뛰어난 점은 감정이 풍부하고, 사상이 섬세하며, 심리와 사물을 묘사하는 데 있는데 모두 정리情理에 맞으며 문자사용이 아름답다. 아쉬운 점은 그녀들이 쓴 것이 대부분 다 신변잡기라는 점이다. 그녀들이 쓴 작품을 읽으면 이 시대가 마음을 졸이며 사는 시대임을 알수 없을 정도이다"[12]라고 평가했다.

▶ 劉心皇(《文訊》 제공)

류신황의 여성작가에 대한 부정적인 평가는 뒤집어 보면, 여성작가들이 남성의 문학표준에 근거하여 창작하지 않았음을 지적한 것이다. 반공문학의 최고 미학표준은 '마음을 졸이며 사는 시대'를 반영하는 것이었다고 할 수 있다. 반공체제에서 권력을 잡고 있는 입장에서는 여성작가란 원래 정치적으로 동원되어야 할 일원에 불과했다. 하지만 공교롭게도 잠재력을 가진 여성들의 창작이 쏟아져 나왔기 때문에 문학을 통해 반공정책에 호응할 수 있었던 것도 사실이지만, 이와 동시에 여성작가들의 풍부한 상상과 수려한 수사가 남성의 주류적인 문학의 틀을 깨기도 했던 것이다.

이러한 시각에서 보면, 반공문학은 1955년에 이르면서 피폐해지기 시작했음을 알 수 있으며, 그래서 다시 '전투문학'이라는 구호를 새롭게 제기하여 나날이 정체되는 문예정책을 진흥시키고 반공문학을 개선하고자 했다고 볼 수 있다. 그러므로 원래 이 시기에 동원된 여성작가들이 짜인 틀 내에서 남성 주도의 문단에 강심제 역할을 하기로 되어 있었지만, 반대로 반공문학이라는 국면을 다원화하는 현상을 일으켰다고 할 수 있을 것이다. 반공문학 시기에 성장하기 시작한 또 다른 비평가 웨이톈충尉天聰은 1950년대 여성문학에 대해서 다음과 같이 평가한 바 있다. "50년대에 잇달아 발생한 대륙의 대동란과 타이완의 대공포는 사람들로 하여금 감히 현실을 똑바로 바라보지 못하게 했고, 당시의 숙청정책으로 인해 사람들은 세상사를 관망하며 냉담한 태도를 취했다. 그러나 여성작가들의 작품은 시간을 알 수 없거나 시간은 느껴지지만 역사성은 느껴지지 않는 특징 때문에 소시민의 타성과 취미적인 요구를 만족시킬 수 있었다."[13] 웨이톈충은 여성문학이 '소시민의 타성과 취미적인 요구'에 부합한다고 폄하하며, 앞서와 마찬가지로 남성적 관점에서 부정적으로 평가했다. 하지만 이러한 시각을 뒤집어 보면 1950년대 남성작가와 여성작가가 분명한 경계선을 형성하고 있었음을 다시 한 번 확인해주는 것이기도 하다.

이 시기의 여성문학에서 시간성이나 역사성을 느낄 수 없는 것은 역사적인 정치사건을 새겨 넣지 않았기 때문이다. 거꾸로 그녀들은 땔감·곡식·기름·소금 같은 생필품이나 먹고 입는 잡다한 생활에 관해 묘사하여 자신들의 창작에서 특유의 공간감을 느낄 수 있도록 했다. 이 공간감은 여성들의 작품에서 고향에 대한 강렬한 향수懷鄕를 느끼게 해주며, 다른 한편으로는 여성작가들의 문학과 타이완 현실생활이 서로 결합되어 있는 것을 보여준다. 1950년대의 여성작가들이 의식적으로 남성 글쓰기에 대항하고자 했던 것은 아닐 것이며, 자각적으로 관방의 반공체제와 거리를 두고자 했던 것은 아닐 것이다. 그러나 여성작가들은 권력의 주변에 위치해 있었기 때문에 문학적 사고와 관심이 자기도 모르게 당시의 남성작가들과 달랐을 것이다. 여성작가들의 공간감이 시간성을 뛰어넘음으로써 반공문학 속의 방랑의식이 점차 이민의식으로 전환되었던 것이다. 이것은 반공문학의 중요한 전환점으로서, 유랑자 문학이 이민자 문학으로 진화하는 과정에서 여성문학이 상당이 중요한 역할을 했다고 평가할 수 있다.

외성인 출신 여성작가들은 군인·공무원·교원 종사자이거나 그들의 권속으로서, 경제적으로 어려운 시기에 생활의 무게를 가장 직접적으로 느낄 수 있었다. 당시 남성작가들이 반공과 애국을 외치고 있을 때, 여성작가들은 매일의 생계 문제로 근심 걱정을 하고 있었을 것이다. 반공문학의 국가상상이 저 멀리 서로 마주하고 있는 두 해안을 투사하고 있을 때, 여성작가들이 관심을 가진 것은 타이완 사회에서의 삶의 부침이었다. 상상은 내용이 없고 허구적이지만, 생활은 구체적이고 실제적이다. 여성작가들이 가계를 꾸리고 혈육 간의 정과 사랑에 대해 쓰기 시작했을 때 아마도 이것은 관방의 문예정책이 규정한 방향과 이미 멀어지고 있었을 것이다. 국가에 대한 사랑과 자녀에 대한 사랑이라는 두 개의 궤적으로 발전한 것이 바로 1950년대 문학의 주요한 특색이다.

반공문학의 발전과 전환

타이완의 정치 환경은 1950년대 중반에 들어서서 점차 안정되었다. 1954년 '중미상호방어조약中美協防條約, Sino-American Mutual Defense treaty' 이 정식으로 체결되자 타이완의 국방 안전은 보장되었고 대륙 중국과의 분리도 정식으로 제도화되었다. 타이완 사회의 정치·경제·문화는 미국에 의존하기 시작했고, 조약이 체결됨에 따라 제도적으로 영향을 끼쳤다. 한반도의 긴장된 정세가 완화되자 정치 분위기는 부드러워졌다. 한국전쟁에서 포로가 된 중공 병사는 '반공의사反共義士'라는 이름으로 타이완에 왔다. 객관적인 환경이 형성됨에 따라 반공문학은 거의 합법적인 지위를 가지게 되었다. 하지만 타이완의 안전이 보장되었기 때문에 자유화를 추구하는 경향도 갈수록 강렬해졌다.

1950년대 반공문학은 대략 두 시기로 나뉘어 발전했다. 첫 번째 시기는 1949년부터 1955년까지, 문학이 정치의 간섭을 가장 심하게 받은 시기이다. 두 번째 시기는 1955년부터 1960년까지 여성문학·모더니즘 문학 그리고 타이완 본토 출신 작가들이 점차 활발하게 등장하는 현상을 목격할 수 있는 시기이다.

첫 번째 시기에 반공문학이 구축될 수 있었던 것은 1950년대 중화문예상금위원회와 중국문예협회가 설립된 것과 밀접한 관계가 있다. 이 두 기구는 모두 장다오판[14]과 천지잉이 연합하여 이끌었는데, 전자는 입법원立法院 원장이었고 후자는 입법위원이었다. 두 사람 모두 국민당의 중국문협中國文協 당간부회의 지도자에 속했다. 그들이 방대한 문화적 자금을 장악하고 있었기 때문에, 수많은 작가들은 그들의 자원 조달에 의존해야 했다. 관방은 자원 조달이라는 방법을 통해 반공문학 작품을 공식적으로 장려했을 뿐 아니라 작가들의 문학적 사유방식도 지배했다.

중화문예상금은 매년 5월 4일 문예절에 정기적으로 수여했다. 그밖에 비정기적으로 시가와 극본에 장려금을 지급했다. 당시의 상금은 상당히 두둑했는데, 소설 부문에서의 1등을 예로 들면, (5천자에서 3만자의) 단편소설은 3천 위안, (2만자에서 10만자의) 중편소설은 8천 위안, (10만자 이상의) 장편소설은 1만 2천 위안이었다. 1950년대 공무원 월급이 평균 100위안 정도였음을 감안할 때 이러한 상금이 끼친 영향은 말하지 않아도 짐작할 수 있을 것이다.[15] 상금을 받은 작가는 모두 외성 출신 남성 작가들이었다. 수상 경력이 있는 작품들을 보면, 민족 대서사적인 경향을 띠며 남성적陽剛이며 웅대한 풍격을 띠고 있는데, 반공문학이 보여주는 미학은 바로 이러한 관방의 독려를 통해 형성된 것이었다. 상금을 받기 위해 작가들은 '시대적 분위기가 풍부한 문예를 창작하고, 반공·반소련의 정신 역량을 발휘'해야 한다는 요구에 부합해야 했는데, 결국 집단적으로 이러한 방향을 추구했다고 할 수 있다. 1950-1956 사이에 상금을 받은 명단은 아래와 같다.

중화문예상금위원회 / '5·4'상금

연도	상금항목	수상자 명단
1950	가사	1.趙友培, 2.章甘霖, 3.孫陵
	원고료 수금	紀弦, 樂牧, 張清徵, 毛燮文, 杜敬倫, 郭庭鈺, 劉厚鈍, 吳波, 張奮嶽, 方聲, 胡爾剛, 林洪, 何逸夫, 萬銓, 小亞, 宋龍江
	악곡	白景山, 嘉禾, 李中和, 譚正律, 佩芝, 丁重光, 星火, 方連生, 張哲夫, 克共, 于元, 李永剛, 浥塵, 施正, 張龍華
1951	중편소설	1.從缺 2.黎中天 3.端木方(원고료 수금: 司馬桑敦, 溫新楡, 劉珍)
	단편소설	1.李光堯 2.郭嗣汾 3.溫新徠(원고료 수금: 涂翔宇)
	신시	1.上官予 2.涂翔宇 3.章華, 張自英, 古之紅
1952	중편소설	1.從缺 2.端木方 3.段彩華
	단편소설	1.從缺 2.徐文水 3.任文白, 彭樹楷
	장시	1.從缺 2.鍾雷 3.從缺
	단시	1.從缺 2.紀弦, 王藍
	경극 극본	1.從缺 2.從缺 3.張大夏, 費嘯天
1953	중편소설	1.從缺 2.郭嗣汾, 潘壘 3.胡宣績
	단편소설	1.從缺 2.楊海宴, 匡若霞 3.名梁
	장시	1.從缺 2.從缺 3.上官予, 鍾雷
	단시	1.從缺 2.符節合 3.宛宛, 紀弦
	경극 극본	1.從缺 2.亓寇文 3.張大夏, 趙之誠
1954	중편소설	1.從缺 2.端木方 3.涂翔宇, 潘壘
	단편소설	1.吳一飛 2.郭嗣汾 3.徐文水
	장시	1.吳一飛 2.郭嗣汾 3.徐文水
	단시	1.梁石 2.紀弦 3.曹介甫
	장편 경극	1.張大夏 2.亓寇文 3.趙之誠
	단편 경극	1.周正榮 2.李熙 3.從缺
1955	중편소설	1.從缺 2.郭嗣汾 3.徐文水
	단편소설	1.從缺 2.從缺 3.尼洛, 舒亞雲, 趙天池
	장시	1.從缺 2.蔣國禎 3.毛戎

연도	상금항목	수상자 명단
1956	단시	1.從缺 2.張自英 3.華文川
	장편 경극	1.從缺 2.從缺 3.劉孝推
	단편 경극	1.從缺 2.從缺 3.傅家齊
	중편소설	1.從缺 2.尼洛 3.王韻梅
	단편소설	1.從缺 2.尹雪曼 3.雲飛揚, 潘壘
	장시	1.周忠榴, 瘂弦, 左少乙
	단시	李夕濤, 崔焰焜, 符節合
	경극	1.張大夏 2.趙之誠 3.亓寇文

상을 받은 작가들의 명단을 보면 중복되는 자가 상당히 많은데, 쾅뤄샤匡若霞·왕윈메이王韻梅와 같은 소수의 여성을 제외하고 전부 다 남성임을 알 수 있다. 이들은 기교적인 측면에서 광명과 암흑을 대비시키는 기법에서 벗어나지 않으며, 바르지 못한 것은 바른 것을 이길 수 없다는 교조적인 내용에서 벗어나지 않았으며, 전반적인 풍격도 건강한 현실 묘사를 위주로 하고 있었다. 작품명에서부터 개괄적인 내용을 엿볼 수 있는데 그중 신시新詩에서 채택한 소재가 가장 노골적이다. 1950년을 예로 들면, 지셴紀弦의 〈분노하라, 타이완이여怒吼吧台灣〉, 팡성方聲의 〈대중화를 보위하자保衛大中華〉, 1951년의 상관위上官予의 〈조국이 외치고 있다祖國在呼喚〉, 투샹위涂翔宇의 〈아! 대륙, 나의 어머니啊! 大陸, 我的母親〉 등과 같이 관방 정책이 기대하는 작품이 어떤 성향을 가지고 있는지 충분히 짐작할 수 있다.

중국문예협회의 기관지인 《문예창작》은 1951년의 〈발간사〉에서 다음과 같이 표명한 바 있다. "2년 동안 자유중국에서 반공·반소련 구호가 고조됨에 따라 문예운동은 전에 없던 부흥기를 맞이했다. 민족과 국가에 충성하는 수많은 문예작가들이 각자 고도의 지혜와 기교를 발휘하여 피와 살이 있고 눈물과 웃음을 담은 작품을 창작하여 전투 중에 있는 군민 동포에 공헌하고, 우리에게 중국민족이 부흥함에 따라 중국의 문예도 부흥하여 끝없이 찬란한 미래를 개척하고 있다는 놀라움과 기쁨을 안겨 준다."[16] '피와 살이 있고', '민족과 국가', '군민 동포', '문예 부흥' 그리고 '찬란한 미래'와 같은 수사적 표현이 반공문학에서 가장 익숙한 형태이자 적극적인 제재였다.

군 출신 작가 주시닝朱西甯은 1977년에 쓴 〈반공문학을 논함論反共文學〉[17]에서 관방이 중화문예상과 국군문예상을 지원하는 것에 대해 다음과 같이 언급한 바 있다. "이 두 개의 큰 상 덕분에 발표되는 용감한 사내들의 작품은 '제재 상의 반공문학'이라고 부를 만한 걸출한 작품들이다. 설사 미술·노래·가곡과 연극·연극 대본 등을 포함한 것이라 하더라도, 중화문예상은 20건이 넘지 않고 국군문예상은 10건이 넘지 않는데, 이 둘을 양적·질적으로 비교해 보면, 전자는 9:1, 후자는 22:1 정도 된다." 이 숫자들은 반공문학으로 수상한 작품들의 정치적 가치가 예술적 가치보다 훨씬 높이 평가되었음을 설명해 준다. 관방의 문예상금제도는 황량한 시대에 적지 않은 지식인과 군대 내 간부와 병사들이 글쓰기 분야에 진입할 수 있도록 독려했고, 토론할 만한 가치가 있는 문학작품이 양산될 수 있도록 만들었다고 할 수 있다. 하지만 이와 동시에 이러한 제도 하에서 관방 문예정책은 순조롭게 작가의 영혼에 침투했고, 작가들을 정치체제에 의존하도록 지배했다. 그러므로 정부가 독려하는 분위기 속에서 등장하기 시작한 반공문학이 집단정신과 집단행동을 지나치게 강조했기 때문에 개인주의를 소멸시키는 작용을 했으며, 자유주의 풍조도 억압시켰다는 점을 간과할 수 없다. 1955년 이전의 문학이 스산한 반공주제를 지나치게 강조하는 방향으로 발전한 것은, 해협의 긴

▶《文壇》계간

장된 분위기 때문이기도 하지만 관방의 정책 역시 선동적이었다는 것도 중요한 원인 중 하나이다.

1950년대 상반기 제1단계 시기에, 문학작품을 발표할 수 있는 신문·잡지가 꽤 많았다. 타이완 문학사에서 문학잡지가 출판된 수량이 이 시기에 가장 전성기를 이뤘다고도 말할 수 있다. 친 관방 잡지로는 《창류暢流》 반월간을 포함해서 《자유청년自由靑年》, 《군중문적軍中文摘》(이후 《군중문예》로 개명, 다시 《혁명문예》로 개명, 최종 《신문예》로 개명), 《횃불火炬》 반월간, 《문예창작文藝創作》, 《문예월보文藝月報》, 《아기사자문예幼獅文藝》, 《중화문예中華文藝》 등이 있다. 민간에서 발행한 간행물로는 《보물섬문예寶島文藝》, 《반월문예半月文藝》, 《야풍野風》, 《문단文壇》, 《해도문예海島文藝》, 《아침 햇살晨光》, 《신신문예新新文藝》, 《해풍海風》이 있다. 수적으로 관방이 주도하는 잡지가 비교적 많으며 발행기간도 비교적 길다. 이러한 숫자를 통해 당시 창작 인구가 많았을 뿐 아니라 작품의 생산량 또한 풍부했음을 알 수 있다. 중화문예상금위원회가 1950년부터 1956년까지 7년간 시상한 각 부문은 총17회이며, 120명이 수상했고, 1000명 이상이 원고료 보조를 받았다. 수상한 작가들의 수가 이와 같이 많다면 수상하지 못한 사람들의 수는 얼마나 되는지 짐작할 수 없다. 이 시기에 비교적 유명했던 잡지로는 아래 도표를 참고하면 된다.

50년대 반공문학 주요 잡지

잡지명칭	주편	출판사	창간 일자	정간 일자
《寶島文藝》월간	潘壘	寶島文化出版社	1949.10.1.	1950.9.1.
《暢流》반월간	吳愷玄	暢流半月刊社	1950.2.16.	1991.6.16.
《半月文藝》반월간	程敬扶	半月文藝社	1950.3.16.	1956.12.1.
《自由靑年》순간	편집위원회	自由靑年社	1950.5.10.	1991.6.15.
《軍中文摘》월간	왕원이, 黃彰位	國防部新中國出版社	1950.6.1.	1954.1.25.
《野風》월간	田湜	野風雜誌社	1950.11.1.	1963.10.

잡지명칭	주편	출판사	창간 일자	정간 일자
《火炬》반월간	孫陵	火炬雜誌社	1950.12.	1951년
《文藝創作》반월간	葛賢寧	文藝創作出版社	1951.5.4.	1956.12.1.
《文壇》월간	朱嘯秋	文壇社	1952.6.5.	1985.11.
《海島文藝》월간	江楓, 亞汀	海島文化出版社	1952.7.	1954.3.
《晨光》월간	吳愷玄	晨光雜誌社	1953.3.1.	1968.5.1.
《文藝月報》월간	虞君質	中國新聞出版公司	1954.1.15.	1955.12.
《軍中文藝》월간	왕원이	國防部新中國出版社	1954.1.25.	1956.3.25.
《幼獅文藝》월간	馮放民 등	幼獅文化事業公司	1954.3.29.	현재까지도 발행
《中華文藝》월간	편집위원회	中華文藝月刊社	1954.5.1.	1960.
《新新文藝》월간	古之紅	新新文藝社	1955.1.1.	1959.4.
《海風》월간	鄭修元	海風月刊社	1955.12.1.	1959.12.15.
《革命文藝》월간	편집위원회	國防部新中國出版社	1956.4.15.	1962.2.

'반공'이 담론을 형성할 수 있었고 문단의 주류가 되었던 이유는 위와 같이 발행기간이 서로 다른 잡지가 힘을 발휘했기 때문이었다. 이밖에 《중앙일보中央日報》,《중화일보中華日報》,《타이완신생보台灣新生報》,《소탕보掃蕩報》,《공론보公論報》,《자립만보自立晚報》 등과 같은 당시의 신문 부간도 반공작품을 발표할 수 있도록 대량의 편폭을 제공했다. 이와 같이 천지를 뒤덮을 정도의 문학운동은 타이완 문학사에서 이전에도 없었고 앞으로도 없을 정도로 기세가 대단했다고 할 수 있다. 그러나 작가와 작품이 대량 배출되었다고 해서 이 시대에 백가쟁명·백화제방이 도래했음을 의미하지는 않는다. 형식의 진부함, 주제의 교조화, 내용의 공식화는 5년이 지나자 반공문학을 정체하게 만들었고, 독자들에게 피로감을 느끼게 했다. 소비적인 대중소설이 민간에서 발행되었고, 러브 스토리를 담은 소책자가 서점의 카운터를 가득 채웠는데, 반공문학에 대한 사회적 인내심이 한계에 이르렀음을 보여준다고 할 수 있다. '전투문예' 구호를

제기한 것은 분명 이러한 반공문학의 분위기를 쇄신하기 위해서였다. 하지만 문예정책이 두 번째 동원을 필요로 한다는 것은 반공문학의 운명이 심각한 도전에 직면했음을 설명해 주는 것이기도 하다.

두 번째 단계의 반공문학은 1955년에 시작되었는데 '전투문예'가 제창된 시점이 분기점이 된다. 그러나 문단의 변화를 관찰해보면 이 시기에 또 다른 조짐이 등장했음을 알 수 있다. 장다오판이 이끌었던 '중화문예상금위원회'는 운영을 중지한다고 선언했고, 이 위원회가 주관하던《문예창작》도 연이어 정간되었다. 이것은 '전투문예' 운동이 반공문학에서 가장 중요한 간행물이 재기할 수 있는 계기가 되지 못했음을 보여준다. 마침 장다오판이 문단에서 세력을 잃을 즈음에 새로운 문학이 등장할 준비를 하고 있었다. 지셴을 우두머리로 하는 '현대시파', 뤄푸洛夫·야셴瘂弦·장모張默를 중심으로 하는《창세기시간創世紀詩刊》, 샤지안夏濟安이 주편을 맡았던《문학잡지文學雜誌》모두 1956년에 차례로 등장했고, 1957년에 이르면 탄쯔하오覃子豪가 이끄는 푸른별시사藍星詩社가 설립되었으며, 자유주의 기치를 대표하는《문성文星》월간이 발행을 선언하며, 곳곳에

▶《文星》창간호(舊香居 제공)

서 자유로운 창작 분위기를 요구하는 시대, 점차 반공문학 노선에서 벗어난 새로운 시대가 등장했다. 2차 대전 전후 소설 방면에서 중요한 기수였던 중자오정鍾肇政도 이 해에 타이완 본토 출신 작가들인 중리허鍾理和·랴오칭슈廖淸秀·리융쥐안李永眷·쉬빙청許炳成·스추이펑施翠峰·천휘취안陳火泉 등을 모아 창작에 종사했던 서로의 경험을 교류하고, 등사 인쇄물인《문우통신文友通信》을 구성원 사이에서 돌려보았다. 타이완 본토 출신 작가들

이 1950년대에 비틀거리며 걸어갔던 모습을 그들의 통신문을 통해 역력하게 엿볼 수 있다.

1950년대 자유주의 전통을 상징하는 주요 잡지인 《자유중국自由中國》은 문예란을 녜화링聶華苓이 담당한 이후부터 개방적이고 활발한 면모를 보여주었다. 여성작가들의 가시거리가 꽤 높아졌을 뿐 아니라 작품의 질과 양이 똑같이 많이 향상되었다. 타이완의 자유주의 사상의 전승에 관해 논할 때 대부분 후스胡適·레이전雷震·인하이광殷海光·샤다오핑夏道平 등 남성 지식인을 둘러싸고 논의하여, 여성작가로서의 녜화링이 이러한 풍부한 인문전통 속에서 종종 소홀히 취급되는 경향이 있다. 《자유중국》 문예란이 여성작가들의 작품을 대량으로 실은 것은 녜화링이 편집을 담당하고부터이다. 멍야오孟瑤·퉁전童眞·장슈야·린하이인林海音·치쥔琦君·중메이인·우리화於梨華 등의 소설과 산문이 이 간행물에 자주 발표되었다. 녜화링은 1950년대 중요한 문학 생산자로서, 그녀가 선택한 작품들은 의식적으로 여성작가들의 시야를 넓혀줬을 뿐 아니라 상당히 자각적으로 반공문예정책과 거리를 두고 있었다.

녜화링의 문학 방향은 자유주의 전통의 맥락과 상당히 일치한다고 할 수 있다. 그녀가 초빙한 작가들 역시 대부분 자유주의 경향의 작가들로서, 량스추梁實秋·쓰궈思果·우루친吳魯芹·천즈판陳之藩·저우치즈周棄之·위광중余光中 등의 산문과 시가 모두 《자유중국》을 주요 근거지로 삼았다. 이 작가들과 샤지안이 주편을 담당했던 《문학잡지》역시 밀접한 관계가 있는데, 녜화링 본인도 《문학잡지》의 주요 작가 중 한 명으로, 젠

▶ 책 표지 속의 殷海光

더 어젠다를 강조하고 상상의 자유를 주장하여 반공노선과 완전히 상반된 경향을 보여주었다. 1950년대 말기에 이르러 린하이인이《연합보聯合報》부간의 주편을 담당했는데, 그녀의 개명한 작풍과 다원적인 방향도 마찬가지로 자유주의 전통을 보여준다. 녜화링과 린하이인의 연이은 등장은 새로운 문학풍조가 이미 잉태되고 있는 중임을 예고하는 것이었다.

　1950년대 중반 이후를 넘기고도 반공문예정책은 여전히 문학발전에 있어 지배적인 힘을 과시했다. 그러나 제도적·공식적인 창작기교는 타이완 사회가 요구하는 새롭고 변화된 민간의 역량을 저지하기가 상당히 어려웠다. 자유주의·모더니즘·타이완 본토주의가 1950년대 후반에 이미 그 징조의 싹을 틔웠다. 이러한 변화는 관방의 집권자가 좌우할 수 있는 것이 아니었다. 거침없는 전투문예운동이 적지 않은 문학 영혼을 주조했지만, 만약에 시대의 조류 속에서 솟아오른 작가들이 계속해서 물결을 따라 흘러가기만 했다면, 마지막에는 결국 정치라는 격류에 떠내려가게 되었을 것이다. 좌초되는 배에서 내린 작가들 그리고 새로운 수원水源을 찾고자 한 자각적인 창작자들은 소수에 불과했다. 하지만 뤄푸·야셴·주시닝·쓰마중위안司馬中原·돤차이화段彩華 등과 같은 군 출신 작가들 또한 처음에는 모두 반공문학이라는 기치를 위해 소리쳤지만, 그들도 중국에는 교조적인 구호를 내던져버렸다.

　이로서 타이완 문학이 자유화를 향해가는 전반적인 환경이 조성되었다. 이후 반공문학은 폄하되고 비난받았다. 반공문학은 문학적 영혼에 상처를 가했을 뿐만 아니라 타이완 본토의 문학적·역사적 경험을 철저하게 왜곡하고 지워버리고 텅 비게

▶ 梁實秋(《文訊》 제공)

만들었다. 반공문학이 조장한 패권담론 때문에 타이완 문학은 재식민 시기를 겪었다고 할 수 있는데, 체계적·계획적으로 타이완 작가들을 주변화시켜 목소리를 내지 못하게 만들었기 때문이다. 타이완인들은 역사적 기억을 박탈당했으며, 표준 중국어國語운동 정책 하에서 다시 언어를 학습해야 했는데, 1960년대 이후에 접어들어서야 비로소 타이완 본토 출신 작가들의 목소리를 들을 수 있게 되었다. 일제강점기와의 거리가 이미 20여 년이 지나고서 말이다.

저자 주석

[1] 4·6사건과 관련된 것은 제10장 〈2·28사건 이후의 타이완 문학 정체성과 논쟁〉, 미주13을 참고하시오.

[2] 蔣介石, 《民生主義育樂兩篇補述》(台北: 中央委員會, 1954). 1968년 타이베이 正中書局에서 출판.

[3] 張道藩, 《三民主義文藝論》(台北: 文藝創作, 1954).

[4] 모 문화인사(陳紀瀅), 〈文化界某人士談文化淸潔運動, 籲請各界人士一致奮起撲滅赤色黃色黑色三害〉, 중국문예협회가 편찬한 《文協十年》(台北: 中國文藝協會, 1960, p.62)에 수록.

[5] 1951년 4월 국방부 총정치부는 〈敬告文藝界人士書〉을 발표하여 '文藝到軍中去' 운동을 호소하여, 작가들이 군대 내 창작에서 필요한 것들을 제공하도록 장려하고, 군대 내의 창작을 지도했다. 군중문예 창작정책에 부합하기 위해 국방부 총정치부는 1954년에 《군중문예》라는 간행물을 발행했는데, 1954년 1월 25일부터 1956년 3월 25일까지 총26기가 발간되었다. 이 잡지의 전신은 1950년에 발행된 《軍中文摘》이고, 1956년에는 《革命文藝》로, 1962년에는 《新文藝》로 다시 개명했다.

[6] 이른바 적색·황색·흑색이란 '적색의 독소', '황색의 해악', '흑색의 죄과'를 가리키는 것으로, 각각 공산 사상, 색정 서적, 내막 잡지를 가리키는 것이기도 한데, 당시에는 '三害'으로 일컬어졌다. 1954년 《反攻》 115기(1954.9.1) 사설에는 적색의 독소·황색의 해악·흑색의 죄과 이외에 '회색의 화근灰色的孼'까지도 적출해내야 한다고 했으니, 당시에 이미 색깔론이 문화계를 뒤덮고 있었음을 알 수 있다. 지셴은 〈除三害歌〉를 창작하여 문화청결운동에 동참했다. "세 가지 독을 제거하자! 세 가지 독을 제거하자! 적색, 황색, 흑색의 독소, 그것은 존재해서는 안

된다. / 발행하지 말고, 창작하지 말고, 보지 말고, / 인쇄하지 말고, 사지 말고, 팔지 말며, / 노래하지 말고, 듣지 말고, 입 밖에 내지 않고, / 공연하지 말고, 그리지 말고, 새기지 말고, / 그러한 적폐와 교류하지 말자." 紀弦, 〈除三害歌〉, 《文藝創作》 46기(1955.2.1), p.44.

[7] 타이완성 여성글쓰기협회는 '婦協'로 약칭되기도 하는데, 1955년 5월 5일에 설립되었고 발기인에는 蘇雪林·謝冰瑩·李曼瑰·鍾佩·潘人木·鍾梅音·張秀亞등이 포함되어 있다. 1950년대 유일한 여성 문화·교육단체였다. 中國文藝年鑑編輯委員會 編, 《中國文藝年鑑1966》(台北: 中國文藝年鑑編輯委員會, 1966), pp.73-108 참고.

[8] 《文藝創作》은 1951년 5월 '중화문예상금회'에서 창간하여, 葛賢寧이 주편을, 張道藩이 사장직을 맡았다.

[9] 《幼獅文藝》는 1954년 3월 '중국청년반공구국단'과 '중국청년글쓰기협회'에서 발행하였고, 펑팡민 등이 주편을 맡았다.

[10] 王集叢, 《戰鬪文藝論》(台北: 文壇社, 1955).

[11] 앞의 책, p.8.

[12] 劉心皇, 〈中國文學六十年〉, 《六十年散文選(第1集)》(台北: 正中, 1972), p.21.

[13] 尉天驄, 〈台灣婦女文學的困境)〉, 予宛玉編, 《風起雲湧的女性主義批評: 台灣篇》(台北: 谷風, 1988), p.241에 수록.

[14] 張道藩, "총재께서 … 이미 약간의 성취가 있고 국가에 공헌할 가능성이 있는 문화종사자들은 당파를 가리지 말고 선택할 것과 … 1인당 매월 약간의 원고료를 보조해줄 것을 우리에게 지시했다." 劉心皇, 《抗戰時期的文學》(台北: 國立編譯館, 1995), p.213에서 재인용.

[15] 劉心皇編, 《當代中國新文學大系: 史料與索引》(台北: 天視, 1980-1981), pp.563-564.

[16] 張道藩, 〈發刊詞〉, 《文藝創作》 1기(1951.5.4), p.1.

[17] 朱西甯, 〈論反共文學〉, 《中華文化復興月刊》 10권9기(1977.9), p.3.

제12장
1950년대 타이완 문학의 한계와 돌파*

1950년대로 접어들어 타이완 문학은 앞 세대 문학 전통과 단절되기도 했지만, 주어진 환경에서 새로운 것을 주조해 내기도 했다. 1949년에 실시된 계엄체제하에서 국민정부는 타이완에서의 통치기초를 합리화하고자 했고, 그들이 '중국을 대표'한다는 주장을 타이완 민중들로 하여금 지지하게 만들고자 했다. 계엄령이 실시된 이후 문학이 받은 상처는 가늠조차 할 수 없다. 국민정부는 패권담론을 만드는 과정에서 1930년대의 중국문학과 타이완 문학을 모두 금지시켰다.

관방 문예정책이 1930년대 문학을 검열·금지했던 이유는 좌익문학이 전승되는 것을 막기 위해서였다. 일제강점기의 타이완작가들 즉 라이허賴和, 양쿠이楊逵, 양서우위楊守愚, 주뎬런朱點人 모두 좌익 리얼리즘적 경향을 가지고 있었고 5·4 이래의 중국 작가들 루쉰魯迅, 바진巴金, 마오둔茅盾, 샤오쥔蕭軍, 샤오훙蕭紅 등의 작품들 역시 사회주의적 경향이 짙었다. 극우파인 국민당 입장에서, 이처럼 비판정신으로 충만한 작품들은 자신들이 추진하고자 하는 문예정책과 완전히 정반대였다. 따라서 반공문학을 장려하라는 지령으로 타이완의 항일문학과 중국의 좌익문학을 모두 봉쇄시켰다. 타이완 문학과 중국문학을 이중으로 단절하자 국민당의

* 이 장은 고운선이 번역했다.

문예정책은 무엇에도 방해받지 않고 횡행할 수 있는 여건을 마련할 수 있었다.

더 심각한 문제는 국민당이 중국을 대표한다는 것을 인지시키기 위해, 중국에 관한 역사교육과 우익적 문학교육을 적극적으로 추진하여 타이완 본토의 역사와 문학의 기억을 시스템적으로 억압했다는 사실이다. 그래서 원래 타이완섬에 존재했던 역사경험이 1950년대 초기에 이르면 완전히 은폐된다. 타이완 지식인들은 자신의 역사 기억을 잃게 되었을 뿐 아니라 언어 문제 때문에 글쓰기 능력도 잃게 되어 반공정책이 펼쳐지는 문단 상황에서 완전히 배척되었고, 결국 글쓰기 판도 외부에 위치하게 되었다.

중리허鍾理和와 《문우통신文友通訊》의 타이완 출신 작가

주변에 놓이게 된 타이완 출신 작가들이 1950년대에 주로 했던 작업은 중국어中文 글쓰기를 학습하는 것이었다. 공식적으로 앞 세대 문학 전통과 단절되자 일제강점기에 활동했던 작가들은 더 이상 목소리를 낼 수 없게 되었다. 양쿠이는 12년형을 선고받았고, 뤼허뤄呂赫若는 루쿠鹿窟사건[1] 때 독사에게 물려 사망했으며, 주뎬런은 정치 사건에 연루되어 총살형을 당했고, 예스타오葉石濤는 독서회 때문에 사상범으로 감금되었으며, 중리허의 이복 남동생 중허밍鍾和鳴(하오둥浩東)은 지룽基隆중학 사건[2]으

---

1) 제9장 각주 14번을 참고하시오.
2) 일찍이 좌익사상에 관심이 많았던 중하둥은 잔스핑詹世平의 제안을 받아 중국공산당에 가입했다. 1947년 7월 비밀리에 '중국공산당 지룽중학지부'를 설립했고 1949년 5월에는 정식으로 '중국공산당 타이완성 지룽시 공작위원회'를 결성했다. 이후 원래 뤼허뤄가 관리하고 있던 지하 간행물 〈광명보光明報〉를 인수받아 자신들의 기관지로 관리했다. 타이완경비총사령부에서는 1948년부터 타이완대학 법학과 학생들이 반동적인 선전물을 유포한다는 사실을 파악하고 〈광명보〉가 타이완대학 내부에서 발간되는지 은밀히 조사했다. 〈광명보〉에 글을 게재했던 지식인들을 통

로 사형 당했다. 이처럼 작은 풍파에도 간담이 서늘해지는 시대가 도래하자 전후 제1세대 타이완 출신 작가들은 선배들의 문학을 전승할 수 있는 명맥을 잃어버리게 됐다.

일제강점기 작가 왕스랑王詩琅은 1952년 3월 1일《중학생 문예中學生文藝》창간호에 〈타이완 문학의 재건 문제台灣文學的重建問題〉를 발표하였는데, 글의 어조나 심정이 1948년 8월 3일 양쿠이가 발표했던 〈타이완 신문학을 어떻게 건립할 것인가如何建立台灣新文學〉와 매우 비슷했다.

왕스랑은 1950년대 초기의 문학 풍경을 마주하고 의미심장한 탄식을 했다. "이 비좁고 작은 섬의 구석구석까지, 평범한 사람들의 생활

▶ 鍾和鳴, 浩東이라고도 함(鍾繼東 제공)

에서부터 사회적 사건에 이르기까지 극심하게 변했는데, 타이완의 문학운동 또한 예외가 아니다. 광복 이래 이 유약한 새싹은 스산하고 황량한 분위기 속에서 결국 목소리를 내지 않게 되었다. 이것은 시대가 급변하면서 나타난 현상으로 절대 우연이 아니다." 왕스랑이 타이완작가들을 가리켜 '목소리를 내지 않는다'고 형용한 시기가 반공문학이 전대미문의 고조기에 이르렀을 때였다. 반反일본 식민지 작가들은 계엄 체제하에서 가장 침통한 역사적 증언을 남기게 되었다.

하지만 왕스랑은 이로 인해 자아 정체성을 잃지 않았다. 그는 역사를

해 '타이완대법정대학지부', '지룽중학지부', '청궁成功중학지부' 등이 존재함을 파악하고 1949.9-12 사이에 모든 관련자들을 체포·구금·총살형에 처했다.

돌아보는 방식으로 타이완 문학의 연속성을 다시 살펴보기 시작했다. 왕
스랑은 일제강점기 타이완 신문학운동사를 세 단계로 구분했다. "제1시
기는 1924년 사회 저변에서 민주에 관한 관심이 성장하기 시작하여 문학
운동이 발족된 1930년 이전까지의 맹아기, 제2시기는 이것을 계승하여 전
면적으로 전개하고 일본어로 창작하는 작가들이 등장한 1936년까지의 본
격화(성숙화)되는 고조기, 제3시기는 7·7 루거차오盧溝橋 사건 전날, 미디
어에 중국어가 금지되고 광복이 되기 전까지 전면적인 일본어 사용이 강
제되었던 전쟁문학 시기로 나뉜다." 이러한 시기 구분에 근거하여 왕스랑
은 각 시기의 주요 작가들과 작품들의 문학적 성취에 관해 분석했다.

　당시 검열제도의 감시하에서 왕스랑은 정치적 견해를 밝히는 발언을
하지 않을 수 없었다. "타이완 신문학은, 발족될 당시 타이완 동포들이
정신적·문화적으로 조국과 분리될 수 없었던 것과 마찬가지로 조국의 신
문학운동의 한 분파이다. 설사 이후에 약간의 변화를 거쳤다 하더라도 본
질적으로 변한 것은 없다." 만약 타이완 문학과 선조의 나라인 중국문학
을 나눌 수 없다고 한다면, 어찌하여 광복이 된 후에는 목소리를 내지
않게 되었다고 선고할 수 있겠는가? 이 글 속에서 왕스랑은 말을 자제하
며 조심스럽게 타이완작가들이 침묵하고 있는 내적 원인을 지적하고 있
다. "표현도구적 측면에서 과거에는 중국어 글쓰기가 다년 간 금지되었
다. 그렇기 때문에 어떤 이는 문학을 그만뒀고, 어떤 이는 감히 쉽게 붓을
들 수 없었다. 그렇다고 일본어로 글을 쓰게 되면 현재 일본어 작품을
발표할 공간이 없다. 게다가 우리의 중국어 글쓰기 능력이 충분하지 않기
때문에, 더 신속하게 신흥 작가들을 배양해내지 않으면 안 된다." 또 다른
원인으로는, "새롭게 맞이한 현실에 대해 아직까지 확실한 자기의견이 없
기 때문에 망설이고 관망하는 태도를 취하게 되었다"라고 분석했다.

　그가 말한 망설이고 관망하는 태도라는 것은 타이완작가들이 계엄체
제와 관방 문예정책하에서 두려움에 떨고 있는 것을 가리킨다. 그래서
왕스랑은 '대국면과 관련된 문제'를 피하여 언급하지 않고, 몇 개의 구체

적인 단계만 건의했다. 즉 과거의 신문예 작품들을 편집·인쇄할 것, 타이완 출신 작가들 중 역량이 있는 작가들을 발굴할 것, 기존 타이완 작가들에게 글을 발표할 공간을 제공할 것, 중등학교 이상의 교육을 받은 출신지별 신진작가들을 배양하고, 타이완 신진작가들을 독려하고 발굴할 것을 제안했다. 왕스랑이 건의한 내용으로 볼 때, 타이완 출신 작가들이 매우 곤란한 처지에 놓여있었음을 알 수 있다. 자신들의 풍부한 문학유산을 보유한 적 있었던 타이완작가가 이제는 발굴될 때까지 기다려야

▶ 1940년 청년기, 鍾理和(우)와 鍾台妹(좌)가 둥베이東北의 펑톈奉天에 도착한 첫날(鍾鐵民 제공)

하는 지경까지 이르렀고, 글을 발표할 만한 공간이 등장하기를 기다려야만 하는 상황에 이르게 되었던 것이다.

이러한 황량한 정황은 타이완 출신 작가들에게 극복해야할 할 시련을 안겨주었다. 1950년대에 중국어 글쓰기 능력이 없었던 작가들은 시대적 흐름에 밀려날 수밖에 없었다. 이 와중에 잊혀진 작가가 바로 중리허이다. 1950년대 초기, 유일하게 중국어로 창작할 수 있었던 타이완작가로는 중리허를 꼽을 수 있다. 반공체제가 권력을 잡고 있었던 시기였기 때문에 그가 했던 역할이 컸다고 할 수 없다. 하지만 타이완문학사에서 그의 작품은 비범한 문화적 의의를 내포하고 있다.

중리허(1915-1960)는 핑둥屛東 가오수高樹에서 태어난 커자인客家으로, 1932년에 가오슝高雄현 메이눙진美濃鎭으로 이사했다. 어린 시절에 사숙으로 한학漢學 교육을 받은 적 있으며, 공학교에 진학하여 일본어 교육

▶ 鍾理和, 《夾竹桃》(舊香居 제공)

을 받았다. 1938년 농장에서 알게 된 같은 성씨를 가진 여성 중핑메이鍾平妹와의 혼인을 가족들이 반대하자, 중리허는 결국 집을 떠나 당시 만주국 치하에 있던 선양瀋陽으로 도망갔다. 1940년에 타이완으로 돌아와 다시 중핑메이를 데리고 중국 동북지역으로 갔고, 그 다음해에 두 사람은 함께 베이핑北平3)으로 갔다. 이 지역들은 당시 일본제국의 통치 하에 있었기 때문에 중리허가 순조롭게 출입할 수 있었다.

베이핑에서 머물던 시기에 중리허는 스스로 수련한 중국어 글쓰기 능력을 바탕으로 단편소설을 창작하기 시작했다. 그는 차분하고 방관적인 태도로 베이징 시정 인물들의 생활을 관찰하여 〈협죽도夾竹桃〉, 〈새로운 탄생新生〉, 〈아지랑이游絲〉, 〈억새풀薄芒〉 4편의 소설을 완성했는데, 1945년 《협죽도》라는 단행본으로 출판됐다.[1] 중리허의 문화 아이덴티티는 바로 이 베이핑 거주 시기에 동요하기 시작했다. 그는 루쉰의 필법에 영향을 많이 받아서 예리한 비판의 깊이를 가지게 됐다. 그가 이 시기에 쓴 일기를 보면, 심혈을 기울여 루쉰의 작품을 읽으며 그의 작품을 채록했음을 알 수 있다. 그가 루쉰의 사상에 영향을 받았다고 할 수 있는 것은 〈협죽도〉에 중국 국민성에 대해 비판한 부분이 있기 때문이다. 소설의 남자 주인공인 청쓰몐曾思勉은 베이징의 사합원四合院에서 살면서 차

---

3) 1928년 장제스의 국민정부가 수도를 난징으로 옮기자 베이징은 특별시로 격하되어 '베이핑'으로 개명하게 되었다. 이 명칭은 1949년까지 21년 간 계속되었다.

가운 눈으로 중국사회 각 계층 인물들의 생활을 관찰하고 있다. 소문·배신·거짓말 같은 나쁜 수작이 사합원 구석구석까지 가득 차 있는데, 이것은 사실상 중국 백성들의 생활의 축소판이다. 중리허는 "꽃송이가 피어 있는 지역에서는 봄날의 명랑함과 건강한 생명, 인류의 존엄, 인성의 따뜻함이 있기 마련이라는 것은 인류사회가 공감하고 있는 바이다. 그러나 하늘도 알다시피 이 사합원에는 무엇이 있는가? 이곳에는 인류사회에서 추악하고 슬픈 언어로 표현해낼 수 있는 모든 죄악과 비참함이 충만하다"라고 했다. 루쉰과 마찬가지로 중리허의 중국인에 대한 실망과 상실감은 극도로 비관적이었음을 알 수 있다.

1945년 일본이 투항하자 베이핑에 체류하고 있던 타이완인들은 난생 처음 정치적 신분의 위기를 느끼게 되었다. 비록 일본 식민체제와 중국 봉건문화에 강한 회의감을 가지고 있었지만, 당시 중리허는 자신의 명확한 문화적 위치를 확보하지는 못한 상태였다. 일단 그는 종전 초기 베이핑 타이완동향회에 가입하고 관방과 교섭하는 일을 도와 타이완으로 돌아갈 수 있기를 바랐다. 하지만 일본정부는 연합국에 투항한 뒤 타이완인이 일본인임을 승인하지 않았고, 전승국인 중국도 타이완인이 중국인임을 승인하지 않았다. 두 정부로부터 버림받은 타이완인은 결국 중국 땅에서 전대미문의 버림받은 심정을 느낄 수밖에 없었다. 중리허는 이중의 상실감으로 산문 〈속이 하얀 고구마의 비애白薯的悲哀〉[2]를 발표했는데, 이 작품은 1946년 동향회 간행물인 《신타이완新台灣》에 게재되었다.

중리허는 이 산문에서 '속이 하얀 고구마'에 빗대어 타이완인의 겉모습과 정신이 일치하지 않음을 형상화했다. 겉으로 보기에 그들은 일본인 또는 중국인처럼 보이지만 실제로는 양쪽 모두에 속하지 않는다는 것이다. 이처럼 그는 자아 냉소적인 말투로 타이완을 "밖에서 보면 탄환처럼 작은 땅―숙명을 안고있는 그 섬이 꼬리를 치켜들어 올리면, 한 번 보시오, 그것은 속이 하얀 고구마와 매한가지요"라고 묘사했다. 그런 다음 타이완인으로서 베이핑에 있을 당시의 처지에 대해 "베이핑은 매우 크다.

이곳의 겸허함과 위대함은 모든 것을 끌어안을 수 있을 것이다. 하지만 만약 당신이 사람들에게 타이완인임을 들키게 된다면, 이는 매우 안 좋은 징조이다. 이것은 매우 불행한 일로서 사람들로 하여금 당신에게 사형을 선고하게 만드는 것과 같다. …… 기억하시오, 당신은 ─ 그 ─ 속이 하얀 고구마라는 것을 …… ”라고 했다. 그는 자신의 정서적 소속감을 느끼지 못하자 중국으로부터 온기를 느낄 수 없었다. “조국 ─ 하지만 한바탕 시베리아 바람이 불어오면, 아무 것도 보이지 않는다. 모두 없어지게 된다.” 중리허는 타이완의 고독과 중국의 냉정함을 직접 체험했다.

이처럼 고향이라 생각한 곳에서 느낀 상실감으로 중리허는 1946년 타이완으로 돌아왔고, 고향 메이눙에 더욱 강한 미련을 가지게 됐다. 그가 쓴 작품에는 단편소설인 고향에 관한 4부작 〈주터우 마을竹頭庄〉, 〈산불山火〉, 〈아황 아저씨阿煌叔〉, 〈사돈과 산가親家與山歌〉[3]와 단편소설집 《비雨》[4], 장편소설 《리산농장笠山農場》[5], 산문집 《농사짓기做田》[6]가 있는데 모두 메이눙의 풍토와 인정이 주요 제재인 작품들이다. 1950년대 타이

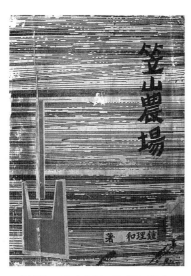

▶ 鍾理和,《笠山農場》(舊香居 제공)

완 농촌사회의 순박함과 곤궁함, 선량함과 좌절이 중리허의 붓 아래에서 적나라하게 드러나 있다. 중리허는 전후 제1세대 작가로서 섬세하고 깊이 있는 필체로 자신의 고향을 묘사해냈다. 반공문학이 문단의 주류를 차지하고 있던 시대에, 그래서 모든 작가들이 고난을 겪고 있는 동포와 민족 정서에 관해 묘사하도록 동원된 시기에, 중리허는 개인과 가족의 역사 기억을 선택하여 작품화했다. 따라서 그가 창작한 작품은 의식적·무의

식적으로 관방 문예정책과 명확하게 구분되었다.

중리허의 문학은 일제강점기에 자리 잡기 시작한 리얼리즘 전통을 한 가닥 거미줄처럼 가늘게 이어지게 했다는 데 의의가 있다. 그의 고향을 향한 정과 가족에 대한 정·사랑, 우정에 대한 집착은 소설 속에서 담담하게 인간적 향기를 뿜어냈다. 그의 리얼리즘 정신은 예리한 편은 아니며 직접적으로 비판하는 성향을 띠지 않는다. 그가 그려낸 소설 속 인물들 또한 뚜렷한 영웅적 성격을 갖추고 있지 못하다. 그러나 이러한 보잘것 없는 인물들을 통해 참된 성정을 보여주며 별 것 아닌 사건을 통해 인물들의 강건한 성격이 은밀하게 느껴지게 한다. 단편소설 중에서 널리 주목을 받은 작품으로는 〈가난한 부부貧賤夫妻〉4)[7]를 꼽을 수 있는데, 이 작품에서 드러나는 정서는 중리허의 순박한 인격을 느껴보기에 상당히 적합하다. 그는 스스로를 불쌍하게 만들지 않으면서도 독자에게 감동을 느끼게 하며, 비판적이지 않지만 독자로 하여금 사회에 닥친 곤경을 알 수 있게 하며, 슬픈 감정을 드러내지 않지만 독자로 하여금 속죄와 승화의 감정을 느끼게 한다.

1955년에 완성된 장편소설 《리산농장》은 자전적인 성격의 작품으로, 1956년 '중화문예상금위원회'가 수여하는 마지막 문예상에서 제2등상을 받았다. 중리허의 생전에는 이 작품이 출판될 기회가 없었다. 그러다가 중리허가 사망한 뒤 1년이 지난 1961년에야 비로소 친구들이 조직한 '유작출판위원회'의 도움으로 출판되었다. 이 소설이 출판되면서 중리허는 1950년대 타이완 사회에서 가장 훌륭한 농민문학을 남긴 작가가 됐다. 그는 사망하기 전에도 병상에서 작품 《비》를 수정하기도 했는데, 결국 폐병이 재발하여 각혈하다가 사망했다. 그가 죽은 뒤, 동시기 작가 천휘취안陳火泉은 그를 '피바다 속에서 기반을 일구었던 사람'[8]이라고 했는데,

---

4) 이 작품의 한글판은 예스타오 외 지음, 김상호 옮김, 《목어소리》(서울: 한걸음 더, 2009) 참고.

공정한 평가라고 할 수 있다.

중리허는 평생 문단 활동에 참여하지 않았다. 유일한 예외 사항은 1957년 중자오정鍾肇政의 요청을 받아들여 문단에 막 발을 들이기 시작한 몇몇 타이완 출신 작가들이 조직한 《문우통신》에 참여한 것이다. 그들은 이 등사 인쇄물 형태의 소형 간행물을 통해 성원들이 이미 발표한 작품을 읽고 평가해 주거나 기타 작가들의 작품을 평가하기도 하고 서로의 동태에 관해 알려주기도 했다. 성원들 중에서도 중리허의 중국어 글쓰기가 가장 성숙하고 유창했다. 이 간행물에 참여한 작가들로는 천훠취안(1908-1999), 랴오칭슈廖淸秀(1927-), 중리허, 중자오정(1925-), 스추이펑施翠峰(1925-), 리룽춘李榮春(1914-1994), 쉬빙청許炳成(1930-1987)이 있다. 1950년대에 활약했던 타이완 출신 작가들이 모두 이곳에 모였다고 할 수 있다. 그들 대다수는 하층 공무원이거나 초등학교 교사였고 스추이펑만 사범대학 강사였다. 리룽춘은 자전거닦이가 생업이었다고 밝힌 바 있고, 중리허는 병으로 인해 직업이 없었다. 이들은 타이완 사회에서 어떠한 발언권도 없는 사람들이었다.

《문우통신》 구성원들이 여전히 중국어 학습 단계에 머물러 있는 한 그들의 작품은 문단의 주류에 편입될 수 없었다. 그들에게는 구체적인 중국 경험이 없었기 때문에 근본적으로 반공작품을 써낼 수 없었고, 이 때문에 주류문학에서 더욱 배척되었다. 다만 그들이 운용할 수 있는 제재는 대부분 타이완의 항일 경험에 관한 것이었기 때문에 이 주제는 중국의 항일 스토리와 병치해도 어느 정도 어그러짐이 없었다. 따라서 그들이 항일을 제재로 문학상상을 그려나가는 것은 당시의 문예정책과 함께 진행될 수 있었다.

《문우통신》이 발행되기 전에 랴오칭슈의 장편소설 《복수전恩仇血淚記》은 1952년 중국문예상금위원회의 '국부탄신기념상'을 받았다. 리룽춘의 장편소설 《조국과 동포祖國與同胞》는 1956년 보조금을 받아 출판되었다. 중리허의 《리산농장》도 1956년에 상을 받았다. 이 작품들 모두 관방 문예정책이 용인할 수 있는 범위 내에서 거둔 수확이다. 타이완 출신 작가들이 주류 반공문학에 도전하지 않는다는 조건하에서 타이완 본토의 역사 기억과 풍토인정을 언급하기 시작한 것이다. 미학적 측면에서는 일제강점기 신문학운동의 리얼리즘 정신과 이어진다. 사실 이들의 글쓰기 실력은 외성인 작가와 비교할 수 없지만, 제재 선택의 측면에서는 허구적인 반공문학에 비해 훨씬 구체적이고 현실적이었다고 할 수 있다. 타이완 리얼리즘 문학의 전통은 이러한 타이완 본토 작가들의 전승으로 인해 이어질 수 있었고 1970년대에 이르러서야 비로소 다시 주류로 회복될 수 있었다.

《문우통신》의 성원들은 각종 원고모집 대회에 참여하는 것에 대단히 열심이었다. 통신문에 게재된 글을 참고하면, 그들은 원고모집 소식을 서로 알려주기도 했다. 그들이 이렇게 초조해했던 이유는 대회에 참여하는 경험을 통해 어문 능력과 창작 기교를 끊임없이 향상시킬 수 있다고 생각했기 때문이다. 그들이 참여했던 원고모집을 주관했던 기관으로는 중화

▶ 施翠峰의 《風土與生活》(舊香居 제공)　▶ 廖清秀(《文訊》 제공)

문예상금위원회를 포함해서 《자유담自由談》잡지, 홍콩의 《아주화보亞洲畫報》가 있다. 이 기관들 모두 반공문학이라는 주제에 편향되어 있었기 때문에 원고모집에 응하는 작품들은 어느 정도 문예정책의 요구에 부합하거나 문예상 심사위원이 받아들일 수 있는 범위에 속해야 했다. 이러한 이유로 인해 타이완 출신 작가들은 향토·항일·가족 등의 주제에 한정하여 작품을 창작했으며 관방 문예정책에 직접적으로 도전하지 않았다.

타이완 출신 작가들의 작품은 대부분 향토 묘사에 집중되어 있었기 때문에 방언사용이 《문우통신》의 핵심문제가 되었다. 1957년 6월에 발행된 제4차 《문우통신》의 특집호 주제는 '타이완 방언문학에 관한 나의 의견關於台灣方言文學之我見' 이다. 성원 가운데 천휘취안, 랴오칭슈, 원신文心과 중리허는 '표준 중국어'를 사용한 글쓰기에 집중할 것을 주장하며, 방언을 활용할 필요가 있는 스토리에 한해서만 적합한 방언을 사용하자는 입장을 표명했다. 편집자였던 중자오정은 각 성원들의 의견을 종합한 뒤 자신의 결론을 다음과 같이 제기했다. "각 발언을 종합해 보자면, 타이완 방언문학을 실천하는 것에 관해 모두 적극 찬성하지 않는다고 할 수 있다. 하지만 문학에서 방언의 지위는 단칼에 말살할 수 있는 것이 아니다. 외국 문학작품 가운데 차지하고 있는 양만 보더라도 좋은 예가 될 것이다. 즉 우리나라 문학으로 말하자면, 비록 국어라고 부르지만 실제로는 북방 방언으로서, 수적으로 압도적인 분량을 차지하여 이미 방언의 지위를 벗어났고, 매우 빠르게 일반적인 문학용어로 정착했다. 그러므로 우리는 타이완섬이 작고 인구가 적음을 고민할 것이 아니라 문제는 우리들이 기꺼이 심혈을 기울여 타이완어臺語를 제련하여, 투박한 것을 세련되게 만들어 활용할 것인지의 여부에 있다. 우리는 타이완 문학의 개척자이고, 타이완 문학은 타이완 문학의 특색이 있는데, 이러한 특색은 ─ 방언은 당연히 그 중 중요한 일환이 된다 ─ 오직 우리의 노력과 연구에 의해 정립될 수 있다."

중자오정은 '타이완 문학의 개척자'라는 표현으로 스스로의 앞날을 예상했으니, 중요한 작가가 잉태되고 있는 중이었음을 예고한 것이기도 하다. 중자오정의 모어母語사용에 대한 견해는《문우통신》성원들 중에서도 심상치 않다. 이후 중자오정의 장편소설에서 자주 등장하는 커자 모어는 1950년대에 제시했던 자신의 이론을 실천했던 것이라고 볼 수 있다. 당시 문우통신 성원들 중에서 창작에 가장 노력을 기울였던 작가로는 랴오칭슈를 꼽을 수 있다. 그는 1951년 중국문예협회 소설연구반에 들어가서 그 다음해에 수료한 뒤 바로《복수전》으로 상을 받았고, 1953년에는 단편소설집《억울한 죄冤獄》를 자비로 출판했다. 이 시기에 랴오칭슈처럼 적극적·집중적으로 글쓰기에 투자한 경우는 동시기 타이완 출신 작가들 중에서도 찾아보기 힘들다. 랴오칭슈는 평범한 가정과 인륜, 상사와 부하직원과의 관계 및 생활 속에서 가장 소홀히 되는 사건들을 다루었다. 랴오칭슈의 작품은 기교와 풍격상 평범한 편인데, 타이완 출신 작가들이 겪은 중국어 글쓰기의 지난함과 곤혹스러움을 가장 대표적으로 보여준다고 할 수 있다.

《문우통신》이 추구했던 문학의 꿈이 최종적으로 만개한 것은 1960년대 이후에 이르러서인데 그중 중자오정의 성취가 가장 주목할 만하다. 장편소설은 물론 단편소설도 볼 만하다. 리룽춘은 이란宜蘭으로 이사한 뒤 여러 편의 장편소설을 완성했으나 생전에는 모두 출판하지 못했고, 1998년 이후가 되어서야 유작《그리운 어머니懷母》등의 작품들이 잇달아 발표되었다. 스추이펑은 이후 타이완 예술과 민속 연구에 종사하여 학계에서 활동하는 학자가 되었다. 천훠취안은 산문 창작에 전념하여 생전에《인생삼서人生三書》를 출판했는데, 꽤 인기가 있었다. 원신은 극본을 개작하는 일에 종사하여 한동안 타이완 TTV(타이완방송공사)에서 시나리오 창작을 담당했다.

천지잉陳紀瀅과 반공문학의 발전

▶ 陳紀瀅(《文訊》 제공)

타이완 출신 작가가 반공문학의 풍조 속에서 부침을 겪고 있을 때 중국문예협회(이하 '문협')는 회원을 적극적으로 모집하고 있었다. 문협을 장악했던 지도자는 이 협회의 상무이사였던 천지잉이다. 1950년부터 1965년까지 문협이 전성기를 구가하자 장제스의 관심을 받았을 뿐 아니라 국민당 문공회文工會(처음에는 제4조)에 직속되기까지 했다. 천지잉이《중국문예협회 창립30주년 기념문집中國文藝協會創立三十週年記念文集》

에서 밝혔듯이 관방적 성향의 문협은 다음과 같은 사실을 소홀히 하지 않았다. "당시(1950-1960에 이르는 기간) 문협은 다방면에서 문예 인재를 육성하는 데 그치지 않고 대중 전파미디어를 이용하여 문예 효과를 확대했다. 이를 테면 '타이완방송공사台灣廣播電台'가 그러하다. 거의 10여년에 이르는 기간 동안 문협 동인들은 각 방송국의 다양한 문예 프로그램에 참여했다. 중앙방송국中央廣播電台·공군·군중軍中·정성正聲·아기사자·교육·부흥 및 기타 공영·민영 방송국 등 매주 문협이 기획한 각종 문예 프로그램이 없는 곳이 없었다."[9] 이러한 사실을 통해 문협이 대중 미디어와 긴밀한 관계를 유지했음을 알 수 있다. 당시의 모든 미디어, 즉 방송국과 신문은 국민당의 감시와 관리하에 있었으며 당시 천지잉이 담당했던 역할이 얼마나 중요했는지 알 수 있다.

천지잉(1908-1997)은 허베이河北 안궈현安國縣 사람이다. 중국 항일전쟁 기간에는 우한武漢 문화계 선전공작단의 지도위원이었다. 그리고 1949년 타이완으로 온 뒤에는 곧바로 국민당 관방 문예정책의 집행자가 되었다. 그가 타이완에서 발표한 첫 번째 장편소설은 《갈대마을 이야기荻村傳》로 《자유중국自由中國》에 처음 연재되었다.[10] 이것은 그가 반공문학을 실천하기 위해 쓴 첫 번째 작품으로 1950년 자신이 세운 '중광문예출판사重光文藝出版社'에서 발행되었다. 문예정책이 최고조에 이른 10년차에 그는 다시 장편소설 3부작 《붉은 땅赤地》(1955)[11], 《자원얼의 전편 이야기賈雲兒前傳》(1957)[12], 《두 가족이 겪은 8년華夏八年》(1960)[13]을 출판했다. 입법위원이라는 그의 신분과 당에서의 발언권 및 인맥관계를 감안하면, 천지잉은 반공문학의 대변인이라고 할 수 있다. 그의 작품이 발표될 때마다 상당히 많은 평론들이 즉시 반응을 보여 묘한 분위기를 형성했다. 마오중싼牟宗三 등이 쓴 《갈대마을 이야기 평가문집荻村傳評介文集》[14], 청쉬바이曾虛白 등이 쓴 《붉은 땅에 관하여赤地論》[15], 왕쥔王鈞 등이 쓴 《자원얼 전편 이야기 평론評賈雲兒前傳》[16] 모두 천지잉이 당시 문단을 장악하고 있었던 판도가 어느 정도였는지 충분히 짐작케 한다. 천지잉의 《갈대마을 이야기》는 당시 홍콩에 있던 장아이링張愛玲이 그의 부탁을 받아들여 영문으로 번역하였고 당시 국제사회에도 널리 알려졌다.

천지잉의 작품은 반공문학의 고전이라고 할 수 있다. 그가 당시 대단한 권력을 가지고 있었기 때문만은 아니고 이후 반공작가들이 그의 창작 방식을 표본처럼 모방했기 때문

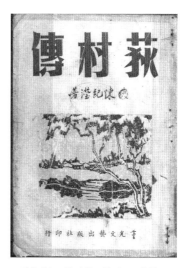

▶ 陳紀瀅, 《荻寸傳》(舊香居 제공)

이다. 그가 보여준 소설의 기본적인 틀은 인성의 빛과 어둠을 대비시키는 방식이다. 밝음은 민족의 입장에서 강한 역사적 사명을 바탕으로 토지의 완전무결함을 지키는 것을 의미한다. 어둠은 왜구와 비적 공산당에 속하는 사람들이 중국문화의 존엄을 무시·침략·약탈을 일삼는 것을 가리킨다. 국가에 충성하는 자가 정의를 상징하며, 악이라는 것은 기존의 문화질서를 파괴하는 제국주의자와 공산당에게서 발견될 수 있다.

《갈대마을 이야기》는 중국 북방지역의 작은 마을에 사는 바보 창순얼常順兒에 관한 이야기이다. 1900년 의화단 사건에서부터 1948년 중국공산당이 정권을 탈취하는 데 성공하기까지, 중국사회가 급변하던 시기의 축소판을 다루고 있다. 루쉰의 《아Q정전阿Q正傳》을 원형으로 삼아, 공산당이 무지한 향촌 사람들을 이용하여 세력을 넓힌 과정을 보여주고 있다. 소인물을 통해 격변하던 시대를 탐색하는 것이 이 소설의 주제이지만, 소설 전반에 걸쳐 전개되는 국면은 반대로 거대서사에 속한다. 《붉은 땅》은 청년 3명과 비행사 1명에 관한 이야기가 스토리의 주축을 이루고 있다. 일본과의 전쟁에서 승리한 뒤 중국이 4년간 내부적으로 이합집산하는 과정에서 느낀 희노애락에 관한 작품으로, 중간 중간 공산당의 모함과 박해가 삽입되어 있다. 《자원얼 전편 이야기》의 배경은 대륙과 타이완을 가로지른다. 시안西安사변에서부터 1950년대에 이르는 시기까지 시종일관 공산당의 추악함이라는 주제에서 벗어나지 않는다. 하지만 동란의 시대를 겪게 되는 여주인공 자원얼의 개인적 감정의 기복이 종국에 어떤 결말을 맺게 될지 알 수 없도록 구성되어 있고, 유랑하는 외성인들이 추방당하는 과정이 진지하게 기록되어 있기도 하다. 《두 가족이 겪은 8년》 또한 정반 대조적인 기법을 사용하여, 공산당이 항일전쟁 이후 중국의 사회질서를 파괴한 것에 대해 상세하게 파헤치고 있다. 동란의 시기에 화씨華家 집안과 샤씨夏家 집안은 시대가 변화함에 따라 부침을 겪게 된다. 이 소설은 수많은 사료와 신문기사를 차용하여 사실과 허구를 교차하는 방식으로 전개되는데, 이러한 독특한 기법은 반공소설 중에서도 보기 드문 시도였다고 할 수 있다.

천지잉이 반공문학을 이끄는 역할을 할 수 있었던 것은 결코 우연이 아니다. 그의 글쓰기 재주는 당시 범람하던 반공작가들 중에서도 남달랐다. 그럼에도 불구하고 그의 작품을 꼼꼼하게 읽어보면 반공문학이 어떻게 권력을 잡을 수 있었는지 그 이유를 파악할 수 있다. 천지잉은 시간적으로 어두운 면을 과거로 귀속시키고 밝은 면은 미래에 기탁하며, 현재라는 이 순간은 가볍게 밀어내버렸다. 마찬가지로 공간적으로도 중대한 역사적 사건과 중요한 개인의 기억은 저 멀리 떨어져 있는 중국에서 발생했으며, 지금 이 순간 이 곳 타이완의 현실에 대해서는 거의 언급하지 않아, 그가 현재 발을 딛고 생존하고 있는 섬의 사회상도 가볍게 몰아내버렸다. 반공문학이 이와 같은 표본을 통해 진행되자 이후의 반공작가들 모두 똑같이 시공간을 제거한 방향으로 발전하여 결국에는 문학작품이 현실과 완전히 동떨어지게 되었다.

반공문학은 바로 이러한 한계에 봉착할 수밖에 없었기 때문에, 이러한 작품을 창작하는 작가들은 지나치게 국가체제에 의존했다. 창작 구상을 할 때 작가의 머리를 가득 채운 것은 전부 민족 정서였다. 이들이 발표하는 미디어 또한 국가체제의 통제를 받고 있었다. 상을 받을 때에도 국가기구의 대리인으로부터 상을 받았다. 이와 같이 서로 맞물려있는 문학생산은 작가들을 국가의 패권 담론에서 벗어날 수 없게 만들었다. 그리고 작품을 대량 생산한 결과 기존의 패권담론 위에 더 패권적인 담론을 쌓아올리게 되었다.

장편소설이 대량으로 쏟아져 나온 것은 1950년대의 중요한 문학현상으로 타이완문학사에서 전대미문의 성황을 이루고 있다. 이 시기에 다져진 기초 때문에 글쓰기 방식으로서의 장편소설에 대한 타이완 작가들의 적극적인 관심이 형성되었을 수도 있다. 하지만 이 시기 대부분의 장편소설은 상금이라는 보상을 통해 창작되었다. 상을 받은 반공문학 작가들 중 가장 유명한 사람으로는 판런무潘人木, 돤무팡端木方, 궈쓰펀郭嗣汾과 판레이潘壘가 있다.

▶ 潘人木(《文訊》 제공)

판런무(1919-2005)의 본명은 판포빈潘佛彬이다. 중앙대학을 졸업했기 때문에 당시 타이완 사회에서 교육 수준이 가장 높은 여성작가 중 하나였으며 타이완성 교육청에서 근무했다. 그녀의 첫 번째 장편소설 《렌이와 사촌蓮漪表妹》[17]은 1952년 중화문예상을 받았고, 같은 해에 《문예창작文藝創作》에 연재되었다. 소설의 주인공 렌이는 도도하고 아름다운 대학생으로, 변화무쌍한 성격 때문에 우여곡절을 겪게 된다. 가족들의 사랑을 듬뿍 받고 자란 렌이는 대학에 입학한 뒤 다양한 방식으로 자신의 인성을 시험당하기 시작했다. 표면적으로는 차분한 캠퍼스 생활을 보냈지만 실제로는 일종의 인격의 시장을 경험했던 것이다. 쉬룽虛榮을 사모한 렌이는 공산당원의 꾐에 빠지게 되는데, 렌이의 운명은 이때부터 급변하여 첩이 되었으며 결국 공산당의 숙청투쟁까지 겪게 된다. 렌이가 불우한 인생을 살게 된 것은 렌이 자신의 나약함과 공산당의 추악함 때문이다. 렌이가 공산당의 마수에서 도망쳐 나올 때 그녀의 몸은 이미 병든 상태였다. 1954년 판런무는 《마란 자전馬蘭自傳》이라는 작품으로 또 한 차례 문학상을 받았다.[18] 이 작품은 한 여성이 지식청년에서 교사로 성장해가는 과정을 담고 있는 여성 성장소설이다. 주인공은 절름발이이지만 자주적이며 향상심이 많은 여성이다. 결혼 후 남편이 간첩이었다는 사실을 발견하게 되는데, 전형적인 죄는 지은대로 가고 덕은 닦은 대로 간다는 식의 소설로, 반공·대륙 수복이라는 짜임새에 상당히 부합한다. 문체상으로 판련무는 여성 특유의 감정과 정서를 상당히 꼼꼼하게 그려내었다. 결과적으로는 반공소설에 속하지만 문자의 성숙도 측면에서는 독특한 풍격을 이뤘다고 할 수 있다.

상을 받은 또 다른 작가 돤무 팡(1922-2004)의 본명은 리웨이李瑋, 산둥山東 출신으로, 원래 군인 작가에 속했는데 제대 후 교직에 종사했다. 그는 중화문예상을 여섯 차례나 받았다.《상처 훈장疤勛章》(1951)[19]을 포함해서 〈쓰시쯔四喜子〉(1951), 〈성화星火〉(1952), 〈황무지拓荒〉(1954), 〈일그러진 미소殘笑〉(1955), 〈모종青苗〉(1956)이 있는데, 1950년대에 상을 받아서 유명해진 유일한 작가이다. 이 작품들 중에서 가장 주목받은 것은《상처 훈장》이다. 장다오판은 이 작품에 서문을 써주면서 "그(돤무

▶ 郭嗣汾(《文訊》 제공)

팡)는 실제 전투에 투입되었기 때문에 적군의 진면목과 자신의 결함을 매우 핍진하게 꿰뚫고 있다"라고 평했다. 이 소설은 항일전쟁과 국공내전을 거쳐 중국 대륙과 타이완이라는 두 지리 공간을 횡단한다. 시대적 배경이 반공문학의 요구에 꼭 들어맞으며 인물 형상 또한 정반의 대립이 유난히 뚜렷하다. 전쟁 때문에 남자 주인공의 얼굴에 상처가 생겨서 '상처 훈장'이라고 불리게 되었는데, 그가 입은 상처가 바로 국가의 영예라는 의미로 전형적인 반공문학 작품이라고 할 수 있다.

상을 받은 세 번째 작가로는 궈쓰펀(1919-2014)을 꼽을 수 있다. 그는 쓰촨四川사람으로 필명으로는 궈진샤郭晉俠를 포함해서 이수한易叔寒 등

을 사용했다. 일찍이 해군출판사 총편집과 타이완성 정부보도국新聞處 과
장 등을 역임했다. 그가 상을 받은 횟수는 돤무팡 다음으로 많다. 상을
받은 작품으로는 극본 〈다바산의 사랑大巴山之戀〉(1951)[20]을 포함해서 소
설 〈어둠의 가장자리黑暗的邊緣〉(1951), 〈니보얼의 사랑尼泊爾之戀〉(1953)[21],
〈안개 속에서 꽃을 바치는 자霧裡獻花人〉(1954), 〈여명의 해전黎明的海戰〉
(1954)[22]이 있다. 궈쓰펀의 소설은 동시기의 다른 작가들과 마찬가지로
반공 + 사랑 또는 전쟁+사랑이라는 공식에서 벗어나지 않는다. 하지만 이
해군출신 작가가 기타 반공작가와 달랐던 점은 해전과 공중전 장면을 통
해 국공대치의 긴장된 관계를 효과적으로 부각시키는 것에 뛰어났다는
데 있다. 예를 들면 《드넓은 창공海闊天空》(1952), 《여명의 해전》, 《늦은 비바
람遲來的風雨》(1958)[23]이 이러한 작품에 속한다. 공중전이 등장하는 소설
로는 《창공을 흔든 위세震撼長空》(1958)[24]와 《밤에 돌아오다夜歸》(1959)[25]
등이 있다. 반공문학 중에서도
전쟁이 전개되는 국면을 특히
잘 묘사한 특징이 있다.

▶ 潘壘(《文訊》 제공)

상을 받은 네 번째 작가로는
판레이(1927-2017)가 있는데 원
래 이름은 판레이潘磊이고 베트
남에서 태어난 반공작가이다.
《보물섬 문예寶島文藝》를 창간
했으며, 상을 받은 작품으로는
〈귀혼歸魂〉(1955), 〈떠오르는 피
묻은 깃발 아래에서在升起的血旗
下〉(1954), 〈커피 한 잔一把咖啡〉
(1956)이 있다. 그러나 판레이가
대중에게 알려지게 된 작품은
《홍허 강 삼부곡紅河三部曲》[26]

으로 베트남을 배경으로 하는 반공소설이다. 제1부는 〈푸량 강가富良江畔〉, 제2부는 〈조국을 위해 싸우다爲祖國而戰〉, 제3부는 〈자유, 자유自由, 自由〉이다. 1959년 이 책은 《홍허 강의 사랑紅河戀》[27]으로 개명되었고, 1978년에는 《고요한 홍허 강靜靜的紅河》[28]로 다시 개명됐다. 모든 반공작품 가운데 유일하게 이 소설만 베트남의 정치 형세가 변함에 따라 끊임없이 개작됐다. 이 소설의 수정 과정은 정치 발전사와 함께 진행되었다고 할 수 있다. 베트남이 프랑스, 일본, 그리고 공산당의 통치를 거치게 되는 복잡한 정황하에서 화교 청년이 심적으로 어떤 우여곡절을 겪게 되는가에 관한 작품이다. 주인공은 충성스런 반공분자는 아니었지만 국가를 향한 열정 국가를 향한 열정만큼은 의심할 수 없을 정도였다. 판레이는 "나는 한 '사람'에 대해 쓰고자 했다. 피와 살이 있는 진정으로 평범한 사람 말이다"[29]라고 했는데, 이 소설은 작가 개인의 자전적인 스토리에 가깝다.

상술한 상을 받은 4명의 작가들의 작품은 모두 영웅식 인물을 형상화했다. 설사 판레이의 작품이 그려내고자 한 것이 피와 살이 있는 평범한 사람이었다 하더라도 시대를 착종시키며 중대한 사건과 개인의 운명을 맞물리게 하는 데 주의를 기울인 것은 사실이다. 이 작품은 거대서사의 글쓰기 방식에 가까우며 청년 화교들의 정치 환경에 대한 걱정을 구체적으로 반영하고 있다. 유랑하는 심정으로 그들이 직면했던 것은 거대한 공산 세력이었는데, 이 때문에 글을 마칠 때 즈음에는 소설 속 인물의 성격과 의지가 평범한 사람과 달라져야 했다. 이러한 영웅식 서술 방식은 문학과 현실간의 괴리를 더욱 심각하게 만들었다. 하지만 더 심각한 문제는 이러한 문학작품이 기본적으로 국가 권력에 의존하는 데서 벗어날 수 없었다는 점에 있다. 작가가 권력에 의존하고 정부에 충성하자 문학작품은 비판적인 능력을 완전히 잃게 되었다. 여기에 그치지 않고 작가들의 생각이 권력체제를 향해 열려 있었기 때문에 수시로 간섭 받을 수 있었다. 1950년대 이래 정부는 작가와 그들의 문학활동을 통제하고 감시할 수 있었으며, 심지어 작가들의 비판적 사고를 금지하고 봉쇄할 수 있었는데, 이 모든 것이 반공문학 시기 작가와 정부가 맺은 공모관계 덕분에 가능했다고 할 수 있다.

그럼에도 불구하고 다른 각도에서 보면, 반공문학은 공산제도 하에서 인성이 왜곡되고 박탈당하게 되는 기형적인 현상을 폭로했다고 할 수 있다. 중국공산당 체제를 비판함에 있어 중국의 작가들은 1980년대 '상흔문학'이 등장할 때까지 기다려야 했다. 치방위안齊邦媛이 《천년의 눈물千年之淚》에서 날카롭게 지적했듯이, 중국 상흔문학에 반영되어 있는 박해 사건은 "타이완 독자들에게 '해방' 이후 중국 대륙의 실정을 상당히 효과적으로 보여준다"[30]고 할 수 있다. 그녀는 나아가 다음과 같이 강조했다. "그 작품들이 폭로하는 시대적 상처와 40년 전 반공 성향을 띤 고향을 그리워하는 자들이 파헤친 고통은 상당히 유사한 점이 있다."[31] "이처럼 일찍이 서로 알고 있었던 것 같은 강렬한 느낌은 우리가 시간을 거슬러 당시 고향을 그리워하는 문학懷鄕文學이 보여준 예언적인 성격을 긍정하게 한다."[32] 문학사적 관점에서 말하자면, 반공문학이 완전히 정치의 도구로 전락한 문학은 아니었다고 볼 수도 있다는 말이다. 반공문학이 타이완에서는 몰락했다 하더라도, 작품에서 보여준 공산당 통치하에서의 비참한 세계는 이후 40여 년 동안 멈추지 않고 전개됐다. 이러한 점에서 보면, 반공문학이 폭로한 진상은 1980년대 중국 대륙의 상흔문학이 묘사한 사실들과 비교해 볼 때 만분의 1도 되지 않는다고 할 수 있다. 반공문학은 허구적인 것일 수 있지만, 의외로 대륙의 상흔소설 덕분에 '진실'이 되었다. 그러나 타이완에서 반공문학이 비난받은 이유는 공산당의 진상을 폭로했기 때문이 아니라 이후 타이완에서 좌익사조를 고도로 탄압했기 때문이다. 그리고 이를 바탕으로 국민당이 당시 시행했던 백색 테러 정책과 수많은 작가들이 타이완 현실사회를 외면하는 것을 합리화했기 때문이다.

진정으로 추억을 떠올리게 하는 반공문학은 대부분 관방의 관심을 받

지 못했다. 당시 가장 널리 읽힌 반공
소설 중 하나가 자오쯔판趙滋蕃이 쓴
《반하류사회半下流社會》이다.5)[33] 자
오쯔판(1924-1986)은 후난湖南사람으
로 필명은 원서우文壽이며, 홍콩 아주
출판사 총편집을 역임하고 이후 타
이완의 여러 사립대학에서 교편을
잡았다. 《반하류사회》는 1953년에 출
판되었는데 1950년대 당시에는 보기
드문 베스트셀러였다. 이 소설은
1949년부터 1950년대 사이, 홍콩 사
회를 배경으로 도망 나온 수많은 대
륙의 지식인과 학자들이 영국 식민

▶ 彭歌(《文訊》 제공)

지에서 자유를 추구하는 이야기를 담고 있다. 소설은 남자 주인공 왕량王
亮을 중심으로 두 명의 여성 즉 리만李曼과 판링셴潘令嫻 사이에서의 러
브 스토리가 주축을 이룬다. 리만은 부단히 출세하려 하는 인물로, 돈에
유혹되어 반하류사회를 잊고자 한다. 기녀 출신인 판링셴은 왕량의 도움
으로 기녀 신분에서 벗어나 왕량과 결혼하게 되는 인물이다. 화재가 발
생하자 판링셴은 사람을 구하기 위해 불길 속으로 뛰어들었다가 사망하
게 되는데, 바로 그날에 리만은 상인에게 사기를 당해 음독자살을 한다.
그래서 왕량은 충격을 두 배로 느껴야했지만 계속 살아가기로 결심하고,
자유와 진리를 추구하며 조국의 광복을 위해 전투에 힘쓰게 된다. 《반하
류사회》는 상승과 하강을 이야기의 틀로 삼고 있지만 작중 인물이 차라
리 유랑을 선택할지언정 공산당 통치 하의 고향으로 돌아가는 것을 거부

---

5) 이 작품의 한글판은 허세욱 옮김, 《반하류사회·대북 사람들》(중앙일보사, 1989)
참고.

하여 1950년대 지식인의 심정을 잘 보여주고 있는데, 당시 합당한 대접을 받지 못하고 냉대받은 사람들을 잘 보여주고 있다고 할 수 있다. 자오쯔판의 필체는 반공작가들 중에서도 뛰어났는데, 심리 묘사뿐만 아니라 세밀한 형상화에 있어서도 최상에 속했다.

1956년 자유중국출판사自由中國出版社에서 출판한 펑거彭歌의 《낙월落月》[34]은 반공문학의 틀에서 벗어나는 소설이다. 펑거(1926-)의 본명은 야오펑姚朋이며, 허베이 사람으로 일찍이 중앙일보사中央日報社 사장을 거쳐 정즈대학政治大學에서 가르쳤다. 《낙월》의 스토리는 베이핑·충칭重慶·타이베이를 관통하며 시간적으로도 항일전쟁에서부터 반공 시기에 이른다. 작품에서 이미 상징 수법과 의식류적 기교를 사용하고 있어 가장 이른 모더니즘 소설 중 하나라고 할 수 있다. 당시의 비평가 샤지안夏濟安은 《문학잡지文學雜誌》에서 장장 2만 자에 달하는 평론 〈펑거의 《낙월》 평가와 모더니즘 소설에 관하여評彭歌的《落月》兼論現代小說〉를 발표한

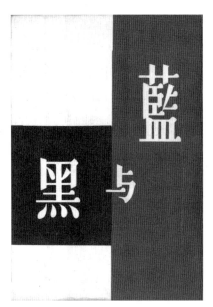

▶ 王藍, 《藍與黑》(舊香居 제공)　　　　▶ 王藍(《文訊》 제공)

바 있다.[35] 이것은 타이완소설 비평 부문에서 새로운 기풍을 개척한 것이자 《낙월》을 모더니즘 소설로 규정한 주요 비평문이다. 비록 펑거의 창작 기교에 대해 많은 지적을 하고 있지만, 펑거의 작품이 주류 반공문학 작품 중에서도 새로운 목소리를 보여주고 있다고 평가했다. 샤지안은 《낙월》이 '대시대를 반영'하고자 하는 동기에서 창작되었으며, 교조화된 반공문학적 성격을 가지고 있다고 완곡하게 비판했다. 그럼에도 불구하고 펑거의 작품은 수많은 반공 구호 속에서 현저하게 다른 풍모를 보여준 소설이었다고 할 수 있다.

그밖에 당시 독자들이 주목했다고 할 만한 소설로는 왕란王藍의 《남과흑藍與黑》[36]을 들 수 있다. 왕란(1922-2003)은 허베이 톈진天津사람으로 제1대 국민대회대표와 중국필회中國筆會 부회장을 엮임했으며 수채화에 뛰어났다. 《남과 흑》은 1958년에 출판되었는데 그 이전의 소설로는 《사제지간師生之間》[37], 《이를 악 문 사람咬緊牙根的人》[38], 《긴 밤長夜》[39], 《여자친구 샤베이女友夏蓓》[40]가 있다. 그러나 가장 널리 알려져 가장 많은

▶ 姜貴, 《旋風》(舊香居 제공)

▶ 姜貴(《文訊》 제공)

평가를 받은 것은 《남과 흑》이다. 이 소설은 자오쯔판의 《반하류사회》와 비슷한 점이 있다. 스토리상으로는 항전과 반공을 두 개의 주축으로 하고, 남자 주인공이 자오쯔판의 작품에서처럼 '기녀로 전락했지만 보다 높은 곳을 목표로 하는 여성과 우월한 처지에 있었지만 스스로 타락하게 되는 여성'을 만나게 된다. 왕란은 소설의 '후기'에서 다음과 같이 밝혔다. "나는 광명·자유·선량함을 대표하는 것으로서 남색을, 타락·몰락·죄악을 대표하는 것으로서 흑색을 가지고 이 두 명의 서로 다른 (여성) 사람을 상징하고자 했다." 남자 주인공 장싱야張醒亞는 겉으로 보기에는 유격대원이지만 실은 백성을 압박하는 뼛속까지 중국공산당 팔로군이었다. 전쟁이 난 지역에서는 학생 신분이었는데 학교의 추천을 받아 충칭으로 보내져 대학을 다니게 되었고, 이때 부유한 집안의 여성 정메이쫭鄭美莊을 알게 된다. 두 사람은 결혼까지 약속했지만 장싱야가 타이완으로 비행하는 도중 중국공산당의 포격을 받아 다리를 절단하게 되었다. 이 일로 정메이쫭은 함께 고난을 헤쳐나가기를 거절하고 결국 그의 곁을 떠나게 된다. 반면 장싱야가 어린 시절에 친구로 지냈던 탕치唐琪는 기녀로 전락했지만 자주성을 잃어버리지 않은 여성으로, 마지막에는 뎬몐滇緬국경지대[6]의 구호작업에 투신한다. 탕치는 장싱야가 곤경에 처한 것을 알고는 타이완으로 가서 그와 함께 하기로 결정한다. 《남과 흑》이 사람들의 이목을 끌 수 있었던 것은 대중소설의 필법으로 창작되었기 때문이었는데, 그럼에도 불구하고 대중소설의 상투적 스타일에만 머물지 않고 반공문학에 부합하면서도 반공문학의 교조성을 피한 특징이 있다.

---

6) 중국 남쪽 윈난성과 미얀마의 국경이 인접한 지역을 가리킨다. 제2차 세계대전 당시 미국은 미얀마와 윈난으로 통하는 도로를 통해 중국의 항일전쟁에 필요한 군수물자를 보급했는데, 1941년 12월에 일본제국군이 이 지역을 공격·점령하여 중국군의 보급선을 차단하고자 했다. 이에 중화민국 정부는 영국과 충칭에서 '중영 군사동맹'을 맺고 이 지역에 40만 명의 '중화민국원정군'을 파견했다. 처음에는 고전했으나 1945년 1월, 일본군을 이 국경지대에서 완전히 몰아냈다.

반공소설 중에서 문학사가들에게 유일하게 긍정적으로 평가받은 작품으로는 장구이姜貴의 《회오리바람旋風》7)[41]을 꼽지 않을 수 없다. 장구이(1908-1980)의 본명은 왕이젠王意堅, 나중에 왕린두王林渡로 개명했는데 산둥 사람이다. 장편소설 《회오리바람》, 《중양重陽》[42], 《벽해청천야야심碧海靑天夜夜心》8)[43] 등이 출판됐다. 장구이의 소설은 먼저 후스胡適에게서 호평을 받았고, 곧이어 샤즈칭夏志淸의 호평을 받아 《중국현대소설사中國現代小說史》[44]에까지 언급되면서 문학사적 지위가 공고해졌다. 이 소설은 5·4운동 시기부터 시작해서 1940년 태평양전쟁 전야까지를 배경으로 군벌의 쇠망과 중국 공산당의 굴기에 관해 다루고 있는데, 산둥성 팡 읍方鎭을 중심으로 풍파를 겪는 팡 씨의 가족사 변천에 집중되어 있다. 기타 반공문학과 판이하게 다른 점은 남자 주인공 팡샹첸方祥千이 장밋빛 이상을 가지고 있는 공산당원이라는 데 있다. 이러한 서술방식은 다소 대담한 시도로서 반공 시대에 상당히 모험적인 것이었다고 할 수 있다. 논조가 조금만 기울어도 '공비를 선전'하는 혐의를 받을 수 있었던 것이다.

팡샹첸의 목표는 공산당 세력을 확대하는 것이었다. 하지만 공산 세력이 부단하게 확장되어 공고해진 바로 그 순간에 팡샹첸이 희생당하게 된다. 그는 친척들을 유인하여 공산당에 가입하게 할 정도였는데 자신의 아들이 대의멸친大義滅親의 방식으로 자신을 고발할 줄은 미처 생각하지 못했다. 군벌·토비·부랑자·기녀·아편 판매자·비밀 결사 등과 같은 부패한 봉건적인 현상은 원래 팡샹첸이 개혁하고자 한 대상들이었다. 하지만 장구이는 거꾸로 이 낙후된 사회 문화가 오히려 공산주의의 온상임을 스토리를 통해 증명한다. 소설에서 성욕·사랑·결혼이 대량으로 얽혀 복잡한 관계를 형성하는데, 이러한 대담한 기교는 반공소설 중에서도 보기

---

7) 이 작품의 한글판은 문희정 옮김, 《회오리바람》(지만지출판사, 2012) 참고.
8) 당나라 시인 이상은李商隱의 시 〈항아嫦娥〉에 등장하는 구절로, "항아는 불사약을 훔친 것을 후회하며, 푸른 바다 맑은 하늘을 바라보며 밤마다 홀로 지새우네嫦娥應悔偸靈藥, 碧海靑天夜夜心"에서 따온 것이다.

드물다고 할 수 있다. 《회오리바람》의 원래 제목은 《도올 이야기今檮杌傳》로, 장구이는 처음에 겨우 200권만 인쇄하여 친척과 친구들에게 읽어보라고 증정했다. 이후 명화서국明華書局에서 1959년 《회오리바람》이라는 제목으로 다시 출판했는데, 초고가 완성된 1952년으로부터 7년이나 지난 뒤였다. 이 소설은 각 방면의 평론에서 붐을 일으켰는데, 만약 국민당이 수긍하지 않더라면 많은 독자들은 이 작품에 경계심을 품었을 것이다. 장구이는 1960년에 자비로 《장서: 회오리바람 평론집懷袖書: 旋風評論集》[45]을 출판했으며, 문집의 첫 번째 글로 〈중국 국민당 중앙위원회 추천서中國國民黨中央委員會推薦函〉를 실었다. 평론집 중에서 가오양高陽이 쓴 〈《회오리바람》에 관한 연구關於《旋風》的研究〉가 분량 상 가장 볼만하다. 이 글은 《회오리바람》이 선악이 분명한 정형화된 패턴에 매몰되지 않고, 명암이 대비되는 저속함을 답습하지 않았기 때문에, 반공문학 중에

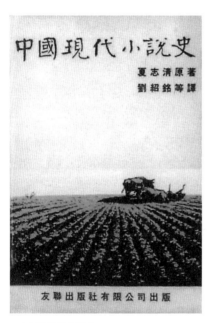

▶《中國現代小說史》

서도 주목받을 만하다고 평가하고 있다. 가오양은 "구조가 잘 짜인 것은 아니며 말의 리듬이 통일되어 있지 않은 것(앞에서는 느리다가 뒤에서는 급박함)이 《회오리바람》의 양대 결점이다. 그러나 잘 쓴 부분 역시 없지 않다. 작가는 인간의 성정을 꿰뚫어 봤기 때문에 세밀하게 써낼 수 있었고, 냉철한 머리를 가지고 있었기 때문에 신랄하고 의미심장하게 써낼 수 있었다"[46]라고 평가했다.

국민당의 문예정책이 추진되고 있던 시기에 읽을 만한 문학

작품은 결코 많지 않다. 장장 10여 년에 이르는 반공 선전 기간 동안 겨우 몇 개의 작품만이 다시 읽을 만하다. 이 말은 당시 작가들의 영혼이 손상되었다는 뜻이기도 하다. 반공문학 운동 시기에 성장하기 시작한 작가들은 주시닝朱西甯, 돤차이화段彩華, 그리고 뤄푸洛夫, 야셴瘂弦 등과 같이 사실 대부분 군대에서 배출되었다. 이들이 등장할 수 있었던 것은 모더니즘 기교에 영향을 받았기 때문이다. 그러므로 모더니즘이 확장되는 과정에서 이러한 군대 출신 작가들의 성과는 객관적으로 검토되어야 할 것이다.

린하이인林海音과 1950년대 타이완 문단

1950년대 문학에서 남성편집자와 남성작가들은 줄곧 문학사가들의 주목을 받아왔다. 반공문학에 관해 논의할 때마다 가장 많이 연구의 대상이 되었던 것 역시 남성작가들이었다. 그러나 반공문학이라는 말로 1950년대의 타이완 문단을 개괄하는 것은 그 시기 주류 문학의 풍모를 논의하기 위한 하나의 방편일 뿐, 반공문학이라는 이 명사를 가지고 당시 문학 활동의 전면적인 내용을 모두 함축할 수 있음을 의미하지는 않는다. 이 시기에 여성작가들이 대량으로 등장했다는 사실은 앞 장에서도 다룬 바 있는데, 타이완 문학사적으로 반드시 살펴봐야 할 현상이라고 할 수 있다. 그 원인을 살펴보면, 여성작가들이 반공수복이라는 국가정책에 동원되면서 대거 등장했기 때문이다. 타이완성 여성글쓰기협회가 설립되자 1950년대 100여 명의 회원으로 시작해서 1960년대에는 300여 명 규모로까지 성장했고, 이것이 타이완 문학의 판도를 바꾸기 시작했다. 그밖에 무시할 수 없는 원인으로는, 린하이인과 녜화링聶華苓이라는 두 명의 잡지 편집장의 존재를 들 수 있다. 이 두 사람은 여성작가들의 시야를 성숙시켰을 뿐 아니라 반공문학의 기풍까지도 차츰 변화시켰다. 그중 린하이인의 공헌이 특히 두드러진다. 그러므로 린하이인에 관해 살펴보기 전에 타이완성 여성글쓰기협회의 성과에 먼저 주목할 필요가 있다.

1965년 여성글쓰기협회가 출판한《20년 이래 타이완 여성二十年來的台灣婦女》의 편집자는 장밍張明, 장쉐인張雪茵, 류팡劉枋이었다. 특히 여성작가들은 "대부분 작업과 사무를 하는 틈틈이 물 긷고 쌀을 찧으며 불을 때는 집안일을 하여 표준적인 현모양처가 되고, … 밤이 깊어지면 희미한 등불 아래에서 종이 위에 그녀들이 느낀 마음의 소리를 써냈다." 정치적으로 동원될 때에도 여성 작가들은 빠진 적 없다. 최전선인 진먼金門·마쭈馬祖지역의 군부대 위문에 응했으며, 상부의 지시대로 문학작품까지 써냈다. 하지만 작품만 놓고 보면 그녀들과 대다수 남성작가들의 풍격은 확연하게 다르다. 상을 받았기 때문에 유명해진 반공소설들을 보면, 남성의 문학적 사고는 광활한 산하를 배경으로 길게 이어지는 시간의 연속에 치우쳐 있고, 작중인물 대부분이 영웅적 성격을 가지고 있다. 남성작가들은 대체적으로 항전에서부터 반공까지 대륙에서 타이완에 이르는

▶ 王明書(《文訊》 제공)

▶ 林海音(《文訊》 제공)

거대한 짜임새를 선호했다고 할 수 있는데, 천지잉이 이러했고 왕란이 이러했으며, 장구이 역시 이와 같아 거의 한 명도 예외가 없었다고 해도 과언이 아니다. 마찬가지로 남성들의 작품은 강렬한 시간의식과 역사인식으로 충만하여, 공산체제의 사악함을 비판하면서 한편으로는 조국의 밝은 미래를 추구했다고 할 수 있다.

같은 시기의 여성 작가들은 관방문예의 요구에 호응하기는 했지만 중대한 역사적 사건과 영웅적 인물을 형상화하는 데 마음을 두지 않았다. 그녀들은 선명한 공간감으로 남성작가들의 시간의식을 대체했다. 여성협회의 회고에서 지적한 바와 같이 여성들이 직면했던 것은 매일의 일상적인 가정생활과 일과 사무였다. 그녀들은 남성작가들처럼 그렇게 항일과 공비 소탕이라는 주제를 모방하거나 복제할 수 없었다. 그래서 그녀들이 믿고 기댈만한 소설 제재는 중국이 아니라 타이완에 있었다. 이처럼 공간으로의 전환은 1950년대 타이완 여성소설의 주요한 특색을 이룬다.

▶ 郭晉秀(《文訊》 제공)

▶ 郭良蕙(《文訊》 제공)

이 시기 여성글쓰기협회의 《여성창작집婦女創作集》을 예로 들어보면, 여성작가들이 단편소설 창작에 특히 관심을 보였음을 충분히 알 수 있다. 《여성창작집》은 제1집(1956), 제2집(1957), 제3집(1959), 제4집(1960)으로, 1950년대에 총4집이 출판되었다. 1960년대로 들어선 이후에 다시 3집이 출판되어 총7집이 되었는데, 반공 시기 타이완 여성작가들의 문학적 사고를 가장 구체적으로 보여준다고 할 수 있다. 이 선집에 수록된 작가들 중 자주 목격되는 사람들로는 산문의 왕밍수王明書를 포함해서 옌루琰如·예찬전葉蟬貞·샤오촨원蕭傳文·페이푸셴裵普賢·셰빙잉謝氷瑩·중메이인鍾梅音·옌유메이嚴友梅·쉬중페이徐鍾珮·아이원艾雯·왕원이王文漪·야오웨이姚葳(장밍張明)·장슈야張秀亞·쑤쉐린蘇雪林·류팡이 있다. 단편소설로는 우충란吳崇蘭·린하이인·궈량후이郭良蕙·장쉐인·장수한張漱菡·궈진슈郭晉秀·뤼웨화慮月化·녜화링·퉁전童眞·비푸畢璞·치쥔琦君·천향메이陳香梅 등이 있다. 이 작가들은 동시에 두 장르를 아우르기도 했다.

《여성창작집》에 수록되어 있는 작품들은 대부분의 여성작가들이 타이

▶ 何凡(《文訊》 제공)

▶ 童眞(《文訊》 제공)

완에서의 생활을 글쓰기 소재로 삼았음을 질서정연하게 보여준다. 이 작품들 가운데 궈량후이·궈진슈·퉁전·장수한의 소설은 주목할 만하다. 그녀들이 구성한 러브 스토리는 모두 타이완의 가정을 중심으로 하고 있다. 궈진슈가 쓴 〈금색벽돌金磚〉(제1집), 〈시계꽃西番蓮〉(제2집), 〈약속을 어기다失約〉(제3집), 〈얼음같은 마음一片冰心〉(제4집), 궈량후이의 〈브로치胸針〉(제1집), 〈사망한 영혼死去的靈魂〉(제2집), 〈말로末路〉(제3집), 〈액운劫數〉(제4집), 퉁전의 〈안개와 구름이 걷히고霧消雲散〉(제2집), 〈안경眼鏡〉(제3집), 〈급행열차에서快車上〉(제4집) 모두 여성의 생각과 정감에 대해 매우 자세하게 보여주고 있다. 그녀들은 자각적인 여성의식을 가지고 창작할 수는 없었지만 사고를 할 때 이미 성별의 차이에 주의를 기울였고, 여기에서부터 결혼과 가정문제까지 확장시켰다. 소설을 통해 남성들의 자아중심적 사고에 때때로 저항의 태도를 보였다고 할 수 있다.

궈량후이가 쓴 〈사망한 영혼〉은 자신을 남성화하여 여관에 투숙하고 있는 술집 아가씨를 살펴보는 작품이다. 작중의 술집 아가씨는 남성작가들에게 '여인의 속좁음과 의심, 질투와 같은 심리 묘사'에만 주의를 기울이지 말고 '남자의 이기심, 무정함, 육욕, 교활함도 그려주기'를 기대한다. 반공 시기의 여성작가들은 국가정책에 부화뇌동하여 공산당의 사악함을 쓰고자 하지 않았고 타이완 사회에서의 남성의 사악함에 주의를 기울이기 시작했다. 시간과 공간에 대한 이러한 관심의 전환과 논점의 전환은 상당히 음미할 만하다. 민족문제가 젠더문제로 대체될 때 반공문학의 정신은 무의식중에 희석되었기 때문이다.

마찬가지로 퉁전의 소설 〈안개와 구름이 걷히고〉는 여성이 결혼을 선택한 후에도 모녀의 정을 계속 유지해야 하는가에 관한 고민을 담고 있다. 여 주인공의 모친은 비록 계모였음에도 불구하고 여 주인공이 성장할 때까지 길러 준 자애로운 엄마였다. 만약 남녀 간의 사랑이 혈육 간의 정을 인정하지 못한다면 여 주인공은 차라리 남녀 간의 사랑을 버리고 후자를 선택하려 한다. 퉁전의 필법은 매우 생동감이 있어, 외재하는 풍경을 활용하여 내심 세계를 묘사하는 데 뛰어나다. 그녀는 안개를 통해 망망한 심정을 그려냈다.

> 나는 살금살금 방을 가로질러 문을 열고 나갔다. 밖에는 마침 짙은 안개가 끼어 있었다. 안개가 아주 촘촘하게 공기를 감싸고 있어서, 뿌얀 덩어리가 마치 내 눈에 반투명 유리를 한 겹 씌어놓은 것 같았다. 나는 이것이 결코 내가 바라던 새벽이 아니라고 느꼈지만, 그래도 나는 발걸음을 내딛어 앞으로 걸어갔다. 안개가 나의 머리카락 위로, 몸 위로 흩어져 내려앉았고, 또 동시에, 나의 마음속에 더 많이 흩어져 내려앉은 것 같았다. 사실 이 순간, 나의 마음속은 안개로 충만해 있지 않았겠는가?
> 내가 침울한 마음으로 걸어가자, 내 마음속의 안개도 더욱 짙어져갔다.[47]

상술한 구절은 끊임없이 쉼표를 더하며 주저하는 심정과 무언가로 꽉 막힌 듯한 내심을 보여준다. 이처럼 산문에서나 볼 수 있을 법한 어조가 소설에서 등장한 것은 여성작가들의 세밀한 묘사 기법이 이 시기에 이미 시작되었음을 보여준다. 통전은 정감과 정서 묘사에 뛰어났다. 녜화링·장쉐인·장수한 등은 문자에 공을 들여 당시 남성들의 조악하고 거침없는 필법과 비교해 볼 때 깊이가 있고 치밀했다고 할 수 있다. 좀 더 구체적으로 말하자면, 1950년대 반공문학은 여성이 작품을 써내기 시작하면서부터 변화가 생기기 시작했다고 할 수 있다.

여성작가들 중에서도 린하이인은 중요한 역할을 했다. 린하이인(1918-2001)의 본명은 린한샤오林含笑이고 아명은 잉쯔英子, 타오위안桃園 사람이지만 일본에서 태어났다. 1921년 두 살 때 부친을 따라 베이징에 갔다가 1948년 남편 샤청잉夏承楹(허판何凡)과 함께 타이완으로 돌아왔다. 베이징에서 27년을 살았던 린하이인은 베이징과 타이완을 그녀 일생에 있어 두 개의 고향이라고 인정한 바 있다. 베이징에서 성장했기 때문에 전후 초기 타이완 여성지식인들 중에서도 그녀처럼 베이징어를 사용하는 사람은 드물었다. 유창한 중국어 덕분에 그녀는 1950년대에 바로 글을 쓸 수 있었다. 그녀는 신분은 출신지라는 경계선을 넘나들 수 있었기 때문에 당시의 많은 작가들과 우호적인 관계를 유지했다. 그래서 1953년 그녀가 《연합보·연합부간聯合報·聯合副刊》의 주편을 담당하게 되자, 많은 작가들이 그녀의 부간에서 작품을 발표했다. 신세대 작가들도 그녀의 독려를 통해 등단했다.

린하이이인은 산문과 소설 두 분야에 종사했는데, 그녀는 《홀리 나무 冬靑樹》(1955)[48], 《녹조와 절인 오리알綠藻與鹹蛋》(1957)[49], 《새벽 구름曉雲》(1959)[50]과 《베이징 이야기 城南舊事》(1960)9)[51]를 출판했다. 타이완 출신의 비평가 예스타오와 외성 출신의 비평가 치방위안이 동시에 그녀의 작품에 대해 최고의 평가를 내린 바 있는데, 특히 《베이징 이야기》가 가장 주목할 만하다. 이

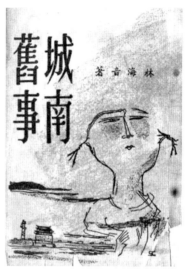

▶ 林海音, 《城南舊事》(舊香居 제공)

작품은 다섯 편의 단편 시리즈를 하나로 합친 소설로 그녀의 어린 시절에 대한 그리움과 감상을 담고 있다. 하지만 린하이린이 보여주는 향수는 반공문학에서 목격되는 고향에 대한 향수와 다르다. 린하이이인은 주로 삶 속에서 사라진 유토피아를 그리워했다. 가장 아름다운 인정·우정·사랑이 모두 한바탕 꿈처럼 사라졌기 때문이다. 그러므로 그녀가 그린 고도古都는 차라리 1950년대 때 지나치게 긴장되었던 정치적 공기를 희석시켰다고

---

9) 이 작품의 한글판은 린하이이인 지음, 방철환 옮김, 《베이징 이야기》(베틀북, 2001) 참고.

평가하는 편이 좋을 것이다. 소녀 잉쯔英子의 눈을 통해 복잡하면서도 비참한 성인들의 세계를 보여주고 있는데, 이러한 비참함은 중리허의 소설 〈협죽도〉에서도 등장한 적이 있다. 린하이인이 그리워한 흘러가버린 시대는 시간에 따라 서술되어 있지 않고 공간을 빌려 기억된다. 그래서 베이징을 경험하지 못한 독자라 하더라도 그녀의 글을 통해 베이징의 소리·냄새와 색깔을 헤아려볼 수 있다. 린하이인은 어머니가 타이완인이었음을 잊지 않았기 때문에, 언어가 장벽이 되는 현실을 소설 속에서는 잘못된 발음으로 인해 겪게 되는 유쾌한 소동으로 반영하고 있다. 린하이인은 자신이 접촉한 적 있는 인물들을 살아있는 듯 생생하게 그려냈는데, 모든 재현은 다시 또 사라지고 이별을 고한다.

▶ 畢璞《文訊》 제공

치방위안이 지적한 바와 같이 린하이인의 작품은 세 종류로 나눌 수 있다. 즉 어린 시절의 풍경과 인물에 관한 것, 민국 초기의 결혼 이야기, 그리고 전후 초기 10년간 타이완 사회에 관한 것으로 말이다. 린하이인은 풍경 묘사에 뛰어났으며 인물 묘사에는 더욱 뛰어나 서사 관점의 배열과 인물의 성격을 형상화할 때 객관 사물을 빌려 부각시키는 편이었다. 그녀의 문학풍격은 이미 관방 문예정책이 구속할 수 있는 것이 아니었다.

린하이인은 관방의 문예정책과 거리를 둘 때 아마도 자신이 편집했던 〈연합부간〉을 근거지로 삼았을 것이다. 타이완 신문들은 순문학식의 부간을 만들 수 있었는데 이것이 린하이인에서부터 시작되었다고 해도 무방하다. 1953년부터 1963년까지 장장 10년 동안 각종 다양한 문학작품이 모두 〈연합부간〉에 발표되었다. 산문, 소설, 시가 대량 게재된 것이 이 부간의 특징이다. 린하이인은 국제문단의 동태도 중시했기 때문에 이 잡지에 수록된 외국 문학작품을 번역 소개하는 글 또한 당시 신문·잡지 가운데에서 가장 볼만하다.

린하이인이 당시 초빙했던 작가는 대략 다음의 유형으로 나뉜다. 우선 타이완 출신 작가로는, 대부분 《문우통신》의 성원인 중자오정, 중리허, 랴오칭슈, 스추이펑 등의 작품이 그녀의 추천을 거쳐 처음으로 문단에 알려지게 됐다. 특히 중리허는 생전에 기껏해야 몇 번 되지 않는 발표기회를 모두 〈연합부간〉에서 얻었다. 〈파리蒼蠅〉, 〈농사짓기〉 등의 단편소설은 린하이인이 타이완 문단에 소개한 것이다. 중리허가 사망한 뒤에도 린하이인은 그의 유작 《비》와 《리산농장》이 출판되는 것을 도왔다.

두 번째는 여성작가들의 작품으로, 《부녀주간婦女週刊》과 《중앙일보中央日報》를 통해 여성작가 셰빙잉, 치쥔, 장슈야, 궈량후이, 멍야오孟瑤, 아이원, 류팡, 추치치邱七七, 장수한, 비푸 등을 초빙했다. 여성작가들의 가시거리가 넓어지자 남성 작가들과 대등하게 어깨를 견줄 수 있게 됐다.

세 번째는 군대 출신 작가들의 작품으로, 주시닝, 쓰마중위안司馬中原, 돤차이화, 톈위안田原이 〈연합부간〉에서 다른 작가들과 이름을 나란히 하게 됐다. 특히 이들의 풍격은 심지어 전위적인 성격을 띨 정도로 변하게 되었는데, 모두 〈연합부간〉을 주요 무대로 삼았다. 이들이 모더니즘 사조와 결합할 수 있었던 것은 부분적으로 린하이인이 한 매개자의 역할에 공을 돌리지 않을 수 없다.

네 번째는 모더니즘 작가 위광중余光中, 우왕야오吳望堯, 샤징夏菁, 탄쯔하오覃子豪 등의 작품으로 〈연합부간〉에 자주 등장한다. 그리고 치덩성七等生, 황춘밍黃春明, 린화이민林懷民, 예산葉珊(양무楊牧), 정칭원鄭清文, 인디隱地, 바이셴융白先勇, 장량쩌張良澤, 수이징水晶, 우리화於梨華와 같은 신진 작가들 역시 린하이인의 손을 거쳐 타이완 사회에 소개되었다. 《자유중국》과 《문학잡지》의 작가들 모두 〈연합부간〉에서 모였다. 린하이인은

1956년에 창간된 《문성文星》의 편집 작업에도 참여했다.

린하이이인이 편집을 담당한 덕분에 반공의 금지구역을 타파하고 문학의 다원화를 통해 자유주의 정신을 실천할 수 있게 되었다. 린하이이인이 문단 인사들에게 남녀노소를 불문하고 '린 선생'으로 존중받았던 것은 결코 우연이 아니었다. 문예정책을 고수하던 관방 인사들은 린하이이인에 대한 감시를 늦춘 적이 없다. 그럼에도 문학의 동력은 린하이이인의 손을 빌려 시동이 걸린 이후 끊임없이 돌아갔다. 그러므로 반공문학이 쇠퇴하기 시작한 것은 〈연합부간〉의 백화제방에서부터 비롯되었다고 증명할 수 있을 것이다.

저자 주석

[1] 鍾理和, 《夾竹桃》(北平: 馬德增書店, 1945).

[2] 鍾理和(장류江流라는 필명 사용), 〈白薯的悲哀〉, 《新台灣》(台灣省 旅平同鄉會 기관 간행물, 1946.1.14).

[3] 鍾理和, 《故鄉四部》(高雄: 派色文化, 1997) 수록.

[4] 鍾理和, 《雨》(台北: 鍾理和遺著出版委員會, 1960).

[5] 鍾理和, 《笠山農場》(台北: 鍾理和遺著出版委員會, 1961).

[6] 鍾理和, 《做田》, 張良澤 編, 《鍾理和全集》 冊四(台北: 遠行, 1976)에 수록.

[7] 鍾理和, 〈貧賤夫妻〉, 《聯合報・聯合副刊》, 1959.11.8.

[8] 陳火泉, 〈倒在血泊裡的筆耕者〉, 《台灣文藝》 1권 5기, 1964.10.

[9] 中國文藝協會編, 《中國文藝協會創立三十週年記念文集》(台北: 中國文藝協會, 1970).

[10] 1950년 4월 1일부터 1950년 10월 16일까지 총14기에 걸쳐 연재되었다.(台北: 重光文藝, 1951년 모아서 출판됨.)

[11] 陳紀瀅, 《赤地》(台北: 文友, 1955).

[12] 陳紀瀅, 《賈雲兒前傳》(台北: 重光文藝, 1957).

[13] 陳紀瀅, 《華夏八年》(台北: 文友, 1960).

[14] 牟宗三等著, 《荻村傳評介文集》(台北: 重光文藝, 1954).

[15] 曾虛白等著, 《赤地論》(台北: 文友出版, 重光文藝印行, 1960).

[16] 王鈞·凱德等著, 《評賈雲兒前傳》(台北: 重光文藝, 1960).

[17] 潘人木, 《蓮漪表妹》(台北: 文藝創作, 中華文藝獎金委員會叢書, 現代小說選第五集, 1952).

[18] 潘人木, 《馬蘭的故事》(원제는 《馬蘭自傳》, 1987년 개작)(台北: 純文學, 1987).

[19] 端木方, 《疤勛章》(台北: 正中, 中華文藝獎金委員會叢書, 1951).

[20] 郭嗣汾, 《大巴山之戀》(台北: 文藝創作中華文藝獎金委員會叢書, 1951).

[21] 郭嗣汾, 《尼泊爾之戀》(高雄: 大業, 1957).

[22] 郭嗣汾, 《黎明的海戰》(香港: 亞洲, 1954).

[23] 郭嗣汾, 《遲來的風雨》(台北: 海洋生活月刊社, 1958).

[24] 郭嗣汾, 《威震長空》(香港: 亞洲, 1958).

[25] 郭嗣汾, 《夜歸》(台北: 文壇社, 1959).

[26] 潘壘, 《紅河三部曲》(台北: 暴風雨社, 1952).

[27] 潘壘, 《紅河戀》(台北: 明華, 1959).

[28] 潘壘, 《靜靜的紅河》(台北: 聯經, 1978).

[29] 潘壘, 〈我爲什麼寫這部書〉, 《靜靜的紅河》, p.609.

[30] 齊邦媛, 〈千年之淚〉, 《千年之淚》(台北: 爾雅, 1990), p.31.

[31] 앞의 책.

[32] 앞의 책.

[33] 趙滋蕃, 《半下流社會》(香港: 亞洲, 1953).

[34] 姚朋(彭歌), 《落月》(台北: 自由中國, 1956).

[35] 夏濟安, 〈評彭歌的《落月》兼論現代小說〉, 《文學雜誌》 1권2기(1956.10).

[36] 王藍, 《藍與黑》(台北: 紅藍, 1958).

[37] 王藍, 《師生之間》(원제 《定情銇》)(台北: 紅藍, 1954).

[38] 王藍, 《咬緊牙根的人》(台北: 文壇社, 1955).

[39] 王藍, 《長夜》(台北: 紅藍, 1960).

[40] 王藍, 《女友夏蓓》(台北: 中國文學, 1957).

[41] 姜貴, 《旋風》(台北: 明華, 1959).

[42] 姜貴, 《重陽》(台北: 作品出版社, 1961).

[43] 姜貴, 《碧海青天夜夜心》(高雄: 長城, 1964).

[44] 샤즈칭(C.T.Hsia)著, 劉紹銘 編譯, 〈姜貴的兩部小說〉, 《中國現代小說史》(A History of Modern Chinese Fiction, 1917-1957)(台北: 傳記文學, 1979), pp.553-575.

[45] 姜貴, 《懷袖書: 旋風評論集》(臺南: 春雨樓, 1960).

[46] 高陽, 〈關於《旋風》的研究〉, 姜貴의 《懷袖書》 p.85 수록.

[47] 台灣省 婦女寫作協會 主編, 《婦女創作集》第二集(台北: 台灣省婦女寫作協會, 1957)에 수록.

[48] 林海音, 《冬靑樹》(台北: 重光文藝, 1955).

[49] 林海音, 《綠藻與鹹蛋》(台北: 文華, 1957년 초판, 1960년 재판).

[50] 林海音, 《曉雲》(台北: 紅藍, 1959).

[51] 林海音, 《城南舊事》(台北: 爾雅, 1960).

제13장
횡적 이식과 모더니즘의 시작*

    1950년대 반공문학의 저변에 잠재되어 있던 모더니즘 작가를 포함해서, 타이완 출신 작가, 여성작가 등은 생명의 꽃을 피울 적당한 시기를 기다리고 있었다. 모더니즘은 1960년대에 개화해서 열매를 맺었고, 향토문학은 1970년대에 풍성한 수확을 거뒀으며, 여성문학은 1980년대에 다채로운 꽃을 피웠다. 서로 다른 시기에 형성된 이와 같은 문학은 사실 반공문학이 주류였던 시대부터 그 역사적 근원을 찾을 수 있다. 충만한 생기를 남몰래 간직하고 있었던 이러한 문학은 관방 문예정책하에서 주변화되었지만 그 생명력이 전면적으로 봉쇄당하고 있지 않았다. 가장 먼저 흙을 뚫고 나온 것은 모더니즘 문학이다.

    모더니즘 미학이 타이완에 전파되는 과정에는 복잡한 역사적 요인들이 얽혀 있다. 대부분의 논자들은 타이완에 모더니즘이 소개된 것과 미국의 원조가 매우 밀접한 관계가 있다고 한다. 하지만 이러한 단순한 견해로는 타이완에서 모더니즘이 잉태되는 과정을 개괄할 수 없다. 반공문예정책이 문단을 지배하던 시기에 모더니즘은 우회적인 방식으로 타이완에서 순차적으로 발전했다. 초기단계(1953-1956)에는 지셴을 우두머리로 하는 현대시파가 타이완 식민지 시기의 모더니스트 린헝타이林亨泰와

---

* 이 장은 고운선이 번역했다.

함께 정식으로 동맹을 맺었다. 이 시기에는 특히 프랑스 모더니즘의 영향력이 강했다. 후기단계(1956-1960)에서 차츰 미국 모더니즘이 우위를 차지하게 되었고, 이러한 추세가 샤지안夏濟安이 주편을 맡은《문학잡지文學雜誌》에서 매우 뚜렷하게 표출되었다. 모더니즘과 미국 원조와의 제휴는 1950년대 후반에 이르러서야 분명하게 찾아볼 수 있다. 서로 다른 근원을 가진 두 개의 모더니즘이 각자의 발전과정을 거쳤다 하더라도 모더니스트들이 집결한 것은 두말 할 필요 없이 관방 문예정책의 선도에 저항하기 위한 것이었다고 할 수 있다. 자유로운 문학상상을 추구하고자 한 사람들은 자유주의적 경향의 작가들로서 본성인·외성인 구분할 것 없다.

본성 출신 입장에서는 '광복' 이후 사상적으로 계속 통제당하는 것을 받아들일 수 없었다. 외성 출신 입장에서는, 공산당의 통치로부터 도망친 뒤 예상과 달리 정신적으로 구속당하게 된 현실을 받아들일 수 없었다. 그렇다고 국민당 정부가 자유주의 사조를 기꺼이 환영했던 것도 아니었다. 자유주의의 연장선으로서의 모더니즘 문학에 대해 문예 집권자들이 관심을 가졌던 것은 더더욱 아니었다. 그러므로 타이완 문학사에서 모더니즘이 받은 지탄은 정치적으로 자유주의가 포위 공격을 받은 것에 뒤지지 않는다. 그러므로 타이완 모더니즘을 고찰함에 있어 미국 원조에 의한 하류라는 시각으로만 바라봐서는 안 되며 반드시 자유주의 전통의 맥락 속에 두고서 살펴봐야 한다.

녜화링聶華苓과 《자유중국自由中國》 문예란

《자유중국》이 타이완 전후사에서 가지는 중요한 의의는 1950년 이래의 계엄체제를 적극적으로 비판했고, 사상과 언론을 위한 자유로운 공간을 쟁취하려고 노력했다는 데 있다. 1949년 11월에 창간된《자유중국》의 발행인은 명의는 후스胡適였으나 실제로는 레이전雷震이 이끌었다. 이 간행물이 세상에 나왔을 때 타이완 사회는 중국 내전과 세계 냉전체제라는 두 개의 정치 소용돌이에 직면해 있었다. 《자유중국》은 발행 초기에 관방의 반공정책에 부합한 듯 했다. 하지만 1952년 이후부터 이 간행물의 성원들은 점차 반공체제와 본인들의 간행물이 추구하는 민주 자유 이념이 서로 정반대라는 사실을 깨닫게 되었다. 자유주의 사조가 반공이라는 국가정책에서 용납되지 않자 이 자체가 하나의 커다란 풍자가 되어버린 셈이다. 즉 《자유중국》이라는 잡지가 타이완의 계엄체제와 해협을 마주하고 있는 대륙의 공산당 통치가 결코 다른 것이 아니라는 점을 비추었다는 점이다. 자유주의 전통의 의의는 바로 이러한 맥락 속에서 빛이 날 것이다.

여태까지 1950년대 자유주의에 관한 평가는 모두가 남성 지식인의 사상을 주축으로, 특히 후스, 레이전, 인하이광殷海光을 중심으로 진행되었다. 그러나 《자유중국》문예란 주편을 녜화링이 담당한 이후부터 자유주의 전통의 내실이 풍부해졌는데, 사가史家들은 줄곧 이 사실을 무시했다. 녜화링(1925-)은 후베이湖北사람으로 여성이라는 젠더 자각이 상당한 작가였다. 외국어문학과外文系를 졸업한 이 편집인은 당시 반공문학의 진부함에 일찌감치 상당한 불만을 품고 있었

▶ 聶華苓(《文訊》 제공)

다. 그래서 《자유중국》 문예란 편집을 맡은 이후, 작가들에게 관방 문예정책과는 다른 작품을 쓸 것을 요청했다. 그녀가 이후에 쓴 〈레이전을 추억하며懷雷震〉에서 다음과 같이 회상한 바 있다. "당시 타이완 문단은 대부분 획일적으로 '반공' 팔고八股였다. '반공'이라는 틀에서 벗어나는

순문학 작품은 매우 드물었고, '반공' 작품으로 유명해진 몇몇 작가들이 타이완 문단을 좌우했다. '반공' 작품이 아니면 발표할 공간을 찾기가 상당히 어려웠다. 《자유중국》은 바로 이러한 작가들을 환영했으며 '반공' 팔고는 절대 원하지 않았다!"[1] 녜화링은 이 회상에서 두 가지를 지적했다. 하나는 반공작가들이 타이완 문단의 발언권을 장악했다는 것, 다른 하나는 순문학 작가들이 발표할 공간을 찾을 수 없었다는 점이다. 녜화링이 등장한 뒤 《자유중국》은 문학의 방향을 바꾸었고, 이후의 타이완 문단에도 자극을 주고 영향을 끼쳤다.

작가군으로 볼 때 1953년 이전 문예란에는 실제로 적지 않은 반공작품이 게재되었다. 천지잉陳紀瀅의 《갈대마을 이야기荻村傳》가 바로 이 간행물에 14기에 걸쳐 연재됐다. 주시닝朱西甯이 초기에 쓴 반공소설은 제법 호평을 받았는데, 이 작품 또한 문예란에 발표됐다. 〈당의정을 입힌 퀴닌약糖衣奎寧丸〉을 포함해서 〈도살용 칼을 잡다拾起屠刀〉, 〈햇불의 사랑火炬的愛〉, 〈돌아갈 곳은 어디인가何處是歸宿〉 등이 있다. 그밖에 왕핑링王平陵

▶ 책 표지 속의 雷震

의 소설과 극본 역시 녜화링이 편집을 담당하기 전에 게재되었다. 하지만 그녀가 문예란의 주편을 맡게 된 이후부터 내용 상 현저한 변화가 생기기 시작했다.

산문이 대량으로 등장한 것은 1953년 이후 문예란의 주요한 특징이다. 산문 장르가 발전했다는 것은 전후 타이완 문학사에 있어서 작가의 판도가 확장되었음을 보여준다. 일제강점기에 산문 수필 등의 작품이 우연히 등장하기는 했지만 집중적으로 창작했던 사람은 찾아볼 수가 없었는데, 1950년대에 들어서서야 산문을 진지한 예술로 생각하게 된 것이다.《자유중국》에 산문을 발표한 작가들은 모두 대륙 출신이었다. 우루친吳魯芹, 쓰궈思果, 천즈판陳之藩 같은 작가들은 관방 권력의 지배를 받아들일 필요성을 느끼지 못했기 때문에 반공문예정책의 영향을 받지 않았다. 이들의 생활 반경은 상당히 광범위하여 문학적 사고의 공간 또한 당시 타이완 출신 작가들과 비교해 보더라도 훨씬 자유롭고 개방적이었다. 이 사람들은 타이완 독자들을 이국적인 상상으로 이끌었다. 더 중요한 사실은 이들의 창작 기교가 제도화되고 경직된 교조적 문예와 완전히 달랐다는 데 있다.

우루친(1918-1983)의 본명은 우훙짜오吳鴻藻, 상하이 사람으로, 우한武漢대학 외국어문학과를 졸업했다. 타이완으로 온 뒤에는 1953년 첫 번째 산문집《미국 왕래美國去來》를 출판했다.[2] 그의 글은 차가우면서도 아름답고 투명했으며, 대단히 유머러스하면서도 상당히 절제를 잘해 적당한 때에 붓을 멈출 줄 알아서 글이 경박하지 않았다.《자유중국》에 발표한 첫 번째 산문〈칵테일 모임鷄尾酒會〉은 1953년 10월에 게재되었다. 그의 냉철한 듯하면서도 열정적인 문체는 당시의 무미건조한 문단에 사회를 엿볼 수 있는 창을 열어주었다. 그는 사람들 간의 정과 인성에 대해 묘사하는 데 뛰어났으며 자아를 조롱하는 방식으로 인간의 냉정함과 온기, 그리고 세태의 염량을 표현했다. 정치적으로 스산한 시대에 우루친의 글은 긴장된 사회 인심을 풀어주는 공간을 제공했다. 가정·친구·일에서부터 사회까지 그

▶ 吳魯芹,《雞尾酒會及其他》

는 세부적인 인간관계를 대단히 잘 관찰해내었다. 1957년 우루친의 두 번째 산문집《칵테일 모임과 기타鷄尾酒會及其他》[3]의 대부분은《자유중국》에 게재되었는데, 저우치쯔周棄子는 그를 위한 서문에서, 우루친의 산문은 편폭은 적지만 매우 아름답다고 하면서 "이것은 대체로 인성에 대한 이해, 인생에 대한 관조를 거쳐서 지혜·정감과 조화를 이룬 데다 독서과정부터 박학다식까지 더했다"라고 했다. 우루친은 중국의 국학國學에 대한 수양이 상당했을 뿐 아니라 서양의 문학지식도 갖추고 있어서 동서문화를 넘나드는 경험을 통해 흉금이 탁 트이고 시야가 넓은 글을 써낼 수 있었다. 설사 그가 창작한 작품들이 수필식의 소품문小品文에 속한다 할지라도 말이다.

우루친은 이후에도 여러 권의 산문집을 출판했는데,《스승과 벗 그리고 문장師友·文章》(1975)[4],《허튼소리瞎三話四集》(1979)[5],《영미16가英美十六家》(1981)[6],《타이베이에서의 혼란스런 1개월台北一月和》(1983)[7],《문인이 서로를 중시하다文人相重》(1983)[8],《황혼 무렵의 구름暮雲集》(1984)[9],

▶ 陳之藩,《在春風裡》

▶ 陳之藩(《文訊》 제공)

《만년餘年集》(1982)[10], 그리고 치방위안齊邦媛이 엮은《우루친 산문선吳魯芹散文選》(1986)[11] 등이 있다. 하지만 그의 산문이 문단에서 주류는 아니었다. 왜냐하면 그는 위광중余光中이 말한 대로 "카메라에서 멀리 떨어져 커튼 뒤로 몸을 숨기고는, … 어두운 데 있으면서 친구를 밝은 곳으로 밀어주는"[12] 그런 사람이었기 때문이다. 하지만 그의 산문이 전해 준 온정과 관심은 동시대 작가들에게 매우 고상한 풍취를 열어주었으니, 그의 산문 성취는 결코 량스추梁實秋에 뒤지지 않았다고 할 수 있다.

우루친과 같은 시기에《자유중국》에 등장한 또 다른 산문가로는 천즈판이 있다. 1950년대 말 문단에 이름을 알리게 된 이 작가는 반공정책과 완전히 동떨어져 있었고, 유학생 문학에 해당되는 내용을 가장 먼저 다룬 바 있다. 천즈판(1925-)은 허베이河北 사람이다. 공학을 전공했지만 산문 창작에 뛰어났고 후스를 통해 자유주의 사상을 계발 받았다. 첫 번째 산문〈달이 고향에서처럼 밝구나月是故鄕明〉는 1955년 1월《자유중국》에 발표되었는데, 간결하고 정확하여 조금도 어정정한 느낌이 없었다. 그의 산문이 타이완에서 발표되었을 때 미국의 원조가 나날이 수면 위로 부상하고 있었다. 유학생 붐이 섬에서 미풍처럼 일어나던 시기이기도 해서 청년 지식인들의 구미歐美에 대한 관심이 나날이 고조되었다. 천즈판이 적절한 시기에 문예란에 미국 유학에 관한 산문을 연재했던 것이 당시 수많은 젊은 독자들의 동경과 선망을 만족시켜주었던 것이다. 그의 어조는 감상적이고 적막하며 고독하고 고민을 담고 있으면서도 암암리에 의지와 자신감, 향상심을 전달했다. 그의 미국에서의 유학 생활은 이후 모두 첫 번째 산문집《미국 체류기旅美小簡》[13]에 수록되었다. 그 다음에는 다시《캠브리지 강가에 비친 그림자劍河倒影》[14]를 출판했는데, 그가 처음 영국에 도착했을 때의 심정에 관한 내용을 담고 있다.《봄바람 맞으며 在春風裡》[15]에 수록된 9편에서는 사상계몽자로서의 후스를 기념하고 있다. 후스와 우루친은 자유주의 작가였기 때문에 사실과 낭만이라는 이중적인 풍격을 써내는 데 치우쳐 있다. 그들의 작품이 환영 받은 것은 타이완 사회가 자유로운 세상을 상상하고 갈망했음을 상징적으로 보여주는 듯하다.

장슈야張秀亞, 황쓰핀黃思騁, 왕징시王敬義, 치쥔琦君, 쓰궈 같은 기타 산문 작가들 모두《자유중국》의 주요 작가들이었다. 그중 장슈야의 수확이 풍성하다. 장슈야(1919-2001)는 허베이 사람으로 타이완에 오기 전에 일찍이 충칭의《익세보益世報》편집을 맡은 적 있다. 문예란에 발표했던 산문 모두 옛 시절을 그리워하는 감상적인 독백을 담고 있는데,〈낡은 붓舊筆〉,〈그리움懷念〉,〈수다絮語〉등이 산문집《감정의 꽃송이感情的花朵》[16]에 수록되었다. 산문은 1950년대 이후에야 중요한 장르가 될 수 있었는데, 이 시기 작가들이 개척해 나간 덕분이다. 이들은 미세한 정감과 내적 정서를 포착하는 데 주의를 기울이기 시작했고, 생활의 디테일과 상상의 나래를 펼쳐야 한다고 강조했다. 이와 같은 글쓰기의 개척은 이후 각종 미학 사조에 풍부한 통로를 제공해 주었으며, 바로 이러한 통로를 통해 모더니즘 사조가 타이완에 소개됐다.

▶ 張秀亞(《文訊》 제공)

상술한 자유주의 작가들 모두 녜화링의 요청 덕분에 비로소 타이완 문단과 접촉할 수 있었다. 편집을 맡았던 녜화링이 결과적으로 타이완 자유주의 전통과 결탁했던 것은 아마도 우연이었을 것이다. 그러나 그녀가 이 행렬에 가담했기 때문에 자유주의의 발전 맥락은 더욱 풍부하게 되었다고 할 수 있다. 자유주의운동은 시종 발언권을 쟁취하는 정치적 측면에 머물러 있었는데, 녜화링이 이러한 노력을 문학 창작과 결합시키기 시작한 이후부터 인문 방면에서도 광활한 판도를 개척할 수 있었던 것이다.

녜화링의 자유주의 문학관은 그녀가 초청한 작가들의 다원성에서 드러날 뿐 아니라 그녀 자신의 문학적 사고에서도 드러난다. 그녀의 자유주의적 경향은 대륙 중국의 사상 통제에 저항하면서 동시에 국민당의 문예정책을 우회적으로 비판하는 데에서 드러난다. 《자유중국》에 발표된 작품들 모두 당시 고민하고 있던 현실에 대한 작가의 억눌린 심정을 풀어놓은 것이었다. 특히 국민당 정부를 따라서 타이완으로 이주한 수많은 외성 출신 공무원들은 유랑하는 생활을 한 나머지 대부분 경제적으로 벼랑 끝에 몰렸다. 그들은 정치구호와 반공체제에 대해서 자주 회의적인 태도를 표출했다. 이와 같이 폐쇄적인 환경에서 녜화링은 소설을 통해 국가체제에 대한 곤혹스러운 감정을 표현했다. 그리고 그녀는 초기 여성작가들 중 젠더 문제에 대해 가장 민감한 작가였다고 할 수 있다. 소설을 통해 정치권력에 내포된 남성지상주의, 도덕윤리 그리고 결혼 규범이 여성의 신체와 정신을 속박하는 것임을 보여주고 있다. 〈황혼 이야기黃昏的故事〉, 〈엄마와 딸母與女〉, 〈창문窗〉과 같은 초기 소설 모두 기존의 가치 관념과 남성중심론이 긴밀한 관계가 있음을 보여주고 있다. 겉으로 볼 때 사회질서를 유지하고자 반공정책을 펼친 정부의 노력이 실제로는 유가사상과 전통예교, 종법관념을 공고하게 했다. 전통 예교와 종법은 남성권력을 심화하는 것을 가장 중요한 목표로 삼고 있다는 말이다. 그래서 반공이라는 국가기제를 옹호하면 할

▶ 聶華苓, 《葛藤》(舊香居 제공)

수록 남성중심론이 기승을 부리게 되고, 여성을 피지배적으로 규정하고 주변화시켜 밀어내게 된다. 녜화링은 1950년대의 소설에서 봉건 남성문화의 속임수와 허구성을 폭로했으며, 여성의 정욕 해방을 노골적으로 언급하기도 했는데, 심지어 혼외 사랑까지 다루기도 했다. 반공문학이라는 협소한 틀에서 말하자면, 녜화링의 필체는 참으로 중대한 진전을 이뤄냈다고 할 수 있다. 그녀가 1950년대에 출판한 단편소설집 《갈등葛藤》(1956)[17]과 《비취 고양이翡翠貓》(1959)[18]는 바로 이 시기 그녀의 문학적 사고를 가장 잘 보여준다고 할 수 있다.

 녜화링이 자유주의운동 와중에 보여준 또 다른 진전은 모더니즘적 기교를 시범적으로 시도했다는 데 있다. 1950년대 말, 〈리환의 가죽가방李環的皮包〉과 〈달빛·말라버린 우물·세 발로 걷는 고양이月光·枯井·三脚貓〉와 같은 소설 몇 편은 문학사적으로 상당히 모더니즘적 실험성을 가지고 있다고 할 수 있다. 그녀는 여성 육체의 파열, 영혼의 파멸, 그리고 생명의 불완전함과 생활의 불확정성에 관해 다루었다. 이러한 모더니즘적 색채가 짙은 작품들은 반공체제에 대한 일종의 부정적인 반응이라고 볼 수 있다. 전통 도덕을 기준으로 재판하자면, 육욕은 일종의 사악함의 현현이다. 하지만 이러한 육욕은 여성의 온전한 생명을 구성하는 한 부분이기도 하다. 그녀가 이 문제를 다룰 때 모더니즘적 사고가 은밀하게 부상하게 된다. 이후 녜화링의 모더니즘 작품은 《잃어버린 방울벌레失去的金鈴子》(1960)[19]와 《한 송이 작은 흰 꽃一朵小白花》(1963)[20] 두 권의 소설집에 수록되었다. 독서계를 가장 크게 뒤흔들었던 녜화링의 작품은 1976년에 쓴 장편소설 《상칭과 타오훙桑青與桃紅》[1][21]으로, 여성의 육체와 정신이 이중으로 방랑하는 것을 보여주는 작품이다. 이 소설이 출판되자 중국과 타이완 두 곳의 관방에서 금서 조치를 내렸다. 이 사실은 사회주의를 추구하는 공산당과 자유주의를 표방하는 국민당이 이데올로

---

 1) 한글판은 이등연 옮김, 《바다메우기》(동지, 1990) 참고.

기를 어떻게 달리하든 간에 여성의 사고를 억압하는 행동에 있어서만큼은 상당히 일치했음을 설명해준다. 남성 중심적 정권은 녜화링이 소설을 통해 억압되어 있는 문화를 검증하는 것을 견딜 수 없었던 것이다. 이작품은 동란의 시대에 여성의 인격이 분열되는 내용을 중심축으로 하고 있는데, 상칭과 타오홍은 한 여성의 서로 다른 이름이다. 각각의 이름은 이중적인 경험과 이중적인 심리 세계, 그리고 이중적 정체성을 대표한다. 방종하는 욕망을 통해 해방감을 얻고 유랑을 통해 속죄한다. 이러한 변증적인 서사 전략은 풍자적인 의미가 있을 뿐 아니라 작가의 진지한 태도를 보여준다. 20세기 여성의 유랑도가 구체적이고 상세하게 《상칭과 타오홍》 속에 농축되어 있다.

《자유중국》 소설가 중에서 대표적인 작가로는 쓰마쌍둔司馬桑敦을 포함해서 펑거彭歌와 쉬위徐訏가 있다. 이들 모두 모더니즘이 최고조에 이르기 전에 살펴볼 만한 작품을 써냈는데, 쓰마쌍둔의 《산에서 홍수가 일어날 때山洪爆發的時候》[22]가 유명한 작품이다. 마찬가지로 《자유중국》에 연재된 펑거의 소설 《낙월落月》 또한 타이완 문단에 등장했을 때 모더니즘적 경향을 띠고 있었다. 쓰마상둔은 주일駐日 특파 기자로서 1967년 장편소설 《야생마전野馬傳》[23]을 출판했지만 국민당에게 금지 처분을 받았다. 이유는 '계급 원한을 도발'한다는 것이었다. 자유주의 작가들이 국민당의 탄압을 받았다는 사실은 이 예를 통해 증명될 수 있을 것이다.

1953년 녜화링이 《자유중국》 문예란의 편집을 담당하고 린하이인林海音이 《연합보聯合報·연합부간聯合副刊》의 주편을 맡고 있을 때, 기타 중요한 문학운동 역시 온양기를 거치고 있었다. 지셴紀弦이 이끄는 현대시파를 받드는 이른바 모더니즘 운동이 바로 그것이다. 반공 구호가 주도하던 시기에 신시新詩를 창작하는 사람들이 소설가와 산문가들에 비해 훨씬 더 일찍 모더니즘을 타이완에 소개했다. 지셴이 모더니즘 사조를 이끌 당시, 타이완 사회는 아직 미국 원조의 영향을 많이 받지 않았다. 그가 추구하고자 했던 시의 미학은 전쟁 시기의 상하이에서 시작되었다.

바로 왕징웨이汪精衛 정권 시기의 그 상하이 말이다. 상하이는 제국주의
자들의 조계지였기 때문에 일본·영국·프랑스 문화를 동시에 받아들였
다. 또한 조계지라는 비호 덕분에 상하이는 다행히 전화戰禍가 미치는 것
을 피할 수 있었다. 청년 지셴은 바로 이러한 시기에 모더니즘의 세례를
대량으로 받았다.

지셴(1913-)은 상하이 사람으로 본명은 루위路逾, 필명으로는 루이스·
칭쿵뤼靑空律 등이 있다. 국립 쑤저우미술전문학교國立蘇州美傳를 졸업했
다. 그가 청년이었을 때 모더니즘 시가 막 상하이 문단에서 굴기했고,
1930년대의 무무톈穆木天, 왕두칭王獨淸, 펑나이차오馮乃超, 리진파李金髮,
다이왕수戴望舒가 프랑스 상징주의의 영향을 받았다. 지셴은 이러한 계보
하에서 성장했고 이러한 신시新詩 미학을 타이완에 소개했다. 시를 좋아
했던 지셴은 1951년 중징원鍾鼎文과 거셴닝葛賢寧이 공동 주편을 맡고 있
는 《자립만보自立晚報》 부간 〈신시주간新詩週刊〉에 매주 정기적으로 원고

▶ 鍾鼎文(《文訊》 제공)

▶ 紀弦

를 보냈는데, 이 잡지는 최초의 1950년대 순수시 간행물이라 할 수 있다. 비교적 자주 눈에 띠는 작가들로는 상술한 세 사람 이외에 리사李莎를 포함해서 모런墨人, 지웨이季薇, 탄쯔하오覃子豪, 중레이鍾雷, 상관위上官予, 팡쓰方思, 룽쯔蓉子, 덩위핑鄧禹平, 양환楊喚, 정처우위鄭愁予, 궈펑郭楓 등이 있다. 이 시기에는 반공시와 순수시가 함께 공존했는데, 그 중에서 지셴, 팡쓰, 정처우위는 이후 현대시파의 중견인물이 되었다.

1953년 2월, 지셴이 현대시파를 발기하여 단체를 결성했을 때, 83명이 가입하여 한때를 풍미했다고 할 수 있다. 그가 주편을 맡은《현대시現代詩》는 후대 타이완 신시운동을 위해 명명하는 작업들을 했다고 할 수 있다. 지셴이 추구한 모더니즘 시現代詩는 기본적으로 구호를 외치는 정치시와 감정이 흘러넘치는 낭만시에 대한 반동이었다. 지셴이 1954년 5월《현대시》제6기 논설〈열정을 냉장고 속에 넣으시오把熱情放到冰箱裡去吧〉에서 말한 바와 같이, 모더니즘 시가 가리키는 '새로움'이란, 운문과 산문의 언어를 배제하고 '이성과 지성의 산물'이 되는 것이었다. 나아가 그는 다음과 같이 말했다.

> 이른바 '정서로부터의 도피'라는 것은 대체로 다음과 같다. 똑같은 서정시라 하더라도 감정 충동에 기댄 것은 '옛舊' 시이고, 이지理知가 힘을 쓴 것은 '새로운新' 시이다. 이성과 지성의 산물인 '새로운 시新詩'는 정서를 전면적으로 말살하자는 것이 아니라 정서를 은은한 상징으로 표현하여, 간접적으로 암시하는 것이지 직접적으로 설명하는 것이 아니다. 이것은 입체적이고 형태적인 것을 사용하여 객관적으로 묘사하고 조소해내는 것이지 평범하고 추상적이며 주관적인 탄식과 소란이 아니다.

지셴의 모더니즘 시에 대한 정의는 대체로 이러한 해석으로부터 알 수 있다. 그는 열정을 시의 대상으로 삼는 것을 타당하지 않다고 생각했다. 현실적 환경을 감안하면, 이 말은 물론 당시의 구호식 반공시가 범람하는 것에 대해서 간접적으로 비판한 것이라 할 수 있다. 그는 미학적 측면에서, 시란 과다한 정서를 걸러내어 개인화된 감각을 객관의 현현으로 승화시켜야 한다고 생각했다. 모더니즘 운동에 참여한 모든 성원들이 이러한 견해에 동의했던 것은 아니었지만, 팡쓰·정처우위 등과 같이 비교적 유명했던 시인들이 미학적 추구라는 측면에서 냉정함과 침전을 목표로 삼아 창작했음은 의심할 바 없다. 지셴은 1954년 《현대시》 제7기에 〈5·4 이래의 신시五四以來的新詩〉를 발표했는데, '신월파新月派'의 쉬즈뭐徐志摩와 원이둬聞一多 등의 낭만주의적 경향을 저평가하고 '현대파' 다이왕수의 시학과 감각을 긍정적으로 평가했다. 이러한 중국 5·4 신문학운동 시기의 신시운동에 대한 극단적인 평가는 이후 타이완 시인이 중국시사를 받아들이는 데 매우 큰 영향을 끼쳤다. 지셴은 현대파의 역사적인 지위를 끌어올리고 타이완에서 추진한 신시운동의 고뇌도 긍정했다.

《현대시》가 번역·소개한 서구의 모더니즘 시인들은, 보들레르Charles Baudelaire를 포함해서 엘리어트T.S.Eliot, 릴케Rainer Maria Rilke에서 알 수 있듯이 유럽 중심적이다. 그러므로 이 시기에는 미국 모더니즘의 영향력

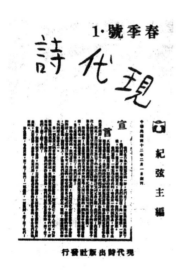

▶ 《現代詩季刊》

▶ 《現代詩季刊》(舊香居 제공)

을 확인할 수 없다. 모더니즘 시 운동이 막 상승세를 타기 시작할 무렵, 1956년 1월 20일 최초로 현대시파가 정식으로 재조직되었고 총100여 명이 참여했다. 이것은 중국문예협회를 제외한 최대의 민간 문예단체로서, 관방이 개입되지 않은 순수한 민간단체로서의 의미가 있다. 모더니즘을 타이완에 소개한 점에 있어서, 현대시파의 결성은 범상치 않은 의의가 있다. 그들은 6개의 신조를 담은 선언문을 만들었다.

1. 우리에게는 버려야 할 것과 광대하게 발양해야 할 것이 있다. 발양해야 할 것은 보들레르 이래 모든 신흥시파의 정신과 요소를 포함한 모더니즘 무리이다.
2. 우리는 신시新詩라는 것이 횡적인 이식인 것이지 종적인 계승은 아니라고 생각한다. 이것은 전반적으로 적용되는 시각으로서, 이론의 건립은 물론 창작으로 실천하는 것을 기본적인 출발점으로 삼는다.
3. 시라는 대륙을 탐험하는 것은, 처녀지를 개척하고, 새로운 내용을 표현하고, 새로운 형식을 창조해내고, 새로운 도구를 발견하여 새로운 기법을 발명하는 것이다.
4. 지성을 강조한다.
5. 시의 순수성을 추구한다.
6. 애국하며, 공산주의에 반대하며, 자유와 민주를 보호한다.[24]

이러한 선언은 즉시 기타 시단들에게 강렬한 반향을 일으켰다. 그리고 지셴이 주장한 '횡적 이식'은 향후 10여 년 간 모더니즘 시現代詩가 발전하는 기조를 이미 정해준 것과 다름없었다. 소위 횡적 이식이라는 것은 서구에서 시적 감성의 불씨를 가져오는 것, 특히 '보들레르 이래의 모든 신흥시파'를 배우는 것을 가리킨다. 지셴이 말한 '종적 계승'이란 당시 정치와 문화가 이중으로 단절된 사실을 암시한다. 정치적 차원에서 대륙 중국과 단절되자 그는 당시 계발 받았던 5·4 신문학 전통을 지속시킬 방법이 없었다. 문화적인 차원에서 그는 특히 중국 고전문학의 사유방식에 모반을 일으키고자 했고, 형식과 내용 역시 전면적으로 혁신하고자 했다.

'시의 순수성'은 두말할 것도 없이 예술상의 제련과 단련을 가리키는 것이었지만, 당시의 문예정책이 공공연하게 문학이 정치의 부속물이 될 것을 요구했기 때문에, 이러한 미학상의 자기 기대감은 분명 정신적으로 일종의 저항을 의미하는 것이기도 했다. 선언문의 마지막에서 강조한 "애국하며, 공산주의에 반대하며, 자유와 민주를 보호"한다는 것 또한 자유주의 정신이 다른 방식으로 확대된 것이라고 할 수 있다.

현대시파가 결성된 것은 중국 모더니즘과 타이완 모더니즘의 영향력이 함께 작용했음을 상징한다. '은방울회銀鈴會'의 주요 성원이었던 린헝타이가 현대시 동인에 가입한 후, 이 집단에 더욱 풍부한 사고를 주입했다. 타이완 출신 시인 우잉타오吳瀛濤, 황허성黃荷生, 그리고 비교적 젊었던 바이추白萩, 리쿠이셴李魁賢, 예산葉珊이 창작에 동조한 것도, 모더니즘 운동을 매우 방대하게 만들어 주었다. 집단이 재건된 바로 그때 《현대시》는 〈현대시총現代詩叢〉 시리즈를 선보였다. 팡쓰의 《밤夜》[25]을 포함해서, 정처우위의 《몽토에서夢土上》[26], 양환의 《풍경風景》[27], 지셴의 《비상하

▶ 楊喚, 《風景》(舊香居 제공)

▶ 紀弦, 《在飛揚的時代》(舊香居 제공)

는 시대在飛揚的時代》[28]와 《별을 따는 소년摘星的少年》[29]은 각 시인들의 중대한 성취를 보여주는 작품집이다. 사상이 통제되어 창백했던 시대에 시인들은 시적 상상으로 유토피아 세계를 형상화했으며, 별이 뜬 새벽·계곡물·사랑·몽환을 통해 복잡다단한 사유를 보여주고 있다. 그들이 동경한 드넓고 개방적인 세계는 현실 사회에서는 찾을 수 없었고, 오직 명상 속에서, 내심 세계로 진입해서 탐색할 수밖에 없었다. 몇몇 중요한 시인들의 작품을 통해 《현대시》의 시풍을 짐작해볼 수 있을 것이다.

정처우위(1933-)의 본명은 정원타오鄭文韜, 허베이 사람으로 중싱中興 대학 법학상과대法商를 졸업했다. 그는 타이완 서정 전통의 중요한 개창자 중 한 명으로 풍격상 매우 냉정한 듯하지만 타오르는 정감을 암암리에 품고 있다. 그의 작품이 사람들을 빨아들이는 이유는 그가 정서의 펼침과 절제를 영리하게 조절한다는 데 있다. 더 주목할 만한 점은 그의 언어에는 음악성이 뚜렷해서, 빠르고 완만한 리듬 사이를 왕복하며 낭송하기에 상당히 좋다는 사실이다. 1950년대의 독자들 중 그의 운치있는 상승과 하강의 언어 속도를 칭찬하지 않는 사람이 없었고, 그의 시에서 느껴지는 상징의 조화와 통일 역시 좋아했다. 그의 〈착오錯誤〉, 〈이별賦別〉과 〈간이역에 정차했을 때小站之立〉는 오늘날까지 널리 낭송되고 있다. 《현대시》 제6기에 발표된 〈작디 작은 섬小小的島〉은 이 시기 정처우위의 특색을 가장 전형적으로 보여준다. 제1절은 다음과 같다.

> 당신이 살고 있는 이 작은 섬을, 생각해 보면,
> 그곳은 열대에 속하고, 새파란 국가에 속하네.
> 얕은 모래 위에는 오색 물고기들이 살고 있고,
> 피아노 건반이 들쑥날쑥하듯, 나뭇가지 위에는 작은 새가 뛰어다니네.

제1행에서 사용한 것은 도치법이고, 제2행에서 사용한 것은 복첩複疊2)

---

2) 복첩이란 똑같은 글자나 구절을 중복 사용하는 수사법을 가리킨다.

▶ 鄭愁予(《文訊》 제공)

이며, 제3·4행은 제2행에 딸린 구절에 속하는데, 시적 정취를 잘 드러내준다. 정처우위는 시의 음색과 질감에 주의했던 소수의 시인에 속한다. 그의 시 언어는 결코 화려하지 않고 눈에 띄지 않지만, 신선한 조합으로 시구를 통해 사람을 감동시킬 수 있도록 독특하게 변화시키는 능력을 가지고 있다. 이 시의 제4행은 1절의 마지막 행으로서 보기 드문 표현을 운용하여 결합시켰다가 다시 속도감 있게 절제하여 시 전체를 빛나게 만든다.

> 만약, 내가 죽는다면, 피리를 가져갈 테니,
> 그때 나는 목동이 되고 너는 양이 되어라.
> 그러지 않고, 내가 죽으면, 나는 반딧불이로 변해서,
> 내 일생 동안 너를 위해 등잔이 될 것이다.

이 또한 감동적인 대구를 이루는 시로, 제1·2행은 숨길 수 없이 분출되는 심정을 담아내고 있는데, 목동의 신분으로 사랑하는 사람을 보호하고자 한다는 내용이다. 제3·4행에서는 다시 자신을 낮추어 스스로를 생명이 짧은 반딧불이에 빗대어 사랑하는 사람의 작은 등잔이 되겠다고 하니, 사랑하는 사람을 향한 숭고한 감정을 부각시키면서 오만하기도 하고 열등하기도 한 자신의 모순된 심정을 암시하고 있다. 이러한 서정시는 지셴이 말한 '이성과 지성'에 부합하면서도 애정시의 매력과 따뜻함을 결코 경감시키지 않기도 한다. 정처우위가 1955년에 출판한 《몽토에서夢土上》

는 마치 현대 서정시의 탄생을 알리는 것 같다. 이후 그는 시집 《의발衣鉢》[30]과 《창밖의 여종窗外的女奴》[31]을 출판하여 상당히 토론을 야기하는 작품을 남겼다.

또 다른 시인인 팡쓰(1925-)의 본명은 황스수黃時樞, 후난湖南 사람으로 일찍이 국립중앙도서관에 재직했다. 팡쓰는 독일 시인 릴케의 영향을 많이 받아 릴케의 시를 많이 번역하기도 했다. 1950년대에 《시간時間》(1953)[32]을 포함해서 《하프와 피리豎琴與長笛》(1953)[33], 《밤夜》(1955)[34]

▶ 鄭愁予, 《夢土上》

까지 총3권의 시집을 출판했다. 1955년 《현대시》 제12기에 실린 팡쓰의 〈선인장仙人掌〉은 공인받은 걸출한 시 중 하나이다. 그의 글자 운용은 정취 안배에서부터 단초가 보인다. 이 시의 제1절을 예로 들어 보자.

당신을 사랑하는 것은
마치 사막에서
한 그루의 선인장을 사랑하는 것과 같소.
모든 수분이 한 방울에 모이듯
모든 열과 빛이 집중되듯
빛이 비추듯, 폭우가 적시듯
당신을 사랑하오.
이러한 열정으로, 이러한 한마음으로, 이러한 진심으로.

이 시에서는 두 개의 상징, 사막과 선인장이 있다. 사랑에 대해서 기대하는 바가 큰 어떤 남성이 있는데 사실 이 사람은 황량한 사막 그 자체이다. 황량한 땅에서 유일하게 생명을 가져올 수 있는 것은 푸른 빛깔을 띠는 선인장뿐이다. 이 두 개의 이미지는 강렬하게 대비되어 한편으로는 몹시 갈망하면서 한편으로는 윤기가 흐르는 신비한 변증을 이룬다. 글자의 취사선택에 있어 꼭 맞는 장점을 발휘했다고 볼 수 있다. 사랑·생명·죽음을 노래함에 있어 낭만주의적 색채가 강하다. 하지만 릴케의 시풍에 영향을 받았기 때문에, 과도한 정서를 여과하는 데 뛰어났을 뿐 아니라 상징을 농축시키는 데에도 뛰어났다. 음악적 측면에서 팡쓰는 정처우위만큼 그 정도로 민감하지는 못했지만, 시의 리듬에 대단히 주의를 기울였다. 팡쓰는 시집 세 권을 출판하고 미국으로 간 이후 시단에서 완전히 사라졌다. 그럼에도 불구하고 초기 모더니즘 시 운동을 개척했고, 초기 릴케 작품을 번역·소개한 팡쓰의 공로는 지금까지도 여전히 인정받고 있다. 그는 타이완 상징시파의 선구자로서, 시사詩史에서의 지위가 상당히 공고하다고 할 수 있다.

▶ 周夢蝶《文訊》 제공

《현대시》의 주편을 담당했던 지셴의 시풍은 시종 거침없이 호방하다. 지셴은 반공시를 쓴 적 있지만 최종적으로 시의 모더니즘화를 향해 전력으로 분투했다고 평가할 수 있다. 그는 신시를 다시 혁신할 필요가 있다고 강조하며, 온 세상이 들썩거리고 있을 때 용감하게 '횡적 이식'을 주장했다. 그러나 그가 기타 사조를 배척한 것은 결코 아니었으며, '대식물원주의'[35]라는 말로 자신의 백가쟁명·백화제방에 대한 지지를 표명했다. 창세기

시사創世記詩社의 야셴痘弦·뤄푸洛夫·뤄마羅馬(상친商禽)·지훙季紅, 푸른
별시사藍星詩社의 저우멍뎨周夢蝶·뤄먼羅門·룽쯔蓉子, 그리고 이후의 또
다른 조직 삿갓시사笠詩社의 린헝타이·우잉타오·바이추·펑디楓堤(리쿠
이셴李魁賢) 등이 모두《현대시》에 작품을 발표했다. 이것은 1950-60년대
의 중요한 시인들이 모두 현대시파의 세례를 거쳤음을 증명해준다. 지셴
은 모더니즘 시 이론을 개척한 선구자이기도 하다. 창작 방면에서도 그
의 대담한 실험과 시도는 가장 빠른 계몽자의 실천에 속한다. 부호를 활
용한 시는 그가 최초로 솔선해서 시도한 것으로, 예를 들어 사람들의 논
쟁을 야기했던 시〈7과 67與6〉, 그리고〈나의 조난신호我之遭難信號〉에는
그의 거침없는 사유가 충분히 드러나 있다. 1957년 6월에 출판된《현대
시》제18기에 발표한〈봄의 춤春之舞〉은 그의 모더니즘적 연출을 가장 대
표적으로 보여준다.

> 그녀는 국립연구원 표본 진열실에서 도망 나왔다
> ─ 전시되어 있던 백골이, 진열장의 유리를 부수고
> 소리 없이, 젊은 남성 관리자가 점심을 먹은 뒤
> 잠깐
> 꾸벅꾸벅 졸 때. 그녀는
> 아, 이처럼 사뿐, 사뿐, 사뿐
> 춤을 추네, 던컨의 걸음걸이와
> 조비연趙飛燕의 몸짓으로, 상업 빌딩들 앞에 있는
> 봄날의 조용한 광장에서. 광장에서,
> 두견화가 만발해 있고, 그녀는 춤을 추네. 춤을 추네.

이것은 전체시의 제1절로 대칭 대구를 이루는 형식을 버리고 장단이
일치하지 않는 시행을 사용하여 봄이 꿈틀꿈틀 태동함을 보여주고 있다.
일단 봄의 욕망이 풀리기 시작하자 박물관 안에 있는 해골 표본이라 하
더라도 춤을 추고자 하는 충동을 가지게 된다. 이 시의 끝에 지셴은 특별
히〈후기〉를 덧붙여 모더니즘을 지지했다. "… 내가 추구하는 것은 시 자

체의 언어와 방법이지 산문의 맛과 논리가 아니다. 즉 순수하게 시상詩想을 비약시켜 완전히 새로운 경계로 들어가는 것을 가리킨다. 일상적인 정서, 일반적인 관념, 나아가 천박한 운문형식을 거부하는 것을 일개 모더니스트의 기본태도와 출발점으로 삼고자 한다." 이러한 관점에서 〈봄의 춤〉을 검증해 보면, 순수하게 내심의 욕망을 잡아내어 묘사했다고 할 수 있다. 이 욕망을 어떻게 명명해야 할지 알 수 없지만, 만약 해골 표본이 기사회생할 수 있다면 그 욕망의 강렬함을 느낄 수 있을 것이다. 현실 세계에서 이러한 일은 결코 발생할 수 없지만 인간의 내심 깊은 곳에서는 생동적으로 표현할 수 있다. 이것이 바로 지셴이 말한 '비서정非抒情'이기도 하고, 그가 말한 '어떤 사실의 증명'이 아니라 '어떤 질서 있는 구성'이기도 하다. 그러므로 지셴은 1950년대에 이론과 창작을 동시에 병행하며 모더니즘운동의 내실을 풍부하게 만들었다고 평가할 수 있다.

이 시기에 타이완 출신 시인인 황허성이 출판한 시집《촉각생활觸覺生活》[36]은 모더니즘 시의 또 다른 수확이다. 〈문의 촉각門之觸覺〉 시리즈를 집중적으로 수록했지만 지나치게 어렵고 난해하여 일찍이 비난을 받은 바 있다. 린헝타이는《현대시》제21기에서 그를 변호하기 위해 〈황허성과 그의 시집 촉각생활黃荷生和他的詩集觸覺生活〉이라는 글을 썼다. 이 글에는 다음과 같은 구절이 있다. "…… 이러한 시에 대해서 우리는 어떤 태도를 취해야만 그 오묘함을 깨달을 수 있을 것인가? 내가 보기에 이것은 매우 간단한 일이다. 왜냐하면 '촉각'을 사용하여 '한 번 느끼기만 하면' 되기 때문이다."[37] 이것은 대단히 평범한 화법이지만 새로운 독서이론을 제시한 것이기도 하다. 모더니즘이 견인한 사유 활동은 단지 이론을 세우자는 것만이 아니며, 창작 실천에만 몰두하는 것만도 아니며, 독자들에게 과거의 피동적이고 나태한 태도를 버려야 한다는 것까지 요구한 것이었다. 독자들이 작품에 자주적으로 참여하여 감각을 동원해야지만 시의 의미와 생명을 느낄 수 있다는 것이다.

《현대시》가 단시간에 성장하자 동시대 기타 시인들이 즉각적으로 반

응했다. 1957년부터 1958년까지
시단에서 제1차 논쟁이 발발했다.
이것은 시인들 간의 모더니즘에
대한 정의와 모더니즘 시에 대한
명명에서 차이가 남을 보여준 것
으로 현재까지 의견이 분분하다.
이 논쟁은 순전히 지셴이 제기한
'현대시파 6대 신조'를 겨냥해 일
어난 것이었다.

지셴의 시관詩觀에 도전한 자
는 푸른별시사의 창시자인 탄쯔
하오였다. 탄쯔하오(1912-1963)의
본명은 지基, 쓰촨四川 사람으로
일찍이 일본으로 건너가 추오中

▶ 覃子豪(《文訊》 제공)

央대학에서 연구했다. 타이완으로 오기 전에 시 간행물 편집과 신문 부간
의 편집을 담당한 적 있다. 1945년 6월, 푸젠福建에서 시집《영안에서의
재난 이후永安劫後》를 출판한 적 있다. 1951년《신시주간新詩周刊》을 주편
한 적 있으며, 1953년에는 시집《해양시초海洋詩抄》[38]를 출판했고, 1955
년에는《해바라기向日葵》[39]를 출판한 창작과 이론을 겸비한 시인이었다.
탄쯔하오와 중징원鍾鼎文, 덩위핑鄧禹平, 샤징夏菁, 위광중 등이 공동으로
'푸른별시사'를 조직했다. 탄쯔하오는 신시를 '모더니즘 시'가 아니라 '자
유시'라고 부르는 경향이 있었기 때문에, 시의 이념에서 지셴과 서로 저
촉되었다. 현대시파가 선언을 발표한 뒤, 탄쯔하오는 자신이 창간한《푸
른별시선藍星詩選》'사자 별자리호獅子星座號'에 장문〈신시는 어디로 가
는가新詩向何處去〉[40]를 발표하여 지셴이 주장한 모더니즘 시가 타당하지
않음을 반박했다.

탄쯔하오와 지셴 두 사람이 전개한 논쟁은 모더니즘 시 운동이 발전할

노선과 방향에 관한 것이었고, 사회 현실과 민족 정체성을 다루는 것이기도 했다. 지셴 입장에서 모더니즘 시는 '횡적 이식'이어야 하는 것으로 '종적 계승'보다 우선하는데, 이것은 순전히 미학적 관점에서 출발한 것이었다. 마찬가지로 서정시에 대한 지셴의 경멸적인 태도 또한 모더니즘이 새로운 감각과 새로운 사유를 열어준다고 생각했기 때문에, 구식 정서의 굴레에 얽매여서는 안 된다는 의미였다. 이와 대조적으로 탄쯔하오는 고전 전통과 민족 입장이 중요함을 강조했다. 그의 모더니즘에 대한 비판에서 중요한 논점은 다음과 같다.

> 모더니즘의 정신은 전통에 반대하고 공업문명을 옹호하는 것이다. 공업문명이 매우 발달한 구미 사회에서조차 모더니즘은 계속해서 발전하지 못했다. 만약 모더니즘을 반半공업·반半농업적인 중국사회에서 신생하도록 노력한다는 것은 일종의 환상에 불과하다. 왜냐하면 중국 인민의 사회생활은 결코 현대화의 수준에까지 이르지 못했기 때문이다. 그렇다면 우리의 시 또한 현실생활을 초월하여 표현한다는 것이 불가능하다. 만약 그렇지 않다고 한다면, 그 작품은 현대 서구시를 모방한 것에 불과하거나 현실생활에서 벗어난 개인의 순수한 공상의 산물이 되어, 시의 진실한 의의를 잃게 될 것이다.

탄쯔하오의 관점이 바로 모더니즘이 의심받을 때마다 제기되는 일반적인 견해이기도 하다. 다시 말해 모더니즘과 타이완의 사회 현실이 도무지 맞지 않으며, 또한 모더니즘이 타이완 문학작품을 서구의 지엽적인 하류로 전락하게 만든다는 것이다. 그러나 탄쯔하오의 모더니즘에 대한 인식에는 큰 오류가 있다. 왜냐하면 모더니즘 사조라고 공업문명을 옹호하는 것은 아니며, 대다수의 서구 모더니즘 작가들이 사실은 공업문명에 저항하거나 그것을 비판했기 때문이다. 동시에 모더니즘은 탄쯔하오가 말한 것처럼 서구에서 '계속 발전하지 못했던 것'이 아니라 반대로 끊임없이 이어지고 확장되었다. 그럼에도 그의 주요한 논점은 모더니즘과 타이완의 현실을 결합시킬 수 있는가 하는 것에 있었기 때문에 중요하다.

탄쯔하오 역시 6항목의 원칙으로 지셴의 6대 신조에 응답했다. 탄쯔하오는 시인들이 인생 자체와 인생에서의 사건들을 충분히 중시하기를 바랐으며, 작가와 독자 간의 소통 과정을 중시하고, 시의 정확한 표현 등을 중시하기를 바랐다.

이와 같이 '예술을 위한 예술'과 '인생을 위한 예술' 간의 논쟁이 장기간 양상을 바꿔가며 전개됐다. 탄쯔하오가 강조한 것은 시의 인생관과 시의 사회성이었고, 지셴은 시를 어떻게 현대화할 것인가, 그리고 시를 어떻게 하면 순수한 예술로 만들 것인가 하는 문제에 보다 치우쳐 있었다고 할 수 있다. 탄쯔하오의 반박에 대해 지셴 역시 〈모더니즘에서 신모더니즘까지從現代主義到新現代主義〉(《현대시》제19기, 1957.8)와 〈소위 여섯 원칙에 대한 비판對於所謂六原則之批判〉(《현대시》제20기, 1957.12) 두 편의 장문을 써서, 쌍방 간 논쟁이 시작되었다. 푸른별시사 측의 뤄먼, 황용黃用, 위광중 모두 논쟁의 행렬에 가담했는데, 현대시파 측에서는 타이완 출신 시인 린헝타이만 성원을 보냈다. 현대시파의 힘은 이때에 이르러 시험받기 시작했다. 100여 명의 성원으로 이뤄진 현대시파는 결국 지셴을 고립된 지경에 이르게 했다. 린헝타이의 답변은 기본적으로 수필·독서 감상 방식으로 전개되어 체계적인 논리를 갖추지 못했다. 게다가 린헝타이의 논점은 모더니즘이 서정을 완전히 배척하는 것이 아니며, 완전히 사회를 벗어나는 것이 아님을 강조하는 것에 불과했다. 하지만 린헝타이는 〈짠맛의 시鹹味的詩〉(《현대시》 제21기, 1958.3)에서, 자신만만하게 타이베이가 언젠가 미래의 파리가 되기를 바라며 후대에는 "모더니즘운동의 역사가 타이완에서 완결됐다. 그리고 이러한 역사는 우리를 프랑스에서부터 아름다운 섬의 단수이淡水 강변 타이베이까지 인도했다. 하지만 모더니즘운동의 시작은 이곳 타이완에도 있었다는 점에서 중요한 의미가 있다"라고 쓴 책이 있기를 바란다고 했다.

린헝타이의 견해는 문화적 의의가 깊다. 이것은 모더니즘과 타이완 사회를 결합시키고자 한 가장 이른 시기에 등장한 관점으로서, 역사를 고쳐 쓰는 관점으로 외래의 미학 사조를 대하는 태도를 보여준다. 린헝타이는 일제강점기 청년 시절에 일본 신감각파를 통해 모더니즘을 접했다. 일본의 신감각파는 타이완에 영향을 끼쳤을 뿐 아니라 상하이 문단에도 충격을 가했다. 타이완작가 류나어우劉吶鷗가 1920년대 말기 신감각파의 미학을 상하이에 소개한 인물이다. 류나어우와 상하이 모더니즘의 선구자 다이왕수, 스저춘施蟄存, 두헝杜衡은 공동으로《무궤열차無軌列車》를 창간했으며,《현대現代》에도 가담했다. 지셴의 모더니즘의 근원은 일본 신감각파와 계보학적으로 관계가 있다고 말할 수 있다. 지셴과 린헝타이의 결탁은 이러한 점에서 볼 때, 사실 신감각파의 또 다른 회합이기도 하다. 린헝타이는 모더니즘의 타이완 정신을 강조했는데, 이것은 이후 모더니즘이 타이완에서 발전해 나갈 방향을 미리 예고하는 것이었다고 할 수 있다. 즉 기교와 미학적인 측면에서 타이완 작가들이 모더니즘으로부터 풍부한 자원을 섭취했지만, 정신적으로 그리고 내용에 있어서는 타이완의 생활과 감각을 주입했다고 할 수 있다.

▶ 林亨泰(《文訊》 제공)

이 문학논쟁은 마지막에 구체적인 결론 없이 종결됐다. 하지만 원래 문학논쟁이란 문학 사유를 비판하고 수정하는 과정을 공유한다는 점에서 의미가 있다. 지셴과 탄쯔하오의 논쟁은 모더니즘 시가 발전하는 과정에서 겪은 첫 번째 파란이었다.《현대시》는 1962년에 정간되었는데, 이

때《푸른별》과《창세기》가 이미 전성기를 구가하며 점차 지셴의 지도적인 지위를 대체했다. 푸른별시사의 위광중과 창세기시사의 뤄푸는 시관詩觀상 새로운 대척점과 대항을 이뤘다. 하지만 끊임없는 변론과 변증을 통해 타이완에서 모더니즘이 이미 성숙되었음을 선고했다고 할 수 있다.

샤지안과 《문학잡지》

1956년 2월 지셴이 현대시파를 새롭게 정비할 무렵, 타이완대학 외국어문학과 교수 샤지안 또한《문학잡지》를 창간하기 위한 준비를 하고 있었다. 샤지안(1916-1965)은 샤

▶ 샤 씨 형제 : 夏志淸(좌)과 興夏濟安(우)

수위안夏濟元이라고도 하는데, 장쑤江蘇사람으로 상하이 광화光華대학 영문과를 졸업했다. 《문학잡지》가 '아카데미파學院派' 간행물로 인식되는 것은 이 편집자의 신분 때문만은 아니고, 이에 참여했던 많은 작가들이 모두 대학에 적을 두고 있었기 때문이었다. 이 간행물은 모더니즘적 성격을 띠고 있기도 하며 전통문학의 영향을 받기도 했다. 1950년대 반공문학의 맥락에서《문학잡지》와《자유중국》은 자유주의 색채가 특히 농후한 잡지에 속한다. 《문학잡지》 창간호(1956.9)에서 샤지안은 〈독자에게致讀者〉[41]라는 글을 썼는데, 이 간행물의 문학 태도를 가장 잘 보여주고 있다. "우리는 공산당의 선동문학에 반대한다. 우리는 선전 작품 가운데 진실로 좋은 작품이 있을 수 있다고 생각하지만 문학이 모두 선전인 것만은 아니라고 생각한다. 우리는 고의로 사실을 왜곡하는 것에 반대하며,

지록위마指鹿爲馬하는 것에 반대한다. 문자의 아름다움을 추구하지 않는 것은 아니지만, 우리가 더 중요하다고 생각하는 것은 바로 진실을 말하는 것이다." 전자는 당연히 계엄 체제와 반공문학에 대한 불만을 암시하고 있으며, 후자는 고도로 모더니즘화하는 것에 대한 반응을 간접적으로 표현한 것이다. 구체적으로 말하자면,《문학잡지》는 정치적 보수주의를 받아들이지 않았으며 문학상의 급진주의에도 동의하지 않았다. 그러므로 샤지안과 그의 동인인 류서우이劉守宜, 린이량林以亮 등은 사상 계보적으로《자유중국》과 같이 자유주의에 비교적 가깝다고 볼 수 있다.《문학잡지》와《자유중국》은 상호동맹을 맺은 간행물로서, 그 작가들은 서로를 지원하기도 하고 상호 중첩되기도 했다. 쌍방 모두 일찍이 다과회를 통해 친목을 다지기도 했으며 연합 행동을 한 적도 있다.

가장 분명한 사실은 두 간행물이 1957년 후스를 노벨문학상 후보자로 동시에 추천했다는 점이다. 샤지안은《문학잡지》를 통해, 위광중·샤징·펑거는《자유중국》을 통해, 문학사에서 후스의 업적이 노벨문학상을 받기에 가장 적합하다고 표명했던 것이다. 후스는 공인된 자유주의자이자 자유주의 사상을 타이완에 소개한 첫 번째 인물이기도 하다. 당시의 작가 샤지안·위광중·녜화링은 모두 후스를 반권위·반독재를 주장하는 중요한 상징적 인물이라고 생각했다.

1958년 5월 4일 문예절文藝節에 후스는 중국문예협회의 요청을 받아들여〈중국문예부흥·인간의 문학·자유의 문학中國文藝復興·人的文學·自由的文學〉[42]이라는 제목으로 공개 강연을 했다. 이 강연에서 후스는 소위 문예기구라는 것과 문예정책의 부당함에 대해 비판했다. 그는 "… 우리에게 잘 알려져 있는 미국에는 절대로 이러한 것들이 없다. 문예에 대해 절대적으로 방임하는 태도를 취하고 있으며, 절대로 타인이 간섭하지 않으며, 정부는 절대로 문예를 이끌거나 지도하고자 하는 태도를 취하지 않아 일종의 문예정책과 같은 것이 없다. 문예를 지도하는 기관은 절대적으로 없다"라고 했다. 후스는 다섯 개의 '절대 없음'이라는 단어를 연속으로 사용하여 문예창작이 어떤 권력의 간섭을 받아서는 안 된다는 점을 역설했다. 그는 문장을 구사하면서 '자유'·'방임' 등의 자구를 반복적으로 언급하여 자유주의 정신을 설파했으니, 상당히 고전적인 자유주의자라 할 수 있다. 하지만 후스가 역설했던 것은 언론 자유를 쟁취하자는 소극적인 주장 외에 '인간의 문학'을 주장한 적극적인 부분도 있다.

'인간의 문학'은 후스가 처음으로 제창한 것이 아니고, 중국 5·4 시기의 저우쯔런周作人에서부터 제기되었다. 저우쯔런은 《예술과 생활藝術與生活》[43]에 〈신문학의 요구新文學的要求〉를 실어, 특별히 '인간의 문학'에 관한 정의를 내린 바 있다. "이러한 문학은 인간적인 것이지 동물적獸性的인 것이 아니며 신성한 것도 아니다." 그리고 "이러한 문학은 인류적이면서 개인적이기도 한 것으로서, 결코 종족적·국가적·향토적·가족적이지 않다." 후스가 비록 '인간의 문학'이 저우쯔런에게서 시작된 것이라고 명확하게 언급하지는 않았지만, 두 사람의 관념은 상당히 거리가 가깝다고 볼 수 있다. 그러므로 후스가 언급한 '인간의 문학'이란 바로 '자유로운 문학'으로서, 문학이란 반드시 '인간 기질人氣'·'인간의 품격人格'·'인간미人味'를 갖추고 있어야 함을 가리킨다. 멀리 거슬러 올라가면 1934년에 후스는 '중국문예부흥Chinese Renaissance'이라는 제목으로 영어로 강연을 한 적 있는데, 신문학운동과 문학혁명이란 "전통문화 중의 많은 관념과 제도에 대해 의식적으로 항의한 운동이며, 그러한 전통적 역량에 구속된 남녀 모두를 의식적으로 해방시키려는 운동이었다. 이것은 이성적으로 전통을 대하는 것이었으며, 자유를 가지고 권위에 대항하는 것이자 인간의 생명·인간의 가치를 드높여서 그 억압에 저항하는 운동이었다"라고 밝힌 바 있다. '자유로운 문학'과 '문예부흥'이라는 두 가지 관념을 한데 합친 것으로부터 후스의 인성해방에 대한 요구가 상당히 절실했음을 알 수 있다.

《문학잡지》와 후스의 '자유로운 문학'은 상통한다고 볼 수 있다. 샤지안 역시 인성해방이라는 어젠다를 대단히 강조했기 때문이다. 1950년대에 인성해방을 제기했다는 것은 공산당의 집권통치에 대항하는 것이자 국민당의 권위통치에도 저항하는 것이었다. 자유주의 정신이 발전함에 따라, 《문학잡지》도 모더니즘 미학을 표방하기 시작했다. 모더니즘 또한 인성을 발굴하고 인성을 해방하는 것이 목표였기 때문이다. 타이완 모더니즘이 비판하고자 했던 것은 계엄 체제하에서 인성이 감금되고 억압받고 있다는 사실이었다. 그러므로 모더니즘이 서구에서는 공업문명의 산물일 수 있지만, 타이완에 소개된 이후에는 더 이상 공업문명을 비판하는 무기로써만이 아니라 정치 계엄을 비판하는 적합한 도구가 될 수 있었다.

샤지안은 자유주의 정신에 부응한 나머지 문학적 사고에 있어서도 모더니즘의 창구를 열었다. 《문학잡지》 3권 1기(1957.3)에 그는 〈구문화와 신소설舊文化與新小說〉이라는 장문을 발표하여 모더니즘의 정신에 관해 설명했다. 그는 '신구 대립'과 '동서 모순'의 환경에 처해서, 일개 소설가는 "이러한 '모순 대립'이 야기하는 것에 관해 고민해야 하고, 소설이라는 예술형식을 빌려 이러한 고민을 해결해야 한다"라고 생각했다. 이것은 상당히 모더니즘적인 사고방식으로, 이어서 "소설가가 표현해야 할 것은, 인간이란 다양한 인생의 이상에 직면해서 고민을 조화시킬 수 없다는 사실일 것이다. 단순명료하게 진리를 제시하는 것은 진리를 향한 지난하고 분투하는 과정을 그려내어 보다 의미 있게 사람을 감동시키는 것보다 못하다"라고 주장했다. 현실적으로 인간이 대면하게 되는 풍경은 종종 분열적인데, 이 분열적 상태에서의 인간의 모순·초조함·충돌·고민을 문학 형식으로 표현해 내는 것이 바로 모더니즘의 중요한 특징이라고 할 수 있다.

영문과를 졸업한 샤지안은 《문학잡지》를 통해 영미문학을 대량으로 소개하기 시작했다. 이 간행물이 등장했다는 것은 미국식 모더니즘이 점차 문단의 포커스가 되었다는 것을 의미하며, 미국식 모더니즘이 지셴·탄쯔하오·팡쓰·린헝타이가 소개한 프랑스·독일 모더니즘을 대신했음을 의미하기도 한다. 이러한 변화의 낙차는 완만했지만 속도는 매우 빨랐다. 《문학잡지》에 투고했던 샤즈칭夏志淸·린헝타이·량스추·우루친·위광중과 장아이링張愛玲 모두 영미문학의 영향을 받았다. 그들이 주장한 모더니즘은 자연히 지셴의 《현대시》 노선과 달랐다고 할 수 있다. 《문학잡지》에 현대시를 실은 작가들은 대부분 푸른별시사 성원으로, 대량의 창작물과 번역물을 투고한 위광중 외에 샤징·우왕야오吳望堯·슝훙夐紅·예산葉珊·황융이 주요 투고자였다.

샤지안이 배출해낸 학생 천뤄시陳若曦(천슈메이陳秀美), 바이셴융白先勇, 왕원싱王文興은 이후 《현대문학現代文學》을 창간했다. 이 시기에 천슈메이는 이미 자신의 초기 모더니즘 소설 〈주말週末〉, 〈존경하는 외삼촌欽之舅舅〉, 〈회색 눈동자를 한 검은 고양이灰眼黑猫〉를 발표했고, 왕원싱은 〈시든 국화殘菊〉, 〈오후下午〉를 발표했으며, 바이셴융의 〈진따 할머니金大奶奶〉 역시 이 시기에 두각을 나타냈다. 바이셴융은 이후 〈문득 회고하다 驀然回首〉[44]에서 "샤지안 선생이

▶ 白先勇, 《驀然回首》

편찬한 《문학잡지》가 나의 서양문학에 대한 열정을 이끈 교량이었다"라고 언급한 바 있다. 《현대문학》의 창간자 중 한 명인 어우양쯔歐陽子 또한 그녀의 수많은 단편소설이 모두 샤지안이 담당했던 수업시간의 습작에 바탕을 두고 있음을 인정했다. 이것은 《문학잡지》가 창작 세대를 배출함에 있어 매우 큰 공헌을 했음을 증명해주며, 또한 모더니즘의 개척자가 되어 후대를 위해 광활한 길을 닦아주었음을 증명해 준다.

▶ 張愛玲,《傳奇》(舊香居 제공)

《문학잡지》에 주목할 만한 또 다른 이유는, 샤즈칭이 이 시기에 장아이링을 타이완에 소개했기 때문이다. 장아이링 역시 이 간행물에 투고한 작가이기는 하지만 번역 작업에 종사했던 것에 불과하다. 장아이링은 이 잡지에 미국소설과 시·평론을 대량으로 번역·소개했다. 샤즈칭(1921-)은 샤지안의 동생으로 당시 미국에서《중국현대소설사中國現代小說史》를 저술하고 있었는데, 그는 우선적으로 장아이링의 소설을 중국어로 번역하여 소개했던 것이다. 샤즈칭은《문학잡지》 2권 4기(1957.6)에서〈장아이링의 단편소설張愛玲的短篇小說〉이라는 글을 게재한 적 있다. 장아이링의 소설이 사람들을 끌어당기는 이유가 "그녀가 상징하는 복잡함과 풍부함, 그녀의 역사 감각, 그녀가 인정풍속을 처리하는 노련함, 그녀의 인간의 성격에 대한 깊이 있는 발굴"에 있다고 생각했다. 나아가 샤즈칭은 장아이링 소설의 정수가 다음과 같다고 평가했다. "《전기傳奇》에는 여러 편의 소설이 수합되어 있는데 모두 남녀 사이에 일어난 일과 관계가 있다. 남녀 간의 사랑이란 우습기도 하고 슬프기도 한 것이지만, 갈구하고 애교 떨거나 사사로운 정을 장아이링이 쓰면 결코 여기에서 그치지 않는다. 인간의 영혼은 통상 허영과 욕망으로 지탱되는데, 이 버팀목을 치워버린다면 인간은 어떻게 될 것인가? 이것이 바로 장아이링 작품의 제재이다." 이러한 문학비평은 모더니즘을 통해 인성의 나약함과 추악함을 부각시킨다는 점을 장악해야 가능하다. 샤즈칭이 이러한 관점으로 장아이링의 문학을 평가했을 때 무의식중에 모더니즘이 타이완 문단에 소개되

는 것을 합리화한 것이며, 또 이를 통해 무의식중에 장아이링의 작품이
타이완 사회와 접촉할 수 있게 했다. 타이완 문단에서 장아이링의 중요
성은 이 시기에 이미 확정된 것이라고 할 수 있다.

　모더니즘의 발전과 성장은 1950년대 말기 타이완 문학의 중요한 부분
을 차지한다. 모더니즘의 변화·확장과 성숙은 1960년대에도 지속적으로
진행됐다. 이러한 문학운동이 한 방울씩 쌓이기 시작했기 때문에 다양한
문화적 원류가 한 곳으로 집결될 수 있었다. 타이완 문학이 식민지 문학
인 이상 타이완 사회가 받아들인 미학도 자연스럽게 서로 뒤엉킬 것이
다. 하지만 외래의 미학은 일단 섬에 도착한 뒤 타이완 사회의 성격에
영향을 받아 개조되어어만 했다. 모더니즘운동이 바로 하나의 예가 된다
고 할 수 있을 것이다.

저자 주석

[1]　聶華苓,〈憶雷震〉, 傅正 主編,《雷震全集》2(台北: 桂冠, 1989), p.309 수록.

[2]　吳魯芹,《美國去來》(台北: 中興文學, 1953).

[3]　吳魯芹,《鷄尾酒會及其他》(台北: 文學雜誌社, 1957).

[4]　吳魯芹,《師友·文章》(台北: 傳記文學, 1975).

[5]　吳魯芹,《瞎三話四集》(台北: 九歌, 1979).

[6]　吳魯芹,《英美十六家》(台北: 時報, 1981).

[7]　吳魯芹,《台北一月和》(台北: 聯經, 1983).

[8]　吳魯芹,《文人相重》(台北: 洪範, 1983).

[9]　吳魯芹,《暮雲集》(台北: 洪範, 1984).

[10]　吳魯芹,《餘年集》(台北: 洪範, 1982).

[11]　吳魯芹 著, 齊邦媛 編,《吳魯芹散文選》(台北: 洪範, 1986).

[12]　余光中,〈愛彈低調的高手: 遠悼吳魯芹先生〉,《記憶像鐵軌日樣長》(台北: 洪範, 1987).

[13]　陳之藩,《旅美小簡》(台北: 明華, 1957), 1962년 台北: 文星出版社에서 발행, 오늘
　　　날까지 판본이 매우 많다.

[14] 陳之藩,《劍河倒影》(台北: 仙人掌, 1970).

[15] 陳之藩,《在春風裡》(台北: 文星, 1962).

[16] 張秀亞,《感情的花朵》(台北: 文壇社, 1956).

[17] 聶華苓,《葛藤》(台北: 自由中國雜誌社, 1953).

[18] 聶華苓,《翡翠貓》(台北: 明華, 1959).

[19] 聶華苓,《失去的今鈴子》(台北: 台灣學生, 1960).

[20] 聶華苓,《一朵小白花》(台北: 文星, 1963).

[21] 聶華苓,《桑青與桃紅》(香港: 友聯, 1976).

[22] 司馬桑敦,《山洪爆發的時候》(台北: 文星, 1966).

[23] 司馬桑敦,《野馬傳》(香港: 友聯, 1959, 台北: 自費出版, 1967).

[24] 紀弦,〈現代派信條釋義〉,《現代詩》13期(1956.2).

[25] 方思, 본명은 黃時樞,《夜》(台北: 現代詩社, 1955).

[26] 鄭愁予,《夢土上》(台北: 現代詩社, 1955).

[27] 楊喚,《風景》(台北: 現代詩社, 1954).

[28] 紀弦,《在飛揚的時代》(台北: 寶島文藝, 1951).

[29] 紀弦,《摘星的少年》(台北: 現代詩社, 1954).

[30] 鄭愁予,《衣鉢》(台北: 台灣商務, 1966).

[31] 鄭愁予,《窗外的女奴》(台北: 十月, 1968).

[32] 方思,《時間》(台北: 中興大學, 1953).

[33] 方思,《豎琴與長笛》(台北: 現代詩社, 1958).

[34] 方思,《夜》(台北: 現代詩社, 1955).

[35] 張堃,〈從'橫的移植'到'大植物園主義': 專訪美西半島居老詩人紀弦〉,《創世記詩雜誌》122기(2000.3), pp.11-22.

[36] 黃荷生,《觸覺生活》(台北: 現代詩社, 1956)

[37] 林亨泰,〈黃荷生和他的詩集觸覺生活〉,《現代詩》21기(1958.3).

[38] 覃子豪,《海洋詩抄》(台北: 新詩周刊社, 1953)

[39] 覃子豪,《向日葵》(台北: 藍星詩社, 1955)

[40] 覃子豪,〈新詩向何處去〉,《藍星詩刊》창간호 '獅子星座號'(1957)

[41] 夏濟安,〈致讀者〉,《文學雜誌》창간호(1956.9).

[42] 穆穆 정리, 원문《文壇》2期 게재(1958.6), pp.6-12.

[43] 周作人,《藝術與生活》(上海: 群益書社, 1930)

[44] 白先勇,〈驀然回首〉,《驀然回首》(台北: 爾雅, 1978), pp.70.

제14장
모더니즘 문학의 확장과 심화*

    1960년대로 접어든 타이완 문학은 점차 단절·분열되는 경향을 보였다. 이러한 현상은 작가 세대의 격차를 포함해서 미학 사유의 상이함 및 현실 환경에 대한 상이한 반응과 같이 다방면에서 목격되었다. 이러한 단절·분열이 조성된 원인은 대단히 복잡한데, 그 중 비교적 눈에 띄는 이유로는 크게 두 가지를 꼽을 수 있다. 첫째, 국민정부가 국공내전의 그림자에서 완전히 벗어나지 못하고 타이완 사회를 더욱 치밀하게 탄압했다는 점, 둘째, 세계적인 냉전 대치 상황으로 인해 미국이 타이완에 대한 정치적 지지와 경제적 지원을 부단히 강화했다는 점이다.

▶《自由中國》15卷 9期

    국공내전의 관점에서 볼 때 1950년대의 공포와 회의가 동요하는 시기를 겪은 후, 국민정부는

---

* 이 장은 고운선이 번역했다.

대체로 자신들의 타이완에서의 통치 기초를 공고히 했다고 할 수 있다. 하지만 그들은 이러한 권력적 우위를 유지하기 위해, 반공이라는 이름을 빌려 실시했던 계엄정책을 조금도 완화한 적 없다.[1] 특히 1954년 '중미 상호방어조약'이 체결된 뒤, 중국 대륙과의 격리정책이 점차 고착화·영구화되자 이것이 오히려 국민정부에게 비교적 안정적인 정치공간을 제공해주는 셈이 되었고, 나아가 사회 내부적으로 더욱 고압적인 통치정책을 펼칠 수 있게 해주었다. 1960년의 레이전雷震사건[1]은 국민당의 지식인에 대한 관용이 얼마나 박했는가를 상징적으로 보여준다. 레이전이 체포되고 그가 창간한 잡지 《자유중국》이 금지된 것은, 자유주의 사상이 타이완에서 잇달아 좌절되고[2] 지식인의 사상·언론 공간이 전대미문의 감시와 통제를 받아 강제로 축소되었음을 의미한다. 거친 정치 현실은 작가들로 하여금 이른바 반공정책과 계엄체제라는 것이 결코 타이완 사회를 해방시키지 못하며, 섬에 거주하는 사람들에게 자유를 누리게 해주지 못한다는 사실을 처절하게 깨닫게 해주었다. 작가들은 고도로 통제된 정치 현실에 대해 상당한 회의감을 느끼게 되었고, 이로 인해 국민정부가 중국을 대표한다는 사실에 대해서도 곤혹스러웠다. 그들은 작품에서

---

1) 레이전(1897-1970)은 원래 국민당의 핵심 당원이었다. 1920년 국민당에 가입한 뒤 중일전쟁 전후에는 국민당참정회를 주관했으며, 국공내전 기간에는 장제스와 함께 국공회담에 참여하기도 했다. 그는 국민당이 '진보적 방향'으로 노선을 정하고 점진적인 개혁을 통해 '자유 민주주의사회'를 건설하자는 입장을 가지고 있었다. 그러다가 1960년 장제스가 세 번째로 총통직을 연임하려는 것을 알고 이를 막기 위해 5월 4일, 국민당에 비판적인 새로운 당을 만들어 공정한 선거제도를 확립하고 민주정치를 실현하고자 했다. 7월에서 8월에 이르기까지 대략 4차례의 좌담회를 개최하여 비국민당 인사들의 뜻을 규합하고자 했다. 그러다가 결국 9월 4일 체포되어 군사법정에서 '반란선동죄'로 판결 받고 10년형에 처해졌다. 미국에 있던 후스가 타이완으로 와서 장제스에게 부탁을 해보기도 했지만 1970년 만기 출옥했다. 출옥 후 국호를 '중화타이완민주국Chinese Republic of Taiwan'으로 바꿀 것을 건의할 정도로 타이완 사회의 개혁에 관심을 가지고 있었으나 1979년 82세의 나이로 사망했다. 2002년이 되어서야 중화민국 정부는 레이전의 지위를 복권시켜주었다.

중국에 대한 감성을 반영할 수 없었을 뿐 아니라 타이완 현실에 대해서도 적극적인 태도를 표명할 수 없었기 때문에, 결국 이 시기의 문학은 정치와 거리를 유지할 수밖에 없었다. 고민, 초조함, 고독한 정서가 1960년대 문학에 침투하게 된 까닭은 이러한 폐쇄적인 정치현실과 상당히 밀접한 관계가 있다.

세계 냉전체제라는 형세를 감안하자면, 미·소 대립을 중심으로 하는 자본주의와 사회주의 양대 진영의 충돌은 대체로 1960년대에 확립되었다. 미국의 국민정부에 대한 협조도 바로 이 시기에 가장 안정적이었다고 할 수 있다. 타이완 해협에서의 미국 제7함대의 방어를 제도화했을 뿐 아니라 국민정부의 UN에서의 지위도 보호해 주었다. 더욱 고무적인 사실은, 경제 방면에서 미국이 물자를 원조하고 다국적 기업이 지속적으로 타이완으로 진출하여 일제강점기 이후 잔존하고 있던 공업 기초를 소생시킬 수 있는 기회가 마련되었다는 점이다. 하지만 타이완이 정치·경제·군사 방면에서 의존하게 되자, 한쪽으로 치우친 친미문화가 형성되는 것도 피할 수 없었다. 특정 세력에게 지배받는 정치·경제 구조하에서 지식인의 사유는 점차 '좌파'적인 비판정신을 상실하게 되었고, '우파'적 공모에만 몰두하게 되었다. 이로 인해 타이완 작가들은 미국에서 대량으로 공급되던 문화 덤핑에 전혀 저항하지 못하고 받아들일 수밖에 없었다.

미국 모더니즘 사조는 바로 이러한 제국주의 문화와 타이완 친미문화가 상호 반응하여 최종적으로 타이완에서 개화된 결과물이라고 할 수 있다. 1950년대 중엽 이래 유행했던 프랑스 상징주의는 1960년대에 차츰 미국 모더니즘으로 대체되는 중요한 전환기를 맞이하게 되었다. 이것은 미국 원조문화가 적극적인 역할을 했기 때문이었다. 하지만 서구 모더니즘을 받아들이는 과정에서 타이완 작가들의 문학적 사고 역시 일정한 특색을 띠게 되었다. 첫째, 서구 모더니즘의 발생은 경제적 측면의 변혁에서부터 비롯되었지만, 타이완 작가들이 모더니즘을 받아들이게 된 것은 정치 환경에 영향을 받았다는 점이다. 서구 모더니즘이 표현한 황량함·비틀림·고독한 미학은 산업혁명 이후의 도시생활에 대한 반동과 비판에 바탕을 두고 있다. 반면 타이완 모더니즘 작품들이 표현한 방랑·쫓겨남과 환멸은 반공정책과 계엄체제에 대한 저항에서 비롯된 특징이 있다. 둘째, 타이완 모더니즘이 추구하고자 한 것은 상당 정도 사상과 정신의 출로를 찾는 것이었다. 이러한 영혼의 해방은 서구 작가들이 타락과 퇴폐를 통해 현대 문명의 위기 표현하고자 한 것과 다르다. 타이완 모더니즘은 폐쇄적 정치체제를 향해 심도 있는 항의를 표현하고자 했던 것이다. 그러므로 타이완 작가들이 그려낸 방랑과 죽음은 사실 생명의 의의를 직접적이고 적극적으로 함축하고 있다고 할 수 있다. 셋째, 타이완 작가들이 서구 모더니즘의 영향을 받기는 했지만, 그렇다고 완전히 서구 문학사조의 하류에 속한다고 할 수 없다. 내면세계를 묘사하는 측면에 있어서는 타이완 작가들이 훨씬 더 사실적이다. 타이완의 문학은 전쟁으로 인한 고난, 향토 역사의 붕괴, 전통 인륜관계의 편향에 관한 내용을 담아내고 있으면서도 모더니즘 기법을 활용하여 작품의 색채와 분위기를 더욱 깊이 있게 만들었다고 할 수 있기 때문이다.

모더니즘 노선의 확립: 《푸른별》과 《창세기》 시사

1960년대가 타이완문학사에서 모더니즘 시기로 규정된 것은 결코 하루아침에 이뤄진 것이 아니며, 어떤 사람 무슨 파의 각고한 노력 때문인 것도 아니다. 그것은 전면적 예술운동 덕분이었다. 모던 아트現代畵·현대무용·현대음악·현대영화·현대극장이 1960년대부터 앞 다퉈 나타나기 시작했다. 모든 예술 활동은 '모던'의 탄생과 연계되어 있었는데, 분명한 것은 미국의 문화원조가 배후에서 강하게 영향을 끼쳤다는 사실이다.[3] 그런데 이러한 대규모 운동에는 당시 지식인들이 사상해방을 이루고자 하는 욕망이 얼마나 강했는가 하는 점이 반영되어 있다. 관방이 주도하는 반공문예는 이 시기에도 여전히 작가의 사유에 영향을 끼치고 있었다. 부인할 수 없는 점은 관방의 문예정책과 그것이 만들어낸 전투문학이 1960년대에도 여전히 일거수일투족 중대한 영향을 끼치는 지위를 차지하고 있었다는 사실이다. 많은 작가들이 적당한 시기에 사상개조에 호응하는 태도를 보여야 했기 때문에 근본적으로 패권담론에서 벗어날 방법이 없었다. 사상적 출로를 찾기 위해 발버둥치는 과정에서 모더니즘적 사유는 때마침 당시의 작가들에게 적절한 통로가 되어주었다. 모더니즘 식의 조롱을 빌려, 작가들은 심리적·정신적으로 상당한 정도의 해방과 자유를 느낄 수 있었다. 각종 관방 문예정책과 충돌하면서 모더니즘 시 운동現代詩運動이 이끈 도전은 그야말로 가장 가치있는 작업이었다고 할 수 있다.

모더니즘 시 운동은 1960년대에 이르러 이미 거칠게나마 규모를 갖추고 있었다. 전후 타이완문학의 '모더니즘'에 대한 추구는, 만약 모더니즘 시 운동으로부터 자극을 받지 못했다면 그렇게 신속하게 성숙한 단계까지 이를 수 없었을 것이다. 지셴이 창간한 《현대시》와 이 잡지가 고취한 모더니즘 운동[4]이 바로 이러한 역사적 맥락 속에서 현저한 의의가 있다.[5] 하지만 지셴만이 추동자 역할을 했다고 할 수 없다. 현대시사 외에, 1954년 3월에 결성된 푸른별시사와 1954년 10월에 결성된 창세기시사[6]가 타이완 모더니즘 사조의 형성과 발전에 있어 적극적이면서도 직접적인 작용을 했다. 이 두 개의 시단이 동시에 운동에 참여하고서부터 모더니즘에 대한 정의와 내용이 명확한 범주

▶《藍星》(舊香居 제공)

를 가지게 되었고, 지셴이 외쳤던 '신시新詩 재혁명'과 '신시의 현대화'[7] 역시 실천 단계로 접어들게 되었다고 할 수 있다.

푸른별시사가 최초로 주목을 받게 된 것은 탄쯔하오가 지셴에게 선전 포고를 한 이후부터다.[8] 이 두 사람은 모더니즘 시 운동의 중요한 지도자로서 일찍이 1950년대 초기에 《신시주간新詩周刊》[9]을 각각 주편한 바 있다. 그들이 모더니즘 시를 수용하게 된 것은 프랑스 상징주의 작품으로부터 영향을 받았기 때문이다.[10] 하지만 탄쯔하오의 시관은 지셴이 주장하는 것처럼 신시를 신속하게 현대화하자는 것이 아니었다.[11] 그래서 탄쯔하오가 등장하자 비로소 '횡적 이식'[12]의 행보가 늦춰졌다고 할 수 있다. 그러나 탄쯔하오가 참여함으로써 타이완에 모더니즘 사조가 점점 더 발전적으로 도입될 수 있었던 것도 분명한 사실이다. 그가 이끈 푸른별시사는 모더니즘을 실천함에 있어 침착하면서 진중한 태도를 취했다. 모더니즘이 타이완에 광범위하게 전파될 수 있었던 것을 이해하기 위해서는 푸른별시사가 했던 역할을 가볍게 넘어가서는 안 된다.

푸른별시사는 1954년 3월에 결성되었다. 샤징夏菁, 덩위핑鄧禹平의 기획하에 위광중, 탄쯔하오, 중딩원鍾鼎文이 모여 함께 결성했다. 결성 초기, 이 시단은 아직 구체적인 문학 주장이 없었다. 그들이 발행한 간행물로는 두 개의 중요한 시리즈가 있는데, 그중 하나는 《푸른별 시간藍星詩刊》으로 총 211기가 발행됐으며 1954년 6월에 시작해서 1956년 8월에 정간됐다. 이것은 당시의 《공론보公論報》 지면을 빌려 발행되었는데, 이 시단이 주로 교류하던 미디어였기 때문이다. 다른 하나는 접이식 팸플릿이었던 《푸른별 시 팸플릿藍星詩頁》으로 총63기 간행되었는데, 1948년 12월에 시작되어 1965년 6월에 정간됐다. 이 외에도 이란宜蘭판(1957) 《푸른별藍星》, 《푸른별시선藍星詩選》 총2기(1957), 그리고 《푸른별계간藍星季刊》 총4기(1961-1962)는 탄쯔하오가 주편을 맡은 적 있다.

이 시단은 표면적으로 느슨하게 보였고 어떠한 이론도 세우지 않은 것처럼 보였지만, 모더니즘 시 논쟁에서 무의식중에 던진 견해와 비판은 동시대 다른 문학 집단과는 다른 시관을 보여주는 것이었다. 기본적으로 푸른별시사가 추구하고자 한 노선은 온건한 발전이었다. 무조건적으로 서구를 배우자는 것全般西化도 아니고, 써 먹지도 못할 과거를 배우자는 것도 아니었다. 1950년대 중기부터 1960년대 초기에 이르는 몇 차례의 논쟁을 통해, 시단 성원들의 태도와 믿음을 확인할 수 있다. 상술한 탄쯔하오와 지셴 사이의 논쟁 외에, 푸른별시사 성원들은 또 다른 논쟁에도 세 차례나 참여했다. 하나는 상징시파의 정의와 위상에 관한 것이었다. 이 논쟁은 교수 쑤쉐린蘇雪林이 먼저 비난하고 나서자 탄쯔하오가 연이어 변호를 한 것으로, 1959년 7월부터 11월까지 진행됐다. 다른 하나는 신시를 보호하기 위한 변론으로, 보수적인 칼럼니스트 옌시言曦가 문제를 제기하자, 탄쯔하오·위광중·황융黃用·샤징·예산 등이 변호에 나섰다. 이 논쟁은 1959년 11월에 시작되어 1960년 6월에 끝났다. 나머지 하나는 위광중과 뤄푸가 모더니즘 시 정신에 관해 재정의하고 재정비한 <시리우스天狼星> 논쟁이었다. 모더니즘 시가 답답한 정국 끝에 출로를 찾았다는 데서 우리는 이 몇 차례 논쟁의 의미를 찾을 수 있을 것이다. 반공 정책의 그늘 하에서 반복되었던 변론은 광활한 상상의 공간을 우회적으로 펼쳐주었다. 구체적으로 말하자면, 논쟁에 참여한 성원들이 관방의 이데올로기에 결코 정면으로 도전하지는 않았지만, 자유를 동경하는 그들의 영혼은 논쟁을 통해서 오히려 은밀하게 해방감을 느낄 수 있었다. 또한 수차례의 논쟁을 거쳐 타이완 모더니즘 정신도 차차 구축되었다는 점에 주목해야 한다. 타이완의 시인들은 서구문학에 전적으로 경도되지 않았으며, 중국의 전통을 목숨 걸고 고수하려 하지도 않았다. 그러므로 이것은 일종의 1950년대라는 특정한 시공간에서 주조된 모더니즘 시 미학이었다고 할 수 있다.

탄쯔하오와 쑤쉐린 사이의 논쟁은 바로 이러한 모더니즘 시의 위치를 잘 보여준다. 쑤쉐린(1897-1999)은 청궁成功대학 중문과 교수로, 1930년대에 루쉰의 문학관을 혹독하게 비판한 적 있다. 그녀의 입장은 거의 국민당의 문예정책에서 출발하여 당시 극단적인 보수 논점을 대표한다고 할 수 있다. 쑤쉐린은 《자유청년自由青年》에 〈신시단의 상징파 창시자, 리진파新詩壇象徵派創始者李金發〉,[13] 〈상징시 논쟁을 위해 탄쯔하오 선생에게 삼가 고하다爲象徵詩體爭論敬告覃子豪先生〉,[14] 〈본간 편집자에게 보내는 서한致本刊編者的信〉[15]세 편의 글을 발표했는데, 모더니즘 시를 왜곡하고 오해하는 전통 학자의 전형적인 시각을 보여준다. 쑤쉐린은 상징시파가 문법이 통하지 않고, 자구도 난해하며, 의미가 모호하다고 비판했다. 또한 그녀는 중국 상징시파의 창시자인 리진파가 처음으로 신시를 막다른 골목으로 몰아넣었는데, 타이완의 모더니즘 시인들은 그러한 상징시파의 하류 중에서도 하류로서, 새로운 출로를 더더욱 찾아볼 수 없다고 고발했다. 심지어 쑤쉐린은 "무당의 독살스런 말, 도사의 저주, 도적들의 칼부림切口"[16]이라는 말로 타이완 모더니즘 시를 형용했다. 쑤쉐린의 입장은 여전히 문법의 기율과 의미의 투명함을 힘써 추구하자는 것으로, 거의 5·4시기 백화문운동의 단계에 머물러 있는 것과 같았다. 이러한 보수적인 관점으로는 당연히 모더니즘을 받아들일 수 없었을 것이다.

▶ 蘇雪林(《文訊》 제공)

탄쯔하오는 〈상징파와 중국 신시를 논하며 쑤쉐린 선생에게論象徵派與中國新詩兼致蘇雪林先生〉,[17] 〈말라르메, 쉬즈뭐, 리진파 및 기타를 간략히 논함 ─ 다시 쑤쉐린 선생에게簡論馬拉美, 徐志摩, 李金髮及其他 ─ 再致蘇雪林先生〉,[18] 〈시의 창작과 감상을 논함論詩的創作與欣賞〉[19]이라는 3편의 글로 우선 응전에 나섰다. 이 글들은 당시의 모더니즘 시인과 그 창작을 변호하는 한편, 상징주의의 이론과 실천을 해석한 것이었다. 1950년대 폐쇄적인 정치 분위기 속에서 탄쯔하오의 시관은 일종의 사상해방이자 모더니즘 시에 대한 평가라고 볼 수 있다. 그는 쑤쉐린에게 답하는 첫 번째 글에서 진지하면서도 힘 있게 다음과 같이 변호했다.

> …… 타이완의 신시가 외래의 영향을 받은 정황은 매우 복잡하여 어떤 하나의 주의, 어떤 한 유파로 귀속시킬 수 없다. 이는 새로운 영향을 셀 수 없을 만큼 받아서 함께 병합한 종합적인 창조물이다. 문학·예술은 시대에 따라 변하는 것으로서, 시는 반드시 스스로 갱신을 이뤄나가야 한다. 현재 타이완 시의 경향은, 내적 세계를 표현하는 것이지 표면적인 현상 세계를 표현하는 것은 아니다. 타이완의 시는 인류 생활의 본질과 그 신비를 발굴하고자 하지 희미한 생활의 현상을 섭취하려 하지 않는다. 타이완의 시는 상징파가 추구했던 어렴풋하면서도 신비로운 경계를 이미 뛰어넘었기 때문에, 생활의 진실에 더 가깝다고 할 수 있다.[20]

탄쯔하오의 글에서 언급한 '내적 세계', '생활의 본질'과 '생활의 진실'은 모두 당시의 정치구호 및 문예정책과 판이한 대조를 이룬다. 그는 '진실'을 가지고 '현실'을 대체했으니, 모더니즘 시의 노선이 의식적이든 무의식적이든 관방 이데올로기에서 벗어나 있었다고 설명할 수 있다. 그가 상징주의를 명확하게 변호하고자 할 당시에, 사실 이미 모더니즘 시를 독립·자주적인 예술로 존중하고자 했음을 알 수 있는데 이것은 권력이 간섭하여 좌우할 수 있는 문제가 아니었다. 탄쯔하오도 모더니즘 시 중에서 모방에 불과한 진부한 작품이 적지 않음을 인정했지만, 이로 인해 모더니즘 시의 일정한 성과를 부인할 수는 없다는 입장이었다. '이해'와 '난해함'의 차원에서 모더니즘 시를 논하게 되면 문예비평은 파산에 이르게 될 뿐이라는 것이다.

탄쯔하오와 쑤쉐린 두 사람의 변론은 승패를 가리는 것에 있지 않았다. 하지만 서로 주고받는 문답 속에서, 1950년대 타이완에서는 이미 5·4문학의 심미관이 점차 쇠락해 가고 모더니즘적 사유가 한창 만개하고 있었음을 보여준다. 이것은 중요한 역사적 단절로서, 문학창작이 내면 탐색으로 우회하여 전진하고 있었음을 보여준다. 시의 언어가 개조되었을 뿐 아니라 시인의 정서 또한 재정비되었다. 탄쯔하오는 1959년 《문학잡지》에 〈현대 중국 신시의 특질現代中國新詩的特質〉[21]을 발표하였는데, 1950년대 신시가 이룬 것을 총정리하는 글이라고 할 수 있다. 이 글에는 전반적으로 탄쯔하오의 모더니즘 시의 앞날에 대한 믿음이 담겨 있는데, 그의 타이완 모더니즘 시에 대한 평가가 견실한 이론적 기초에 바탕을 둔 것임을 확인할 수 있다. 특히 그는 모더니즘 시란 '중국이 현대화한 산물이지, 구미의 현대화 산물이 아니'라고 지적했다.[22] 이 말은 타이완 모더니즘이 타이완 현실에 맞게 현지화在地化한 성과물이며, 구미문학의 하류에 불과한 것이 아니라는 뜻이다. 탄쯔하오는 "내가 강조하는 중국 현대라는 말은, 중국 현실 생활의 진실성에 기초한다는 뜻으로, 중국의 현실과 구미의 현실이 완전히 다름을 암시한다. 중국인이 신체적·정신적으로 받은 상처와 그동안 누적해온 고민을 실제로 비교해 보면, 어떤 국가의 인민보다도 깊다는 것을 알 수 있다. 시의 정감에서 드러나는 이러한 고민은 의심의 여지없이 훨씬 더 심각하고 비통하다. 중국의 시인들은 중국의 위대한 현실이 감추고 있는 숨겨진 보물을 결코 버릴 수 없으며, 서구 모더니즘 시의 맛을 온전하게 붙잡을 수도 없다"[23]라고 생각했다. 탄쯔하오가 분명하게 지적하고 있는 것은, 구미 모더니스트의 현실은 근본적으로 자본주의와 도시생활에 깊이 뿌리박고 있지만, 타이완 모더니즘 시인들이 직면하고 있는 현실적 고민은 정치 환경에 기반하고 있다는 점이었다. 모더니즘이 타이완에서 변형된 것은 이처럼 서구사회의 환경 속에서 진행된 것과 다른 점이 있기 때문이었다. 탄쯔하오는 이 장문의 글에서, 양환楊喚, 샤징, 위광중, 야셴瘂弦, 우왕야오吳望堯, 정처우위, 팡쓰方思, 롼낭阮囊, 저우멍데周夢蝶, 바이추白萩, 샹밍向明 등의 작품을 적극적으로 평가했고, 이러한 시들의 특질이 다음과 같다고 했다. "진실을 가지고 허망함을 부정하고, 소박함으로 황당무계함을 부정하고, 자발적으로 조작을 부정한다. 그것은 사실이 아니기 때문에, 삶과 진실의 신비를 밝혀낼 수 없기 때문이다.”[24]

탄쯔하오와 쑤쉐린의 상징시파 논쟁에 이어 또 다시 모더니즘 시를 옹호하는 논쟁이 벌어졌다. 1959년 11월, 칼럼리스트 옌시는 쑤쉐린의 입장에서 서서 〈신시 한담新詩閒話〉[25] 이라는 4편의 글을 잇달아 발표했다. 그는 여전히 중국 고전시의 창작기교를 고수했다. 시란 반드시 일정한 분위기를 조성해야 하며造境, 자구를 조탁해야 하며, 운율의 조화를 이뤄야 한다協律는 세 가지 조건을 갖춰야 하고, 반드시 읽고 암송하고 노래할 수 있는 세 가지 차원에 이르러야 한다고 생각했다. 옌시는 모더니즘 시의 창작 과정이 이러한 미학 원리와 완전히 어긋난다고 생각했다. 심지어 40-50년이 지나면, ‘중국은 시가 없는 국가로 전락할 것’이라고 걱정했다.

옌시의 이러한 비판에 대해, 푸른별시단의 멤버들, 위광중을 포함하여 탄쯔하오·예산·샤징·황용 등은 모두 적극적으로 변호에 참여했다. 그 중 위광중이 쓴 〈문화의 사막에서 가시 있는 선인장文化沙漠中多刺的仙人掌〉,[26] 〈신시와 전통新詩與傳統〉,[27] 〈코끼리 만지기와 호랑이 그리기摸象與畫虎〉,[28] 〈코끼리 만지기와 이 잡기摸象與捫蝨〉[29]와 같은 네 편의 글이 가장 설득력이 있다. 푸른별시단이 이끈 이 논쟁은 옹호전이라기보다는 오히려 모더니즘 시 운동이 한 차례 확장되는 계기를 마련했다고 할 수 있다. 위광중은 특히 “모더니즘 시인들은 잠재의식을 발굴하고 지적으로 냉정하게 관찰하며, 자아라는 존재에 대해서 고도의 자각을 추구하고, 과학을 이해하고자 하면서도 기계를 넘어서고자 하며, 전통의 협소한 미적 감각을 타파하고자 한다. 우리는 추상적인 아름다움이야말로 가장 순수한 아름다움이라고 생각하며, 논리에 맞지 않는 것이야말로 아름다움의 논리라고 생각한다”라고 강조했다.[30] 이 관점은 탄쯔하오의 시관에 힘을 실어주는 동시에, 5·4전통 가운데 천박한 언어중심적 개혁을 우회적으로 비판했다. 그러므로 위광중의 문학이론은 이 즈음에 초석이 다져졌다고 할 수 있다. 그가 처음에 수용했던 신월파의 영향도 역시 이때의 논쟁을 거쳐서 자아혁명으로 발전하기 시작했다. 그는 중용적인 태도로 지나치게 서구화하지 않았으며 지나치게 전통적이지도 않았는데, 이것이 바로 푸른별시사의 중요한 특색이기도 하다.

위광중 시학의 중용적인 태도는 뒤이어 전개된 그와 뤄푸 사이의 논쟁에서 구체적으로 드러난다. 이 논쟁은 모더니즘 시 운동의 전환점이 된다. 위광중은 1961년 5월 《현대문학》 제8기에 장편 시 〈시리우스〉를 발표했는데, 뤄푸가 바로 그 다음 호에 〈시리우스에 대하여天狼星論〉라는 평론을 발표하여 당시 시단에 일대 사건을 일으켰다. 이 사건은 모더니즘을 가속화하느냐 완화시키느냐의 문제로 이어지는 것이었다. 뤄푸는 분명히 모던을 가속화하려는 경향을 보였고, 위광중은 속도를 늦추자는 입장이었다.

뤄푸는 "〈시리우스〉는 모던한 기교로 전통 정신을 표현한 시로서, 성숙한 전통시"[31]라고 평가했다. 하지만 뤄푸는 위광중의 시가 전통에 치우친 것이 일종의 결함이라고 생각하는 듯했다. 당시 뤄푸는 미학적으로 분명 네거티브 서사writing of the negative를 추구했다. 〈시리우스〉는 서사시인데, 서사시는 결코 시가 아니라며 뤄푸는 다음과 같이 말했다. "우리가 아는 바에 따르면, 서사시의 표현 수법은 반드시 인물을 날줄로 사건을 씨줄로 해서 시간과 공간 속에 엮어내야 한다. 반면 모더니즘 예술에서 인간이란 공허하며, 무의미한 존재이다. 인문주의에서 인정하는 고유한 가치를 가진 존재로서의 '인간'을 부정한다."[32] 이러한 논점에 기초하여 뤄푸는 〈시리우스〉에는 전통 요소가 너무 많고, 시구는 여운의 전달에 치우친 까닭에 "시의는 희미해져서 〈시리우스〉가 실패한 기본적인 요소가 되고 말았다"[33]고 생각했다. 뿐만 아니라 〈시리우스〉의 주제가 지나치게 전통적인 윤리도덕에 기울어져 있으므로 이 시는 파괴하고 반항하는 정신이 부족하다고 지적했다.

위광중은 《푸른별 시 팸플릿藍星詩頁》 제37기에 〈잘가시오, 허무여再見, 虛無〉를 발표하여 뤄푸의 비평에 답했다. 위광중 자신은 신·사회·문화 전통을 부정하는 것을 받아들일 수 없으며, 인간의 영혼을 부정하는 이러한 시관 역시 받아들일 수 없다고 밝혔다. 그는 뤄푸가 신봉하는 초현실주의가 경험의 통일과 연속을 부정하고, 경험을 나누고 전달하는 것도 부정한다고 생각했다. 그래서 결과적으로 한 작품을 개인의 경험 속에 가두어버리고, 완전히 발육되지 못한 예술의 원료 그 자체로 내버려둠으로써, 어떤 최고의 수수께끼 같은 것으로 전락하게 만든다고 생각했다. 그래서 위광중은 다음과 같이 결론을 내렸다. "만약 인간이 허무하고 무의미함을 인정해야만 모더니즘 시를 써낼 수 있다고 한다면, 파편적인 이미지가 있어야만 모더니즘 시가 된다는 뜻인데, 그렇다면 나는 기꺼이 이러한 '모더니즘 시'에게 작별을 고하겠다. 나는 인간이 유의미하다고 생각하지는 않는다. 내가 이미 인간의 의미를 움켜쥐고 있다고는 더 더욱 감히 말할 수 없다. 하지만 나는 이러한 의미를 찾는 것이야말로 많은 작품들이 추구해야 할 가장 진지한 주제라고 굳게 믿고 있다." 위광중의 시관은 비교적 빛을 정면으로 맞으며 쓰는 쪽에 치우쳐 있으니, 뤄푸의 심미관과는 완전히 정반대였다고 볼 수 있다. 하지만 그렇다고 해서 이것이 위광중이 모더니즘을 받아들일 수 없었다거나 완전히 반대했음을 의미하지는 않는다. 거꾸로 그의 건강한 태도 덕분에, 모더니즘은 그의 시·산문·평론에 침투하여 심미관을 확장시켰고, 결과적으로 1960년대에 상당히 깊은 영향을 끼쳤다고 볼 수 있다.

모더니즘 시 운동의 역사에서 뤄푸가 주장한 초현실주의와 그가 속해 있었던 창세기시사는 미학 사유에 나타났던 중요 한 단절을 대표한다. 영향을 끼친 차원에서 말하자면, 창세기시단은 푸른별시단에 미치지 못한다. 이것은 창세기의 성원이 대부분 군 출신이었고 주류 미디어와 비교적 소원한 거리를 유지하고 있었기 때문이다. 푸른별시단의 성원들이 《문학잡지》, 《자유중국》, 《문성文星》 등의 잡지에 작품을 발표했던 것과는 사정이 달랐다. 하지만 상상력의 개발과 이론의 건립이라는 측면에서 창세기시사의 공헌은 무시할 수 없다.

창세기시시사는 뤄푸와 장모張默가 1954년 10월에 결성했고, 이후 야셴·지홍季紅이 가입했다. 처음에 결성하게 된 종지는 다음과 같다. "첫째, 신시의 민족노선을 확립하여 신시의 시대적 붐을 일으킨다. 둘째, 강철 같은 시 진영을 만들어서 상호 비방과 계파 조직을 근절한다. 셋째, 청년 시인들을 양성하여 잔존하는 적색(공산주의 사상)·황색(음란물)의 독소를 철저하게 숙청한다."[34] 이와 같은 주장은 사실 기본적으로 관방의 문예정책 범주에서 벗어나지 않으며, 어떤 면에서는 관방의 이데올로기에 호응하는 것처럼 보인다. 그러나 시의 창작 기교에 있어서는 이미 관방의 문예정책과 간극을 보였다. 초기 10기(1954-1958) 동안《창세기》간행물은 여전히 신 민족시 형식에 머물러 있었고 이론적으로도 뚜렷한 방향이 없었다. 이후 야셴이《창세기 40년 평론선創世紀四十年評論選》(1994)에서 말한 것과 같이, 제11기 개편 전의 <창세기> 비평은 "대다수 시인들의 창작 이외의 표현 기법에 대한 모호한 이론적 탐색으로서", "이것은 불완전한 이해의 산물이라고 할 수 있었다." <창세기> 제10기에도 장모는 여전히 <신 민족시의 특징新民族詩型之特質>에 관해서 반복적인 논의를 펼쳤을 뿐 구체적이며 명확한 이론이 없었다.

《창세기》는 1959년 4월 제11기에 개편된 형식을 선보였다. 이때부터 창세기시단은 모더니즘으로 급격하게 방향을 바꾸었고, 시단의 성원들도 안정되기 시작하더니 뤄푸를 포함해서 장모, 야셴, 지홍, 상친商禽, 신위辛鬱, 비궈碧果, 예니葉泥, 예웨이롄葉維廉, 저우딩周鼎 등 주요 시인이 참여하게 됐다. 그러나 제13기(1959.10)에 사설 <5년 후의 재출발五年後的再出發>이 발표된 이후에야 비로소 구체적인 시관詩觀을 표방하게 되었고, 이때 신 민족시에 대한 관점을 공식적으로 폐기했다. 사설에는 다음과 같이 기록되어 있다. "본 간행물은 두말 할 것 없이 시의 순수함과 모던한 표현을 추구하는 것을 종지로 삼아왔다. 비록 우리가 여태까지는 '모더니즘'의

▶《創世記詩刊》

기치를 휘날리지는 못했지만, 우리는 확실히 모더니즘 예술의 증인이자 실천자이다. 우리는 '모더니즘'을 소리 높여 외치기보다 여전히 객관적인 형세에 바탕을 둘 것이다. '모더니즘' 유파가 굉장히 많지만 어떤 일파에 갇히지 않고 파벌을 이루지 않는 것에 만족하며 그 정신만 추구할 것이다. 사상적·정신적으로도 모더니스트의 관찰력과 가치의식으로 세계를 새롭게 인식하고 파악할 것이며, 최신 표현기법을 가지고 기교상의 수정과 실천을 행할 것이다."[35] 이 사설을 통해서 전통주의가 이미 그들의 예술에 대한 갈증을 만족시켜줄 수 없게 되었음을 알 수 있다. 그것은 이제 진부하고 전혀 신선함이 없는 세계가 되었기 때문이다. "현대 예술이 표현하는 것은 사물 본래의 모습이 아니라 사물 그대로의 가치 이외에 사물 속에 은밀하게 내재되어 있는 독립적 가치를 감각적으로 형상화하는 것이다."[36] 이러한 견해는 이미 5·4문학의 소박한 풍격에서 완전히 벗어난 것으로, 내면의 모순되고 충돌하며 복잡하면서도 깊숙이 내재하는 사고와 감각을 추구하고자 하는 것이었다. 모더니즘 시 이론의 건립이야말로 창세기시단이 심혈을 기울여 추구하고자 한 목표였다.

《창세기》 제14기(1960.6)에 다시 사설 〈제2단계第二階段〉가 발표됐다. 이들은 모더니즘 시의 제1단계를 1949년부터 1959년까지로 산정했다. 이 단계에서 모더니즘 시는 여전히 5·4전통 또는 프롤레타리아 문학의 기풍에서 벗어나지 못했으니 사설에서는 '준비시기' 또는 '암흑시기'로 불렀다. 사설에서 지적한 바에 따르면, 1960년부터 모더니즘 시가 제2단계로 접어들기 시작했으며, 창세기시단은 이미 준비를 끝냈다는 것이다. 제2단계에서 그들은 "시대의 정서와 그 정신을 소재의 특수성으로 삼고", "미학에서 말하는 소위 직관적 형상直覺形相이라는 순간의 참모습을 포착한다"[37] 등 창작 사유에 해당되는 의제를 지속적으로 언급했다. 구체적으로 말하자면, 이러한 의제는 지셴의 현대시파에서 이미 다룬 바 있지만, 창세기시단은 분명하게 창작의 이론적 근거가 될 수 있도록 계획적·체계적으로 분석하고 명쾌하게 밝혀보고자 했다. 《창세기》의 이론적 탐색은 주로 초현실주의 노선을 따라 진행됐다. 이 시단의 이론이 성숙한 단계에 이른 것은, 뤄푸가 《창세기》 제21기(1964.12)에 시집 《석실에서의 죽음石室之死亡》의 서문 〈시인의 거울詩人之鏡〉을 발표한 뒤부터였다. 이 중요한 문헌에는 모더니즘에 대한 사유가 매우 분명하게 소개·정리되어 있다. 이 글은 크게 '예술의 창조가치', '허무정신과 존재주의', '초현실주의와 순수시' 세 단락으로 나뉘는데, 뤄푸는 전반적으로 '허무'의 긍정적인 가치와 적극적인 의의를 다루었다. 그는 동란 시기의 지식인들이 서구 사조의 충격을 받을 때, "잠시 생존과 죽음 사이에서, 현실과 희망 사이에서, 과거와 미래 사이에서, 초월과 초월하지 못함 사이에서 공중에 붕 떠서 어쩔 줄 모르는 상태에 놓이게 되고, 이로 인해 이전의 도덕가치와 사회규범이 붕궤된 뒤 다가오는 정신상의 공허함을 뼈저리게 느끼지 않을 수 없게 된다. 하지만 이러한 공허함과 서구의 허무주의는 본질적으로 완전히 다르다. 전자는 향상되고자 하며, 내부 성찰적이고, 부정을 통해 긍정을 추구하며, 찬란함을 통해 맑아지고자 하지만, 후자는 폭발적이며 밖을 향해 반짝이며, 모든 것을 부정함으로써 주체의 자유를 얻고자 한다."[38] 뤄푸의 이론은 초기 탄쯔하오가 말한 '생활의 본질'과 '생활의 진실'을 훨씬 구체적으로 설명해 준다.

《창세기》의 시관을 구축한 중요한 이론가로는 지홍을 포함해서 야셴, 예웨이렌, 장모가 있다. 그러나 뤄푸야말로 가장 웅변적인 태도를 보인 인물로서 창작 실천에 있어서도 가장 활발하게 활동했다. 뤄푸는 1960-70년대에 이르기까지 가장 논란이 되는 시인이다. 이것은 그의 많은 견해가 그 시대를 넘어섰기 때문이었는데, 아카데미파學院派는 뤄푸의 견해가 지나치게 심오하다고 생각했고, 본토파는 지나치게 서구화되었다고 생각했다. 하지만 뤄푸의 등장으로 초현실주의의 기치는 더욱 선명하게 빛을 발했다. 모더니즘의 수용과 변용의 과정에서 푸른별시단이 했던 역할은 탁수를 침전시켜 맑게 하고 변호하는 것이었다면, 창세기시단은 이론 방면에서 건축·건설 작업에 종사했다고 할 수 있다. 두 시단의 시관은 종합적으로 볼 때 크게 차이가 나지만, 모더니즘 시 운동을 부채질하는 임무라는 측면에서는 중요한 작용을 했다고 정리할 수 있다. 1960년대 타이완 모더니즘 시인들의 예술적 성취는 또 다른 장에서 논의할 필요가 있을 것이다.

《현대문학現代文學》의 굴기

타이완 모더니즘 시 운동이 끊임없이 확장될 무렵, 소설 방면의 신세대들 역시 1960년대 초기에 막 형성되고 있었다. 바로 타이완문학사에서 모두가 알고 있는 잡지 《현대문학》이다. 타이완대학 외국어문학과 학생들을 중심으로 바이셴융白先勇을 포함해서 천뤄시陳若曦(천슈메이陳秀美), 어우양쯔歐陽子(훙즈후이洪智惠), 왕원싱王文興을 핵심 멤버로 하는 대학 3학년 학생들이 1960년 3월에 정식으로 이 잡지를 창간했다. 1973년 제51기에 정간되기까지 장장 13년 동안 유지됐다. 창간 이전에 이 학생들은 단지 친목을 도모하기 위해 '남북사南北社'를 조직했다가 문학에 대한 열정 덕분에 결국 《현대문학》을 창간하게 됐다. 이들 모두 《문학잡지》 창간인인 샤지안의 학생들이었으며 이후 꽤 많은 사람들이 저명한 작가로 성장했다. 바이셴융이 〈《현대문학》 회고와 전망《現代文學》的回顧與前瞻〉에서 다음과 같이 말한 바 있다. "우리보다 고학년으로는 예웨이롄葉維廉, 충수叢甦, 류

▶ 《現代文學》 第1期

사오밍劉紹銘이 있었다. 나중에 우리의 바통을 이어받은 사람으로는 왕전허王禎和, 두궈칭杜國淸, 첸스潛石(정헝슝鄭恆雄), 단잉淡瑩 등이 있다. 하지만 우리 세대에서 배출된 작가가 가장 많다. 소설을 쓴 사람으로는 왕원싱, 어우양쯔, 천뤄시, 시인으로는 다이톈戴天(다이청이戴成義), 린후林湖(린야오푸林耀福)가 있다. 그리고 번역을 많이 했던 사람으로는 왕위징王愈靜, 셰다오어謝道峨, 이후 미국에서 학자가 된 리어우판李歐梵, 사회학자가 된 양메이후이楊美惠가 있다."[39] 바로 이와 같은 사람들이 빼곡하게 함께 했기에 《현대문학》은 중요한 문학 집단으로 성장할 수 있었다.

타이완 모더니즘 붐을 새롭게 일으킨 세대로서 그들의 정신세계는 창간호의 〈창간사〉(류사오밍)에 분명하게 드러나 있다.

> 우리는 서구 근대 예술학파와 사조, 비평과 사상을 분기별로 나누어 체계적으로 번역·소개하고 그 대표작품을 최대한 선별할 예정이다. 우리가 이와 같은 작업을 하는 것은 결코 외국 예술을 편애하기 때문이 아니다. 단지 진보의 원칙을 파악하기 위한 '타산지석'으로 삼고자 함이다. 우리는 '옛날을 그리워하며' 반신불수의 마음으로 세월을 보내고 싶지 않다. 우리가 낙후되었음을 인정하고, 신문학의 경계선에 서 있음을 인정해야 한다. 우리가 완전히 백지 상태에 처해 있는 것은 아니지만, 최소한 황량한 상태에 있다고 생각한다. 우리는 예부터 존재해온 예술 형식과 풍격을 가지고 현대인인 우리의 예술적 정감을 충분히 표현할 수 없다고 생각한다. 그래서 우리는 새로운 예술형식과 풍격을 실험하고, 모색하고 창조해 보기로 결심했다. 우리는 전통을 존중하지만, 전통을 모방하거나 전통을 가차 없이 폐기할 필요는 없다고 생각한다. 하지만 필요하다면, 우리는 '파괴적인 건설 작업Constructive Destruction'을 할 것이다.[40]

발간사의 이 부분은 향후 《현대문학》의 발전노선을 개괄한 것이다. 이들의 주장에는 앞서 살펴본 위광중의 문학 주장과 다소 중첩되는 부분이 있는데, 지나치게 서구화에 기울지 않을 것이며 또한 지나치게 전통을

▶《現代文學》編輯委員會 단체사진

추구하지도 않겠다고 하는 점에서 그러하다고 할 수 있다.《현대문학》이 지적한 '낙후되었음을 인정'하자는 뜻은, 분명 뒤늦은 근대화를 가리키는 말이다. 뒤쳐졌다는 조급함이야말로 그들이 적극적으로 서구문학을 양분으로 섭취하게 된 이유이다. 하지만 이들 또한 구미문학을 바라보며 한쪽으로 치우치지는 않았다. 그들은 근대인의 예술을 추구했던 나머지, 당시 문단에 만연했던 '그때 그 시절을 그리워하는' 즉, 옛날을 추억하는 정서를 받아들일 생각이 애초부터 없었다. '옛날을 그리워한다'는 말은 이중적인 뜻을 숨기고 있는데, 하나는 5·4문학의 풍격을 가리키고 다른 하나는 반공 정책하에서 양산된 고향에 대한 향수를 다룬 문학을 가리킨다. 이 두 가지 경향의 문학은 모두 시대착오적인 사고에 속한 것으로, 결코 타이완문학에 동력과 생기를 불어넣을 수 없다고 생각했다.

《현대문학》으로 대표되는 역사적 단절은 이러한 점에서 또 한 차례 그 의의를 보여준다고 할 수 있다. 다시 말하자면, 그들이 조직을 결성할 초기에는 결코 의식적으로 반공 문예정책에 대항하고자 했던 것이 아니었다는 말이다. 그러나 정치소설과 고향에 대한 향수를 다룬 문학이 대량으로 생산되는 현실을 더 이상 참을 수 없다고 분명히 자각하게 됐다. 또 그들은 반공문학에 직접적으로 도전할 수 없었기 때문에 정치적 빈틈 속에서 상상의 공간을 찾는 수밖에 없었다. 바이셴융은 나중에 〈유랑하는 중국인—타이완 소설에서의 추방 주제流浪的中國人—台灣小說的放逐主題〉에서 당시 모더니즘을 추구하던 심정을 다음과 같이 술회한 바 있다.

> …… 이 작가들은 정부의 검열을 피하기 위해, 곳곳에서 당시 사회·정치 문제를 정면으로 다루는 것을 피하고 개인의 내심에 대한 탐구 즉, 타이완에 거주하면서 맞닥뜨리게 된 귀속의식 문제와 전통문화와의 단절 문제, 정신적으로 불안정한 심정, 폐쇄된 작은 섬이 불러일으키는 공포감, 선대의 죄를 타고난 일종의 인질로서 느끼게 되는 망연자실한 정서로 방향을 틀었다. 그래서 실제적 요구에서 혹은 자아를 의식하게 하는 강렬한 재촉 하에서 이 작가들은 내적 영혼에 대한 탐색으로 방향을 바꿀 수밖에 없었다.[41]

바이셴융처럼《현대문학》에 참여했던 외성 출신 작가들이 상기 인용문대로 감금당한 심정으로 자신들을 개괄했다고 한다면, 천뤄시·왕전허 등과 같은 본성 출신 작가들은 식민지 역사라는 원죄를 짊어져야 했기 때문에, 자신들의 전통 경험과 (대륙의) 본토 문화는 더욱 더 심각하게 단절됐다. 포로가 된 심정을 외성 출신 작가들과 비교해 보면 넘치면 넘쳤지 결코 부족하지 않았다. 바이셴융이 내심을 탐구할 무렵, 동시대의 본성 출신 작가들 역시 앞을 향해 나아갔다. 현대문학회에 의식의 흐름 소설이 등장하여 왕성하게 발전했던 것도 바로 이러한 단절된 현실적 조건 하에서 이뤄진 것이었다.《현대문학》창간 이후 거의 매 호마다 외국 문학에 대한 번역·소개 특집이 실렸다. 〈카프카 특집〉(1기), 〈토마스 울프 특집〉(2기), 〈제임스 조이스 특집〉(3기), 〈로렌스 특집〉(5기), 〈울프 특집〉(6기), 〈피츠제럴드 특집〉(8기), 〈사르트르 특집〉(9기), 〈유진 오닐 특집〉(10기), 〈포크너 특집〉(11기), 〈스타인벡 특집〉(12기), 〈예이츠 특집〉(13기), 〈일본 현대문학 특집〉(14기), 〈스트린드버그 특집〉(15기), 〈미국문학 연구 특집〉(29기), 〈카뮈 연구 특집〉(30기), 〈더블린 사람들 특집〉(31기) 등은 1960년대 《현대문학》이 외국문학을 소개한 중요한 특집호들인데, 그중에는 개별 작가에 관한 전문적인 논의와 문학작품을 번역하여 게재한 것도 있다. 이러한 번역·소개 작업은 체계적인 것은 아니었지만, 1960년대 타이완 문학의 발전 과정에서 《현대문학》이 다룬 특집호가 가장 규모 있는 작업이었다고 평가할 수 있다.

　이러한 번역 사업을 통해 종국에는 주목할 만한 특징이 나타났다. 첫째, 타이완 사회에 실존주의가 소개됐다. 도시문명에 대한 반성과 두 차례에 걸친 세계대전을 겪은 뒤 서구문화가 직면하게 된 영혼의 위기를 재검토하고, 《현대문학》은 의식적으로 이를 활용하여 당시 타이완 작가들이 처한 정치 환경을 설명했다. 둘째, 심리분석 이론이 소개되어 결과적으로 타이완 작가들은 '의식의 흐름'이 문학 창작에 기여하는 작용을 이해하게 됐다. 리얼리즘을 주축으로 했던 5·4문학과 구호를 넣어 선동하는 유사 리얼리즘pseudo realism 소설은 의식의 흐름 기법이 소개되자 도전을 받게 됐다. 셋째, 서구 모더니즘 문학이론이 강조하는 지성을 《현대문학》이 수용하자 이것이 많은 작가들의 사고에 영향을 끼쳤다는 점이다. 슬프고 감정이 넘치며 낭만적이었던 시가 냉정하고 객관적인 상상으로 변하기 시작했다. 감정이 여과되었고 따라서 내면의 욕망이 촉발되었다. 이러한 경향은 이후 1970년대 향토문학논쟁 시기에 강한 비판을 받기도 했지만, 부인할 수 없는 사실은 《현대문학》이 서구문학 이론을 번역·소개함으로써 과거 타이완 작가들이 닿을 수 없었던 금지된 영역을 성공적으로 다루게 되었다는 것이다. 욕망, 감각, 환상, 가위눌림과 같은 추상적인 단어가 바로 이 시기에 비교적 분명하게 정의됐다. 대륙 수복이라는 사명을 강조했던 관방 정책의 입장에서, 이러한 개념들을 번역하고 소개하는 것은 시대착오적이거나 작은 불씨로 전란을 일으키고자 하는 것처럼 무모하게 보였을 것이다. 반공문학이 건강한 사실을 주장할 당시에 모더니즘이 인성의 나약함과 어두운 면모를 파헤친 점은 서로 완전히 다른 미학 취향을 보여주는 듯하다. 하지만 문학이 인성의 밝은 면만 강조한다면 인간의 전면모를 충분히 드러내 보이지 못한 것이다. 모더니즘 미학은 타이완 작가들이 오랫동안 주목하지 못했던 어두운 인성에 대한 경각심을 일깨워줬다. 타락, 부패, 배신, 비열함, 더러움 등과 같은 부정적 가치의 존재는 사실 작가들이 반드시 정확하게 파악해야 하는 것이지 소홀히 하거나 억누르거나 질책해서 승화할 수 있게 하는 것이 아니다. 《현대문학》이 소개한 카프카Franz kafka, 사르트르Jean-Paul Sartre, 카뮈Albert Camus의 문학관은 전통이라는 불변하는 심미안을 뒤집는 것에 의미가 있었다. 그러므로 타이완 모더니즘은 《현대문학》이 발간됨으로써 장족의 발전을 이룰 수 있었다고 할 수 있다.

　　모더니즘 운동은 진실로 다차원적으로 진행됐다. 하지만 이 사조를 소개하고 수용하고자 한 노력은 일찍이 통일파로부터 '전면적인 서구화' 경향 또는 '미 제국주의'의 문화 침략이라는 측면에서 비판받았다. 이러한 관점은 어느 정도는 논의해볼 가치가 있을 것이다. 이를 테면, 어우양쯔가 〈현대문학〉을 창간하던 해를 회고하며回憶《現代文學》創辦當年[42]에서 이 간행물이 미국 공보처의 도움을 받았다고 인정했으니까 말이다. 세계사적 측면에서 보더라도, 타이완이 미국 자본주의 진영으로 편입되던 시절이었기 때문에 문화 구조적으로 미국 문화의 지배를 받지 않을 수 없었을 것이다. 그러나 이처럼 단순하게 해석해버리면 타이완 작가들의 주체성을 완전히 부정하게 된다. 《현대문학》이 대량으로 소개한 서구 문학이론이 전부 미국사회로부터 전래된 것은 결코 아니기 때문이다. 모더니즘 작가들이 서구이론을 흡수할 당시에 서구작품을 모방하거나 베껴서 연습하는 시절도 있었을 것이다. 하지만 대부분의 작가들은 일단 창작에 종사하면서부터 결국에는 자신으로 돌아와 폐쇄되고 억압받으며 속박 받는 사회 속에서 제재를 찾아야 했다. 창작 행위 자체가 작가 주체의 일부분이기 때문이다. 모더니즘적 사유에 몰두했다는 것이 제국주의에 공모했다는 것으로 판정되어야 하는가의 여부는 여전히 더욱 치밀하고 깊이 있게 고찰될 필요가 있다.

《필회筆匯》에서 《문학계간文學季刊》까지: 모더니즘의 동력과 반성

모더니즘 운동을 추동했던 또 다른 부류를 꼽자면 《필회》의 탄생을 언급하지 않을 수 없다. 이 간행물은 시작부터 모더니즘의 기치를 높이 들었다. 하지만 1960년대로 들어선 뒤 이 간행물의 성원들은 《문학계간》 잡지를 중심으로 다시 집결했으며 이때부터 모더니즘에 대해 깊이 반성하기 시작했다.

1959년 시단이 상징시파 논쟁과 신시를 보호하자는 소용돌이에 말려

▶《筆匯》革新號第1卷第1期

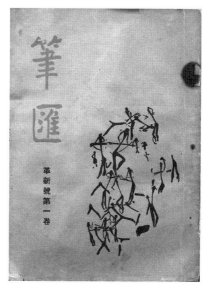

▶《筆匯》革新號第1卷(李志銘 제공)

들었을 당시,《필회》가 정식으로 문단에 등장했다. 이 간행물의 발행인은 런줘쉬안任卓宣으로 국민당의 반공 수호자였다. 하지만 이것은 명목상 그럴 뿐이었다. 이 간행물의 사장은 웨이톈충尉天驄이었고, 주편은 쉬궈헝許國衡이었다. 웨이톈충은 이후 〈나의 문학 생애我的文學生涯〉[43]라는 글에서 회고하기를 런줘쉬안은 자신의 고모부로서, 파미르帕米爾서점을 운영했다고 한다. 이 서점이 그들을 대신해서 인쇄비를 부담했기에 잡지가 발행될 수 있었다. 《필회》는 처음에 타블로이드판 크기 1장에 불과한 소형 간행물로 시작했으며, 왕지충王集叢이 주편을 맡았다. 운영이 신통찮았기 때문에 웨이톈충에게 인계해줬다. 그리하여《필회》는 〈혁신호〉를 기점으로 새롭게 출판됐다.

《필회》는 1959년 5월에 발행되기 시작해서 총 24기가 출판되었고 1961년 11월에 정간됐다. 이 간행물의 제1기 논설 〈독자에게 바치며獻給讀者〉에서는, 5·4 이래 중국문학에 '서양을 숭배'하거나 '복고'하는 양 극단의 풍조가 형성된 점을 지적했다. 그래서 이 간행물을 발행하는 목적을 "현대인이 되기 위해서는 반드시 현대인의 사상을 갖춰야 한다. 만약 어떤 사람이 자신을 여전히 '과거'에 가둬두고 그 시대의 망상에 취해있다면, 의심할 바 없이 그는 쇠락의 길을 걷고 있는 것이다. 그러므로 우리는 현대화를 주장한다"[44]라고 밝혔다. 이러한 주장은 《현대문학》이 발간사에서 강조한 것이기도 하다. 소위 '과거'라는 것은 전통을 가리키는 것이자 옛 시절을 추억하는 것을 가리킨다. 그러므로 이러한 설명방식은 당시 청년 작가들의 사고에 있어서 공통적인 틀이었음을 알 수 있다.《필회》가 모더니즘을 번역·소개한 부분을 놓고 볼 때, 여타 시 간행물이나 잡지처럼 그렇게 대대적으로 진행했다고는 볼 수 없다. 하지만 이 간행물도 문단에 대한 불만과 고민을 토로했다는 점에서는 살펴볼 필요가 있다..

웨이톈충이 주도한 《필회》는 몇몇 중요한 작가들, 천잉전陳映眞을 포함해서 궈펑郭楓, 허신何欣, 류궈쑹劉國松, 예디葉笛, 야오이웨이姚一葦 등을 집결시켰다. 이를 통해 당시 모더니즘이 이러한 작가들에게 큰 영향을 끼치고 있었음을 알 수 있다.《필회》1권3기(1959.7.15)에 돤무훙端木虹의 〈후스 박사와 모더니즘을 논하다與胡適博士談現代主義〉라는 글이 발표됐는데, 이 간행물이 모더니즘을 얼마나 존중하고 있는지 잘 보여주는 듯하다. 이 글은 모더니즘에 반대하는 태도를 보인 후스에 대한 답변의 성격을 띠고 있다. 후스는 백화문운동의 지도자였기 때문에 그의 의견이나 비평이 어떠하든 일정 정도 영향력을 가지고 있었다. 후스는 젊은 사람들이 '유행'을 배워 모더니즘이라는 유행을 좇지 말라고 했으며, 문학은 세 가지 요소만 갖추면 된다고 조언했다. "첫째 모호함 없이 뚜렷할 것, 둘째 힘이 있고 사람을 감동시킬 것, 셋째 아름다울 것."[45] 이러한 문학관을 보면, 그가 여전히 5·4시기에 머물러 있었음을 알 수 있다. 돤무훙은 후스가 모더니즘의 정신을 오해하고 있다고 생각했다. 그래서 그는 "예술의 정신은 아름다움을 추구하는 데 있는 것이지 지식을 추구하는 데 있지 않다. 지식을 추구하는 눈으로 아름다움을 찾으면 당연히 만족하지 못할 것이다"[46]라고 반응했다. 후스가 모더니즘의 논리적 사유

▶《文學季刊》第1期

▶《文季》第1期

를 이해하지 못하고 오로지 지식을 추구하는 관점에서 파악했다고 생각한 것이다. 돤무훙은 결론에서 다음과 같이 말했다. "후스 박사는 일찍이 문학혁명을 이끌었지만, 옛 문학의 운명만 바꿨을 뿐 신문학이 다시 앞으로 나아가도록 이끌지는 못했다. 후스 박사의 이 글을 보고 나는 이런 생각을 하지 않을 수 없었다. '나의 친구' 후스가 이미 늙어버렸구나!"[47] 이 글은 모더니즘 사조가 대세가 되어 막을 수 없는 상황에 이르렀음을 강하게 암시하고 있다.

《필회》의 작가 진영을 살펴보면, 이 간행물이 제창한 모더니즘이 문학 방면에 한정되지 않고 음악과 회화에도 모던한 풍조를 고취시켰음을 알 수 있다. 화가 류궈쑹과 좡저莊喆, 음악가 쉬창후이許常惠, 영화평론가 루즈쯔魯稚子도 이 시기에 자신들의 논의를 전개했다. 그리고 문학이론가 야오이웨이도 같은 시기에 미학 감상 시리즈를 이론적으로 다루기 시작했다. 이들 모두 나중에 '전면 서구화'를 주장한 《문성잡지文星雜誌》의 주요 집필자가 되었다. 모더니즘을 추동했던 하나의 세력으로서 《필회》는 지울 수 없는 공헌을 했다고 할 수 있다.

뿐만 아니라 탄쯔하오, 위광중, 지셴, 야셴, 정처우위, 예산, 원진汶津 (장젠張健) 같은 주요 시인들 역시 이 간행물에 종종 작품을 발표하여 모더니즘 시 운동의 판도를 더욱 확장시켰다. 모더니즘 소설 방면에서는 천잉전의 초기 작품이, '천산陳善'·'란얼然而'·'쉬난춘許南村'·'천추빈陳秋彬' 등 서로 다른 필명으로 발표됐다. 청년 천잉전의 문학 생애를 이해하려면 이 간행물은 소홀히 할 수 없는 역사적 자료이다.

영향력 차원에서 《필회》는 《현대문학》과 비교해도 손색없다. 그러나 이 간행물의 주요 성원들은 1966년에 다시 헤쳐모여 《문학계간》을 출판했다. 웨이톈충, 천잉전, 치덩성七等生, 황춘밍黃春明, 류다런劉大任, 스수칭施叔青, 정수썬鄭樹森, 량빙쥔梁秉鈞을 포함한 작가들은 여전히 모더니즘적인 글쓰기에 힘을 쏟았지만, 전체적으로 보면 리얼리즘으로의 점진적인 전환이 이 시기에도 목격된다고 할 수 있다. 이러한 현상은 《필회》

집단의 과도기 양상을 보여주지만, 그들은 여전히 모더니즘을 번역·소개하는 데 전력을 다하기도 했다.

야오이웨이의 문학비평이 바로 이 시기에 자신의 지위를 다졌다. 그의 모더니즘 소설가에 대한 평가 즉, 〈왕전허의《혼수로 받은 수레》를 논함論王禎和的《嫁粧一牛車》〉[48]을 포함해서 〈바이셴융의 〈유원경몽〉을 논함論白先勇的〈遊園驚夢〉〉[49], 〈수에이징의 《웃음 지을 때의 슬픈 주름》을 논함論水晶的《悲憫的笑紋》〉[50]은 오늘날까지 문학평론의 경전으로 평가받고 있다. 이러한 비평은 소설가가 자신의 창작에 대한 믿음을 가질 수 있도록 도와주는 한편, 모더니즘 문학운동 전반에 걸쳐 합당한 해석과 변호를 해준 것이기도 하다. 한편 〈유배당한 자의 노래 — 우리화 여사 환영회에서의 감상流放者之歌 — 於梨華女士歡迎宴上的隨想〉을 포함해서, 〈가장 견고한 반석 — 이상주의의 빈약함과 빈약한 이상주의最牢固的盤石 — 理想主義的貧乏與貧乏的理想主義〉, 〈지식인의 편향된 고집知識人的偏執〉[51]과 같이 천잉전이 쓴 평론은, 오히려 모더니즘에 대해서 새롭게 반성하고 검토할 기회를 제공하기도 했다. 천잉전의 리얼리즘 이론은 이미 이 시기에 구축되기 시작했다고 볼 수 있다. 만약 천잉전이 정치적인 이유로 감금되지 않았더라면 그의 문학비평은 아마도 1960년대 말기에 이미 특색을 갖출 수 있었을 것이다. 《문학계간》은 1971년 정간되었다가 1973년에 다시 3기가 출판되었고, 1980년대에는 《문학계간 격월간文學季刊雙月刊》이 출판됐는데, 이 시기에 완전히 리얼리즘으로 향하게 됐다.

《필회》와 《문학계간》이 모더니즘 운동을 추동함에 있어 일정한 자리를 차지하게 된 것은 이러한 문학풍조가 틈만 있으면 파고 들었기 때문에 가능했다고 할 수 있다. 당시의 작가들에게는 모더니즘이 타이완에 수입될 수 있었던 정치적 원인을 식별할 수 있는 능력이 없었으며, 심지어 모더니즘과 미국 원조문화를 연결지어 생각하지도 못했다. 하지만 끊임없이 번역·소개한 결과, 모더니즘이 타이완에서 엄연하게 방대한 규모의 문학담론을 형성했다. 대량으로 소개된 이후에는 결국 1960년대 작가들의 미학관념을 차지하게 됐고, 이를 통해 5·4문학의 영향으로부터 정식으로 벗어날 수 있었으며, 어느 정도 관방의 문예정책에도 저항하게 됐다. 그러므로 모더니즘은 타이완에서 역사적 단절이라는 의미도 가지고 있으며, 정치적 단절이라는 의미도 가지고 있다. 모더니즘 문학은 1960년대에 만개하여 문단의 주류가 됐고, 타이완 지식인의 심미원칙을 완전히 변화시켰다. 《문학계간》은 후반기에, 모더니즘 풍조에 종사했던 것에 대해 다시 반성하고 재고찰함으로써 자연스럽게 모더니즘의 폐단을 일찍부터 살펴보게 됐다. 하지만 타이완 문학이 보다 넓고 풍부한 방향으로 향하게 된 점을 감안하면, 모더니즘의 격동과 작용에도 공을 돌리지 않을 수 없다.

장아이링 소설의 모더니즘

모더니즘 풍조가 뭉게구름 피듯 만연할 즈음, 장아이링의 문학도 타이완에서 광범위하게 전파됐으니, 그야말로 타이완 문학의 기이한 현상이었다고 할 수 있다. 앞 장에서 서술한 바와 같이 장아이링 문학은 샤즈칭의 평론 때문에 타이완에 소개됐다. 이 낯선 이름과 타이완 사회가 처음 대면하게 됐을 때, 그녀가 '장아이링파張派 작가군'의 창시자가 되리라고는 전혀 예상치 못했던 일이다.[52] 장아이링은 타이완에서 자란 적이 없고 타이완에서의 어떠한 경험도 없는 작가였지만, 의외의 열풍을 일으켰으니 분명 복잡한 이유가 있을 것이다. 장아이링은 타이완 작가가 아니지만, 그녀가 타이완에 끼친 영향은 아마도 루쉰보다 훨씬 깊을 것이다.

장아이링(1920-1995)은 상하이 사람이다. 조부는 장페이룬張佩綸으로 청조淸朝 때 어사御史 관직을 맡은 바 있으며, 조모는 리훙장李鴻章의 딸이었기 때문에, 그녀는 명문가의 자제라고 할 수 있다. 어릴 때부터 부모님의 혼인 생활이 순탄치 못한 것을 보고 자랐으며 부와 권력이 있는 가문의 쓸쓸한 분위기도 직접 경험했다. 같은 시기의 다른 아이들에 비해, 그녀는 인성의 나약함과 암울함에 대해 훨씬 조숙하게 통찰할 수 있었다. 열여덟 살이 되던 해 홍콩대학에서 수학했다. 1942년 상하이로 돌아왔을 때 상하이는 이미 왕징웨이汪精衛 정권 하에 놓여있었다. 그 다음해에 그녀는 생애 첫 소설 〈침향 이야기 ― 첫 번째 향로沉香屑 ― 第一爐香〉[2]를 발표했는데, 발표하자마자 상하이의 저명한 작가가 됐다. 이후 1945년까지 장아이링은 이미 문학사에 있어 공고한 지위를 다졌다고 할 수 있다. 그리

▶ 책 표지 속의 장아이링

고 그녀의 생애에서 가장 뛰어난 문학작품은 대부분 이 시기에 이미 완성됐다. 일본이 항복한 뒤에는 그녀에게 매국노 작가라는 꼬리표가 붙었다. 중국공산당이 1949년 성공적으로 국가를 선포했을 때 장아이링은 장편소설 《십팔춘十八春》[3]을 쓴 적 있다. 1952년에는 친척을 방문한다는 핑계로 홍콩으로 가서 2년 간 머무르며, 상하이에서의 사회주의 중국의 경험을 《앙가秧歌》[4]와 《적지지련赤地之戀》[5]이라는 소설로 써내기도 했다.

---

2) 한글판은 김순진 옮김, 《첫 번째 향로》(문학과지성사, 2005) 참고.

3) 이 작품은 원래 1951년에 완성되었다. 장아이링이 처음으로 자신의 본명이 아닌 '량징梁京'이라는 필명으로 출판한 작품이다. 이 작품은 이후 '국가를 건설하는 데 자신의 힘을 보태기 위해 중국 동북 지역으로 돌아오는 결말'을 삭제한 뒤 《반생연半生緣》이라는 제목으로 1966년에 재출판되었다. 《반생연》의 한글본은 권효진 옮김, 문일출판사, 1999년판과 홍민경 옮김, 알에이치코리아, 2012판이 있다. 번역자가 선택한 중국어 원본에 따라 내용에 차이가 난다.

4) '앙가'란 중국 북방 지역 농촌에서 널리 향유하는 민간 가무의 일종으로 북이나 징으로 반주를 맞춘다. 이 작품의 한글본은 하정옥 옮김, 《앙가》(벽호, 1995) 참고.

1955년에 미국으로 건너가 거주하면서 스스로를 중국과 격리시키다가 사망했다.

장아이링의 소설 중 타이완에 소개된 것은 홍콩에서 출판된 《앙가》와 《적지지련》이다. 이 두 소설이 담고 있는 내용은 중국공산당 치하에서 인성이 비틀리게 된다는 이야기인데, 이러한 제재가 당시 타이완에서 성행하고 있던 반공소설보다 훨씬 진실하고 생생해서 장아이링은 반공작가로 오해받기도 했다. 하지만 공교롭게도 이러한 오해를 통해 그녀의 문학작품이 '매국노'라는 죄명을 떼어내고 타이완으로 수입될 수 있었다. 장아이링이 타이완 사회에서 광범위하게 받아들여질 수 있었던 이유는 결코 그녀의 반공 입장 때문이 아니었다. 중요한 것은 그녀의 소설 속에 드러나 있는 기교가 당시 타이완 모더니즘 풍조와 상당히 중첩되는 지점이 있었고, 그래서 그녀의 작품이 주는 느낌이 당시 독자의 심미관과 맞아떨어질 수 있었다는 사실이다. 하지만 장아이링 소설의 진가는 여기에서 그치지 않는다. 그녀가 쓴 스토리에는 상하이 원앙호접파의 분위기가 여전히 남아 있었지만, 그녀는 재자가인의 이야기를 더욱 잔혹하고 처량하게 써낼 줄 알았다. 그녀의 단어 사용은 《홍루몽》처럼 화려하면서도 절제미가 있으며, 더 유창하고 투명하게 제련하여 항상 독자에게 기이한 느낌을 준다. 따라서 그녀의 작품은 끊임없이 입에서 입으로 전해진 나머지, 무의식중에 독자들이 모더니즘의 오묘함을 더 잘 받아들이게 만들었다고 할 수 있다.

그녀의 소설이 타이완에서 실제적으로 연재된 것은, 단편소설 〈황금족쇄金鎖記〉[6]를 장편소설 〈원한을 품은 여인怨女〉으로 개편하여 1966년 4월부터 《황관잡지黃冠雜誌》에서 시리즈로 발표하면서부터이다. 이 작품

---

5) 이 작품의 한글판은 임우경 옮김, 《적지지련》(시공사, 2012) 참고.
6) 이 작품의 한글판은 김순진 옮김, 《장아이링 단편소설선》(도서출판 가온, 2003)과 김은희·최은정 옮김, 《중국현대 여성작가 작품선: 1930-1940년대 여성작가작품선》(어문학사, 2006) 참고.

은 독자가 놀란 나머지 작가를 좋아하게 되는 힘을 가지고 있어서, 이를 통해 그녀의 초기 창작 생애까지 호기심 어린 관심을 받기 시작했다.《장아이링 단편소설집張愛玲短篇小說集》이 타이베이에서 정식으로 출판된 뒤, 장아이링 붐이 일기 시작했다. 부인할 수 없는 것은 타이완의 정치가 폐쇄적인 상태에서 그녀의 소설이 촉발시킨 상상과 욕망은 당시 많은 작가들의 틀을 뛰어넘었다는 점이다. 모더니즘 미학이 구축되는 과정에서 장아이링에게 다른 작가들과 같은 그러한 무거운 사명감은 없었으며, 단지 그녀는 구체적인 실제 경험을 문학예술로 제련해 냈을 뿐이었다. 하지만 이러한 내적 정서에 대한 깊이 있는 탐구는 모더니즘적일 뿐 아니라 리얼리즘적이기도 했다. 문자의 매력은 그녀의 소설을 읽을수록 더욱 복잡하고 풍부하게 만들어, 읽을 때마다 완전히 새로운 의미를 발굴할 수 있었다. 그녀의 작품이 붐을 일으키고 그녀의 문학적 기교가 모방됐던 것은 결코 우연이 아니다.

▶ 張愛玲, 《秧歌》

장아이링 문학의 특색은 전통을 받아들였을 뿐 아니라 동시에 전통에 저항한다는 데 있다. 중국 고유의 가부장 문화를 비판할 때, 그녀는 확실히 비범한 용기를 보여준다. 하지만 그녀는 결코 자극적인 단어를 사용하지 않고 이와 정반대로 조심스럽고 은밀한 자구를 통해, 그리고 거의 얕보는 듯한 말투로 종법사회에 최대한의 경멸을 표현한다. 사람들의 주목을 상당히 끌었던 소설 〈붉은 장미와 흰 장미紅玫瑰與白玫瑰〉[7]에서, 그녀는 매우 평범한 여성 쟈오루이嬌蕊를 형상화하는 데 전력을 다했다. 이 여성 인물은 주인공 전바오振保에게 버림받지만 매우 당당하게 살아나간다. 오히려 전바오가 종국에는 이러한 사실을 받아들이지 못하고 철저하게 상실감을 느끼며 아무런 이유 없이 눈물을 흘리게 된다. 버림받은 쟈오루이는 아무 일 없는 듯 살아가고, 거꾸로 전바오가 '결국 나를 통제할 수 없어' 하며 우는 것이다.[53] 장아이링이 이 소설에서 강하게 암시하고자 한 바는, 남성이 강자이며 권력의 지배자인 듯하지만, 일단 여성이 자신에게 지배당하지 않게 되면 남성은 순식간에 약자로 변하게 된다는 점이다. 그녀의 소설이 분명하게 보여주고 있는 것은, 여성은 마치 사계절이 순환하는 것처럼, 생로병사를 받아들이고 먹고 사랑하며, 어떠한 방해와 고통을 겪게 되더라도 모두 짊어진다는 사실이다. 이렇게 지면을 뚫고 나오는 듯한 인간성에 대한 묘사는 냉정하다고 느껴질 만큼 무정하다. 당시 정치구호를 가지고 가짜로 구축해낸 열렬한 반공문학과 비교해 볼 때, 장아이링의 소설은 비할 데 없을 만큼 진실을 보여준다고 할 수 있다.

장아이링이 자신의 소설을 통해 타이완 독자에게 구체적으로 보여준 것은 어떤 점을 모더니즘 미학이라고 볼 것인가 하는 것이었다. 그녀는 폐쇄적인 환경, 도망, 단절, 배신, 고독 등의 소외 미학을 묘사하는 데 뛰어났는데, 가장 뛰어난 작품으로는 당연히 〈경성지련傾城之戀〉8)을 꼽을 수 있다. 이 소설이 많은 논평을 불러일으켰던 이유는 동시대의 수많은 소설과 완전히 달랐다는 데 있다. 중일전쟁 시기에 중국 작가들은 거의 모두 국방문학이나 민족문학을 쓰는 데 내몰렸다. 이러한 포화 속에서 제련해낸 작품에는 자연스럽게 고귀한 정서가 담겨 있었지만, 남들이 말한 대로 다시 말하는 부화뇌동하는 작품, 심지어 서로 모방하는 문학이 많았다. 천편일률적인 구호, 외침, 교조적인 내용이 거의 제식에 따라 생산된

---

7) 이 작품의 한글판은 김순진 옮김, 《장아이링 단편소설선》(도서출판 가온, 2003) 참고.
8) 한글판은 김순진 옮김, 《경성지련》(문학과지성사, 2005) 참고.

복제품으로 전락했다. 장아이링은 대다수가 보조를 맞추는 이러한 시대적 풍조 속에서 상반되는 방향을 선택하여 중국 봉건사회의 암흑을 해부했다. 그녀가 우리로 하여금 곁눈질하게 하는 점은 다른 작가들이 광명에 대해 떠드는 바로 그때에 암담한 세계로 성큼 들어갔다는 사실이다.

〈경성지련〉의 구조는 바이류쑤白流蘇의 사랑이 이뤄지는 것을 알려주는 데 집중되어 있다. 장아이링은 과장된 기법을 사용하여 이러한 평범한 사랑을 평범하게 보이지 않도록 그려냈다. "홍콩의 함락은 그녀를 도와줬다. 그러나 이렇게 이해할 수 없는 세계에서 무엇이 원인이며, 무엇이 결과인지 누가 알 수 있겠는가? 도대체 누가 알겠는가? 아마도 그녀를 도와주려 했기 때문에 대도시 하나가 무너졌을 것이다. 수 천 수만의 사람이 죽었고, 수 천 수만의 사람이 고통스러워하고 있으며, 이윽고 경천동지할 대개혁이 일어났는데 …… 류쑤는 역사 속에서 자신은 일개 점에 불과하다는 사실조차 결코 깨닫지 못했다." 바이류쑤는 역사가 홍수처럼 격랑을 일으키는 가운데서 미미한 존재일 뿐이지만 평범한 사랑을 이루기 위해 결국 도시 전체를 함락당하는 일을 감당해야 했으니, 이것은 전통 가부장제의 무게와 거대함을 상징하고 있다고 볼 수 있다. 여자가 사랑을 이루려면 반드시 가부장제를 와해시켜야 하지만, 가부장제가 붕괴되면 전쟁이 폭발하게 된다. 결국 전쟁이 발발하자 바이류쑤와 가부장제가 완전히 격리됐다. 그리고 일단 분리가 되자 여성의 사랑도 이뤄졌다. 장아이링이 구축한 소외 미학은 이러한 점에서 충만함을 확보하고 온전하게 해석될 수 있을 것이다.

만약 〈경성지련〉이 도시의 함락을 통해 여성의 사랑이 해방되었음을 암시한다면,《앙가》와《적지지련》은 이것을 완전히 뒤집어버린다.《적지지련》은 중국 정치가 '해방'되었다는 사실에 인성의 몰락을 빗대었기 때문이다. 이러한 점에서 볼 때, 장아이링이 왕징웨이 시기에 썼던 〈경성지련〉을 통해서는 여성 운명 앞에 놓인 한 줄기 빛을 볼 수 있다. 하지만 중국공산당이 해방을 이룬 시기에 이르자, 오히려 장아이링의 소설은 독자에게 여성의 운명에게 닥친 암담함을 보여준다. 이러한 명암의 대비가 어찌 장아이링이 인성과 정치 사이의 상호 관계를 가장 예리하게 탐구한 지점이 아니란 말인가?

장아이링이 《앙가》와 《적지지련》 두 편의 장편소설을 창작했을 때는 이미 중국사회와 격리된 상태였다. 더 중요한 사실은 그녀가 중국공산당 정부에게 상당히 소외의 태도를 취했다는 것이다. 이른바 소외라는 것은, 그녀가 살아온 사회가 너무나 익숙하고, 그녀가 알고 있는 중국 백성이 매우 낯익어야 함에도 불구하고, 가부장 체제가 수립된 후 그녀의 생활 환경이 오히려 기형적으로 전락하여, 그녀를 낯설고 심지어 두렵게 만들었음을 가리킨다. 장아이링 자신의 생활도 쁘띠 부르주아식의 세계를 벗어던지고 노동인민으로 개조되는 것을 전심전력으로 받아들여야 했다.

소외 때문에, 장아이링의 붓 아래에서 여성은 반드시 전통사회에서 했던 역할보다 훨씬 더 참을성과 전투적인 마음을 가져야 했다. 가부장적 지배 하에서 여성은 자신의 운명을 받아들여야 할 뿐 아니라, 훨씬 더 용감하게 도전에 맞서야 한다. 심지어 어떤 때에는 남성보다도 훨씬 더 남자답고 굳건해야 한다. 이러한 남성적인 여성은 굶주림과 목마른 상황에서 온갖 고난을 참고 견뎌내는 성격으로 표출된다.

장아이링은 《앙가》와 《적지지련》을 완성한 뒤에 더 이상 뛰어난 창작을 이어가지 못했다. 하지만 걸출한 작가에 관해서 언급할 때 작품이 중요하다고 한다면 반드시 다작을 하여 양적으로 풍부할 필요는 없을 것이다. 처세에 능하고 노련했던 그녀는 20세에서 30세에 이를 무렵, 이미 성숙한 사고를 형성했다. 어린 시절에 이미 그녀는 인간 세상의 쓸쓸한 슬픔과 기쁨에 대해 통찰할 수 있었다. 이 세상에는 흠집투성이가 아닌 사랑은 없다고 하는데, 그녀는 어렸을 때 이미 이러한 사실을 안타까워했던 것이다. 그러나 그녀가 그려내고자 한 것은 사랑이 아니라 사랑 이면에 있는 어두운 인성이었다. 〈경성지련〉에서 《적지지련》까지, 장아이링은 인성의 빛과 어둠 사이에 난 틈을 여러 차례 헤집고 들어갔다. 그녀의 붓끝이 냉혹하고 처량했던 이유는 인간의 추악함과 그림자를 반사해내기 위해서였다. 다만 그 황량함의 끝이 완전히 절망스러운 것은 아니었다. 〈경성지련〉에서처럼, 그럼에도 불구하고 인간은 밝은 출로를 찾을 수 있으며, 시대의 갑문을 열기 위해 어두운 가부장제를 용감하게 떨쳐내야만 하기 때문이다.

장아이링 소설이 1960년대 타이완에서 유행했을 때, 모더니즘 풍조는 이미 최고조에 달했다. 이 시기의 역사를 돌이켜보면, 모더니즘 운동이 타이완 작가들로 하여금 창작 기교라는 문제에 대해 철저하게 새롭게 사고할 수 있도록 했음을 이해할 수 있다. 그리고 이렇게 단련시킨 기교는 모더니즘 세대의 중요한 풍격을 이뤘다. 1960년대에 작가가 된 사람들과 그들의 많은 작품은 현재 경전적인 문학으로 승격됐다. 이런 대규모의 운동이 어떤 부정적인 평가를 받든지 간에 결과적으로는 이미 타이완 문학의 방향을 바꿨다고 할 수 있다.

모더니즘 운동에서 신비평의 실천

타이완의 문학비평은 1960년대에 이르러서야 성숙한 면모를 드러낼 수 있었다. 가장 주요한 원인은, 모더니즘 미학이 작가들에게 영혼의 활동을 마주하도록 요구했고, 이러한 무의식에 대한 발굴과 꿈과 상상에 대한 존중이 이미 과거와 판이하게 다른 창작의 방향을 열어주었기 때문이다. 5·4시기의 백화문소설이든 1930년대 때 높이 기치를 든 리얼리즘이든, 기본적으로 비평 실천 과정에서 방대한 이론을 끌어올 필요가 없었다. 문학이 여전히 계몽 단계에 머물러 있을 때에는 그 실제적인 효용이 중시된다. 문학을 통해 사회비판을 하고 도덕적 심판을 내리는 것은, 신문학운동 초기에는 거의 보편적인 현상이었다. 당시의 문학비평은 창작자에게 예속되어 있을 뿐이었다. 그래서 비평가가 작품을 대할 때에도 감히 쉽게 도전할 수 없었기 때문에 작품 내용에 관해서도 설명과 해설의 차원에 머물렀을 뿐이었다. 이것은 어째서 문학비평의 영역에서는 돌파구 같은 것이 적었는가를 설명해준다. 하지만 타이완에서 모더니즘 운동이 발발한 이후부터 문학의 생태가 점차 전반적으로 변했다. 특히 이 운동이 흥기함에 따라 발전하게 된 신비평은 작가를 대면할 때 자주적인 체계를 이룰 수 있었다.

신비평학파가 1930-40년대 사이에 성행하던 시기는 서구에서 모더니즘high modernism이 고도로 성숙했던 바로 그 시기였다. 신비평은 사실 당시 서구 좌익문학운동에 대항하기 위해 등장했다. 왜냐하면 좌익작가가 내세운 현실에 대한 관심이라는 기치는 문학이 반드시 사회현실과 이데올로기를 위해 복무해야 하고, 대중을 위해 창작해야 함을 요구했기 때문이다. 신비평학파는 이와 반대로, 우선 문학 자체가 갖춰야 할 자주적인 심미안을 강조했다. 작품 자체의 문자 구조와 상징 기교가 평범한 대중의 감수성을 반드시 의식할 필요는 없었다. 시와 소설은 개인의 내면 심정을 듬뿍 표출할 수 있고, 이것으로 이미 예술이 요구하는 바를 달성했다고 볼 수 있다는 것이다. 더 중요한 것은 신비평적 시각으로 작품을 읽을 때에는, 예술작품 자체에만 관심을 기울이면 되는 것이지 작가의 창작의도를 의식할 필요는 없다는 점이다. 하지만 이것이 문화 전통에서 벗어났음을 의미하지 않는다. 이와 반대로 모더니즘의 미적 표현은 귀족적인 경향이 많았고, 기교와 표현 자체를 대단히 중시하기도 했지만 결코 문화 전통에서 벗어난 적이 없었다. 이 학파의 중요한 발언자인 랜섬John Crowe Ransom과 엘리어트T.S.Eliot 같은 사람들은, 예술작품에 매우 엄격함과 진지함을 요구했으며, 전통적 가치를 대단히 존중하며 따랐다. 심지어 엘리어트는 "각 시대마다 걸출한 작품의 배후에는 방대한 전통이 지탱하고 있다"라고 지적했다. 이러한 각도에서 볼 때 보수라고 하기에는 넘치고 진보라고 하기에는 부족한 듯하다. 그러나 이해할 수 있는 점은, 그들이 좌익문학운동의 혁명적 주장, 기존의 문학체제를 전복하자는 것을 받아들일 수 없었다는 사실이다. 하지만 그럼에도 불구하고 신비평학파가 모더니즘의 독해와 해석을 위해 완전히 새로운 시야를 열어줬다고 평가할 수 있다.

  신비평 이론가들 사이에서도 입장과 태도 차원에서 다소 차이가 있을수 있다. 하지만 최소한 모더니즘 작품을 대할 때에는 현대적 감수성의 분열dissociation of Modern Sensibility에 집중할 필요가 있을 것이다. 이 말은 엘리어트가 시대의 위기를 진단하면서 인류가 현대문명을 창조했지만 고유의 사회질서를 혼란에 빠트리는 지경에 이르렀을 뿐 아니라, 심지어 기존의 문명이 이룬 성취를 위협하는 데까지 이르렀다고 한 에세이에서 한 것이다.9) 개인의 감정이 범람하여 전통적 문화 질서를 파괴하는 상태에 이르렀다. 그러므로 그는 모더니스트가 개인적으로 창작에 임할 때에는 개인감정을 피해야 한다고 생각했다. 인간의 지성이 돌아갈 곳은 종교정신을 회복하는 방향으로 향해야 한다는 것이다. 엘리어트는 사방이 과학정신으로 포위되어 있는 현실 앞에서, 모든 가치가 수치로 평가되어 인문정신의 원칙과 완전히 괴리되어 있다고 우려했다. 문학비평이라는 것이 인문 활동 전반에서 일개 작은 영역에 불과하지만, 문학작품을 분석함으로써 인간의 도덕적 속죄를 보여줄 수 있다고 생각했다. 문학작품을 따라가는 방식이란, 정독과 세밀하게 읽기에 호소하는 것으로, 이 과정에서 인간의 내적 사유를 주도면밀하고 꼼꼼하게 드러낼 수 있다. 구체적으로 실천할 수 있는 방법은 비평가가 작품의 문자 구조와 시의 실체에 전념하는 것이다. 구체적으로 말하자면, 신비평의 최초 출발점은 본래 시 창작에서 파생되어 나왔다고 할 수 있다. 시의 행과 행 사이에서 비평가의 임무는 문자의 밀도와 그 확장을 찾는 것이다. 이러한 관점이 타이완 시인과 소설가, 산문가에게 끼친 영향은 대단히 크다. 최소한 이러한 관념하에서, 위광중, 왕원싱, 어우양쯔는 창작과 비평에 종사할 때 문학예술 내부의 구조와 장력을 특별히 중시했다.

---

 9) 이 용어는 T.S.Eliot, 〈The Metaphysical Poets〉(1921)에서 등장한다.

▶ 夏志淸(夏志淸 제공)

타이완 신비평의 계보에서 주목할 만한 중요한 실천가가 등장했는데, 왕멍어우王夢鷗(1907-2002)를 포함한 야오이웨이, 샤즈칭, 위광중, 예웨이롄, 옌위안수顏元叔 이 세대는 타이완의 문학비평을 일정한 수준을 갖춘 단계로 들어서게 했다. 1950년대에는 서평과 독후감식의 글쓰기 방식에서 벗어나 문학비평에서 인상식·즉흥식 감성 활동을 완전히 벗겨내고, 문학작품의 예술적 자주 정신에 특별한 관심을 가질 수 있는 환경이 조성됐다. 신비평에 속하는 하나의 예시를 제공한 첫 번째 비평가를 꼽자면 두말 할 것 없이 샤즈칭을 들 수 있다. 샤즈칭은 당시 먼 미국에서 한학漢學을 가르치며 중국 신문학운동의 전통을 정리하기 위해, 서구학계에서 높이 평가된 문학사를 써냈다. 이 성과가 바로 모두에게 알려져 있는《중국현대소설사A History of Modern Chinese Fiction》로, 1962년 영어로 정식 출판됐다. 30년 뒤에 출판된 이 책의 중국어 번역본은 결국 타이완문학의 경전이 됐다. 샤즈칭이 이 책을 집필하고 있을 당시, 장아이링에 관해 전문적으로 다뤘던 장이 가장 먼저 중국어로 번역되어 1958년 그의 형 샤지안이 주편하고 있던《문학잡지》에 발표됐다. 이 평론은 특별한 역사적 의의가 있다. 첫째, 장아이링 문학을 타이완에 최초로 소개한 것이자 그녀를 중국 신문학의 중요한 작가 대열에 넣은 것이며, 둘째, 신비평의 방식으로 장아이링의 소설을 분석하여 소설의 예술적 미에 대해 살펴봤을 뿐 아니라 인성의 신비까지 깊이 있게 탐색했다. 그의 역사관은 통찰력이 있었으며 심미관 또한 대단히 정확했다. 그가 평론에서 언급한 부분들이 이후 모든 장아이링 팬들이 반복적으로 탐색한 바로 그 범위이다.

《중국현대소설사》는 크게 세 파트로 나뉜다. 제1편은 초기(1917-1927) 즉, 문학혁명이 일어난 10년 시기를 가리킨다. 가장 중요한 작가로는 루쉰과 문학연구회文學硏究會의 중요한 멤버였던 저우쭤런을 포함해서, 선옌빙沈雁冰(마오둔茅盾), 정전둬鄭振鐸, 예사오쥔葉紹鈞, 쉬띠산許地山, 왕퉁자오王統照가 있는데, 이들의 작품이 기관지 《소설월보小說月報》에 발표됐다는 사실과 함께 창조사創造社의 궈모뤄郭沫若와 위다푸郁達夫를 소개하고 있다. 제2편은 그 후 성장한 10년(1928-1937)으로 혁명문학이 발흥하고 전개되던 시기이다. 마오둔, 라오서老舍, 선충원沈從文, 장톈이張天翼, 바진巴金, 우쭈샹吳組緗으로 나눠서 평가하고 있다. 그중에서 예술적 성취를 중심으로 긍정한 작가는 선충원과 우쭈샹이었다. 제3편은 항전시기와 승리 이후(1937-1957)로 장아이링, 첸중수錢鍾書, 스퉈師陀에 대해 다루고 있다. 이 역사적인 저작은 샤즈칭이 전통과 신비평의 각도에서 신문학의 중요한 고조기를 평가한 것이다. 그는 시대의 조류를 거슬러 올라가 작가의 높고 낮은 지위를 구분하며 다뤘다. 그의 관점은 상당히 개방되어

▶ 夏志淸, 《新文學的傳統)

▶ 夏志淸, 《人的文學)

있었기 때문에 끌어내는 논의 역시 대단히 광범위하다. 하지만 기본적으로 미국 자본주의 사회에서 완성된 학술저작이었기 때문에 자유주의에 지나치게 편향되어 있음을 피할 수 없으며, 공산주의 작가의 사상이 교조적이라고 폄하했다. 부인할 수 없는 것은, 이 저작이 타이완에 소개됐을 때 일어났던 소동이 꽤 컸다는 사실이다. 그가 문학을 평가함에 있어 보여준 통찰력과 장아이링의 영향력을 향상시킨 것, 신격화된 루쉰의 지위를 제자리로 돌려놓은 것은 정말이지 후대의 문학 해석에까지 깊은 충격을 주었다고 할 수 있다. 샤즈칭이 개인의 담력과 식견을 믿고, 루쉰을 신단에서 내려오게 하여 독자들이 이 문학 거장의 나약함과 어두운 인성을 엿볼 수 있게 한 것이다. 이러한 논단은 마오쩌둥이 각고하여 만든 루쉰이라는 신적 형상神像이 국제학계에서 더 이상 통용되지 못하도록 저지했으며, 리어우판李歐梵, 왕더웨이王德威와 같은 후대의 루쉰 연구자들이 더욱 풍부한 해석으로 보완할 수 있도록 길을 열어준 셈이었다. 샤즈칭이 장아이링에게 준 역사적 지위는 결과적으로 타이완에 광활한 문학영역을 열어주었다. 훗날 왕더웨이가 '장아이링풍 작가'의 계보를 추적할 수 있고, 1970년대 이후 타이완 여성작가의 풍격에 대해 해석할 수 있

▶ 姚一葦(《文訊》 제공)

었던 것은, 의심할 바 없이 샤즈칭의 소설사가 기점이 되었다고 할 수 있다. 그러나 《중국현대소설사》가 타이완 학계에 끼친 지대한 영향은, 폐쇄적인 반공시대의 타이완 독자들에게 1930년대 중국 좌익운동의 면모를 알게 해준 것에 그치는 것이 아니라 독서를 통해 신비평의 정신을 분명하게 이해 시켜줬다는 데 있다. 풀이하는 과정에서 샤즈칭

이 제시한 '감시우국感時憂國'obsession with China이라는 말은, 이후 문학사가들에게 공통적으로 받아들여진 정론이 됐다.

샤즈칭이 타이완 문학에 끼친 영향이 깊다는 말은, 장아이링 팬·장아이링풍·장아이링 연구의 맥락을 발생시켰다는 점 외에, 타이완 모더니즘 운동의 숨어있는 추동자 역할을 했다는 뜻이기도 하다. 그가 타이완에서 출판한 문학평론집《인간의 문학人的文學》(1977)과《신문학의 전통新文學的傳統》(1979)은, 위광중, 바이셴융, 천뤄시, 왕전허, 천잉전, 황춘밍, 치덩성과 같은 타이완 작가들의 예술적 성취를 정확하게 그리고 적절하게 긍정했는데, 이것은 모더니즘 소설이 타이완에서 합법성을 가질 수 있도록 강화하는 것과 같았다. 그는 심지어 1980년대 초기《연합보聯合報》와《중국시보中國時報》의 문학상을 심사하는 데 참여하기도 했으며 신세대 작가들이 두각을 나타낼 수 있도록 주의를 기울였다. 장샤오윈蔣曉雲을 포함해서 주톈신朱天心, 샤오야小野, 우녠전吳念眞, 리허李赫, 샹완쥔商晚筠, 쑹쩌라이宋澤萊, 홍싱푸洪醒夫 등이 있다. 샤즈칭이 보여준 기상은 역사적인 깊이가 있을 뿐 아니라 현실에 대한 관심도 포함되어 있었다. 그는 5·4문학을 연구하는 한편 타이완 문단을 관찰했다. 그가 견지했던 사고방식과 예술적 가치는 신비평이 강조하는 대전통과 텍스트 자세히 읽기에서 벗어난 적 없다. 최소한 1970년대까지 그와 옌위안수는 의식적으로 그리고 의지를 가지고 논쟁을 펼쳤고, 그의《중국현대소설사》가 1980년대 말 중국에서 소개됐을 때에는, 좌익 이데올로기를 가진 학자들로부터 강한 비판을 받았다. 하지한 이러한 현상을 이유로 그의 문학적 식견을 덮을 수는 없다. 난관에 봉착할 때마다 그가 끼치는 영향력의 범위는 거꾸로 더욱 확대되었기 때문이다.

타이완 신비평의 또 다른 중심인물로 옌위안수를 꼽을 수 있다. 그는 국내외 문학계를 통틀어 영미문학 박사학위를 받은 소수의 연구자에 속하는데, 학술적으로 서구문학을 보는 훈련을 받았으며, 특히 모더니즘 작가에 대해 해박했다. 1969년 그가 타이완으로 돌아왔을 때, 모더니즘 문학은 이미 성숙한 단계에 이르렀다. 구체적으로 말하자면, 옌위안수가 비평작업에 착수할 무렵 이미 분석할 만한 충분한 문학작품이 있었다는 뜻이다. 그가 타이완대학과 단장淡江대학 외국어문학과에서 동시에 강의를 할 때 사용한 교과서가 바로 신비평의 경전적인 저작, 브룩Cleanth Brooks의 문학이론서 《소설 이해Understanding Fiction》, 《시가 이해Understanding Poetry》, 그리고 《희극 이해Understanding Drama》였다. 옌위안수의 비평 실천과 진정한 영향력은 아마도 타이완 문단에 있는 것이 아니라 아카데믹한 공간에 놓여 있을 것이다. 차이위안황蔡源煌, 펑징시彭鏡禧, 왕추구이王秋桂, 쑤치캉蘇其康, 장쑹성張誦聖, 랴오셴하오廖咸浩와 같은 후대의 중요한 문학 비평가들 모두 알게 모르게 옌위안수의 영향을 받았다. 하지만 부인할 수 없는 것은 옌위안수가 분명히 신비평의 기치를 높이 든 1세대 학자라는 사실이다. 그는 신비평 이론을 소개했을 뿐 아니라, 실제로 타이완 문단에서 평론을 발표하기도 했다. 이론적인 측면에서 그가 발표한 중요한 글로는, 〈신비평학파의 문학이론과 방법新批評學派的文學理論與手法〉과 〈어떤 문학이론의 건립을 향해서朝向一個文學理論的建立〉가 있다. 첫 번째 논문에서 그가 소개한 신비평의 주요 멤버인 랜섬의 이론 중 세 가지 중심사항은 성상聖像주의와 구조 및 단어, 그리고 시의 본체성이다. 또한 그는 알렌 테이트Allen Tate를 소개하면서 그의 비평실천에서 두 가지 주요사항이 드러난다고 강조했다. 즉 하나는 시인의 임무로, 반드시 진실된 언어를 사용하고 인생의 진상을 파악하는 데 충실해야 한다는 것, 다른 하나는 시의 확장성과 밀도로, 시의 성공 여부는 연속되는 연상과 예술적 깊이에 달려있음을 보여줘야 한다는 것이다. 그리고 그가 가장 긍정했던 신비평가 중의 하나인 브룩은 시를 분석함에 있어 모순된 언어와 산문화한 궤변 및 실용 비평에 특별히 주의를 기울였다. 이 부분에서 타이완 모더니즘 시의 신비를 언급한 셈인데, 모순된 언어사용법을 통해 시인의 내적 변증 구조를 파악할 수 있을 뿐 아니라 감정의 내부적인 장력을 파악할 수도 있기 때문이다. 모순 화법에서 벗어나면 시인의 예술적 경험을 전달하기 쉽지 않다. 이 글에서 옌위안수는 윈터스Ivor Winters가 쓴《정제된 시와 정제되지 않은 시純粹與不純粹的詩》도 특별히 소개했다. 시가 지나치게 정제되면 낭만을 잃게 되고, 정제되지 않은 시여야지만 박력이 있다는 것이다. 잡다한 요소가 시의 구조에 융합되도록 용인해야만 예술적 영혼의 본질에 더욱 근접할 수 있다고 본다. 만약 복잡하고 잡다한 성분을 추려낸다면, 시의 장력이 오히려 무기력함에 빠질 것이라는 말이다.

〈어떤 문학이론의 건립을 향해서〉 이 글은, 옌위안수의 문학 연구가 도착한 결론 두 가지를 보여주고 있다. 첫째, 문학은 철학을 희극화한 것이며, 둘째, 문학은 생명을 비평하는 것이다. 이 두 가지 신념을 비평원칙으로 삼아서, 그는 중국 고전시가와 타이완 모더니즘 시에 대해 실제적인 비평을 전개했다. 정확하게 말하자면, 그가 발표한 비평은 모두 상술한 문학이론을 바탕으로 하고 있는데, 성당盛唐의 기상이 느껴질 뿐 아니라 당대 작가에 대한 인물평을 하고 있다. 옌위안수의 고전시가 비평은 〈중국 고전시의 다의성中國古典詩的多義性〉, 〈《강남곡》을 분석하다析〈江南曲〉〉, 〈고전시 꼼꼼하게 읽기細讀古典詩〉, 〈《장한가》를 분석하다分析〈長恨歌〉〉, 〈《당신이 떠나신 뒤로》를 분석하다析〈自君之出矣〉〉, 〈음악의 카타르시스와 소통─〈비파행〉에 관해서音樂的洩與溝通─談〈琵琶行〉〉 등의 글을 예로 들 수 있다. 작품을 분석할 때에 그는 '콘텍스트 이론contextualism' 즉 오늘날 말하는 '맥락에 따라 읽기' 방식을 특별히 강조했다. 다시 말해서, 시의 의의는 전적으로 시의 텍스트 언어 내부에 있으며 외재하는 역사적 환경이나 사회적 조건과는 전혀 상관이 없다는 뜻이다. 그가 문학내부 연구를 적극적으로 제창했던 이유는 장기간 (작가의) 전기 연구 방식으로 수행해온 폐단을 바로잡고자 했기 때문이다. 힘써 노력한 바는 정말이지 긍정적인 의의가 있다고 할 수 있다. 하지만 현대의 비평가가 천년의 세월을 뛰어넘어 고전 시인의 내적 심정으로 들어갈 때에, 오직 짧은 시구에만 의존하여 시인의 내면 의식을 이해할 수 있는지의 여부는 의심을 불러일으킨다. 그가 중요한 고전시가 연구자 예자잉葉嘉瑩을 비판할 때, 예부터 전해온 학술전통의 규칙을 전면 부정하고, 그녀의 풀이를 전복하려고 한 것은 잘못된 것을 바로잡으려다 너무 지나쳐서 오히려 함정에 빠지게 됐다고 평가하지 않을 수 없다. 옌위안수와 예자잉 사이의 논쟁은 후세 사람들에게 하나의 모범을 제공해 주는데, 전통연구와 신비평의 사이는 사실 상호 배척적이었던 것이 아니라 상호 공존하는 관계였다. 옌위안수가 쓴 모더니즘 시를 비평한 글로는, 총론에 해당되는 〈중국 모더니즘 시에 관한 의견 몇 가지對中國現代詩的幾點淺見〉가 있고, 그 외 〈위광중의 현대 중국 의식余光中的現代中國意識〉, 〈메이신의 풍경梅新的風景〉, 〈뤄푸의 시 2수 자세히 읽기細讀洛夫的兩首詩〉, 〈뤄먼의 죽음 시羅門的死亡詩〉, 〈예웨이롄의 '방향 지시적인 시각'葉維廉的‘定向疊景’〉 5편의 각론을 꼽을 수 있다. 이러한 글에서 그는 당시 시단의 몇 가지 현상들 즉, 모더니즘 시인들에게는 형식을 추구하는 노력이 부족하며, 엄밀하고 성실한 구조가 부족함을 지적했다. 시인이 개인의 내적 풍경vision을 지나치게 강조하면, 독자들과 함께 향유할 수 없다. 그는 모더니즘 시인이 대담하게 인생을 향해 나아가고 사회를 향해 나아가야 한다고 독려했으며, 시에 입말인 백화투를 활용하도록 독려했다. 이러한 관점을 가지고 당시 시단의 생태를 살펴보면 모두 적용될 수 있어야 했다. 하지만 그 개인의 주관적인 생각이 대단히 강했기 때문에, 간혹 억지 해석으로 원래 의도와 반대로 시 본래의 풍부한 의미를 오독하기도 했다. 그럼에도 불구하고 옌위안수의 공을 전면 부정할 수는 없다. 왜냐하면 그는 용기를 내어 타이완 모더니즘 시를 아카데미 영역에 소개했으며, 이것이 아카데미 즉 대학에서 타이완 문학을 연구하게 된 시초가 되기 때문이다. 시평 외에 그는 모더니즘 소설도 평가했다. 바이셴융, 우리화, 왕원싱에게 정면으로 긍정적인 평가를 내렸다. 특히 왕원싱의 《집안의 변고家變》가 출판되었을 당시, 수많은 오해를 일으키고 비판을 받았는데, 세상의 추세가 이러할 무렵, 옌위안수는 이러한 분위기를 싹 정리하겠다는 태도로《집안의 변고》를 옹호했다. 한편 옌위안수의 문학적 성취는 신비평에만 있는 것이 아니다. 이 외에 수많은 산문과 잡문을 썼으니, 1970년대 전반 동안 그의 생산력이 가장 왕성한 시기였다고 말할 수 있다. 그밖에 그는 《중외문학中外文學》을 창간하여 중화민국 비교문학학회가 설립될 수 있도록 독려했다. 그의 영향력은 사실 오늘날까지 엄연하게 존재하고 있다. 그러나 1980년대에 들어선 이후, 이데올로기상 좌절을 겪은 듯 갑자기 방향을 바꾸어 서구문화를 강하게 비판하기 시작했고, 자신이 받은 학술적 훈련과 완전히 정반대의 길로 접어 들어서, 이때부터 역사의 무대에서 사라졌다.

신비평가의 행렬 중에 야오이웨이는 주목할 만한 모더니즘 추동자이다. 그는 대학 출신이 아니라 학문이 깊은 가풍 속에서 스스로 수련을 통해 문학 감상 능력을 배양했다. 그는 1960년대에 《필회》, 《현대문학》, 그리고 《문학계간》이라는 세 개의 대표 간행물의 편집 임무를 담당한 유일한 작가이다. 그의 예술을 향한 시각이 처음으로 눈을 뜨게 된 것은 서구 모더니즘 문학이 아니라 아리스토텔레스Aristotle의 《시학Poetics》을 번역한 것이 계기가 됐다. 그가 완성한 《시학 주해서詩學箋註》는 이후 타이완 사회가 서구문학을 받아들이는 기초가 됐을 뿐 아니라 각종 작품과 희곡 작품을 독서하는 데까지 이어졌다. 아리스토텔레스에게서 계발 받지 못했다면, 이후 그는 일련의 비평 저작들, 《예술의 신비藝術的奧秘》(1968), 《희곡논집戲劇論集》(1969), 《미의 범주론美的範疇論》(1978), 《희곡 원리戲劇原理》(1992), 《심미삼론審美三論》(1993), 그리고 《예술비평藝術批評》(1996)을 써내지 못했을 것이다. 그는 모더니즘 시를 분석할 능력을 갖추고 있었을 뿐 아니라 《붉은 코紅鼻子》(1969)와 《부청주傅靑主》(1978)와 같은 극본을 써낼 능력이 있었다. 문학이론 방면에서 그가 한 가장 중요한 공헌은 〈상징을 논함論象徵〉, 〈모방을 논함論模擬〉, 〈화해를 논함論和諧〉, 〈풍격을 논함論風格〉, 〈경계를 논함論境界〉이 수록된 《예술의 신비藝術的奧秘》와 《미의 범주론美的範疇論》을 썼다는 것이다. 이러한 전문용어는 종종 과도하게 사용되고 있었지만, 엄밀하게 정의된 적이 없었다. 야오이웨이는 서구 문학이론을 선택하고, 중국 고전문학의 전통을 참작하여 반복적으로 탐색한 뒤, 개인적인 통찰력으로 각 명사의 핵심 의의에 관해 서술했다. 특히 《미의 범주론》에서는 〈우아미를 논함論秀美〉, 〈숭고미를 논함論崇高〉, 〈비장미를 논함論悲壯〉, 〈골계를 논함論滑稽〉, 〈괴이함을 논함論怪誕〉, 〈추상을 논함論抽象〉 6장으로 나누어, 타이완 비평계가 자세하게 탐색해본 적 없는 '미에 대한 정의'를 탐구하고 있다. 이 책의 첫 번째 장에서는 〈미의 표준〉과 〈미의 기준이 아닌 것非美的基準〉에 대해서 언급하고 있는데, 그는 고저강약의 정서와 흥분과 침잠의 정감을 통해 순수한 쾌감의 범위 안으로 천천히 안내한다. 〈미의 기준이 아닌 것〉은 공포·고통·애상·우수와 같은 부정적인 정서를 가리킨다. 기준에 관한 이러한 상세한 탐구는 타이완 비평계에 완전히 새로운 시야를 열어줬다. 방대한 문학적 지식 없이는 이러한 복잡한 미감을 처리할 수 없는데, 그를 비평가로 특별 대우해주는 것이 결코 지나치지 않다고 생각한다.

  야오이웨이가 실제 비평에 공헌한 바 또한 결코 대학 출신자에게 뒤지지 않는다. 정치한 이론을 건립한 기세로 그는 타이완의 모더니즘 작가에게 대단히 적극적인 평가를 내렸다. 그가 실제 비평에서 보여준 가장 뛰어난 글은 그의 전문서적 《문학논집文學論集》(1974)이상 없다. 이 책에 수록된 가장 경전적인 시론은 바로 〈야셴의 〈여배우〉를 논함論瘂弦的〈坤伶〉〉이다. 12행에 불과한 아주 짧은 이 시에 대해서 그는 1만 여 자의 감상평을 썼다. 이 비평이 경전으로 평가받는 이유는 그가 희곡, 소설 및 모더니즘 시의 이론을 활용한 점에 있다. 그는 당시 타이완 문단에 무엇이 신비평인지를 보여주기 위해서, 야셴이 사용한 모순 화법에 찬사를 보내며 이것이 바로 브룩스가 말한 '역설의 언어The Language of Paradox'라고 했다. 그는 세밀한 독서를 통해 시 속에 숨겨져 있는 운율과 리듬을 분석해 보여줬을 뿐 아니라 이 짧은 시에서 끊이지 않고 면면히 이어지는 희곡적인 효과도 보여줬다. 야오이웨이는 최상의 시 평론을 완성한 뒤 만족하지 못한 듯 바톤을 이어받아 한 편의 율시律詩로 다시 개작했는데 그제서야 비로소 자신이 독서할 때의 쾌감을 그대로 만족시킨 듯 했다. 모더니즘 소설가에 대해서 그는 〈왕전허의《혼수로 받은 수레》를 논함〉, 〈바이셴융의 〈유원경몽〉을 논함〉, 〈수이징의《웃을 때의 슬픈 주름》을 논함〉, 그리고 〈황춘밍의 〈아이의 장난감〉을 논함論黃春明의〈兒子的大玩偶〉〉 같은 평론을 쓴 바 있다. 그가 잊지 않고 늘 생각했던 것은, 당시 고도로 발전하고 있던 모더니즘 운동을 가속시키고, 모더니즘 시와 모더니즘 소설의 예술적 성취도 승인해야 한다는 것이었다. 이처럼 중요한 문학이론 건립자이자 문학비평 실천가였던 그는 사람들에게 그가 은행가였음을 연상하지 못하게 한다.

신비평의 실천은 확실히 타이완문학의 발전방향을 변화시켰다. 특히 정독과 세독을 제창한 것은 알게 모르게 소설 창작자에게도 영향을 끼쳤다. 왕원싱은 문학작품을 정독할 것을 주장했을 뿐 아니라 문자의 간결함도 주장했다. 그의 예술적 태도는 의심할 바 없이 신비평 정신을 물에 비친 그림자처럼 반영하고 있다. 어우양쯔의 단편소설집《긴 머리 그 소녀那長頭髮的女孩》는 나중에《가을잎秋葉》으로 개명했는데, 새 판본이 나올 때마다 소설 속 문구를 자세하게 교정하고 수정하여 어떠한 군더더기도 허용하지 않았다. 이 또한 신비평 정신의 파생물이라 할 수 있다. 그녀가 쓴 바이셴융 비평논집《왕사당 앞의 제비王謝堂前的燕子》는 14편의 호탕한 글을 통해 14편으로 구성된 소설《타이베이 사람들台北人》을 분석하고 있다. 그중 심리분석과 문자분석은 오늘날까지 신비평의 본보기로 인정받고 있다. 또 다른 주요 신비평 실천가인 예웨이롄은 시 창작에 종사했을 뿐 아니라 문학비평까지 넘나들었다. 그 역시 타이완 신비평의 중요한 발언인 중 하나로서,《현상·경험·표현現象·經驗·表現》(1969),《중국 현대소설의 풍모中國現代小說的風貌》(1970),《질서의 생장秩序的生長》(1971)과 같은 전문서적은 타이완 모더니즘 운동을 가속화하고 생동하는 역량을 주입한 것과 다름없었다. 그가 주편한《중국 현대문학 비평 선집

中國現代文學批評選集》(1976)에는 왕멍어우王夢鷗, 천스샹陳世驤, 샤지안, 샤 즈칭, 야오이웨이, 린이량林以亮, 위광중, 류사오밍, 리어우판, 양무楊牧의 비평이 수록되어 있어서, 거의 신비평의 전면모를 보여준다고 할 수 있다. 이 책을 통해 최소한, 서구의 문학비평이론이 타이완으로 건너오면서 처음에는 거부반응을 일으켰지만, 결국에는 타이완 사회에 받아들여져 제어할 수 없을 정도의 왕성한 운동이 되었음을 증명할 수 있다. 모더니즘 문학이 타이완에서 결국 뿌리를 내리고, 싹을 틔우고, 건강하게 자란 것은 확실히 상당히 우회적인 여정을 거친 결과이다. 신비평이 가지를 뻗고 잎을 피운 것이 바로 모더니즘 운동이 풍부한 성과를 거두었음을 증명해준다고 볼 수 있다. 그러므로 타이완문학사에 있어 휘황찬란했던 한 장을 결국 후세 사람들이 외면할 수 없는 것이다.

저자 주석

[1] 1949년 국민당 정부는 국공내전에서 우세를 잃은 후 타이완으로 철수하게 되자, 동란의 시국을 효과적으로 관리하고 안정시키기 위해 민중과 지식인의 사상 · 언론에 대해 제한을 가하기 시작했는데, 이것이 문학계 인사의 활동에까지 미치게 되었다. 같은 해 5월 20일, 경비총사령부는 섬 전체에 계엄을 선포하고 타이완을 군사통치 체제에 편입시켜 〈戒嚴法〉, 〈動員戡亂時期臨時條款〉, 〈懲治叛亂條例〉 등의 조항에 근거하여 헌법을 동결하고 비상시국에나 맞는 조치로 혼란을 수습하고자 했다. 정부는 반란분자에게 혹독한 징벌을 부과할 수 있었고, 인민의 언론·출판·저술·통신·집회결사의 자유를 모두 통제할 수 있었으며, 나아가 조사와 단속을 실시할 수 있었다. 예를 들면 계엄법 제11조 '계엄 지역 내에서 최고 사령관은 아래 사항을 실시할 수 있는 권한을 가지고 있다. (1) 집회·결사 및 유세·청원을 중지시킬 수 있고, 언론·강연·뉴스·잡지·도서· 공고·구호 및 기타 출판물을 단속할 수 있으며 군사적으로 막을 수 있다.' 또한 반란 처벌 조례 제7조에서와 같이 '문자·그림·연설을 통해 반란을 선전하는 자는 7년 이상의 유기징역에 처할 수 있다.' 張詩源, 《出版法之理論與應用》(台北: 警察雜誌社, 1954), 140쪽 참고, 薛月順 등 主編, 〈台灣地區戒嚴時期出版物管制

辦法〉법 조항 부분,《戰後台灣民主運動史料彙編(1): 從戒嚴到解嚴》(台北: 國史館印行, 1990), pp.225-231.

[2] 雷震의《自由中國》과 전후 타이완의 민주헌정의 발전은 매우 밀접한 관계가 있다. 현재까지 비교적 정밀하고 요점을 잘 포착하고 있는 연구로는 薛化元의《《自由中國》與民主憲政: 1950年代台灣思想史的一個考察》(台北: 稻鄉, 1996)이 참고할 만하다.

[3] 웨이톈충의 견해에 따르면, 당시 타이완문학과 문화계의 서구화 정황은 다음과 같이 설명할 수 있다. "민국43년(1954) 중국과 미국이 공동방어조약을 체결한 바로 그때, 타이완에는 새로운 국면이 도래했다. 이 조약이 맺어지면 타이완은 최소한 2-30년간 안정을 취할 수 있을 것이며, 미국과 매우 긴밀한 관계를 유지할 것이기 때문에 모든 것이 미국의 해석을 따라 해석될 것임을, 미국의 표준을 따라 표준화될 것임을 모두들 내심 알고 있었다. 우리 타이완의 교육 정황은 바로 이와 같이 자신의 근대 역사에 대해 비교적 잘 알지 못했다. 그렇다면 우리는 어디에서 영양을 흡수했겠는가? 바로 서구의 문화에서 흡수했다. 우리는 대략 민국44년, 45년(1955, 1956) 이후, 타이완의 전반적인 문예계와 문화계의 기풍이 한 걸음씩 서구화의 길로 접어들었음을 목격할 수 있다. … 당시의 문학잡지는 모두 서구의 기교를 학습하고, 아카데미에서도 항상 이러한 것들을 소개하는 분위기에 휩싸여 있었다." 尉天驄,〈西化的文學〉, 邱為君·陳連順 編,《中國現代文學的回顧》(台北: 龍田, 1978) 수록, pp.155-156 참고.

[4] 지셴은〈現代派信條釋義〉의 서문에서 다음과 같이 밝혔다. "新詩에 대한 견해가 상통한다는 사실에 기초하여 문학적인 경향이 일치하는 우리 일군의 무리는, 정신적으로 결합하여 자연스럽게 추세를 따라서 현대파의 결성을 선포한다. … '現代詩社'는 일개 잡지사이며 '현대시파'는 결코 '現代詩社'와 동의어가 아니다. 그러나 '현대시파' 시인 무리의 공동 잡지는, '現代詩社'가 편집·발행하는《現代詩》로, 오늘 이후부터는 당연히 그 기치가 더욱 선명해질 것이다."《現代詩》13기(1956.2), p.4.

[5] 지셴은《현대시》창간 선언에서 "표어·구호는 시가 아니다. 그러나 좋은 정치에 관한 시는 어찌 예술품이라 칭하지 않을 수 있으며, 부끄럽다고 할 수 있겠는가. 시라는 것은 좋은 시여야 하며, 현대시여야 한다. 정치적이건 비정치적이건 모두 우리에게 필요하다. 시는 예술이며 무기이기도 하다. 오라, 오라, 우리에게! 건설하면서 한편으로는 투쟁하자. 오라, 오라, 우리에게!"라고 말했다.《現代詩》창간호 (1953.2) p.1 참고.

[6] 1950년대 新詩 발전에 영향을 끼친 가장 중요한 3개의 시사와 시 간행물이 바로 '現代詩', '藍星', '創世記'이고, 이들이 발행한 시 간행물이다. 비교해 보면, 1950년

대에도 많은 시 간행물이 있었지만, 수명이 길지 않았고 영향력이 크지 않았기 때문에 비교적 거의 언급되지 않는다. 이를 테면《旭日新詩》(1954),《青蘋果》(1954),《海鷗》(1955),《南北笛》(1956),《今日新詩》(1957),《噴泉》(1957),《東海詩頁》(1957) 등 10여종이 있었는데, 자세한 자료는 舒蘭,《中國新詩史話》第3冊 12장 제1절〈50年代詩社詩刊〉(台北: 渤海堂文化, 1998)을 참고하시오.

[7] 《現代詩》13기의 사설〈戰鬪的第四年, 新詩的再革命〉(1956.2)을 참고하시오. 이외에도 지셴은 수많은 회고성 글에서 여러 차례 그의 新詩 재혁명과 현대화에 관한 주장을 설명한 바 있다. 이를 테면〈現代詩在台灣〉,〈何謂現代詩〉,〈新詩之所以新〉,〈關於台灣的現代詩〉은《千金之旅: 紀弦半島文存》(台北: 文史哲, 1996)에 수록되어 있다.

[8] 覃子豪,〈新詩向何處去〉, 何欣 編選,《當代中國新文學大系: 文學論爭集》(台北: 天視, 1979)

[9] 《新詩周刊》(1951.11.5-1953.9.14까지, 총94기 출간)은 타이완에서 모더니즘 시와 시 간행물의 전수자이자 원조라고 명명할 만한데, 당시 대륙 출신과 본성 출신 시인들이 자유로운 창작을 할 수 있도록 융합적인 공간을 제공했으며, 모더니즘 시가 뿌리 내리고 씨를 뿌리는 데 공헌했다.《新詩周刊》이 정간되자 바로 '現代詩'와 '藍星'이라는 두 세력으로 분화됐다. 麥穗,〈現代詩的傳薪者―《新詩周刊》〉《詩空的雲煙: 台灣新詩備忘錄》(台北: 詩藝文, 1998) 참고.

[10] 지셴은 일찍이 본인이 戴望舒와 李金髮의 자유시와 상징시에 깊은 영향을 받았다고 밝힌 바 있다. 1934년부터 시풍에 변화가 생긴 뒤, 다시는 新月派의 格律詩를 쓰지 않았으며,《현대시》에 투고한 것이 계기가 되어 현대파의 일원이 되었고 이때부터 명성을 얻기 시작했다. 紀弦,〈三十年代的路易士〉,《千金之旅》, pp.358-360 참고.

[11] 覃子豪, "藍星周刊의 태도와 新詩周刊의 태도는 일치한다. 우리가 추구하는 바는 藍星의 내용이 더욱 건전해야 하며 더욱 충실해야 한다는 것이다. 특히 중요한 것은 우리의 작품이 시대와 동떨어질 필요는 없다는 것이다. 너무 뒤떨어지면 현 시대의 독자들에게 버려질 것이고, 너무 '초월'하더라도 현실과 괴리될 것이다. 우리는 어제 쓴 적 있는 시를 쓰지 않을 것이며, 내일의 환상에 대해 쓰지 않을 것이다. 우리는 오늘을 살아가는 시를 쓸 것이다. 우리는 진부한 내용들과 거드름 피우는 논조를 버리려 한다. 현실 생활의 내용을 창조할 것이며, 이러한 내용을 표현할 수 있는 새로운 형식, 새로운 풍격을 창조할 것이다."《藍星詩刊》간행 서문(1954.6.17) 참고.

[12] '횡적 이식'의 등장은〈現代派的信條〉제2조, "우리는 新詩가 횡적 이식의 산물이지 종적 계승의 산물은 아니라고 생각한다. 이것은 종합적인 시각이자 기본적인

출발점으로서, 이론적 건립은 물론이요 창작의 실천에 있어서도 그러하다." 원본
《現代詩》 표지(13기(1956.2)), 14기(1956.4)) 수록.

[13] 蘇雪林, 〈新詩壇象徵派創始者李金髮〉, 《自由靑年》 22권1기(1959.7.1), pp.6-7.

[14] 蘇雪林, 〈爲象徵詩體的爭論敬告覃子豪先生〉, 《自由靑年》 22권4기(1959. 8.16), pp.8-10.

[15] 蘇雪林, 〈致本刊編者的信〉, 《自由靑年》 22권6기(1959.9.16), pp.7-8.

[16] 앞의 책, p.8.

[17] 覃子豪, 〈論象徵派與中國新詩兼致蘇雪林先生〉, 《自由靑年》 22권3기(1959.8.1), pp.10-12.

[18] 覃子豪, 〈簡論馬拉美, 徐志摩, 李金髮及其他─再致蘇雪林先生〉, 《自由靑年》 22권5기(1959.9.1), pp.14-16.

[19] 覃子豪, 〈論詩的創作與欣賞〉, 《自由靑年》 22권7기(1959.10.1), pp.9-11.

[20] 覃子豪, 〈論象徵派與中國新詩〉, p.11.

[21] 覃子豪, 〈現代中國新詩的特質〉, 《文學雜誌》 7권2기(1959.10), pp.17-34.

[22] 앞의 책, p.18.

[23] 앞의 책.

[24] 앞의 책, p.34.

[25] 言曦, 〈新詩閒話〉, 원본은 《中央日報·中央副刊》 게재, 1959.11.20-23. 何欣 編選, 《當代中國新文學大系: 文學論爭集》 수록.

[26] 余光中, 〈文化沙漠中多刺的仙人掌〉, 《文學雜誌》 7권4기(1959.12), pp.26-32.

[27] 余光中, 〈新詩與傳統〉, 《文星》 27기 '시의 문제 연구 특집(詩的問題研究專號)'(1960.1.1), pp.4-5.

[28] 余光中, 〈摸象與畫虎〉, 《文星》 28기(1960.2.1), pp.8-9.

[29] 余光中, 〈摸象與捫蝨〉, 《文星》 30기(1960.4.1), pp.15-16.

[30] 余光中, 〈文化沙漠中多刺的仙人掌〉, p.32.

[31] 洛夫, 〈天狼星論〉, 《現代文學》 9기(1961.7), p.82.

[32] 앞의 책, p.78.

[33] 앞의 책, p.83.

[34] 〈創世紀的路向: 代發刊詞〉, 《創世紀》 創刊號(1954.10).

[35] 洛夫, 〈五年後的再出發〉, 원본 《創世紀》 13기 사설(1959.10)에 수록, 이후 《詩人之鏡》(高雄: 大業書店, 1969)에 수록.

[36] 앞의 책.

[37] 洛夫, 〈第二階段〉, 《創世紀》 14기 사설(1960.6), p.2.

[38] 洛夫,〈詩人之鏡〉,《創世紀》21기(1964.12), p.6.

[39] 白先勇,〈《現代文學》的回顧與前瞻〉,《現代因緣》(台北: 現文出版社, 1991), p.194 에 수록.

[40] 劉紹銘,〈《現代文學》發刊詞〉,《現代文學》1기(1960.3), p.2.

[41] 白先勇,〈流浪的中國人: 台灣小說的放逐主題〉,《明報月刊》1월호(1967.1), 이후 《第六隻手指》(台北: 爾雅, 1995), p.111 수록.

[42] 歐陽子,〈回憶《現代文學》創辦當年〉, 바이셴융 등,《現文因緣》, pp.214-223에 수록.

[43] 尉天驄,〈我的文學生涯〉, 中國論壇編輯委員會 주편,《나의 탐색(我的探索)》(台北: 聯經, 1985), pp.275-316에 수록되어 있다.

[44] 〈獻給讀者〉,《筆匯》혁신호 1권1기(1959.5.4), 2쪽. 그 외 웨이톈충의〈我的文學生涯〉, p.286을 참고하시오.

[45] 胡適,〈什麼是文學〉,《胡適文存》(台北: 遠東圖書, 1968), p.215.

[46] 端木虹,〈與胡適博士談現代主義〉,《筆匯》1卷3期(1959.7.15), p.28.

[47] 앞의 책.

[48] 姚一葦,〈論王禎和的《嫁粧一牛車》〉,《文學季刊》6기(1968.2.15), pp.12-17.

[49] 姚一葦,〈論白先勇的《遊園驚夢》〉,《文學季刊》9기(1968.11.20), pp.84-90.

[50] 姚一葦,〈論水晶的《悲憫的笑紋》〉,《文學季刊》12기(1969.7.10).

[51] 許南村(陳映眞),《知識人的偏執》(台北: 遠景, 1976)

[52] 王德威,〈從'海派'到'張派': 張愛玲小說的淵源與傳承〉,《如何現代, 怎樣文學? 十九, 二十世紀中文小說新論》(台北: 麥田, 1998), pp.319-335.

[53] 張愛玲,〈紅玫瑰與白玫瑰〉,《傾城之戀: 張愛玲短篇小說集之一》(台北: 黃冠, 1991), p.87.

제 15 장

1960년대 타이완 모더니즘 소설의 예술적 성과*

타이완 문학의 황금기는 1960년대에 출현했다. 이 시기에 전후 2세대 타이완작가는 성숙한 창작을 보여주게 된다. 문학의 예술적 기교와 사용에 자신이 있었던 그들은 중문 서사의 파악과 표현에 있어서도 탁월한 성과를 거뒀다. 폐쇄된 정치 환경 속에서 그들이 창작한 문학은 대부분 이후 전승에 있어 중요한 대상이 되었다. 어떤 작품은 얼마 지나지 않아 경전의 지위까지 올라가기도 했다. 문학사에서 60년대와 같은 경우는 찾아보기 드물다. 작가 진용은 상당히 정비됐으며, 소설·산문·신시·평론 등의 방면에서 질적 양적으로 모두 훌륭한 작품이 창작됐다. 그리하여 그들이 구축한 예술의 수준은 이후 작가들의 도전과 초월의 대상이 됐다.

1960년대를 황금기로 정의할 수 있는 까닭은 이 시기 작가들이 타이완 문학에 새로운 감각과 상상을 개발해주었기 때문이다. 그들의 시도와 실험은 이후 작가들에게 화려하고 풍부한 문학적 사유를 열어주었다. 60년대 타이완작가들의 예술적 발전이 없었다면, 뒤이은 70년대 향토문학의 견실한 창작도, 80년대 페미니즘 문학의 성공도 없었을 것이다. 60년대 타이완작가들은 수많은 정전 문학을 창작했다. 그들이 보여준 복잡한 기

---

* 이 장은 성옥례가 번역하였다.

교와 심미 원칙, 언어의 단련과 내면세계는 이전의 타이완 문학사에 없던 것이었다.

고도의 권력이 지배하는 재식민 체제가 여전히 엄격하게 사상을 검열했지만, 더 이상 작가의 소극적인 저항까지 막지는 못했다. 거대한 모더니즘 문학운동 속에서 '아카데미파'를 중심으로 하는 작가군은 광활한 판도를 개척했으며, 타이완 본토 작가, 여성 작가 그리고 군인 작가 역시 거세게 몰아치는 문학의 풍랑 속으로 뛰어들었다. 아마도 그들은 민감한 정치적인 금기를 직접적으로 건드릴 수는 없었을 것이다. 그러나 서정과 욕망을 발굴함으로써 반공문예정책이 정해놓은 방향을 비틀고자 했다. 그들은 인성의 밝은 면과 건강한 현실만을 묘사하라는 관방 담론의 선전에 더 이상 순종하지 않았다. 그들은 인류의 내면에 있는 어둠과 상처 입는 인격을 진지하게 응시했다. 숭고와 위대, 비장함, 광활함 같은 것이나 도덕, 성선설, 교화니 하는 정통 미학은 더 이상 현대 작가의 사유에 부합하지 못했다. 1960년대 타이완 문학에는 퇴폐·몰락·타락·비천 등의 부정적인 면에 관한 서사가 나타나기 시작했다. 이러한 부정적인 면은 엄격한 의미에서의 비판 정신을 가지지는 못했다. 그러나 그것은 전통적 문학에 부재했고 결핍됐던 '반대'와 '부정'의 태도를 드러냈다. 그러므로 이런 측면에서 60년대 타이완 모더니즘 문학은 역사에 엄연히 존재했던 커다란 공백을 메웠다고 할 수 있다.

유랑流亡 소설의 두 전형

타이완 소설에서 유랑 정신은 일제강점기 이래 줄곧 중요한 주제였다. 모더니즘 사조의 충격으로 이 정신은 더욱 선명해지고 심각해졌다. 서구 모더니즘에서 유랑이란 본래 도시 문명의 흥기로 인해 생겨난 전원생활에 대한 인류의 영원한 향수를 가리킨다. 공업문화와 기계문명으로 인류의 전통적 가치가 나날이 쇠미해지는데도 아직 새로운 도덕적 규범을 세우지 못해, 마음 기댈 곳이 갑자기 사라져버려 정처 없이 떠돈다는 이방인의 정서가 생겨났다. 현대사회에서 이 같은 인간의 자아 추방은 피할 수 없는 숙명이었다. 모더니즘 문학의 주된 관심은 바로 이러한 숙명에 대한 반성과 항의 그리고 논쟁에 있었다.

타이완 모더니즘의 경우 유랑 정신은 정치 환경의 영향을 받은 것이었다. 국공내전으로 고향을 등지고 떠났던 세월 때문에 외성인 작가 1세대는 자신의 땅과 철저하게 유리됐다. 그들은 냉대 받는다는 강한 콤플렉스를 지니고 있었다. 1950년대의 고향을 그리워하는 문학은 '고신孤臣 문학'으로 개괄할 수 있다. 이들의 거대한 유랑도는 셀 수 없이 다양한 이산의 이야기를 조합한 것이었다. 그러나 2세대 외성인 작가는 더 이상 의기소침하게 고향을 그리워하는 정서에 머무를 수 없었다. 그들은 역사의 눈가리개를 용감하게 벗어던지고 타이완이라는 완전히 새로운 시공간 속에서 추방당한 자신의 숙명을 위해 출구를 찾으려했다.

본성인 작가의 경우, 광복 후에도 결코 해방을 영접하지 못했던 선배 작가들의 운명을 목격하게 된다. 새로운 정치 체제는 전후 1세대 작가들이 가지고 있던 일본의 식민 경험이 남긴 역사적 상처를 덧나게 했다. 그것은 그들의 역사적 기억을 억압하고 그들의 모국어 문화를 박탈했다. 비록 자신의 땅에서 생활했지만, 그들은 확실한 문화 정체성이나 국가 정체성을 찾지 못한 채, 문학 작품 속에서 강렬한 고아 의식을 표현했다. 이것이 '고아孤兒문학'으로 전후 1세대 작가의 작품을 개괄하는 이유

▶ 白先勇《文訊》제공

이다. 1960년대에 활동한 2세대 본성인 작가는 이 같은 고아의식을 새롭게 보기 시작했음이 분명했다. 그리고 자신의 문학적 사유를 위해 자아를 정립하기 시작했다.

모더니즘의 유랑 정신은 '고신문학'과 '고아문학'에 여과와 침전의 기회를 주었다. 전후 2세대 작가들은 단절 서사를 통해 유랑 정신을 완전히 새롭게 해석하면서 정치권력의 간섭에 우회적으로 저항했다. 전자는 비정한 역사적 정경에서 벗어나기 위해서였고, 후자는 슬픈 현실 환경에서 벗어나기 위해서였다. 1960년대에 2세대 외성인 및 본성인 작가는 힘을 합쳐 문학사의 방향을 고쳐 썼을 뿐 아니라 눈부신 문학의 번성기를 창조해냈다. 소설 예술의 성과에 있어서는 모더니즘이 풍성한 결실을 거두었음이 분명하다고 할 수 있다.

유랑 정신을 재해석 하는 데 가장 애썼던 이로 《현대문학現代文學》의 창간인인 바이셴융白先勇을 들 수 있다. 광시 구이린廣西 桂林에서 출생한 바이셴융(1937-)은 1949년 부친인 바이충시白崇禧 장군을 따라 타이완으로 왔다. 그는 청춘의 성장기를 대학졸업 때까지 타이완에서 보냈다. 가정환경 때문에 국공내전과 정권 교체를 직접 목격하게 되는데 이로 인해 국가의 흥망과 역사의 성쇠에 대해 동년배 작가들보다 훨씬 깊이 있게 느끼게 된다. 시공간의 급격한 변화는 바이셴융의 성장 속에서 허구와 실재가 착종한다는 역사의식을 단련시켰다. 이러한 의식은 결국 그의 문학 서사 속에 투사된다.

타이완 대학 외국어문학과를 다니는 동안 그는 샤지안夏濟安으로부터 깊은 계발과 영향을 받았다. 처음 소설을 발표했을 때 그는 스물한 살에 불과했다. 〈진다 할머니金大奶奶〉[1]와 〈입원入院〉[2](이후에 〈국화를 보러 가다看菊花去〉로 제목을 바꿈)은 샤지안이 주편을 맡은 《문학잡지文學雜誌》에 발표했는데, 그것은 뛰어난 소설가의 출발을 공식적으로 예고한 것이었다. 그러나 그가 문단의 주의를 끈 것은 《현대문학》 창간호(1960.3)에 게재한 단편소설 〈위칭 아주머니玉卿嫂〉에서부터이다. 모더니즘 정신을 잘 표현한 이 작품은 비약적인 기억, 정욕의 묘사, 객관적 엿보기 및 심리의 충돌 등 이 모든 것을 초등 4학년 학생인 룽걸容哥兒의 눈을 통해 그려내고 있다. 카메라와 같은 어린 아이의 눈은 교묘하게도 자주 중요한 장면을 포착한다. 이들 장면이 연결되면서 감동적이고 훌륭한 이야기가 만들어졌다. 이 같은 객관화된 묘사는 고도로 소외된 개인 정서를 성공적으로 표현한다.

▶ 白先勇,《台北人》

〈위칭 아주머니〉는 과부인 위칭과 청년 칭성慶生의 연애 이야기를 주축으로 하는데, 그들의 애정과 육욕은 전통 사회의 도덕적 구속을 받게 된다. 모든 비극의 발생은 위칭 아주머니가 전심전력으로 사랑을 추구하면서 구속에서 벗어나려고 할 무렵에 발생한다. 그녀의 점유욕은 칭성에게 또 다른 속박이 된 것이다. 청초하고 아름다운 과부와 창백하고 생기 없는 청년은 자유에 대한 동경을 상징한다. 하지만 결국 이 여성은 애인을 찔러 죽임으로써 자신의 사랑을 지키고자 한다. 이 같은 결말은 전통적인 기법과 매우 흡사했다. 하지만 중요한 사실은 서술 속에 바이셴융이 의식의 흐름 기법을 대량으로 사용하여 가위눌림과도 같은 상황을 만들어내고 있다는 점이다. 게다가 정욕의 폭로를 통해 미소년에 대한 응시와 환상을 암암리에 투사하고 있다. 〈위칭 아주머니〉는 초기 바이셴융의 재능을 보여주는 동시에 이후 기억의 재건과 동성애同志 서사의 길을 열어줬다.

바이셴융은 출국한 이후 두 가지의 시리즈 소설 창작에 주력하는데, 〈뉴욕 손님紐約客〉과 〈타이베이 사람들台北人〉1)이 그것이다. 이 시기는 그의 문학 생애에 있어 전성기로, 이 작품들은 떠돌거나 추방된 외성인 에스닉을 위해 쓴 가장 뛰어난 해석이었다. 〈뉴욕 손님〉 시리즈는 해외로 유학 간 외성인 2세대를 중심으로 하는 떠돌이 이야기를 묶은 것이다. 〈타이베이 사람들〉 시리즈는 타이완에 머물고 있는 외성인 1세대를 위주로 하는 회고 이야기로, 노쇠와 죽음의 기운이 소설 속 인물들의 신상에 드리워져 있다. 고향 땅에 대한 그들의 그리움은 지워지지 않는 절망의 흔적을 지니고 있다. 그 중 해외 유학생의 심리적 부침을 가장 잘 표현한 〈즈자 형의 죽음芝加哥之死〉과 〈적선기謫仙記〉는 〈뉴욕 손님〉 계열에 넣을 수 있다. 이들 작품은 이후에 단편 소설집인 《쓸쓸한 열일곱 살寂寞的十七歲》(1976)[3]에 모두 수록된다.

〈즈자 형의 죽음〉의 주인공인 우한훈吳漢魂은 중국인의 영혼을 암시한다. 〈적선기〉 속 농염한 여성인 '중국'이라는 별명을 가진 리퉁李彤은 마지막에 타향에서 자살한다. 이러한 결별의 정감에 대한 표현은 장아이링張愛玲식의 처량함 및 파괴에 조금도 뒤지지 않는다. 자아 추방이라는 최후의 결말은 결국은 자아 소멸을 의미하는 것으로 그것은 유랑 표현의 극치였다. 모두 14편으로 완성된 〈타이베이 사람들〉 시리즈의 경우 작품 하나하나가 거대한 유랑도를 그려내고 있다. 《타이베이 사람들》(1971)[4]이라는 소설집에 수록된 각 작품들은 모두 뜨거운 관심과 토론의 대상이 됐다. 〈영원한 인쉐옌永遠的尹雪艶〉과 〈유원경몽遊園驚夢〉은 특히 바이셴융 문학의 모범이 됐다.

〈영원한 인쉐옌〉은 상하이 시기 사교계의 꽃이었던 인쉐옌을 그린 것으로, 타이완으로 온 뒤 그녀가 다시 옛일에 종사하게 되는 이야기이다. 인쉐옌의 아름다움은 '영원히 늙지 않음'에서 비롯하는데 그것은 그녀가 여전히 상하이 시기의 생활방식을 유지했기 때문이다. 시간의 흐름과 사

---

1) 이 작품을 포함하는 《타이베이 사람들》의 한국어 번역본은 《반하류사회/대북사람들》(허세욱 역, 중앙일보사, 1989)로, '중국현대문학전집'에 포함되어있다.

회의 부침은 그녀의 삶의 방식에 아무런 영향을 주지 못한다. 그녀 주변의 오랜 손님들 중 노인은 늙어가고 죽을 사람은 죽게 된다. 그런데도 인쉐옌의 생활 방식은 조금도 변하지 않는다. 인쉐옌은 시간이 흐르지 않는 역사의 정경 깊은 곳에 갇혀있다. 이것은 타이완으로 온 국민당 정권이 현실을 마주하기 겁냈음을 암시한다고 볼 수 있다. 재기가 넘쳐나던 상하이 시대는 이미 지나가버려 다시는 돌아오지 않는다. 지나간 역사를 영원한 것으로 여긴다는 표현은 오랜 기간 동안 횡행했던 법적 정통성이라는 담론에 대한 풍자임이 분명했다. 인쉐옌은 결코 늙지 않는 것이 아니라 이미 늙었다는 사실을 인정하지 않았던 것이다. 〈유원경몽〉은 바이셴융의 예술적 조예가 가장 훌륭하게 표현된 작품이다. 이 작품은 《홍루몽紅樓夢》의 언어 기교와 곤곡崑曲의 연출 방식 그리고 의식의 흐름이라는 심리적 묘사를 융합시키고 있다. 제한된 길이 속에서 독자는 전통과 현대의 만남, 허구와 현실의 엮임, 그리고 과거와 현재의 교차를 보게 된다. 이야기는 전통극 속에서 살아가는 상류 사회 귀부인들이 꿈 속의 화원에서 노닐기에 빠져있는 모습을 그리고 있다. 꿈에서 깨어나 변화한 도시 타이베이의 현실을 보고서야 그녀들은 옛날의 번영이 환영임을 깨닫고 경악한다. 작품은 가버린 청춘에 대한 서글픔, 권력의 기복에 대한 괴로움을 담담한 문장으로 밝혀낸다. 풍성한 문학의 만찬이 이처럼 바이셴융의 붓에 의해 펼쳐지면서 1960년대 모더니즘 소설에 눈부시게 화려한 장면을 만들어주었다.

주의할 만한 사실은 바이셴융이 1960년대에 벌써 이후 동성애 소설을 위한 창구를 만들어주었다는 점이다. 초기 소설인 〈월몽月夢〉(1960), 〈청춘靑春〉(1961), 〈쓸쓸한 열일곱 살〉(1961), 그리고 《타이베이 사람들》에 수록된 〈하늘 가득 빛나는 별들滿天裡亮晶晶的星星〉(1969), 〈고련화孤戀花〉(1970)는 동성애 제재에 대한 바이셴융의 실험과 시도를 보여준다. 이들 단편 소설의 창작은 마침내 그로 하여금 장편의 동성애 소설인 《서자孽子》[5]를 구성하게 했다. 이 소설은 1971년에 쓰기 시작해서 1983년에 출

▶ 陳映眞과 책표지

판되는데 바이셴융 문학 생애에 있어 걸작이었다. 《서자》는 타이베이 신 공원에 모인 동성애자들의 사랑과 미움을 그린 작품으로, 이 작품이 완성되면서 타이완의 동성애 문학은 정식으로 예술의 전당에 들어서게 된다. 소설 속 인물은 '이異'국에서 유랑하는 타향인이다. 그들은 이성애적 제도 속에서 자아의 신분 정체성을 찾으려 한다. 그리고 전통적 가치의 그늘 아래서 새롭게 자신의 이름을 명명하려한다. 오명화된 세계에서 바이셴융은 동성애자가 능지처참과도 같은 멸시와 경멸에 맞닥뜨리는 과정을 그려냈다. 바이셴융이 그려낸 동성애의 유랑은 외성인 에스닉의 유랑보다 더 주변화된 것이었다.

1960년에 《현대문학》을 창간했을 때 바이셴융은 자신이 이끄는 문학 집단이 믿을 수 없는 전통을 빚어낼 것이라고 전혀 예상치 못했다. 그는 자신의 문학적 글쓰기가 타이완 문단에 가늠할 수 없는 놀라움을 가져올 것이라고 예견치도 못했다. 그의 문학적 사유는 《홍루몽》의 생동적인 백화문에서 그 근원을 찾을 수 있으며, 장아이링의 미학에서 그 혈연관계를 찾을 수 있다. 게다가 서구 모더니즘 문학의 심리 묘사에서 영향 받은 흔적을 찾을 수도 있다. 그러나 바이셴융의 성과는 그가 서로 다른 문화의 가느다란 뿌리들을 결합하여 한 그루의 거목으로 키워냈다는 데 있다. 타이완 문단이 푸르름을 뽐내도록 했으니 그 영향을 받은 이들은 적지 않다고 할 수 있다.

바이센융과 마찬가지로, 1937년에 태어난 타이완 출신 작가인 천잉전陳映眞(1937-2016) 역시 이 시기 타이완 역사의 유랑도를 그려냈다. 천잉전의 본명은 천융산陳永善으로 타이베이 잉거鶯哥 사람이다. 단장 영어전문대학淡江英專을 졸업했다. 동시대의 학생들보다 조숙했던 그는 초기 대학생활 동안 금서를 읽으면서 사회주의 사조를 접했다. 기독교 가정 출신인 천잉전은 이러한 지식을 얻는 과정에서 '일본, 중국, 일제강점기의 타이완에 사는 억압받는 인민들의 경천동지할 분노와 외침'(〈뒷길 ― 천잉전의 창작 역정後街―陳映眞的創作歷程〉)[6]을 듣게 된다. 어린 시절의 이 같은 총명함은 이후 그의 문학 도정에 깊은 영향을 주었다. 천잉전이 깊이 고뇌하는 작가가 될 수 있었던 까닭은 세 명의 문학가로부터 받은 깨우침과 밀접하게 연관된다. 중국의 루쉰, 러시아의 체호프 그리고 일본의 아쿠타가와 류노스케가 그들로, 이들은 그의 문학 도정의 각 단계에 여러 영향을 주었다. 그러나 철저한 사회주의자로 변하기 전에 천잉전 역시 굴곡진 모더니즘의 도정을 걸었다.

모더니즘 시기의 천잉전은 죽음이라는 결말로 자신의 절망과 허무를 즐겨 표현했다. 1959년 대학 2학년일 때 웨이톈충尉天驄이 그에게 《필회筆匯》의 원고를 부탁했다. 〈나의 동생 캉슝我的弟弟康雄〉[7], 〈고향故鄕〉[8], 〈시골 선생님鄕村的敎師〉[9] 등의 작품은 그의 초기의 상상을 보여준다. 이들 작품 세계에서 천잉전은 어떠한 출구도 찾지 못한 것 같다. 이 시기 그의 문학은 죽음의 상징을 중심으로 했음이 분명하다. 그러나 천잉전 소설 속의 죽음은 바이센융의 것과는 달랐다. 외성 에스닉의 유랑 정서와 대조적으로, 천잉전은 정신적인 자아 추방에 치우쳤다. 〈시골 선생님〉은 남양南洋 전쟁터에서 돌아온 전사로, 전후 타이완 사회에서 새로운 삶을 얻게 되리라는 착각에 빠져있는 우진샹吳錦翔을 묘사한다. 타이완 출신인 이 지식 청년은 중국을 개조하겠다는 거대한 꿈을 품었으나, 2·28 사건의 동란으로 그의 동경은 깡그리 사라져버린다. 사건 이후에 우진샹은 정신적인 분열 상태를 드러내다 결국 인육을 먹는다는 환상까지 겪게 된다. 루쉰의 〈광인일기狂人日記〉식의 결말은 타이완작가가 역사의 매서운 채찍질을 견디고 있음을 암시하는 한편, 폐쇄된 정치적 환경과 그 속에서의 고민을 보여주었다.

이 같은 허무의 경향은 끊임없이 팽창하고 확산된다. 1964년 〈장군족將軍族〉(《현대문학》 19기)을 쓸 무렵 천잉전은 민감한 출신지역 문제를 건드린다. 외성인 노병과 본성인 소녀 사이의 감정을 다루었기 때문에 이 소설은 광범위한 논쟁을 야기했다. 이곳저곳으로 끊임없이 팔려가는 소녀는 마치 타이완 사회의 역사적 운명을 은유하는 것 같으며, 타이완에서 유랑하도록 내쫓긴 노병은 중국이 근대사에서 겪었던 좌절이라는 숙명을 반영하는 것 같다. 소설은 쌍방의 결합이 불가능하다고 선포하고 결국 이들 외로운 사람은 자살을 선택한다. 출신지역이라는 경계선을 넘어서는 사랑의 결합은 천잉전 소설 속에서 종종 파멸로 마감된다. 〈늙어버린 눈물那麼衰老的眼淚〉[10], 〈문서文書〉[11], 〈푸른색의 철새—綠色之候鳥〉[12], 〈첫 번째 공무第一件差事〉[13] 등은 이 시기 천잉전의 허탈한 심정을 반영하고 있다. 끝없는 침몰과 암담함이 죽음과 실성을 빌려 묘사된다. 천잉전은 이후 상당히 힘겹게 모더니즘 식의 허무의 색조에서 벗어났다.

천잉전의 사상적 변화는 1966년 《문학계간文學季刊》이 출판될 무렵 뚜렷하게 나타난다. 〈모더니즘의 재개발現代主義的再開發〉, 〈풍성한 수확이 기대되는 계절期待—個豊收的季節〉, 〈지식인의 고집知識人的偏執〉 등을 발표할 때, 그는 이미 모더니즘에 대해 회의적인 태도를 취하기 시작했다. 그러나 모더니즘에 대한 비판은 그다지 확고하지 않았다. 〈모더니즘의 재개발〉(1967)에서 그는 모더니스트가 "꾸미는 자세와 과장된 언어로 현대인의 정신적인 왜소화, 문드러짐, 착란 그리고 빈곤을 서술한다."고 주장했다. 그러나 다음해(1968)의 〈지식인의 고집〉에서는 오히려 "모더니즘 반대론 속의 몇몇 내용은 기계적이고 교조주의적인 착오를 범하고 있음이 분명하다."고 보았다. 이처럼 결정을 주저하는 태도는 당시 지식인들이 모더니즘 사조의 충격을 상당히 강하게 받았음을 보여준다. 사상의 변화기에 그는 〈6월의 장미六月裡的玫瑰〉(1967), 〈탕첸의 희극唐倩的喜劇〉(1967) 등과 같은 반성적인 단편 소설도 써냈다. 이 시기에 그는 미국 원조 문화의 그늘과 지식인의 거짓된 꾸밈에 대해 동시기 작가들보다 더 깊이 있는 고찰을 보여준다. 1968년 12월 천잉전은 '민주 타이완 동맹民主台灣同盟'[14] 사건에 휘말려 10년형을 선고받았다. 그의 문학창작은 이때부터 8년 정도 중단된다. 1970년대 중엽, 그가 다시 세상에 나왔을 때 타이완 사회는 보기 드물게 약동하고 있었다. 천잉전의 사상이 지향했던 리얼리즘 역시 보다 확실한 면모를 보여주게 된다.

천잉전의 초기 소설은 일반적으로 휴머니즘 정신이 충만하다고 여겨진다. 그러나 사회주의 사상의 영향을 받은 까닭에, 다른 작가들보다 정치적 어젠다에 대해 더 많은 관심을 보였다. 본성과 외성·중국과 타이완·남성과 여성 사이의 변증적 관계는 그의 소설과 깊이 연관된다. 양 갈래로 나뉘어 진행되는 사고는 천잉전 소설의 중요한 특징을 이룬다. 그러나 이 같은 이원적binary 대립의 한쪽이 결국 더 중요한 것으로 변하게 된다. 중국인·외성인·남성의 형상이 알게 모르게 종종 소설에서 갑작스레 늘어나게 되고, 자기 책임과 자기 비하라는 콤플렉스가 소설 속 인물들의 신상에 드리우게 된다. 이 같은 불평등한 현상은 1960년대 지식인들의 내적 충돌과 모순을 전형적으로 보여주고 있다. 그것들은 모두 보수적이고 폐쇄된 정치 현실 때문이었다. 이 시기에 줄곧 많은 주의를 끈 작가였던 천잉전과 바이셴융은 모더니즘 색채를 강하게 띠고 있었다. 자신의 역사적 경험을 모더니즘 정신으로 다시 빚었던 이와 같은 새로운 개조와 새로운 명명의 과정은 마침내 모더니즘을 현지화 하게 했다.

내면세계의 탐색

타이완 모더니즘의 중요한 특색 중 하나는 유랑이라는 주제로 물들어 있다는 것이며, 다른 하나는 언어의 재가공을 중요한 특색으로 한다는 점이다. 현대 작가들은 더 이상 평이한 백화문 창작을 견디지 못하고 그 것에 싫증내고 있었다. 언어에 대한 그들의 민감함은 새로운 감각의 발굴과 개발에서 비롯했다. 전통적인 백화문은 심오한 내면세계를 형상화하기 어려웠다. 그 어떤 외재적 정치권력이라 하더라도 육체 안에 숨은 정감의 움직임은 결코 간섭할 수 없다. 모더니즘 소설가가 내면세계를 즐겨 다루는 이유는 이러한 기교를 빌려 사상 검열을 피할 수 있기 때문이다. 복잡하고 굴곡진 심리 탐색을 위해 작가는 언어를 새롭게 단련하고 제조해야만 했다. 타이완 모더니즘 소설의 빛나는 성과는 대부분 고도의 언어 제련에 그 공이 있었다. 혁명적인 언어 개조를 거치자 모더니즘 문학의 기교는 온갖 꽃을 피우게 된다. 작문, 수사, 문법의 새로운 시도를 통해 문학은 형태와 소리와 색을 바꾸는 효과를 얻게 됐다. 그럼으로써 다소 왜곡되고 황당하다 할지라도 내면의 심층에 숨은 감각이 유한

▶ 王文興, 《玩具手鎗》

▶ 王文興(《文訊》 제공)

한 문자를 통해 지속적으로 표현될 수 있었다. 이 시기 작가들 중 언어 창조에 가장 용감했던 이로 왕원싱王文興과 치덩성七等生을 들 수 있다.

왕원싱(1939-)은 푸젠 린썬福建 林森 사람으로, 타이완 대학 외국어문학과를 졸업했으며《현대문학》의 주요 구성원 중 한 명이었다. 초기 작품으로는《룽톈러우龍天樓》[15],《장난감 권총玩具手鎗》[16](두 책은 이후 함께《열다섯 편의 소설十五篇小說》에 수록),《집안의 변고家變》[17]와 평론집《책과 그림자書和影》[18]가 있다. 그의 장편 소설인《바다를 등진 사람背海的人》상·하권은 20년의 시간을 들여 완성한 것으로, 많은 이들의 비평 대상이 되었다. 타이완 대학 외국어문학과에서 교수를 역임한 왕원싱은 타이완 '전위' 예술의 '후위'로, 오랜 기간 동안 모더니즘 문학을 위해 교학 및 해석과 변호라는 임무를 맡게 된다. 그는 문학에 대해 자칭 '지나치게 많이 요구하길橫征暴斂' 좋아한다고 밝히기도 했다. 그만큼 단어 구사와 글자 사용에 매우 신중하여 그의 글은 정련되고 간결했다.

비극적 운명은 줄곧 그의 소설에 있어 중심축을 이루었다.《현대문학》 창간 초기에 발표했던 소설은 침울하고 비감 어린 분위기를 드러낸다. 그는 생명의 착각·오해·결여·외로움을 묘사하는 데 뛰어났다.〈운명의 자취命運的迹線〉[19]는 그가 단편소설을 쓸 때 사용하는 기법을 잘 보여준다. 이 작품은 몸이 허약하여 병치레가 잦은 사내아이를 중심으로 운명의 불가역성을 서술하고 있다. 겉으로 보기에 운명이란 하늘이 정해놓은 것으로, 예견 가능한 것으로도 보인다. 언제 운명이 발생할지까지도 알 수 있지만 운명이란 바꿀 수 없는 것이기도 하다. 이 사실은 비극 연출에 있어 매우 전형적인 경우이다. 그리하여 이 소설은 운명이라는 것은 모두 인위적인 것이며 문화 전체에 속하는 문제라는 메시지를 분명하게 전달한다. 인류는 스스로 울타리를 만들고서 자신을 그 안에 가두게 되는 것이다. 소설에서 몸이 약한 사내아이는 학우가 쳐준 점괘가 자신이 오래 살 수 없다는 사실을 의미한다고 오인하게 된다. 오래 살고 싶었던 아이는 칼로 손바닥의 생명선을 늘리지만 외려 심각한 출혈을 일으키고 만다. 병원 응급실로 보내진 아이를 보고서 의사는 자기 맘대로 실연으로 인한 자살시도라고 해석하고는 머리를 흔들며 다음과 같이 한탄한다. "시대가 변해도 많이 변했군. 옛날에는 어른들만 이런 일을 저질렀는데 이제는 어린 아이도 이러니……." 이러한 장벽과 오해야말로 진정한 비극의 근원이라 할 수 있다. 그런데 과연 이 같은 비극이 비단 성인과 아이 사이에서만 발생했을까?

길이가 제한된 소설에서 왕원싱은 투명하고 건조한 서술로 단순한 이야기 속에 복잡한 의미를 잘 담아냈으며, 그 속에 들어있는 철학적 사고는 당시 작가들의 문학적 상상을 능가했다. 다른 소설인 〈결함欠缺〉[20]2)은 첫사랑의 좌절이 생명의 본질에 대한 체험으로 발전할 수 있음을 보여준다. 소설 속 소년은 아름답고 자비로운 한 부인을 짝사랑한다. 그러나 부인은 다른 사람들의 돈을 가지고 도주하고 소년은 자애로운 부인의 어떤 면이 진실이고 거짓인지를 구별할 수 없게 된다. 청년으로 성장한 서술자는 다음과 같이 삶의 결함을 깨닫는다. "아, 소년이여, 그때 내가 슬펐던 것은 순전히 한 여인이 나를 실망시켜서가 아니라, 삶 속에 나를 속이는 어떤 존재가 있다는 사실을 알게 된 데서 비롯한 것일 터이다. 오래도록 나를 속였다는 사실을 알게 되면서 느낀 슬픔과 분노는 나를 견딜 수 없게 했다." 이 같은 비극의 체득은 작가 왕원싱에게 있어서도 상당히 침울한 것이었다. 이 소설에서 독자는 그가 쓴 문장 구조가 매우 기이하다는 것도 발견할 수 있다. 예를 들어, "내가 슬펐던 것은 순전히 한 여인이 나를 실망시켜서가 아니라我悲傷的不純是一個女人的失望我"는 문장의 경우 고심하여 하나의 문장 속에 '주어主詞'를 두 차례 출현시켜 내면적 정서를 보다 짙고 깊이 있게 강조했다.

왕원싱이 1965년에 완성한 〈룽톈러우〉는 중편소설의 형식으로 관방의

---

2) 이 소설의 한국어 번역본은 《꿈꾸는 타이베이》(김상호 역, 도서출판 한걸음 더, 2010)에 〈환상〉이라는 제목으로 수록.

반공정책이라는 민족 담론에 도전한 작품이다. 이 작품은 패전하여 퇴각 중인 군인들과 관료 사이의 대화를 통해 각자의 역사적 기억을 새롭게 구성한다. 문예 정책이 여전히 문단을 지배할 당시에 〈룽톈러우〉는 반공 담론의 틀에서 벗어나 있었다. 작품은 민족주의식의 역사적 기억이 기만과 허위로 가득 차 있음을 밝혀낸다. 소설은 네 명의 군인의 중첩된 기억으로 구성된다. 그들이 역사에 호소하고 있는지 아니면 이야기를 서술하고 있는지는 중요한 문제가 아니다. 중요한 사실은 세간이 숭배하는 장엄한 역사가 실은 부족한 인간성을 지나치게 많이 숨기고 있다는 점이다. 관방의 역사가 다루지 않는 배반·팔아먹기·상처 입히기 등의 진상을 소설은 사람들에게 알려준다. 허구와 사실이 교착하고 있는 이 같은 역사의 우언은 1990년대 타이완 소설에서나 유행했다. 그러므로 계엄 시대인 60년대에 완성된 〈룽톈러우〉는 보기 드문 본보기의 의미를 지닐 만한 작품이었다.

1970년대 초에 왕원싱은 장편소설 《집안의 변고》3)를 써내려갔다. 이 작품은 기억의 단절과 도약으로 이루어진 한 편의 가족사에 속한다. 모더니즘의 유랑이라는 주제가 소설에서 아주 진지하게 표현된다. 왕원싱은 내용과 형식을 단절함으로써 자신의 모더니즘 미학을 표현하려했다. 내용의 단절은 가정 윤리의 전복을, 형식의 단절은 언어의 전복을 가리킨다. 이 두 가지 연출은 당시 많은 논쟁을 불러일으켰다. 전통적인 가출 서사는 대부분이 여성이나 아이들이 가부장제의 억압을 견디지 못하고 고향을 등지고 떠나는 내용이었기 때문이다. 《집안의 변고》는 이 같은 관습적인 가출 서사와는 반대로, 오히려 아들의 권력이 갈수록 확대되는 것을 견디지 못한 아버지가 결국 처와 아이를 버리고서 갑자기 사라져버리는 것을 내용으로 한다. 전체 소설의 서술형식은 역시 단절의 방법을 취하고 있다. 끊어진 장면을 모아서 연결시켜보면 부자의 권력 관계

---

3) 한글 번역본으로는 《아버지를 찾습니다》(송승석 역, 도서출판 강, 1999)가 있음.

가 교체되고 있다는 사실을 독자들이 알게 된다.

《집안의 변고》는 언어의 창조와 새로움에 있어 가장 큰 성과를 거두었다. 그리고 그것은 또 다른 논쟁을 불러일으켰다. 이에 대해 왕원싱은 다음과 같이 표현한 바 있다. "《집안의 변고》 속 언어를 들어 올려 딴 곳에 옮기면 《집안의 변고》는 더 이상 《집안의 변고》가 될 수 없다고 나는 생각한다."[21] 도덕적 심판의 관점으로만 보자면 《집안의 변고》 속에 그려진 세계를 절대로 이해할 수 없다. 또한 전통적 어법의 관점으로만 해석한다면 소설 속 상황을 이해하기는 더욱 어려워진다. 소설의 주인공 판예范曄는 아버지의 감정이 드리우는 커다란 그림자 속에서 성장한다. 그러나 나이를 먹어가고 지식이 쌓이면서 아버지의 모습이 나날이 이지러지고 왜소해지는 것을 발견하게 된다. 대학에서 그럴듯한 교직을 얻게 된 판예는 일생을 공무원으로 살아온 아버지가 옹졸하기 그지없음을 깨닫는다. 그는 내심 아버지를 경시하기 시작하며 어릴 때부터 쌓아왔던 아버지에 대한 존경 역시 연기처럼 사라져 간다. 그는 아버지의 권위에

▶ 王文興, 《家變》

대항할 뿐만 아니라 아버지를 모욕하고 고통스럽게 하고 욕하기까지 한다. 아버지의 권력이 약해지고 있음은 일상생활에서 조금씩 드러난다. 몸 둘 데가 없게 된 아버지는 마침내 평소와 같은 황혼 속에서 묵묵히 문을 닫고 집을 떠나도록 강요받는다. 판예는 신문에 '아버지를 찾는 광고'를 싣지만 아버지에 대한 걱정은 점차 사그라들다 결국은 사라져 버린다.

《집안의 변고》는 전통 문화에 대한 최대의 배반이자 권위적 체제에

대한 더욱더 냉정한 배반이었다. 사회도덕과 정치권력에는 어느 정도 권위적 사고가 숨어있기 마련이다. 판례 내면의 불만과 항의 및 심지어 아버지에 대한 책망 어린 행동을 표현하고자 왕원싱은 언어가 지닌 다른 의미와 소리의 변화 및 변형을 사용하는 데 고심했다. 그리하여 소설 주인공의 심리적 갈등과 정신적 고통이 그 속에 조명되게 했다. 왕원싱은 언어를 통해 독자가 청각·시각·미각적 감각을 직접 느끼는 효과를 맛볼 수 있기를 바랐으며, 소설이 풍기는 정서와 분위기를 충분히 즐길 수 있기를 바랐다. 그가 새롭게 만들고 변화시킨 문자는 분명 전통적인 독서의 측면에서는 어려운 것이었다. 하지만 그 어려움으로 인해 독자는 천천히 읽으며 상상해야만 한다. 《집안의 변고》가 보여주는 대담한 시도는 왕원싱을 논쟁적인 작가로 만들었다. 그야말로 타이완 문단에도 진짜 변고가 발생하게 된 것이다.

1981년 《바다를 등진 사람》 상권[22]을 썼을 때 왕원싱의 문학 창작은 더 이상 문체·문자·사회도덕·전통문화 등의 구속을 받지 않게 됐다. 오히려 개방적이고도 자유분방하게 마음껏 상상의 나래를 펼치게 됐다. 1999년에 이르러서야 《바다를 등진 사람》 하권[23]이 드디어 완성된다. 20년의 시간을 들여 장편소설 한 편을 완성했으니 이는 문학사에 있어 특별한 경우라 할 수 있다. 그는 동년배 작가들과 마찬가지로 계속해서 모더니즘 미학을 실천했다. 이 소설은 한 추악한 퇴역 군인이 자원하여 멀리 떨어진 작은 남방의 해안 지역에서 여생을 보내게 된 것을 내용으로 한다. 초기에 왕원싱이 다루었던 운명이라는 주제가 이 장편 소설 속에서 마음껏 발휘

▶ 七等生(《文訊》 제공)

된다. 절망적 상황에 다다른 사람이 오만함과 광기로 숙명에 대항하지만 결국 액운으로부터 벗어나지 못하게 된다는 것이다. 작품의 공간적 배경은 아주 협소하며 시간적 배경 역시 상당히 짧다. 그럼에도 소설 속 인물은 인성의 가장 비천하고 사악한 일면을 유감없이 보여준다. 왕원싱이 보여주는 대담한 상상·대담한 글쓰기·대담한 폭로는 시대와 사회의 한계를 훌쩍 넘어서는 것이었다.

글로 독자적인 일파를 형성하고, 언어를 비틀어서 전통적인 도덕에 도전한 또 다른 소설가로 치덩성을 들 수 있다. 1939년에 출생한 치덩성은 본명이 류우슝劉武雄으로 먀오리苗栗 퉁샤오通霄 사람이다. 1962년에 타이완 문단에 정식으로 등장했다. 《연합보聯合報》연합부간聯合副刊의 주편인 린하이인林海音은 그의 초기 작품인 〈실업·포카·오징어 튀김失業·撲克·炸魷魚〉, 〈포위 사냥圍獵〉, 〈백마白馬〉 등의 소설 여러 편을 여기에 게재했다. 처음 치덩성의 괴이하고 황당하며 비틀린 글을 읽었을 때 타이완 독자는 다들 매우 낯설어했다. 평론가인 류사오밍劉紹銘은 치덩성의 언어를 '어린아이의 마비된 문체'[24]라고 형용한 바 있는데, 이것은 그의 문법적 표현을 받아들이기 힘들었음을 보여준다. 이 같은 비평에 대해 치덩성은 《이성기離城記》[25](1973) 후기에서 다음과 같이 쓴 바 있다. "나는 소위 문법상의 정오正誤 문제를 그다지 염두에 두지 않는다. 내가 치밀하게 내 생각을 따라갈 때 소설에서 문법에 대해 고려하는 것은 불합리하기까지 하다고 생각했다." 문자사용에 대한 이처럼 전복적인 사유는 사실 왕원싱과 어느 정도 호응한다. 하지만 왕원싱이 구형과 구법의 창조, 언어의 시각적 청각적 감각을 중시했다면 치덩성은 문법의 전도와 착란을 중시했다. 그에게 있어 생각의 탐색은 다른 언어적 수식보다 훨씬 중요했다. 보다 정확하게 말하자면, 치덩성은 문자 표현을 변화시켜야지만 심리와 정서의 흐름을 전달할 수 있다고 생각했다고 할 수 있다.

치덩성은 결코 문자의 끊음과 이음에 탐닉하지 않았다. 그의 주된 관심은 어떻게 하면 가장 자유로운 방식으로, 가장 구속을 받지 않은 정신적 해방을 그려낼 것인가였다. 그는 권력, 도덕 등의 가치 규범을 견딜 수 없어했다. 정상적인 모든 사회 행위가 그의 소설 속에서는 모두 비정상적인 것이었다. 그는 격리·봉쇄·절단 등의 미학만을 기꺼이 추구했으며 이를 적극적으로 작품으로 구성했다. 그의 초기 작품인 《교착 상태僵局》[26](1969), 《쥐의 방생放生鼠》[27](1970)은 모두 격리된 상태에서 인간이 어떻게 사고하고 행동하는가를 탐구한다. 《쥐의 방생》의 뤄우거羅武格와 〈정신병精神病患〉의 라이저썬賴哲森은 인간이란 부단히 자아 해방을 추구하는 동

▶ 七等生, 《僵局》(舊香居 제공)

물이라는 사실을 보여준다. 인간이 기대어 살아가는 사회·국가·가정 심지어 결혼·직업은 소설의 인물에게는 인간을 가두는 우리이다. 각종 규범은 여러 통로로 인간의 육체와 정신에 끊임없이 간섭한다. 인간이 얻을 수 있는 구원의 길은 죽음이나 실성 밖에 없다. 이처럼 암울하고 비관적인 논조를 전투로 격양된 반공 담론의 맥락 속에 놓은 것은 반어이자 일종의 그것에 대한 비난이라 할 수 있다. 그러므로 물 샐 틈 없는 사상의 검열 속에서 이 같은 서사는 오히려 정신적 자유의 가장 좋은 출구였다고 할 것이다.

가장 많은 논평을 받은 단편소설 〈나는 검은 눈동자를 사랑해我愛黑眼珠〉(1967)는 전형적인 치덩성의 문체를 보여준다. 형식과 내용의 측면에서 이 소설은 그의 예술적 조예를 정확하게 보여주고 있다. 세간의 평론가가 좋아하는 도덕적 틀로 이 작품을 분석할 경우에는 많은 어려움에 부딪힐 수 있다. 〈나는 검은 눈동자를 사랑해〉는 격리 미학의 가작으로, 동시에 존재하는 인간의 이중인격을 묘사한다. 소설 속 주인공이 지닌

두 개의 이름 리룽디李龍第와 야쯔베亞妓別는 서로 다른 인격의 상징이다. 현실의 리룽디는 겁 많고 말수 적은 열등감에 쩌는 남자이다. 그러나 내면 깊은 곳에 있는 야쯔베라 불리는 또 다른 남자는 과감하고 자신감 넘치는 사람이다. 현실 생활 속에서 리룽디는 좌절과 패배의 날을 보낸다. 그러다 어느 날 갑작스런 홍수로 주위 경물이 모두 물속에 빠져버리자 리룽디와 현실 생활 사이에 단절이 발생한다. 세계와 격리된 이때 야쯔베의 인격이 나타난다. 그는 홀로 건물 꼭대기에 앉아 물에 빠진 기녀를 구해주고 그녀를 끌어안아 체온으로 덥혀준다. 맞은 편 건물 꼭대기에 있는 아내를 보고도 그는 모른 체 한다. 현실 세계와 격리되지 않았다면 야쯔베의 인격은 나타날 수 없었을 것이다. 이 소설의 매력은 홍수가 가져온 파괴에 있다. 작품은 모더니즘 기교의 뛰어난 연출을 보여주는데, 홍수가 닥친 후 발생하는 모든 것은 일종의 꿈결 속 사건이라 할 수 있다. 리룽디 내면 깊은 곳의 수많은 욕망과 동경이 꿈결에 투사된다. 홍수가 지나가자 꿈에서 깨어나고, 리룽디는 현실세계로 다시 돌아와 그가

▶ 七等生, 《我愛黑眼珠》(李志銘 제공)

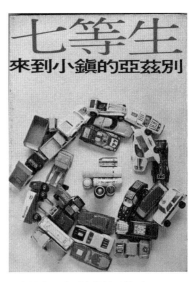

▶ 七等生, 《來到小鎭的亞茲別》

전혀 돌보지 않았던 아내를 다시 찾아 가야만 했다.

《작은 읍에 온 야쯔베來到小鎭的亞姟別》[28](1976)와《나는 검은 눈동자를 사랑해》[29](1976)라는 이 두 소설집은 치덩성의 중요한 미학적 운용을 총결한 작품집이다. 그는 인성 속의 퇴폐·몰락·타락·비겁·사악 등의 특징에 용감히 다가선다. 정상적인 사회에서는 너무나 많은 문학이 구원, 속죄 그리고 승화를 강조해 왔다. 이와 반대로 치덩성은 타이완 문학에 또 다른 새로운 상상의 길을 열어줬다. 이후에 그가 출판한《모래강의 비가沙河悲歌》[30],《탄랑의 편지譚郞的書信》[31],《웨이웨이를 좋아해思慕微微》[32]는 모두 자술적이고 자백적이며 자전적인 풍격을 보여준다. 이렇게 그의 서사가 견지되면서 모더니즘의 길은 1990년대까지 이어질 수 있었다.

모더니즘 소설의 변화

모더니즘 사조의 전파와 유행은 시골의 작은 읍에서 온 작가의 소설 서사 속에서도 그 모습을 보였다. 퉁샤오에서 살았던 치덩성은 가장 분명한 예이다. 그는 이전에 서구 문화를 접한 적이 없었으며 외국어로 모더니즘을 직접 이해하지도 않았다. 그럼에도 그가 쓴 작품은 의식의 흐름 효과를 만들어냈다. 그것은 모더니즘이 타이완에 광범위하게 영향 주었음을 보여준다. 이란宜蘭 출신인 황춘밍黃春明 역시 또 다른 예이다. 황춘밍 (1935-)은 이란 뤄둥羅東 사람이다.

▶ 黃春明《文訊》 제공)

핑둥屛東 사범 전문대학을 졸업했다. 치뎡성과 마찬가지로 황춘밍 역시 1962년 《연합보·연합부간》에서 활동을 시작했는데 주편인 린하이인이 그를 중시했다. 초기 작품인 〈'청쯔' 정류소'城仔'落車〉(《연합보·연합부간》, 1962.3.20), 〈베이먼 거리北門街〉(《연합보·연합부간》, 1962.3.30)는 모두 작은 읍의 하류층 인물을 중심으로 각종 인성을 관찰한 작품이다. 1966년 타이베이로 이사한 뒤 웨이톈충, 천잉전을 알게 되면서 함께 《문학계간》을 만들었는데, 황춘밍 역시 이 시기에 모더니즘 작품을 접하게 된다. 그리하여 1966년부터 1967년까지 2년 간 모더니즘 범주에 들어간다고 할 수 있는 소설을 썼다. 이 시기 작품으로는 〈불을 빌리다借個火〉(《연합보·연합부간》, 1963.4.29), 〈남자와 주머니 칼男人與小刀〉(《아기사자 문예幼獅文藝》, 139기[1965.7]), 〈발자취를 따르다跟著脚走〉(《문학계간》 창간호[1966.10]), 〈머리 없는 말벌沒有頭的胡蜂〉(《문학계간》 2기[1967.1]), 〈거울을 비추다照鏡子〉(《타이완 문학台灣文學》 3기[1966.10]) 등이 있다. 황춘밍은 이야기에 능한 작가로 인정받는다. 그의 소설은 대부분 이란을 배경으로 하며 선량한 백성을 묘사 대상으로 삼고 있다.

모더니즘에 개입하면서 그는 자연스럽게 당시 타이베이 문단의 분위기에 젖어들었다. 그가 걸어간 길은 당시의 수많은 타이완 본토 작가의 심리적 여정을 대표한다. 그들 대부분은 모더니즘의 세례를 받고서 이후 자신의 고향으로 돌아갔다. 황춘밍의 모더니즘 작품은 사실적 의미를 벗어나지 않았다. 하지만 모더니즘적 시도는 그로 하여금 더욱 성숙한 비약적인 서사를 쓰게 했다. 그 대표적 예로 〈불을 빌리다〉를 들 수 있다.

모더니즘의 홍역이 지나간 뒤 황춘밍은 향토 소설의 창작에 전력하기 시작했다. 향토문학을 1970년대의 주류로 본다면 황춘밍은 이 주류의 원조 중 한 명이었다. 〈칭판공 이야기青番公的故事〉(《문학계간》 3기[1967.4])를 발표한 뒤 그의 문학은 공식적으로 성숙의 시기로 접어들게 된다. 농촌이자 항구 마을 출신인 황춘밍은 시골 생활을 손바닥처럼 환하게 알고 있었다. 그래서 물고기·짐승·새·벌레에 대한 여러 가지 묘사에 있어 동년배 작가 중 단연 뛰어났다.

〈바다를 본 날看海的日子〉(《문학계간》 5기[1967.11])은 타이완 모더니즘이 타이완 본토 정신으로 전향하는 데 있어 중요한 과도기를 상징한다. 모더니즘적 유랑과 추방은 타이완작가로 하여금 지나치게 내면적 세계로 가라앉게 했으며, 지나치게 정서와 욕망에 호소하도록 했다. 이런 이유로 모더니즘 소설은 종종 죽음과 정신 분열을 강조하면서 구원과 속죄 그리고 새로운 탄생이라는 주제는 덜 다루게 됐다. 하지만 내쫓김과 돌아옴은 변증적인 관계로, 문학에 있어 동전의 양면이었다. 한 면이 죽음이라면 다른 면은 곧 삶이었다. 그러므로 유랑의 극치는 바로 회귀라 할 수 있다. 바이셴융과 천잉전의 작품이 죽음의 분위기로 농후했던 까닭은 그들의 영혼이 출구를 찾지 못했기 때문이었다. 황춘밍 문학의 중요한 의의는 모더니즘 사조가 지니는 타락과 결핍을 고쳐 써서 이를 생명의 승화와 구원으로 대체했다는 데 있다. 이란이라는 농촌 출신이었기에 가질 수 있었던 토지와 끈끈하게 연결된 타이완 본토의 생명력이 황춘밍 소설의 중요한 동력이었던 것이다.

황춘밍은 〈바다를 본 날〉 속 기녀인 여주인공 바이메이白梅를 창조하면서 상당히 힘 있는 웅변적인 답변으로 죽음에 반격을 가한다. 천잉전이 그린 기녀는 〈장군족將軍族〉에서처럼 스스로 더러운 몸이라 생각하고서 이루지 못한 사랑으로 자살하지만, 황춘밍은 결코 이 같은 비극적인 결말을 만들어 내지 않았다. 어촌에서 몸을 파는 기녀인 바이메이는 매일 바다를 바라보며 장사할 수 있도록 어선이 귀항하길 바란다. 그러나 바이메이는 기녀 생활에서 벗어나 자유의 몸이 되었으면 하는 바람도 안고 있다. 그리하여 그녀는 한 건장한 젊은 어부와 거래하여 임신에 성공한다. 기녀 생활에서 벗어난 바이메이는 10개월의 임신 기간을 거쳐 원하는 대로 자신의 아이를 낳는다. 소설에서 황춘밍은 4페이지에 걸쳐 여전히 모더니즘적인 몽환이 엿보이는 분만 과정을 묘사하고 있다. 이 묘사는 바이메이가 황춘밍 문학의 중요한 은유임을, 그녀가 재생과 승화의 과정을 보여준다는 나름의 의미를 가지고 있음을 알려준다. 자신의 아이를 안고 고향으로 돌아가는 길에 바이메이는 다시 바다를 보게 된다. 이때 바다를 본다는 것은 손님 오기를 더 이상 기다리지 않아도 된다는 사실뿐만 아니라 광활한 생명의 상징을 의미하기도 한다. 바이메이라는 인물의 탄생을 통해 1960년대의 타이완 문학은 땅으로 향한다는 방향성을 다시 찾게 되었다. 황춘밍의 '바다 보기'와 이와 대비되는 왕원싱의 '바다 등지기'는 60년대 타이완 문학의 두 세계를 보여준다.

황춘밍의 향토 서사가 관방의 민족 우언이라는 허구를 우회적으로 풍자하고 있다는 사실은 특별히 주의할 만하다. 그는 토지 정체성을 문학의 주제로 삼아 사람들이 찬탄해마지 않는 일련의 소설을 창작했다. 〈물에 빠져 죽은 늙은 고양이溺死一隻老猫〉(《문학계간》 4기[1967.7]), 〈물고기魚〉(《중국시보 · 인간부간中國時報 · 人間副刊》(1968)), 〈샌드위치 맨兒子的大玩偶〉(《문학계간》 6기[1968.2]), 〈징鑼〉(《문학계간》 9기[1969.7])과 같은 소설은 현대화 과정 속에서 차례로 사라져간 역사적 기억을 보존하고 있다. 그 기억들은 관방의 민족주의가 선전하던 생떼를 폭로한다.

1970년대로 접어들면서 황춘밍은 다시 일련의 소설을 써서 현대화 신화와 자본주의화라는 경제 기적을 대담하게 비판한다. 〈사과의 맛蘋果的滋味〉(《중국시보 · 인간부간》(1972.12.28-31))과 〈사요나라 · 짜이젠莎喲娜啦 · 再見〉4)(《문계文季》[1973.8.])은 그중 가장 눈에 띄는 작품이다. 전자는 미국의 원조 문화를 풍자하고 있으며, 후자는 타이완에 침투한 일본 자본주의를 비판하고 있다. 이들 소설이 세상에 발표됐을 때 리얼리즘 소설은 막을 수 없는 추세가 되어 문단의 주류로 도약했다. 1977년부터 9년 동안 절필했던 황춘밍은 이후에 〈노인 사진집老人寫眞集〉이라는 소설을 써서 다시 창작을 시작한다. 1999년 출판된 소설집 《방생放生》[33]은 근래의 재출발을 알리는 작품이다.

---

4) 한글 번역본으로는 《사요나라 짜이젠》(이호철 역, 창작과 비평사, 1983)이 있다.

모더니즘에서 리얼리즘으로 전향한 또 다른 소설가로 왕전허王禎和 (1940-1990)가 있다. 그는 화롄花蓮 사람으로 타이베이 대학 외국어문학과 를 졸업했는데 바이셴융보다 조금 뒤였다. 《현대문학》에 작품을 발표했 지만 그의 주요 소설은 모두 《문학계간》에 게재됐다. 왕전허의 초기 작 품인 〈귀신·북풍·사람鬼·北風·人〉(1961)은 전형적인 모더니즘 작품이다. 아일랜드 작가 제임스 조이스James Joyce의 영향을 깊이 받았으나 전적으 로 의식의 흐름을 선택하지는 않았다. 왕전허는 한편으로는 모더니즘의 객관화 기교를 쓰면서 한편으로는 리얼리즘 기법으로 소인물을 묘사한, 향토문학에 있어 언어의 특색과 형식주의적 색채를 함께 지닌 소설가라 할 수 있다.

《문학계간》(3기)에 발표한 그의 〈혼 수로 받은 수레嫁粧一牛車〉(1967.4)[5]는 문단의 주목을 받은 작품이다. 이 소설 은 인물 비하의 방식으로 인성 속의 황당함과 비틀림을 보여준다. 소달구 지로 생계를 유지하는 완파萬發와 아 내 아하오阿好는 절망적인 상태에서 생활하는데 이웃에 갑자기 기성복을 파는 젠쯔簡仔가 이사를 온다. 여기서 삼각관계가 이루어져 젠쯔는 완파에게 경제적 도움을 주고 아하오와 사통한 다. 완파의 곤궁한 처지는 계속해서 젠

▶ 王禎和(黃力智촬영, 《文訊》 제공)

쯔의 경제적 도움을 받을지 말지 고민하는 데서 나타난다. 희극적이면서 비극적인, 오히려 익살극과도 같은 이 소설은 사람의 넋을 빼놓는 이야

---

5) 한글 번역본으로는 《혼수로 받은 수레》(고운선 역, 지식을 만드는 지식, 2012)가 있다.

기로 구성되어 있다. 왕전허는 이러지도 저러지도 못하는 난감한 장면을 빚어내는데 뛰어났다. 이처럼 존엄과 굴욕 사이에서 인간이 지닌 취약한 인성은 아주 쉽게 폭로된다.

왕전허의 단편소설집 《혼수로 받은 수레》(1969)[34], 《적막홍寂寞紅》(1970)[35], 《삼춘기三春記》(1975), 《샹그릴라香格里拉》(1980)[36]는 그가 생동적인 언어를 장악하고 있음을 보여준다. 그는 늘 타이완어를 베이징 말에 끼워 써서 의외의 놀라움과 신선함을 부여한다. 그는 모더니즘 미학 원칙을 엄격하게 준수하여 작가의 신분으로 작품 속에 개입하지 않으려 노력했다. 일본 감독인 오즈 야스지로小津安二郎 영화의 카메라처럼 정지한 채, 그는 하나의 서술 시점으로 인물을 관찰한다. 그의 서사 순서는 종종 이야기 중간에서 시작한다. 그러다 과거로 향해가는 이야기와 시간의 흐름대로 진행되는 이야기의 두 갈래로 나뉘면서 독자는 장면의 도약을 통해 이야기의 전모를 그려내게 된다. 그는 또한 소인물을 조롱과 해학의 방식으로 그려냈다. 사실 그는 인성의 부득이함에 관해 쓰고자 했다. 운명에 저항할 수 없을 때 인간은 상당히 비굴해진다. 《혼수로 받은 수레》의 속표지에는 다음과 같은 글이 있다. "우리의 삶에는 슈베르트라도 더 이상 할 말이 없을 때가 있다."[6] 도움도 하소연할 곳도 없는 이러한 상황은 걸출한 예술가라 할지라도 적당하게 해석할 방법이 없었다.

왕전허는 다음과 같이 말한다. "나는 인물을 그려내면서 그들을 비난하려고 하지 않았다. 각 인물은 모두 옳은 점을 가지고 있지만 그른 점도 가지고 있다. 나는 우리 현대인 대부분이 중간인이라고 생각한다. 나는 이처럼 옳은 점도 틀린 점도 가지고 있는, 옳고 그름과 그르고 옳음 사이에 있는 중간인을 그려내고 싶었다."[37] 이는 왕전허가 인성을 꿰뚫어 보고 있음을 의미한다. 개인의 삶에는 진실과 허위가 병존하고 신성과 인

---

6) 원래 헨리 제임스Henry James가 그의 《여인의 초상The Portrait of a Lady》에서 표현했던 말이다.

성이 병치해있으며 승화와 타락이 섞여 있어, 절대적인 이분법으로 나누려 한다면 인성은 그 의미를 잃게 된다.

1970년대 그의 중요한 소설로는《미인도美人圖》(1982)[38]가 있고, 1980년대의 대표작으로는 장편소설인《장미여 장미여 너를 사랑해玫瑰玫瑰我愛你》(1984)가 있다. 이 두 편의 소설에서 왕전허는 묘사대상을 지식인 군상으로 바꾸고 있다. 비애 어린 연민의 태도로 소인물을 묘사하던 그는 풍자의 방식으로 지식인을 폭로하고 있다. 이 중《장미여 장미여 너를 사랑해》는 가장 많은 논쟁을 야기했다. 소설은 화롄이라는 작은 마을을 배경으로 한다. 이야기는 베트남 전쟁 중인 미군의 타이완 휴가 전야에 시작된다. 미국인이 화롄을 휴가지로 선택하자 이 작은 마을의 민의 대표와 유흥업소가 들썩이게 된다. 그들은 지방의 다방 아가씨를 세계적 수준의 바 여종업원으로 만들어 휴가 기간 동안 미군을 접대하려 한다. '미군은 곧 달러'라고 부추기며 타이완 대학 외국어문학과를 졸업한 둥쓰원董斯文을 초빙하여 다방 아가씨에게 영어를 가르치게 한다. 전체 이야기가 빠르게 진행되는 가운데 아가씨들은 정신없는 분위기 속에서 서툴게 영어를 배운다. 이 속에 맹목적인 외국 숭상과 나라를 망치는 지식인의 이야기가 펼쳐진다. 작품은 모더니즘적 기법과 리얼리즘적 비판을 통해 베트남 전쟁 문화를 다른 양상으로 연출해냈다.

왕전허는 국기國旗와 국가國歌, 민의 대표와 지식인, 민족주의와 애국정조를 끌어내리고자 고심했다. 그리하여 민족 우언의 존엄은 주색 밝히기와 재물 탐닉으로 대체되었다. 이러한 비판의 효과는 1970년대 타이완에 있어 놀라운 일임에 분명했다. 그와 같은 문학에서의 개척은 70년대 향토문학운동이 더욱 힘차게 약동하도록 만들었다. 문학사에서 왕전허의 문학은 의식적이든 무의식적이든 타이완 본토운동을 추동했다는 사실에서 그 의미를 찾을 수 있다.

유학생 소설이 풍조를 이루다

모더니즘 소설의 중요한 한 갈래인 유학생 소설은 유랑과 추방의 정신이라는 것에 구체적인 정의를 내려주었다. 타이완작가가 쓴 추방이 내적 추방 혹은 정신적 추방이었다고 한다면, 해외 작가의 작품은 분명 외적 추방이나 육체적 추방에 속했다.

▶ 於梨華(《文訊》 제공)

우리화於梨華 소설이 유행하면서부터 1960년대 타이완 문단에는 유학생 문학이라는 것이 고유 명사로 탄생하게 된다. 우리화(1931-)는 저장 전하이浙江 鎭海 사람으로 타이완 대학 사학과를 졸업했다. 미국 유학 중 신문과로 전공을 바꾸게 된다. 70년대 초 댜오위타이釣魚台 운동7)이 발생하자 우리화는 전향하게 되고, 베이징 정부를 자기 정체성으로 여기게 되면서 그녀의 작품은 타이완에서 금지된다.

---

7) 1968년 국제연합아시아극동경제위원회ECAFE가 댜오위다오 일대 대륙붕에 유전이 있음을 발표하자 중국 대륙과 일본의 관심이 쏠렸다. 1970년 미국이 제 2차 대전 당시 점령했던 오키나와를 일본에게 넘겨주려고 할 때 댜오위다오 일대도 포함시키려 했다. 미국이 명문화하지는 않지만 일본은 댜오위다오 일대가 오키나와에 속한다고 밝히고 댜오위다오 일대를 직접 관할하기 위해 타이완에서 건너온 어민들을 내쫓기 시작했다. 미국의 방관 속에서 중화민국 정부는 난감해했고, 미국의 대학에서 유학 중이던 타이완 출신 학생들이 댜오위타이 수호운동을 전개하기 시작했다. 1971년 500여 명의 재미 유학생들이 장제스에게 정부 차원에서 일본에 항의할 것을 요구했지만, 이 해에 UN은 중화인민공화국이 합법적으로 중국을 대표한다고 승인해버렸다. 1978년 중화인민공화국과 일본은 댜오위다오 문제를 해결하지 못한 채 '중일평화우호조약'을 맺으며 세계 대전 이래 단교되어 있던 공식 외교 관계를 회복했다.

60년대 이후에야 우리화라는 이름이 다시 타이완에 등장하게 된다.

우리화의 소설은 간결하고 감동적이며 언어는 유창하다.《꿈에 칭허로 돌아오다夢回青河》(1963),[39]《귀환歸》(1963),[40]《또 가을이네요也是秋天》(1964),[41]《변화變》(1965),[42]《눈 내린 땅 위의 별雪地上的星星》(1966)[43]은 그녀의 자전적이고 회상적인 소설이다. 보수적인 1960년대에 그녀는 대담하게 여성의 정욕 문제를 건드렸으며 결혼 제도의 불합리성을 폭로했다. 그녀는 소수 작가로 여성의 신분과 정체성을 위해 발언한 선구자였다. 그녀는 어떻게 이야기 줄거리를 배치해야하는지, 어떻게 소설 속 인물의 성격을 빚어내야하는지를 잘 알았다. 가장 많은 환영을 받은 그녀의 작품으로는 당연히 장편소설《다시 종려나무를 보다又見棕櫚,又見棕櫚》(1965)[44]8)를 들 수 있다.

▶ 於梨華, 《又見棕櫚 · 又見棕櫚》(舊香居 제공)

▶ 於梨華, 《也是秋天》(舊香居 제공)

---

8) 이 작품의 한글 번역본으로는《다시 종려나무를 보다》(고혜림 역, 지식을 만드는 지식, 2013)가 있다.

이 소설은 다음과 같은 여러 가지 이유로 많은 논쟁을 야기했다. 첫째, 이 소설은 타이완 대학 인물을 주인공으로 삼아 유학 풍조가 성행하던 시기에 독자에게 동경을 만들어냈다. 둘째, 그녀는 '뿌리 없는 세대'의 길 잃음과 방황을 통해 외성인 에스닉의 정체성을 구체적으로 드러냈다. 셋째, 타이완에 대한 강렬한 기억을 지닌 그녀는 타이완으로 돌아와 자리 잡고자 하지만 결국 허사가 됐다. 소설의 주인공인 머우톈레이牟天磊는 자신이 타이완 사람과 다르다고 탄식한다. "그들은 이곳에 뿌리가 있지만 우리의 경우, 다른 사람이 어떻게 생각하는지 나는 모르겠다. 나는 늘 내가 이곳에 속하지 않는다고 느꼈다. 다만 이곳에서 잠시 머무를 뿐, 언젠가는 집으로 돌아갈 것이다. 우리는 아주 어렸을 때 여기 왔지만 이곳에 나의 뿌리는 없다."

우리화는 타이완에 정체성을 느낄 수 없었다. 그렇다고 대륙의 정체성을 느낄 수도 없었다. 유일하게 정체성을 느낄 수 있었던 것은 중국이라는 고향이었지만 돌아갈 방법이 없었다. 이 소설은 우리화의 심정만을 쓰지 않았다. 사실 이 작품은 외성인 에스닉의 떠돎을 구체적으로 표현한 것이다. 소설의 머우톈레이는 타이베이에서 그의 옛 꿈을 다시는 찾을 수 없었다. 그러나 그는 꿈 없는 세대이기에 다른 땅에서도 꿈을 찾을 수 없었다. 이 같은 환멸과 떠돈다는 느낌은 추방을 가장 깊이 있게 해석한 것이었다.

▶ 歐陽子(《文訊》 제공)

어우양쯔歐陽子(1939-)의 본명은 홍즈후이洪智惠로 타이완 난퉈南投 사람이다. 바이셴융과 마찬가지로 《현대문학》의 발기인 중 한명이다. 그녀는 모더니즘 기법을 철저하게 실험한 작가인데, 창작 초기에는 아리스토텔레스Aristotle가 말한 '삼일치론', 즉 시간의 일치·공간의 일치·동작의 일치를 준수하기도 했다. 그녀는 자신의 이전 작품을 끊임없이 고쳐 쓰며 완벽함을 추구했다. 그렇기 때문에 그녀의 단편소설은 전부 합쳐 한 권 밖에 되지 않는다.《긴 머리 그 소녀那長頭髮的女孩》(1967)[45]가 그것으로, 이 작품집은 1971년에《가을 잎秋葉》[46]으로 제목을 고친다. 작품 목록에는 중요한 변화가 없지만 소설들의 내용에는 큰 변화가 있었다.

어우양쯔 소설의 특징은 근친상간·외도·비정상적 사랑·사통 등 전통적 가치 관념을 거역하는 이야기에 집중되어 있다는 것이다. 소설 속 인물은 종종 삼각관계에 깊이 빠져든다. 그중 가장 주목할 만한 작품은 해외 화인華人의 정욕의 얽힘을 그린〈가을 잎〉이다. 이 소설은 교수의 새 아내와 그의 전처 아들 간의 관계를 주축으로 한다. 새 엄마와 아들 사이에 사랑의 감정이 생겨나지만 서로가 이를 억누르는 이야기로 이루어져있다. 도덕적 윤리와 사악한 애욕 사이에서 인성의 몸부림, 학대, 시련은 더할 바 없는 고통을 가져온다. 이 이야기는 문화적 정체성의 문제와도 연관된다. 왜냐하면 교수의 전처는 백인으로, 아들의 가치관이 미국인 정체성과 연관되는지 아니면 중국인 정체성과 연관되는지를 다루기 때문이다. 어우양쯔는 정욕의 시련을 통해 인간 내면에 사실 두 종류의 인격이 숨어있음을 폭로했다.

다른 단편소설에서도 어우양쯔는 정욕에 기대어 자매·부부·스승과 학생·모자 간의 역할의 뒤바뀜,

▶ 歐陽子,《秋葉》

인성의 각축을 탐색하고 고찰했다. 그렇게 고심하여 밝히고자 한 까닭은 스스로가 인성이 깊고도 복잡하다고 체감했기 때문이다. 이 같은 관점은 〈가을 잎〉 속의 다음과 같은 대화에 나타난다. "사람은 다들 여러 면을 가지고 있어. 마치 건축물처럼 말야…… 모든 각도는 서로 다른 면을 가지고 있어. 그러니 네가 있는 그 각도에서 관찰해봐." 이런 점에서 어우양쯔 소설은 사람의 관심을 받았다. 그녀는 일부러 정면·반면·측면과 같은 여러 각도에서 인성의 깊이를 재었던 것이다.

그러나 《가을 잎》은 출판된 뒤 《문계》 제1기의 집중적인 비판을 받았다. 탕원뱌오唐文標의 〈어우양쯔의 창작 배경歐陽子的創作背景〉, 허신何欣의 〈어우양쯔는 무엇을 말하는가歐陽子說了些什麼〉, 웨이톈충의 〈커튼으로 가릴 수 없는 더러움慢幕掩飾不了汚垢〉 및 왕훙주王紘久(왕튀王拓)의 〈어떤 우려 — 어우양쯔의 《가을 잎》을 읽고一些憂慮─讀歐陽子的《秋葉》〉 등의 글은 어우양쯔의 소설이 '병태를 정상으로 여긴다'(웨이톈충의 말),

▶ 孟瑤(《文訊》 제공)

▶ 歐陽子, 《王謝堂前的燕子》

'전쟁 경험'이 부족하다(탕원뱌오의 말), '사상이 부족하고 개성이 부족하다'(허신의 말), '개인 상아탑 속의 상상'이다(왕퉈의 말)라고 일방적으로 비판했다. 이것은 향토문학 논쟁 이전의 모더니즘에 대한 첫 비판이었다. 1977년 샤쭈리夏祖麗의 인터뷰 요청 때 어우양쯔는 자신의 생각을 다음과 같이 말했다.[47]

먼저, 그녀는 자신의 소설이 '그들(소설 속 인물) 스스로가 감히 내면의 죄를 대면하지 못하고서 현실과 강제로 마주하게 된 뒤 받는 영혼의 상처를 폭로한 것'으로 본다고 했다. 소설 속 인물들은 인성의 어두운 면을 정시하지 못했으며 포위 공격에 참여했던 비평가 역시 자아 성찰을 하지 못했던 것이다. 내면의 죄악을 숨기고 억누르는 것이 도덕은 아니라고 어우양쯔는 이해했다. 인간의 정욕을 비틀고 억제하는 것은 사실 부도덕한 것이기도 했다. 둘째 '상아탑' 문제에 관해 어우양쯔는 다음과 같이 인식했다. 인간은 전란·빈곤·질병 등 정말 다양한 현실 문제를 마주한다. "인간의 현실적 어려움은 정말 많다. 이러한 어려움을 먼저 해결해야지만 남은 여력을 문학예술에 쏟을 수 있다고 하는데, 그 '여력'이 그 언젠가 생길 거라는 건 말도 안 된다. 도대체 문학예술더러 죽으라는 것인가?" 어우양쯔의 답변은 매우 간결하면서도 힘 있다. 작가가 일단 문학적 글쓰기에 종사한다면 그것이 곧 사회적 경험이 된다. 정욕의 문제는 가장 현실적인 문제였다. 그러므로 정욕이라는 주제를 마주하지 못한다면 그것이야말로 '상아탑'에 갇히는 것이다.

어우양쯔의 소설 창작은 《가을 잎》 출판에서 멈춘다. 그녀는 1976년 평론집 《왕사당 앞의 제비王謝堂前的燕子》[48]를 완성하는데 이는 바이셴융의 《타이베이 사람들》 시리즈 작품을 분석하려 한 것이다. 전 권은 14편의 소설을 14편의 장문으로 분석하고 있다. 구성이 방대하여 타이완 문학 비평의 중요한 이정표이자 바이셴융 문학의 깊이를 이해하는 데 있어 가장 좋은 디딤돌이 된다.

유학생 문학은 여성 작가가 가장 많이 썼다. 여기에는 취정去錚(1937-

1966), 멍야오孟瑤(1936-) 등이 포함된다. 그녀들은 해외 유학생이 느끼는 두 문화 사이에서의 동요 및 결혼과 직업 사이의 갈등을 그려내어 모더니즘 문학 속 유랑 정신의 폭을 넓혀주었다. 그녀들의 유랑은 더 이상 순수한 민족 문제가 아니었다. 가정의 유랑, 정욕의 유랑 역시 그녀들 삶의 일부였다. 이처럼 여성의 상상이 등장하면서 문학사의 결함은 메워지게 된다.

모더니즘 소설의 또 다른 특징

타이완 모더니즘 소설의 발전은 일반적으로 《현대문학》이나 《문학계간》의 창간을 중심으로 한다. 이 잡지 관련인은 대부분 대학 혹은 교육계 출신이었기 때문에 모더니즘에 대해 토론할 때 종종 무시됐다. 하지만 당시의 문학 생태를 다시 살피려면 다른 경로를 통해 모더니즘 소설을 다룰 필요가 있다. 문자 자체로 보자면 그들이 쓴 것은 향수나 회구였다. 그러나 기교에 있어서는 많건 적건 심리나 환상이 스며든 상징 기교가 꿈의 형식이나 기괴한 형상을 통해 텍스트 속에 떠다니고 있었다. 이들 작가 중 주의를 끄는 이로 쓰마중위안司馬中原, 돤차이화段彩華, 사오셴邵僩을 들 수 있다.

쓰마중위안(1933-)의 본명은 우옌메이吳延玫이다. 그는 첫 번째 소설 《자라멍의 묘加拉猛之墓》(1963)를 발표한 후 창작을

▶ 司馬中原《文訊》 제공)

멈춘 적이 없다. 세기를 뛰어넘어 오늘날까지 여전히 창작에 종사하고 있다. 그가 차지하는 중요한 위치는 한 세대의 향수를 대표하는 데 그치지 않는다. 더 중요한 사실은 자신의 문학적 상상을 타이완 사회와 긴밀하게 결합시켰다는 데 있다. 제재가 바뀌더라도 그는 문화 전통의 전승을 자기 일생의 사명으로 여겼다. 반세기를 가로지르는 창작 기간 동안 그는 소설 60여 부, 산문 10여 부를 썼다. 여기에 드라마와 영화의 대본을 포함하면 전체 창작 분량은 대략 6천 만자 이상을 넘어서는 것으로 계산된다. 그는 문단에 등장하자마자 바로 인정을 받았으며 그의 작품《황무지荒原》는 1964년 제1회 청년 문예상靑年文藝獎을 받았다. 쓰마중위안 소설의 매력은 이야기가 괴이하면서 매혹적이라는 사실에만 있지 않다. 보다 중요한 사실은 그가 백화문을 끊임없이 정련하여 창작에 있어 수준 높은 구어를 사용함으로써 이후 작가들에게 큰 영향을 주었다는 점이다. 그의 소설은 또 다른 의의를 가지는데《황무지》의 다음과 같은 표현을 통해 알 수 있다. "비분에 차 두드림으로써 동양의 오래된 대지에서 살아가는 사람들의 어려운 생존 상태를 폭로했다." 중국 대륙에 대한 그의 미련은 그 어떤 생명도 흙을 떠나서는 존재할 수 없음을 밝히기 위해서였다. 전쟁과 재난, 재앙에 직면하면 아무리 나약한 사람이라 하더라도 강한 저항 의지를 드러내게 된다. 서사시와도 같은 그 같은 글쓰기는 그의 시대와 그의 조국을 위한 그치지 않는 웅변이었다. 치방위안齊邦媛 교수는 자신의 문학사에서 이를 〈산야를 뒤흔드는 애통震撼山野的哀痛〉[49]으로 표현한 바 있는데 가장 적절하게 개괄한 것으로 보인다.

《미친 모래바람狂風沙》(1967)은 상당히 보기 힘든 대하소설로, 신교神轎에 받들어진 영웅인 관바예關八爺를 중심으로 하여 군벌 시대 폭정 하의 강호 이야기를 그려냈다. 그는 이 작품에서 오래도록 전통적인 생활을 한 사람들이 어떻게 신의 힘을 빌려 피해와 굴욕에 대항하는지를 쓰고 있다. 국민 혁명 중 북벌 전야를 배경으로 설정하여 그는 민간의 전기傳奇를 통해 민국의 역사가 분열과 혼란의 상태에서 어떻게 새로운 시기로 들어서는지에 관해 쓰고자 했다. 이 작품은 한 편의 소설이라기보다 민국의 역사에 관한 가장 뛰어난 해석이라 할 수 있다. 심금을 울리는 소설의 서사에서 특히 주목할 부분은 그가 언어의 속도를 자유자재로 다뤄, 동작 하나하나 사건 하나하나가 생생한 움직임을 가진 것으로 읽힌다는 점이다. 진실하게 생활하지 않았다면 그처럼 눈부시고 기쁘고 슬프면서도 빛나는 민간 문화를 표현할 수 없었을 것이다. 군벌 시대에 사회 저층에 숨어있던 토비·기녀·쿨리를 포함하는 소인물들이 모두 무대 위에 세워졌다. 가장 진실한 내용을 다룬 향수 서사는 사라져가던 기억을 결국다시 생생하게 일깨워준다. 이 작품은 한 편의 향수 서사이자 옛 것을 그리워하는 책이며 또한 영혼을 뒤흔드는 생명의 책이었다.

쓰마중위안은 타이완 문단에 다시 나타난, 고전 서사인 설서說書의 기교로 경직된 전통적 충효절의를 민간 고사나 항간의 소문으로 만든 작가였다. 그의 중요한 작품으로는 《이상한 밤魔夜》(1964), 《유성우流星雨》(1978), 《나그네와 검객路客與刀客》(1978), 《제명조啼明鳥》(1984), 《봉화狼煙》(1986), 《영혼의 강靈河》(1987), 《붉은 봉황紅絲鳳》(1988), 《병기 무덤刀兵塚》(1991), 《십팔리의 마른 호수十八里旱湖》(1992), 《거대한 소용돌이巨漩》(1992)가 있다. 쓰마중위안은 통속적인 괴기 전설의 작가로 자리매김한 것으로 보이지만 그의 창작 기교는 모더니즘의 의식의 흐름 기법에 뒤지지 않는다. 매우 생동적인 그의 이야기는 설서 분야의 특색을 유지하고 있다. 쓰마중위안은 1980년대 활동한 작가인 장다춘張大春의 초기 문학에 영향을 주기도 했다.

돤차이화段彩華(1933-2015)는 첫 소설《막후幕後》(1951)로 문학을 시작했다. 주시닝朱西甯, 쓰마중위안과 함께 '군중 삼검객'이라 불리는 것을 상관치 않았지만 그의 풍격은 그들과 전혀 달랐다. 그는 자신이 겪은 이야기를 쓰는 데 뛰어났으나 속된 의미의 리얼리스트는 아니었다. 창작에 있어서는 주로 모던한 기법으로 왜곡된 심리와 영혼 이야기를 즐겨 썼기에 내면세계의 또 다른 차원의 풍경을 볼 수 있게 한다. 돤차이화는 단문

구성에 뛰어나서 작품을 읽을 때 독자들은 경쾌한 선율을 느낄 수 있다. 1960년대 그는 연합 부간에 많은 단편소설을 발표했다. 전통 가운데 미신의 경우 우회적 방식으로 철저하게 반성했고, 반공과 대륙 수복이라는 신화에 대해서도 이야기 서사를 통해 비판했다. 그는 상징과 은유의 사용에 뛰어나 성동격서聲東擊西식의 변화무쌍한 표현을 통해 전통과 현실을 비약적으로 연결했다. 그의 중요 작품으로는《눈밭의 곰 사냥雪地獵熊》(1969),《화조연花雕宴》(1974),《용포의 화龍袍劫》(1977),《야생 면화野棉花》(1986),《천 마리 벼룩一千個跳蚤》(1986),《유랑하는 어릿광대流浪的小丑》(1986),《백화왕국白花王國》(1988) 등이 있다. 장편소설로는《상장의 딸上將的女兒》(1988),《화촉산華燭散》(1991),《청명상하도淸明上河圖》(1996)가 있다.

돤차이화는 2002년에 장편소설《북귀남회北歸南回》를 발표하여 자기 시대의 비극을 써낸다. 작품은 중년이 된 세 명의 외성인 즉 지리추季里秋, 위쓰빙于思屛, 팡신청方信成이 자신들의 고향으로 돌아오는 것을 내용으로 한다. 그들은 거대한 역사적 비극을 짊어진 채 타이완 사회에서 일생을 개조하게 되지만 다시 고향으로 돌아가려 한다. 그러나 그들이 마주하는 것은 지리멸렬하게 조각난 기억으로, 세 명의 귀향자가 지닌 각자 다른 기억이 시대의 비극을 구성한다. 고향은 이미지일 뿐 오히려 작은 타이완 섬이 그들이 발 딛고 살아가는 현실이 되었음을 책 제목은 암시한다. 그 속에는 그들의 바람이 암암리에

▶ 段彩華《文訊》 제공)

숨겨져 있다. 즉, 너무나 많은 장애와 실패를 겪었다 해도, 떠도는 영혼이 정착할 곳을 찾을 방법이 없다 해도, 타이완과 대륙의 양안에 평화가 정착하길 그들 모두는 바라고 있다는 사실이 말이다. 이 같은 비애는 신세대 작가들에 의해 다시 다뤄지는데 장샤오윈蔣曉雲의 《도화정桃花井》이 그 예라고 할 수 있다.

같은 시기의 주의할 만한 작가로는 사오셴(1934-2016)이 있다. 그는 초등학교 교사로 매우 특이한 모더니즘 소설을 창작했다. 첫 단편소설집인 《작은 기어小齒輪》(1966)가 원싱文星 총간에 들어갈 정도로 그는 창작 초기부터 긍정적 평가를 받은 작가이다. 그는 은어와 유머로 적막한 삶을 관찰하는 데 뛰어났다. 대부분의 작품을 《중국시보》와 《중앙부간中央副刊》, 《중화부간中華副刊》에 발표했다. 1960년대 말에 출판한 소설집 《개미가 침대에 오르다螞蟻上床》에 실린 동명의 소설은 일개미의 관점으로 침대 위의 남녀를 조용히 관찰한 작품이다. 풍자로 가득 찬 이 작품은 그의 풍격을 전형적으로 보여준다. 아주 짧은 이 작품은 원기 왕성하던 한 남성이 마른 송장으로 변하는 과정을 묘사하고 있다. 미세함으로부터 복잡한 세계를 바라보며 소소한 인물로부터 혼란스런 사회를 발견한다. 그가 창작한 작품은 매우 많다. 단편소설집 《오늘밤 그녀는 그곳에今夜伊在那裡》의 서언 〈놀람一驚〉에서 그는 다음과 같이 말한 바 있다. "삶 속에는 항상 수많은 놀람이 존재한다. 거울 속에서 흰머리를 발견할 때, 벗이 먼저 생을 마감했음을 발견할 때, 과거가 더 이상 이전의 모습이 아님을 발견할 때, 그러므로 놀람은 모두 일성탄식이 아닌 것이 없다." 이 표현은 그의 기교에 있어 핵심이 무엇인지 정확하게 짚어준다. 그는 인생의 단편을, 조금만 늦어도 사라져버리는 장면을, 잊기 어려운 만남을 포착하는데 뛰어났다. 찰나는 영원이라는 것이 운명에 대한 그의 시각이다. 그의 소설은 적시에 한 부분을 포착하여 독자들로 하여금 무궁한 상상의 나래를 펼치게 한다. 그의 작품으로는 《앵몽櫻夢》(1967), 《교실 창 위에 올라 앉아騎在教堂窗子上》(1968), 《개미가 침대에 오르다》(1969), 《칭룽 다리

에서 흩어지다到靑龍橋就解散》(1970), 《사오셴의 극단편邵倻極短篇》(1989)이
있다.

저자 주석

[1] 白先勇, 〈金大奶奶〉, 《文學雜誌》 5권 1기(1958.9).

[2] 白先勇, 〈入院〉, 《文學雜誌》 5권 5기(1959.1).

[3] 白先勇, 《寂寞的十七歲》(台北: 遠景, 1976).

[4] 白先勇, 《台北人》(台北: 晨鐘, 1971).

[5] 白先勇, 《孼子》(台北: 遠景, 1983).

[6] 許南村의 〈後街─陳映眞的創作歷程〉은 1993년 1월 《中國時報·人間副刊》이
    주관한 兩岸三邊華文小說 토론회에 발표됐다가 이후 楊澤가 주편한 《從四十年
    代到九十年代: 兩岸三邊華文小說硏討會論文集》(台北: 時報文化, 1994) PP.
    149-70에 수록됨.

[7] 陳映眞, 〈我的弟弟康雄〉, 《筆匯》 1권 9기(1960.1).

[8] 陳映眞, 〈故鄕〉, 《筆匯》 2권 2기(1960.9).

[9] 陳映眞, 〈鄕村的敎師〉, 《筆匯》 2권 1기(1960.8).

[10] 陳映眞, 〈那麽衰老的眼淚〉, 《筆匯》 2권 7기(1961.5).

[11] 陳映眞, 〈文書〉, 《現代文學》 18기(1963.9).

[12] 陳映眞, 〈一綠色之候鳥〉, 《現代文學》 22기(1964.10).

[13] 陳映眞, 〈第一件差事〉, 《文學季刊》 3기(1967.4).

[14] 民主台灣同盟: 1968년 7월 국민당 정부는 '마르크스 레닌의 공산주의와 루쉰
    등 좌익 서적 및 공산당 선전물 등을 읽기 위한 모임을 조직했다는 죄명'을
    씌워 陳映眞 등을 포함하는 '民主台灣聯盟' 구성원 36인을 체포했다. 당시 그는
    《文季》 계간의 편집위원이었고 黃春明, 尉天驄에게까지 영향이 갔기 때문에
    이를 '文季事件'이라 부른다.

[15] 王文興, 《龍天樓》(台北: 文星, 1967).

[16] 王文興, 《玩具手鎗》(台北: 志文, 1970).

[17] 王文興, 《家變》(台北: 環宇, 1973).

[18] 王文興, 《書和影》(台北: 聯合文學, 1988).

[19] 王文興, 〈命運的迹線〉, 《十五篇小說》(台北: 洪範, 2001).

[20] 王文興, 〈欠缺〉, 《十五篇小說》.

[21] 王文興, 〈《家變》新版序〉, 《家變》(台北: 洪範, 1978), p.2.

[22] 王文興, 《背海的人》上 (台北: 洪範, 1981).

[23] 王文興, 《背海的人》下 (台北: 洪範, 1999).

[24] 劉紹銘, 〈七等生'小兒痲痺的文體'〉, 《靈台書簡》(台北: 三民, 1972), pp.39-44.

[25] 七等生, 《離城記》(台北: 新鐘, 1973).

[26] 七等生, 《僵局》(台北: 林白, 1969).

[27] 七等生, 《放生鼠》(台北: 大林, 1970).

[28] 七等生, 《來到小鎮的亞茲別》(台北: 遠景, 1976).

[29] 七等生, 《我愛黑眼珠》(台北: 遠景, 1976).

[30] 七等生, 《小河悲歌》(台北: 遠景, 1976).

[31] 七等生, 《譚郎的書信: 獻給黛安娜女神》(台北: 圓神, 1985).

[32] 七等生, 《思慕微微》(台北: 台灣商務, 1997).

[33] 黃春明, 《放生》(台北: 聯合文學, 1999).

[34] 王禎和, 《嫁妝一牛車》(台北: 遠景, 1969).

[35] 王禎和, 《寂寞紅》(台北: 晨鐘, 1970).

[36] 王禎和, 《香格里拉》(台北: 洪範, 1980).

[37] 王禎和, 《玫瑰玫瑰我愛你》(台北: 遠景, 1984).

[38] 王禎和, 《美人圖》(台北: 洪範, 1982).

[39] 於梨華, 《夢回青河》(台北: 皇冠, 1963).

[40] 於梨華, 《歸》(台北: 文星, 1963).

[41] 於梨華, 《也是秋天》(台北: 文星, 1964).

[42] 於梨華, 《變》(台北: 文星, 1965).

[43] 於梨華, 《雪地上的星星》(台北: 皇冠, 1966).

[44] 於梨華, 《又見棕櫚, 又見棕櫚》(台北: 皇冠, 1965).

[45] 歐陽子, 《那長頭髮的女孩》(台北: 文星, 1967).

[46] 歐陽子, 《秋葉》(台北: 晨鐘, 1971).

[47] 歐陽子, 〈附錄: 關於我自己-回答夏祖麗女士的訪問〉, 《移植的櫻花》(台北: 爾雅, 1978).

[48] 歐陽子, 《王謝堂前的燕子: 《台北人》的研析與索隱》(台北: 爾雅, 1976).

[49] 齊邦媛, 〈震撼山野的哀痛〉, 《千年之淚》(台北: 爾雅, 1990), pp.75-88.

찾아보기

인명

(가)

가비라 쵸오세이川平朝申 _ 190

가오루이쑤이高瑞穗 _ 19

가오양高陽 _ 372

가오거高歌 _ 272

가와바타 야스나리川端康成 _ 211

강일승江日昇 _ 232

거레이歌雷 _ 302

고바야시 세이조小林躋造 _ 185

관루關露 _ 215

구딩古丁 _ 215

구메 마사오久米正雄 _ 211

구셴룽辜顯榮 _ 63

구옌비샤辜顔碧霞 _ 194

구지탕古繼堂 _ 44

궈더진郭德金 _ 119

궈량후이郭良蕙 _ 39, 376

궈모뤄郭沫若 _ 457

궈수이탄郭水潭 _ 166

궈쓰펀郭嗣汾 _ 326

궈이둥郭衣洞 _ 326

궈이원郭羿彣 _ 19

궈진슈郭晉秀 _ 330

궈추성郭秋生 _ 116

궈펑郭楓 _ 397

기쿠치 간菊池寬 _ 211

(나)

나가사키 히로시長崎浩 _ 217

나카무라 오케이中村櫻溪 _ 192

나카무라 쿠마오中村熊雄 _ 120

나카무라 테츠中村哲 _ 190

나카야마 스스무中山侑 _ 189

녜화링聶華苓 _ 37, 341

뉴셴밍鈕先銘 _ 302

니가키 코이치新垣宏一 _ 220

니시카와 미츠루西川滿 _ 45

(다)

다나카 야스오田中保男 _ 146

다이두헝戴杜衡 _ 178

다이왕수戴望舒 _ 396

다이윈구이戴運軌 _ 271

다카하시 마사오高橋正雄 _ 146

다카하시 히로미高橋比呂美 _ 190

다케무라 다케시竹村猛 _ 221

단잉淡瑩 _ 436

덩원이鄧文儀 _ 321

덩위핑鄧禹平 _ 397

도쿠다 슈세이德田秋聲 _ 211

돤무팡端木方 _ 361

돤무훙端木虹 _ 443

돤차이화段彩華 _ 504

두궈칭杜國淸 _ 436

딩위린丁雨林 _ 215

(라)

라오서老舍 _ 457

라이밍훙賴明弘 _ 117

라이셴잉賴賢穎 _ 158

라이칭賴慶 _ 135

라이허賴和 _ 31, 151

란밍구藍明谷 _ 272

랭보Jean Arthur Rimbaud _ 188

랴오셴하오廖咸浩 _ 460

랴오위원廖毓文 _ 112

랴오진핑廖進平 _ 284

랴오칭슈廖淸秀 _ 340

랴오한천廖漢臣 _ 271

량룽뤄梁容若 _ 326

량빙쥔梁秉鈞 _ 444

량스추梁實秋 _ 391

량유밍梁又銘 _ 321

량치차오梁啓超 _ 52

런줘쉬안任卓宣 _ 320

레이스위雷石楡 _ 271

레이전雷震 _ 341

롄원칭連溫卿 _ 69

롄전둥連震東 _ 269

롼낭阮囊 _ 428

루쉰魯迅 _ 16, 36, 89

루웨화盧月化 _ 330

루장鷺江 TS _ 91

루즈쯔魯稚子 _ 444

루즈훙陸志鴻 _ 271

룬후이성潤徽生 _ 62

룽잉쭝龍瑛宗 _ 34, 125

룽쯔蓉子 _ 397

뤄먼羅門 _ 405

뤄완처羅萬俥 _ 269

뤄푸洛夫 _ 340

뤼쑤상呂訴上 _ 271

뤼웨화慮月化 _ 376

뤼취안성呂泉生 _ 191

뤼허뤄呂赫若 _ 34, 194

류궈쑹劉國松 _ 442

류나어우劉吶鷗 _ 178

류다런劉大任 _ 444

류다제劉大杰 _ 105

류덩한劉登翰 _ 44

류멍웨이劉夢葦 _ 89
류밍차오劉明朝 _ 269
류사오밍劉紹銘 _ 436
류신황劉心皇 _ 331
류위성柳雨生 _ 215
류제劉捷 _ 33, 279
류창쥔柳裳君 _ 91
류칸링劉侃靈 _ 19
류커밍劉克明 _ 269
류팡劉枋 _ 330
리런구이李仁貴 _ 284
리례원黎烈文 _ 271
리룽춘李榮春 _ 37, 354
리만구이李曼瑰 _ 330
리셴장李獻章 _ 117
리스차오李石樵 _ 261
리어우판李歐梵 _ 436
리완이李婉伊 _ 19
리완쥐李萬居 _ 269
리융쥐안李永眷 _ 340
리이중李翼中 _ 283
리이칭李伊晴 _ 19
리잉장李應章 _ 78
리장루이李張瑞 _ 174
리전샹李禎祥 _ 146
리지구李季谷 _ 271
리지예李霽野 _ 36
리차오李喬 _ 41
리천둥李辰冬 _ 321
리춘칭李純靑 _ 260
리쿠이셴李魁賢 _ 400

리허李赫 _ 459
리허린李何林 _ 36
리훙장李鴻章 _ 446
린두이林兌 _ 129
린롄쭝林連宗 _ 284
린마오성林茂生 _ 260
린보추林博秋 _ 191
린사오마오林少猫 _ 51
린샤오메이林小眉 _ 84
린셴탕林獻堂 _ 91
린수광林曙光(라이난린瀨南人) _ 303
린슈얼林修二 _ 190
린슝즈林雄徵 _ 63
린스춘林適存 _ 326
린완윈林婉筠 _ 19
린완전林萬振 _ 119
린웨펑林越峰 _ 138
린융슈林永修 _ 174
린이량林以亮 _ 412, 466
린전류林貞六 _ 216
린중林忠 _ 269
린즈제林至潔 _ 198
린징류林精鏐 _ 145
린쯔구이林紫貴 _ 269
린청루林呈祿 _ 269
린커푸林克夫 _ 117
린퇀추林搏秋 _ 261
린팡녠林芳年 _ 279
린페이팡林斐芳 _ 119
린하이인林海音 _ 37, 341, 373
린헝타이林亨泰 _ 385

린화이민林懷民 _ 381

린후林湖(린야오푸林耀福) _ 436

릴케Rainer Maria Rilke _ 398

링수화凌叔華 _ 105

(마)

마사오카 시키正岡子規 _ 192

마쓰오카 요스케松岡洋右 _ 213

마오둔茅盾 _ 263

마오중싼牟宗三 _ 359

마오쩌둥毛澤東 _ 319

마츠이 도루松居桃樓 _ 216

멍야오孟瑤 _ 37, 341

멍자황산커艋舺黃衫客 _ 87

모런墨人 _ 397

모리 오가이森鷗外 _ 192

모리 카이난森槐南 _ 192

모미야마 잇슈籾山衣洲 _ 192

무샤노코지 사네야스武者小路實篤
    _ 211

무스잉穆時英 _ 178

(바)

바이사오판白少帆 _ 44

바이셴융白先勇 _ 38, 39, 381

바이추白萩 _ 400

바이충시白崇禧 _ 474

바진巴金 _ 345, 457

벳쇼 코지別所孝二 _ 120

보들레르Charles Baudelaire _ 398

비궈碧果 _ 432

비푸畢璞 _ 376

빙신冰心 _ 89

(사)

사오셴邵佩 _ 504

사오충샤오邵沖霄 _ 269

사이토 이사무齊藤勇 _ 216

사카구치 레이코坂口䙝子 _ 191

사토 하루오佐藤春夫 _ 192

상관위上官予 _ 336

상완쥔商晚筠 _ 459

상친商禽 _ 432

샤다오핑夏道平 _ 341

샤오샹원蕭翔文(단싱淡星) _ 297

샤오쥔蕭軍 _ 345

샤오진두이蕭金堆 _ 303

샤오촨원蕭傳文 _ 376

샤오훙蕭紅 _ 345

샤즈칭夏志淸 _ 371

샤지안夏濟安 _ 38, 386

샤징夏菁 _ 407

샤쭈리夏祖麗 _ 503

샤청잉夏承楹(허판何凡) _ 378

샹밍向明 _ 428

선밍沈明 _ 307

선옌빙沈雁冰(마오둔茅盾) _ 457

선충원沈從文 _ 457

선치우沈啓無 _ 215

셰다오어謝道峨 _ 436

셰빙잉謝冰瑩 _ 327

셰쉐훙謝雪紅 _ 119

셰쓰옌謝似顔 _ 273

셰어謝娥 _ 269

셰저즈謝哲智 _ 306

셰춘무謝春木 _ 31

쇼지 쇼이치庄司總一 _ 45

수이인핑水蔭萍 _ 174

수이징水晶 _ 381

쉬나이창許乃昌 _ 269

쉬난춘許南村 _ 444

쉬띠산許地山 _ 457

쉬빙청許炳成 _ 240

쉬서우창許壽裳 _ 271

쉬시칭許錫慶 _ 215

쉬자쉬안 許佳璇 _ 19

쉬중페이徐鍾珮 _ 326

쉬쭈정徐祖正 _ 215

쉬창후이許常惠 _ 444

쉬춘샹徐春鄕 _ 269

쉬춘칭徐春卿 _ 284

쉬충얼徐瓊二 _ 134

쉬친원許欽文 _ 105

쉬친친許秦蓁 _ 180

쉬칭스許淸世 _ 297

쉬칭지徐淸吉 _ 170

승훙復紅 _ 415

스수칭施叔靑 _ 444

스쉐시施學習 _ 104

스원치施文杞 _ 104

스저춘施蟄存 _ 178

스진츠施金池 _ 261

스추이펑施翠峰 _ 340

스퉈師陀 _ 457

시마다 킨지島田謹二 _ 190, 192

시부야 세이이치澁谷精一 _ 208

신위辛鬱 _ 432

쑤쉐린蘇雪林 _ 323

쑤신蘇新 _ 171

쑤웨이량蘇維梁 _ 269

쑤웨이슝蘇維熊 _ 129

쑤이팡蘇益芳 _ 19

쑤치캉蘇其康 _ 460

쑨다런孫達人 _ 310

쑨다촨孫大川 _ 19

쑨둬츠孫多慈 _ 330

쑨링孫陵 _ 320

쑹잉宋膺 _ 324

쑹쩌라이宋澤萊 _ 459

쑹페이워宋非我 _ 275

쓰궈思果 _ 341

쓰마쌍둔司馬桑敦 _ 395

쓰마중위안司馬中原 _ 504

(아)

아오키 카즈요시靑木一良 _ 120

아이원艾雯 _ 330

아카마쓰 다카히코赤松孝彦 _ 190

야나기다 구니오柳田國男 _ 211

야노 호진矢野峰人 _ 216

야마다 기사부로山田義三郎 _ 192

야마모토 신페이山本眞平 _ 216

야마모토 요코山本孕江 _ 216

야마모토 유조山本有三 _ 211

야마토민족주의大和民族主義 _ 24

야셴瘂弦 _ 340

야오웨이姚葳(장밍張明) _ 376

야오이웨이姚一葦 _ 442

양량궁楊亮功 _ 253

양메이후이楊美惠 _ 436

양서우위楊守愚 _ 33

양윈핑楊雲萍 _ 32, 81

양지전楊基振 _ 104

양첸허楊千鶴 _ 194

양츠창楊熾昌 _ 279

양커페이楊克培 _ 119

양쿠이楊逵 _ 33, 125

양펑揚風 _ 309

양화楊華 _ 106

양환楊喚 _ 397

어우양밍歐陽明 _ 309

어우양쯔歐陽子(훙즈후이洪智惠) _ 39, 435

예니葉泥 _ 432

예디葉笛 _ 442

예루이룽葉瑞榕 _ 306

예룽중葉榮鐘 _ 52

예사오쥔葉紹鈞 _ 457

예산葉珊(양무楊牧) _ 381

예샹룽葉向榮 _ 145

예스타오葉石濤 _ 19, 37, 41, 261

예웨이롄葉維廉 _ 432

예자잉葉嘉瑩 _ 462

예찬전葉蟬貞 _ 376

예추무葉秋木 _ 129

옌루琰如 _ 376

옌시言曦 _ 425

옌위안수顏元叔 _ 456

옌유메이嚴友梅 _ 330

오리구치 시노부折口信夫 _ 211

오즈 야스지로小津安二郎 _ 496

왕더웨이王德威 _ 458

왕덩산王登山 _ 131

왕란王藍 _ 321

왕루옌王魯彥 _ 105

왕멍어우王夢鷗 _ 326

왕민촨王敏川 _ 119

왕밍수王明書 _ 376

왕바이위안王白淵 _ 33

왕비자오王碧蕉 _ 166

왕수촨王書川 _ 324

왕스랑王詩琅 _ 33, 347

왕시칭王溪清 _ 306

왕옌루王琰如 _ 330

왕완더王萬得 _ 118

왕원싱王文興 _ 39, 415

왕원이王文漪 _ 324

왕위더(왕모처우王莫愁) _ 276

왕위린王育霖 _ 190

왕위징王愈靜 _ 436

왕윈메이王韻梅 _ 336

왕자오페이王兆培 _ 90

왕전허王禎和 _ 436

왕쥔王鈞 _ 359

왕지충王集叢 _ 442

왕진장王錦江 _ 137

왕징웨이汪精衛 _ 180
왕징취안王井泉 _ 191
왕창슝王昶雄 _ 34, 194
왕추구이王秋桂 _ 460
왕톈덩王添燈 _ 260
왕퉁자오王統照 _ 457
왕퉈王拓 _ 502
왕핑링王平陵 _ 321
왕훙주王紘久(왕퉈王拓) _ 502
요시무라 빈吉村敏 _ 220
요시에 타카마츠吉江喬松 _ 188
요시카와 에이지吉川英治 _ 211
우녠전吳念眞 _ 459
우더슈吳德修 _ 145
우루친吳魯芹 _ 341
우리화於梨華 _ 498
우시성吳希聖 _ 130
우신룽吳新榮 _ 33, 138
우에 세이야上清哉 _ 120
우왕야오吳望堯 _ 381
우융푸巫永福 _ 104
우이성吳逸生 _ 139
우잉吳瑛 _ 215
우잉타오吳瀛濤 _ 261
우줘류吳濁流 _ 261
우쭈샹吳組緗 _ 457
우춘린吳春霖 _ 125
우충란吳崇蘭 _ 376
우커강吳克剛 _ 269
우쿤황吳坤煌 _ 104
우톈상吳天賞 _ 141

우페이전吳佩珍 _ 19
우후이링吳蕙玲 _ 19
원신文心 _ 356
원이둬聞一多 _ 398
원진汶津(장젠張健) _ 444
윙나오翁鬧 _ 131
윙쥔밍翁俊明 _ 90
웨이톈충尉天聰 _ 19, 41, 332
웨펑越峰 _ 117
위광중余光中 _ 19, 341
위다푸郁達夫 _ 457
위안커袁珂 _ 271
위쥔즈虞君質 _ 327
위칭팡余淸芳 _ 51
위핑보兪平伯 _ 215
유미젠游彌堅 _ 269
유빙치尤炳圻 _ 215
이노우에 키요시井上淸 _ 77
이데 카오루井手薰 _ 120
이라코 세이하쿠伊良子淸白 _ 192
이시다 미치오石田道雄 _ 190
이와야바쿠 아이岩谷莫哀 _ 192
이케다 토시오池田敏雄 _ 190
이타가키 다이스케板垣退助 _ 53
인디隱地 _ 381
인하이광殷海光 _ 387

(자)
자오강趙港 _ 78
자오루蕉麓 _ 87
자오리마趙櫪馬 _ 141

자오유페이趙友培 _ 321

자오쥐인焦菊隱 _ 89

자오쯔판趙滋蕃 _ 367

잔빙詹冰(뤼옌綠炎) _ 297

장광츠蔣光慈 _ 105

장구이姜貴 _ 371

장다오판張道藩 _ 321

장다춘張大春 _ 506

장둥팡張東芳 _ 261

장량뎬張良典 _ 174

장량쩌張良澤 _ 205

장멍화江夢華 _ 108

장모張默 _ 340

장밍張明 _ 374

장샤오원蔣曉雲 _ 459

장선체張深切 _ 105

장수한張漱菡 _ 376

장수한張淑菡 _ 330

장쉐인張雪茵 _ 330

장슈야張秀亞 _ 37, 330

장신이張信義 _ 119

장싱젠張星建 _ 279

장쑹성張誦聖 _ 460

장아이링張愛玲 _ 476

장옌쉰(홍밍紅夢) _ 297

장워쥔張我軍 _ 31

장원환張文環 _ 33

장웨이셴張維賢 _ 120

장웨이수이蔣渭水 _ 57

장웨청張月澄 _ 105

장위張禹(왕쓰샹王思翔) _ 263

장유췬張幼群 _ 19

장이부張一步 _ 257

장이핑章衣萍 _ 105

장제스蔣介石 _ 317

장쥐겅張桔梗 _ 104

장징궈蔣經國 _ 321

장쯔핑張資平 _ 105

장치윈張其昀 _ 321

장칭탕張慶堂 _ 149

장톈이張天翼 _ 457

장페이룬張佩綸 _ 446

장핀싼張聘三 _ 125

장환구이張煥珪 _ 125

저우딩산周定山 _ 125

저우딩周鼎 _ 432

저우멍뎨周夢蝶 _ 405

저우보양周伯陽 _ 261

저우옌서우周延壽 _ 269

저우진보周金波 _ 34, 279

저우쭤런周作人 _ 413

저우치즈周棄之 _ 341

저우허위안周合源 _ 118

저우화런周化人 _ 215

정성공鄭成功 _ 232

정수썬鄭樹森 _ 444

정전둬鄭振鐸 _ 457

정전펑鄭振鋒 _ 89

정쥔워鄭軍我 _ 87

정처우위鄭愁予 _ 397

정칭원鄭淸文 _ 381

정쿤우鄭坤五 _ 117

제임스 조이스James Joyce _ 495
젠궈셴簡國賢 _ 191
젠다스簡大獅 _ 51
젠지簡吉 _ 78
좡쑤이싱莊遂性 _ 117
좡저莊喆 _ 444
좡추이성莊垂勝 _ 125
좡페이추莊培初 _ 166
주뎬런朱點人 _ 203
주스朱實 _ 297
주스펑朱石鋒 _ 101
주시닝朱西甯 _ 337
주톈신朱天心 _ 459
중딩원鍾鼎文 _ 424
중레이鍾雷 _ 327
중리허鍾理和 _ 37, 340
중메이인鍾梅音 _ 376
중자오정鍾肇政 _ 37
중허밍鍾和鳴 _ 274
줴칭爵青 _ 215
지다웨이紀大偉 _ 19
지셴紀弦 _ 38
지훙季紅 _ 405
진롄金連(진롄錦連) _ 297
징서우융井手勇 _ 238
쩡샤오칭曾曉青 _ 145
쩡스룽曾士榮 _ 19

(차)
차이더번蔡德本 _ 303
차이더인蔡德音 _ 134

차이샤오첸蔡孝乾 _ 87
차이위안황蔡源煌 _ 460
차이추퉁蔡秋桐 _ 156
차이페이훠蔡培火 _ 69
천돤밍陳端明 _ 66
천두슈陳獨秀 _ 86
천루이룽陳瑞榮 _ 146
천뤄시陳若曦(천슈메이陳秀美) _ 415
천만잉陳滿盈 _ 104
천사오신陳紹馨 _ 269
천수이볜陳水扁 _ 10
천쉐핑陳雪屛 _ 323
천쉬구陳虛谷 _ 32
천스샹陳世驤 _ 466
천신陳炘 _ 60
천쑤인陳素吟 _ 297
천옌차오陳烟橋 _ 272
천옌칭陳晏晴 _ 19
천우陳屋 _ 284
천이陳儀 _ 251
천이쑹陳逸宋 _ 260
천이야오陳怡藥 _ 19
천이첸陳宜謙(Kenbo) _ 19
천이췬陳宜群(Judy) _ 19
천잉전陳映眞 _ 41, 442
천젠산陳兼善 _ 269
천쥔위陳君玉 _ 135
천즈판陳之藩 _ 341
천지잉陳紀瀅 _ 358
천청陳誠 _ 317
천첸우陳千武 _ 37

천추이잉陳垂映 _ 279
천추쥐陳秋菊 _ 51
천치윈陳奇雲 _ 166
천펑위안陳逢源 _ 125
천향메이陳香梅 _ 376
천훠취안陳火泉 _ 34, 213
청쉬바이曾虛白 _ 359
청톈팡程天放 _ 321
체호프 _ 479
첸거촨錢歌川 _ 274
첸다오쑨錢稻孫 _ 215
첸중수錢鍾書 _ 457
첸스潛石(정헝슝鄭恆雄) _ 436
최말순崔末順 _ 19
추마인邱媽寅 _ 261
추빙난邱炳南 _ 194
추야팡邱雅芳 _ 18
추융한邱永漢 _ 190
추춘황邱淳恍 _ 190
추치치邱七七 _ 381
충수叢甦 _ 435
충우崇五 _ 110
취정去錚 _ 503
츠카코시 마사미츠塚越正光 _ 217
츠칸왕성赤崁王生 _ 87
치덩성七等生 _ 39, 381
치방위안齊邦媛 _ 19, 391
치쥔琦君 _ 37, 392
칭양저青陽哲 _ 145

(카)
카지 텟뻬이尚梶鐵平 _ 174
캉라이신康來新 _ 180
커톄柯鐵 _ 51
코노 요시히코河野慶彦 _ 220
쾅뤄샤匡若霞 _ 336
쿠라 타츠야마倉達山 _ 192
쿠사노 신페이草野心平 _ 215
키시 레이코岸麗子 _ 174
키타하라 마사요시北原政吉 _ 189

(타)
타이징눙臺靜農 _ 271
타키타 테지瀧田貞治 _ 216
탄쯔하오覃子豪 _ 340
탕원뱌오唐文標 _ 502
톈위안田原 _ 381
톈한田漢 _ 272
토다 후사코戸田房子 _ 174
투샹위涂翔宇 _ 336
투추이화涂翠花 _ 245
퉁전童眞 _ 341

(파)
판런무潘人木 _ 37, 361
판레이潘壘 _ 362
판밍루范銘如 _ 19
판서우캉范壽康 _ 256
판쉬쭈潘序祖 _ 215
판취안范泉 _ 311
판한녠潘漢年 _ 105

팡성方聲 _ 336
팡쓰方思 _ 397
펑거彭歌 _ 368
펑밍민彭明敏 _ 303
펑위안쥔馮沅君 _ 89
펑징시彭鏡禧 _ 460
펑팡민馮放民 _ 324
펑화잉彭華英 _ 77
페이푸셴裵普賢 _ 376
푸진埔金 _ 318

(하)
하마다 하야오濱田隼雄 _ 45
허신何欣 _ 502
허우룽성侯榕生 _ 330
허즈하오何志浩 _ 324
허지비何集壁 _ 139
헤겔Georg Wilhelm Friedrich Hegel _ 299
황더스黃得時 _ 112
황룽찬黃榮燦 _ 271
황바이청즈黃白成枝 _ 118
황빙푸黃病夫 _ 138
황스순黃石順 _ 78
황스후이黃石輝 _ 113
황융黃用 _ 409
황쥐안원黃絹雯 _ 235
황진쑤이黃金穗 _ 260
황차오친黃朝琴 _ 68
황청충黃呈聰 _ 63
황춘밍黃春明 _ 381
황춘청黃春成 _ 117

황춘칭黃純青 _ 138
황충톈黃重添 _ 44
황치루이黃啟瑞 _ 134
황쿤빈黃昆彬 _ 261
황허성黃荷生 _ 400
후루성胡蘆生 _ 87
후스胡適 _ 17, 105
후예핀胡也頻 _ 105
후진룬胡金倫 _ 19
후펑胡風 _ 111
훙싱푸洪醒夫 _ 459
훙옌추洪炎秋 _ 37
훙유洪樵 _ 125

문헌명 및 기타

(가)
《개조改造》_ 169
《결전 타이완 소설집決戰台灣小說集》
   _ 220
계문사啓文社 _ 188
계엄령을 선포 _ 319
《공농선봉工農先鋒》_ 119
《공론보公論報》_ 339
광둥 타이완 혁명 청년단廣東台灣革
   命青年團 _ 105
국민당 문공회文工會 _ 358
《국성보國聲報》_ 302
군중문예軍中文藝 _ 326

《군중문적軍中文摘》_ 338

궈화이이郭懷一의 봉기 _ 304

(나)

《남도 문예南島文藝》_ 172

남명 예원南溟藝園 _ 170

남북사南北社 _ 435

《남음南音》_ 124

남음사南音社 _ 32

《내일明日》_ 159

농민전선사農民戰線社 _ 119

《눈부신 섬華麗島》_ 188

《뉴스紐司》_ 324

(다)

《대공보大公報》_ 318

《대륙신보大陸新報》_ 286

대정익찬회大政翼贊會 _ 186

《대중大衆》_ 169

도쿄 타이완 예술 연구회東京台灣藝術研究會 _ 32, 163

도쿄 타이완 청년회 사회과학 연구회東京台灣青年會社會科學研究會 _ 104

도쿄 타이완인 문화 써클東京台灣人文化サークル _ 104

동화회同化會 _ 53

(라)

레이전雷震사건 _ 420

《려화보黎華報》_ 87

루거우차오사변盧溝橋事變 _ 33

(마)

《마조媽祖》_ 189

메이리다오사건美麗島事件 _ 10, 41

무궤열차無軌列車 _ 410

《문계文季》_ 494

《문단文壇》_ 338

《문성文星》_ 340

《문성잡지文星雜誌》_ 444

《문예 전선文藝戰線》_ 169

문예를 군대로文藝到軍中去운동 _ 324

《문예월보文藝月報》_ 338

《문예창작文藝創作》_ 362

《문우통신文友通訊》_ 346

《문학계간 격월간文學季刊雙月刊》 _ 445

문학연구회文學研究會 _ 457

《문학잡지文學雜誌》_ 38, 474

《문학평론文學評論》_ 146

《문화교류文化交流》_ 263

문화청결운동 전문연구모임 _ 323

문화청결운동文化淸潔運動 _ 323

미명사未名社 _ 273

《민보民報》_ 255

《민족만보民族晚報》_ 320

민주 타이완 동맹民主台灣同盟 _ 481

《민중일보民衆日報》_ 244

(바)

《반월문예半月文藝》_ 338

《번역譯文》_ 274

법률전선사法律戰線社 _ 119

《보물섬문예寶島文藝》_ 338, 364

《부녀주간婦女週刊》_ 381

(사)

《사람들人人》_ 81

상하이 타이완 청년회上海台灣青年會
_ 104

《선발 부대先發部隊》_ 134

《선인장仙人掌》_ 403

《소탕보掃蕩報》_ 320

《신건설新建設》_ 228

《신문학월보新文學月報》_ 170

신민회新民會 _ 54

《신보申報》_ 274

《신시주간新詩週刊》_ 396

《신신문예新新文藝》_ 338

《신신월간新新月刊》_ 260

신주 청년회新竹青年會 _ 109

《신타이완新台灣》_ 351

《신타이완 대중시보新台灣大衆時報》
_ 119

《신타이완 전선新台灣戰線》_ 120

《신풍新風》_ 265

《신흥 과학新興科學》_ 169

4·6사건 _ 317

(아)

《아기사자문예幼獅文藝》_ 327

아주화보亞洲畫報 _ 356

《아침 햇살晨光》_ 338

아카데미파學院派 _ 411

《애서愛書》_ 189

《야풍野風》_ 338

얼린二林 사건 _ 78

《여성창작집婦女創作集》_ 376

《연합보聯合報》_ 37

염전지대鹽分地帶 _ 166

《오인보伍人報》_ 113

육군지원병 제도 _ 186

은방울회銀鈴會 _ 296

《인민도보人民導報》_ 260

《인민보도人民報道》_ 265

《인터내셔널インタナショナル》_ 169

일본무산자예술연맹全日本無産者藝
術聯盟 _ 119

일본문학보국회 타이완지부日本文學
報國會台灣支部 _ 186

《일양주보一陽周報》_ 260

2·28사건 _ 35, 43, 253, 320, 329

63법 _ 49

(자)

자리 청풍회佳里青風會 _ 170

《자립만보自立晚報》_ 339

《자유담自由談》_ 356

《자유일보自由日報》_ 278

《자유중국自由中國》_ 37, 341

자유중국출판사自由中國出版社 _ 368

《자유청년自由靑年》_ 426

《적도보赤道報》_ 142

전기사戰旗社 _ 119

《전민일보全民日報》_ 320

《전진前進》_ 94

《정경보政經報》_ 260

《정기월간正氣月刊》_ 273

《제일선第一線》_ 134

중국문예협회中國文藝協會 _ 321

《중국신문中國新聞》_ 324

중국청년글쓰기협회中國靑年寫作協
  會 _ 327

중국청년반공구국단中國靑年反共救
  國團 _ 327

중국필회中國筆會 _ 369

《중류中流》_ 274

중미상호방어조약中美協防條約,
  Sino-American Mutual Defense treaty
  _ 333

《중앙공론中央公論》_ 222

《중앙부간中央副刊》_ 508

《중앙일보中央日報》_ 339

《중외문학中外文學》_ 463

중일전쟁 _ 185

《중학생 문예中學生文藝》_ 347

중화문예상금위원회中華文藝獎金委
  員會 _ 321

《중화문예中華文藝》_ 338

《중화부간中華副刊》_ 508

《중화일보中華日報》_ 260

지룽基隆중학 사건 _ 346

(차)

《창류暢流》_ 338

《창세기시간創世紀詩刊》_ 340

(카)

《카와카미 하지메 사회문제 연구河
  上肇社會問題硏究》_ 169

카이로 선언 _ 251

(타)

《타이난 신보台南新報》_ 176

타이베이 청년 독서회台北靑年讀書會
  _ 89

타이베이 청년 체육회台北靑年體育會
  _ 89

《타이완台灣》_ 54

타이완 공산당 _ 32, 79, 80

《타이완 대중 시보台灣大衆時報》_ 94

《타이완 문예台灣文藝》_ 111

타이완 문예연맹台灣文藝聯盟 _ 32,
  134

타이완 문학 논쟁台灣文學論戰 _ 306

《타이완 문학 총간台灣文學叢刊》
  _ 301

《타이완 문학台灣文學》_ 142, 263

타이완 문학협회 _ 79

《타이완 문화台灣文化》_ 259

타이완 문화협진회台灣文化協進會
  _ 268

타이완 문화협회台灣文化協會 _ 31, 56
《타이완 민보台灣民報》 _ 54
타이완 민중당台灣民衆黨 _ 32, 79
《타이완 시회台灣詩薈》 _ 81
《타이완 신문台灣新聞》 _ 87
《타이완 신문학사台灣新文學社》 _ 33, 145
《타이완 신문학台灣新文學》 _ 33, 105
《타이완 신민보台灣新民報》 _ 116
《타이완 신생보台灣新生報》 _ 257, 318
타이완 아나키스트 청년 동맹台灣黑色青年同盟 _ 154
타이완 예술연구회東京台灣藝術研究會 _ 104
《타이완 월간台灣月刊》 _ 273
《타이완 일일신보台灣日日新報》 _ 286
《타이완 전선台灣戰線》 _ 113
타이완 조사 위원회台灣調査委員會 _ 251
타이완 지방자치연맹 _ 269
《타이완 청년台灣青年》 _ 54
《타이완 평론台灣評論》 _ 260
《타이완공론台灣公論》 _ 228
타이완문예작가협회台灣文藝作家協會 _ 120
타이완문예협회台灣文藝協會 _ 32
타이완문학봉공회台灣文學奉公會 _ 213
《타이완문학론靜聽那心底的旋律：台灣文學論》 _ 44

타이완문화사台灣文化社 _ 221
《타이완문학사台灣文學史》 _ 44
타이완성 여성글쓰기협회台灣省婦女寫作協會 _ 327
《타이완시보台灣時報》 _ 228
《타이완신문학개관台灣新文學概觀》 _ 44
《타이완예술台灣藝術》 _ 228
타이완의회 기성 동맹회台灣議會期成同盟會 _ 82
타이완인 문화사台灣人文化社, 台灣人文化サーク _ 129
타이완제뇌주식회사台灣製腦株式會社 _ 243
타이완총독부 _ 243
타이완행정장관공서台灣行政長官公署 _ 35, 251
타파니噍吧哖 사건 _ 30, 51
《통신通訊》 _ 130
통일 대 독립 논쟁統獨論戰 _ 41

(파)
평산 농민조합 _ 78
《포르모사福爾摩沙》 _ 221
《푸른별 시 팸플릿藍星詩頁》 _ 424
《푸른별계간藍星季刊》 _ 424
《푸른별藍星》 _ 424
《풍월보風月報》 _ 186
풍차시사風車詩社 _ 150, 166
《풍차風車》 _ 175
《프롤레타리아 문학プロレタリア文

學》_ 169

프롤레타리아과학동맹普羅科學同盟
_ 119

《필회筆匯》_ 441

(하)

《해도문예海島文藝》_ 338

《해풍海風》_ 338

《향토 회지里門會誌》_ 167

향토문학논쟁 _ 264

향토문학연구회鄕土文學硏究會 _ 116

향토문학운동 _ 16

《현대現代》_ 410

《현대 생활現代生活》_ 98, 113

《현대문학現代文學》_ 38, 415

현대시사現代詩社 _ 38

《현대타이완문학사現代台灣文學史》
_ 44

현대파 _ 398

《홍루몽紅樓夢》_ 477

《홍수보洪水報》_ 113, 142

《황관잡지黃冠雜誌》_ 448

황민문학봉공회皇民文學奉公會 _ 34

황민봉공회皇民奉公會 _ 186

《횃불火炬》_ 338

《회보會報》_ 58

《후라쿠사ふらぐさ》_ 297

《흥남신문興南新聞》_ 228

타이완신문학사 台灣新文學史 ⑤

초 판 인 쇄 2019년 11월 15일
초 판 발 행 2019년 11월 30일

지 은 이 | 천팡밍陳芳明
옮 긴 이 | 고운선, 김혜준, 성옥례, 이현복
펴 낸 이 | 하운근
펴 낸 곳 | 學古房

주   소 | 경기도 고양시 덕양구 통일로 140 삼송테크노밸리 A동 B224
전   화 | (02)353-9908 편집부(02)356-9903
팩   스 | (02)6959-8234
홈페이지 | http://hakgobang.co.kr/
전자우편 | hakgobang@naver.com, hakgobang@chol.com
등록번호 | 제311-1994-000001호

ISBN   978-89-6071-934-7 94820
          978-89-6071-933-0 (세트)

값 : 32,000원